ZHANG Guixing

LA TRAVERSÉE DES SANGLIERS

Roman traduit du chinois (Taiwan)
par Pierre-Mong Lim

Éditions Picquier

OUVRAGE PUBLIÉ AVEC LE SOUTIEN DU MINISTÈRE DE LA CULTURE,
RÉPUBLIQUE DE CHINE, TAIWAN

La traduction a bénéficié du soutien du :

Fonds SYLVIE GENTIL

Soutenir les traducteurs littéraires de langue chinoise
vers le français

Titre original : *Yezhu duhe*

Mas de Vert
B.P. 20150
13631 Arles cedex

www.editions-picquier.com

En couverture : © Walton Ford / Kasmin Gallery
Walton Ford, Rhyndacus, 2014, Watercolor, gouache and ink on paper, 119 1/4 x 60 1/4 inches, 302,9 x 153 cm
Image courtesy of the artist and Kasmin Gallery

Conception graphique : Picquier & Protière

ISBN : 978-2-8097-1573-6

PRÉFACE

Le lecteur, après avoir déambulé entre les rayonnages de la librairie ou de la bibliothèque, tel un honnête citoyen dans les rues de la République mondiale des Lettres, ne se doute peut-être pas encore que la lecture du roman qu'il tient entre les mains a le pouvoir de modifier la physionomie des rayons qui l'entourent, d'ouvrir pour lui un nouveau passage, débouchant sur une jungle, dans cet espace mondial partagé, et d'unifier un peu plus sous une bannière indépendante notre chose publique, publiée, que sont les romans lus, écrits, traduits.

La Traversée des sangliers de Zhang Guixing constitue en effet l'aboutissement contemporain d'un processus d'émancipation d'une littérature en chinois qui nous oblige à revoir les catégories avec lesquelles nous opérons habituellement – celles qui nous font paresseusement superposer à l'intérieur du mot « chinois » une langue, un pays et un peuple (si une telle chose existe). Autrement dit, aux quelques taricheutes que nous voyons prêts à s'avancer, dont les mains fatales ont embaumé tant de quatrains de poètes de l'époque des Tang, le *Rêve dans le Pavillon Rouge* ou encore, au hasard, les romans d'un Mo Yan, déclarons tout net : laissez donc là vos bandelettes couvertes de moisissures qui ont déjà asphyxié tant de malheureux lecteurs et lectrices, retournez à votre momie qu'est « la littérature chinoise » !

Mais alors, me dira notre lecteur, nous qui voulons bien respirer un air sain plutôt que celui des cryptes, comment situer cet écrivain sino-malais, exilé à Taiwan, qui a écrit en mandarin un roman dont l'action tout entière se déroule à Bornéo pendant la seconde guerre mondiale ? Avant de le jeter dans le grand bain de la littérature du monde entier, ne faudrait-il pas en comprendre le parcours, raconter son histoire ? Il est vrai, et pour ce faire nous pouvons tenter d'exposer ici, dans ses grandes lignes, le processus au cours duquel une littérature écrite en chinois est née à l'extérieur de la Chine moderne, s'est ancrée dans différents pays, est passée par l'épreuve de l'exil, pour se singulariser enfin à travers de puissants auteurs, dont Zhang Guixing, qui en incarnent l'aboutissement et le dépassement.

*

Prenons pour point de départ un exemple tiré du présent roman : dans ce village au nord de Bornéo, dans les années 1930, la jeune tenancière du café *Chez Lolo Brioche* se plonge à ses heures perdues dans la lecture d'un journal en chinois. Quand elle tombe sur des caractères qui lui sont inconnus, elle saisit au collet son remuant garçon pour qu'il vienne l'aider à les déchiffrer ; c'est que l'enfant a été envoyé à l'école chinoise du village et aux cours de l'écrivain public, Maître Hsiao, lettré échoué dans les mers du Sud. Et quand, aux heures fiévreuses du café, trois hommes venus de Java provoquent une mémorable bagarre, deux camps se forment : d'un côté les immigrés chinois du village (chasseurs, mineurs, bûcherons, cyclopousses) et de l'autre, les ouvriers javanais venus travailler sur la plateforme pétrolière. Là on parlemente, puis on s'invective et on finit par hurler dans beaucoup de langues, en teochew, en minnan, en hakka, en cantonais, en mandarin, en malais, en tamoul... A l'intérieur de l'espace réduit de ce café, apparaissent successivement, pris dans la pâte narrative, les éléments essentiels qui ont contribué, à un certain moment de l'Histoire, à la naissance d'une littérature sinophone du dehors : le journal, la langue d'imprimerie et l'éducation moderne, les migrations de masse, le communautarisme ethnique.

Ces éléments, on le sait, entrent dans la composition de ce que Benedict Anderson a appelé l'« imaginaire national[1] », lequel, en Chine, commence à se former vers la fin du XIXe siècle, au moment où la vieille dynastie des Tsing, et la vision du monde surannée sur laquelle elle reposait, vont s'effondrer. Au milieu de ce chaos, un phénomène doit retenir notre attention : c'est la migration de masse depuis les régions du Sud dévastées. Nombreux sont ceux qui vont être embarqués, de gré ou de force, à bord de bateaux (l'invention du vapeur donne à ce mouvement migratoire une ampleur inédite) vers l'Asie du Sud-Est, où ils trouvent un débouché notamment dans les plantations d'hévéas et les mines d'étain[2]. Mais les *Celestials*, comme on les appelait alors, constituent des groupes vulnérables, privés de tout recours, parce qu'ils ne sont protégés par aucun statut juridique international. En effet, il nous faut rappeler que tout au long de son histoire, l'Empire n'a jamais accordé de reconnaissance

1. Benedict Anderson, *L'Imaginaire national*, La Découverte, Paris, 2002 [1983].

2. Précisons ici que la migration ne se limite pas à l'Asie du Sud-Est : de nombreux sujet impériaux partent, bien entendu pour les Etats-Unis, mais aussi pour l'Amérique du Sud et les Caraïbes où l'abolition de l'esclavage a provoqué une pénurie de main-d'œuvre dans les champs de cannes à sucre. L'héritage de ce phénomène migratoire à l'échelle globale est bien une diversité de cultures sinophones intégrées à l'histoire mondiale moderne.

à ceux de ses sujets sortis hors de ses marches sans sa permission – car il était bien « tout ce qui existe sous le Ciel » –, qu'il leur interdisait le retour et, le cas échéant, le punissait des peines les plus lourdes. Ainsi, il faut bien mesurer la nouveauté du phénomène quand, à partir des traités consécutifs à la première guerre de l'opium (Nankin en 1842, Tianjin en 1858, Shimonoseki en 1895), le pouvoir central impérial ouvre ses ports, crée des consulats et reconnaît officiellement des sujets libres de se déplacer au-delà de ses frontières. Bientôt, ils ne seront plus qualifiés de fuyards, de traîtres ou de vagabonds, mais désignés par un néologisme : « Chinois résidant temporairement à l'étranger » (*hua-ch'iao*), lesquels vont former la nouvelle communauté imaginée des Chinois d'outre-mer.

En ces temps de bouleversement, la langue – et donc la littérature – va elle aussi être réinventée. Sur le Continent, pendant toute la première moitié du XXe siècle, les idées linguistiques des réformateurs de la fin de l'Empire, puis des modernisateurs de l'époque républicaine et des révolutionnaires communistes, tournent toutes autour d'un vernaculaire qui viendrait remplacer l'ancienne langue classique et permettrait la coïncidence entre une langue et une conscience nationale. La « révolution littéraire » issue du Mouvement du 4 mai 1919 cristallise en quelque sorte ce moment, en prônant l'usage de la langue vulgaire (*bai hua*), un parler où le chinois serait la langue des « tireurs de pousse-pousse et des vendeurs de lait de soja » – un peu comme le français des crocheteurs du Port-au-Foin devait être celui des défenseurs de la langue françoyse. L'étroite perspective sino-centrique, réduite au Continent, a souvent omis de considérer que ces nouvelles idées à propos de la langue nationale allaient se diffuser dans les communautés d'outre-mer. Ainsi par exemple, le Mouvement du 4 mai initié à Pékin trouve un écho retentissant, dès octobre 1919, dans un journal créé à Singapour, *Le Quotidien du peuple* (*Kok Min Jit Pao*), lequel annonce la parution d'un supplément littéraire qui entend inscrire ses pas dans ceux des modernisateurs et annonce un mouvement similaire dans les mers du Sud.

Dans toute la région, et en particulier dans la Malaya britannique[1], on assiste au scénario archétypal de la construction d'une identification nationale « longue distance » (pour reprendre une autre expression d'Anderson), suivant lequel une langue vernaculaire porteuse de cette conscience se dissémine à travers les journaux, d'abord parmi une petite élite éduquée. Puis, à mesure que les écoles chinoises se multiplient, où les premiers migrants, souvent illettrés et groupés selon leurs langues régionales, envoient leur progéniture, l'usage de la langue standard se répand et rassemble sous elle un ensemble hétérogène. En outre, l'essor de la presse reste particulièrement important pour le développement de cette nouvelle littérature, pendant un demi-siècle c'est dans les pages des journaux que s'élabore toute la production littéraire sinophone.

Ce bref rappel historique permet d'abord, très simplement, de comprendre pourquoi, à Johor comme à Canton, on a pu lire et écrire dans une même langue en croyant appartenir à une communauté de même nature, déclinée ensuite en divers particularismes. De même, la naissance de ce nationalisme longue distance va permettre de comprendre les orientations et contradictions de ceux qui, depuis leur position extérieure, ont tenté d'écrire dans l'idiome institué langue nationale.

---

1. La Malaya britannique était un patchwork fort hétéroclite, formé par les colonies du Détroit : Singapour, Penang et Malacca, les Etats fédérés et les Etats non fédérés. Pour simplifier, nous employons ici Malaya pour désigner les territoires sous domination coloniale, et Malaisie pour désigner l'Etat-nation indépendant postcolonial.

Tout d'abord, cette préoccupation nationale, voire nationaliste, informe l'une des deux grandes tendances qui caractérisent la littérature sinophone de la Malaya. Les premiers auteurs fraîchement débarqués gardent les yeux rivés à la Chine et, jusqu'en 1925, l'ensemble de la production littéraire n'est qu'une assez fade copie des tendances du centre, représenté par Pékin et Shanghai. Il y aura toujours, au moins jusque dans les années qui précèdent l'indépendance de la Malaisie en 1963, un courant littéraire qui se veut littérature d'expatriés. Mais d'un autre côté, comme en réaction, une seconde tendance se dessine : à partir de 1925, des manifestes et des œuvres apparaissent, qui revendiquent leur ancrage local, de jeunes auteurs, certains nés sur place, veulent raconter le périple de la migration, les dures conditions de vie dans les plantations, les luxuriances du paysage tropical, introduire des termes des dialectes et langues locales, et vont même jusqu'à traduire des chants populaires malais. Une littérature écrite en chinois sans plus de lien avec la Chine, propre aux mers du Sud, et plus précisément à la Malaya, est en train de naître. En termes de style, on remarquera cependant que l'une et l'autre tendance partagent une même croyance dans les vertus du réalisme, même chez les tenants de la couleur locale, pour qui la littérature doit être un miroir au fidèle reflet promené le long des routes malaisiennes.

Cette esquisse des premiers temps ne serait pas complète – surtout pour expliquer la toile de fond historique de *La Traversée des sangliers* – si nous ne rappelions pas qu'en 1937, le début de la guerre sino-japonaise sur le Continent suscite une fièvre patriotique dans les communautés chinoises des colonies britanniques de la région. En ce sens, avant même l'arrivée des troupes de l'armée impériale japonaise sur le sol malais, une bonne partie de la littérature sinophone de cette époque est déjà en guerre ; aux slogans et aux mouvements continentaux qui appellent au sauvetage de la nation, elle fait écho en produisant une « littérature de résistance » à travers le théâtre, la poésie, le roman. Mais en 1941, l'invasion effective et l'occupation de la Malaya par le Japon portent un coup d'arrêt brutal à toute expression littéraire sinophone.

Celle-ci ne reprendra qu'après la fin du conflit mondial. Mais dans un contexte où se pose désormais la question de l'indépendance coloniale, un nouvel événement de nature politique va venir perturber cette reprise littéraire, même si les deux grandes tendances observées réapparaissent. En 1948, suite à l'insurrection de factions communistes, l'état d'urgence est déclaré et se prolonge plus de dix années, durant lesquelles une guerre ouverte oppose les autorités malaises, soutenues par la puissance coloniale britannique, au Parti communiste de Malaisie, composé presque entièrement de Sino-Malais. En Chine, la victoire du Parti communiste en 1949 contribue à accentuer un peu plus l'amalgame entre identité ethnique, idéologique et politique, longtemps nourri par l'identification nationale à distance dont nous avons parlé. Cet épisode restera, dans le processus de construction de la nation malaisienne postcoloniale, le « péché originel des Chinois de Malaisie », selon le mot de Ng Kim Chew. En effet, quelques années plus tard, en 1969, sept ans après l'indépendance de la Malaisie, la Nouvelle Politique Economique et la Politique de Culture Nationale relèguent les Malaisiens d'origine chinoise à une citoyenneté de seconde zone, et refusent la reconnaissance nationale à toute expression culturelle en chinois.

Ainsi, quand Zhang Guixing naît en 1956 à Bornéo, dans un pays postcolonial en voie de formation[1], il appartient à ce que l'on appellerait aujourd'hui une

1. La fédération de Malaya, restreinte à quelques Etats, déclara son indépendance en 1957, puis en 1963 la Malaisie vit le jour en intégrant notamment Sarawak.

minorité ethnique, dont la littérature, qui n'a pas quarante ans, est en passe d'être ostracisée, parce qu'à ce stade de formation des Etats-nations, toute littérature ne peut être conçue qu'à partir de la superposition d'une langue, d'un peuple et de sa terre.

Cependant, ce que nous avons appelé le nationalisme chinois « longue distance » va produire un autre effet, depuis Taiwan cette fois, asile de la littérature sinophone de Malaisie. Le Kuomintang, le parti qui s'est réfugié sur l'île après sa défaite, développe dans les années 1960 une politique nationaliste destinée à promouvoir l'éducation de ceux qu'il considère, selon un principe racialiste hérité de la fin du XIXe siècle, comme des compatriotes de sang expatriés outre-mer. Ainsi, comme un pendant aux mesures qui privilégient les *Bumiputera*, fils de la terre de Malaisie, le gouvernement taiwanais encourage les Chinois immigrés à un « retour à la terre natale ». Ainsi, de nombreux jeunes Sino-Malais, majoritairement étudiants, partent faire leurs études dans l'île avec l'idée qu'ils effectuent un retour, sinon à la terre de leurs ancêtres, du moins à leur culture d'origine. La première génération, qui arrive dans une société marquée par l'obsession de la perte du Continent et l'autoritarisme anti-communiste, tente d'abord de recréer une Chine mythique, notamment à travers la poésie, tout en se rapprochant du modernisme littéraire qui domine alors le monde des lettres taiwanais.

Quand Zhang Guixing, âgé de vingt ans, pose le pied à Taiwan en 1976, il arrive à un moment charnière. La chimère du retour culturel va bientôt s'évanouir devant les profondes mutations de la société taiwanaise : la levée de la loi martiale en 1987 et l'enclenchement d'un processus démocratique, l'accès au pouvoir de Taiwanais de souche et l'affirmation d'une conscience nationale séparée du Continent. Un tel renouvellement du rapport au sol taiwanais, qui se reflète notamment, au niveau littéraire, dans l'affirmation progressive d'une littérature dite autochtone, va inciter les auteurs sino-malais à redéfinir leurs propres relations aux lieux et, par là, à leur écriture. Zhang occupe ainsi une position intermédiaire, entre le premier romancier sino-malais reconnu, Li Yung-p'ing, arrivé en 1967, dont l'œuvre hésite entre le fantasme d'une Chine culturelle, le Taipei urbain et son enfance malaisienne, et Ng Kim Chew, arrivé en 1989, dont le propos se veut résolument iconoclaste. Rejetés hors de leur Malaisie natale, en quête d'une terre ancestrale introuvable sur une île qui, elle-même, se cherche, ils errent entre ces trois mondes dans un exil sans terme – en cela, ils peuvent établir un parallèle entre leur abandon et la position d'intellectuels issus d'autres contrées postcoloniales, notamment dans le Commonwealth[1], par exemple V. S. Naipaul. Les auteurs sino-malais de Taiwan vont alors s'engager dans l'élaboration d'un espace littéraire dont le fondement même est la privation de sol. Ce changement radical de perspective appelle pour l'écriture un changement de moyens. Ainsi, outre les inventions narratives dont on décèle l'origine chez Joyce ou Faulkner, les auteurs font leurs les choix esthétiques innovants de leurs contemporains, du réalisme magique sud-américain aux théories poststructuralistes les plus audacieuses, tout « le patrimoine hérétique transnational » comme le disait Pascale Casanova[2], le mieux à même d'exprimer leur rapport au monde et leur condition de déplacés.

1. De nombreux étudiants sino-malais étaient inscrits dans des départements d'anglais. Par exemple, Li Yung-p'ing fut traducteur littéraire d'auteurs anglophones, Zhang Guixing lui-même fut professeur d'anglais à partir de 1989.

2. Pascale Casanova, *La République mondiale des Lettres*, Seuil, Paris, 2008 [1999], p. 454.

*

Nous irions jusqu'à dire que, chez Zhang Guixing, c'est cette absence de sol qui porte l'autonomie de l'espace littéraire. La création de ce microcosme qu'est le Bouk aux Sangliers au nord de Bornéo, de la fin des années 1930 à la fin de la seconde guerre mondiale, permet à notre auteur de se ressaisir des thématiques et de l'histoire propres à la littérature sino-malaise et, par là, de redéfinir son lieu d'énonciation (l'auteur a indiqué qu'il existe non loin de sa ville natale, Lutong, un lieu nommé « la cambrousse aux sangliers »). Le réalisme magique de Zhang parvient à un résultat auquel n'était jamais arrivé le réalisme primaire des tenants de la « couleur locale » : intégrer les Orang Minyak, Pontianak et autres créatures surnaturelles de la magie noire malaisienne, les perceptions intimes du réel opiacé, le réel émerveillé des enfants, dans un tissu narratif fidèle aux réalités matérielles et historiques du lieu. Et pourtant, à présent, l'élaboration de cette (sur)réalité n'aspire plus à l'enracinement, n'est commandée par aucun projet communautaire : il n'est plus question « d'édifier la tour de fer de la littérature sinophone des mers du Sud », selon l'expression des premières époques, encore moins de participer au corpus de la littérature nationale malaisienne (sans parler de celui de Chine continentale ou de Taiwan). La reconstruction de cet espace-temps dans les parages du réel tend vers une purification de l'espace littéraire, à l'aide de ces techniques hérétiques transnationales qui favorisent un peu plus son autonomie et le font entrer dans la zone franche de la République des Lettres.

C'est pourquoi l'on peut voir, dans cet abandon du réalisme, l'abandon de la vision politique dont il était l'instrument, et de sa perspective sur l'Histoire. Certes, le lecteur appréciera par lui-même le sens du détail historique chez Zhang, toujours significatif, jamais superflu (jusqu'à la marque du vélo de Kwan la Face Rouge), ainsi que les caractères des personnages savamment conçus à partir de la spécificité de leur époque. Mais ces grondantes années 1940 sur lesquelles se détache le petit monde du Bouk aux Sangliers, le désastre de l'Histoire qui s'abat sur lui, ne donnent jamais lieu à un discours autre que celui de la fiction ; son propos ne ventriloque aucune cause annexe, c'est-à-dire « politique ». Ici encore, la réalité magique, grotesque, absurde, interrompt toute célébration d'un destin collectif pour laisser place au recul désenchanté sur une histoire toujours trop humaine. En effet, c'est toujours ce même regard désabusé qui l'emporte dans les principaux romans de Zhang, situés, précisément, aux moments clefs de l'histoire de la communauté sino-malaise. Qu'il s'agisse de l'insurrection communiste dans la province du Sarawak dans *La Harde d'éléphants*[1] (1998), de l'héritage de la migration et du système colonial dans *Le Calice des singes* (2000) ou, ici, de l'invasion de Bornéo par les troupes japonaises, les héros de la résistance nationale, les fondateurs de dynasties familiales, les chefs de la révolution sont tous de petits tyrans sanguinaires, filous, violeurs et assassins. Et si l'on peut parler de ces moments historiques clefs comme d'une matière malaisienne – quasiment au sens où l'on parlait jadis d'une matière de Bretagne, tant les auteurs sino-malais, sinophones aussi bien qu'anglophones, l'ont sollicitée[2] –,

1. Des extraits traduits de *La Harde d'éléphants* ont paru dans la revue *Jentayu*, n° 7, p. 111-127.

2. On retrouve dans *Pluie* de Ng Kim Chew la présence en filigrane de ces trois moments que sont la migration (la deuxième phrase du roman n'est-elle pas : « et déjà il a vu la haute mer » ?), l'occupation japonaise et l'insurrection communiste. On perçoit, par rapport à Zhang Guixing, une nette divergence dans les options narratives. Elle vient, en partie, de la différence de génération que nous évoquions, mais aussi des choix quant aux moyens puisés dans le « patrimoine hérétique transnational ». Deux exemples de cette matière malaisienne abordée par les romanciers anglophones sont *Le tristement célèbre Johnny Lim* de Tash Aw et *Le Don de la pluie* de Tan Twan Eng, où l'épisode de l'occupation japonaise sert avant tout de cadre historique à des intrigues dont la construction et la langue restent relativement conventionnelles.

c'est justement par la subversion d'une telle matière, son détournement, que l'œuvre de Zhang acte la rupture et assume l'indépendance du discours littéraire.

Il y aurait tant à dire, enfin, sur l'intense travail de la langue auquel se livre Zhang – mais sans doute est-ce l'endroit où une traduction doit pouvoir parler d'elle-même. Contentons-nous donc d'indiquer dans quelle mesure la créativité linguistique de notre auteur s'inscrit dans le mouvement d'autonomisation de l'espace littéraire. Pour ce qui est de l'héritage de la révolution du vernaculaire, on pourrait voir dans le lien intertextuel constant avec *Le Voyage en Occident* une sorte de mise en abyme de cet héritage. C'est-à-dire que, d'une part, comme les modernisateurs qui désiraient alimenter le nouveau vernaculaire aux sources de ce grand roman populaire, Zhang lui emprunte directement un certain nombre d'images et d'expressions (un exemple parmi d'autres, dans la vision hallucinée de Tortue Molle, *les bancs de poissons noient leurs écailles, les oiseaux replient leurs ailes*) ; et d'autre part, simultanément, il mêle au quotidien de ses personnages des éléments vivants du texte, comme les surnoms que se donnent les enfants (Grand Sage, Bébé Rouge) ou leur cocasse représentation théâtrale, contribuant ainsi à ancrer historiquement le récit dans le moment même où l'idiome national était en train de se construire en référence à une culture vernaculaire. Cependant, à présent, la langue, pas plus que la réalité du réalisme magique, n'a pour horizon une communauté déterminée, elle a pour objet le seul monde de fiction qu'elle crée. La puissance d'invention linguistique doit pouvoir donner à ce microcosme son autonomie. Zhang y parvient notamment en jouant sur une gamme extraordinairement étendue de registres : il passe avec une maîtrise consommée de la langue verte du petit peuple de sabotiers, chasseurs, contrebandiers, aux évocations en mode classique du paysage et des sensations, des jurons régionaux (ces rageurs *ham ga san!,* échos des langues du Sud qui nous ramènent aux particularités dialectales) aux caractères hapaxiques.

Mais sa singularité, son style, c'est sans nul doute la multiplication des images. Tout, ou presque, peut donner lieu à une métaphore, à une comparaison. On pourrait s'en tenir à ce lyrisme virtuose, mais, plus profondément, on peut aussi voir, dans ce foisonnement, le signe d'un doute radical quant à la capacité des mots à toucher les choses. Comme si l'écriture était pour toujours lancée à la poursuite d'une proie dont elle ne saisit jamais que l'ombre. Et cet au-delà du langage vers lequel semble tendre la langue de Zhang coïncide avec la recherche, chez celui qui a été privé d'appartenance au sol, d'un lieu originaire, d'avant toute détermination. La forêt vierge est ce lieu, depuis son premier roman *Le Chant de la sirène*[1]. En ce sens, les écrits de Zhang ne signent pas tant un retour à une terre natale géographiquement déterminée qu'ils amorcent ce voyage vers une jungle qu'il nomme « mère de la terre » dans la préface au *Calice des singes*. S'il y a donc une langue maternelle à laquelle notre auteur aspire véritablement, c'est celle que parle cette jungle : voix naturelles immédiatement égales à elles-mêmes, supérieures par la grâce de leur communication transparente, inaltérables malgré la monstruosité des humains et leurs destructions, dans cet espace littéraire elles devront toujours avoir le dernier mot – la preuve, l'ultime parole du roman est un chant d'oiseau.

Pierre-Mong Lim

---

1. Nous exceptons les nouvelles de jeunesse, regroupées sous le titre *Tigre tapi*.

LES PIEDS DU PÈRE

Ce soir-là au crépuscule, quand Kwan A-hung se pendit sous le jaquier, un feu de plaine tournoyait dans les chaumes, une brume sale et poisseuse se répandit sur la campagne et engloutit la moitié de Krokop, le Bouk aux Sangliers. Un soleil rougeoyant flottait, strié par les vapeurs et les fumées, tel un banc de carpes dorées. Des éperviers bleus aux ailes de braises ardentes, qu'illuminaient les flammes élancées vers le ciel, volaient bas en cercle et fondaient sur leurs proies en fuite dans l'océan de feu. Les plaintes de dizaines d'oiseaux s'élevaient des bosquets, les plus sonores, les plus affligées d'entre elles étaient celles des grands coucals, immobiles au bout des branches ou recroquevillés sur le sol, ils regardaient brûler leurs nitées tout juste sorties de l'œuf ou en âge de s'envoler.

Les villageois allaient et venaient entre leurs champs, leurs vergers, leurs poulaillers, sans prêter la moindre attention au feu ni à ses lugubres hurlements, mais un vent de sud-ouest s'abattit sur le village et, en un rien de temps, la fumée ennassa les récoltes ainsi qu'une centaine de maisons sur pilotis, dans la panique ils prirent la fuite, la peur s'empara du bétail et des basses-cours, même les dîners eurent une odeur de brûlé. Les enfants du village exultèrent, retenant entre leurs doigts la bande de tissu de leur lance-pierre, tenant dans l'autre main le manche taché de sang d'oiseau, ils bandaient l'élastique puis tiraient sur les volatiles fuyant l'incendie, sur les roussettes et les éperviers qui planaient bas avec arrogance. Les roussettes dont la membrane d'une aile avait été trouée par les gamins gisaient à leurs pieds, faces de renard écarlates toutes pleines de poils, aux grandes oreilles, elles poussaient vers eux des cris de rage terribles.

Certaines pierres lancées par les enfants dégringolèrent sur la tôle zinguée des toits des maisons dans un tintamarre strident et cristallin. Les villageois croyaient dur comme fer que ces pierres tombées du ciel sur leurs habitations n'attisaient rien de moins que la colère divine, appelaient les calamités, mais leurs sermons n'ébranlèrent nullement l'humeur taquine des garnements et leur instinct meurtrier.

Quand les fumées qui enveloppaient le domaine de Kwan A-hung se furent peu à peu dissipées, les gosses traversèrent la clôture et virent son corps sous le jaquier.

« Peh-youn », dit un enfant, un martin-pêcheur et une pie pendaient à son cou, « ton papa s'est pendu ! »

Assis à califourchon sur la branche d'un ramboutan, Peh-youn regardait au loin les flammes galoper dans les herbes comme des chevaux sauvages, les fumées l'avaient assailli à maintes reprises, il avait fermé les yeux, s'était bouché le nez, la suffocation avait eu beau le faire pleurer, il n'était pas redescendu. Voilà dix jours qu'il était là à épier les grands coucals, depuis le moment où ils rassemblaient des brindilles pour construire leurs nids jusqu'à celui où ils apportaient dans leur bec des insectes pour nourrir leurs petits. Ils nichaient cachés dans un bosquet sur une colline, un bois-de-fer argenté avait poussé qui, géant parmi les nains, dominait tous les autres arbres, les grands coucals se perchaient toujours dessus et feignaient de s'y délasser avant de revenir avec leur proie. Son père lui avait expliqué : le grand coucal est d'une nature méfiante, dès qu'il s'aperçoit qu'on lorgne son nid, même si les petits sont déjà nés, il cherchera par tous les moyens à déménager ses pénates. Le feu avait gagné la colline, et Peh-youn voyait les grands coucals aller et venir précipitamment entre le bois-de-fer et les arbustes en poussant des cris déchirants.

A ce moment-là il aperçut, qui lui faisait signe de la main, l'enfant au cou paré des deux dépouilles d'oiseaux. Le martin-pêcheur au plumage de chamarre et la pie parfaitement blanche et noire. Suffoquant, le martin-pêcheur battait des ailes furieusement, en poussant des cris aussi déchirants que les grands coucals.

Quand Peh-youn et la bande de gamins arrivèrent sous le jaquier, son père avait déjà été décroché de l'arbre par les villageois, ils l'avaient étendu sur le sol, la fumée s'enroulait en volutes dans ses cheveux ébouriffés, sur son cou était imprimée la marque profonde de strangulation qui faisait comme une brûlure. La corde suspendue au tronc de l'arbre se balançait sous le vent brûlant du sud-ouest, un nœud coulant avait été noué à son extrémité. Cette corde, c'était celle que Peh-youn avait accrochée au jaquier un an plus tôt, il y avait arrimé un pneu en guise de balançoire. Le pneu avait perdu sa jante, les chevrons à la surface étaient effacés, Peh-youn calait son petit derrière sur le rebord intérieur et quand, les deux mains fermement agrippées au rebord extérieur, il se balançait, parfois son père tendait la jambe et d'une forte poussée du pied envoyait le pneu dans les airs, parce que son père n'avait pas de bras. Sans cette balançoire que Peh-youn avait accrochée, peut-être son père n'aurait-il pas pu se pendre sous le jaquier. Le sillon creusé dans le cou ressemblait à ces stigmates que les figuiers étrangleurs laissent sur les arbres qu'ils parasitent et qui ne retrouveront pas leur forme originelle, il allait du cou jusque derrière l'oreille, on eût dit une douve qui aurait protégé les remparts d'un visage aux reliefs accidentés.

Personne n'avait de doutes sur les circonstances de sa mort, même s'il n'avait plus de mains. Kwan A-hung avait grimpé sur le jaquier, enfourché la branche, avec ses orteils il avait dénoué le pneu et fait un nœud coulant où il avait passé son cou, tout ça, il l'avait fait à l'aide de ses deux pieds.

Kwan A-hung avait vingt et un ans quand il avait perdu ses bras, Peh-youn portait encore des langes. Au moment où son enfant avait fait ses premiers pas, A-hung avait déjà acquis une grande maîtrise de ses pieds. Le premier lance-pierre de Peh-youn, ce fut l'œuvre de son père. Accroupi sur le sol, il avait saisi un parang entre le gros orteil et le deuxième orteil de son pied droit et, dans une branche en forme de V prélevée sur un arbuste, il avait taillé une fourche à manche court. Il avait coupé deux morceaux de caoutchouc dans la chambre à air d'un vélo abandonné, arraché d'une vieille godasse un morceau de tissu, pris des mains de son fils quatre élastiques, et en un rien de temps il avait parachevé un lance-pierre prodigieusement meurtrier. Le père plaça une pierre dans la bande de tissu qu'il retint avec les orteils de son pied gauche, il maintint l'arme entre le gros orteil et le deuxième orteil de son pied droit, et tira sur l'élastique, le projectile fusa dans un sifflement, à faire rouler les pierres et se soulever la poussière. Le premier cerf-volant de Peh-youn, ce fut aussi l'œuvre de son père. Il avait commencé par allumer une cigarette occidentale, puis il avait coupé le manche d'un balai pour faire deux tiges de bambou, à l'aide d'une fine corde il avait conçu l'armature en losange, puis l'avait collée sur un papier de verre en forme de cerf-volant, il avait noué un fil, et au moment où il montrait à Peh-youn comment le manier, il tendit son pied pour faire tomber la cendre de sa cigarette. Un jour, Peh-youn était alors âgé de sept ans, son père était assis sur l'escalier de la terrasse, son gros orteil et son deuxième orteil gauches soutenaient le fût d'un fusil de chasse à double canon, la crosse reposait entre ses jambes, le troisième orteil du pied droit pressa sur la détente, deux balles frappèrent en plein ventre deux sangliers qui, au grand jour, avaient envahi la propriété et cherchaient leur nourriture dans une plantation de manioc. Appuyé contre la fenêtre, Peh-youn avait vu le sang des bêtes, telles les nuées pourpres du couchant, teinter de rouge la moitié de la plantation.

Peh-youn aimait à s'asseoir sur le porte-bagages du vélo et sentir l'art de conduire de son père, fluide, souple, aérien. Au point du jour, celui-ci enfourchait la selle, ses plantes de pieds appuyaient sur les pédales et, la colonne droite comme la hampe d'un drapeau, les yeux fixés droit devant lui, il franchissait tous les obstacles, les contournait, parfois il redressait un peu le guidon avec ses pieds, filait ainsi jusqu'à son épicerie, *Chez King-hün*. Peh-youn, agrippé aux ressorts de la selle, regardait le dos de son père pareil à une stèle, ses manches qui claquaient au vent, et une joie mêlée de tristesse submergeait son jeune cœur. Des berges du fleuve Krokop jusqu'à la route de terre jaune où se trouvaient les échoppes du village, le vélo filait comme le vent, les rayons des roues tourbillonnaient comme des faisceaux de lumière argentée, les jantes se trempaient de rosée, la chaîne tournait confusément comme les bronches d'un vieillard encombrées de phlegme pâteux. C'est seulement à l'approche de l'épicerie que le père levait et tendait le pied pour appuyer sur le frein.

C'était un vélo de la marque Raleigh, la dynamo était cassée, les phares aveugles, l'armature bancale, les pédales délabrées, il manquait un rayon, le garde-chaîne et le garde-boue étaient à l'agonie, de la selle craquelée sortait un ressort, et pourtant, dès qu'il avait le temps, le père emmenait son fils sur cette ruine pour aller faire un tour dans les environs du village, dans la campagne envahie d'herbes folles, sur les berges du fleuve, sur les sentiers étroits jonchés de chaumes.

La première fois que Kwan A-hung et Peh-youn étaient montés sur cette butte, Peh-youn avait cinq ans. Elle était couverte de petites fleurs jaunes et blanches, tout autour il y avait des taillis, des marais, des flaques d'eau, des cratères, des arbres à feuillage persistant et des chaumes à perte de vue, là étaient enterrés des restes d'êtres humains et des ossements de bêtes, vaste et désolée le jour, traversée de rapides feux follets la nuit. Le père et le fils s'étaient arrêtés au sommet, A-hung en faisant la moue désigna du menton la bauge d'un sanglier sur l'autre versant de la butte, couverte par des fougères, des plantes grimpantes et un tas de branchages qui la protégeaient, onze ans plus tôt, dit-il, avec la mère de Peh-youn, ils avaient massacré une laie et ses six marcassins ; six ans plus tôt, à cet endroit, il avait terrassé un infâme monstre, engeance de pirate japonais, qui terrorisait le village. Le père avait voulu que Peh-youn fermât les yeux, qu'il écoutât l'appel des herbes, des arbres, des insectes et des animaux, de la création entière. Le garçon obéit et ferma les yeux en souriant, ouvert à la mousson d'été du sud-ouest, à la mousson d'hiver du nord-est, il resta ainsi pendant cinq minutes au sommet de la butte. Il rouvrit les yeux, et son père lui demanda : Qu'as-tu vu ? Il secoua la tête. Son père lui commanda à nouveau de fermer les yeux. Au bout de cinq minutes, il demanda : Qu'as-tu entendu ? Peh-youn avait entendu, au loin, les aboiements des chiens et les piaillements des poulets, les appels des ouvriers foreurs, les cris des éperviers bleus et des oiseaux sauvages, le bruissement régulier des chaumes comme le ressac de la mer, les coups de fusils qui éclataient dans la jungle et son père qui lâchait un pet. Celui-ci, toujours en faisant la moue, indiqua du menton un étang bordé de roseaux et d'orchidées sauvages, il y a, dit-il, un enfant accroupi dans les roseaux, avec une canne à pêche faite d'une branche pelée, qui pêche des *tenualosa* en se servant de sauterelles comme appâts, derrière l'enfant, dans un panier en rotin, il y a un poisson qui est encore en train de se débattre. Le père fixa son regard sur un caïlcédrat et déclara qu'il y avait un busard des roseaux perché au sommet en train de guetter l'apparition d'un dragon d'eau dans l'étang au loin. Du pied droit il montra des arbustes, derrière, dit-il, il y a un cratère fait par les Alliés lors de la seconde guerre mondiale, où hiberne un porc-épic mâle. Il scruta les alentours, il dit encore qu'autour de la butte, trois grands coucals transportaient des herbes dans leur bec pour faire leur nid, que deux sangliers à barbe fouillaient les berges d'un ruisseau sur le point de s'assécher, à la recherche de vers et de pupes d'insectes. Fronçant les sourcils, Peh-youn leva le menton, il regarda le visage de son père aux traits imposants comme une forte citadelle, il tira sur le parang accroché à sa ceinture comme si cela avait été sa main et lui demanda : Comment tu sais ça ?

Le père tapota l'épaule de son fils avec son genou en guise de main, Peh-youn, dit-il, tu es encore petit, un jour toi aussi tu sauras.

Juin 1952, les durians étaient mûrs, leur odeur, qui flottait dans le village, avait attiré les sangliers alléchés. Peh-youn et d'autres gamins avaient grimpé au sommet des arbres et sur d'autres endroits en hauteur pour assaillir les sangliers de leurs frondes, le déluge de pierres et les grognements des bêtes avaient effrayé les tourterelles et les pigeons qui, pour la ponte, avaient fait leurs nids sur les panneaux d'isolation de la maison sur pilotis de Kwan A-hung. Une centaine d'oiseaux s'enfuirent à tire-d'aile, ils disparurent parmi les arbustes et les arbres à feuillage persistant. Quand Peh-youn et ses amis eurent fini de manger quelques durians, ils soulevèrent un panneau et entrèrent, ils aperçurent un coffre en bois pansu comme le ventre d'un bœuf, ficelé avec des cordes, en l'ouvrant ils découvrirent pêle-mêle des masques de *yôkai*, les monstres japonais, ainsi que des jouets. Sous un jaquier les enfants firent rôtir un pigeonneau, chacun s'était affublé d'un masque différent, bec d'oiseau et groin de cochon, œil unique et longue langue, crocs féroces et cheveux rouges, yeux de biche et bouche fardée, beau visage au sourire sournois, monstre hideux à face cruelle ; ils s'amusèrent avec des canons à air, des anneaux magiques, des sifflets en céramique en forme d'oiseau, des casse-têtes, des cochons embrassés ; par terre bondissaient et tressautaient par saccades, montés sur leurs ressorts, un criquet chanteur, un poulet sauteur, un lapin tambourineur, un bonhomme de neige espagnol avec son balai, un singe en tenue de voyage, un éléphant jouant à la balle…

Les enfants jouèrent de midi au crépuscule, sans se soucier du temps qui filait. Les feux de plaine obstruaient la voûte céleste, de chauds effluves galopaient, les fumées enveloppaient le ciel d'été, et toute chose entre terre et ciel était transfigurée. Le soleil calciné, bougie rouge sur le point de s'éteindre, était figé à l'horizon. Les nuages se coloraient de mille teintes, sauf de blanc. Une dizaine d'éperviers tournaient dans le ciel, on eût dit des pythons pourvus de plumes et d'ailes qui tiraient des langues fourchues comme des flammes. D'immenses arbres touchaient le ciel, renversés dans les airs, leurs racines fissuraient un firmament sec, brûlé, noir. Une centaine de maisons sur pilotis s'entassaient, comme des crabes attirés par la lumière, tournées vers le soleil qui peu à peu s'éteignait, on eût dit qu'elles voulaient offrir à l'astre plus de bois pour brûler. Les lampyres éclairaient par milliers, par millions, les berges noires du fleuve, formant une longue et vaste lanterne à lucioles.

Au moment où les enfants rassemblaient du bois sec pour nourrir leur feu de camp sous le grand jaquier, Kwan A-hung ouvrit d'un coup de pied le portail de la clôture et, sans un bruit, sans un mot, marcha jusque sous l'arbre. Les enfants avaient toujours eu en terreur le patron sans bras de l'épicerie, enlisés dans les sables mouvants de la peur ils n'osaient plus faire un geste. A la lueur du feu, le visage d'A-hung paraissait tantôt tendu comme la peau d'un tambour, tantôt lugubre comme un rempart sur lequel flottaient des feux de guerre, tantôt blanchi comme les os, blanc comme cendre. Il scruta un à un les enfants immobiles, une petite fille qui tenait un cerf à ressort se mit à pleurnicher. Soudain Kwan A-hung alla vers un garçon déguisé en *yōkai* et de toutes ses forces il hurla : « Enlève ce masque ! Ouste ! Ouste ! Fous-moi le camp ! »

Les enfants ôtèrent leurs masques et s'enfuirent à toutes jambes. Durant les six mois et quelques qui restaient à vivre à Kwan A-hung, les petits camarades de Peh-youn ne franchirent plus le seuil de la maison. Durant ces six mois qui lui restaient à vivre, aux yeux de Peh-youn, son père sembla être devenu un étranger. Le matin, il prenait son vélo et filait à l'épicerie, il restait là assis devant le comptoir à fumer, telle une sentinelle qu'on relève très rarement. Les villageois disaient que ses yeux luisaient de l'éclat froid de deux lames, comme un air de meurtre indélébile qui aurait persisté après la fin de la guerre. A la nuit tombée, il s'asseyait sur la terrasse de sa maison et fumait une centaine de cigarettes, les yeux posés fixement sur la jungle paisible, jusqu'à minuit, et même jusqu'à l'aube. Dix jours plus tard, il attisa un feu ardent sous le jaquier et ordonna à Peh-youn d'immoler les masques et les jouets du coffre. Après sa mort, son fils et les autres enfants revinrent sous l'arbre, parmi les cendres ils retrouvèrent les carcasses en métal des jouets espagnols, ils eurent la bonne surprise de découvrir que plus de la moitié d'entre eux, une fois le ressort remonté, bondissaient et tressautaient comme avant, toujours avec le même bruit mécanique, ils faisaient penser à des âmes de petits démons.

Après qu'il eut détruit par le feu ces jouets aux mystérieuses origines, le père de Peh-youn le réveilla plusieurs fois au beau milieu de la nuit, il ouvrait toutes les fenêtres de la maison et, avec sa lampe torche, balayait les alentours. Papa, tu as vu quelque chose? demandait Peh-youn. Kwan A-hung s'arrêtait longtemps, puis il disait avoir vu un homme sans tête qui tournait autour du jaquier en jouant une comptine japonaise sur un harmonica brûlé. Une vieille femme aux cheveux blancs brandissait une longue faux à la poursuite d'une tête volante sans corps. Un escadron de soldats japonais à vélo passait en roulant sur un tas de cadavres d'enfants, les rayons des roues et les cadres se prenaient dans leurs entrailles et leurs membres. Peh-youn éclaira plusieurs fois les abords sombres de la maison, mais il ne réussit qu'à faire aboyer les chiens qui erraient dans la nuit.

Trois jours avant qu'il se pende, son père était monté avec Peh-youn une dernière fois sur la butte. Il avait jeté un regard tout autour de lui, soudain il avait touché son fils du bout du pied en disant qu'un rônin du Soleil Levant, dépenaillé, traversait les roseaux, un katana à la main, et s'approchait pas à pas de la butte. Un garçon plus pâle que la pâleur était accroupi sur une branche de caïlcédrat, un parang et des flèches empoisonnées accrochés à la ceinture, une sarbacane sur l'épaule tel un hast, une baïonnette à vous glacer les sangs était attachée à la sarbacane, *clic-clac*, *clic-clac* il tenait entre ses doigts un instrument de musique métallique qui imitait le criquet. Une femme aux bras parés d'anneaux en rotin avait sauté dans le cratère, armée d'un parang, pour occire une laie gravide, derrière elle s'attardaient un chien noir aux pattes de fumée, un coq sans tête et un cercopithèque.

Peh-youn observa calmement les alentours, partout ce n'était que brûlis et fumées, des grands coucals et des éperviers bleus planaient, les hauts arbres à feuillage persistant exhibaient en tous sens leurs branches dévorées par le feu, les touffes d'herbe verdoyantes attendaient, douces et chagrines, que les flammes viennent les lécher.

Il jeta un coup d'œil au sinistre visage de citadelle de son père, il baissa la tête pour regarder ses pieds.

Des poils noirs rêches et courts s'entremêlaient sur le dessus du pied, tendons et veines saillaient, le talon était épais, la voûte plantaire formait un bel arc, le cor de son gros orteil gauche ressemblait à un œil de poisson mort, ses orteils dépassaient à moitié de ses tongs, ils étaient grotesquement plus allongés que la normale.

Peh-youn n'oublierait jamais les soirs où son père plaçait ses orteils, faute de mains, devant la lumière de la lampe à pétrole et, sur la cloison jaunâtre et lézardée, faisait un petit théâtre d'ombres.

Il levait les pieds, alors, comme dix serpents sortant de leur trou, les dix orteils dansaient, tournoyaient sur le mur, ils prenaient la forme de toutes sortes de bêtes à plumes et à poils. Quand Peh-youn, gagné par le sommeil, sombrait dans le monde des rêves, il voyait son père, le corps ensanglanté, tendre deux mains squelettiques et représenter sur le mur une scène de bataille dans la jungle, emplie de fumée et de poudre, où brillaient les éclats de lames d'un combat sans merci, le sol jonché d'ossements blancs.

LES MASQUES

En l'an 1941 de notre ère, soit le 16 décembre de la trentième année de la République de Chine, soit le vingt-huitième jour du dixième mois du huitième tronc céleste dans le cycle sexagésimal, soit l'an 12 de l'ère Shôwa, soit cent ans après les guerres de l'opium, cent ans après la domination de Sarawak par le tyran blanc James Brooke, soit neuf jours après l'attaque de Pearl Harbor, dix mille soldats japonais embarquèrent à bord de leurs bâtiments de guerre, escortés par trois destroyers, quatre croiseurs, un chasseur de sous-marins, deux dragueurs de mines et deux avions de reconnaissance, ils partirent de la mer de Chine méridionale pour débarquer au nord-ouest de Bornéo, à Krokop, le Bouk aux Sangliers, petit village de pêcheurs qui produisait quinze mille barils de pétrole brut par jour. Il était quatre heures du matin, la mousson d'hiver amenait avec elle du nord-est une pluie diluvienne et des éclairs qui illuminaient d'antiques craquelures au firmament.

La foudre frappa deux soldats sur une échelle de corde, une lame de fond engloutit trois chalands de débarquement, les bourrasques poussèrent un canot pneumatique rempli de ces Monstres vers la mer de Sulu infestée de pirates, des rochers réduisirent en miettes deux caisses de mitrailleuses Arisaka type 92 et une dizaine de mortiers. Pendant une fraction de seconde, le général Miyaguchi Kiyotaka, commandant en chef, darda ses petits yeux sur l'éclaireur, le deuxième classe Ito Hideo, qu'il envoya d'une gifle rouler sur le sable humide et froid, le général mit sa main droite en visière pour observer la terre désolée de Krokop rougie par les premières lueurs de l'aube. Un harmonica Suzuki, un seize trous diatonique pour le blues, s'échappa du barda d'Ito Hideo, le couvercle noir de suie tomba gueule ouverte sur ses bottes *tabi*, les cavités de l'instrument, pleines de cendres de cigarettes, geignirent. Ito se releva et, dans le même mouvement, ramassa discrètement l'harmonica qu'il fourra dans le sac à dos militaire 99 que les gars appelaient « sac-pieuvre », dont les tentacules flottaient en l'air, il caressa l'instrument à travers son imperméable afin de l'endormir paisiblement. Les puissantes rafales de la mousson traversaient le sac-pieuvre comme des fils de fer et effleuraient les anches de métal, d'où s'échappaient des mugissements de veau.

Au lever du jour, les corps des Monstres exposés au soleil sur les rochers furent recouverts par près d'un millier de milans sacrés, milans noirs, busards des roseaux, faucons pèlerins, corbeaux et mouettes, les oiseaux s'en retournaient dans la jungle emportant dans leur bec entrailles et morceaux de cadavres, quand un bout, grand comme la paume d'une main, tomba sur la terrasse de Tsing le Biscornu, celui-ci avait fini de fumer sa pâte d'opium et aperçut un nuage de poudre noir sortant de la bouche de son fusil Johnson M. 1941 accroché au mur, sur le canon scintillait une longue et mince Voie lactée, toute constellée d'étoiles, traversée par dix balles Mauser pointues qui filaient comme des météores. Le Biscornu sortit sur la terrasse, flaira, lécha le morceau de chair, sans pouvoir déterminer sa provenance, il frappa dessus, et son coup de poing fit apparaître un petit homme bien formé, qui hurla deux phrases dans la langue des Monstres et s'enfuit dans les fourrés de chaumes. Trois ans et huit mois plus tard, Tsing le Biscornu se lancerait dans une chasse aux Monstres à travers la jungle, son fusil Johnson bringuebalant violemment à son épaule, une fois encore un nuage de poudre noir sortirait de la gueule du canon, libérerait des ondes de mort que seul le Biscornu pouvait sentir, il saurait que devant lui l'ennemi était en fuite. Les rots et les pets des Monstres sentaient la poudre, les émanations de la pisse et des merdes semées le long du chemin avaient l'odeur des confiseries aux haricots rouges qu'ils aimaient tant et des Three Castles, leurs cigarettes roulées préférées, rien n'échappait aux sens du fusil de Tsing. Une dizaine de corps de Monstres dérivèrent jusqu'à l'embouchure de la Krokop, la danse de mort des crocodiles marins qui, tournant sur eux-mêmes, emportaient leurs proies au fond de l'eau, terrifiait les villageois, l'un de ces reptiles, gavé, était mort subitement au pied de la maison sur pilotis de Tortue Molle Tsîn, celui-ci retira des entrailles de la bête un casque japonais type 90 couleur vert-de-gris et le nettoya avec l'eau du fleuve, il comptait le troquer contre quelques boulettes d'opium auprès de Tzo Da-dy, voilà deux jours qu'il n'avait rien fumé. Son fils de neuf ans prit une tenaille pour arracher un croc de la denture thécodonte du crocodile, il releva la tête, jeta un coup d'œil à son père et lui prit le casque des mains pour s'en coiffer. Tortue Molle vit le casque posé sur la tête de son fils se calcifier, se transformer en crâne, il l'entendit prononcer quelques phrases incompréhensibles dans cette langue de Monstre.

Calamiteux fut le débarquement, il s'en fallut de peu que le général ordonnât qu'on fusillât Ito Hideo, lui qui avait marché en éclaireur, qui avait sillonné Bornéo dix-huit années durant. Douze jours plus tard, Ito et une trentaine de soldats allèrent à bicyclette arrêter les membres du Comité de sauvetage de la patrie et des réfugiés, A-hung et le chef des gamins du village, Tso Roi des Singes, étaient en train de sarcler les mauvaises herbes dans le verger de Fortune Ng, le roi du durian, les Monstres mangeaient les ramboutans offerts par le propriétaire, assis sous un cocotier, Ito entonna sur son harmonica *La Marche de la marine impériale*, ensuite l'air de *Battôtai*, puis les comptines *Le Désert sous la lune*, *Couchant, crépuscule* et *Rouge libellule*, quand il eut fini, A-hung comprit, à sa grande stupeur, que ce joueur d'harmonica n'était autre que le vendeur ambulant qu'on appelait Kobayashi Jirô avant le débarquement des envahisseurs. Le deuxième classe Ito Hideo portait la casquette saure et l'uniforme kaki, un fusil Arisaka type 99 accroché à l'épaule et, à la ceinture, l'étui de son revolver Nambu 14 ainsi qu'une cartouchière en cuir ; le vendeur ambulant Kobayashi, lui, allait vêtu d'un short et d'un débardeur tout tachés de graisse, traînant des socques en bois, les cheveux en brosse taillés à la diable, les poils de barbe hirsutes, il portait sur son épaule une grosse perche en bambou, longue de plus de cinq mètres, entaillée de dix-huit encoches auxquelles étaient attachées dix-huit cordes de chanvre, plus d'une centaine d'articles en tout genre y étaient suspendus : vêtements, bracelets, boucles d'oreilles, épingles à cheveux, colliers, chapeaux et paniers en rotin, torchons, mouchoirs et tissus, spatules, confiseries, jouets, masques de *yôkai*… Il serrait entre les doigts un harmonica à seize trous sur lequel il jouait des ballades et des comptines du Japon, tantôt tristes, tantôt joyeuses, les enfants et les prostituées japonaises l'adoraient. L'esprit alerte, les mains habiles, il tressait des insectes et des quadrupèdes en rotin qu'il distribuait à la marmaille ; Kobayashi Jirô gardait en lui la candeur de l'enfance, s'affublait de masques en plastique aux mille et une faces, *kappa*, bec d'oiseau et crâne enfoncé, *kasa-obake*, monstre-parapluie à l'œil unique et à la langue pendante, *tengu*, chien céleste à face rouge et au long nez relevé, *tanuki*, mi-raton laveur mi-blaireau, renarde à neuf queues, séductrice au sourire ensorceleur, et il poursuivait les enfants qui s'enfuyaient, effrayés. Kobayashi Jirô avait la bonhommie et la bienveillance d'un Bouddha, il savait qu'il vendait de la camelote et troquait volontiers avec les villageois, il arrivait avec sa perche chargée d'articles et repartait avec une perche chargée de courges amères, de mangoustans, de poissons frais, de viande de sanglier. Une dizaine de gamins, bras dessus bras dessous, vingt petites pattes au ras du sol, se faufilaient, toujours plus vite, se mettaient à la queue leu leu pour former un millipède et un centipède qui s'étiraient, se rétractaient, accéléraient, ralentissaient, s'enroulaient sur eux-mêmes, se tendaient, suivant Kobayashi tout le long de la rue, on eût dit un de ces Indiens charmeurs de serpents, ou le joueur de flûte de Hamelin. A l'approche de la nuit, Kobayashi se rendait dans le quartier des lanternes rouges, avec ses échoppes en planches, sur les bords de la Krokop, son pas s'alentissait comme une balle quand elle pénètre dans l'eau, il devenait d'humeur romantique, se sentait abeille butinant dans un jardin, il jouait avec une emphase pathétique *Fleurs sous la pluie nocturne*, l'air qui rameutait à coup sûr celles que l'on appelait les Karayuki-san, les « demoiselles des mers du Sud ». Une dizaine de filles assises sur un banc relevaient le bas de leur kimono et, tout comme si l'on avait tiré un filet de pêche, allaient au-devant de Kobayashi et de sa perche, elles disaient avec une courbette aux clients : « Veuillez nous excuser, Monsieur Kobayashi est arrivé, attendez un peu, je vous prie. » Il les appelait l'une après l'autre par leur prénom galant : Momoko, Kyôko, Kiko, Naoko, Kanako ; tout ce que vous désirez, Kobayashi l'a en boutique : rouges à lèvres, savons parfumés et pendentifs, épingles à cheveux, boucles d'oreilles et peignes, tasses à thé, bols, baguettes, cuillères, de toutes les formes, de toutes les tailles, de toutes les couleurs. Les tractations une fois finies, il jouait des airs du Japon, c'était là le terminus de Kobayashi Jirô.

Enfant, A-hung avait troqué des durians sauvages contre trois billes et deux masques en plastique de *yôkai*, il dévisagea à plusieurs reprises ce Kobayashi assis sous le cocotier. Quand le deuxième classe Ito Hideo, autrement dit le marchand ambulant Kobayashi Jirô, croisa le regard d'A-hung, il glissa sa main dans le dos et sortit de son sac-pieuvre un masque de *tengu*, à la volée il le mit sur son visage, de la poussière s'envola du masque, qui ne fit plus qu'un avec la face d'Ito, les veines battantes, les yeux féroces, il dardait ses regards sur A-hung, il porta l'harmonica à sa bouche et joua l'air de *Kagome Kagome*. A-hung rit par-devers lui : Kobayashi, pas besoin de te cacher, tu aurais beau être réduit en cendres, on reconnaîtrait toujours ton harmonica tout noir, tes serres de rapaces et ta tête de nœud quand tu joues. Ito, ou Kobayashi, continua à jouer, ses yeux lançaient des éclairs, il porta à nouveau la main à son sac à dos et, d'un geste, un monstre-parapluie apparut, il entonna l'air de *Tôryanse*. A-hung jura tout bas : Kobayashi, pas besoin de te cacher, tu aurais beau être réduit en cendres, on reconnaîtrait toujours tes dents moches, ta paire de cannes ridicules et ton air idiot quand tu joues. Au milieu de *Tôryanse*, les Monstres formèrent les rangs pour partir, Ito se fondit dans la troupe, il tira un masque de *kappa* de son barda et le passa à l'arrière de son crâne, peut-être avait-il compris qu'A-hung n'était pas le seul à l'avoir reconnu, le chef des gamins Tso Ta-tsi et le maraîcher Fortune Ng s'étaient aussi moqués de lui en le pointant du doigt. A-hung avait dit : « Alors Kobayashi, comment ça va depuis la dernière fois, tu aurais beau n'être plus qu'un tas de cendres, on reconnaîtrait toujours ton oreille à moitié bouffée par un singe, ton dos bossu comme un vieux cocotier et ta dégaine quand tu marches. » Deux mois avant que Kobayashi disparaisse sans bailler un seul adieu, un jeune mineur chinois avait échangé un cercopithèque contre une casserole et un débardeur, Kobayashi avait attaché une corde de chanvre au cou de l'animal et l'avait juché sur son épaule libre, mais le singe à longue queue, tel un lion en cage, allait et venait le long de la perche, pour la grande joie des enfants, la gaule leva la tête, puis releva le derrière, et les vêtements, les jouets, les ustensiles de cuisine se répandirent à terre, Kobayashi balança une baffe au primate, lequel se mit en colère, il lui mordit l'oreille gauche et, après bien des efforts, en arracha la moitié. Le marchand, résigné, relâcha son prisonnier, avec en prime un caramel mou. Après avoir recouvré sa liberté, le singe tenta de s'intégrer à la colonie de cercopithèques de Krokop, mais il ne fut pas admis, il avait emporté avec lui un masque de démone subtilisé sur la perche.

L'un des fondateurs du Comité de sauvetage de la patrie et des réfugiés, Sîm Maigrezo, héros de la guérilla des Hauts Plateaux, l'Unité spéciale Z composée d'Anglais, d'Américains, d'Australiens et de Néo-Zélandais en lutte contre les Japonais, apprit deux jours plus tard qu'Ito Hideo, jadis Kobayashi Jirô, était l'un de ces commerçants japonais de Bornéo qui s'étaient soudain évanouis dans la nature avant l'arrivée des Monstres. Quelques jours après la disparition de Kobayashi, Tzo Da-dy, le grand chasseur de sangliers, Buffle-Lingot-d'Or, le patron de la bijouterie *Le Lingot*, le menuisier Ko Lai, le roi du durian Fortune Ng, Ti Crocodile Kim, l'as du fusil Tsing le Biscornu, Tortue Molle Tsîn, le vendeur de reptiles, ainsi qu'A-hung, se trouvaient soit à la fumerie publique, soit chez eux en train de faire cuire la pâte d'opium clandestine, qui empestait l'urine, fourguée par Plat-Pif Tsiou ; ils virent par leurs fenêtres la fameuse perche de cinq mètres bondir dans les airs, entraînant à sa suite une ribambelle de *tanuki*, *kasa-obake*, *tengu*, *kappa*, renardes à neuf queues, poursuivis par ces demoiselles des mers du Sud toutes nues. Plus tard, une flèche empoisonnée allait ôter la vie à Kobayashi et l'on ignorerait où sa tête avait bien pu passer, un corps décapité apparaîtrait dans le village, au-dessus du cou tournoierait son harmonica, d'où s'échapperaient par moments des notes nostalgiques. Tso Ta-tsi, un bâton en palissandre de trois mètres sur l'épaule, conduisit sa bande de copains à l'herboristerie tenue par Ozawa Kameda pour chercher Kobayashi, mais ils trouvèrent portes et fenêtres closes, nulle âme qui vive. Ta-tsi en fut fort marri, il se gratta l'oreille, déposa sur le sol son bâton de trois livres censé être la canne en fer cerclée d'or du Roi des Singes, puis il partit avec sa troupe à la recherche du professeur Hsiao au pied du morne Canada. Suite à l'attaque de Pearl Harbor le 7 décembre, le Bouk aux Sangliers avait eu vent de la nouvelle que dans sept jours au plus tôt, quinze jours au plus tard, la grande armée des Monstres allait se déployer vers le Sud pour s'emparer du pétrole de Bornéo, ce jour-là, le cours de Maître Hsiao portait sur le quatre-vingt-septième chapitre de *L'Investiture des dieux*, « T'u Hsing Sun et son épouse meurent au combat », et le cinquante-neuvième chapitre du *Voyage en Occident*, « Où la route de la Triple Corbeille est barrée par les montagnes de feu ; où Souen Wou-kong agite un moment l'éventail en feuilles de bananier », les enfants l'écoutaient toutes oreilles dehors, mais le professeur avait brusquement mis fin à sa leçon et déclaré que les Monstres allaient venir, malheur aux intellectuels, il avait interdit aux enfants de l'appeler « Maître Hsiao », il faudrait dire désormais « Pépé Hsiao », ou « Bon-Papa Hsiao », ou « Papy Hsiao », ou « Vieux Hsiao ». Ce Pépé Hsiao-là ne connaissait que quelques caractères faciles, il avait peu étudié et ne savait pas lire non plus les stèles des tombes. Rude devait être l'existence de ce Vieux Hsiao, il plantait quelques rangées de légumes par-ci, pêchait quelques poissons par-là, si les soldats tâtaient ses paumes et qu'ils les sentaient lisses, délicates comme des pétales de fleurs, au mieux ils le fusilleraient ou le décapiteraient, sinon ils lui feraient subir les pires tortures, désormais Pépé Hsiao allait sarcler les herbes, couper du bois, que ses mains se couvrent de cals. Les Monstres étaient le mal incarné, une fois que le Grand Duc Chiang aurait restauré la Voie du Ciel, que le Roi des Singes, Grand Sage Egal au Ciel, aurait déchaîné ses pouvoirs, une fois les Monstres exterminés, on reparlerait plus en détail de ce voyage en Occident et de l'investiture des dieux.

A la tête d'une trentaine de gamins, Tso Ta-tsi se dirigea vers le morne Canada, à mi-chemin ils aperçurent Maître Hsiao debout sur un coin de terre abandonnée, il coupait les mauvaises herbes à l'aide d'un petit parang, ses moustaches et sa barbe volaient au vent, les enfants craignirent qu'il ne les coupe avec les herbes. Ses mollets disparaissaient parmi les fourrés, Maître Hsiao avait noble allure, on eût dit un Immortel chevauchant les nuées colorées. Jamais les enfants ne l'avaient vu s'abaisser à des tâches triviales, ce ne devait pas être de la sueur qui coulait de son front, mais les précieuses émanations de sa belle tête d'érudit. Il connaissait les histoires du Grand Sage renversant le Ciel, du Grand Duc Chiang chassant le dernier roi des Shang, il savait donc à coup sûr où étaient partis Kobayashi le marchand ambulant, Oshida le marchand de bois, Kameda l'herboriste, Watanabe le dentiste, Sasaki le photographe. Maître Hsiao jeta un coup d'œil à ses paumes pleines d'ampoules et ses doigts ensanglantés par les ronces, il agita son parang, signe qu'il voulait que les enfants rentrent chez eux. Il ne pipa mot et les enfants n'osèrent pas le questionner davantage, mais le plus jeune, Hui le Batave, qui s'imaginait être Nata réincarné, s'obstina, il voulait aider le professeur à couper les herbes. Avec Ko Grande Perche, celui qui disputait à Tso Ta-tsi le titre de chef de bande et qui, s'intitulant Yang Eul-lang, avait dessiné sur son front, à la craie de cire, un troisième œil qui ressemblait en fait à la vulve d'une chienne, ils conseillèrent à Maître Hsiao de prendre une houe et un râteau, car c'étaient de lourds outils qui donnaient rapidement des cals.

En 1909, une poignée d'hommes du Soleil Levant avaient émigré à Sarawak où ils défrichèrent les terres incultes pour y planter des hévéas. En 1911, année de la chute de la dynastie des Tsing, l'entrepreneur Shimamoto Ishii loua aux rajahs blancs de Sarawak une concession de mille sept cents acres pour une plantation d'hévéas, son entreprise s'implanta à Samaraban, elle eut sa propre zone d'administration, ses commerces, son école primaire, sa pharmacie et son dispensaire. En 1929, le Japon était en train de consolider sa richesse nationale et de préparer son armée, un ministère d'outre-mer fut secrètement mis sur pied, afin de capter les ressources naturelles à l'étranger, des habitants d'Okinawa, des durs à la tâche ceux-là, émigrèrent à Bornéo où ils ouvrirent de petits commerces. A-hung, quand il était enfant, flânait dans le village avec son père, le fils ceint d'un petit parang, le père d'un grand parang, avec une hotte en rotin dans le dos, A-hung adorait le regarder qui, avec les autres villageois, arrêté aux échoppes de ces hommes du Soleil Levant, gesticulait pour discuter le prix des chaussures, des tissus, des vélos et des machines à coudre, c'est ainsi qu'A-hung avait appris quelques phrases de leur langue barbare. Son père, Kwan la Face Rouge, la première fois qu'il était venu musarder dans l'une de ces boutiques, avait eu le coup de foudre pour un vélo de la marque Fuji, il passait la main sur le guidon, les phares, la sonnette et la selle en lui susurrant de douces paroles. Mais il n'était pas le seul à être tombé amoureux de l'engin, les aborigènes, les mineurs, les coolies javanais avaient eux aussi succombé à son charme, ils tendaient leurs mains pleines de graisse et de rudes callosités pour en tâter la selle, saisir le guidon, de sorte que son père n'en avait pas la jouissance exclusive, et quand le boucher Lee Gras du Bide, qui ne sentait pas la rose, jouait avec la dynamo de la roue avant, c'était comme s'il outrageait la belle dans sa pudeur, le père ne desserrait pas les dents de colère, il emprunta de l'argent à Lam Ban-tsing, patron de la scierie *La Sempervirente*, et, avec la sainte intention de racheter la liberté d'une esclave, il fit l'acquisition du vélo. Tout juste après l'avoir acheté, il ne se résolut pas à l'enfourcher, il laissa A-hung s'asseoir sur le porte-bagages, puis le poussa jusqu'à la maison en sifflotant, on eût dit qu'il ramenait une jeune mariée chez lui. Quand Ozawa Kameda, spécialiste en acupuncture, moxibustion et phytothérapie, vit Kwan la Face Rouge lui amener son fils sur la bicyclette pour guérir un rhume, il le remercia avec force courbettes sans lui demander un sou. Le père et le fils furent arrêtés en chemin par Sasaki, gérant de son propre studio de photographie, celui-ci déplia le soufflet qui ressemblait à un accordéon et, *clic-clic*, prit une photo souvenir, laissant A-hung et son père tout ébaubis d'une pareille faveur ; on raconte que le guide des Ginrin, l'unité à bicyclette qui allait débarquer à Krokop, ne fut autre que l'adjudant Sasaki. Watanabe, le dentiste, emprunta le vélo pour faire une fois le tour du village. Oshida, aux bras épais comme des boas constrictors et qui aurait coulé un sampan rien qu'en posant le pied dessus, traînait son chariot à quatre roues, homme de peu de paroles, bien qu'il sût le hakka, il montra du doigt le vélo Fuji en disant : « Si j'avais de l'argent, j'en achèterais un aussi, pour mon bois. » Et quand Kobayashi Jirô aperçut le vélo, comme s'il avait vu une locomotive à vapeur, il cria deux fois *tchou-tchouuuuu ! tchou-tchouuuuu !* et se mit à jouer l'air de la comptine *Poot-poot, voici le train.*

Kwan la Face Rouge emmenait A-hung sur son vélo faire des tours dans le Bouk aux Sangliers, il passait sur les berges de la Krokop, devant les maisons closes japonaises du quartier aux lanternes rouges, les Karayuki-san étaient là, assises serrées les unes contre les autres sur des tabourets bas ou figées dans des fauteuils en rotin, yeux plissés, bouche pincée, elles ressemblaient à des crocodiles sous le soleil, un homme s'approchait, la masse des corps s'agitait, chacune cherchait à happer le client pour l'entraîner à l'intérieur. A-hung avait l'impression que quand son père traversait cette rivière aux crocodiles qu'était le quartier des lanternes rouges, le vélo cahotait un peu plus que la normale. Tso Ta-tsi lui avait dit qu'un soir, il avait vu le Fuji posé sous le caïlcédrat d'une maison close. L'admiration se peignait sur son visage, il ne le raillait pas, même les Blancs, les grands et fringants Anglais, garaient leurs jeeps et leurs véhicules tout-terrain devant les bordels, ivres morts, ils entonnaient *God Save the King* et ces demoiselles leur mettaient le grappin dessus, entraînant joyeusement leur proie au fond de leur repaire. Si les enfants comparaient le quartier à une rivière infestée de crocodiles et les Karayuki-san aux reptiles, c'était parce que Ti Crocodile Kim avait inventé cette comparaison. Celui-ci avait un faible pour la viande de l'animal, il avait tué trente-sept crocodiles marins, dont on trouvait les trente-sept peaux et les trente-sept crânes dans sa maison ; deux ans plus tôt, un matin, il se promenait sur la berge quand une de ces bêtes avait happé la main droite d'une lavandière japonaise, Ti Kim s'apprêtait à dégainer son parang, mais une Karayuki-san qui était en train de se laver les cheveux plongea dans l'eau avant lui et, brandissant son épingle à cheveux en métal, elle creva l'œil de la bête, sauvant ainsi la vie de l'autre femme. Quinze jours plus tard, Ti Kim tomba par hasard sur le même crocodile, l'épingle était restée plantée dans son orbite, il l'abattit de deux coups de fusil dans la tête, puis le dépeça, le fit bouillir et partagea le festin avec les villageois, il enveloppa soigneusement l'épingle dans un morceau de tissu déchiré, il coucha avec l'héroïque demoiselle tueuse de crocodile, qui était grande de taille, et leurs ébats terminés, il piqua l'épingle dans la chevelure de jais. Ti Kim, Tzo Da-dy, Tortue Molle, Ko Lai, Fortune Ng, Tsing le Biscornu, Plat-Pif Tsiou et les autres n'avaient pas aussi bonne mémoire que Kobayashi, pour eux il y avait des filles en kimono, lourdement fardées, coiffées de hauts chignons, qui étaient soit petites, soit grandes, soit maigres, soit grosses, ils ne faisaient pas la différence entre Kawano et Koizumi, Kôka et Kuki, Ti Kim s'inspira donc de la classification occidentale des crocodiles pour classer les filles en fonction de leur taille et de leur corpulence. Les jeunes crocodiliens, dans leur première année, mesurent entre soixante et cent vingt centimètres, trois Karayuki-san correspondaient à cette description, elles mesuraient moins d'un mètre cinquante. Les crocodiliens subadultes mesurent entre cent vingt et cent quatre-vingts centimètres, chez les Karayuki-san il y en avait treize qui mesuraient un mètre cinquante et des poussières. Les crocodiliens adultes dépassent cent quatre-vingts centimètres, on en comptait huit chez les filles dont la taille était d'un mètre soixante et quelques. Enfin, il existe des crocodiliens géants dont la taille est extraordinaire : il y avait une fille qui mesurait plus d'un mètre soixante-dix. Quant aux crocodiliens nouveau-nés tout juste sortis de l'œuf, ils mesurent à peine soixante centimètres, vingt ans auparavant il y avait eu une Karayuki-san qui faisait moins d'un mètre trente. Leur nombre fluctuait entre les trois principales catégories, au maximum elles étaient trente, de morphologies similaires, qu'elles grimacent, sourient ou se mettent en colère, elles paraissaient toutes sorties du même moule, on les distinguait à peine les unes des autres quand elles étaient pomponnées et revêtues de leur kimono, quand elles étaient en costume d'Eve, il n'y avait rien en trop, rien en moins, tout était là, à l'instar des planches rabotées par Ko Lai le menuisier. Pour ce qui est du crocodile géant et du nouveau-né, il n'y en avait eu qu'un seul spécimen de chaque, et chacune avait vécu une romance, l'une avec Ti Kim, l'autre avec Kobayashi.

Quand Ti Kim piqua l'épingle dans les cheveux noirs du crocodilien géant, il vit couler deux traînées de chaudes larmes sur son visage, alors il les lécha, comme un bébé qui tète. Elle s'était soudain jetée au creux de sa poitrine, lâchant la bonde à ses pleurs qui avaient ruisselé le long des poils du poitrail de Ti Kim et inondé son entrejambe. Depuis ce jour, quand il faisait l'honneur d'une visite au bordel, il apportait toujours deux morceaux de porc salé, quelques boîtes de fruits en conserve, des œufs frais, des brochettes de fruits, un bol de soupe aux quatre simples ou à la chair de serpent, en silence il déposait tout cela au chevet de sa crocodilienne chérie et, une fois les câlineries terminées, en silence il repartait; cela dura jusqu'à ce que les Monstres occupent le Bouk aux Sangliers. Avec les autres clients, elle faisait l'amour sans bruit, mais avec Ti Kim, c'était une exception. Ils ne parlaient pas la même langue, chacun ignorait le prénom de l'autre, mais ses grognements à lui et ses gémissements lubriques à elle portaient en eux, tel un fœtus mal formé, leur chair et leur âme.

Il y a vingt ans, à l'époque où le crocodilien nouveau-né avait débarqué à Krokop, Kobayashi s'était mis à jouer *Fleurs sous la pluie nocturne* avec une emphase plus douloureuse. Son vrai nom était Hanabata Nami, elle était frêle et délicate, on eût dit une écolière de dix ans, elle venait de Sandakan, quartier général des Karayuki-san, butée, orgueilleuse, elle n'acceptait que les Occidentaux et les Chinois, et refusait son commerce aux Malais, Javanais et aborigènes. Kobayashi lui offrait les meilleurs tissus, les plus beaux bijoux, la fine fleur des produits de beauté, il accrochait sa longue perche dans la galerie de la maison close, s'asseyait sur un tabouret, prenait l'harmonica et jouait l'un après l'autre des airs du Japon qui faisaient languir les filles : *La Sérénade de Tôkyô*, *La Charrette par nuit de brume*, *Nuit de Chine* brisaient le cœur de ces demoiselles des mers du Sud. Aux premières lueurs de l'aube, elles se retrouvaient sur les berges pour bavarder, faire leur toilette et laver leurs vêtements, Kobayashi s'asseyait sous deux cocotiers au bord du fleuve, en face des filles qui jasaient entre elles avec insouciance, il regardait l'eau couler, couler loin en direction du nord-ouest, des deux mains il portait son harmonica à la bouche et, comme à l'adresse des montagnes nuageuses, des plaines et des vallées de son pays, il entonnait encore une fois des airs qui plongeaient les filles dans leurs pensées, elles chantonnaient à voix basse *Lune sur le palais en ruine*, *Rêve en bateau sur le lac Tai*, *Brise printanière et pluie d'orage*… Hanabata Nami s'asseyait à côté de Kobayashi, tantôt elle le regardait, tantôt elle fixait des yeux la Krokop, elle soupirait, le front appuyé contre ses mains, et chantonnait sur l'air de l'harmonica, les villageois qui passaient sur leurs chaloupes et leurs sampans relevaient leurs rames pour écouter, fascinés, tous disaient que Kobayashi jouait bien et que Nami chantait mieux encore. Un après-midi,

Nami et deux autres Karayuki-san passèrent par l'épicerie *Au Bonheur* de Sîm Maigrezo, un jeune Javanais aux bras ornés de roses tatouées lui pinça les fesses deux fois, Kobayashi, de retour chez l'herboriste Kameda, déchargea ses marchandises et prit une autre perche de bambou vert, longue elle aussi de cinq mètres, puis marcha jusqu'à l'épicerie de Sîm, il s'accroupit comme une grenouille à l'entrée, sa perche à la main, gratta ses cheveux à la brosse douteuse qui ressemblaient à un cimetière abandonné balayé par une bourrasque de mousson, ses petits yeux noirs s'accrochaient nerveusement aux gens qui allaient et venaient, au bout d'une demi-heure il mit le bâton sur son épaule et s'en alla au café d'où montait une clameur, il vit le Javanais aux deux bras tatoués de roses assis à la terrasse de Lolo Brioche, il leva sa perche et lui asséna un coup sur la tête. Le jeune homme, étourdi par l'attaque, s'empara d'un petit tabouret en bois et d'une chaise en fer pour riposter, Kobayashi jeta sa perche et prit ses jambes à son cou, enfila les venelles où le flot de passants se tarissait et disparut des rues de Krokop. Le lendemain, avant le lever du jour, il quittait le village avec Nami et on ne les revit plus, certains disaient que c'était une fugue amoureuse, d'autres que le marchand ambulant avait racheté la liberté de Nami. Un an et demi plus tard, le choléra ravagea le Bouk aux Sangliers, emportant plus de deux cents vies, Kobayashi, perche à l'épaule, ramena le corps de Nami, il l'enterra sur le flanc du morne Canada. Sur cette perche qui lui avait servi à transporter Nami, il pratiqua dix-huit encoches, y suspendit une centaine d'articles divers et variés, puis il se remit à jouer de l'harmonica à travers le village.

En 1880, les Karayuki-san avaient émigré un peu partout en Asie du Sud-Est, l'argent de leur traite apportait un soutien considérable au Japon dans sa guerre contre la Russie. En 1911, quand Krokop se mit à produire du pétrole, ces demoiselles des mers du Sud ne tardèrent pas à rappliquer. Les billets de banque des colonies du Détroit que les michés tels que Ti Kim ou Tzo Da-dy dépensaient chez la gent crocodilienne, l'argent du prêt que le père d'A-hung avait contracté pour son vélo Fuji, la menue monnaie qui servait à Tso Ta-tsi et sa bande pour acheter masques et jouets, tout cela contribua à la formidable puissance de feu grâce à laquelle l'armée impériale envahit la région. Kameda l'acupuncteur et Watanabe le dentiste aimaient aller jeter leur ligne dans le port, ils discutaient de leurs prises avec les pêcheurs du village, ils mesuraient aussi la profondeur en eau du port, ce qui permit à la marine japonaise d'y jeter l'ancre; Sasaki le photographe faisait maintes promenades en montagne, maintes sorties en mer, il prenait des clichés en noir et blanc de femmes splendides et d'animaux dans des attitudes majestueuses, son méticuleux travail exposé dans la vitrine de son studio était laissé à l'admiration des villageois, mais il envoyait aussi la topographie des lieux au quartier général de Tôkyô. Les marchands ambulants Oshida et Kobayashi avaient arpenté les ruelles sordides et la campagne, ils se rappelaient les adresses mieux que le facteur, et mieux que des boas savaient la taille des porcs, des moutons et de la volaille de chaque maison. Avant l'invasion du 16 décembre 1941, ces Japonais et les Karayuki-san quittèrent précipitamment le pays, trois ans et huit mois plus tard, Maître Hsiao donnerait son ultime leçon à l'ombre d'un upas, il commenterait le quatre-vingt-neuvième chapitre de *L'Investiture des dieux*: « Le dernier roi des Shang fait éventrer trois parturientes », l'épisode du *Voyage en Occident* où Huit Tabous transformé en silure s'ébat avec les filles de la grotte aux toiles d'araignée, il se rappellerait l'obscène brutalité des Monstres, la fausse compassion de Kameda et de Watanabe, la feinte humilité d'Oshida et de

Kobayashi, la mort tragique de la moitié de ses élèves, alors il cracherait du sang, les enfants s'alarmeraient et, deux heures plus tard, il trépasserait brutalement.

Trois mois après qu'ils eurent débarqué, une troupe de Monstres, accompagnés de Kobayashi, se rendirent chez le Biscornu pour prélever l'impôt de six dollars par tête, celui-ci avait senti le vent et s'était carapaté, assis sur la terrasse les soldats tiraient avidement sur les Three Castles roulées qu'ils avaient extorquées, Kobayashi jouait de l'harmonica accroupi sous des festons de grands carthames et d'ipomées à fleurs rouges, il avait fini de jouer deux airs quand, *boum*, il s'écroula, les quatre fers en l'air, les membres tout raides, une flèche empoisonnée était plantée dans son cou, il était toujours dans la position du joueur d'harmonica. Les soldats mitraillèrent à l'aveuglette avec leurs Arisaka 92, puis quittèrent les lieux en hâte, quand ils revinrent, la tête de Kobayashi avait été tranchée, et l'harmonica avait disparu on ne sait où.

LES JOUETS

Neuf jours après la neutralisation de Pearl Harbor, les Monstres n'eurent à gaspiller que deux balles pour abattre les hommes employés aux feux de navigation sur la rive, Krokop tomba et Sarawak fut occupé. Le gouverneur de l'Etat, Vyner Brooke, troisième de la lignée des rajahs blancs, aussitôt qu'il vit ces monstres de Japonais arriver, abandonna le peuple en emmenant femme et enfants, ainsi que les fonctionnaires anglais et occidentaux, se réfugier en Australie. A Sarawak, on leva une armée de volontaires, on constitua de bric et de broc des unités de combat, de garde-côtes, de policiers, de pompiers, criant des ordres comme chez les petites éclaireuses, les fusils, les Mauser et les pétoires maison furent réquisitionnés, ainsi que les lances, les boucliers en bois et les parangs, on se prépara à résister à l'invasion barbare, mais une fois que l'armée impériale eut débarqué, on jeta les uniformes, on déposa les armes et l'on s'enfuit dans la jungle, l'armement tomba dans l'escarcelle des sociétés secrètes, des collectionneurs, du Parti communiste de Sarawak et de la guérilla antijaponaise formée par Tzo Da-dy et ses hommes. En 1945, les Alliés, Australie, Nouvelle-Zélande, Angleterre et Etats-Unis, repoussèrent l'armée japonaise avec l'aide de la guérilla, Vyner Brooke abdiqua alors son pouvoir sur Sarawak et, comme Ulysse rentrant à Ithaque, il s'en retourna dans son pays natal, tous les soirs assis à côté du poêle dans son appartement de Londres, les joues éclatantes de santé, rouges comme les callosités aux fesses des singes, il se rappelait ses quatre cents coups dans les îles de l'archipel malais et des Indes néerlandaises, il s'imaginait transformé en arbre à durians, dans ses branches des singes se livraient à une bacchanale, au-dessous une harde de sangliers fouillait la terre, c'était un tumulte de cris, un beau rêve éveillé. Vyner avait hérité du goût de l'aventure de son père, Charles Brooke, le deuxième rajah blanc, qui lui-même l'avait hérité de son oncle maternel, James Brooke, le premier rajah blanc.

James était né en 1803 aux Indes britanniques, son père était magistrat à la haute cour de la Compagnie des Indes orientales, dans son enfance il vagabonda à travers le pays, à douze ans il suivit son père qui retournait en Angleterre, là il chassa tous les animaux imaginables, monta à cheval, but beaucoup, composa des poèmes, féru d'Orient, il haïssait l'école, son rêve était de naviguer, à seize ans il s'enrôla dans l'armée et à dix-huit il fut promu enseigne de vaisseau dans la marine, quand, en 1824, la Birmanie envahit la province de l'Assam, James prit la tête du bataillon du Bengale pour résister à l'ennemi, mais une balle lui perfora le poumon gauche, il fut rapatrié en Angleterre pour être soigné. Le héros mélancolique et blessé resta alité plus d'une année, il se souvenait qu'après avoir reçu sa blessure, on l'avait allongé dans une pirogue qui avait navigué trois jours durant sur le Yarlu Tsangpo, le temps d'arriver à Calcutta, les soldats lui avaient fait fumer huit boulettes d'opium pour apaiser la douleur, de chaque côté du fleuve les arbres s'affaissaient comme une coulée de boue, un nuage de petits insectes vrombissants tournoyait puissamment autour de la pirogue, il était si gigantesque qu'il avait l'impression que c'était un troupeau de buffles qui lui tournait autour en bondissant ; un casque militaire égaré flottait au fil de l'eau, il glissa vers lui, se transforma en deux tortues d'eau douce, qui rampèrent sur les deux paumes de ses mains, ses doigts devinrent aussi humides que leurs pattes, ses paumes aussi dures que leurs carapaces, ses deux majeurs se tendaient et se rétractaient comme leurs têtes ; il entrecroisa ses dix doigts au niveau de son entrejambe et les deux tortues s'accouplèrent. Un martin-pêcheur se posa sur sa poitrine, il emporta dans son bec la balle logée dans le poumon, *piouuuu*, une deuxième balle fendit l'air et vint se ficher dans le poumon, le martin-pêcheur picora son thorax ; il s'envola, un paon arriva à tire-d'aile, il emporta la balle dans son bec, *piouuuu,* une nouvelle balle fendit l'air, et le paon picora son thorax ; il s'en alla, vint un éléphant qui traversait le fleuve, il lui fouilla la poitrine de sa trompe et emporta la balle, puis une autre balle fendit l'air, et la trompe laboura ses poumons ; l'éléphant s'en alla, un tigre du Bengale bondit du haut d'un arbre, de ses crocs il broya ses côtes et lapa la balle, et *piouuuu,* encore une balle, le tigre dévora son torse, la balle avec ; une vapeur ensanglantée s'échappa de la plaie, la jungle sur chaque rive s'empourpra, les balles emportées par le martin-pêcheur, le paon, l'éléphant et le tigre allèrent se perdre en sifflant dans les violents tourbillons couverts de brumes épaisses. Sa mère était écossaise, elle avait le nez camus et les yeux bleus, frêle de constitution, elle déposa la balle dans un écrin en verre de la taille d'un œuf qu'elle enfila sur une chaîne en or, passée au cou de James la niche pendait sur sa poitrine velue. Ses grandes sœurs, quatre femmes dignes des romans de Jane Austen, apprirent que leur jeune frère avait été inconscient dans une pirogue, en proie au délire, parlant seul dans son sommeil, qu'il avait fumé huit boulettes d'opium et s'était masturbé deux fois afin d'atténuer la douleur aiguë, elles conçurent pour lui une admiration sans bornes. James s'éveillait tous les jours à l'aube, c'était comme si on avait coupé son poumon au couteau, il fumait de l'opium, s'accoutuma. L'aînée de ses sœurs ne voulait pas qu'il reparte à l'aventure sous les tropiques, elle montrait la balle dans l'écrin en verre et le plaisantait : Cette balle-là, on l'a retirée de la tête d'un renard que tu avais tué à la chasse, celle qui était dans ton poumon, les médecins n'ont pas osé l'extraire, de peur que tu perdes trop de sang. Quand, terrassé par le feu dans sa poitrine, il fumait sa pâte d'opium, il voyait une sangsue incrustée dans la balle, gorgée de sang sa taille décuplait et elle s'endormait profondément dans un lobe obscur de son poumon, un renard s'allongeait sur son thorax, une expression de haine sur le visage, à son front une balle avait creusé un trou sanguinolent. Le récit de sa grande sœur le turlupinerait toute sa vie, et toute sa vie la balle le mettrait au supplice, toujours en proie à de fortes fièvres sous les tropiques, il contracterait la variole, la malaria, allait mourir et ressusciter. Pendant sa convalescence, James dévora les livres de Sir Thomas Stamford Raffles et de Thomas de Quincey, il les prit pour modèles. Raffles avait débarqué à Singapour en 1823, il importa de l'opium d'Inde, constitua des réserves et les écoula à bas prix en Asie du Sud-Est et en Chine, ce qui déclencha les guerres de l'opium ; dans ses *Confessions d'un mangeur d'opium*, de Quincey décrivait l'obscénité et la dépravation des opiomanes chinois, de telle sorte que James éprouvait pour ses frères en addiction un sentiment d'amour mêlé de haine, inextirpable, dont il ne put se défaire jusqu'à la fin de sa vie. Cette balle raviva ses rêves de conquêtes orientales, elle alluma aussi en lui le désir de rejouer les guerres de l'opium, sur une plus petite échelle, avec les mineurs chinois.

En 1835, son père mourut, James investit l'héritage considérable qu'il lui laissait dans un deux-mâts de cent quarante-deux tonneaux, six canons de six livres, quatre pierriers, toutes sortes d'armements militaires et un équipage de dix-neuf hommes. En 1838, il fit route vers l'archipel malais, grâce à la supériorité des forces navales des colonies britanniques du Détroit, il aida le sultan de Brunei à mater une rébellion, en 1841 il était intronisé premier rajah de Sarawak, à la tête d'un minuscule royaume au nord-ouest de Bornéo. Puis il se proclama roi et, brandissant l'oriflamme de la lutte contre les pirates, il extermina les nobles guerriers de chaque tribu, suivant l'exemple de Raffles, il légalisa la prostitution, le jeu et l'opium, son territoire s'étendit rapidement, la dynastie Brooke était née, elle allait régner durant un siècle sur Sarawak, jusqu'au débarquement des Monstres en 1941.

En 1830, un groupe de mineurs d'ascendance chinoise traversa la frontière de la province de Kalimantan pour venir à Sarawak, ils prospectèrent des filons d'or à Bau, une bourgade perdue dans la campagne, dont ils acquittèrent plus tard les droits d'exploitation auprès du gouvernement de James Brooke. D'autres mineurs chinois affluèrent d'un peu partout, tous plébiscitèrent un talentueux jeune homme, Liou San-bang, pour qu'il devienne leur chef, celui-ci mit sur pied les « Douze Clans » et planifia la prospection. Liou San-bang était un Hakka originaire de la ville de Lukfung dans la province de Canton, d'une bravoure et d'une sagacité hors du commun, expert en boxes dites de la « piste effacée des disciples du Bouddha » et de la mante religieuse, à douze ans il avait émigré au-delà des mers pour travailler à la mine de Pontianak à Kalimantan, il en avait été chassé suite à des ennuis avec la Compagnie néerlandaise des Indes orientales, alors, prenant la tête d'un groupe de mineurs chinois il était remonté vers le nord à Bau. Les Douze Clans payaient chaque année au gouvernement de James la capitation et le bail, mais ils édictaient leurs propres lois et battaient monnaie, suivaient un entraînement militaire, car tout membre était soldat, cette petite principauté de quatre mille âmes vivait en autarcie, hors du contrôle du rajah blanc et de ses représentants. Quand James Brooke envoya une expédition punitive contre les tribus rebelles et les pirates, Liou San-bang fournit un bataillon de trente hommes, ils étaient disciplinés, preux, trempés, intrépides, ils réalisèrent exploit sur exploit, suscitant l'admiration de James en même que sa jalousie, il devait prendre ses précautions avec ce petit royaume dans le royaume. Au mois de janvier 1857, James Brooke fit mander Liou San-bang et ses acolytes au palais. Liou arriva tout sourire avec une montagne de présents pour cette première rencontre : de chatoyantes soieries indiennes de Surate, du duvet de cygne gaufré, des tissus écarlates, du Gunpowder chinois, des gâteaux, des biscuits et autres douceurs, des jujubes, des confitures et des sirops, du gingembre mariné, trente-six bouteilles de whisky écossais et deux grands coffres de jouets venus de Chine et d'Occident. James était drapé dans l'uniforme de la Royal Navy : chemise blanche, jaquette d'enseigne de vaisseau de la marine britannique, le pantalon tiré à quatre épingles, la cravate au vent, il se tenait très droit, le genou gauche légèrement fléchi, dans la pose classique du fier conquérant.

« Monsieur Liou, en 1848, combien de personnes y avait-il dans vos Clans ? fut sa première question, qu'il posa par l'intermédiaire de l'interprète.

— Environ six cents, fit répondre Liou. Pour le chiffre exact, il faudra que je vérifie en rentrant.

— Cette année-là, à combien s'est élevée la taxe que tu payais sur l'opium ?

— Soixante onces d'or, dit Liou. Je vous avais acheté soixante balles d'opium brut, chaque balle pesait un kilo six cents, cela faisait quatre-vingt-seize kilos en tout.

— Et à présent, combien êtes-vous ?

— Quatre mille cent treize personnes.

— La population a beaucoup augmenté, pourtant l'année dernière tu n'as acheté que trente balles d'opium brut et tu n'as acquitté que trente onces d'or en taxe ; ça n'augmente pas, non, ça baisse, qu'est-ce qui se passe ?

— *Ah-ya !* L'argent passe entièrement en cigarettes et alcools occidentaux, en paris et en femmes, dit Liou San-bang en faisant un geste d'impuissance. Ils ne fument plus, qu'y puis-je ?

— J'ai comme le soupçon que tu fais venir clandestinement l'opium de Singapour. »

James regarda les palmiers et les filaos au-dehors, son attention fut attirée par un milan sacré en chasse dans le ciel, l'oiseau se laissait bercer par les courants d'air chaud avec grâce, avec calme, comme s'il était endormi. James se souvint de son portrait, récemment peint par Sir Francis Grant à Londres, de sa pose, un très fin sourire aux lèvres, le regard perdu vers de lointaines contrées inexplorées, il avait l'air d'un héros romantique, nimbé d'une aura de mystère. Il était satisfait de ce portrait, très satisfait. Après sa mort, cette peinture de James fut accrochée à la National Portrait Gallery de Londres, offerte à une éternelle admiration. « Et j'ai aussi dans l'idée que tu fais venir clandestinement de Singapour des armes, de l'alcool et du tabac.

— Votre Excellence, ne prêtez pas foi à ces calomnies…

— Je vais augmenter le prix de votre bail, votre capitation et la taxe sur l'opium », conclut James, il tendit son genou plié et tourna le dos à Liou. « Je te ferai connaître le montant exact dans quelques jours. Tu peux t'en aller.

— Votre Excellence, les hommes des Clans ont tendance à se cabrer, nous avons collecté pas mal de taxes…

— Tu peux t'en aller. »

Le lendemain, un envoyé de James informa Liou San-bang que le bail et la capitation resteraient inchangés et que la taxe sur l'opium deviendrait fixe, de soixante onces d'or par an, avec interdiction faite aux Douze Clans d'exporter l'or ; quant à la contrebande d'opium, elle serait punie d'une amende de cent cinquante livres. Le 17 février, Liou San-bang prit la tête d'un bataillon de six cents mineurs chinois, ils embarquèrent sur leurs navires de guerre, armés de fusils Mauser, de fusils de chasse, de lances et de sabres, et attaquèrent de nuit le palais de James, tuant quelques fonctionnaires anglais, pendant trois jours ils occupèrent Kuching, la capitale de Sarawak. Prenant le commandement d'une armée de dix mille hommes composée de Malais et de chasseurs de têtes indigènes, James contre-attaqua, Liou périt dans la bataille, les mineurs prirent la fuite, les Douze Clans furent noyés dans le sang, deux mille six cents émigrés chinois, femmes, enfants et vieillards compris, furent massacrés. Ce n'est qu'un mois après avoir maté la rébellion que James prit le temps de faire l'inventaire des cadeaux de Liou. Gardant pour lui le tabac et l'alcool, il distribua le reste à ses subalternes, les deux coffres de jouets, grands comme des cercueils, étaient cerclés de plaques en cuivre et solidement ficelés avec des cordes de chanvre, il fallut s'y reprendre à plusieurs fois pour en forcer l'ouverture, le premier était rempli de jouets chinois et occidentaux, dans l'autre, ce n'étaient qu'or et balles d'opium : cent onces d'or, cent kilos d'opium.

« De Quincey disait vrai, ces Chinois, c'est tout sournoiserie et entourloupe, et que je fais les choses par-derrière, et que je parle fort, perfide et égoïste, c'est vil, c'est bas ! s'emporta James. Liou San-bang, espèce de vaurien, avec tes yeux de porcelet et ta natte en tire-bouchon ! Sale bouffeur de rats, sale bouffeur de chiens et de chats, sale bouffeur de mille-pattes ! Avec ton haleine méphitique ! Tu ne pouvais pas parler clairement, on n'en serait pas arrivés là ! »

PARANG

Le parang, long couteau à la lame recourbée comme une lune, est utilisé par les aborigènes de l'archipel malais ; on l'appelle « couteau barbare » en chinois ; il s'apparente à la machete *des Indiens d'Amérique, au* golok *des Philippines, au* bolo *indonésien, au* kamilan *des pirates de Sulu, au coutelas de montagne des aborigènes de Taiwan. La longueur varie, elle peut aller de trente à quatre-vingt-dix centimètres, voire plus. La lame se divise en trois parties : la pointe, effilée, sert à peler ; le milieu, épais, en forme de hache, sert à couper le bois, à briser les os ; la base, fine, est pratique pour la gravure. Le fil de la lame est arqué, son dos est concave, la pointe est plus large et plus épaisse que la base, quand on le manie, le poids se porte à l'extrémité, de sorte que la coupe de membres ou du bois est sûre, et qu'il est facile de tirer et de ranger le parang. La garde, l'emmanchement et la lame sont d'un même tenant, le fourreau est en bois, la poignée en corne ou en bois dur.*

Pour les populations aborigènes de Sarawak, le parang est un outil quotidien de base, il a aussi été une arme sacrée dans la guerre contre le colonisateur blanc et l'envahisseur japonais.

A seize ans, il prit un parang long et coinça deux parangs courts couleur aubergine dans sa ceinture, prêt à s'enrôler dans la grande équipe de chasseurs de sangliers de Tzo Da-dy. Un corbeau, tel un cerf-volant dont le fil s'est brisé, s'abattit aux confins de l'horizon, il sentit l'odeur de mort dans le bec et les serres de l'oiseau noir.

A-hung venait d'inscrire à son tableau de chasse le premier sanglier à barbe de sa vie. C'était par un après-midi humide, le bruit des sabots d'une harde résonnait dans la campagne, ils pataugeaient à grandes éclaboussures dans l'eau. Son père lui avait dit qu'à son dix-huitième anniversaire, il lui offrirait un parang long et un fusil de chasse à canon simple, et qu'à la saison de la traversée des sangliers ils partiraient chasser à l'affût. Son père était le meilleur pêcheur de Krokop, il avait apporté aux villageois une antique technique de pêche à la senne, quand il ramenait son filet, les grands poissons pris au piège martelaient son ventre, ceux qui sautaient au-dehors giflaient son visage, ses lèvres étaient bleuies par les contusions, ses joues rougies comme s'il y avait étalé un fard, d'où son surnom de Kwan la Face Rouge, certains l'appelaient Kwan-kung, le dieu de la guerre à face rouge, ou général Kwan. Mais s'il était maître dans l'art de pêcher, il ne l'était pas dans celui de la chasse au sanglier, A-hung ne crut donc qu'à moitié à la promesse de son père. Il n'en pouvait plus d'attendre. Tzo Da-dy recrutait les membres de sa grande équipe de chasseurs, il en avait déjà engagé neuf, qui avaient autour de vingt ans, parlant peu mais bien, quand ils ronflaient vous eussiez dit des obus qui sifflaient, leurs corps portaient plus d'une cicatrice, visible ou secrète, laissée par quelque bête sauvage, un couteau ou une balle. L'année précédente, à la même époque, Buffle-Lingot-d'Or avait forgé une chaîne en or de six onces, il voulait que Tzo Da-dy emmène son fils de quinze ans chasser dans la jungle, Da-dy et ses hommes avaient rapporté le corps, la poitrine ravagée par un sanglier, désormais il ne recrutait plus en dessous de dix-huit ans. A-hung le savait, pour s'attirer les faveurs du grand chasseur, le talent vrai valait mieux qu'une chaîne en or.

Il avait donc accroché un parang long et deux courts à sa ceinture et s'était caché à l'extérieur du verger de Fortune Ng pendant trois jours. C'était juillet, l'été féroce imprimait sa morsure de chacal, poussait son hurlement de loup. Les vastes terres en culture de Ng, en huit parcelles divisées, par des haies encerclées, chacune plantée de fruits et de légumes différents, étaient sous la surveillance de Ng lui-même et de huit chiens bâtards, vicieux et indolents. A-hung était accroupi dans les halliers sous le vent, en faction à côté d'un pertuis dans la clôture, à l'entrée et au-delà les sangliers avaient laissé leurs empreintes dans la boue. Son père lui avait dit que c'étaient des animaux méfiants et rusés, leur flair surpassait celui des chiens, ils étaient capables de détecter à l'odorat des feuilles, des branches, des herbes effleurées par la peau humaine depuis plus d'une semaine, et d'après les nuances des odeurs, ils pouvaient distinguer s'il s'agissait d'un tel ou d'un tel, d'un homme ou d'une femme, d'un jeune ou d'un vieux, d'un étranger ou d'un familier des lieux.

Son père disait aussi : Dans leur bauge, les sangliers respirent les essences de la terre, dans les montagnes ils se nourrissent de la quintessence de l'univers, ils se roulent dans les souilles, se nourrissent de *kulat babi*, le champignon des sangliers, de fougères, de polypores, d'olives, de durians et de chrysalides des coléoptères, dès le commencement ils ne font qu'un avec les grands bois, avec les vertes collines et les étangs, la vaste étendue sauvage leur offre l'asile le plus accueillant, le rempart le plus sûr. Ne compte pas les combattre juste avec ton fusil et ton parang. L'homme doit être relié en esprit avec ce qui pousse, avec ce qui vit, animal et végétal, il doit ouvrir chacun de ses canaux intérieurs à la nature afin que ses sangs, ses chairs, circulent profondément entre ciel et terre, afin de ne faire qu'un avec les sangliers, alors ceux-ci n'auront nul lieu où se cacher. Telles étaient les paroles de son père, obscures et mystérieuses, mais si mystérieuses, si obscures soient-elles, pensa A-hung, il ne s'agissait tout de même pas de s'imaginer devenir soi-même un sanglier.

A-hung a neuf ans, son père le guide à travers les chaumes, il lui montre un endroit où il y a, çà et là, des flaques d'eau, un ruisseau, des bosquets et des arbres fruitiers, il se passe les lèvres l'une sur l'autre, il semble dire : Si tu écoutes le gazouillis des oiseaux, tu sauras où ils volent, mais le savoir ce n'est pas suffisant, il faut chercher à comprendre ce qu'ils sont en train de faire, s'ils chassent, construisent leur nid ou exécutent leur parade nuptiale. Respire la senteur violente ou rance des fruits, alors tu sauras que ceux de tel arbre sont mûrs et combien de singes se les disputent dans les branches. Sens les tremblements de la terre, alors tu pourras compter avec précision combien de sangliers sont lancés au galop, estimer leur nombre, leur taille, leur corpulence. Goûte dans l'air les effluves de sang et d'urine, tu sauras quels œufs ont éclos dans tel nid de crocodile, dans tel nid de grand coucal. Son père arbore un sourire très mystérieux, il dit : Après un long apprentissage et des expériences nombreuses, connaître ces choses-là c'est le b-a ba. Il lui désigne à nouveau l'endroit et reprend d'une voix forte : Essaie un peu de deviner, qu'est-il en train de se passer dans le ruisseau et les bosquets ? A-hung accorde sa respiration, ferme les yeux, il entend les cris des grands coucals et des éperviers, le vent du sud-ouest qui court dans les chaumes, des aboiements et des piaillements venus du Bouk aux Sangliers dans le lointain, les grondements des camions chargés des foreurs de la Shell Oil Company, mais à part ça, la nature est silencieuse. Il écoute de toutes ses forces encore une fois, ouvre grand les yeux, secoue la tête à l'adresse de son père. Celui-ci, tandis qu'ils marchent ensemble vers l'endroit, lui dit que dans les bosquets, il y a un porc-épic et sa femelle en train de s'accoupler, et dans le ruisseau à moitié asséché, deux enfants creusent des trous pour attraper des poissons têtes-de-serpent de Baram. 'Pa, comment tu sais ça ? demande A-hung. Le mâle, avant d'entreprendre la femelle, envoie sur elle un jet d'urine, j'ai senti cette odeur très particulière. Les enfants poussent des cris aigus, comment se fait-il que tu n'aies pas entendu ? A-hung s'approche des bosquets, il voit en effet les porcs-épics l'un sur l'autre, leurs piquants annelés noirs et blancs vibrent à grands bruissements. Deux gamins, en débardeur et short, farfouillent à l'aveuglette les mains dans la vase, ils saisissent entre leurs doigts un tête-de-serpent, puis un autre, et les jettent derrière eux dans un panier en bambou large comme le ventre d'un cochon. Tout à coup, un homme d'âge mûr bondit hors des fourrés et lance un filet de pêche sur les porcs-épics. Mais les bêtes avaient fini leurs ébats quand A-hung et son père se sont montrés, et au moment où l'homme lance son filet, elles ont déjà disparu. Il darde un regard mauvais sur le père et le fils, tire son parang de sa ceinture et se lance à la poursuite des porcs-épics en tailladant la végétation.

« 'Pa, dit A-hung, tu n'avais pas vu cet homme ? »

Des sangliers se faufilèrent dans l'ombrage d'un caïlcédrat, des branches graciles se relevèrent soudain avec violence.

A-hung assujettit son parang long, lourd comme l'eau d'une jarre, et tâta les deux autres petits. Il tenait fermement le manche, aussitôt hors de son fourreau, le tranchant de la lame véhémente brilla d'un éclat meurtrier. Le couteau ressemblait à un poisson en patrouille au milieu des rapides. Cinq sangliers étaient tapis dans les chaumes, leurs défenses luisaient du lustre plein de la porcelaine, leurs formes étaient très vagues. Ils se mirent à courir avec la fluidité d'un liquide qui s'écoule, la boue remuée exhalait alentour une odeur fétide qui élima les sens d'A-hung. Les cinq sangliers s'évanouirent derrière des arbustes, soudain un sixième jaillit des hautes herbes, vit A-hung, freina des quatre sabots, mais, entraîné par son élan, s'en alla donner du groin dans une flaque de boue, cependant il se mit aussitôt en position de défense, prêt à repousser A-hung à l'autre bout de la Terre. Les globes de ses yeux ressemblaient à des œufs de caille, ses défenses à des arcs bandés, et sa tête était aussi plate qu'une selle de vélo, maléfique à phosphorescence de feux follets.

« C'est un jeune qui vient tout juste de perdre sa livrée de camouflage avec ses rayures marrons et beiges, dit A-hung en tapotant le dos de son parang, et comme s'il lui demandait son avis : On le prend vivant ? »

Le petit sanglier tenta de s'enfuir en courant, mais il était fort maladroit. Sa patte arrière était blessée et couverte de sang. A-hung rengaina son parang long, il s'accroupit et, tous doigts dehors, bondit sur l'animal qui se débattit et s'écarta en écrasant sous ses sabots les doigts d'A-hung, la douleur fut telle qu'il eut l'impression que ses os allaient éclater. Il tira le long parang et en deux enjambées rattrapa le sanglier, celui-ci fit volte-face et l'attaqua, A-hung abattit le dos de sa lame sur l'échine de l'animal, qui poussa un gémissement et s'écroula, vaincu, sans vouloir se rendre. Le parang avait un air hébété. A-hung s'aperçut que pour la première fois qu'il tuait avec son parang, il n'avait pas été en harmonie avec son arme. Il prit, à regret, les pattes arrière du jeune sanglier agonisant et l'approcha de ses yeux, l'agita vers le haut, le secoua vers le bas, comme s'il cherchait à faire revenir le fluide vital.

Le sanglier était mort, irréfutablement.

Des criquets qui s'élançaient vers le ciel déployèrent une parabole dorée. A-hung aperçut les cinq sangliers de tout à l'heure, réunis sur un monticule boueux, en face de l'eau sale, usant de leurs sabots comme de pelles et de pioches, ils enlevèrent la terre, transformant leur îlot en flaque, l'étendue de chaumes était parsemée de ce genre de flaques, qui ressemblaient aux nodules de chair dont le groin du jeune sanglier était constellé.

Emily, un parang ensanglanté à la main, sortit des hautes herbes.

« A-hung, ce jeune sanglier est mort ?

— Oui », il leva la bête devant sa poitrine.

Le parang d'Emily lampa l'eau de la flaque, se lava des traces de sang sur sa pointe. Elle portait un jean large dont le bas était effrangé, une chemisette couleur poil de chameau, sur la tête un chapeau de paille aux immenses bords retournés, dont les brins du pourtour se détachaient, le maillage s'en allait en tous sens, sur un rebord se dressait un petit criquet jaune-brun. À son collier de perles vernies étaient enfilées deux défenses de sanglier. Un fourreau en bois de santal, large comme une pagaie, était passé dans sa ceinture en rotin ; le manche d'un couteau en genévrier de Chine était enfermé dans sa main, un pétale de fleur de durian voleta depuis le champ de Ng jusqu'à son parang, se déposa un instant sur la lame et se sépara en deux. Des dizaines de bracelets noirs en rotin entouraient ses bras et ses poignets, quand elle marchait dans les herbes en balançant les bras, on aurait juré que c'étaient les rayures noires autour de la queue d'un tigre camouflé dans les fourrés d'herbes sèches et jaunes. C'était la troisième fois qu'A-hung voyait ces bras félins annelés de noir.

La première fois, c'était en 1939, au mois de janvier, A-hung était accroupi dans un bosquet depuis plus d'une heure, l'usure avait ouvert une béance dans son short qui lui remontait dans l'entrejambe, ses deux testicules moches, à l'intérieur des bourses gonflées par la chaleur, pendaient par le trou du short, agitées par la mousson hivernale, les pointes des graminées sur cette terre léchée par les flammes lui procuraient une agréable démangeaison. A plusieurs reprises, il les avait rentrés à l'intérieur, de sorte que ses doigts sentaient l'urine et que son entrejambe était en émoi, son sexe avait dressé la tête, mais il l'avait tout bonnement ignoré. Il avait entendu dire que les grands coucals étaient des oiseaux intelligents, sachant que les êtres humains convoitaient leurs petits, au moment de faire leurs nids, ils mystifiaient si bien les hommes que ceux-ci ne les découvraient pas. A-hung grattait ses irrévérencieuses bourses, sans cligner des paupières, les yeux rivés sur les grands coucals. Il se doutait que les oiseaux, eux aussi, le surveillaient.

Au milieu des volutes de fumée, du craquement retentissant des chaumes, deux queues de tigre aux anneaux noirs se mouvaient. Il avait vu Emily debout devant le bosquet, elle avait levé les yeux et regardé aux alentours, puis s'était accroupie brusquement, avait baissé son short de toile blanche et fait pipi dans une flaque, les gouttes tombaient avec un bruit cristallin. A-hung avait vu les reflets de l'eau qui, telles des pattes de canard, jouaient sur le visage d'Emily, son sexe impubère avait tendu le cou, touchant de la tête une touffe d'aguaxima à ses chevilles. Le vent du nord-est soufflait avec rage et les herbes, dociles, se couchaient. Le bruit de l'urine avait résonné, rare, puis continu, tantôt lointain, tantôt proche, des éclaboussures étaient venues presque mouiller le bout du sexe dressé. Le bruit s'était arrêté, il avait entendu Emily remettre son short de toile, elle s'était relevée, avait regardé à nouveau aux alentours, puis elle avait repris son chemin.

A-hung s'était mis debout, longtemps il avait fixé du regard l'endroit où les anneaux noirs avaient disparu, il avait fait le tour du bosquet et marché jusque devant la petite flaque de la taille d'un nid de poule, les bulles provoquées par l'urine éclataient à la surface, les reflets brillaient de mille irisations, se mêlaient des clartés aux troubles éclosions, son visage avait été pétale, fleur, lune, tout aussi beau, et aussi fugace. Il s'était accroupi à la flaque, avait trempé son index, le portant à ses narines il avait humé, puis goûté du bout de la langue, une envie pressante, comme un petit couteau, avait éperonné ses organes génitaux, il avait déboutonné le haut de son short et envoyé un jet d'urine chaude dans la flaque.

Plus récemment, il était en train de pêcher dans un trou d'eau parmi les chaumes. Ils étaient parsemés de ce genre de mares, ni grandes, ni petites, certaines étaient naturelles, d'autres creusées par la main de l'homme, et plus tard, il y aurait aussi des cratères formés par les obus de l'armée japonaise et des forces alliées. Au Bouk aux Sangliers, chaque famille creusait un bassin où elle cultivait des lentilles d'eau, des nénuphars et des alevins sauvages pour nourrir les porcs, et l'eau, croyait-on, devait aussi drainer la bonne fortune. A la saison sèche, les feux prenaient facilement dans les herbes, grâce à ces plans d'eau on pouvait les maîtriser et les éteindre. A-hung avait une sauterelle verte pour appât et une branche en guise de canne à pêche, mais l'insecte n'entra jamais dans l'eau, un poisson *san-po-kong* avait bondi à la surface et l'avait happé. Oubliant que ses épines dorsales sont venimeuses à l'extrême, A-hung saisit le poisson à mains nues, il entendit quelqu'un derrière lui crier fort : « Attention ! », un varan malais se faufila entre ses jambes et lui mordit le gros orteil gauche avant de s'enfoncer dans la mare. La décharge provoquée par la douleur lui fit lâcher sa prise.

Emily, traînant derrière elle un chien noir, avait émergé des fourrés de chaumes, coiffée d'un chapeau sans bords dont les brins de paille se recourbaient comme des pattes de crabes. Elle était vêtue du long pantalon noir à jambes larges des Hakka et d'une veste chinoise dont elle avait coupé les manches pour en faire une chemisette, les bras cerclés d'anneaux noirs en rotin, le cou orné d'un collier de perles vernies, un parang long coincé à la ceinture, le pourtour du fourreau était orné d'une grande sauterelle rouge cinabre. Les pattes du chien se mouvaient avec légèreté, sans bruit, on eût dit un grand essaim d'abeilles noires qui collait au train d'Emily.

« A-hung, tu l'as laissé s'enfuir ? Ce varan m'a pris un jeune coq ! »

A-hung jeta sa canne à pêche et s'accroupit pour examiner la paume de sa main et son orteil. Le poisson avait déjà regagné son marais.

« Tu es blessé ? » Emily s'accroupit elle aussi.

« Je me suis fait piquer par le poisson, et le varan m'a mordu. »

Emily prit la paume d'A-hung, et de ses doigts écarta l'orteil du garçon. « Il y a du venin ! Pas grave, tu n'en mourras pas. »

A-hung s'assit, boudeur. « Sans le varan, même si ce *san-po-kong* était coriace, je ne l'aurais pas laissé filer. »

Emily flattait la tête de son chien. « A-hung, la bave du varan est venimeuse, elle paralyse les muscles, la bave du chien est un antidote. Laisse-le te lécher. »

Le chien fit le tour d'Emily pour venir flairer l'orteil d'A-hung.

« Papa m'a dit qu'il suffisait que je fasse pipi dessus. » L'orteil d'A-hung s'ankylosait, la douleur de la paume devenait intolérable, il entra dans un fourré, tournant le dos à Emily, il releva la jambe de son pantalon et urina en mouillant sa paume, puis avec son autre main il dirigea le jet sur son orteil.

Avec la canne à pêche d'A-hung, Emily attrapa un *san-po-kong* plus gros que le précédent, elle lui coupa les épines à l'aide de son parang, passa un brin d'herbe à travers ses ouïes et le tendit à A-hung. Le garçon repensa aux reflets en forme de pattes de canard qui jouaient sur son visage.

« T'en as mis du temps pour pisser ! »

A-hung ne répondit pas. Le chien noir ressemblait à un nuage de fumée quand il marchait sans toucher terre, à un tas de ferraille quand il se couchait aux pieds d'Emily. Un puissant vent de sud-ouest, chargé des eaux vertes des berges, vint arroser les chaumes de ses souffles, mais au centre de l'étang l'eau resta aussi inébranlable qu'une muraille, de loin en loin des tourbillons se formaient, grands, petits, intermittents, poussant une longue plainte étrange.

« Je te devais un poisson. »

A-hung l'avait reçu dans sa main souillée.

Emily pressa la pointe de son parang contre le jeune sanglier. « Il est mort. Dommage. Il venait d'être sevré.

— C'est toi qui l'as blessé, c'est moi qui l'ai achevé. » La main d'A-hung qui tenait le sanglier s'abaissa. Ses parangs passés à la ceinture, il ne sentait pas du tout le poids du jeune sanglier. Il le soupesa à nouveau avec force. « A qui doit-il revenir ?

— A toi, si tu veux. » Emily, les mains sur les hanches, regarda A-hung. « Tu sais manier le parang long. Tu as quel âge ?

— Seize. » Le corps d'A-hung était enduit d'excréments de sangliers mêlés à d'humains effluves, sitôt qu'Emily était apparue, il avait senti, apportés par la mousson passée par les plantations de Fortune Ng, des parfums de fruits accompagnés d'une odeur de fiente de poulet.

Ce n'est qu'une année plus tard qu'il saurait que cette dernière odeur venait d'Emily.

« Je vais aller voir Tzo Da-dy avec ce sanglier, pour rejoindre son groupe de chasseurs.

— Et tu y vas juste avec ce petit sanglier ? » Emily brossa légèrement le dos de la bête avec son majeur. « Il compte tant que ça, le vieux Tzo ? Demande plutôt à la Face Rouge de t'emmener.

— Papa dit qu'il faut que j'attende d'avoir dix-huit ans.

— Ce petit sanglier-là ne vaudra rien aux yeux du vieux Tzo. Chasses-en un gros. Tu veux que je t'aide ?

— Je n'ai plus le temps. » A-hung souleva le sanglier et prit la direction du village. « Tzo Da-dy part dans deux jours. »

Les bauges des sangliers s'étendaient côte à côte dans les fourrés, pareilles à des bateaux en tandem voguant de conserve sur une vaste mer. A-hung chargea le jeune sanglier dans sa hotte en rotin, il suivit la piste aux serpents, la piste aux tortues, la piste aux sangliers, la piste aux crocodiles, la piste aux faisans, la piste aux lézards, traversa un petit ruisseau sur le point de s'assécher, contourna plusieurs taillis, enfin, debout sous un olivier sauvage, il scruta les fourrés de chaumes qui l'entouraient.

Sous un puissant soleil de feu, l'olivier ployait sa chevelure éparse, protégeant le peu de fraîcheur qui restait au-dessous. Au pied de l'arbre étaient répandues une dizaine d'olives d'un noir profond, telle une ribambelle de « troisièmes œils ». Elles rappelèrent à A-hung son passage, dix jours auparavant, à la boutique de socques de Nâm le sabotier, il avait entendu Tzo Da-dy se plaindre que depuis qu'il portait ses socques, il avait des œils-de-perdrix au bout des orteils. Nâm était le seul artisan du village à fabriquer des socques, après la guerre, avec la mode des sandales japonaises, il allait devoir se reconvertir en cordonnier. A-hung avait entendu l'irascible sabotier qui, tout en frappant avec sa hachette sur un rectangle de bois de jelutong, jurait à grands éclats : « Dans tout le Bouk, il n'y a que toi pour avoir des cors avec mes socques ! Et c'est pas une queue qui te pousse, alors de quoi tu te plains ? » Les deux hommes s'étaient engueulés en riant, en avoir une grosse ou pas, telle était la question. A une époque, A-hung était alors âgé de dix ans, son père avait lui aussi souffert de cors aux pieds, les durillons avaient miraculeusement disparu après qu'il eut mangé des olives pendant plus d'un mois. Ce remède miracle était connu de tout le village. A-hung ramassa les olives dont il remplit ses poches, puis continua sa marche vers Krokop, il traversait le fleuve quand il aperçut Ti Crocodile Kim, fusil de chasse et parang à l'épaule, qui passait dans sa chaloupe devant la maison du boucher, la femme de Lee Gras du Bide était en train de faire sa lessive sur l'appontement. Les foyers qui se trouvaient au bord du fleuve édifiaient ces plateformes sur la berge, elles donnaient directement sur la porte de derrière, on amarrait les sampans et les chaloupes au bout. Les planches de ces pontons, inégales, se relevaient, s'enfonçaient, on les prenait régulièrement pour des petits crocodiles ou des varans prenant un bain de soleil. Sur l'appontement, on construisait de modestes cabinets en planches et en tôles de zinc, sur la cloison qui faisait face au fleuve on peignait en rouge un chiffre arabe, qui faisait office, pour un moment, de numéro de maison.

La mère Lee caquetait comme une poule qui vient de pondre : « Ti Kim, je te souhaite bien du succès auprès de ces dames aujourd'hui, quel beau gendre pour madame crocodile ! »

Ti Kim arbora un sourire sardonique : « Madame Lee, on aime venir faire sa lessive à la rivière, si monsieur crocodile voit ça, ce sera partie de jambes en l'air et tralala, pour finir dans son ventre! » Tout en le maudissant, la bonne femme arracha un bout de planche pourrie du quai qu'elle lança sur Ti Kim.

Le chef des enfants, Tso Ta-tsi, et sa bande donnaient en représentation un épisode du *Voyage en Occident*, « Souen Wou-kong saccage le palais du Ciel », juchés sur une porcherie abandonnée, Ko Grande Perche jouait le rôle de Yang Eul-lang, le Batave celui de Nata, Po-tsai celui de Bébé Rouge. La marmaille assista à la scène où Siddhârta Gautama soumet le Roi des Singes, qui grâce à d'étonnants pouvoirs réussit à se tirer d'affaire, ensuite le Roi des Singes croisa le fer avec Nata, affronta Yang Eul-lang, anéantit les généraux célestes, mais longue encore était la route du pèlerinage pour le paradis de l'Ouest. Le grand frère du Batave, le Pâlot, âgé de quatorze ans, brandissant une sarbacane, lançait des pierres dans le fleuve qui dessinaient sur l'onde des rides hypnotiques, comme s'il combattait un monstre aquatique tapi au fond de l'eau. A-hung s'engagea dans l'enfilade de la centaine d'échoppes les plus animées du village, il vit Maître Hsiao assis à son stand d'écrivain public installé devant l'herboristerie traditionnelle *Po Sang*, il était en train de rédiger une lettre pour un cyclopousse qui voulait écrire chez lui, en pays Tang, juste en face de l'herboristerie se trouvait le café *Chez Lolo* qui appartenait à Tzo Da-dy, Lolo Brioche, sa femme, était au comptoir, une cigarette Black Cat à la bouche, elle vit A-hung et, comme lorsque des fils électriques se touchent, des étincelles jaillirent de ses yeux.

C'était le seul café du Bouk aux Sangliers qui ne fût pas tenu par des Hainanais, les hommes du village enveloppés par l'odeur aigre de la transpiration et l'air des grands bois étaient là du matin au soir, occupant une quarantaine de chaises de Hollande sculptées, autour de huit tables rondes en marbre importées de l'île de Hainan, ils buvaient du café noir ou avec du lait concentré, à cinq *cents* la consommation, dans des tasses en porcelaine de Chine qui gardaient le chaud, même après une demi-heure. Chez Lolo, on ne trouvait pas seulement du café mais aussi du thé noir, de l'Ovomaltine et de la bière, des bouchées fourrées à la viande, des gâteaux, du pain et des desserts, tous confectionnés par les mains expertes de la femme de Tzo. Quand ses grains de café étaient torréfiés aux huit dixièmes, elle battait son beurre Golden Churn importé de Singapour, l'intense arôme du café vous mettait les papilles en émoi, la saveur unique de ses brioches lui avait valu son surnom de Lolo Brioche. Da-dy avait la soixantaine révolue, sept ans plus tôt il avait épousé Lolo, âgée de treize ans, elle avait mis au monde deux garçons, marcassins à grandes oreilles, au nez aplati, la lippe épaisse, avec des petits yeux globuleux, l'aîné attrapait des guppys et des poissons combattants dans la rigole en compagnie d'une bande de gamins, le cadet, debout sur un tabouret, tétait appuyé contre sa mère, le lait qui débordait de sa bouche formait deux taches rondes, de la taille d'un poing, sur la chemisette hakka de Lolo. La tétée finie, elle laissa son marcassin de fils manger du gâteau assis sur le comptoir, sa paire de fesses cambrées, tels deux grands bols renversés, le menton dans la main, elle observa A-hung en tenant dans son autre main son petit mouchoir en soie trempé de sueur. Les clients du café, semblables au Yang Jen de *L'Investiture des dieux* dont les yeux ont des paumes, ne décollaient pas leurs regards de Lolo Brioche.

Tzo Da-dy et ses chasseurs dont Tsing le Biscornu, Tortue Molle Tsîn et Plat-Pif Tsiou, assis autour d'une table ronde, discutaient d'un gros sanglier abattu il y a un mois en amont du fleuve, seul Da-dy remarqua qu'A-hung entrait dans le café, celui-ci choisit un siège près du mur, posa sa hotte à ses pieds et commanda une tasse de café au lait avec deux bouchées à la viande.

Lolo Brioche fourra son mouchoir dans le col de sa veste, fit bouger ses hanches formidables, elle regarda A-hung et ses yeux clairs se troublèrent, car elle eût vaguement voulu lui plaire, une petite larme se forma au coin de son œil, elle quitta le comptoir et entra en cuisine.

A environ trois kilomètres en amont du fleuve, un grand sanglier avait fait son apparition il y a un peu plus d'un mois, dévastant poulaillers et enclos par dizaines, il avait mordu deux maraîchers, quand Tzo et ses hommes l'avaient encerclé, il avait déjà embroché à mort deux chiens, sectionné le cou de l'un d'eux et gardé la tête dans sa gueule. Son crâne était couvert d'une crinière en forme de nid, il arborait deux défenses qui lui arrivaient jusqu'aux oreilles ainsi qu'un groin écarlate, il grognait face aux chiens qui l'avaient acculé et l'assaillaient. La meute lui avait infligé des morsures sur tout le corps mais il n'était pas le moins du monde affaibli, parfois il attaquait les chiens en se servant de la tête qu'il tenait dans sa gueule, il les rossait si bien qu'ils déguerpissaient en hurlant. Le Biscornu avait déjà armé son Johnson et Plat-Pif son fusil de chasse à canon double, mais Da-dy avait suggéré qu'ils le prennent vivant. Ils avaient écarté les chiens, ils voulaient faire entrer le sanglier dans un marais. Mais à peine ses sabots de devant avaient-ils touché l'eau qu'il avait brusquement fait volte-face et chargé Tortue Molle qui s'était étalé de tout son long, le sanglier avait lâché la tête de chien, mordu la tête d'un autre chien vivant, et, encerclé par la meute, sous les regards médusés de tous, lui avait déchiré le cou et, prenant dans sa gueule cette nouvelle tête, il avait hurlé à la mort. Tortue Molle avait arraché le fusil des mains de Plat-Pif et logé deux balles dans la tête du sanglier. Au moment où le suidé l'avait chargé, une défense avait traversé l'entrejambe du pantalon, brochetant sa quéquette métisse chinoise et hollandaise, qui après la guérison ressembla à une courge amère. Sa femme n'était déjà plus de ce monde, et seules les Karayuki-san en feraient l'expérience.

Da-dy et les autres étaient en train de le plaisanter sur sa virilité.

Lolo Brioche apporta dans ses mains une tasse de café dont la fumée s'élevait en fines volutes, elle la déposa sur la table d'A-hung, versa le lait concentré et touilla elle-même avec la petite cuillère, puis elle s'en retourna à son comptoir.

« A-hung », Tzo Da-dy prit une bouffée de sa Black Cat et souffla un rond de fumée au sourire méchant, il tourna la tête pour regarder A-hung : « Il y a un sanglier mort dans ta hotte, hein ? Dès que tu es entré, j'ai senti le sang et l'odeur forte de ce gibier-là. »

Dans le café, tous les yeux se détachèrent de Lolo Brioche pour aller se poser sur A-hung. Sans raison, celui-ci lança soudain un regard à Lolo. Une lueur de ravissement passa sur son visage, elle pinça gentiment la grosse figure luisante de beurre de son fils.

Tortue Molle grattait la crasse de la fumée d'opium incrustée sur sa dentition à l'aide d'un cure-dent, il tendit sa grande main caleuse vers la hotte d'A-hung. Celui-ci lui prit le poignet et désigna du regard l'entrejambe du pantalon : « Ce jeune sanglier n'a peut-être pas fini d'expirer, gaffe au fond de ton froc ! »

Tortue Molle retira sa main et tapota la hotte en faisant mine d'être terrifié. Deux olives tombèrent de la poche d'A-hung, l'une d'elles s'arrêta aux pieds du fils de Tzo. Le marcassin la ramassa, la croqua, puis mâcha, mâcha longtemps sans bouger, son père lui donna une petite tape sur la tête, et le gamin partit pleurer dans les jupes de sa mère.

« A-hung, les cors de ton père ne sont toujours pas guéris ? » Da-dy souffla une colonne de fumée toute droite comme une perche de bambou. Il montra son œil-de-perdrix étalé comme un crachat au bord de son gros orteil gauche : « Regarde, moi aussi j'en ai ! »

L'ardeur d'A-hung fut douchée par l'histoire de ce grand sanglier arracheur de cous. Il but son café en vitesse, profita de ce que Lolo Brioche était occupée à torréfier ses grains de café dans la cuisine pour mettre sa hotte sur son dos et s'en aller, un pain à la viande dans chaque main, qu'il mangea tout en marchant. Au moment où Lolo était entrée en cuisine, une larme avait expiré au coin de son œil. A-hung passa devant la bijouterie de Buffle-Lingot-d'Or et s'arrêta devant les épiceries mitoyennes de Sîm Maigrezo et de Plat-Pif Tsiou, *Au Bonheur* et *La Concorde*, on y trouvait des produits du terroir pour l'exportation : caoutchouc, poivre, sagou, bois de jeluntong, ainsi que des produits importés : riz blanc, alcool et tabac, huile, conserves, farine, etc. La différence c'était qu'*Au Bonheur* vendait armes et munitions, légales ou pas, et que *La Concorde* faisait dans l'opium, légal ou pas. Devant le comptoir de *La Concorde* une grande cage en fer était suspendue, où le propriétaire élevait un calao à casque rond qui poussait des cris pareils à ceux des hyènes de l'Afrique. A-hung acheta à crédit, pour Ta la Flemme, deux boulettes d'opium de contrebande et quitta le quartier des échoppes.

Comme il marchait en direction des berges, il aperçut Ko Lai, cigarette au bec, qui suait comme tombe la pluie, en train d'aplanir et de polir une dizaine de petits bancs avec du papier de verre et son rabot. Kobayashi Jirô, sa perche sur l'épaule, jouait un air d'harmonica, suivi d'une troupe d'enfants. Hui-tsen, la fille de l'arboriculteur Lam Kui-liong, jouait à la marelle avec d'autres fillettes sous un kohu au bord du fleuve, leurs rires résonnaient, mystérieux et lointains, ils faisaient penser à de petits serpents se faufilant hors d'un champ de courges, le cœur d'A-hung frémit, telle une feuille de patate douce. Le chariot d'Oshida, tous muscles dehors, franchit une petite côte. Une colonie de cercopithèques s'épouillait sur un treillis de courges abandonné, leurs derrières rouges comme la pulpe étaient posés au-dessus et, au-dessous, leurs queues en grappes faisaient comme des sarments. Les épouvantails faisaient la course face au vent, leurs manches claquaient fort sous la bourrasque. Les vaches Holstein élevées par la Shell Oil Company broutaient, les unes contre les autres, mêlant leurs taches noires et blanches, impossibles à dénombrer.

A-hung poussa le portail d'une clôture, il vit le coq sans tête de Ta la Flemme juché sur un tas de bois envahi par des fougères nids-d'oiseau et des fougères comestibles, les petites et grandes faucilles relevées de son derrière lui jetèrent un coup d'œil, au pied du poteau le vieux chien jaune poursuivait une sieste amicale. La Flemme n'était pas chez lui, A-hung posa les boulettes d'opium sur le rebord de la fenêtre, fit le tour du plan d'eau, enjamba une haie basse et s'en retourna chez lui.

La nuit tombait peu à peu, la hache de la lune fendit la rase campagne qui s'étendait à perte de vue, elle se montra au-dessus du morne Canada, dans le firmament sévère et glacé.

A-hung déposa ses parangs et sa hotte, après avoir fait sa toilette à côté du puits, il enfila un short et un débardeur, puis il s'assit sur un tas de bûches sèches. Autour du vieux puits, la terre était noire, les eaux étales et l'herbe paresseuse, les nids des poules croulés, un souvenir lui revint de nulle part, une femme en pantalon noir et veste blanche, portant sur l'épaule cinq parangs longs et courts, s'avançait dans la désolation, vers lui et Kwan la Face Rouge.

LE TONNERRE DU FLEUVE

A Bornéo, les fleuves étroits, aux berges escarpées, roulent des eaux rapides chargées de pierres nombreuses, les arbres verts, foisonnants, sur les bords entrelacent leurs branches au-dessus du courant, la lumière du jour ne passe pas. Au fil du temps, d'immenses arbres périssent, s'effondrent et, contenus par les rives étroites ou les rochers, forment un embâcle, approfondissent le lit du fleuve, affectent l'écosystème aquatique ; ou alors ils dérivent au gré du courant, puis stagnent au bas de cascades, des lianes desséchées, des bambous cassés, des ponts brisés, des bouts de bois flotté affluent, s'envasent et forment une digue naturelle. Après les fortes pluies, de fantastiques quantités d'eau s'accumulent et la pression grandit, la digue finit par céder, le flot déferle en aval, emportant avec lui des arbres gigantesques, des lianes résistantes, soit, dans un fracas mugissant, c'est un tonnerre de bombes qui explosent, une horde de mille sangliers au galop, soit, engloutissant les berges sans un bruit, sans un souffle, le fleuve en crue dévaste tout sur plusieurs milles.

Le tonnerre du fleuve fait partie de l'écosystème des fleuves de Bornéo, c'est aussi la Nature assassine, qui chaque année emporte la vie de dizaines de gens et d'innombrables animaux.

Quand Hioh Siau-ngo, la mère de Kwan A-hung, rencontra pour la première fois Kwan la Face Rouge, elle portait sur elle cinq parangs, longs et courts, plus tard elle donna à son mari un des deux plus longs, elle accrocha l'autre au mur de leur maison et, plus de dix années durant, il ne sortit pas de son fourreau.

Le jour de son trentième anniversaire, Kwan la Face Rouge pêchait à bord d'un sampan en amont de la Krokop, une sangsue terrestre en guise d'appât, il prit un tête-de-serpent jaune de vingt livres. Des volutes de fumée, annonciatrices d'une menace diffuse dans le monde des eaux, s'enroulaient au-dessus des flots, enveloppaient des têtes et des queues de poissons qui se débattaient à la surface. Depuis dix jours, Kwan la Face Rouge mangeait du gibier, il ajouta à son régime un couple de paons des jungles qu'il avait tués la veille, il sentait son corps chaud et sec, le soir il avala une boulette d'opium avec de l'eau tiède et au matin, quand il s'éveilla, un busard des roseaux était là sur la berge, un poisson vivant entre les serres, le rapace se métamorphosa en un fantastique vieillard aux cheveux blancs et au visage rougeaud qui, la canne à pêche et le poisson sur l'épaule, disparut parmi les bambous. Kwan poursuivit sa partie de pêche, il attrapa un deuxième tête-de-serpent jaune, puis un autre, levant la tête il vit sous un arbre à durians deux sangliers à barbe en train de batifoler, deux dragons d'eau s'accouplaient sur les berges, une aigrette blanche, dans un fourré de chaumes, se frottait le cou, il pensa en son cœur : Bizarre…

La crête des montagnes était mangée par un soleil sanguinolent, des têtards nageaient dans sa direction, comme vers un ovule dans l'attente d'être fécondé. Venus de l'amont, des oiseaux passèrent au-dessus de sa tête, les sangliers et les dragons d'eau bondirent comme des insensés, l'aigrette blanche disparut on ne sait où, les deux poissons morts ressuscités se traînèrent jusqu'au bord du bateau et retournèrent à l'eau. Kwan la Face Rouge vit une vague en escalier déferler sur lui depuis le haut du fleuve, pareille à une harde d'éléphants en furie. Il pensa en son cœur : Le tonnerre du fleuve ! Saisissant ses rames, il manœuvra jusqu'à la rive et s'agrippa fermement au tronc d'un arbre cho-chi qui faisait une fourche vers la berge. Un mur d'eau s'effondra sur lui, suivi d'un autre, l'eau tourbillonnait dans le fond de son pantalon. Le déferlement passa aussi vite qu'il était arrivé, après que Kwan eut tenu bon plusieurs minutes dans l'eau, le niveau redescendit petit à petit, et quand le tronc d'arbre où il s'était perché émergea, le corps tordu d'un ours malais gisait tout contre lui, ses griffes pareilles à de petits clous s'agitèrent devant ses yeux et laissèrent sur son front trois entailles en pattes de poule. Kwan resta cramponné au tronc, il regarda passer entre ses jambes toutes sortes de cadavres d'animaux recroquevillés et d'autres corps informes, au bout d'une demi-heure, la berge réapparut, il sauta à terre, fit le tour de l'arbre cho-chi et vit sous le feuillage un radeau en bambou, et sur le radeau une fille allongée, vêtue d'un pantalon noir et d'une veste blanche, les paupières closes, qui tenait dans ses bras un long balluchon. Sa poitrine se soulevait et s'abaissait, Kwan la Face Rouge sut qu'elle était en vie.

Durant les trente années qu'il avait vécues, Kwan ne s'était jamais trouvé seul avec une femme. Il s'accroupit devant elle, on aurait dit un chasseur examinant des empreintes fraîches ou des laissées récentes afin de déterminer le passé et l'avenir. Devant cette créature roulée par les flots, dont les seins dressés recouvraient presque la clavicule et dont la natte, qui devait descendre jusqu'au bas du dos, pendait sur la poitrine, les yeux de Kwan s'emplirent de tourbillons. Il tendit la main, la posa sur l'épaule, hésita, puis la retira, il ne savait pas s'il devait la réveiller ou attendre qu'elle se réveille seule. Son visage était constellé de boutons d'acné, ses lèvres étaient incroyablement roses, pulpeuses, sur sa joue gauche il y avait un grain de beauté dodu en forme de fourmi, quand la jeune fille, un peu plus d'un an après, trépasserait, Kwan ne parviendrait jamais à se rappeler l'emplacement exact de ce grain de beauté. Plus tard, à A-hung il raconterait qu'en cet instant, il était déjà tombé amoureux de cette fille qui n'avait pas encore ouvert les yeux.

Kwan se leva, puis s'accroupit, accroupi, il se releva ; il observait les mouvements de la poitrine, écoutait le souffle régulier de la respiration, il jeta un regard circulaire sur la nature alentour, leva les yeux au ciel, et soudain, la fille ouvrit les yeux, vomit des veinules verdâtres, regarda Kwan et dit d'une petite voix : « Grand frère, tu as à manger ? » Kwan répondit : « Des fruits sauvages, ça ira ? » Elle hocha la tête. Il ôta sa chemise et il ne lui fallut pas dix minutes pour rapporter un balluchon plein de graines *petai*, de tamarins, de patates douces, de cœurs de palmier *pantu* et d'autres fruits sauvages au nom inconnu ; assise le dos contre une racine, la fille se servait, sans façon elle croquait, et les fruits craquaient avec un bruit clair, la quantité engloutie était étonnante, l'amour naissant de Kwan, son attendrissement confinaient un peu plus au sublime. Elle regarda les sept ou huit fruits restants et dit : « Mange, grand frère. » Kwan répliqua : « Je n'ai pas faim, vas-y, finis-les. Je vais descendre le fleuve pour voir si je trouve mon sampan, je serai de retour dans une heure. » Quand il revint, il aperçut la fille qui se trempait dans l'eau jusqu'à mi-corps, son long balluchon était posé sur la grève. Lorsqu'elle eut fini de se laver, elle remonta sur la berge, coinça son balluchon sous l'aisselle et marcha vers le radeau en bambou. Elle avait défait sa natte, des mèches d'un noir de jais cachaient la moitié de son visage. « Je vais au village qui est à l'embouchure. Et toi, grand frère ? » « Ça alors, j'habite justement le village de l'embouchure. » Le village dont parlait Kwan, c'était Krokop, le Bouk aux Sangliers. A l'époque, les sangliers y faisaient la loi, le village n'était qu'à moitié achevé. « Grand frère, ton bateau a disparu, prenons mon radeau pour rentrer, on cherchera ton sampan en route. »

Kwan la Face Rouge contint sa joie, il monta sur le radeau avec la jeune fille et ils descendirent le fleuve. Le Très-Haut commença à faire tomber une fine pluie et toute la matinée cracha sa céleste salive, à midi la pluie cessa, des éperviers bleus apparaissaient puis disparaissaient, comme s'ils construisaient leurs nids dans les crevasses de la coupole du ciel. Terne était le soleil, qu'une massue semblait avoir blessé sans remède. Le courant était tantôt rapide, tantôt lent, le radeau avançait par à-coups, la nuit vint peu à peu, il restait encore la moitié du chemin jusqu'à Krokop, la Face Rouge approcha le radeau de la berge, puis tous deux cueillirent des fruits sauvages et se rassasièrent, il sortit de sa poche une boulette d'opium toute collante qu'il avala, *gloup*, sur la berge il fabriqua un abri sommaire à l'aide de branches, étala des feuilles et des herbes sèches sur le sol, à peine étendue, la jeune fille s'endormit, la nuit grondait de rauques grognements de bêtes, de rumeurs du monde invisible, depuis longtemps Kwan la Face Rouge y était habitué, mais ce dont il n'avait pas l'habitude, c'étaient des ronflements et de la chaleur du corps d'une jeune fille, ses membres étaient fourbus, brisés ses os, sa conscience partit au grand galop, puis le ciel pâlit, et lorsqu'ils furent tous deux réveillés, ils mangèrent à nouveau des fruits sauvages et reprirent leur descente du fleuve sur le radeau, avant la tombée de la nuit ils atteignirent le village.

A l'époque, le village n'avait pas encore de nom. Quand on avait défriché la jungle profonde, elle avait exhalé ses miasmes et ses vapeurs, les insectes étaient gigantesques ainsi que les serpents, venaient pour s'y terrer les pirates, les brigands, mais la terre était fertile et vastes étaient les bois, gibier et poissons semblaient offerts à la main, attiré, un contingent de mineurs chinois et de chercheurs d'or de Kalimantan arriva, ils labourèrent, plantèrent, installèrent ici leurs pénates.

Les villageois bataillèrent plusieurs mois durant, puis découvrirent que les sangliers nichaient sur tout le territoire, leurs excréments jonchaient le sol, leurs empreintes étaient énormes, leurs grognements résonnaient sans cesse aux oreilles, il y avait des vieilles bêtes noires à la crinière hérissée, des jeunes puissants aux défenses arrogantes, des laies gravides, des marcassins qui avaient encore leur livrée beige à rayures, il y avait des sangliers sédentaires qui vivaient là et vaquaient paisiblement à leurs occupations, d'autres étaient des vagabonds sans foi ni loi. Après l'usurpation de leurs terres par les villageois, les sangliers amorcèrent la contre-attaque, parfois ils patrouillaient en groupe, d'autres fois quelques individus menaient des actions de guérilla, ils piétinaient les cultures, dévastaient les étables et les tonnelles, attaquaient les villageois. Quand, en 1911, on découvrit du pétrole dans le village, des ouvriers spécialisés d'origine chinoise et des migrants affluèrent en nombre, une forêt d'échoppes en planches poussa, grignotant le territoire des sangliers, les bêtes se rebellèrent, emmenées par un mâle dominant de la taille d'un bœuf, elles commencèrent à expulser les humains avec régularité et méthode, en six mois elles avaient reconquis d'innombrables terres cultivées, pris la vie de trois enfants, deux femmes et une vieillarde, les victimes n'avaient pas été piétinées et réduites en bouillie, non, mais dévorées tout entières, les villageois mirent sur pied une équipe de chasse, sans grands résultats, jusqu'à ce que les chasseurs Tzo Da-dy, Tsui le Biscornu, Ti Kim et Tortue Molle s'installent au village.

Une éternelle cigarette à la bouche, la moustache en guidon, Tzo Da-dy avait plus de vingt années de chasse derrière lui, plus de vingt fois il avait été à l'affût à la saison de la traversée des sangliers, il vivait de la vente de casques de calao, de bézoards de porc-épic, de peaux de panthère nébuleuse, au village il avait ouvert le café *Chez Lolo*, il était âgé de vingt ans quand, lors d'une chasse, un grand mâle l'avait mordu et avait emporté la moitié de son scalp, depuis il portait un chapeau de paille bien enfoncé sur la tête pour dissimuler la cicatrice chéloïdienne de son crâne, son épaule droite portait un tatouage de sanglier et la gauche un tatouage de kriss malais à double tranchant en forme de vague. Tsui le Biscornu était borgne, le visage mangé par la barbe, légèrement bossu, de passe-temps la chasse était devenue sa drogue, il tenait à son fusil comme à sa vie. Ti Kim, la peau sombre, trapu, était un chasseur de crocodiles hors pair. Quant à Tortue Molle, il mesurait un mètre quatre-vingt-quinze, de longs cheveux couvraient ses épaules, du sang hollandais coulait dans ses veines, il vivait du commerce du serpent : chair de serpent, soupe de serpent, bile de serpent, sang de serpent. Da-dy avait la cinquantaine, ses trois acolytes la trentaine. Ils avaient recruté une trentaine de gaillards, le village entier fut mis à contribution pour acheter armes et munitions, pour les parangs il fallait se les procurer soi-même, ils se divisèrent en quatre équipes : le Biscornu et Ti Kim étaient chacun à la tête d'un groupe à l'affût sur les berges de la Krokop, Da-dy et Tortue Molle emmenaient leurs hommes battre les hautes herbes et les taillis. La bataille entre hommes et sangliers dura plus de dix jours, chaque jour ils massacraient et capturaient près d'une centaine de sangliers à barbe de toutes tailles, l'eau des marais et des puits était rouge du sang des bêtes, même la rosée du matin sur les chaumes dégouttait de leur sang. Les villageois distribuaient le gibier dans des chars à bœufs ou des charrettes à bras, les sangliers vivants étaient mis en enclos, ceux qui étaient morts étaient livrés au boucher qui les boucanait, les salait et les marinait, les Karayuki-san elles aussi recevaient leur ration quotidienne de viande cuite, les joues creuses se remplirent un peu, le souvenir parfumé de cette viande de sanglier, les gens du village ne seraient pas près de l'oublier.

Suite à ce massacre sans merci, les sangliers essuyèrent leurs larmes et quittèrent leurs foyers, ils migrèrent à l'intérieur des terres et en amont du fleuve, les jeunes vigoureux erraient en bande, les vieux solitaires se retirèrent dans la forêt et les montagnes, mais jamais ils n'oublièrent les vergers et les potagers du village, quand la tentation était trop forte, ils s'introduisaient par petits groupes pour chercher de la nourriture. Tzo Da-dy avait dissous sa grande armée de chasseurs, il forma trois petites unités d'une dizaine d'hommes, chaque jour ils patrouillaient à heures régulières dans une zone déterminée, le mâle dominant ne s'était pas remontré, la guerre n'était pas terminée. Toute harde de sangliers doit avoir un chef en charge des décisions importantes, il est versé dans l'art de la guerre, capable de mener l'attaque, il sait quand reculer, sous son commandement les frontières sont repoussées, le territoire bien gardé, dans la jungle c'est une armée sans rivale, irrésistible. Pendant les dix jours de tuerie, le mâle dominant avait retenu ses troupes, qui sait quels sombres desseins il nourrissait.

Kwan la Face Rouge était resté en forêt plus de vingt jours, il avait manqué la première campagne militaire des humains contre les sangliers. Au moment où il ramena la fille au village, Da-dy était en train d'attendre la riposte du mâle dominant. Quand le radeau atteignit le ponton de la maison de Kwan, la jeune fille mit son long balluchon sur l'épaule, monta et, debout sur le quai, dit à la Face Rouge : « Grand frère, mon nom est Hioh, je m'appelle Hioh Siau-ngo. Et toi ? »

Kwan attacha le radeau au poteau d'amarrage : « Je me nomme Kwan King-hün, tout le monde m'appelle Kwan la Face Rouge.

— Grand frère Kwan, si ça ne te dérange pas, je vais rester chez toi quelques jours. »

Kwan dut une nouvelle fois contenir sa joie. Ils avaient atteint sa maison sur pilotis quand Ta la Flemme se présenta à la porte, un plateau de viande de sanglier salée dans les mains. « Mon vieux Kwan, si tu n'étais pas revenu, cette viande était bonne pour les chiens ! » Ces deux derniers jours, la Face Rouge et Siau-ngo s'étaient sustentés de fruits sauvages, taraudés par leurs estomacs, ils prirent la viande et s'empiffrèrent, tout en mangeant ils lâchaient des gaz nauséabonds causés par la fermentation des fruits. La Flemme revint, avec sur l'épaule un baquet de riz blanc accompagné de viande. Après s'être restaurée, débarbouillée, Siau-ngo passa les vêtements apportés par la Flemme, un costume hakka, veste à manches courtes avec attaches sur le devant et pantalon noir, elle déplia son balluchon et en retira deux parangs longs, trois courts, ainsi qu'une boîte en fer toute rouillée qui avait l'air d'un nid d'abeilles. Elle ouvrit le couvercle, révélant un tas de billets de banque émis par le gouvernement colonial, des billets d'un, cinq et dix dollars, et des pièces d'un, cinq et dix *cents*. « Grand frère, prenez soin, je vous prie, de cette petite somme pour moi. Hier soir, nous avons dormi sur la berge, tu m'as prise dans tes bras, tu m'as caressée. Je suis ta femme maintenant. »

ORANG MINYAK

L'Orang Minyak est l'« homme d'huile » de la magie noire de Malaisie, il est répandu dans toute l'Asie du Sud-Est, suite à une initiation, il est devenu mi-homme mi-esprit, normal le jour, la nuit venue son corps, d'un noir de laque, se couvre d'une boue graisseuse et sale, utile pour se dissimuler. Il vole par-dessus les avant-toits, rampe le long des murs, traverse les cloisons et creuse les parois, comme les fantômes.

Les Orang Minyak se divisent en deux catégories : la première, ce sont les voleurs, à la nuit tombée ils se glissent dans les maisons pour dérober les biens ; la seconde, ce sont les violeurs, ils prennent plaisir à déflorer les vierges et quand ils ont fait un certain nombre de victimes, ils deviennent inoxydables, ne craignent plus ni la lame, ni le feu.

Un soir que Tzo Da-dy inspectait les fourrés, il tomba sur un énorme tas d'excréments de sanglier, grandiose, fantastique, majestueux, puant, l'œuvre des entrailles d'un sanglier peu ordinaire, c'était, il fallait le craindre, le marquage du territoire réclamé par le grand mâle. Le lendemain, avant l'aube, fusil et parang sur l'épaule, Da-dy se mit en route vers les chaumes, il passa devant la maison de Fortune Ng, le roi du durian. Le portail de la clôture qui entourait les vergers était grand ouvert, un gros coq à crête rouge interdisait l'entrée telle une divinité gardienne des portes, sur les arbres les ramboutans à l'écorce rouge étaient gros, dans le champ de maïs les épis ronflaient du ronflement des opulents. Da-dy prenait la route de la campagne quand, se retournant, il vit une Siau-ngo fort matinale qui, deux seaux à la main, venait puiser l'eau glacée d'un vieux puits, elle monta ensuite une volée d'escaliers en bois et disparut dans la pièce d'eau. Au moment où elle s'était penchée pour puiser l'eau, le clair de lune avait versé sa lumière sur ses fesses très rebondies et ses jambes longues et fines. Le monde était encore plongé dans la pénombre, Da-dy retira son chapeau, gratta les cheveux clairsemés sur la moitié de cuir chevelu qu'avait mordue le grand sanglier mâle, il s'assit sur un tronçon de bois sec en attendant l'aurore, de faibles clartés pointaient à l'horizon. A son lever, il avait fumé une boulette d'opium, alors il pouvait bien tousser, c'était encore l'extase, il pouvait bien péter, c'était du souffle divin. Une quarantaine d'années auparavant, parce qu'il était en manque d'opium, son sang lui avait paru couler comme du plomb dans ses veines, sa cervelle lui avait semblé imbibée d'eau, ce sanglier l'avait mordu à la tête et sans le secours de ses amis chasseurs, c'en eût été fini de lui. Sous les minces clartés de l'aube, Da-dy allait et venait sur un étroit sentier, examinant empreintes et laissées, les anciennes et les récentes. Il en déduisit qu'une trentaine de jeunes sangliers vigoureux, ces deux derniers jours, avaient rôdé aux abords du village puis s'étaient retirés, ils n'étaient pas à la recherche de nourriture, ni d'une partenaire, leurs excréments indiquaient clairement que durant ces quelques jours ils s'étaient nourris de fruits et de graines sauvages, de champignons et de pupes d'insectes, non des fruits et légumes du village, en outre, leurs empreintes étaient bien en ordre, or il n'y avait pas plus de dix jours que la harde avait été mise en déroute par les villageois. Da-dy s'aventura plus avant dans la jungle, les empreintes fraîches se faisaient plus serrées, plus ordonnées, aux endroits où la forêt était sombre et vaste, plus nombreux étaient les arbres écroulés, et plus nombreuses les souilles, une large route avait été tracée où sept à huit sangliers tenaient côte à côte.

C'était l'après-midi, une fine bruine tombait, Tzo Da-dy, une cigarette occidentale à la bouche, coiffé d'un chapeau en rotin tout neuf à large bord, vêtu d'une chemise à manches amples et d'un pantalon noir attaché par une corde qui faisait comme des tentacules de calamar, se tenait debout sur le char à bœuf de Fortune Ng en compagnie de Ti Kim, de Tortue Molle et du Biscornu, devant la place du marché ils faisaient face à une centaine de villageois : « Une harde de sangliers se regroupe depuis plusieurs jours dans la forêt, leur nombre va vous surprendre, ils sont au minimum sept ou huit cents, au maximum deux, trois, voire dix mille, ils peuvent attaquer notre village à tout moment. Ecoutez, vous tous, quand presque dix mille sangliers se rassemblent pour encercler et anéantir leur cible, même une armée ne pourrait résister, alors une trentaine de fusils ! Mais Ti Kim, Tortue Molle, le Biscornu et moi, nous avons un plan de contre-attaque. Sîm Maigrezo vient de recevoir un lot d'armes et de munitions, il les met généreusement à notre disposition, renforçons notre groupe de chasseurs, s'il y a dans vos foyers des jeunes hommes, ils sont les bienvenus, même si vous n'avez jamais touché un fusil, il vous suffira de savoir le tenir, notre as du tir le Biscornu va vous prendre en main, en une journée, il vous apprendra à mettre dans le mille à tous les coups ! Nous comptons sur une équipe de chasseurs renforcée de soixante personnes. Vous tous, le fléau des sangliers, c'est comme un fleuve en crue, pas moyen de lutter, même avec six cents fusils ce serait inutile, nous devons élever un rempart entre le village et la forêt afin de ralentir leur attaque, morceler la harde, briser leur formation, et dès qu'ils seront désorientés, qu'ils ne sauront plus où donner de la tête, qu'ils se marcheront dessus, isolés et sans secours, alors nous, les soixante chasseurs, nous pourrons porter les coups mortels. Monsieur Lam Ban-tsing, le patron de *La Sempervirente*, nous offre plus de deux cents troncs d'arbre, ils étaient destinés à l'exportation pour le Japon, l'Europe et l'Amérique, il y en a dont le diamètre est large comme un ventre de bœuf ou d'éléphant, d'autres aussi petits qu'une tête de cochon, nous allons arrêter les sangliers grâce à ce rempart, c'est infaillible, même si c'est donner des perles aux pourceaux, le patron Lam donne tout ce qu'il a, matériaux et hommes, en même temps il nous envoie de la scierie une centaine de bûcherons, ils nous dirigeront pour achever le plus tôt possible nos travaux de défense. Que tout le monde prenne sa pelle et sa pioche, le temps presse, commençons dès maintenant. »

En trois jours, une barricade sortit du sol, haute de plus de sept mètres, longue de plus de sept cent cinquante mètres, elle s'étendait jusqu'au fleuve, séparant le village de la jungle, l'écart entre les piliers était d'un empan, commode pour tirer au fusil, on pratiqua une ouverture tous les trente mètres pour ne laisser passer qu'un sanglier à la fois et les attirer ainsi dans le village où ils seraient abattus un par un, selon la formule de Da-dy : « Mieux vaut laisser filer que bloquer. » Ko Lai, le menuisier, construisit quatre plateformes élevées qui furent disposées sur les deux rives, postes d'observation sur la jungle et en même temps centres de commandement, des villageois étaient envoyés pour monter la garde jour et nuit. La fin de l'année approchait, l'épicerie de Plat-Pif Tsiou venait juste d'ouvrir ses portes, il fit don de dix caisses de pétards et de fusées importés de Singapour. « Bien sûr, des pétards et des fusées sont inoffensifs pour les sangliers, mais ça peut aider à faire diversion, à troubler leur ardeur, et puis ça peut être le pet qui fait bon vent, comme on dit, ça nous enhardira, ça fouettera nos humeurs guerrières. » On racontait qu'il y a cent ans, à l'époque des affrontements entre les mineurs chinois et le gouvernement des Blancs à Bau, les pétards et les fusées avaient prouvé leur formidable efficacité au combat. Les enfants mirent des élastiques flambant neufs à leurs lance-pierres, chacun ramassa un grand seau de munitions, prêt à frapper les assaillants.

Les dix jours suivants, paisible fut la place du marché, abondante la récolte, la campagne restait couverte d'empreintes et d'excréments, mais on ne voyait pas l'ombre d'un sanglier, le village dormait sur ses deux oreilles, Da-dy et les autres se relâchèrent aussi. Kwan la Face Rouge acheta une échoppe avec les économies de Siau-ngo pour y vendre des produits locaux, il commencerait ses affaires après le nouvel an lunaire. Siau-ngo faisait de menus travaux à l'herboristerie *Po Sang* à ses heures de loisir, elle regardait Maître Hsiao, installé à son inventaire devant la boutique, qui recevait ses commandes d'écrivain public, elle reconnaissait quelques-uns des petits caractères. Le 19 février 1920, c'est-à-dire le trentième jour du douzième mois de la cinquante-sixième année du cycle sexagésimal, la nuit du réveillon du nouvel an lunaire, le ciel était bleu sombre, sans voiles, sillonné d'entrelacs d'étoiles, Kwan la Face Rouge avait bu un peu d'alcool, fumé son opium et s'était assis sur le sol de la terrasse avec Siau-ngo, ils contemplaient les eaux de la Krokop qui fuyaient loin, loin vers le nord-ouest, pour ne jamais revenir, emportant avec elles les farouches esprits des deux rives, leurs cœurs voguaient sur l'onde au gré des sinuosités de ce monde, comme dit le poète, Kwan regarda Siau-ngo et déclara : « Après le nouvel an, nous choisirons un jour pour le mariage, le ciel peut bien nous tomber sur la tête, et des millions de sangliers peuvent bien venir ! » Saisissant sa canne à pêche, il entraîna Siau-ngo vers le ponton, ils sautèrent dans le sampan, la godille fendant les flots il dirigea l'embarcation jusqu'au milieu du fleuve, là il pêcha deux carassins dorés, il s'apprêtait à lancer sa palangre quand il entendit, venu de l'une des plateformes, le signal d'alarme pour l'invasion des sangliers : deux coups de fusil. Les détonations furent suivies d'un silence absolu, ni galop, ni grognements de bêtes, Kwan crut qu'il avait mal entendu, puis ce furent à nouveau deux coups de fusil, le village commença de s'activer, Siau-ngo montra l'amont du fleuve : « Grand frère, regarde ! »

Sous la lune falote, les deux longues traînées de lumières formées par un milliard de lucioles dans la végétation des berges n'en brillaient que plus fort. A la lueur de ces deux lignes rougeoyantes, Kwan vit flotter sur le fleuve de grosses choses qui ressemblaient à des calebasses sans vraiment y ressembler, à des tortues trionyx sans vraiment en être, on eût dit des radeaux à la queue leu leu, des bouts de bois à la dérive, un banc de crocodiles qui avaient relevé leurs écailles fuselées et leur queue épineuse, cela se mêlait aux brumes et aux vapeurs miasmatiques sur chaque berge, réveillait en sursaut toutes les créatures infernales du royaume des eaux, nées dans la chaleur humide ou écloses d'un œuf. La horde de sangliers suivait à la nage le cours descendant du fleuve, quand ils eurent dépassé le rempart, ils formèrent deux colonnes sur la terre ferme, s'ébrouèrent en projetant des gouttes de boue, et dans un grondement terrible, déferlèrent sur le village. Kwan remonta sur la rive, il ne prit pas le temps d'amarrer son bateau et retourna chez lui en tirant Siau-ngo par la main, il s'empara de sa carabine et d'un parang, ordonna à la jeune fille de s'enfermer dans la maison, puis il se rua vers la plateforme pour rejoindre Da-dy et les autres.

La maison sur pilotis de Kwan était partagée en deux niveaux, la partie inférieure n'avait pas de murs, elle était supportée par huit piliers en bois-de-fer de Bornéo, solides comme des rocs, à l'épreuve des charges des sangliers, la seule lampe électrique qu'il y avait à l'intérieur avait été emportée par Kwan, Siau-ngo alluma une lampe à pétrole, elle tourna le bouton, allongea la mèche en coton, la lueur grandit, grandit à l'infini, Siau-ngo avait un peu peur. La mèche se consumait, ténue mais tenace, un mince filet de fumée noirâtre montait droit au plafond, prêt, semblait-il, à en découdre avec les nuées, à trouer la voûte céleste. Le bord du verre enfumé faisait comme une touffe de cheveux noirs, la panse remplie de la lampe ressemblait à une calebasse, le bec à une grenouille, cou tendu, gueule ouverte, à l'intérieur de laquelle il y avait la mèche, langue de feu incandescente, comme dans le fourneau de quelque alchimiste cuisant une pilule de vie. La maison, sur ses pilotis, était assiégée par les détonations, les grognements des sangliers, le vacarme de leurs sabots, les appels des hommes et des enfants, les cris aigus des bestiaux, il était difficile de comprendre la situation, au milieu du tumulte il y avait un bruit d'explosion particulier, celui des fusées de Plat-Pif, elles étaient précédées d'un sifflement, *sssssiiiiuuu*, avant d'éclater, depuis quelques jours elles s'étaient succédé dans le ciel de Krokop, comme des météores tombés du ciel.

Dévorée par la curiosité, elle ouvrit une fenêtre pour jeter un coup d'œil à l'extérieur, tout ce qu'elle vit, ce furent les faisceaux des lampes torches, tantôt courts, tantôt longs, qui déchiraient la nuit de leur gigantesque pointe d'épée. La pointe acérée s'allongeait, rétrécissait, vous eussiez dit une chose vivante, avec une tête et des jambes, un cou et un ventre, à la recherche de nourriture. L'une d'entre elles, au loin, plissa les yeux dans sa direction, secoua la tête et darda son regard dans une autre direction. Siau-ngo ferma la fenêtre, elle se retourna et vit, de la lampe à pétrole posée sur la table, une volute de fumée s'élever et tournoyer au plafond, puis retomber en ondulant, exhalant le corps incomplet d'un homme, il s'assit à la table, les yeux fermés, pour laisser les filets de fumée imprégner son corps et composer peu à peu sa forme complète. Hioh Siau-ngo poussa un cri de terreur, l'homme s'évanouit comme une ombre, disparut on ne sait où. Un gecko, sur l'auvent, poussa une série de cris d'alerte, si creux qu'ils en étaient effrayants. Siau-ngo s'approcha de la lampe, allongea encore un peu plus la mèche, et son ombre de géante se superposa au mur, puis elle décrocha de la cloison l'un des parangs longs hérités de son père et le posa sur la table. Le manche avait minci sous la poigne paternelle, il conservait la chaleur de son corps, les traces de sa sueur, il avait l'éclat des eaux claires de l'automne ; travaillé par les vicissitudes du temps, le fourreau resplendissait de ses reliefs accidentés, il ressemblait aux nuages du couchant suspendus dans le ciel ; la lame encore dans sa gaine, son père l'avait lavée dans le sang des centaines, des milliers de fois, elle était pareille à un clair de lune pleine.

Elle s'assit à la table, caressant le fourreau de la main, elle plaça le manche de façon à pouvoir dégainer rapidement. A la mort de son père, elle avait seule poussé son radeau en direction du nord, après avoir navigué sur dix-sept milles, elle avait gagné la rive pour se reposer, un ours malais, émergeant d'entre les fourrés, était monté à bord, il avait passé ses pattes griffues sur les rondins de bambou, y déposant de nombreux poils, avait mordu dans une vieille liane qui servait à attacher les rondins, pendant un long moment il ne s'était pas décidé à partir. Elle avait la main sur le manche de son parang, nullement effrayée. L'ours, après s'en être donné à cœur joie, avait bondi sur la grève et s'en était allé vers l'aval, elle était remontée sur son embarcation, elle poursuivait au nord quand le flot avait déferlé, elle avait alors rencontré Kwan la Face Rouge. Cadeau de la providence que cet ours qui avait retardé son voyage, présent du ciel que cette crue, grâce à laquelle elle avait connu Kwan la Face Rouge. Son père, tout au long de sa vie, avait fait commerce de métaux sur le cours supérieur du fleuve, il en avait retiré de bien maigres profits, avant de mourir il avait légué à sa fille cinq parangs et une somme d'argent. Des deux parangs longs, l'un devait revenir à son futur mari, l'autre à son futur fils, cet autre soir, quand les mains de Kwan avaient couru sur elle comme des crabes, elle n'avait pas fui, pas protesté, le bonheur la consumait tout entière, elle le savait, le parang était pour lui.

Un effluve chaud et sec monta de l'étage inférieur jusqu'à son entrejambe, l'odeur d'urine des sangliers emplit la maison, le toit en zinc grinçait comme si l'on était en train d'en enlever les tôles, la soupente résonnait des coups de feu qui se rapprochaient, un gecko tomba du plafond, débarrassé de sa queue. Elle avait l'impression d'entendre gémir la petite montagne de bûches à l'étage du dessous, siffler les houes et les râteaux, pleurer les seaux et la pelle à ordures, plusieurs sangliers se frottaient contre les pilotis en bois-de-fer, urinaient, marquaient leur territoire, les tenons et les rivets des fenêtres poussaient des piaillements de poules, des bruits de pas confus lui parvinrent de l'escalier qui menait à la terrasse de derrière. Tenaillée par la curiosité, elle alla jusqu'au seuil de la porte, le fourreau de son parang à la main, elle tira le loquet, sur la terrasse elle regarda les alentours, au loin les lampes électriques continuaient à darder leurs rayons acérés, mais pas une lampe n'éclairait les environs proches, la pénombre régnait, un souffle de vent froid s'abattit sur elle, elle frissonna de la tête aux pieds, une fois rentrée, elle remit le loquet, sur la table elle vit briller le ventre en calebasse de la lampe à pétrole, sa bouche de grenouille s'ouvrit toute grande, la flamme brilla incandescente, les filets de fumée, barbes dansantes dans les airs, se condensèrent pour donner forme à la silhouette d'un homme qui lui tournait le dos, debout devant la table.

La main de Siau-ngo se crispa sur le manche de son couteau, l'homme souffla, *pfou!* sur la lampe, preste comme la flèche quittant la corde, son corps gigantesque vint se coller contre elle, il bloqua le fourreau et la renversa en arrière, en même temps il jeta le parang dans un coin et lui arracha son pantalon. L'épouvante de Siau-ngo dépassait de loin la douleur à l'arrière de son crâne quand elle avait heurté le sol, ses appels se perdaient dans le tumulte des grognements de sangliers et des coups de feu, elle pouvait sentir l'odeur rance de la sueur et du sang sur l'homme, elle entendit les groupes de sangliers qui venaient les uns après les autres se frotter et uriner contre les pilotis de la maison, elle vit le corps sans vie de l'ours malais coincé dans les branchages, une fusée lancée droit contre les cieux émit un sifflement perçant, interminable, puis finit par exploser dans une détonation qui lui déchira les entrailles.

Les sangliers marchaient sur le village, animés d'une sauvage ardeur, inexorables comme l'aigle qui fond sur sa proie, ils essuyèrent le feu des soixante fusils, ils furent troublés en outre par les pétards et les fusées de Plat-Pif, des milliers de sangliers à barbe battirent en retraite par dizaines de petits groupes, et ces petits groupes se divisèrent à leur tour, laissant des bêtes isolées, ils perdirent alors la faveur des nuages, le concours du vent, de tigres ils devinrent chatons, humiliés par les chiens, traqués par les frondes des enfants tirés hors de leurs rêves, acculés puis massacrés par les villageois en furie à coups de pelles, de pioches et de parangs. Au moment où il avait entendu les deux coups de feu, Da-dy était à l'épicerie de Plat-Pif en train de jouer au *bài*, aux cartes de quatre couleurs, il s'était aussitôt emparé de son fusil et précipité vers la plateforme de commandement, c'était alors minuit, à part ceux qui montaient la garde aux plateformes, dehors il n'y avait pas âme qui vive. Des cultures et des enclos furent dévastés par les sangliers et le bétail tué, seule la maison des Chua fut défoncée, le mari et la femme trouvèrent la mort sous les sabots des sangliers, laissant derrière eux leur petite fille de trois ans. A trois heures la horde retraversa le fleuve et se dispersa, mais les villageois étaient amoks, ils se lancèrent à leur poursuite à bord de sampans et de barques, ils ne se souciaient même plus des balles perdues, ils pourchassèrent les bêtes sur environ cinq cents mètres en amont et ce n'est que lorsqu'elles se cachèrent sur l'autre rive qu'ils s'en retournèrent.

Tzo Da-dy patienta une demi-heure sur la plateforme, quand il vit que la situation était désespérée pour les sangliers, alors il descendit de son poste pour chercher le mâle dominant. Il savait qu'il devait être l'auteur de cet assaut de nuit, que seul un chef éminent pouvait commander à une harde gigantesque, coordonner la ligne de front et la durée de l'attaque. Il sillonna une moitié du village, à deux heures du matin il revint à la plateforme, puis continua ses recherches, immergé dans l'autre moitié du village. Deux chiens mordaient un jeune et puissant sanglier au groin et aux oreilles, les trois bêtes tournoyaient, se tordaient, aucune ne voulant lâcher prise, Da-dy tira son parang et le plongea dans le cou du sanglier, lequel s'effondra sur le sol en se débattant, les deux chiens étaient couverts de son sang. Au sommet d'une éminence, deux chasseurs étaient encerclés par un petit groupe de sangliers, Da-dy mit en joue son fusil à canon double et fit éclater deux hures, il ouvrit la chambre du fusil, retira les cartouches vides, puis tira à nouveau sur deux sangliers en pleine tête, les animaux poussèrent une suite de grouinements plaintifs et se dispersèrent à grand bruit. Des canards barbotaient au milieu d'un étang, au bord deux sangliers étaient en train de dévorer les charognes d'une oie et d'un canard, Da-dy appuya sur la détente et, fleurs ouvrant leurs corolles, fit voler en morceaux l'arrière-train des deux suidés. Quelques bûcherons armés de haches et de parangs avaient acculé un sanglier dans une mare pas plus grande qu'un puits, ils firent une longe avec un fil de fer et la passèrent au cou de la bête. Le coq sans tête de Ta la Flemme allait et venait sur les tôles zinguées de sa maison, le cou tendu il guettait les bruits alentour, dans l'attente du lever de soleil. Da-dy traversa les étages inférieurs de deux maisons sur pilotis, il aperçut la baraque des Chua en ruine, des sangliers fouillaient de leurs groins les corps des deux époux, quelques autres étaient rassemblés aux abords du puits, grondaient comme gronde un fleuve, au milieu des deux groupes de sangliers une chose vivante était dressée, absolument noire, on eût dit un immense tumulus envahi par les herbes folles, Da-dy alluma sa lampe torche et découvrit alors le monumental sanglier, une crinière blanche haut plantée sur le front, telle une aigrette de perroquet, la barbe sous sa mâchoire pendait jusqu'au sol, lui conférant un furieux air de grand sage. La joie de Da-dy outrepassa sa surprise, il jeta de côté sa lampe et ajusta son fusil, prêt à faire feu, mais redoutable était l'intelligence de ce grand mâle, il leva le sabot et prit la fuite, des feux follets emplirent le firmament, et partout ce ne fut plus qu'ossements, Da-dy tira deux coups mais n'eut pas le temps de recharger, les autres sangliers s'étaient lancés au galop derrière leur chef, Da-dy les suivit sur une dizaine de pas mais trébucha sur le corps d'un sanglier mort, longtemps il les chercha mais ne trouva nulle trace du grand mâle, il s'en retourna à la maison des Chua, entendant les pleurs d'un enfant, il ramassa la lampe torche et aperçut un puits à sec dont la source était tarie, accroupie au fond une petite fille sanglotait.

Quand les sangliers battirent en retraite, Da-dy ne suivit pas les villageois dans les bateaux lancés à leur poursuite, lui et Tortue Molle fumèrent deux cigarettes accroupis au bord du fleuve, après s'être lavé du sang des sangliers, il grimpa à l'observatoire, le Biscornu était là, son Johnson sur l'épaule, une défense de sanglier plantée dans son mollet à deux pouces de profondeur. Ti Kim piquait un somme. Le sang qui dégoulinait des deux hommes constellait la plateforme de petites taches. Da-dy surveilla le village et la jungle jusqu'à la pointe de l'aube. Après le nouvel an de l'ancien calendrier, les habitants rendirent au village son aspect habituel, à partir de ce jour on n'entendit plus parler des sangliers, les villageois commencèrent à élever en grand nombre ceux qu'ils avaient capturés vivants, ce trou perdu gagna la réputation d'être un lieu d'élevage de sangliers, et c'est ainsi au fil du temps qu'il prit le nom de Bouk aux Sangliers. Da-dy faisait de fréquentes excursions dans la jungle, à la recherche des traces du mâle dominant. Au moment où les sangliers avaient lancé leur attaque sur le village, les habitants l'avaient vu, de leurs yeux vu, aller et venir comme bon lui semblait, mettre à sac d'innombrables champs et enclos, les chasseurs l'avaient arrosé d'une pluie de balles, mais en vain, on racontait que quand il s'était lancé au galop, un tourbillon de feu s'était levé à vous laisser des cloques sur la peau, son corps brillait de feux follets qui avaient enflammé les herbes flétries et les arbres morts, sous ses sabots s'ouvrait un chemin sans issue pavé d'ossements où nul être humain n'aurait pu s'aventurer.

Tzo Da-dy endossa la responsabilité de la mort tragique des Chua, il recueillit la fillette de trois ans qui s'était cachée au fond du puits, Gin-hwa. Quand elle eut treize ans révolus, il vint partager sa couche et tout le village se mit à l'appeler Lolo Brioche, oubliant son vrai nom. En 1941, quand l'armée japonaise occupa le Bouk aux Sangliers, les Monstres déplantèrent les quelque deux cents rondins de la palissade qui séparait le village de la jungle, ils furent envoyés au Japon avec d'autres troncs d'arbre victimes d'un abattage acharné, les quatre plateformes furent déplacées au quartier général du corps expéditionnaire du Sud et de la police militaire, on hissa le drapeau du Soleil Levant, des gardes furent postés jour et nuit pour surveiller la résistance antijaponaise et les Alliés. Quand, en 1945, les forces alliées reprirent le Bouk aux Sangliers, trois des plateformes furent réduites en poussière par les bombes, après la guerre la seule survivante fut démembrée par les villageois et jetée dans les fourneaux, elle se consuma avec des grincements pareils à des gémissements de sangliers.

Cette nuit-là, celle de la dernière attaque des sangliers, Kwan la Face Rouge avait tiré soixante cartouches, il estimait avoir abattu plus de vingt sangliers et en avoir blessé une dizaine, il descendit de la plateforme, dégaina son parang, cinq chasseurs qui avaient eux aussi épuisé leurs munitions se joignirent à lui pour prendre en tenaille un sanglier esseulé. Mais les jeunes chasseurs manquaient encore d'expérience, le sanglier avait reçu des dizaines de coups de couteau, son corps n'offrait aux yeux que plaies ouvertes, mais toujours il ruait, luttait avec obstination, et donna le spectacle d'une mort triste et cruelle. Quand Kwan rentra chez lui, il était quatre heures passées, il vit Siau-ngo délicieusement endormie, lui aussi tomba dans un sommeil profond, il se réveilla à midi, Siau-ngo était déjà partie chez l'herboriste. Après le nouvel an lunaire, au lendemain du mariage, Kwan ouvrit son échoppe de produits du terroir. A la fin de l'année, tandis qu'elle était sur le lit d'accouchement, Siau-ngo vit une harde de sangliers qui encerclaient la maison, se grattaient et urinaient contre les piliers en bois-de-fer, un imposant mâle, coiffé d'une haute crinière blanche, à la longue barbe pendant jusqu'au sol, grimpa sur la terrasse où un ours malais faisait les cent pas, un violent combat s'engagea. Siau-ngo enfanta Kwan A-hung dans la douleur pendant un jour et une nuit, puis elle mourut d'une hémorragie.

LES LAMES MAUDITES

Okazaki Gôro prit pour nom de moine Masamune, il fut un célèbre forgeron de sabres à la fin de l'âge de Kamakura, il se retira à cinquante-deux ans et sélectionna, parmi ses nombreux disciples, Muramasa, Masachika et Sadamune pour être candidats à sa succession, il leur ordonna à chacun de forger un sabre en vingt et un jours. Quand ils eurent achevé leur œuvre, Masamune procéda à un examen méticuleux et choisit Sadamune. Muramasa refusa cette décision, il pria le maître d'éprouver les katanas. Celui-ci conduisit les trois disciples au bord d'une rivière, il planta les trois sabres dans l'eau, parallèles les uns aux autres, le tranchant, face à l'amont, recevait ainsi les épis de riz venus du cours supérieur. Quand les épis atteignaient les lames de Sadamune et de Masachika, ils s'enroulaient mollement autour de la lame, mais une force maléfique émanait de celle de Muramasa, elle attirait à elle les épis qui, à peine l'effleuraient-ils, étaient coupés en deux. Masamune fit mouvoir son souffle intérieur et poussa un grand cri, les épis accrochés à la lame de Masachika se détachèrent entraînés par le flot, tandis qu'ils se coupèrent net sur la lame de Sadamune.

« Le forgeron de sabres idéal ne s'arrête nullement au tranchant de sa lame. Le sabre court protège l'homme, le sabre long défend le pays, telle est la véritable mission du

sabre. » Masamune continua : « Le katana chargé d'instinct meurtrier, qui a perdu le sens du beau, ne mérite pas le nom de sabre, il faut l'appeler arme du démon. »

La lame de Masachika, surprise par le cri du maître, laisse « l'ennemi » s'enfuir, il est évident qu'elle manque de rigueur. Celle de Muramasa a déjà taillé « l'ennemi » en pièces alors qu'il n'a pas encore fait un mouvement, c'est là une arme maléfique. Seule la lame de Sadamune sait se retenir quand le temps n'est pas venu et fend la pierre et le métal si c'est nécessaire, tel est le seul vrai sabre.

Contes oraux, sixième rouleau,
« Les malheurs de Muramasa ».

Le corps sans tête d'Ito Hideo fut chargé sur le char à bœuf de Fortune Ng, les Monstres hurlèrent d'avancer jusqu'au quartier général du corps expéditionnaire du Sud. Le QG avait été installé dans l'école chinoise de Krokop. La charrette, Ng s'en servait pour vendre ses fruits et légumes et emmener ses six enfants à l'école. Un grand et puissant bœuf de trait était attelé, sa hauteur au garrot arrivait presque à l'épaule des Monstres, ses sabots pataugeaient *plouch plouch* dans la boue jaune parsemée d'empreintes de pattes de poulets parmi les feuilles de bambou et de traces de pattes de canards parmi les feuilles d'érable. Le bœuf avait l'habitude de transporter les légumes, les fruits et les enfants, il aimait respirer l'odeur des durians et des jaques, il aimait aussi que le plus petit des Ng s'assoie sur la barre d'attelage et lui tire les poils du bout de la queue. Le sang noir qui s'écoulait du cadavre gouttait sur la boue jaune, *ploc ploc ploc*. Ce corps décapité rappelait au bœuf le coq sans tête de Ta la Flemme.

Un jour avant le débarquement des Monstres, Ta la Flemme s'était levé de bon matin, un parang à la main, il était descendu de sa maison sur pilotis. Un grand coq à la crête rouge pourpre s'était juché sur un tas de bûches, son cri fit vibrer l'énergie à l'intérieur des organes de Ta, les plumes tectrices du volatile flamboyaient pareilles à des flammes. La Flemme bâilla un coup, disposa deux bûches sur le billot et, le manche bien serré dans la main, leva le bras, abattit le parang, fendit l'une des bûches. Des copeaux volèrent dans tous les coins, un petit lézard sortit en bondissant, au moment où Ta levait son couteau une seconde fois pour couper l'autre bûche, le coq déploya ses ailes et se jeta sur le lézard, il saisit le reptile vert sombre dans son bec doré et pointu, dans la main de la Flemme le parang fit entendre un rire froid et trancha le cou du coq.

Trente minutes plus tard, Ta la Flemme était assis sur le tas de bûches en train de siroter du jus de coco quand il aperçut le coq décapité qui se tenait sur un poteau en bois envahi par les plantes grimpantes, une croûte de sang entourait la blessure du cou béant, le lézard blessé s'était enfui depuis belle lurette en emportant avec lui dans les hautes herbes la tête du coq. Le volatile étêté sauta au bas du poteau, vint faire sa cour à deux petites poules et lança un cocorico bourbeux, profond, vibrant qui ébranla tout le village. Il nichait dans un arbre, ratissait larves et vers, courait après les rapaces, pourchassait les serpents, puissant, martial, la Flemme, ému, versait une fois le matin et une fois le soir de l'eau et du maïs dans le gosier ouvert. Tout le village s'ameutait chez Ta pour voir ce coq, quand, scruté par la foule de curieux qui tendaient le cou, il avait fini d'aimer ses poules, il s'envolait en caquetant sur un poteau haut de deux mètres et jetait un « regard » circulaire sur les chaumes aux alentours. La niche creusée dans le poteau était festonnée de fougères nids-d'oiseau et de fougères comestibles, au sommet avaient fleuri quelques orchidées sauvages aux racines abondantes, le tout ressemblait à un homme des bois hirsute. Quand il ne faisait pas le galant auprès des poules, qu'il ne se faisait pas nourrir par la Flemme, la plupart du temps le coq se tenait sur la caboche sauvageonne du poteau pour « regarder » les chaumes environnants, surveiller le terrain de la Flemme, girouette en bois guillotinée qui, parfois, poussait son cri bourbeux et sourd.

Tsan Jin-peng, coqueleur de son état, mit deux coqs de combat dans une cage et, quittant l'intérieur des terres, rama un jour entier jusqu'au Bouk aux Sangliers, il s'accroupit au pied du poteau et observa longuement l'animal avant de poser la question suivante à la Flemme : « Quand il a eu la tête tranchée, quelle a été sa réaction ? »

La Flemme réfléchit un moment puis déclara : « Moi, quand j'ai fumé mon opium, le parang me paraît léger comme une allumette, je couperais d'un seul coup les piliers en bois-de-fer de ma maison, pour tout dire je ne sais pas à quel moment je lui ai tranché la tête, demande plutôt à mon couteau. »

Tsan Jin-peng venait lui aussi de fumer sa boulette, il vit se dresser, invisible à la place du cou, la parfaite tête en losange du coq de combat : la face allongée, les crétillons en boule, l'orbite enfoncée, l'œil vert-jaune irisé, le bec long, les oreilles courtes, les barbillons pareils à des papilles de jeune fille, le corps droit, élancé, les faucilles rouge pourpre, les plumes du cou soyeuses comme un satin noir, de puissants ergots, une furieuse volonté de vivre, l'humeur guerrière exaltée ! « Ta, mon frère, je fais combattre un de mes coqs contre le tien. »

La Flemme répondit : « Le mien n'a pas de bec, il peut seulement frapper de la patte et ne peut pas piquer, non, ce ne serait pas juste. »

Tsan Jin-peng rétorqua : « Peu importe le vainqueur, je te donne cinq dollars, tu pourras acheter sept ou huit coqs qui auront l'air de quelque chose. » La nouvelle s'était répandue, dans le village on engagea des paris, le petit peuple de Krokop encerclait la maison de la Flemme.

Le combattant de Tsan à la belle crête, au jabot de moire, avait l'ongle dur et l'éperon long, le coq de Ta, lui, n'avait pas de tête, on fixa aux ergots de petites lames courbées en forme de feuille de saule, les propriétaires les firent sauter dans leurs mains, s'accroupirent et se relevèrent cinq fois, puis les coqs bondirent dans le gallodrome formé par le cercle d'hommes, la lutte à mort commença. Que son adversaire n'eût pas de tête déconcerta grandement le coq de combat, mais sous les injonctions sévères de son maître, il se souvint bien qu'« un coup de patte vaut dix piqués », levant les pattes, battant des ailes, il mit en œuvre les bottes habituelles du combattant : frappe de face, derrière la tête, en biais, à la mâchoire, les lames en feuille de saule virevoltaient en direction de la tête de l'adversaire, avec une étonnante vigueur. Le coq sans tête, victime de ce déchaînement meurtrier, fuit quelque peu le combat, il leva lui aussi les pattes pour parer les coups et, ô surprise, la lame trancha la gorge de son assaillant, comme elle eût tranché un oignon.

La Flemme empocha les cinq dollars et traita son coq avec tous les égards dus à un dieu. Maître Hsiao déclara que par ce phénomène étrange, le Ciel augurait d'un malheur, après qu'ils eurent débarqué, les Monstres décimèrent en un mois toute la volaille de Ta, poulets, canards et oies, seuls survécurent une laie en gestation et son coq sans tête.

La charrette s'arrêta devant les portes de l'école chinoise, les sentinelles en faction baragouinèrent deux phrases et la charrette prit une autre rue boueuse. Il était trois heures de l'après-midi, la Krokop chauffée par le soleil était une feuille d'argent, la campagne inculte qui s'étendait de chaque côté du chemin de terre jaune laissait un héritage de pointes aiguës de chaumes au bout desquelles s'amassait une fumée rose tantôt légère tantôt dense, les bouquets de nuages flétris par la chaleur ressemblaient à des crottes de chien desséchées par le vent. Au loin, un feu de plaine faisait rage dans les hautes herbes, on entendait de crépitantes explosions, les flammes étaient petites et éparses, épaisses les fumées. Sertis au sommet de buttes herbeuses, les marais à sec et les sillons de cultures abandonnées avaient l'allure de peaux de bananes piquetées de noir. Des nuées de moineaux planaient au-dessus des chaumes, tels des volants à plumes noires. Le bœuf s'arrêta devant un arbre cho-chi, sa queue fut soudain entourée par un nuage de mouches et de taons, il piaffa de toutes ses forces, piétinant les empreintes d'un couple de sangliers, ses cornes déchiraient furieusement l'air poisseux, de ses naseaux beuglants sortait une protestation inflexible comme un fil de fer.

Sous l'arbre, le général de division Maeda Toshinari, en charge de la garnison de Bornéo, et le général de brigade Yoshino Masaki, chef de l'état-major, chacun un bois de golf à la main, envoyaient l'une après l'autre de petites balles blanches dans les fourrés de chaumes. Tso Roi des Singes, Ko Grande Perche, Hui le Batave et une dizaine d'autres gosses faisaient cercle autour d'un épouvantail coiffé d'un chapeau noir, vêtu d'une veste rouge et d'un pantalon blanc, ils couraient après les balles. L'homme de paille était distant de l'arbre d'environ trente mètres, les deux Monstres avait une technique exécrable, les balles s'envolaient, parfois hautes, parfois basses, tantôt loin, tantôt près, déviaient à droite, se perdaient à gauche, les enfants ne savaient plus où donner de la tête. L'arbre cho-chi servait de point de départ et l'épouvantail faisait office de drapeau, entre les deux il y avait, à l'état naturel, un rough, un obstacle d'eau et un bunker, mais pas de fairway, ni de green, ni de trou. Le moral du général Maeda était au beau fixe, il poussait un cri à chaque swing, et la balle, comme s'il l'eût expulsée de ses lèvres charnues sous sa moustache en guidon, tournoyait en direction du ciel bleu aux nuages en crottes de chien verdâtres. Sous les vastes et profondes frondaisons de l'arbre, dans l'atmosphère embrasée, il portait comme toujours son uniforme, coiffé d'un salacot, bottes militaires aux pieds, sabre et revolver au ceinturon. Le général de division appartenait à une longue lignée aristocratique, officiers de génération en génération, il comptait parmi ses ancêtres l'un des Cinq Anciens désignés par Toyotomi Hideyoshi durant la période des Royaumes combattants, et comme il descendait de cette haute noblesse d'épée, il n'avait que mépris pour Tôjô Hideki, son ancien camarade de l'Académie de l'armée impériale ; suite à l'avancée du Japon en Asie du Sud-Est, Tôjô l'avait nommé commandant en chef des armées à Bornéo, promotion en apparence, bannissement en réalité. Dans sa jeunesse, le général de division avait étudié en Allemagne et en France sur ses propres deniers, il avait assumé le poste d'attaché militaire à l'ambassade d'Angleterre, c'était un fervent amateur de bals, de whisky écossais et de golf, un jour, montrant le katana à sa ceinture, il avait dit à Yoshino Masaki, moitié par plaisanterie : « Ce Masamune est à vous si vous me dégotez un équipement de golf et du whisky écossais à volonté ! »

Les petits yeux de Yoshino, enfoncés dans leurs orbites, s'étaient allumés, ils fixaient avec agitation le fourreau en bois de palissandre enveloppé dans une peau de boa, ceint au côté du général : le manche du sabre était en peau de requin, des arabesques à passements d'or garnissaient la chappe du fourreau, un motif de *kouei*, le dragon archaïque, était ciselé en creux sur la gaine, et la bouterolle ornée de symboles auspicieux. Maeda le lui avait répété, c'était un sabre de guerre forgé par l'illustre Masamune lui-même, alias Okazaki Goro, pendant la période de Kamakura. La renommée du forgeron était immense, aucun des sabres qu'il avait forgés ne portait de signature, mais celui-ci avait été authentifié par les Onami, célèbre famille de polisseurs de lames, l'authentification était inscrite à l'encre rouge sur la partie emmanchée, et bien qu'il ne l'ait pas vue de ses yeux, Yoshino était convaincu que Maeda ne lui mentait pas. Yoshino Masaki était issu d'une famille de paysans, diplômé de l'Académie de l'armée impériale, en 1941 il avait été chef d'état-major de la vingt-cinquième armée, sous le commandement de Yamashita Tomoyuki, « le Tigre de Malaisie », c'est lui qui avait lancé l'incroyable offensive avec ses troupes à vélo et vaincu un ennemi largement supérieur en nombre, conquérant de la péninsule malaise et de Singapour, il s'était trouvé promu chef d'état-major des armées à Bornéo. Pendant les trois ans et huit mois que l'armée japonaise allait occuper l'île, trois fois on limogerait le commandement en chef, seul Yoshino conserverait son poste jusqu'à la défaite, c'était lui le véritable gouverneur de Bornéo. Il écrivit donc une lettre à Tôjô Hideki, en passant par l'intermédiaire de Yamashita Tomoyuki, et trois mois plus tard, deux équipements de golf, accompagnés de cinquante caisses de whisky d'Ecosse, arrivaient au quartier général du corps expéditionnaire du Sud installé au Bouk aux Sangliers. Maeda Toshinari avait la main cramponnée à la poignée de son sabre Masamune, mais un gentilhomme n'a qu'une parole et, malgré une amertume sans nom, il dut présenter à deux mains le trésor de la famille Maeda à Yoshino.

« J'attire votre attention sur un fait étrange », dit Maeda Toshinari d'une voix sourde et abattue, tout en regardant Yoshino Masaki qui recevait le Masamune avec une profonde révérence, « depuis que nous sommes dans les mers du Sud, pas moyen de le tirer hors de son fourreau. Si vous êtes destiné à posséder ce sabre, peut-être parviendrez-vous à le dégainer. »

Les yeux humides, Yoshino saisit le fourreau de sa main gauche et de la main droite empoigna le manche, il prit une inspiration. Chaque fois qu'il contemplait le Masamune à la ceinture du général, la lame qui était dans son fourreau évoquait en lui grâce, calme, élégance, grue posée sur un pin, phénix sur un sterculier ; mais à présent qu'il tenait en main le fourreau et la poignée, cette lame lui semblait dragon retournant aux gouffres de l'océan, tigre tapi au fond de la montagne, le voyage était sans retour, la profondeur sans fond. Il n'avait pas encore essayé de tirer le sabre qu'en son cœur il tressaillait déjà, il hésita un instant, sa main droite relâcha doucement le manche.

« Pourquoi ne tirez-vous pas le sabre ? le rudoya Maeda d'un ton sévère.

— Ce sabre, j'ai l'impression que c'est un bout de bois sec dans ma main, je ne peux nulle part appliquer ma force, répondit l'autre d'une petite voix.

— Quand à l'instant vous serriez la poignée du sabre dans votre main », le général adoucit son expression, « qu'avez-vous ressenti ?

— C'était comme si j'avais attrapé la grande tortue mythique des mers du Sud, et que, soudain, elle s'était dégagée. »

Maeda hocha la tête. « Ce sabre est à vous désormais. »

Au moment où Yoshino s'inclinait respectueusement pour prendre congé, le général de division le mit à nouveau en garde : « C'est un katana Masamune, ce n'est pas un sabre ordinaire, quand on le tire, rien ne doit obstruer l'esprit, c'est comme manier le pinceau, la force brute est inutile. Souvenez-vous-en toujours ! »

Yoshino décrocha son sabre militaire et ceignit le Masamune, chaque nuit il voyait en rêve la lame se transformer en un serpent blanc dont la langue ressemblait à un chrysanthème, la queue à de tendres bourgeons de fleurs de cerisier, la mue à des fleurs tombées au sol, le serpent se promenait un peu partout dans sa chambre. La cinquième nuit, dans son rêve, la chambre était envahie de fleurs sauvages, de lianes, de ronces et de broussailles, un serpent noir s'insinuant depuis l'avant-toit apparut, il s'était enroulé autour de la poignée, puis faufilé à l'intérieur du fourreau pour les épousailles avec le serpent blanc. Le lendemain matin dès son réveil, un subordonné était au rapport, le chef d'état-major était prié de se rendre à l'embouchure du fleuve. Yoshino rassembla ses esprits, sangla le Masamune à son ceinturon et marcha jusqu'à l'embarcadère, là il vit une compagnie de mitrailleurs de première classe, avec leurs mitrailleuses légères type 99, déployés sur une ligne comme pour affronter un puissant ennemi. Un bateau de pêche était amarré à la jetée, un homme dont les longs cheveux lui tombaient jusqu'aux épaules, le visage mangé par la barbe, se tenait debout à la proue, à sa ceinture étaient accrochés le sabre long qu'on appelle *tachi*, un sabre court ou *wakizashi*, et une dague, *tantô*. Les paupières de Yoshino papillonnèrent, il vit un serpent noir se faufiler sur la berge, se glisser dans l'eau et disparaître dans le miroitement paisible de l'onde. L'homme qui se trouvait à bord du bateau était de très haute stature, élancé, il était vêtu de haillons, on eût dit quelque forban des mers, et pourtant, il portait ce *tachi* dans un fourreau en bois de santal enveloppé de cuir de cheval, dont la chape était ciselée d'un motif de dragon, la gaine décorée de pivoines et la bouterolle en écailles de poisson, Yoshino frémit en son cœur, il demanda d'une voix forte : « Vous êtes Yamazaki Kenkichi ? »

L'homme hocha la tête.

« C'est un sabre Muramasa que vous portez à la ceinture ? »

L'homme hocha la tête.

« Dégainez-le, je vous prie, que je le voie. »

De sa main droite, l'homme saisit la poignée et, avec légèreté, tira la lame. Yoshino l'observait avec une formidable attention, sans qu'il s'en rende compte sa main droite vint se poser sur la poignée de son sabre Masamune et, enfin, comme une tige en épi qui se brise, le sabre sortit de son fourreau.

« Vous reconnaissez ce sabre ?

— C'est un Masamune ! » Les yeux écarquillés, le regard de l'homme flamboyait d'étranges lueurs.

« Yamazaki », un léger sourire se dessina sur le visage de Yoshino, « il y a longtemps que je vous attends. »

Yamazaki Kenkichi, quarante-deux ans, avait été membre du Parti communiste japonais, féru des arts de la guerre, versé dans les techniques martiales. Avant la seconde guerre mondiale, le Parti communiste japonais préconisait l'abolition du système impérial et l'opposition au militarisme, il avait été dissous par le grand empire du Soleil Levant, Yamazaki fut jeté en prison avec d'autres membres importants du Parti, à sa sortie, il prêta le serment d'allégeance à l'empereur et fut volontaire pour s'enrôler dans le corps expéditionnaire du Sud, portant précieusement sur lui une lettre de recommandation, il embarqua en solitaire à bord de ce bateau de pêche et, soumis à la rigueur des éléments, navigua plus de deux mois durant avant de rejoindre le quartier général installé à Krokop. Environ deux mois plus tôt, Yoshino avait reçu un télégramme avec cette présentation laconique de Yamazaki : *Porteur d'un Muramasa, fort esprit du bushi*, il avait beau être tout crotté, il se dégageait de lui un air de dignité, de puissance tranquille, Yoshino eut l'impression de le connaître depuis toujours, et sans faire cas de l'opposition de Maeda Toshinari, il le nomma immédiatement sergent-major de la police militaire, la Kempeitai. Celle-ci avait été installée au village dans les bureaux chinois de recherche en mécanique, séparée par une rue du quartier général. La mission principale de la Kempeitai, en plus d'assurer la discipline militaire et de renforcer la sécurité, était d'exterminer les éléments antijaponais et les membres du Comité de sauvetage de la patrie et des réfugiés, elle avait élaboré de terribles méthodes de torture, ses agents régnaient en fauves sur le Bouk aux Sangliers. Yamazaki revêtit l'uniforme kaki, avec au bras gauche le brassard blanc brodé des caractères rouges 憲 *kem* 兵 *pei*, accrocha à son ceinturon un revolver Nambu type 93 et le sabre Muramasa, le lendemain soir il avait déjà arrêté deux jeunes Chinois qui défiaient les commandements impériaux.

Une fois qu'ils eurent occupé le village, les Monstres réquisitionnèrent tous les hommes jeunes pour ouvrir des routes, construire des bateaux, aménager un aérodrome, transporter des rails, les cultures délaissées, le grain vint à manquer, au marché on ne trouvait plus de légumes, Yoshino était fort mécontent, à Fortune Ng, le maraîcher, il demanda en hurlant : « Votre village est le plus riche de Bornéo, il y a du pétrole brut, du bois, de la viande, du poisson et des légumes à volonté, pourquoi n'y a-t-il rien à vendre au marché ? »

Fortune Ng se souvint que, quelques jours plus tôt, muni d'une lampe torche il avait inspecté ses vergers et découvert, un peu partout dans les sillons et sur les treillis, des escargots de toutes tailles qui grignotaient *cr-cr-cr* les tiges des plantes et les bourgeons, il n'avait pu s'empêcher de lâcher de gros jurons et, de rage, en avait piétiné des dizaines. « *Taijin,* nous faisons tout ce que nous pouvons, mais les escargots dévorent toutes nos récoltes ! »

Yoshino ordonna que chacun, sans distinction d'âge, ramassât dix escargots par jour, le quartier général en accuserait réception, ceux qui n'atteindraient pas le quota encourraient une punition sévère. Au moment où Yamazaki était arrivé à Krokop, il y avait douze jours que les villageois faisaient la cueillette des escargots, mais les mollusques continuaient à proliférer, et plus on en capturait, plus il en fleurissait. Un soir de lune claire, sous les étoiles éparses et les cirrus légers, les deux frères Ngô, Khé-bin et Tshen-bin, une lampe à gaz à la main, s'attardèrent dans leur potager pendant vingt bonnes minutes, ils ramassèrent plus de cinquante escargots qu'ils mirent dans un seau en fer. Approchant leur lampe du seau, ils les examinèrent, les gros avait la taille d'un poing, certaines coquilles étaient émoussées, d'autres affûtées, leur épais pied ventral se mouvait en ondulant, leurs cornes s'allongeaient, se rétractaient ; les coquilles des petits escargots brillaient, translucides, comme les gouttes de rosée sur les feuilles de lotus. Les deux frères approchaient la trentaine, avant l'arrivée des Monstres, afin d'éviter que les filles soient envoyées dans des bordels militaires, les villageois les avaient mariées, tous les garçons de Krokop avaient pris une épouse, eux seuls étaient restés célibataires. L'aîné, Khé-bin, était gros et court, aussi noir que si on l'avait trempé dans du goudron, un jour, il avait dix ans, alors qu'il était accroupi au bord de la rivière à laver la moustiquaire, un crocodile attiré par le sang des moustiques lui avait arraché une main ; le cadet était un simple d'esprit, incapable de venir à bout d'une phrase, il restait collé au train de son frère avec un sourire idiot, sorte d'excroissance vivante poussée sur le corps de l'aîné. Vingt ans plus tôt, leur père avait été tué à coups de parang dans une rixe avec des coolies javanais à un stand de café, leur mère s'était enfuie avec un colporteur chinois qui vendait des produits du terroir, les deux frères avaient été élevés par les villageois un peu comme des animaux domestiques, ils avaient trouvé un coin de terre qu'ils avaient brûlé, défriché, labouré et ensemencé, ils subsistaient en vendant leurs fruits et légumes, depuis que le village était tombé aux mains de l'envahisseur, ils étaient employés à refaire la route, à construire des bateaux pendant la journée, et mettaient à profit les premières lueurs de l'aube pour prendre soin de leurs champs. Cette nuit-là, l'aîné regardait les escargots qui se tortillaient dans le seau, à l'aide d'un parang court il en réduisit dix gros en morceaux et les mit dans un petit récipient, ils emportèrent le grand et le petit seau, prirent chacun une canne à pêche et se firent des appâts avec les escargots morts, il allèrent jusqu'au fleuve en bateau pour pêcher, en peu de temps ils avaient pris plusieurs gros poissons dont ils ignoraient le nom, quand soudain ils entendirent un bruit sourd, *plong!*, les nerfs de l'aîné se tendirent. D'expérience, il savait que ce qui entrait dans l'eau en faisant *plong plong*, c'était le crocodile ; si cela se faufilait sur la rive avec un bruit furtif, c'était un varan.

« Frérot, attention ! » A peine l'aîné eut-il prononcé ces mots qu'une vague s'éleva sur le fleuve, le sampan ballotta comme l'ombre d'une chandelle sur les flots et, *plouf*, le cadet tomba à l'eau, son frère lâcha sa canne et, s'agrippant au bastingage, remonta son frère à bord, de la berge on cria : « Qui va là ? » Les deux frères virent, debout sur une jetée, deux hommes, un petit et un grand, l'un d'eux tenait une lampe dont le faisceau lumineux les enveloppait comme une vapeur bouillante. L'aîné rama rapidement en direction du ponton, il reconnut le grand, c'était un *taijin*, un grand soldat de l'armée impériale, Yamazaki de la Kempeitai, le petit avec un béret bleu était l'interprète.

« Le *taijin* vous demande pourquoi vous n'êtes pas allés ramasser des escargots. »

L'aîné répondit : « Si ! Si ! On en a ramassé, on en a ramassé ! »

Quand ils allèrent regarder à l'arrière du bateau, les deux seaux avaient suivi le cadet dans sa chute et coulé au fond de l'eau.

Le lendemain à l'aube, les deux frères furent escortés par la Kempeitai jusqu'à la place du marché. L'aîné, les sourcils froncés, était livide ; son frère n'osait pas sourire, il s'efforçait de l'imiter et arborait une grotesque face de circonstance. Le chef d'état-major Yoshino et le sergent-major de la Kempeitai se tenaient côte à côte, Yamazaki dépassait Yoshino d'une demi-tête, sa barbe et sa moustache étaient plus foisonnantes, ses pommettes plus saillantes, sa face plus malfaisante, les deux officiers, la mâchoire haut levée, ressemblaient à deux boucs mâchonnant de jeunes feuilles au bout d'une branche. Les deux frères étaient agenouillés sur un coin de terre boueuse imprimée d'empreintes d'hommes et de bêtes devant la place du marché, sur le côté il y avait un vieux jaquier infructueux, sur une branche fourchue pas plus haute que le crâne de Yamazaki, une aigrette blanche, sans nulle crainte, s'occupait de ses oisillons, dans l'ombre des feuillages était suspendue une colonie de chauves-souris profondément endormies.

Autour des deux frères, les villageois formaient un cercle de chair humaine dont le diamètre avait été comme soufflé par l'explosion d'une grenade, à l'intérieur, des agents de la Kempeitai étaient en faction, fusils chargés, à l'extérieur, des soldats, encore plus nombreux, étaient eux aussi prêts à faire feu. Devant les deux frères, on avait posé une dizaine de seaux en métal remplis des escargots que les villageois avaient apportés dès le matin, les gastéropodes ondulaient avec vivacité, sortaient et rentraient leurs cornes, certains avaient déjà grimpé hors du seau et avançaient jusqu'aux pieds des badauds. Yoshino baragouina une déclaration, trois interprètes répétèrent en hakka, en cantonais, en mandarin et en malais, puis annoncèrent pour finir : « La violation des commandements de l'armée impériale est punie de la peine capitale, mais si ces deux Chinois mangent les escargots que voici, une chance leur sera offerte de s'amender. »

Les deux frères hésitèrent un instant, une grêle de coups de crosses s'abattit alors sur leur tête. Au moment où ils se mirent à manger le premier escargot, le haut de leur corps était déjà couvert de sang. L'aîné en prenait un, le cadet en prenait un aussi. Il les mâchait dans un bruit de bris de coquille, l'autre mâchait aussi dans un bruit de bris de coquille. Il vomissait, l'autre vomissait aussi. Parmi les vomissures, les villageois aperçurent, pareils à des entrailles, les organes hermaphrodites des hélix. Aussitôt que les deux frères s'arrêtaient, les crosses des mitrailleuses pleuvaient sur leurs crânes, comme des marteaux pilonnant le roc, comme des porcs dévorant des fruits pourris. Quand ils furent venus à bout d'une dizaine de ces mollusques, les coquilles commencèrent à devenir dures comme des billes d'acier, la chair, caillouteuse sous la dent, comme des copeaux de cuivre, ils n'eurent plus la force de mastiquer et se mirent à les ingurgiter vivants. Ils en avalèrent deux, s'allongèrent sur le sol, pâles, cadavéreux, un escargot rampa hors de la gorge du cadet. Yoshino lança un regard à Yamazaki.

« Sa vie durant, Muramasa a mis tout son cœur et toute sa force à forger des sabres dans l'espoir qu'ils surpassent ceux de son maître, dit-il. Pensez-vous que ce soit le sabre de Masamune le meilleur, ou celui de Muramasa le plus puissant ?

— Qu'est-ce qui nous empêche d'éprouver nos sabres sur ces deux hommes ? répondit Yamazaki. Ils sont de la même taille, qu'on les redresse, nous dégainerons en même temps, celui dont la tête touche le sol en premier a gagné. »

Deux *kempei* remirent d'aplomb les deux frères, l'esprit dans le brouillard, leur tête pendant faiblement tel un filet de fumée, leur cou à nu pareil à un frêle saule.

Les deux Monstres tirèrent leur sabre, le tranchant tourné vers le ciel, le dos de chaque lame vint tâter les cervicales, visant l'endroit où elle allait s'abattre, telle l'aiguille du brodeur qui va piquer une figure de phénix; les lames s'élevèrent haut au-dessus des têtes, retombèrent et brillèrent dans leur chute légère comme une traînée de larmes sur une joue, les deux têtes, ô hasard, heurtèrent en même temps les seaux grouillants, un jet de sang gicla des deux cous dans un susurrement sans fin, plus long que le cri du coq au matin dont la durée du chant étonne, comme le bruissement infini du vent d'automne dans les pins. Les rires de Yoshino et de Yamazaki effrayèrent quelques chauves-souris, elles battirent l'air de leurs ailes minces et s'engouffrèrent dans la brume sanglante qui envahissait le dessous de l'arbre, s'enfuyant à l'aveugle dans les rayons du soleil brûlant.

Les Monstres furent d'une incroyable efficacité, dans les trente jours qui suivirent leur débarquement, ils édifièrent un pont en arc qui enjambait la Krokop, sur la rambarde furent dressées six perches de bambou auxquelles ils suspendirent, tels des gâteaux de riz en papillotes, une dizaine de têtes: tête d'un chapardeur de pétrole, tête d'un tire-au-flanc, tête de celui qui avait caché des armes, tête d'un élément antijaponais, tête de celui qui n'avait pas payé l'impôt, tête du contributeur au Comité patriotique antijaponais, tête de celui qui n'avait pas salué respectueusement les grands soldats de l'armée impériale, têtes des deux frères Ngô, pendant la journée, les corbeaux, les rapaces, les pies et d'autres oiseaux sauvages dont on ignorait le nom tournaient autour en poussant leurs cris, la nuit, quantité de chouettes, de hiboux et d'effraies s'ameutaient, dans la pénombre têtes et strix avaient la même taille, de sorte qu'on ne savait pas si c'étaient les oiseaux de nuit qui tournoyaient ou les têtes humaines qui se poursuivaient, on se serait cru dans un cercle de l'enfer.

Au moment où le bœuf de trait amenait le corps sans tête de Hideo sous l'arbre cho-chi, les deux généraux avaient tout juste fini de frapper une centaine de balles de golf, les uns après les autres, les enfants sortaient des fourrés de chaumes et déposaient au pied de l'arbre les balles réunies dans des récipients en fer ou des paniers en bambou, le général de division tira du sac de golf cinq boîtes de bonbons qu'il donna à se partager aux gamins. Les boîtes à bonbons étaient légèrement plus grandes que celles de cigarettes, sur chaque face il y avait le drapeau du Soleil Levant et un Monstre, mitrailleuse à baïonnette à la main, qui flottait dans un ciel bleu parsemé de nuages blancs, un grand aigle aux ailes déployées prenait son essor vers des petits caractères réguliers écrits en rouge : *Victoire à l'Armée Impériale.* Chaque boîte contenait dix bonbons de la taille d'un œil de chien, des rouges et des blancs, des acides et des sucrés, ces friandises de Monstres, les enfants en raffolaient. Tso Roi des Singes et les autres avaient pris les boîtes et s'apprêtaient à partir quand ils virent le corps sans tête sur la charrette, tout en mangeant leurs gâteries, ils restèrent debout sous un pothos de Bornéo pour épier de loin. Sans la tête du propriétaire de ce corps, ils ne reconnurent pas que c'était ce Kobayashi qu'ils avaient si bien connu. Yoshino ne nourrissait pas un très grand intérêt pour le golf, quand il vit le cadavre dans la charrette, il jeta le club et s'engagea dans une discussion avec les Monstres de l'escorte.

Quand la charrette et le corps d'Ito Hideo apparurent vers la place du marché, le soir tombait, on eût dit la voûte céleste éclaboussée de fleurs d'hibiscus. Les chauves-souris s'envolèrent du jaquier en quête de nourriture, au retentissement lointain du sifflet qui annonçait la fin du travail, les villageois harassés par le dur labeur, traînant leurs membres craquelés par tant de soleil, convergèrent sur la place, au pied du jaquier les feuilles mortes et les bouts d'écorce ressemblaient à des pelures tombées de leur cuir humain. Sous l'arbre, les soldats en armes s'étaient déployés sur une ligne, devant eux se tenaient le chef d'état-major Yoshino, le sergent-major de la Kempeitai Yamazaki ainsi que deux interprètes, et encore un peu plus en avant, il y avait le bœuf, la charrette et le corps décapité. L'animal avait tiré son chargement tout l'après-midi, de mauvais gré il avait jeté son joug à terre, la tête tournée, il contemplait les muscles développés de son dos et les acromions saillants. Sur le côté de la place, il y avait un canal sale et étroit, du matin au soir il y stagnait des immondices puantes, fumantes, avec la marée nocturne la Krokop les emportait, elles allaient infester les berges, attirant les chiens sauvages qui venaient chercher leur nourriture. De chaque côté du canal il y avait des dizaines de cratères laissés par les bombes japonaises ou alliées, ils formaient des flaques d'eau où pullulaient, parmi les plantes aquatiques éparses, diptères, moustiques et moucherons. Sur le toit en tôles zinguées du marché, se tenait accroupi le cercopithèque qui avait mangé la moitié de l'oreille de Kobayashi et portait dans le dos un masque de démone.

La nouvelle de la mort de Kobayashi Jirô, alias Ito Hideo, fit sensation dans le village, devant le marché on se coudoyait, on se hissait sur la pointe des pieds, c'était à qui verrait le corps sans tête. Tso Roi des Singes, Grande Perche et leur bande se tenaient aussi près que possible de l'endroit où était la charrette, ils détaillaient avec minutie l'uniforme kaki de Kobayashi, la cartouchière en vachette, la gourde et l'étui du revolver au ceinturon, les bandes molletières et les bottes, la plaie du cou couverte d'une croûte de sang et, dans sa main, l'harmonica diatonique à seize trous. Les enfants virent une coulée de sang déborder confusément du cou et prendre la forme d'une figure humaine, les cheveux taillés en brosse hirsute, l'air d'un Bouddha débonnaire, le débardeur et le short tout tachés de graisse, les socques aux pieds, la perche sur l'épaule, épaisse comme le poignet, à laquelle étaient suspendus dix-huit sortes d'articles, il tenait son harmonica dans la main droite et jouait des comptines et des airs populaires du Japon, certains joyeux, d'autres tristes. La perche, avec ses dix-huit encoches, se dressa sur le pont en arc au-dessus de la Krokop, aux dix encoches supérieures étaient suspendues dix têtes auxquelles il restait des lambeaux de chair et des cheveux. A-hung, lui, vit Ito Hideo assis sous un cocotier, qui découvrait ses chicots, tendait sa main rapace et, recroquevillant ses jambes de flamant rose, entonnait l'air hypnotique de *Kagome Kagome*. Tzo Da-dy et Ti Kim, quant à eux, virent le corps sans tête de Kobayashi, perche à l'épaule, passer dans le quartier des lanternes rouges, l'harmonica dansait dans les airs, une longue langue rouge en lécha les ouvertures et la mélodie *Fleurs sous la pluie nocturne* s'éleva, le crâne d'une Karayuki-san endormie sur la perche émit des *hihihihi*, rires ou pleurs, comme une nuée de vautours tournoyant au-dessus de son corps pâle et nu.

L'interprète traduisit : Les grands soldats de l'armée impériale savent qu'à Krokop, personne n'utilise de flèches empoisonnées, le meurtre du soldat de deuxième classe Ito Hideo doit être l'œuvre des tribus sauvages de l'intérieur des terres. Ces sauvages n'ont pas reçu d'éducation civilisée, ce sont des chasseurs de têtes et des mangeurs de foie, ce sont des idiots et des paresseux, ils sont licencieux et superstitieux, l'armée impériale offre une grosse récompense à tout habitant de Krokop qui fournira des indices. Celui qui retrouvera la tête sera exempté d'impôt individuel pendant la moitié de l'année ; et pendant une année entière, celui qui aidera l'armée à capturer le meurtrier. Quiconque dissimule des informations ou cache le meurtrier encourt la peine de mort.

Du jaquier, l'aigrette blanche lâcha une fiente visqueuse qui tomba pile sur le matricule du soldat Ito Hideo. Fou de rage, Yamazaki tira son Muramasa, bondit sur la charrette et taillada l'arbre, le volatile s'envola du feuillage et disparut dans un nuage, blanc comme un blanc d'œuf.

Quatre Monstres et quatre villageois firent escorte à la charrette, ils se dirigèrent vers le cimetière japonais dépendant de l'usine de combustibles du corps expéditionnaire du Sud à Bornéo.

Le cimetière était sis sur les flancs du morne Canada, au moment où le convoi arriva, les étoiles emplissaient le ciel, la face de la lune brillait d'une pure blancheur, des cheveux de nuages flottaient à la dérive, sur la pente on distinguait vaguement une trentaine de tombes de Monstres. Quand, munis de pelles et de houes, les villageois commencèrent à creuser la fosse, ils entendirent, parmi les chants d'insectes et les ululements, le souffle léger d'un harmonica, ils tournèrent la tête pour regarder la charrette, rien. Les soldats et les villageois virent alors Ito Hideo sans sa tête, l'harmonica serré dans la main, sauter à bas du véhicule et s'évanouir dans la nuit noire.

Le lendemain à midi, Yamazaki revint au marché, plus de dix fois il fit le tour du jaquier. La veille, parmi l'attroupement de badauds venus voir le corps d'Ito, il avait repéré quelques individus louches, des mangeurs d'opium, et cette racaille, d'instant en instant, avait dardé sur lui et le chef d'état-major des regards comme des aiguilles qu'un sorcier plante dans une poupée. Le singe au masque dans le dos réapparut, au bout de trente minutes, il sauta du toit du marché sur un cocotier, puis sur un autre, dépassa deux triporteurs et un bus, atterrit sur les tôles en zinc d'une échoppe et bondit à l'intérieur d'un fourré d'arbustes qui se trouvait derrière. Le primate se déplaçait aussi aisément que sur une route plate, mais la végétation ralentissait Yamazaki. Quelques gamins, lance-pierre autour du cou, chaussés de socques ou de tongs, une hotte en bambou dans le dos, ramassaient des plantes sauvages, déjà leurs paniers débordaient de fougères comestibles et de liserons d'eau, les enfants étaient tout à leur affaire, ils ne remarquèrent même pas Yamazaki, ils cueillaient, rejetaient, cueillaient, rejetaient. L'un des enfants portait un masque de *yôkai* autour du cou. Un autre, torse nu, avait ramassé du bois mort, les branches torses étaient liées en fagot qu'il portait à la main, quand il vit Yamazaki, il fit une révérence. Son mouvement maladroit irrita Yamazaki qui ne put s'empêcher de lui décocher une gifle. Un écureuil jaillit d'un bosquet, pareil à une flamme, faisant naître, à chaque endroit qu'il atteignait, d'autres petites boules de feu qui explosaient en faisant *poum*.

Un B-24 Liberator américain croisait dans le ciel, il effectuait un bombardement de routine. Une bombe tomba sur les chaumes, le souffle de l'explosion déclencha un incendie dans les arbustes, l'écureuil disparut, une petite flamme vint se blottir peureusement contre les bottes du militaire, Yamazaki eut la sensation que cette petite flamme était le petit écureuil. Agitée par le vent du sud-ouest, elle partit en zigzag comme un serpent de feu en direction des chaumes, puis s'arrêta devant une petite mare. Il vit à nouveau l'écureuil qui bondissait par-dessus la flaque puis s'enfonçait dans les hautes herbes, et l'eau refléta encore longtemps le panache enflammé de la queue du rongeur. Le crépitement des flammes s'apaisa, un bruit plus sec, plus cassant s'éleva, qui lui fit penser à l'harmonica d'Ito. Il l'entendit jouer sa mélodie plaintive, imbibée de l'odeur âcre de la transpiration et de la mauvaise haleine du soldat. Au village, la rumeur racontait qu'Ito s'était transformé en zombie sans tête. Un petit serpent noir se glissa dans l'eau de la flaque, la langue dardée, il prit dans sa gueule la queue de l'écureuil reflétée à la surface, puis remonta sur la terre ferme et, *pfiou*, recracha la queue enflammée, embrasant plusieurs brins d'herbe, une grande sauterelle rouge cinabre vola au-dessus des fourrés de chaumes, et dans la flaque se refléta, vague, la silhouette d'une jeune fille à la longue chevelure ondoyante.

HUI-TSEN

Le projecteur crachait, immense et éclatante, une colonne de lumière qui déchirait le rideau tendu de la nuit et se projetait sur un écran de tissu blanc, grossissant dix fois les ombres jetées des phalènes, des chauves-souris et des oiseaux de nuit, telles des créatures pandémoniaques lâchées dans le ciel, s'enfuyant sous terre. L'appareil était installé à l'arrière d'une jeep, les projectionnistes obéissaient au doigt et à l'œil à un boîtier mécanique qui poudroyait, une pellicule nitrate tournait sur deux plateaux avec un bruit régulier, *tic-tic, tac-tac, tic-tic, tac-tac.* Une publicité pour la British American Tobacco passait à l'écran quand Hui-tsen installa son large tabouret en bois sur l'herbe à sa place habituelle, depuis le temps que le sol accueillait ces quatre pieds, il y avait quatre trous solidifiés sur lesquels le tabouret semblait poser ses fondations, et la jeune fille avait beau remuer, se tortiller, se dandiner, il restait inébranlable. La publicité était un dessin animé avec des personnages humanisés, un âne têtu remuait les oreilles, refusait d'avancer, son maître chinois allumait une cigarette, la fumée s'élevait dans les airs, puis se rassemblait pour former le logo de la marque, la bourrique croyait y voir une carotte et, écarquillant les yeux comme des tomates, étirant l'encolure, avançait en humant la fumée. De petits rires provenaient du siège de Hui-tsen, qui trahissaient une gaieté mêlée d'inquiétude.

Le cinéma en plein air du Bouk aux Sangliers se tenait à côté de la place du marché, mais on avait beau se trouver ici dans le ventre du village, l'éclairage des rues était sombre, on avait posé une lampe à gaz sur le capot de la jeep, le manchon en amiante brillait tant dans son verre que les gaines des herbes ressemblaient à des lames de sabre, les feuilles du jaquier à des têtes de pelle, et les prunelles de Hui-tsen aux yeux rouges des crocodiles le soir dans le fleuve. Dans la lampe, le manchon faisait office d'ampoule, on pressait la pompe au-dessous pour envoyer le gaz dans le tube, et quand le gaz arrivait dans le manchon, on pouvait le gonfler, le rendre plus rond et plus lumineux, comme la riche et chaude poitrine de Hui-tsen. A-hung connaissait bien les deux projectionnistes, de temps à autre il venait à l'avant de la jeep et actionnait la pompe avec application, éclairant les rondeurs féminines de la jeune fille. Chez les filles de Krokop, soit les fesses et les seins mûrissaient patiemment comme les fruits du jaquier, jour après jour, mois après mois, soit gonflaient soudainement comme un levain, soit se mettaient à déborder comme un lac en crue, seule Hui-tsen avait fait exception, il y a huit ans, elle avait émigré dans les terres intérieures avec sa famille, elle était alors maigre et sèche, à son retour au village, ses formes étaient pleines et rondes, aux yeux d'A-hung, elle n'avait pas connu d'adolescence, de petite fille elle était tout de suite devenue femme. Quand il fendit la foule pour retourner à son tabouret, il fit à dessein de grands mouvements exagérés, sur l'écran sa silhouette passa furtivement, amplifiant ses gestes de boa constrictor qui cherchaient à enserrer Hui-tsen.

La patronne du café, Lolo Brioche, s'assit sur une petite natte en paille, son bébé d'un an dormait dans ses bras, son marcassin de fils et une bande d'enfants couraient, se faufilaient comme des souris parmi la foule, par moments ils tendaient leurs mains pour saisir la colonne de lumière, sur l'écran apparaissait alors une grappe de doigts graciles. Le monde de Lolo se limitait à son établissement, *Chez Lolo*; quand elle arrivait sur la place du marché, son monde rétrécissait davantage encore, se réduisait au tabouret d'A-hung et à sa propre natte. Elle arrivait toujours un peu avant lui, disposait sa natte derrière la place du jeune homme, très près de son tabouret. Elle était comme ces fruits exposés plein sud, gorgés de soleil, qui mûrissent très vite, elle était déjà rassasiée des jeux de l'amour avec Tzo Da-dy, peu d'hommes excitaient encore son appétit. Da-dy l'avait cueillie trop tôt à l'âge de treize ans, cela n'avait fait que rendre son cœur plus sec, sa chair blette, elle attendait un garçon dans le genre d'A-hung. Enceinte d'un troisième, elle avait des seins formidables, on espérait tout le temps qu'elle ouvre son chemisier hakka à manches courtes pour donner la tétée. Il y manquait toujours un bouton et il y avait toujours des taches de lait, une grosse à droite, une petite à gauche, ou l'inverse, révélant clairement une « poitrine est-ouest », avec des mamelons qui se tournent le dos, pareils à un couple d'amoureux boudeurs.

Dans la grotte sombre de cette nuit d'été, la lune ronde se balançait accrochée à l'avant-toit du dôme céleste, les feux de plaine sur les rives de la Krokop s'étaient faits rares, mais il y avait toujours des paquets de fumée rebelle flottant ici et là sur les chaumes, que le vent du sud-ouest ne parvenait pas à dissiper. A la moitié du film, Lolo Brioche fourra son mioche dans les bras d'A-hung et s'en alla seule vers les berges, après avoir fini ses petits besoins, elle resta accroupie à contempler l'éclat d'antique sagesse des étoiles qui emplissaient la baie et sombraient au fond du fleuve. L'heure de la tétée allait bientôt arriver, l'enfant allait tellement pleurer qu'A-hung ne saurait plus que faire. Au bout d'un moment, une ombre, le dos tourné à la lampe à gaz, revint. Elle déboutonna son chemisier, découvrit un sein et, reprenant son fils des bras d'A-hung, lui enfourna le téton dans la bouche. A-hung s'en alla aussi uriner au fleuve. Lui parvinrent un tonnerre de rires des villageois qui regardaient le film, une rumeur de paroles. A-hung regardait le corps de femme de Lolo, plus généreux que celui de Hui-tsen. Il l'avait connue enfant, elle était maigrichonne, pâlichonne, au moment de l'attaque des sangliers sur le village, ses parents l'avaient jetée au fond du puits comme un poussin, et comme un poussin ce vieux Tzo l'avait remontée. Et il avait vu ses formes se remplir, s'arrondir de jour en jour, plus pleines, plus rondes encore après ses accouchements. Il se souvenait que Lolo, à l'âge de dix ans, avait déjà atteint le développement d'une adulte et, au café, elle essuyait comme une femme les remarques et les pincements des clients. Elle le tira un peu par le tee-shirt, pour qu'il lui reprenne un moment l'enfant. Tout en le tenant dans ses bras, il la vit reboutonner lentement son chemisier. Au moment où elle récupéra son fils, les yeux baignés de larmes, elle pressa ses doigts fortement contre les côtes d'A-hung, comme si elle avait voulu extirper son cœur et toutes ses émotions.

En manque d'opium, il roulait au fond d'un abîme de souffrances, voilà trois jours qu'il n'avait rien pris. Pourtant cette nuit-là, son crâne avait beau être comme rempli de boue, sa conscience était claire, au moment où Lolo Brioche s'était serrée contre lui avec son fils, il l'avait délicatement repoussée et s'en était allé vers la place du marché. Il avait d'abord eu l'intention de rentrer chez lui pour fumer sa pâte d'opium, mais son gosier était aussi sec que s'il avait avalé un charbon ardent, ses jambes étaient lourdes comme des poteaux en bois-de-fer, au bout de deux pas, il tourna la tête pour jeter un coup d'œil à Lolo.

Un canot à moteur glissait sur l'eau à toute vitesse, les reflets brisés de la lune jouaient sur l'onde en pattes d'oie dorées, sous un cocotier une grappe de lucioles formait une lanterne ronde rougeoyante qui flottait dans les airs, clairsemés étaient les chapelets d'étoiles scintillantes dans le ciel comme les larmes de Lolo, clairsemés les bancs au bois pourri sur les berges, clairsemés les yeux rouges des crocodiles dans le fleuve, clairsemées les flammèches des feux mal éteints dans les fourrés, Lolo posa son enfant rassasié et endormi sur un banc, les prunelles clairsemées d'étincelles, barbes de maïs dorées, elle se laissa déposer par A-hung comme un fagot de bois sec sous un cocotier. Les chaumes à l'infini, les feux de plaine sans fin, dans le ciel étoilé de minces nuages grisâtres et compacts s'entassaient pareils aux larmes de ravissement de Lolo. Le tronc du cocotier, épais comme la tête d'un sanglier, se dressait plus haut dans le ciel, et les lanternes de lucioles rougeoyantes se firent plus nombreuses, pareilles à des noix de coco suspendues.

Quand il revint à la place du marché, A-hung, un peu taraudé par sa conscience, alla à la jeep pour actionner la lampe à gaz, Hui-tsen tourna la tête et lui jeta un regard brûlant et rouge, comme celui des crocodiles la nuit sur le fleuve. Ça ne va plus, pensa A-hung, je ne peux plus continuer à attendre. Ce n'était pas le regard de Hui-tsen qui lui faisait peur, mais les larmes qui inondaient les yeux de Lolo, son chemisier auquel il manquait un bouton, les taches de lait, sa paire de seins est-ouest. Le lendemain, il prit le Raleigh de son père et fit asseoir Hui-tsen à califourchon sur le porte-bagages derrière la selle, ils se promenèrent sur les berges de la Krokop.

La jeune fille se tenait fermement à l'extrémité du porte-bagages, tantôt ses pieds pendaient dans le vide, tantôt elle en calait un sur le garde-chaîne et appuyait l'autre sur le moyeu, quand elle se sentait stable, elle lâchait les mains et tendait les bras à l'horizontale comme pour s'envoler, et ses deux petites nattes battaient l'air, hésitantes, comme des oisillons à leur premier envol. Depuis qu'elle était petite, elle aidait son père à faucher l'herbe, à porter la palanche des seaux de déjections, sa constitution ne le cédait en rien aux garçons. Dans les montées, elle sautait du vélo, agrippait le porte-bagages de tous ses doigts et poussait le vélo vers le ciel comme un cerf-volant ; dans les descentes, elle serrait le porte-bagages entre ses cuisses, enlaçait la taille d'A-hung, sa poitrine, grand poisson prisonnier du réticule, cognait contre la colonne vertébrale du garçon, leur poids accroissait la vitesse, et le vélo filait à toute allure comme le lièvre fuyant devant l'aigle.

Elle prit plaisir à introduire une brindille entre les rayons, qui émirent un son cristallin, *ding, ding ding, ding ding ding, ding ding ding ding!* D'après la fréquence et le volume, on pouvait dire leur vitesse. Les rayons tournoyèrent jusqu'à n'être plus que d'invisibles ailes d'abeilles, on ne voyait plus que moyeux flottant dans l'air, jantes argentées et pneus noirs, sur le chemin boueux les roues laissaient les traces de deux serpents accouplés. Le lendemain, A-hung mit pied à terre, il maintint le vélo par le guidon et le porte-bagages et laissa Hui-tsen s'asseoir sur la selle, au bout d'une demi-heure à peine, le vélo lui obéissait, comme une barque qui descend au fil de l'eau, comme un serpent glisse parmi les bambous verts. Elle allait de plus en plus vite, quand un chien errant surgit des herbes, elle n'eut pas le temps de l'éviter et, avec le vélo, alla finir sa course dans un profond fossé. Quand A-hung bondit dans le trou, elle était déjà debout, les épaules dégagées, la taille redressée, ses seins replets et bien équilibrés avaient la forme de deux énormes gouttes d'eau sur le point de déborder de son vêtement.

Trois jours plus tard, ils étaient mariés. La cérémonie fut des plus rapides, comme pour tous les garçons et les filles de Krokop qui s'étaient mariés cette année-là. C'était en 1941.

Les Monstres arrivaient.

HO-NGI

A-hung se souvenait de cet après-midi, sous le soleil haut, quand pour la première fois il avait vu l'angiome en forme de foie de porc de Ho-ngi, tout en marchant d'un pas lent derrière deux vaches Holstein, elle brandissait une fine gaule avec laquelle elle aurait pu, semblait il, agacer le ciel bleu. Elle s'était assise dans l'herbe, avait ôté son chapeau de toile, dégageant les mèches noires sur sa joue gauche, le menton levé vers le soleil, elle avait offert aux rayons les traits de son visage d'une rare beauté parmi les jeunes filles du Bouk aux Sangliers, son abondante chevelure dessinait des motifs pareils aux taches noires sur la robe de ses vaches. Elle fredonnait une chanson d'amour indonésienne dont les paroles semblaient évoquer un petit fleuve, joli comme une peinture, sur les vagues vertes des voiles, sur la berge une longue digue, des cocotiers, des amoureux…

Ho-ngi vivait avec son père au dortoir des employés de la Shell Oil Company, elle l'aidait à s'occuper d'une dizaine de vaches Holstein, à les traire chaque matin, parfois elle l'accompagnait pour la distribution matinale du lait, une tache de naissance, dont le lustre et la forme rappelaient un foie de porc, s'étendait sur sa joue gauche. Sans cette marque, elle eût été la merveille du kampong. A-hung l'avait vu de ses yeux manœuvrer la voiture pour passer sur un pont-planche qui avait tout juste la largeur de la jeep, Ho-ngi s'était arrêtée devant, tout en sifflant, elle était allée arranger la planche, puis, toujours en sifflant, elle était revenue à sa jeep, avait tapoté le capot, sauté sur le siège conducteur et, comme si elle avait commandé une énorme bête aux pattes ferrées, la voiture avait bondi d'un coup pour atteindre l'autre rive. Tel un dé, la jeep avait roulé sur le pont, roulé sans tomber à l'eau.

C'était un matin très tôt pendant la saison des pluies, en janvier 1941, A-hung s'en allait pêcher sur les berges de la Krokop quand il vit la jeep remplie de bouteilles de lait, conduite par Ho-ngi, arriver à toute allure sur la route de terre jaune, derrière le pare-brise brouillasseux son visage était flou, la tache en foie de porc disparaissait, comme un corps mort qui n'eût été que roses, comme une belle jeune fille en papier funéraire à brûler. Au moment où la voiture passa à côté d'A-hung, le moteur cala. Ho-ngi tenta de redémarrer plus de dix fois, mais le pot d'échappement cracha une fumée noire.

A-hung arrêta son vélo.

Ho-ngi portait un chapeau en toile blanche à bord large, une bride élastique attachée sous la mâchoire, ses longs cheveux cachaient l'angiome. Deux petites fossettes creusaient des douves de fraîcheur sur son visage de désert. Elle relança le moteur plusieurs fois. La voiture toussait comme un malade moribond. Elle ouvrit la portière et alla vers le siège arrière pour examiner une dizaine de caisses en bois, certaines étaient pleines de bouteilles en verre de lait frais, d'autres étaient à moitié remplies. Elle retroussa ses manches et déposa sur le sol une caisse qui contenait six bouteilles, deux gallons de lait frais, elle jeta un œil à A-hung et dit comme pour elle-même : « La voiture est en panne, mais il faut livrer le lait…

— Prends donc mon vélo.

— Je ne sais pas en faire.

— Je vais les livrer pour toi.

— Mais tu ne sais pas où c'est.

— Je vais te conduire. » A-hung lança sa canne à pêche dans un fourré. « Mon porte-bagages est assez grand et large, on va mettre une caisse devant, et toi tu t'assiéras derrière. »

A-hung chargea une caisse en bois sur le porte-bagages, il l'arrima avec la bride élastique et fit asseoir Ho-ngi à califourchon derrière pour qu'elle maintienne la caisse dans ses bras. Il se mit à pédaler, ses fesses tapaient contre la selle. Pendant le trajet, les bouteilles de lait, la chaîne rouillée et le moyeu qui manquait d'huile faisaient un boucan terrible, tandis que tous deux restaient absolument silencieux. Parfois, il lançait un regard en biais à celle qui était assise derrière lui, il ne voyait que ses genoux qui souriaient avec morgue. Quand ils eurent livré la première caisse, ils revinrent à la jeep pour emmener la deuxième, ils firent ainsi plusieurs allers-retours, pour le dernier voyage A-hung prit un raccourci et voulut passer sur un pont fait d'une seule planche. La passerelle était soutenue par deux piliers en bois-de-fer de Bornéo, épais comme la jambe, solidement plantés dans le ruisseau. Mais le courant était violent, l'eau passait par-dessus le tablier. Le vélo s'engagea, les jantes, à moitié submergées, fendaient le flot en deux paires de gerbes. Les pédales entraient, sortaient de l'eau, faisant jaillir d'innombrables gouttelettes solitaires. Les rayons des roues frappaient la surface, renvoyaient une lueur inquiète. La chaîne mouillée tournait sur le dérailleur mouillé, avec un bruit de déglutition difficile. Les orteils de Ho-ngi trempaient dans le ru et dessinaient à la surface des lignes pareilles à des tiges épineuses, révélatrices des secrets et des jolies pensées d'une jeune fille. Une nuée de libellules femelles pondaient en effleurant l'eau, de petites ondes nettes, parfaitement rondes, se répliquaient les unes après les autres. Un petit arbre déraciné, charrié depuis le cours supérieur, arriva sur la passerelle, ses racines se prirent dans les rayons de la roue avant, le nez du vélo stoppa un instant sur la planche puis versa, patatras, tout entier dans le ruisseau.

… Il était très peu profond, l'eau arrivait juste à la poitrine d'A-hung. Deux paysans qui passaient par là sautèrent dedans et ramenèrent le garçon et la fille sur la berge en leur donnant le bras, ils hissèrent aussi sur la terre ferme les bouteilles de lait et la caisse à la dérive, ainsi que le vélo au fond de l'eau.

Cette nuit-là, A-hung rêva qu'il pédalait sur son vélo, tout nu dans le ruisseau, ses roues soulevaient deux gerbes d'eau pareilles à des ailes de cygne. Des têtards, des guppys et deux gouramis bleus à deux points nageaient, des centaines de milliers de libellules s'envolaient au-dessus de l'eau. Sous le pont, il n'y avait pas de piliers, Ho-ngi, toute nue elle aussi, se tenait debout au-dessous, elle paraissait être le seul support. Le vélo franchit la passerelle, A-hung se retourna et vit Ho-ngi à califourchon sur le porte-bagages, ses seins glacés collés contre son dos.

Ho-ngi n'avait pas les formes rondes et généreuses des filles du kampong, elle était toute menue, comme un cerf-volant, comme un épi de maïs qu'une bourrasque pouvait emporter à tout moment.

Il la vit une ultime fois trois mois avant le débarquement des Monstres à Krokop. Après avoir calmé ses deux vaches, elle contourna l'étang et marcha vers A-hung qui était en train de pêcher devant le plan d'eau.

« Kwan A-hung, dit-elle abruptement, est-ce que tu me trouves moche ? »

A-hung passa ses lèvres l'une sur l'autre et resta silencieux.

Elle caressa sa joue tachée. Une forte brise venue du sud-ouest passa, elle tendit la main pour retenir son chapeau enfoncé sur sa tête. « Les Japonais vont arriver, papa veut me marier, mais à part Ngô Khé-bin, aucun garçon ne veut de moi. »

A-hung restait là sans parler.

« Je ne veux pas me marier avec lui… » dit-elle d'une petite voix.

L'appât, au milieu de l'étang, commençait à s'agiter, A-hung oublia de relever sa ligne.

Les deux petites fossettes, douves de fraîcheur, apparurent aux coins de la bouche de Ho-ngi. « Dès que les Japonais seront là, toute notre famille va partir se cacher à l'intérieur des terres, et papa me donnera peut-être en mariage à un sauvage. »

Ho-ngi refit le tour de l'étang et disparut dans les fourrés avec ses deux Holstein. A-hung regarda ce corps frêle, cerf-volant détaché, qui bifurqua dans les chaumes comme un cours d'eau à sec.

Il prenait le chemin du retour, sa hotte remplie de poissons sur le dos, quand il vit la jeune fille à la fine gaule agaceuse de nuages, debout devant un bosquet d'arbustes elle contemplait fixement ses vaches en train de paître. Septembre était là, les feux de plaine n'étaient pas éteints, des fumées noires se dispersaient en colonnes élancées au-dessus des hautes herbes, des nuages grisâtres étaient noués en bouquets dans un ciel chagrin, dans la vaste étendue désolée montaient des suites d'aboiements et de caquètements de poules, les chaumes vert-jaune parsemés de tuteurs à légumes se déployaient sans discontinuer, les filets d'eau des petits ruisseaux sur le point de s'assécher s'écoulaient lentement, le cri perçant des éperviers bleus en chasse résonnait dans la campagne, les puissants rayons du soleil illuminaient si fort les nuages qu'ils semblaient une mousse savonneuse. Sèche était la terre, assoiffée d'une pluie providentielle, comme la tache de naissance sur la joue de Ho-ngi. Au moment où il passait à côté d'elle, elle tendit la main et le tira par une jambe du pantalon, le ramenant dans le bosquet comme elle aurait ramené un bœuf.

« Oublie ma tache. Je ne veux pas donner ma première fois à un sauvage. »

A-hung n'eut pas le temps d'opposer la moindre résistance, elle lui avait déjà retiré son pantalon. Disparues ses fossettes, les coins de sa bouche étaient obstinément clos, des larmes mouillaient la tache en foie de porc.

Une vache enjamba des bouses où étaient pris des insectes morts et des débris de feuilles, traînant à sa suite une nuée de mouches et de taons, elle s'arrêta devant eux et brouta les jeunes pousses à leurs pieds. Quand l'angiome de Ho-ngi vint s'accoler au visage d'A-hung, il vit la vache se dédoubler, l'une arborait une seule corne, obscène et funeste, l'autre clignait de son œil unique larmoyant.

LES ANNEAUX NOIRS

Le prêtre chinois du Bouk aux Sangliers, le père Tsau, avait dépassé la cinquantaine, il était pourvu d'une paire de fines oreilles qui lui faisaient des patagiums de chauve-souris, parcourues de veines aux couleurs très vives, il avait pour moyen de locomotion un vélo de la marque anglaise Birmingham Small Arms Company, BSA. Grâce aux soins qu'il lui prodiguait depuis plus de trente ans, la sonnette était toujours aussi retentissante, le phare chromé ressemblait à un hydne hérisson, les rayons et les jantes resplendissaient comme l'esprit de Yahvé se mouvant au-dessus des eaux. Emily était une orpheline que le père Tsau avait recueillie à l'époque où il prêchait la bonne parole à l'intérieur des terres, elle avait seize ans quand elle était venue s'installer au village avec le prêtre, à dix-huit ans elle était allée vivre seule au pied du morne Canada, où elle élevait des poules et des canards, par l'entremise du père, elle pouvait vendre régulièrement ses produits à la Shell Oil Company, elle connaissait bien les fonctionnaires blancs de Krokop et les employés de la compagnie. Pendant plus de deux ans, le vélo d'Emily assura les livraisons d'œufs et de poules, Sîm Maigrezo y avait soudé à la ferraille un grand porte-bagages, des craquelures crevassaient la selle, les jantes et le garde-chaîne étaient couverts de rouille brune et quand la chaîne tournait, elle faisait entendre une toux glaireuse. Suite à l'Incident du pont Marco-Polo, les villageois boycottèrent les produits japonais, Kwan la Face Rouge procéda à une décapitation symbolique, il fit sauter d'un coup de parang le phare avant de son vélo Fuji avant de précipiter la carcasse au fond de la Krokop, il acheta un vélo anglais BSA. A son insu, Maigrezo pria Plat-Pif, nageur hors pair, de plonger dans le fleuve pour le repêcher, il gratta le logo de la marque Fuji sur le tube de selle pour le remplacer par celui de BSA, il remonta un phare avant, un carter de chaîne partiel, une dynamo, un pédalier et une sonnette pris sur des vieux vélos de fabrication anglaise, puis il le laissa au bazar pour le vendre.

C'est Emily qui emporta le vélo Fuji ainsi maquillé, en échange de deux poules et de son vieux vélo plus moche et plus délabré encore.

Juin 1941, fusil et parang sur l'épaule, A-hung longeait le pied du morne Canada à grande vitesse sur son vélo. C'était là que se trouvait la maison sur pilotis d'Emily, divisée en une partie haute et une partie basse ouverte, la maison était entourée d'une exubérance d'arbres fruitiers, au-delà d'une haie grillagée poussaient des arbustes aux branches basses et fourchues ainsi que des fourrés de chaumes. Emily laissait les poules aller à leur gré, elle en avait plus de cinq cents lâchées sur trente-trois ares de verger, une dizaine de poulaillers étaient répartis entre les arbres, la volaille déambulait, picorant çà et là des larves, des vers de terre et autres insectes, ainsi que des graines. La maison se trouvait au centre du terrain planté de jaquiers, de ramboutans, de durians, de mandariniers, de langsats et de longaniers, les fientes des poules nourrissaient la terre, les fruits étaient beaux, gorgés de sucre, ils attiraient les sangliers, les singes et les oiseaux sauvages.

Une pluie d'orage de l'après-midi s'abattit. C'était le début de la saison sèche, des nuages jaune paille débordaient des crevasses du dôme céleste, les gouttes tombaient, vertes comme des brins d'herbe. A-hung se tenait devant le portail, trempé par l'ondée, il vit arriver Emily et son chien noir. La pluie tombait tantôt drue, tantôt éparse, oblique, abrupte, remontait vers le ciel. L'avant-toit de la galerie gouttait par intermittence, comme un vieil homme à la prostate gonflée met une éternité à pisser. La bruine persistait, les dépressions du sol abreuvé formaient des flaques. Le chien s'accroupit sur une pile de bois sous la maison et se pelotonna, de temps à autre il fixait ses prunelles sur A-hung et Emily qu'il voyait par les interstices du plancher. Elle avait fait chauffer une bouilloire d'eau pour faire du café noir, elle s'assit avec A-hung sur la terrasse et posa deux tasses en porcelaine par terre. Au moment où elle prit la sienne pour siroter son café, une ancienne cicatrice, longue de quinze centimètres, se révéla sur son poignet.

Il y a un peu plus de deux ans de cela, le Bouk aux Sangliers a connu la plus grave sécheresse de son histoire, le niveau du fleuve a soudainement baissé, les herbes se sont flétries sous le soleil, leurs gaines ont brûlé, les champs et les jeunes cultures n'ont plus été que désolation, jour et nuit les feux de plaine ont fait rage, et tout comme la végétation les poils des bêtes et des humains se sont desséchés, la peau des visages aussi s'est ratatinée, comme si le sang lui-même s'était évaporé. Les grands coucals ont battu l'air de leurs ailes en flammes, les pangolins ont fait irruption, une boule de feu dans la bouche, les crocodiles femelles n'ont plus trouvé d'endroit frais et ombragé pour creuser leur nid. Le bœuf de Fortune Ng et les vaches Holstein de la compagnie pétrolière ont défoncé les barrières de leur enclos et se sont enfuis au galop sur la route de terre jaune en soulevant des tourbillons de poussière et de pierres. Les deux juments de race « Hollandais à sang chaud », l'une à robe blanche, l'autre à robe alezane, importées de la péninsule indochinoise par la compagnie, ont sauté la clôture en poussant d'affriolants hennissements, leur croupe ronde relevée qu'aucun mâle n'avait encore montée, leur crinière flamboyante au vent, elles se sont cherché querelle dans les chaumes tout en piétinant les flammes. Le coq sans tête de la Flemme est descendu de son poteau pour aller se percher sur un jaquier ombreux, une dizaine de beautés de son harem ont elles aussi grimpé sur les branches pour se disputer ses faveurs. Quant aux Karayuki-san, elles sont restées cramponnées à leurs fauteuils en rotin, leurs lèvres peintes légèrement entrouvertes, toutes cuisses écartées.

Ce jour-là, après avoir livré ses œufs et ses poulets à la cantine des employés hollandais, à quatre heures de l'après-midi, Emily pousse son vélo à travers les échoppes les plus animées du Bouk aux Sangliers, un gros lard d'âge mûr s'introduit avec difficulté dans un triporteur, de la capote dépassent ses jambes grasses, pâles et poilues. Le jeune conducteur enfourche la selle et de toute la force de ses maigres jambes appuie sur les pédales, sous le poids de son occupant obèse le cyclopousse avance lentement en cahotant, tel un gros bernard-l'hermite. Le jeune homme, chapeau de paille sur la tête, cigarette à la bouche, porte un tee-shirt et un short trempés de sueur, sa barbe fait comme un lichen sur son visage. Emily achète de l'huile, du riz, de la farine et des conserves à l'épicerie de Plat-Pif, puis elle passe par le café *Chez Lolo*, l'intérieur est bondé, Lolo Brioche a dressé un stand en plein air et disposé une dizaine de tables rondes, presque toutes occupées. Elle a glissé trois petits mouchoirs dans son chemisier, quand elle a le temps, elle en tire un pour tamponner sa sueur et s'éventer. Emily trouve une table libre et pose son panier en rotin à terre, elle boit une demi-tasse de café noir, sans lait concentré, et commande un plat de *char kway tew*, de larges pâtes de riz sautées.

Il est près de six heures et le soleil est toujours aussi féroce. Les clients, tous des hommes, se répartissent en trois grandes catégories : les ouvriers du puits de pétrole hollandais, les bûcherons de la scierie de Lam Ban-tsing, Tzo Da-dy et son groupe de chasseurs, quelques cyclos se mêlent à eux. Les ouvriers du puits comptent des Chinois et des Indonésiens célibataires venus de Java, leur peau et leurs vêtements de travail sont couverts d'une crasse graisseuse, tout comme les Orang Minyak de la légende, quand les Karayuki-san couchent avec eux, elles ont l'impression d'être passées à la friteuse. Les bûcherons ont une odeur corporelle complexe, pendant la coupe ils portent une serviette enroulée autour du cou, il s'en dégage une odeur aigre de transpiration, de gomina, de sciure, d'excrétions humaines et de fruits de mer. Le travail fini, au risque d'être la proie de quelque crocodile, ils vont se tremper dans le fleuve, sur lequel flottent des relents de poissons, de crevettes et d'excréments, quand les Monstres occuperont plus tard le village, les corps des décapités seront précipités dans la Krokop, et les bûcherons n'oseront plus aller y faire trempette, mais ils raffoleront toujours des gros crabes et des tortues à carapace molle engraissées par les déjections humaines dans le fleuve, et leur haleine gardera ces vagues odeurs. Les bûcherons sont des coquets, leurs cheveux sont si gominés qu'on dirait des bouses de vache, torse nu ils coupent les herbes, ouvrent les routes, abattent les arbres, transportent les troncs, en journée, en face des femmes qui passent en sampan et en canot sur la Krokop ils défrichent, la nuit ils réensemencent étendus sur les Karayuki-san. Les conducteurs de cyclos, eux aussi, enroulent une serviette autour de leur cou, mais ils portent en plus un chapeau en rotin planté de gardénia ou de bois-jasmin, leurs serviettes sont ainsi humectées de la scintillante rosée des fleurs, ils s'aspergent de parfum d'importation, et ce qu'ils craignent par-dessus tout, c'est de tomber sur une Karayuki-san qui viendrait juste de passer à la friteuse. Tout ce petit monde se rassemble comme poulets, canards et oies dans une basse-cour, et s'il est difficile de distinguer leurs œufs, on sait qui est qui au premier coup d'œil.

Emily a terminé son plat de pâtes quand trois jeunes ouvriers javanais s'invitent soudain à sa table, cigarette au bec, ils commandent quatre bouteilles de Guinness et de Tiger, ils remplissent quatre bocks puis en posent un, au liquide ambré et mousseux, devant Emily, tout en le désignant du doigt, ils crachent une suite de mots en indonésien. Emily ne comprend pas leur langue, elle boit le reste de son café, met sa hotte sur son dos et s'apprête à partir. L'un des ouvriers tend brusquement la main pour saisir l'un des anneaux en rotin au poignet d'Emily.

« Lâche la miss! s'écrie un bûcheron chinois assis derrière elle et qui la connaît. Qu'est-ce que tu veux? »

L'autre baragouine une phrase en indonésien.

« Miss Ho, il veut que tu vides le verre avant de partir », traduit le bûcheron.

Dans les craquelures des ongles de l'ouvrier, une boue dure comme du fer s'est accumulée, sa paume est enduite d'une crasse huileuse pareille à de la cire, du creux de la paume montent des émanations de méthane, ses cinq doigts sont toujours refermés sur les anneaux au poignet d'Emily, si fort qu'elle ressent une douleur.

« Frère, demande-lui de me lâcher, s'il te plaît », dit Emily au bûcheron chinois. Celui-ci baragouine deux phrases, le Javanais, sans lâcher Emily, répond en baragouinant deux phrases, il tend son autre main vers la paume de la jeune fille.

Elle le transperce du regard, tire son parang court et, avec le dos de la lame, frappe deux coups forts sur les doigts qui enserrent ses anneaux, l'homme retire sa main, pousse un grognement, il cogne alors du poing sur la table dans un bruit retentissant. Une bande d'ouvriers javanais vient faire cercle derrière lui, tandis qu'un groupe d'ouvriers, bûcherons et cyclos chinois fait cercle derrière Emily, une clameur de langues confuses s'élève, en hakka, cantonais, minnan, hainanais, teochew, mandarin, anglais, malais, indonésien, tamil. D'un léger coup de parang, Emily renverse le verre mousseux et la bière ambrée se répand sur la table.

Tzo Da-dy fend la foule pour se poster devant Emily, un ouvrier javanais, un colosse au visage carré, vient faire face à Tzo, ils se dévisagent, la rage dans les yeux.

« Miss Ho, pose donc le parang », dit Da-dy à Emily.

La tête haute, Emily jette un regard froid sur les Javanais groupés en demi-cercle, serrant toujours le parang dans sa main.

« Cette demoiselle est orpheline depuis qu'elle est toute petite, elle a monté toute seule son élevage de poulets, elle est emportée, c'est son caractère, à l'époque où l'épidémie nous a frappés, comme nous tous au village, elle a offert sa contribution au temple de notre génie protecteur, Tua Pek Kong, celui qui la cherche, il nous trouvera. » Da-dy est tout juste revenu de la jungle, il est coiffé d'une casquette militaire verte à la visière cassée, vêtu d'une veste de chasse couleur poil d'animaux, cousue de grosses et de petites poches renflées, la cigarette occidentale qu'il a à la bouche est déjà consumée jusqu'au filtre, il affiche un sourire figé : « Plus d'une fois vous avez manqué de respect à ma femme, ça fait longtemps que je tolère la bande de coolies javanais que vous êtes, je comprends, ce n'est pas facile pour vous d'avoir quitté votre terre natale pour venir ici en pays étranger, mais ne revenez plus faire des histoires dans mon café, allez, allez, dehors ! »

Tzo Da-dy a parlé en hakka, les ouvriers chinois traduisent pour les Javanais. Celui qui a reçu les deux coups assénés par Emily n'a pas encore tout à fait recouvré ses esprits, il montre le verre sur la table en répétant deux phrases.

« Il veut que la miss finisse le verre, dit le bûcheron chinois.

— *Ham ga san,* treize tombes pour ta famille ! » A peine Da-dy a-t-il commencé sa phrase qu'Emily, brandissant son parang court, l'abat avec force, brise les deux bouteilles de Tiger et fait voler un bock en éclats.

L'averse fit s'agiter les poules comme des cafards en panique, mais elles ne cherchèrent pas refuge dans les poulaillers, elles continuèrent à picorer sous la pluie. Quand la giboulée eut cessé, le café noir d'A-hung était encore fumant. De petites flaques parsemaient le verger, elles recevaient les gouttes qui tombaient des arbres. Une poule, tenant en son bec une grenouille par la cuisse, fila se cacher à toute allure pour ne pas avoir à partager, on eût dit que c'était le batracien qui, déployant une force surnaturelle, l'entraînait avec lui. Les durians, casqués et cuirassés, pendaient haut dans les arbres. Emily but deux tasses, fit à nouveau bouillir de l'eau et repassa le café. Elle expliqua à A-hung qu'il y avait deux bauges de sangliers dans les chaumes, l'une était occupée par une laie et huit bêtes rousses qui venaient de perdre leur livrée, l'autre par trois jeunes mâles, la nuit ils sentaient l'odeur des durians tombés à terre, alors ils creusaient sous la clôture pour venir s'en emparer, et par la même occasion ravageaient la petite parcelle où elle faisait pousser ses carottes. Les carottes, c'était le cadeau offert par Emily au père Tsau en guise de reconnaissance. Lui ainsi que les dignitaires anglais croyaient fermement que ce légume fortifiait la vision nocturne, c'était bien utile pour aller prêcher la nuit et il était friand des carottes de la jeune fille qui n'utilisait pour tout engrais que les fientes de ses poules. Les sangliers restaient sur leur faim, ils piétinaient les poulaillers et dévoraient les poules, ils venaient à coup sûr chaque nuit, ils en avaient déjà emporté une trentaine. Emily avait fait des recherches plusieurs jours durant, elle avait localisé les bauges et demandait à A-hung de l'aider à s'en débarrasser. Elle lui raconta aussi que les trois jeunes mâles étaient trois marcassins qu'elle avait jadis relâchés, en un moment de faiblesse, il y avait plusieurs années de cela quand elle avait abattu une laie, jamais elle n'aurait cru qu'ils deviendraient de gros sangliers carnassiers.

Il était trois heures de l'après-midi, Emily portait à l'épaule un fusil de chasse à canon simple, un parang long et un court passés dans la ceinture, un panier en rotin au bras, A-hung, lui, était armé de son fusil de chasse à canon double, d'un parang long et avait aussi un panier à son bras, ils ouvrirent le portail et, accompagnés du chien, s'aventurèrent dans les fourrés de chaumes. Le chien noir marchait en éclaireur, Emily était au milieu et A-hung fermait la marche, il sifflotait avec une feinte décontraction. La jeune fille se retourna et lui intima le silence d'un geste de la main. Au loin, brûlaient quelques feux de plaine isolés, avec d'élégantes petites langues de flamme, leur fumée blanche recouvrait les terres, encageait la campagne, amputait un coin du paysage. Le chien noir semblait drapé dans une poche d'encre, ses pattes se posaient sur le sol sans faire de bruit comme les crabes qui se déplacent dans un marécage, parfois il suspendait son pas canin pour scruter les alentours.

Emily marchait de plus en plus vite, soudain elle leva la main et la posa contre la poitrine d'A-hung. Deux villageois de Krokop, fusil à l'épaule, franchissaient une butte toute ronde de la hauteur d'un homme, puis ils disparurent parmi les herbes. Emily retira la main qu'elle avait posée sur la poitrine d'A-hung, lui jeta un coup d'œil et tira de sa ceinture son parang court.

Hon-hon... gron-gron... hon-hon... gron-gron... A-hung entendit des grognements sourds de sangliers qui venaient de la butte.

Les bouteilles de bière brisées ne sont plus que des hérissements de dents en verre transparent, un bock intact gît sur les bris des autres bocks. Ayant eu vent de la nouvelle, Ti Kim, le Biscornu, Tortue Molle, Plat-Pif, Maigrezo sont accourus, ils se sont rangés à côté de Da-dy et ont repoussé Emily au milieu des bûcherons. Ti Kim a apporté un parang long, mais Maigrezo le lui a chipé et l'a donné à Lolo Brioche qui l'a jeté sous le comptoir. Sîm Maigrezo est un vieux de la vieille, il a réglé bon nombre de conflits, et il le sait : une bagarre aux poings fait des blessés, puis la tragédie tourne à la farce, tandis qu'une bagarre au couteau fait des morts, et une peccadille tourne au drame.

Tout à coup, l'ouvrier javanais frappé par Emily saisit un tesson et inflige à la jeune fille une blessure au poignet sur une quinzaine de centimètres. Da-dy lui balance un coup de pied qui l'atteint au cou et l'homme s'étale de tout son long avec un cri de douleur. Alors le Javanais à la face carrée renverse une chaise d'un coup de pied, en soulève une autre qu'il abat sur Da-dy. Celui-ci esquive d'un mouvement de tête, et la chaise vient se fracasser contre une table ronde dont elle casse deux pieds. Les pieds de la chaise, en l'effleurant, ont fait tomber la casquette verte de Da-dy, découvrant les protubérances hideuses du bout de scalp emporté jadis par le gros sanglier. Son crâne, couvert de rides vertes et sèches, est parsemé d'une dizaine de touffes de cheveux semblables aux poils d'un volant, une imperceptible lueur brille dans ses yeux, on dirait un vieil arbre qui renaît, bourgeonne d'un timide retour de printemps. D'une main, Da-dy empoigne une chaise et la projette sur l'ouvrier javanais au visage carré, de l'autre il ramène sa casquette qui a échoué sur la table ronde et la revisse sur sa tête. Pendant que sur la terrasse du café, la bataille fait rage entre la cinquantaine d'ouvriers javanais et la centaine d'ouvriers, de bûcherons et de cyclos chinois, Emily rengaine son parang court, prend la serviette blanche que lui tend Lolo pour panser sa blessure et, ramassant son panier, pose la monnaie sur le comptoir, elle pince gentiment le gros visage du fils aîné de Lolo, puis enfourche son vélo et s'en va.

Quand le commissariat envoie des policiers pour disperser les belligérants, les cinquante et quelques ouvriers javanais se sont enfuis, pourchassés par Tzo Da-dy et ses gars, la plupart d'entre eux sont rentrés sains et saufs au dortoir des employés. Une poignée de Chinois sont partis, remplacés par d'autres, plus nombreux, qui n'ont rien à voir avec l'affaire, ils se sont ameutés autour du dortoir et poussent des huées. Pendant l'empoignade avec l'ouvrier javanais, la casquette de Da-dy a été une fois de plus arrachée, avec un violent gémissement de bébé en colère, il a brisé deux incisives à son ennemi. Le haut responsable de la compagnie pétrolière a émis une protestation auprès du commissaire de police de Krokop, l'arrestation de Da-dy et d'une dizaine de ses comparses, ainsi que d'une dizaine d'ouvriers javanais, a déclenché une violente réplique des deux camps, Javanais et Chinois se sont amassés devant le commissariat, vingt soldats du Border Regiment en treillis, le béret incliné à droite et la carabine au poing, se sont déployés devant le portail du commissariat.

Le soleil rouge se couche à l'occident, les vagues replètes de la mer de Chine méridionale ressemblent à des sangsues repues de sang, les bateaux de plaisance des fonctionnaires anglais, voiles affalées, rentrent au port, une nuée de mouettes rient autour de l'Union Jack en haut des mâts. La voûte à l'horizon rougit, comme le visage d'une petite fille qui pleure. Le patron de *La Sempervirente*, Lam Ban-tsing, représentant des Chinois émigrés de Krokop et chef de la famille la plus riche du village, s'est associé au meneur syndical des ouvriers chinois de la compagnie pétrolière pour préparer une enveloppe pleine d'argent, il s'est chargé lui-même des cadeaux d'usage et a conduit une jeep, sauvage rhinocéros apprivoisé, pleine de cigarettes, d'alcool et d'autres produits locaux jusque devant la résidence du président de la compagnie. L'entreprise a dépêché un responsable pour calmer les ouvriers javanais et le président a rencontré le chef de la police, à qui il a suggéré de relâcher Tzo Da-dy et les autres. Le chef de la police, un Malais court, gros et chauve, debout derrière les soldats, admoneste la foule à travers un mégaphone, l'emblème anglais sur le bord du képi de la police coloniale fait comme un crachat pâteux, aussi pâteux que la voix confuse qui sort du haut-parleur. Il fait vraiment trop chaud, les accents rieurs du commissaire qui fait tout pour apaiser la situation sonnent comme des pleurnichements. Une pierre jaillit de la foule et l'atteint au front, il pousse un cri étrange, palpe son front, des filets de sang s'échappent d'entre ses doigts. La masse humaine commence à s'agiter, on se rue sur les soldats, d'autres se battent entre eux à coups de poings. Les soldats ont d'abord tiré en l'air, puis ils ont pointé leur canon sur la foule. Les détonations et les cris ont été brefs, mais la lourde odeur de poudre, charriée par la brise marine, a été poussée vers le village, envahissant les chaumes, elle est restée longtemps. La troupe a abattu cinq Chinois, six ouvriers javanais, et blessé plus de vingt personnes.

Emily montrait du doigt l'arrière de la butte ronde. Elle fit un geste pour dire à A-hung de s'en approcher. Le chien noir marchait sur la pointe des pattes, ses griffes ne touchaient pas le sol, oreilles couchées, queue droite, rien ne dépassait qui aille contre le vent, il grimpa sur l'éminence. Quand ils furent tous les trois parvenus au sommet, ils regardèrent en contrebas et aperçurent au dos de la butte une tanière de sanglier. L'entrée ovale était défendue par un treillis de branchages secs, tout autour le sol était couvert d'empreintes. Elles étaient nettes, il y en avait des petites, des grandes, elles allaient de l'entrée de la tanière à un chemin d'herbe. Emily dit à voix basse : « Paul va entrer pour les attirer, c'est sûrement la laie qui va sortir en premier, quand tu l'as dans ton viseur, tu tires, attention à ne pas abattre le chien. Quand les petits sortiront, si on peut, on les capturera vivants, sinon on les tue, il ne faut en rater aucun. »

Emily et A-hung s'accroupirent dans les herbes, le fusil pointé sur l'entrée de la tanière. Le sommet de la butte était parsemé de petites fleurs jaunes, au-dessus passaient d'énormes nuages ajourés de petits coins de ciel bleu. Les branchages qui sortaient de la bauge, hérissés en éventail, auraient aisément pu crever l'œil d'un prédateur, Paul le chien noir, tout en flairant les empreintes, s'avançait vers l'entrée quand les branchages parurent s'animer, se hérisser plus violemment. Il montra les crocs, puis bondit à l'intérieur, mais il en ressortit bien vite, pendant un instant il élabora un plan d'attaque, et derechef bondit de nouveau à l'intérieur. De dedans la tanière parvenaient les aboiements du chien et les grognements du sanglier, le tumulte des chocs entre les crocs des deux bêtes. Paul battit en retraite encore une fois, il secoua la tête, resta longtemps à récupérer ses forces, puis se précipita à nouveau dans l'antre. Son ardeur meurtrière et la fureur du sanglier faisaient trembler les branches, les dispersaient, griffes et sabots s'entremêlaient, une épaisse poussière obstruait l'entrée. Et peu à peu, ce furent des aboiements vainqueurs, et des grouinements vaincus.

Le chien noir et la laie émergèrent de la tanière, recouverts d'une poussière grise, on eût dit deux hérissons, un gros et un petit, à taches noires et blanches. Les moustaches du groin dissimulaient la moitié du visage de la laie, elle n'avait pas de défenses mais des crocs très développés, une double rangée de huit mamelles pendait à la verticale sous son ventre. Le chien lança un jappement d'excitation et se mit à courir en direction des fourrés, il s'arrêta devant un bosquet d'arbustes épineux. A l'instant où la laie bondit sur lui, Emily pressa la détente, la femelle, touchée, emportée par son élan et sa furie, roula comme roule une pierre sur le chemin et alla s'effondrer devant le bosquet. Paul léchait sa patte entaillée par les crocs de son adversaire tout en la regardant, calme et indifférent. Il n'était pas comme ces chiens de chasse qui, voyant le gibier soumis, viennent mâcher une oreille, mordre le groin, aboient comme des fous. A l'entrée de la tanière, les huit bêtes rousses apparurent l'une après l'autre, elles reniflèrent les empreintes de leur mère et se dirigèrent à la queue leu leu vers le bosquet. Emily et A-hung installèrent chacun leur panier perpendiculairement à la tanière de sorte à en bloquer l'entrée, la bouche des corbeilles était tournée vers l'extérieur. Le chien mordit la patte arrière de l'un des jeunes, qui poussa un couinement aigu. Deux autres se ruèrent vers la tanière et entrèrent dans un panier, dans le même mouvement Emily arracha quelques branches de l'entrée pour en recouvrir la corbeille. Les cinq restants firent de petits cercles sur eux-mêmes, puis s'élancèrent sur le chemin d'herbe qu'empruntait habituellement leur mère. Emily mit son fusil en bandoulière, tira son parang court et dit à A-hung : « On les capture ou on les tue, à toi de voir. Attention aux coups de fusil, il y a des chasseurs par ici. »

Emily assomma les deux captifs d'un coup du dos de la lame, elle coupa une liane, les attacha en boule, puis elle fit un nœud, les souleva et partit en courant. Trois des petits fuyards s'étaient séparés, Emily rattrapa celui du milieu et lui trancha la gorge, elle suspendit la liane à un petit arbre, puis elle se lança à la poursuite de celui qui s'était sauvé sur la gauche et le tua. La liane labourait la peau tendre du ventre et du cou des jeunes sangliers suspendus à la branche, rendait leur respiration difficile, puis tout à coup ils se calmèrent. A travers le treillis du panier, ils virent celui qui avait été égorgé par Emily gisant dans une mare de sang, ses petits yeux clignaient encore, palpitaient du désir de vivre, comme une bougie dans la bourrasque protégée par quelques poils de crinière, comme une étoile qui ne veut pas mourir au matin. A-hung marcha sur une branche sèche, un morceau brisé le frappa au visage si fort que sa boîte crânienne lui parut valdinguer, il tituba pendant quelques pas à l'aveuglette, puis stoppa net, les bêtes rousses étaient parties on ne sait où. Peut-être étaient-elles en train de fuir au galop, ou peut-être que, mues par l'énergie du désespoir, elles s'étaient arrêtées dans quelque cachette, introuvables comme une ligne de rouille dans la rouille d'un vieux couteau.

A-hung examina la campagne alentour. Au loin, quelques feux de plaine isolés brûlaient encore dans les chaumes, plus loin encore la jungle paraissait une île à la dérive flottant au milieu des vapeurs. Les herbes étaient hautes, basses, verdoyantes ou desséchées, haletaient sur le sol couchées par la mousson d'été, se tenaient toutes droites en attente d'être sarclées, chargées de moineaux elles ployaient comme les épis de riz, ou accueillaient les bonds des sauterelles, certaines avaient été grignotées par des herbivores, d'autres tranchées par une lame, denses par endroits, rares à d'autres, il y avait de jeunes pousses, il y en avait qui étaient devenues sente étroite sous le pas des chasseurs, le regard d'A-hung décrivit un demi-cercle, il se stabilisa sur ses jambes, régula son souffle, ferma les yeux. Il eut l'impression de plonger au plus profond des herbes contemplées. Il y en avait de courtes et grasses, de maigres et élancées, les verdoyantes se nourrissaient d'un sol fertile, les flétries avaient nourri un sol stérile, éparses étaient celles couchées par terre, serrées celles qui se tenaient droites, celles sur lesquelles se perchaient les moineaux avaient de souples mais solides tiges, flexibles étaient celles sur lesquelles bondissaient les sauterelles, celles qu'avaient grignotées les animaux étaient tendres et juteuses, celles que l'on avait coupées cicatrisaient, les jeunes pousses étaient vert émeraude, sur la sente des chasseurs des brins de paille de chapeau étaient accrochés.

A main gauche, il y avait une dépression de terrain tapissée de petites fleurs blanches et violettes, les blanches deux fois plus nombreuses que les violettes, Emily était accroupie dans l'herbe comme une poule qui couve. Plus en arrière, dans un bosquet, un grand coucal avait fait son nid où se blottissaient deux oisillons dont les yeux n'étaient pas encore ouverts, leur corps dodu et violacé clairsemé d'un duvet blanc. Le chien noir, assis au sommet de la butte, surveillait les deux bêtes rousses en vie dans le panier et le sanglier mort au pied de la butte, il léchait sa blessure à la patte, de temps à autre il sautait au bas du monticule pour aller flairer la laie inerte et les jeunes sangliers. A main droite, un râle à poitrine blanche, suivi de ses cinq petits, traversait un bouquet d'arbrisseaux, des perches grimpeuses et des poissons têtes-de-serpent bondissaient sur les bancs d'une rivière presque à sec. Devant lui, une aigrette blanche s'envola d'un petit étang.

A-hung prit une profonde inspiration et braqua son regard sur la dépression de terrain à sa gauche, les fleurs blanches et violettes avaient disparu, un grand nuage de papillons blancs et violets dansait dans les airs, Emily tenait dans sa main un petit sanglier sanguinolent, les muscles aux coins de sa bouche vibraient comme la corde d'un instrument, jouaient un air joyeux d'harmonica. En fait, il y avait trois oisillons dans le nid du grand coucal, le chien noir avait déjà ramené dans sa gueule la bête rousse égorgée par Emily, le râle et ses petits étaient en train de fuir les constrictions d'un boa, la perche et le tête-de-serpent frétillants étaient dévorés sans pitié par un varan, et l'aigrette blanche venait droit sur lui.

Il écarquilla les yeux et vit un sanglier, la crinière hérissée, les défenses saillantes, qui prit dans sa gueule l'aigrette blanche. L'oiseau poussa un cri perçant, son cou, grêle comme la vrille d'une courge, s'affaissa lentement, puis il ne bougea plus. Le sanglier jeta sa proie morte, frotta deux fois ses défenses, qui émirent d'étranges crissements, il exhala un nuage de fumée des cartilages ronds de son boutoir, leva le sabot et chargea A-hung. Celui-ci tira son parang long, au moment où la pointe s'enfonçait dans la poitrine du sanglier, la bête noire lui avait déjà mordu la cuisse. Un coup de feu retentit, une gerbe de sang jaillit du ventre du suidé. Un autre coup de feu, une nouvelle gerbe de sang. Le sanglier lâcha prise et s'effondra aux pieds d'A-hung.

Le sang dégoulinait de la pointe du parang, le canon du fusil d'Emily fumait.

Les crocs du sanglier avaient ouvert de petites lacérations dans la cuisse d'A-hung, le sang frais maculait la moitié du mollet. Leur chasse n'avait pas été une victoire totale, mais la moitié du travail était accomplie, après ce résultat en demi-teinte, tous deux rentrèrent chez Emily. Elle ouvrit la trousse de secours de la Shell Oil Company, elle nettoya la plaie avec une solution iodée, passa de la teinture d'iode et une pommade anti-inflammatoire, puis fit un pansement avec une bande de gaze.

« Les crocs de sanglier ne sont pas empoisonnés, dit-elle, pas besoin de pisser dessus. »

La cour de la maison d'Emily était emplie de joyeux caquètements.

Elle fit à nouveau bouillir de l'eau pour préparer du café. « Les sangliers ne sont pas près de se montrer avant plusieurs jours. Pour ceux qui restent, je peux m'en charger toute seule. »

Après s'être reposés, Emily et A-hung accrochèrent leurs paniers au guidon de leurs vélos, ils les poussèrent jusqu'à la butte, à l'aide d'une corde ils ficelèrent les sangliers morts sur le porte-bagages et le guidon, puis ils prirent la direction du village, accompagnés du chien noir.

« Pour les deux gros et les quelques petits, demande à Tonton la Flemme d'en faire une vente de charité au marché, dit Emily. Pour ceux qui sont vivants, on n'en tirera pas grand-chose, si tu ne veux pas les élever, donne-les à Ta, il pourra les engraisser et les vendre plus tard.

— Emily, dit A-hung, les Monstres seront bientôt là, toutes les filles de Krokop se sont déjà mariées. Et toi ? »

WHITE STORK

White stork, *la cigogne blanche, est un oiseau migrateur que l'on appelle aussi cigogne orientale, ou cigogne blanche du Japon, elle appartient à la famille des Ciconiidae, c'est un grand échassier. Elle a un bec noir important, un plumage blanc, des pattes rouges. Le pourtour de l'œil est vermillon, sans poils, nu. Elle est pourvue d'ailes grandes et larges, de longues plumes lancéolées sous le cou s'ébouriffent à la saison des amours. Au repos, elle se tient sur une ou deux pattes sur une berge, un banc de sable ou la terre ferme, le cou rentré en S, fantôme blanc flottant au-dessus des eaux. Quand elle est effrayée, elle claque du bec, craquette sans s'arrêter, tel un démon qui se lèche les babines et grince des dents. Pour prendre son envol, elle bat des ailes de toutes ses forces, il lui faut effectuer une course d'élan sur une certaine distance. En vol, le cou et les pattes s'alignent à l'horizontale, elle plane dans le ciel au gré des courants chauds, comme en errance dans un cercle de l'enfer. Quand elle cherche sa nourriture sur la terre, elle étire le cou, tête baissée, elle marche lentement à grands pas, une fois sa proie découverte elle bondit dessus et la becquette, ô étrange brutalité ; quand elle cherche d'aquatiques nourritures, la moitié de son bec pilonne l'eau, plus de dix-sept répétitions par minute, tel un ressort tendu. Son mets de prédilection consiste en des oisillons d'espèces différentes ou de la même espèce. Son aire est répartie entre l'Europe, l'Afrique, le Moyen-Orient, l'Inde, le Japon et la Chine, elle migre en hiver dans les zones tropicales d'Afrique et d'Inde. A Taiwan et en Asie du Sud-Est, on la considère comme un oiseau erratique.*

Durant la seconde guerre mondiale, les forces alliées avaient surnommé, par dérision, « White Stork » les avions de chasse ou de reconnaissance japonais.

Tso Ta-tsi était assis dans une large chaise traditionnelle confectionnée par Ko Lai, il était vêtu d'une chemise rouge à manches longues et d'une jupe plissée de couleur marron, la face grimée, visage poilu, trogne de Duc Tonnerre, la main en visière il scrutait la grande salle de l'école du village. Derrière lui pendait un rideau en tissu rectangulaire, sur lequel étaient peints cyprès turquoise, pins vert-bleu, fleurs merveilleuses et herbes précieuses, rocs, rochers et lianes, au milieu une cascade bordée de chaque côté par une stèle gravée de grands caractères réguliers : *Terre sacrée de la Montagne agreste Grotte céleste de la cascade*. Devant lui, une dizaine d'écoliers, maquillés eux aussi, museaux en pointe et joues de singe, levaient une bannière où était inscrit *Grand Sage Egal au Ciel*, ils brandissaient des lances en bambou et des sabres en bois, criaient, piaillaient, rugissaient en se battant. Au-dessus de Tso, il y avait une bande de tissu rouge brodée de l'inscription : *Représentation des écoliers de Krokop pour la vente de charité du Comité de sauvetage*. Tso Ta-tsi se gratouilla le lobe de l'oreille, siffla entre son pouce et son index, de derrière son siège il tira un bâton de plus de deux mètres en bois-de-fer, enveloppé de papier flash, la fameuse canne cerclée d'or, il descendit de sa chaise, renvoya ses singes et se lança dans une démonstration de maniement de la canne. Une élève en uniforme de l'école, avec deux petites nattes dansantes et une frange sur le front, avança sur le devant de la scène, ouvrit un livret qu'elle tenait dans ses mains et lut d'une voix haute et claire :

« Par-delà les mers, il est un pays, Aolai est son nom, il borde un océan, et dans cet océan est la célèbre montagne qu'on appelle Montage agreste, au sommet est un roc d'Immortel, le roc a enfanté un œuf en pierre, et la pierre s'est changée en singe de pierre, doté des cinq sens, pourvu des quatre membres, là il s'est adonné aux pratiques magiques, a réuni sa troupe de singes pour jeter le monde dans le chaos, magnanime l'Empereur de Jade publia un décret d'amnistie, il le nomma doux palefrenier, mais le singe dédaigna la charge, se retourna contre le palais, alors l'Empereur dépêcha Li Roi Céleste et le Prince Nata pour le capturer. Ce jour-là, ils levèrent trois armées, en prirent la tête et sortirent par la porte sud du Ciel, ils parvinrent à la Montagne agreste… »

Les applaudissements et les bravos retentirent. L'as de la fronde Tsîn Po-tsai jouait Li Roi Céleste qui-porte-la-pagode-sur-la-paume-de-la-main, vêtu d'une armure en papier mâché, coiffé d'un casque précieux aux ailes d'or en papier mâché, une prodigieuse pagode en papier mâché posée sur sa main, il fit son apparition sur le côté gauche de la scène. Hui le Batave jouait le rôle de Nata, il était pieds nus, tenait à la main la lance acérée de feu, faite en bois, et autour du cou le cerceau cosmique en papier mâché, à ses mollets étaient ficelées les roues de feu et de vent en papier dessiné, il suivait son père.

« Moi, le troisième fils de Li Roi Céleste qui-porte-la-pagode-sur-la-paume-de-la-main, à l'âge de trois ans je descendis au fond des mers et j'écrasai le palais de cristal, capturai un dragon pour lui arracher un tendon et le dépecer de ses écailles, mon père, par crainte de me voir provoquer d'autres malheurs, voulut s'en prévenir en me tuant, mais, sabre à la main, je me coupai en morceaux, rendis la chair à ma mère, les os à mon père, et le filet de fumée de mon âme s'envola pour le Paradis de l'Ouest, Mahavairocana cueillit des racines de lotus et m'en fit un squelette, de feuilles de lotus me fit une peau, et je revins ainsi du trépas à la vie. Je désirais tuer mon père pour me venger qu'il ait pris mes os, Mahavairocana lui offrit une pagode précieuse, de sorte que mon père devint un Bouddha, seule façon de dissiper la haine entre lui et moi. Je monte les roues de feu et de vent, je tiens une lance d'or, grands sont mes pouvoirs magiques, je puis avoir trois têtes et six bras, général en chef de l'avant-garde de mon père, j'ai maté quatre-vingt-seize démons, aujourd'hui sur ordre de l'Empereur de Jade, je viens ici soumettre le singe malfaisant. » La voix braillarde de Hui le Batave, pressée du plus profond de ses entrailles, fit un couac, un sanglot comme un miaulement de chat à minuit. « Viles bêtes ! Allez de ce pas faire votre rapport au palefrenier, dites-lui de sortir promptement et de se rendre ! »

Parmi les singes, les plus lâches jetèrent leurs armes et s'égaillèrent en bondissant çà et là ; les plus braves, se ruant pêle-mêle, firent plusieurs fois le tour de la scène et allèrent faire leur rapport à leur roi, Tso Ta-tsi.

« Catastrophe ! Catastrophe ! dit, en se prosternant devant le siège, un petit singe qui tenait un sabre en bois.

— Qu'est-ce ? demanda le Roi des Singes.

— Il y a là dehors un messager céleste qui dit qu'il vient sur ordre de l'Empereur pour nous soumettre, il vous ordonne de sortir vous rendre promptement, alors il nous épargnera. »

Le bon roi descendit de sa chaise, se lança dans un saut véritablement périlleux, sortit de sa grotte et accueillit Nata avec ces mots :

« Qui es-tu, mon petit ? Tu t'invites chez moi, quelle en est la raison ?

— Chimpanzé de malheur ! Tu ne me reconnais pas ? C'est moi Nata, le troisième fils de Li Roi Céleste qui-porte-la-pagode-sur-la-paume-de-la-main. J'ai reçu mandat de l'Empereur de Jade, je suis ici pour t'arrêter.

— Prinçounet, tes dents de lait bougent, ton duvet n'est pas tombé, tu sens encore le lait de ta maman, et tu oses parler si haut ? » Le Roi des Singes ajouta en riant : « Lis les mots écrits sur mon étendard, et mes respects à ton Empereur : s'il m'octroie ce titre, je me convertirai, mais s'il ne fait pas selon mon désir, j'irai le trouver dans son palais. »

Nata leva la tête et vit les quatre caractères sur l'étendard : *Grand Sage Egal au Ciel.*

« Il faut que ce damné primate ait des pouvoirs bien grands pour avoir l'outrecuidance de porter ce titre ! Je n'ai pas peur ! Goûte un peu à mon épée !

— Je ne bouge pas, montre-moi un peu ce que tu vaux. »

Nata brailla : « Transformation ! » Deux écoliers bondirent sur la scène et vinrent se coller derrière le Batave, qui prit ainsi la forme d'un être à trois têtes et six bras, dont chacun tenait une arme : en bois, l'épée exorciste, le sabre conjurateur et la massue pile-démon, en papier mâché, la balle brodée et la roue de feu, le licou du bœuf en guise de corde à enchaîner les démons. Le voyant, Tso Ta-tsi s'écria : « Mais ce jeunot-là a quelques tours dans son sac ! Rendons-lui la politesse, admire ! » Il brailla à son tour : « Transformation ! » Deux petits singes bondirent sur la scène et vinrent se coller derrière leur roi, Tso Ta-tsi eut lui aussi trois têtes et six bras, en un éclair le bâton cerclé d'or se multiplia par trois, et les six mains tenant chacune un bâton engagèrent le combat avec les six armes de Nata. La fillette qui tenait le livret dans ses mains fit à nouveau son apparition : « Le Roi des Singes et Nata déployèrent tous leurs pouvoirs, trente fois ils partirent à l'assaut. Les six armes du Prince connurent mille, dix mille, mille fois dix mille transformations ; et autant de fois, le bâton magique du singe. C'était, dans les airs, comme une pluie d'étoiles, sans vainqueur ni vaincu. Le vaillant Roi Singe, s'arrachant un poil, cria "Transformation!" et se dédoubla, d'un bond il vint placer son corps derrière Nata et abattit son bâton sur le bras gauche de son adversaire. » Sur la scène bondit le double du beau Roi Singe, joué par Thomas, un petit garçon anglais vêtu du même costume que le roi, il fit tournoyer lui aussi le bâton cerclé d'or, un bâton en bois enveloppé de papier flash, et asséna un coup sur le bras de Nata. « Nata entendit le sifflement du bâton, mais n'eut pas le temps d'esquiver, touché par le Roi Singe, défait, il rompit le combat, fit cesser la magie, récupéra ses armes et, vaincu, s'en retourna… Merci à vous tous d'être venus, nous faisons un entracte de quinze minutes, la kermesse des élèves de Krokop pour le Comité de sauvetage va commencer, vos généreuses contributions sont les bienvenues, aidons les compatriotes de notre mère patrie en danger à résister au Japon! Le deuxième acte, le grand combat entre le Dieu Eul-lang et le bon Roi des Singes commencera tout de suite après la vente de charité! »

Tso Ta-tsi, Thomas, la bande de singes et Hui le Batave terrassé saluèrent le parterre puis quittèrent la scène. Quatre écoliers en uniforme de l'école portant un brassard noir passèrent dans la foule en criant: « Cinquante dollars les gâteaux pièces-de-monnaie, souscrivez pour un, vous permettrez d'acheter une bombe pour tuer l'ennemi! Souscrivez pour deux, c'est deux bombes! » Six fillettes nanties de fleurs en papier et en plastique circulaient elles aussi parmi la foule, elles accrochaient leurs fleurs artificielles aux boutonnières et, toutes rougissantes, disaient d'une petite voix gracieuse: « Prenez sur votre budget cigarettes, achetez des fleurs pour sauver notre pays… » Six collégiens avec des photos commémoratives de Sun Yat Sen criaient à l'unisson : « Achetez une photo de Sun Yat Sen ! Un dollar ce n'est pas zéro, cent dollars ce n'est pas trop ! » Six autres écoliers agitaient les petits drapeaux au soleil blanc sur ciel bleu entouré de terre rouge, ils criaient : « Achetez le drapeau national ! Achetez le drapeau national ! Un dollar ce n'est pas zéro, dix dollars ce n'est pas trop, cent dollars c'est encore plus beau ! » Les enseignants de l'école levaient haut des sculptures en bois et proclamaient, dans un chinois plus châtié que celui de leurs élèves : « Achetez les sculptures de nos écoliers ! Les douze animaux du zodiaque, rat, tigre, lièvre, dragon, serpent, cheval, chèvre, singe, coq, chien, cochon, un vrai plaisir pour les yeux, on les croirait vivants, dix dollars l'un, ils les ont sculptés avec le cœur, à vous de réchauffer le cœur de notre mère patrie ! » D'autres élèves plus nombreux, avec le brassard noir, une corbeille de dons suspendue autour du cou, faisaient la navette entre le couloir et la grande salle, ils récitaient leur slogan comme s'ils déclamaient un poème : « Soutenons les héros du front, faisons durer la guerre d'usure, que les forbans japonais s'embourbent et n'en ressortent jamais… Notre mère patrie accablée par l'hiver rigoureux voit d'épais nuages s'amasser sur sa tête, privée des rayons généreux du soleil levant, le vent du nord comme une épée lacère les chairs, perce les os… La lune est noire, les étoiles hautes, la neige lourde, le gel épais, un grand brouillard s'abat sur eux, les corps sont durs comme de l'acier… Donnez un dollar, sauvez une vie… Un sou n'est pas de trop… » L'écolière aux nattes revint sur scène, elle tenait dans ses mains un livret rouge : « Rapport au Comité ! Rapport au Comité ! Monsieur I Zin-sin, patron de l'herboristerie *Yung Pat*, fait une donation de mille comprimés de quinine pour aider les soldats de notre mère patrie à combattre la malaria… Monsieur Wong Tiau-hiong, patron de la distillerie *Le Sud*, a souscrit à trente gâteaux pièces-de-monnaie, il contribue à l'achat de trente bombes pour tuer nos ennemis… Monsieur le directeur de notre école, Can Ga-tsi, achète pour deux cents dollars argent une sculpture de tigre… »

En 1937, Lam Ban-tsing, patron de la scierie *La Sempervirente*, l'homme le plus riche de Krokop, Sîm Maigrezo, patron de l'épicerie *Au Bonheur*, Wong Tiau-hiong, patron de la distillerie *Le Sud*, Tsîn Khing-huan, patron du mont-de-piété *Le Porte-Bonheur*, Tioun Kim-hué, commerçant en gros de produits occidentaux, Can Ga-tsi, directeur du collège et de l'école primaire de Krokop, Lau Tiong-yin, fondateur du journal de Krokop, Tzo Da-dy le patron du café *Chez Lolo*, avaient planifié l'organisation d'un « Comité de sauvetage de la patrie et des réfugiés », ils levaient des fonds pour porter secours aux victimes, chaque jour chacun apportait sa contribution en soutien à la patrie dans sa lutte contre le Japon. Trois jours avant l'arrivée des Monstres au village, Maître Hsiao avait colligé une pièce de théâtre pour enfants *Le Grand Sage Egal au Ciel*, la représentation devait avoir lieu le samedi après-midi dans la grande salle de l'école. Le jour dit, tout le Bouk aux Sangliers était là, les notables comme la plèbe. A l'extérieur, pour la kermesse de bienfaisance des enfants organisée par le collège et l'école primaire, une dizaine de tonnelles avaient été installées, on vendait des cartes de vœux, des sentences parallèles pour le Nouvel An, des objets artisanaux, des bonzaïs, des fleurs fraîches, des fournitures de bureau, des calligraphies et des peintures, le club de la danse du lion et celui de l'orchestre de musique occidentale du collège n'épargnaient pas leurs efforts pour mettre de l'ambiance. A l'intérieur, les écoliers et collégiens de la chorale chantèrent une dizaine de chants de la guerre de résistance, ils jouèrent aussi une farce qui ridiculisait le petit

Japon, puis ce fut le clou du spectacle, la pièce *Le Grand Sage Egal au Ciel.* La saison des pluies venait d'arriver, le soleil restait haut dans le ciel, partout dans l'enceinte de l'école les hibiscus et les bougainvilliers étaient au plein d'une floraison si exubérante qu'ils évoquaient des adolescentes débordantes de vie, et toute cette cour respirait un romantisme empourpré. Les quelques jaquiers sauvages, présents déjà à l'époque de la construction de l'école, portaient eux aussi des fruits humides, leurs chairs pulpeuses, leurs fortes tiges faisaient penser aux garçons ici présents, à des bombes sur le point d'être larguées par un avion. A maintes reprises, les pluies violentes avaient fait déborder l'étang couvert de lotus, inondant les terrains de foot et de basket, l'eau montait jusqu'aux galeries, les coassements des grenouilles assourdissaient les leçons des professeurs, les martins-pêcheurs posés sur le rebord des fenêtres détournaient l'attention des élèves. Derrière l'école, il y avait un terrain d'aviation en gazon naturel qui appartenait à la Shell Oil Company, il était séparé par un champ de chaumes et des bosquets d'arbrisseaux, après Pearl Harbor, quand la funeste nouvelle se répandit que les Monstres étaient sur le point d'envahir le village, parfois des hydravions de reconnaissance du constructeur allemand Dornier ou des Glenn Martin décollaient et se posaient sur la piste, le tonnerre des moteurs se répercutait dans tout le village. La grande salle, trônant sur une colline herbeuse, était flanquée de six acacias, le sol était jonché de part et d'autre de fruits rouges et de leurs cosses, rouges aussi, sèches comme des lézards, elles avaient été piétinées par les pas lourds et nombreux de la danse du lion, sous lesquels avaient jailli les larmes de sang des acacias. Quand les baguettes eurent cessé de frapper les grands tambours, l'orchestre enchaîna tout de suite sur les airs de la guerre de résistance, qui se mêlèrent à la criée des écoliers. La sueur chaude avait trempé les uniformes et les cheveux, ceux qui avaient frappé du tambour pour la danse du dragon retirèrent leurs chemises, découvrant leurs torses finement musclés, ils se livrèrent pour le plaisir à quelques enchaînements de kung-fu. Dans la salle, on cuisait comme dans une étuve, les huit membres fondateurs du Comité, assis au premier rang, s'éventaient avec des éventails en papier de la kermesse, s'épongeaient avec des mouchoirs de la kermesse, buvaient le thé de la kermesse, avaient planté dans leurs poches un petit drapeau de la kermesse, avaient à la boutonnière une fleur en plastique ou en papier de la kermesse, mangeaient un gâteau pièce-de-monnaie de la kermesse, feuilletaient une carte de vœux faite main de la kermesse, ils respiraient l'odeur aigre de la transpiration et le parfum de la pommade à cheveux qui régnaient dans la salle, et tous les huit arboraient le sourire du Bienheureux. Derrière la scène, Maître Hsiao, le front perlé de gouttes de sueur grosses comme des têtards, se tenait voûté, caressant sa barbiche blanche, il faisait penser à une serre croulant sous la touffeur, il rappelait aux enfants de bien se concentrer sur leurs textes et leurs gestes. Le premier acte avait été trop parfait, et le maître, un peu nerveux, craignait que les acteurs se relâchent au deuxième acte. Emily leur amena son chien noir en laisse, Kwan A-hung vint avec un grand coucal dans une cage, Hui-tsen traîna le bœuf de trait jusqu'à eux, et Ta la Flemme apporta dans ses bras son coq sans tête. Le bœuf, balayant l'air du bout poilu de sa queue, allait et venait, il aurait voulu monopoliser un plus large espace pour se promener, le coq s'était perché sur le dossier de la chaise du Roi des Singes, le grand coucal, sorti de sa cage, faisait le timide en présence de tous ces étrangers, et le chien noir n'obéissait qu'aux ordres d'Emily. Difficile à ce compte-là de diriger les quatre bêtes, le deuxième acte s'annonçait ô combien plus ardu que le premier. Fortune

Ng et Ko Lai comptaient la plus prolifique descendance mâle de tout Krokop, leurs quatorze garçons participaient à la pièce, le plus petit avait deux ans, le plus grand douze, ils étaient déguisés en singes de la Montagne agreste et se poursuivaient au fond de la scène, macaques s'adonnant à leurs macaqueries. Maître Hsiao les héla : « Attention, les enfants, le deuxième acte commence ! »

La fille de Nâm le sabotier, Giam Un-tian, fillette de douze ans portant deux petites nattes, s'avança sur le devant de la scène, ouvrit son livret et, dodelinant de la tête, se balançant d'un pied sur l'autre, elle gazouilla : « Parlons du beau Roi Singe, sorti d'un œuf en pierre sur la Montagne agreste, vainqueur des tigres et des dragons, qui lui-même raya son nom du registre des morts, appelé par l'Empereur de Jade dans le monde supérieur, honoré du titre de doux palefrenier des augustes chevaux, il le dédaigna et entra en rébellion, l'Empereur envoya Li Roi Céleste et Nata se saisir de lui, en vain, alors pour l'amadouer, il lui accorda d'être reconnu Sage Egal au Ciel, titre sans dotation. Notre Grand Sage se trouva désœuvré, errant de-ci, vagabondant de-là, l'Empereur de Jade craignant quelque nouveau désordre lui confia la garde du jardin des pêches d'immortalité, or il déroba les fruits pour les manger, il sema la pagaille au grand banquet sur le Lac de Jade et chaparda l'élixir de vie de Lao-tseu. L'Empereur de Jade rassembla cent mille soldats célestes, ils déployèrent dix-huit filets célestes et nasses terrestres mais ne purent le capturer. Sur ce, Kwan-yin dépêcha l'Immortel Seigneur Eul-lang sur la Montagne agreste pour l'éliminer. Ce seigneur fit mander ses six frères de la Montagne aux Pruniers, ils passèrent en revue leurs divines armées, faucon au poing, molosses en laisse, arcs tendus, arbalètes chargées, chevauchant les vents furieux ils franchirent l'Océan de l'Est et arrivèrent à la Montagne agreste, ils prièrent le Roi porteur de pagode d'utiliser au

Ciel le miroir éclairant les démons afin d'empêcher ce diable de singe de s'enfuir. L'Immortel Seigneur, arrivé au rideau de la cascade, cria. »

Ko Grande Perche, le fils du bûcheron Ko Lian-huat, coiffé de la tiare aux nuages ailés en papier d'offrande, vêtu d'une tunique impériale jaune en patchwork, à la main le trident à double tranchant en bois, au front le troisième œil dessiné à la craie de cire, sur son épaule perché le grand coucal de Kwan A-hung en guise d'aigle mythique, traînant derrière lui le chien céleste qui n'était autre que le chien noir d'Emily, s'avança jusqu'au centre de la scène en roulant des mécaniques. De trois mois le cadet de Tso Ta-tsi, Grande Perche n'avait pas accédé au statut de chef des enfants, il en concevait une certaine rancœur et voulait profiter de l'occasion pour prendre un peu le dessus sur son rival. Il vit les enfants de Fortune Ng et de Ko Lai en train de s'ébattre au-dehors de la grotte à la cascade, il poussa un cri sonore, un peu trop sonore, qui effraya sur son épaule le grand coucal de Kwan aussi trouillard qu'un lapin, l'oiseau battit des ailes et s'envola de la scène, il décrivit deux cercles au-dessus de l'assistance et alla se poser sur l'une des poutres en treillis du toit. Les rires de la salle mirent l'acteur mal à l'aise, frappant du trident sur le sol, il cria à l'adresse de la bande de singes : « Maudits macaques ! Dites à votre roi de venir ! » Les enfants regardaient l'oiseau qui s'était envolé, l'esprit plus tout à fait présent à ce qu'ils faisaient, mais leurs regards furent ramenés sur la scène par Maître Hsiao, A-hung et les autres qui se trouvaient en coulisses, il n'y eut pas de désordre, le fils aîné de Fortune portant sur son épaule l'étendard du Grand Sage courut lui faire son rapport. Le Vaillant Roi sortit de la grotte, aperçut Eul-lang et, brandissant son bâton cerclé d'or, lui dit : « D'où sors-tu, petit général, pour oser venir me provoquer en duel ? » Eul-lang tonna : « Maudite guenon, tu n'as pas les yeux en face des trous ? Tu ne me reconnais pas ? Moi, neveu de l'Empereur de Jade, aujourd'hui, sur son ordre, je viens t'arrêter, toi le primate palefrenier qui s'est rebellé contre le palais céleste, tu ne sais pas ce qui t'attend ! » Le Grand Sage répondit : « Oui, je me souviens d'un temps où la frangine de l'Empereur s'est laissé tenter par les passions de ce bas monde, elle s'est fiancée à un Monsieur Tsioun de notre Bouk aux Sangliers avec qui elle a eu un garçon, je m'en vais te donner un bon coup de bâton, j'épargnerai ta petite existence par égard pour tes parents et amis au village, mais ne t'empresse pas de repartir, dis à tes quatre Rois Célestes de se montrer. » Entendant cela, le Dieu Eul-lang s'emporta violemment : « Je vais t'attraper, pour la gloire de notre Bouk aux Sangliers ! Sale chimpanzé ! Trêve d'impertinences ! Goûte voir à mon trident ! » Le Grand Sage leva prestement son bâton pour parer le coup, les deux garçons frappaient d'un côté, paraient de l'autre, les armes s'entrechoquaient avec de lourds *bong bong*. Grande Perche ne suivait pas les enchaînements chorégraphiés, il asséna un coup sur la tête de son adversaire, celui-ci ignora la douleur et son bâton cerclé d'or vint frapper le trident avec une telle violence qu'il en cassa une pointe. Giam Un-tian déclama : « L'Immortel Seigneur et le Grand Sage plus de trois cents fois joutèrent, sans que nul ne l'emporte… »

« Stork ! Stork ! »

Un écolier, doigt pointé vers le ciel, déboula dans la salle. La musique et la représentation s'arrêtèrent net, sur scène les acteurs restèrent figés sur place, élèves, invités, tous coururent droit vers la grande salle et les salles de classe voisines, l'extérieur se vida en un clin d'œil. Les vrombissements du moteur de l'appareil passèrent au-dessus d'eux, puis se perdirent au loin. Le grand coucal s'envola de sa poutre, longea les angles des murs et vint se poser sur le cadre de la photo de Sun

Yat Sen, sa queue noire en éventail cachait la moitié du visage présidentiel. Maigrezo et Da-dy sortirent de la salle, tête levée ils observèrent le ciel, puis revinrent très vite. « Pas de panique, dit Maigrezo, ce n'est rien, ce n'est rien, juste un appareil de reconnaissance, une cigogne de ces Monstres, peuh, peuh ! » Da-dy, levant les mains, fit un geste qui voulait dire, on se calme, puis tourna le regard vers la scène : « En avant le spectacle ! » Le gazouillis cristallin de Giam Un-tian résonna à nouveau dans la salle : « L'Immortel Seigneur et le Grand Sage plus de trois cents fois joutèrent, sans que nul ne l'emporte. L'Immortel Seigneur fit appel à ses pouvoirs magiques, d'une secousse il se transforma en un géant de dix mille toises, le Grand Sage usa aussi de ses pouvoirs pour se hausser à la même taille, et tous deux croisèrent le fer dans un combat à éteindre le soleil et la lune… » Tso Ta-tsi et Ko Grande Perche, mains sur les hanches, firent deux rotations de bassin pour signifier qu'ils grandissaient jusqu'à dix mille toises. « Terrifiés, les singes de la Montagne agreste étaient dans l'incapacité d'agiter l'étendard, de manier leurs épées. Les six frères et les dieux célestes se ruèrent aux abords de la grotte à la cascade et lancèrent une attaque surprise meurtrière, les singes déposaient armes et armures, abandonnaient leurs lances, jetaient leurs épées, couraient en hurlant, hurlaient en courant, certains grimpèrent en haut de la montagne, d'autres se réfugièrent dans la grotte. » Le roi des combats de criquets Niou Ing-an, le champion de natation Lua Tsian-tiong, l'as de la fronde Tsîn Po-tsai et une bande de gosses, déguisés en frères de la Montagne aux Pruniers et en dieux célestes, repoussèrent les singes hors de la scène. Voyant ses troupes en déroute, le Grand Sage n'eut plus le cœur à se battre à coups de transformations, il reprit sa taille normale, fit volte-face et s'enfuit. « Oh, même le Roi des Singes s'enfuit ! La cigogne des Monstres arrive !

Tous aux abris ! » L'audience éclata de rire. « Grand Sage, saute dans les nuages et abats l'avion japonais d'un coup de bâton ! » Certains poussèrent des huées, et le parterre repartit d'un grand éclat de rire. L'Immortel Seigneur arriva à grandes enjambées : « Où vas-tu ? Attends que je te dresse, misérable singe, ensuite j'irai tuer les Monstres ! Mieux vaudrait te rendre, pour que j'épargne ta vie. » Un sourire espiègle se lisait sur le visage de Tso Ta-tsi : « Notre ennemi juré est là, trêve de disputes intestines, prends la tête de ton armée céleste, je cours battre le rappel de mes singes et, main dans la main, nous ferons mordre la poussière à ces Monstres. » Le Grand Sage vit les frères de la Montagne aux Pruniers et les soldats célestes qui bloquaient l'entrée de la grotte, en toute hâte, d'une secousse il se changea en moineau. Un enfant tenant un dessin d'oiseau vint se poster devant le Grand Sage. Eul-lang, ses yeux de phénix grands ouverts, vit que le Singe s'était transformé en moineau, alors lui aussi, d'une secousse, se métamorphosa en coq sans tête. Dans un frouement d'ailes, le coq de la Flemme arriva en volant du côté gauche de la scène et atterrit au milieu. Ceux des spectateurs qui ne l'avaient jamais vu se soulevèrent sur leurs sièges. Le Grand Sage s'ébroua à nouveau et prit la forme d'un grand bœuf. Hui-tsen tira le bœuf de trait pour l'amener devant le coq. Mécontent, le bovin piaffait sur les planches, il poussa un beuglement, tourna sur ses pattes et s'en alla. Nouvelle secousse d'Eul-lang qui, désormais tigre en papier mâché, se lança à la poursuite du bœuf pour le mordre.

« Stork ! Stork ! »

On finit de jouer les épisodes « Huit Tabous livre bataille dans le fleuve aux sables mouvants » et « Pure Conscience rejoint le pèlerinage », le bonze et ses trois disciples, ainsi que son coursier-dragon en papier d'offrande, saluèrent le public en agitant la main, ils étaient partis en courant vers le Paradis de l'Ouest quand l'avion de reconnaissance des Monstres passa justement pour la troisième fois au-dessus de l'école et largua des milliers de tracts sur lesquels il y avait la carte de la Grande Asie, qui fut recouverte de terre rouge. Avant que les spectateurs quittent la grande salle, le directeur de l'école monta sur l'estrade, brandissant un petit drapeau dans une main et dans l'autre un porte-voix : « Merci aux élèves pour la représentation et la vente de charité, notre mère patrie est en danger, nos élèves ont offert une belle preuve de solidarité, leur dévouement, leur ardeur font resplendir la sainte flamme de la résistance de notre peuple ! Aujourd'hui, les activités du Comité ont été fructueuses, c'est un franc succès ! Nous avons gardé le meilleur pour demain dimanche : il y aura une vente de charité toute la journée au marché du village, aux épiceries *La Concorde* et *Au Bonheur*, aux cafés *Chez Lolo* et *Tsinkang*, chez le marchand de fruits et de boissons glacées *A la Belle Epoque*, au magasin de produits occidentaux *La Licorne*, le salon de coiffure *Aux Bons Amis* proposera également des coupes de cheveux de charité toute la journée de dimanche et tous les cyclopousses de Krokop feront aussi des courses de charité pendant la journée, la scierie *La Sempervirente* organise une randonnée cycliste de charité, à ceux qui participeront jusqu'au bout, elle offre trente dollars ! Soyons des soldats de la patrie, loyaux et braves face à l'ennemi, nous qui vivons en paix à l'étranger, nous ne pouvons rester indifférents, j'en appelle à votre enthousiaste contribution, à vos généreuses donations, pour venir en aide aux victimes et à la patrie, pour que les centaines de milliers de nos braves qui sont en première ligne reçoivent le maximum de soutien tant moral que matériel. »

Pendant que les jeunes filles du Bouk aux Sangliers étaient occupées à chercher un mari, les grands coucals s'affairaient dans les fourrés pour trouver une cachette où nicher, la moitié des milliers de tracts largués par les Monstres avaient été emportés par la mousson d'hiver vers les chaumes, les oiseaux les rapportèrent dans leur bec pour faire leur nid et, ainsi, pondirent leurs œufs, couvèrent leurs petits sous la protection de la Sphère de Coprospérité de la Grande Asie imaginaire. Tso Ta-tsi, Grande Perche et leur bande ramassaient activement les oisillons. Quand ils sortaient de l'œuf, les enfants leur cassaient une patte afin que le grand coucal, mâle ou femelle, ramène d'extraordinaires herbes sauvages aux pouvoirs curatifs et l'applique sur la patte, une fois le petit guéri, les enfants fracturaient à nouveau la patte, et recommençaient ainsi plusieurs fois, la médecine pénétrait dans le sang et la moelle de l'oiseau, lequel, mariné un moment dans du brandy ou un autre alcool occidental, devenait un remède miracle pour tous les types de maladies chroniques. Pour ces oisillons ainsi soignés, les prix s'envolaient, Tso Ta-tsi et sa bande avaient déjà brisé plus de deux cents pattes en six mois. C'était le 14 décembre, Tso Ta-tsi, le bâton cerclé d'or sur l'épaule, et Grande Perche, le trident à double tranchant à la main, menaient les autres gamins à la chasse aux nids dans les fourrés, ils traversaient un chemin boueux quand ils croisèrent les cyclistes de la randonnée de charité. Lancée par Sîm Maigrezo, l'excursion était partie à neuf heures du matin de l'épicerie *Au Bonheur*, elle était passée devant la centaine d'échoppes du village, puis avait continué sa route en direction des berges de la Krokop. Maigrezo et Plat-Pif avaient fait don d'une vingtaine de vélos flambant neufs, tout juste importés d'Angleterre, afin que les villageois qui n'en possédaient pas puissent se joindre à la promenade, l'équipée rassemblait tout ce que le village comptait de coursiers en fer de fabrication anglaise, plus d'une centaine, on avait coincé dans chaque guidon un petit drapeau national, soleil blanc sur ciel bleu entouré de terre rouge, et l'on pédalait tout en clamant des slogans.

« Ta-tsi, arrête de casser la patte aux oisillons, c'est trop cruel ! » Au moment où les cyclistes rencontraient la bande de gamins, un jeune ouvrier de la compagnie pétrolière déclara d'un ton fort étrange : « J'ai entendu Tzo Da-dy dire que, sans patte cassée, l'oisillon n'était pas aphrodisiaque, mais qu'il avait les mêmes pouvoirs de guérison. » Un jeune bûcheron rétorqua d'une voix nasillarde de canard : « Les Karayuki-san se sont enfuies, qu'est-ce que tu veux aphrodisiaquer ! » Maigrezo s'emporta : « Petits crétins, toujours à raconter des bêtises, pédalez ! » Grande Perche cria aux filles du peloton : « Les Monstres arrivent, les filles ont toutes trouvé un mari, c'est le petit oiseau des gars du village qui va être fatigué ! » « Petit crétin ! » l'injuria Maigrezo.

En file indienne, les vélos longeaient le fleuve. La Krokop était sortie de son lit, l'onde de la crue venait lécher les pilotis des maisons et débordait sur la route empruntée par les cyclistes, les vélos soulevaient chacun quatre gerbes, avec un bruit de lapement canin. Des girandoles d'eau semblaient jaillir des jantes. Le carter de chaîne, les pédales, le cadre, les garde-boues avant et arrière étaient trempés et luisaient sous le soleil comme des écailles de poisson. Lavés par le fleuve, les rayons des roues scintillaient, d'innombrables gouttelettes perlaient, l'eau cascadait, c'était comme si les bicyclettes avaient mis à nu leur anatomie. Les gerbes, tantôt grandes, tantôt petites, intermittentes, dessinaient comme des nageoires de poisson dont le chatoiement des écailles brouillait la forme du vélo. Les rayons étaient ouïes qui respirent. Les cent vélos à la queue leu leu formaient une colonne vertébrale qui serpentait, pareille à une immense bête aquatique aux muscles transparents glissant à la surface de l'eau. Au centre du groupe, A-hung filait sur le Raleigh de son père, devant lui il y avait Hui-tsen sur un vélo tout neuf, derrière lui c'était Emily avec son Fuji japonais maquillé en anglais qui sentait le caca-poule. Parfois, un vent de nord-est soufflait de face, qui lui apportait le parfum fruité de Hui-tsen. Ils étaient mariés depuis une dizaine de jours, leur lit de jeunes époux conservait dans ses tréfonds l'ombre froide des vergers de Lam Kuei-liong, le visage de sa femme affichait toujours le sourire coque de durian, rigide et plein d'épines, qu'elle avait lors de la nuit de noces, ses seins ballottaient une rondeur de jaques encore verts, quand elle appuyait sur les pédales, A-hung pensait à la chair blanche des ramboutans et à leurs poils jaune-vert. Parfois le vent soufflait de derrière, et les odeurs aigres de la transpiration d'Emily, des fientes de poule sur son vélo, du sang sur son parang et de l'urine du chien Paul composaient un parfum difficile à nommer, il lui rappelait la laie enragée par le chien, véritable mère courage qui était apparue à l'entrée de la bauge, les allaites pendantes. De temps en temps, Hui-tsen tournait la tête et lui souriait, et son sourire dégageait des parfums plus nombreux encore échappés des arbres du verger de Lam Kuei-liong, approfondissait la pénombre de leur couche nuptiale. Parfois, la roue avant d'Emily venait se presser contre sa roue arrière, il se retournait alors pour la regarder, mais elle détournait le visage et regardait ailleurs. Le peloton rencontra un grand fossé rempli d'eau, tout le monde mit pied à terre et passa à gué en poussant son vélo. Hui-tsen ne voulait pas salir le vélo tout neuf de Maigrezo, le cadre posé sur son épaule, elle souleva le vélo pour traverser. Ce grand fossé était un vestige glorieux du labeur, de l'organisation et du courage qui avaient précédé l'attaque des sangliers regroupés sur les berges vingt ans auparavant. L'équipe passait sur une colline herbeuse, A-hung aperçut Da-dy, fusil et parang sur l'épaule, qui se tenait debout sur la quille d'un sampan abandonné, il mit sa main en visière et leur fit un signe.

Da-dy avait noué autour de sa tête un foulard rouge qui laissait entrevoir les nodosités de son scalp, une main sur la hanche, cigarette à la bouche, il souffla un rond de fumée aussi laid que ses cicatrices en bosse. Depuis la bagarre avec les Javanais, Da-dy avait eu une révélation, il ne dissimulait plus les stigmates de son crâne, jouvence lui avait été rendue, toute sa personne respirait le renouveau. Occupé, ces derniers temps, à consolider le Comité, il n'était pas allé chasser en forêt depuis un an. Il s'était réveillé au milieu d'une nuit, brûlant, des cloques sur les paumes, une forte odeur de sanglier émanant de Lolo entra dans ses narines, il l'entendit ronfler bruyamment par la bouche, *GRON GRON GRON*, il vit pousser sur son front une touffe de crinière blanche, comme l'aigrette d'un perroquet. « Hwa!... Hwa!... » Da-dy la secoua, elle se retourna et l'écrasa sous son poids. Il se vit étendu dans une tombe immense, des sangliers labouraient le sol de leurs défenses, l'ensevelissaient sous une terre humide et glacée. Il vit un fœtus de trois mois dans le ventre de Lolo, c'était un embryon de sanglier qui avait l'allure de ses cruelles cicatrices en bosse et flottait dans un chaos rouge de liquide amniotique. Brandissant son parang, il fendit le ventre de sa femme qui se dégonfla en un flot de sang, ses cinq doigts fouillèrent l'utérus pour en arracher le fœtus, puis il trancha le cou de la bête. Le fœtus pleurait comme un bébé humain, une petite tête qui avait ses traits et ceux de Lolo roula sur le sol. Da-dy baragouina quelque chose et avala un bout du méconium, il vit Lolo allongée sur le lit qui le fixait du regard. « Hwa, tu es enceinte ? » Elle fit semblant de n'avoir pas entendu, se retourna et s'endormit en ronflant. Pendant quelques jours, Da-dy prit du temps le soir pour s'en aller vadrouiller dans les fourrés, il découvrit des empreintes et des laissées de sangliers toujours plus nombreuses, et elles avaient beau ne pas atteindre le dixième, le vingtième de celles qu'il y avait vingt ans auparavant, le feu couvait çà et là sous la cendre. Depuis trop longtemps, il ne s'était pas trempé dans le sang brûlant d'un sanglier tout fumant de l'odeur de poudre, depuis trop longtemps il n'avait pas senti battre un cœur de sanglier dans la paume de sa main, sa langue avait presque oublié le goût d'un foie qu'on mange tout cru, une fois de plus, le chaos des sabots et les grouinements affolés le précipitèrent dans les bras de la jungle.

« Mon vieux Tzo, tue un jeune mâle, histoire de doper notre peloton ! » cria Maigrezo à pleine voix. Da-dy agita à nouveau la main et descendit de la quille du sampan pour suivre une trace fraîche.

Sous la houlette de Maigrezo, le groupe à vélo parcourut huit kilomètres en un clin d'œil. Chaque fois qu'ils passaient devant une maison, des chiens de garde bondissaient et aboyaient comme des sourds après eux. Les cadres étrangers de la Shell Oil Company avaient déjà déserté le village, lâchées en liberté, les vaches Holstein et les deux juments Hollandais à sang chaud s'ébattaient parmi les chaumes et les bosquets, elles ruminaient sans hâte, cornes et crinières flottaient dans le déferlement vert des herbes, elles semblaient parfois une centaine, elles semblaient parfois n'être que deux ou trois. Avant de battre en retraite, les Anglais avaient décidé de faire exploser les puits de pétrole, à plusieurs reprises ils avaient voulu abattre les bêtes, afin de ne pas les laisser aux mains des Monstres, mais ils n'avaient pas pu. Une vache surgit des fourrés, bloquant la route à Maigrezo, elle regarda le groupe à vélo de ses yeux indifférents de bovidé. Sîm Maigrezo mit pied à terre, cueillit quelques brins d'herbe et, tout en faisant *meuh meuh*, agita la main pour l'entraîner ailleurs. La queue de la vache balaya l'air, chassant une immense nuée labyrinthique de taons, ses sabots frappèrent lourdement le sol, imprimèrent une suite de flâneuses empreintes, puis l'animal sauta dans les herbes, quelques autres vaches suivaient derrière, leurs pis lourds et gonflés se balançaient, les yeux exorbités, elles regardèrent un instant Maigrezo. Après qu'elles eurent disparu, une atmosphère pesante s'abattit, les chaînes des vélos se tendirent, les dérailleurs tournèrent plus lentement, les pédales n'étaient plus aussi lestes. Le groupe poussait encore sa clameur, mais le cœur y était un peu moins. A la suite du peloton, les grands coucals se rassemblaient, de plus en plus nombreux, attrapant dans leur bec les sauterelles alarmées. Un jeune homme à l'ouïe fine fut le premier à percevoir un grondement qui roulait dans le ciel. Tenant d'une main son guidon, il mit l'autre en visière pour regarder en l'air.

« Stork ! » Maigrezo leva la tête et reconnut un bombardier en piqué. « Attention, tout le monde ! Ce n'est pas un avion de reconnaissance ! »

L'appareil passa à toute vitesse au-dessus de leurs têtes, un objet gris métal en forme de bouteille tomba au milieu du groupe à bicyclette.

Tso Ta-tsi et sa bande, après s'être séparés des cyclistes, virent un grand oiseau noir posé devant un étang foisonnant d'herbes aquatiques, il mouvait ses longues pattes pareilles à des baleines de parapluie, ouvrant les immenses ciseaux de son bec rouge sombre, il attrapa dans l'étang un gourami bleu à deux points et une perche grimpeuse. La tête du grand oiseau était couverte d'un duvet doré et de boules de chair rouges, des plumes en forme de chignon surmontaient son crâne. Les enfants n'avaient jamais vu ce drôle d'oiseau, il leur fit penser à Mapopo, la gardienne du cimetière chinois du Bouk aux Sangliers. Tsîn Po-tsai sortit sa fronde dont il venait de changer l'élastique, dans le même mouvement, il ramassa une pierre qu'il plaça dans la bande en tissu, puis, serrant le manche maculé de sang d'oiseau dans une main et de l'autre retenant la bande entre ses doigts, il banda l'élastique, et *zou*, la pierre partit. Elle frappa le volatile en plein bec, il dodelina de la tête et déploya ses ailes. Le deuxième projectile atteignit les grandes tectrices, la pierre rebondit et tomba dans l'eau. Le grand oiseau agita ses ailes, la surface de l'étang se rida de vaguelettes barbues. Ses longues pattes ramenées l'une contre l'autre, il glissa un moment à la surface de l'eau, puis s'envola par-dessus les chaumes et s'éleva dans le ciel.

Accablés par la chaleur, les enfants se mirent tout nus et sautèrent dans l'étang où ils s'engagèrent dans une bataille d'eau, quand ils furent remontés sur le bord, Grande Perche proposa de séparer leur troupe en deux, ils se retrouveraient avant midi sur la place du marché, mais Ta-tsi était contre. Comme il ne voulait pas que certains enfants accaparent pour eux seuls les oisillons, il soutenait qu'il fallait agir tous ensemble. Ceux qui étaient pour et ceux qui étaient contre formèrent deux camps, au moment où la dispute battait son plein, les trois fils de Lee Bin le maraîcher passèrent justement sur la rive opposée de l'étang. « Lee Tshing, tu viens encore voler nos nids ! » cria Grande Perche en direction des trois garçons. Lee Tshing était l'aîné, en short, torse nu, il était suivi par ses deux frères maigres comme des clous, leur débardeur en lambeaux laissait voir leurs tétons et leur nombril. « Qu'est-ce que tu pètes ? C'est à toi ici ? » Lee Tshing portait un parang coincé à la ceinture, sa joue droite avait été balafrée par une défense de sanglier. « C'est à celui qui les trouve ! C'est moi qui te vole, ou c'est toi qui me voles ? » Hui le Batave déclara : « Lee Tshing, tu pourrais donner les nids que tu trouves au Comité ! Le directeur de l'école te fera un certificat de mérite. » « Moi je me gave, prout pour la charité ! » Lee

Tshing fit une moue dédaigneuse, *pfff,* et cracha dans l'eau, puis il s'enfonça dans les herbes, suivi de ses deux frères, les ondes de l'étang dessinaient son méchant sourire. « Le certificat du dirlo, bande de gamins, je vous torche avec ! » Grande Perche dit à Ta-tsi : « Si on ne se sépare pas en deux groupes, ils vont rafler tous les nids. » Ta-tsi ne dit rien, Grande Perche insista : « On fait deux équipes et on se retrouve avant midi pour voir qui a récolté le plus de nids. » Ta-tsi ne disait toujours rien, Grande Perche continua : « L'équipe qui perd devra remettre tous ses nids à l'autre. » Ta-tsi poussa un peu l'épaule de Grande Perche : « Si tu tiens tant que ça à être le chef de la bande, c'est bon, je te laisse la place ! » « On s'en fiche du chef ! Tu paries ou pas ? » « Parié craché ! » Ta-tsi déclara en riant : « Les gars, ne vous en faites pas, suivez-moi, j'ai l'œil en flamme aux prunelles d'or forgé dans le fourneau aux huit trigrammes, pas un nid, pas une bauge sur ce coin de terre qui n'échappe à mon regard ! » Grande Perche déclara lui aussi : « Les gars, ne craignez rien, moi j'ai l'œil de l'Immortel, je vole dans les airs, je rampe sur le sol, je nage dans les eaux, rien n'échappe à mon contrôle ! » Tso Ta-tsi, prenant la tête de sept gamins, dont le Batave, partit en direction du sud-ouest, tandis que Grande Perche, accompagné de Tsîn Po-tsai et de six autres gamins, allait en direction du nord-est, une volée de moineaux passa au-dessus de leurs têtes, une suite de nuages noirs projeta, à l'endroit où ils se séparèrent, une ombre en forme de lions jetés dans une course folle. Après la bataille d'eau, en remontant sur la berge Tso Ta-tsi avait vu, sous un bosquet au sud-ouest, un grand coucal qui ne volait pas mais sautait à grands bonds, il avait parcouru une dizaine de mètres au sol et grimpait pour retourner en douce à son nid. Ta-tsi emmena sa bande vers ce bosquet, ils marchaient depuis un peu plus d'une minute quand il entendit le Batave pousser un cri d'alarme : « Stork ! » Un avion passa en rase-mottes au-dessus des chaumes et largua deux objets gris métal en forme de bouteille dans la direction où Ko Grande Perche avait disparu.

Les empreintes fraîches étaient profondes, immenses, elles menèrent Da-dy à un ruisseau. Son cours avait débordé, il inondait les chaumes et les arbres, Da-dy s'aventura dans l'eau, il vit des gouramis bleus à deux points et des perches grimpeuses s'égailler à droite et à gauche, des libellules s'accouplaient à fleur d'eau, un martin-pêcheur au plumage chamarré était perché sur un tronc d'arbre pourri. Sur la rive opposée, les broussailles de ronces étaient si épaisses qu'un souffle n'y passait pas, elles étaient parsemées de petites fleurs jaunes et blanches, quelques urnes de népenthes étaient suspendues, il y avait des fruits verts de jatropha épars, avec quelques fougères nids-d'oiseau solitaires. La rive était envahie de plantes vasculaires et de lianes, des taros et des liserons d'eau montraient le nez, baptisés par la mousson, verdoyants et gras. Le sanglier avait dû être arrêté par les broussailles, impossible qu'il ait pu bondir sur l'autre rive. Da-dy examina minutieusement la surface du ruisseau. Le cours inférieur était paisible, sur le cours supérieur il y avait un entrelacs de liserons, de taros et de fougères, quelques tiges de taros étaient cassées. L'amont était au vent, exactement ce que voulait Da-dy. Sur ces terres noyées, pataugeant à chaque pas, dans l'onde clapotante, il lui fallait évoluer lentement. Il marcha cinq minutes, l'eau du ruisseau devint légèrement trouble, il releva la tête pour regarder devant lui, non loin de là il y avait un plan de manioc sauvage. Et là où il y a du manioc, il y a à coup sûr la trace de sangliers. Il patouilla encore une dizaine de pas et entendit les groui-grouinements d'un sanglier qui mangeait en grattant la terre. Serrant son fusil, courbé en deux, il s'approcha. Un sanglier à barbe, aux poils d'un noir métallique, les pattes avant repliées, le derrière pointé vers le ciel, déterrait les tubercules, on ne voyait pas la hure, l'eau luisait sur la crinière de son dos, huit allaites en rangs pendaient à la verticale sous son ventre. Da-dy épaula, prêt à tirer, le cœur en ligne de mire. Soudain, la laie se redressa et montra sa tête toute dégoulinante d'eau, elle ruminait un bout de manioc. Da-dy aperçut dans son ventre des boules de chair rose, c'étaient huit embryons de petits sangliers bien alignés, semblables à la chair dorée et gluante du durian. Alors il transgressa le grand tabou du chasseur, un moment il s'attendrit, et lentement son doigt quitta la détente. La laie lui jeta un coup d'œil plein d'arrière-pensées, elle se retourna et partit au galop vers l'amont. Ses sabots se prenaient dans les taros et les fougères, son ventre frôlait la surface de l'eau, les disques cartilagineux du boutoir crachaient une vapeur d'eau épaisse et visqueuse comme de la pâte. Da-dy se mit en marche, il maintenait une distance lâche entre lui et l'animal. A tout moment il pouvait faire feu et mettre fin à sa course maladroite. Ce qui la gênait dans sa fuite effrénée, ce n'était pas le ruisseau, mais les huit fœtus qu'elle portait. Du ciel parvinrent les vrombissements d'un moteur. Un avion de chasse passa au-dessus de la tête de Da-dy, un énorme rond rouge était imprimé sur le corps de l'appareil. Il largua un objet gris métal en forme de bouteille. Aussitôt, Da-dy se jeta à terre, il entendit une déflagration, une gerbe écumante le recouvrit. Il rampa jusqu'à un bosquet, se recroquevilla, ses fesses et ses chevilles trempaient dans l'eau. Petit à petit le cours du ruisseau se troubla, charriant depuis l'amont des copeaux de bois, des feuilles, des herbes, quelques fruits verts de jatropha, l'urne d'une népenthe déchiquetée, le fœtus rose d'un marcassin. Da-dy vit la laie éventrée, les quatre pattes au ciel, les embryons dispersés. La partie supérieure de son corps avait presque été séparée de la partie inférieure, il manquait la hure, mais les fœtus à qui la vie avait été ôtée, eux, étaient entiers, tout comme s'ils étaient encore tranquillement endormis dans l'utérus de leur mère. L'avion repassa au-dessus de la tête de Da-dy, qui mit son fusil en joue et tira un coup au hasard.

« Si elle avait continué à déterrer son manioc », Daddy regardait les marcassins, une douleur, une pitié qu'il n'avait jamais ressenties pour son gibier envahirent son cœur, « elle n'aurait pas été assassinée par ces Monstres. »

Quand les bombes avaient explosé, Ta-tsi, le Batave et les autres s'étaient cachés dans les fourrés. Une fois que les bruits des explosions se furent éteints, que le moteur de l'avion de chasse se fut tu, un hurlement de douleur, tel un barrage qui se rompt, submergea les chaumes. La bombe avait explosé devant Grande Perche, faisant jaillir une colonne d'eau en forme d'arbre, des racines, des brins d'herbe avaient été projetés dans toutes les directions, le souffle de l'explosion avait couché les chaumes aux alentours, un nid branchu de grand coucal était éparpillé devant les enfants, les perches grimpeuses et les gouramis gisaient çà et là. Grande Perche, longiligne, et Tsîn Po-tsai, trapu, avaient filé devant comme à marche forcée, ils avaient creusé la distance avec les quatre autres enfants, ceux-ci n'avaient pas la moindre égratignure mais Grande Perche et Po-tsai étaient tombés à la renverse comme des oignons pelés. Un bras arraché, Grande Perche gisait inconscient parmi les arbustes. Po-tsai avait le visage couvert de sang, c'était comme si sa boîte crânienne avait été dévissée, un œil pendait hors de l'orbite. « Po-tsai ! Po-tsai ! » Ta-tsi le secoua légèrement par l'épaule, remit l'œil dans l'orbite. « Tu es Bébé Rouge, tu ne peux pas mourir ! » Des lombrics de sang s'échappaient des yeux, des narines et de la bouche. L'explosion avait fait un trou dans le thorax, sous les côtes une boule de chair rouge, grosse comme le poing, battait, *poum poum*, et au fil des battements toujours plus de sang sortait de la cage thoracique. Sans réfléchir, Ta-tsi comprima le trou avec la paume de sa main, le sang continuait à jaillir entre ses doigts. Le poing battit de plus en plus faiblement, enfin, il n'y eut plus ni bruit, ni souffle. Ta-tsi comprit que c'était fini pour Po-tsai. Un gémissement leur parvint du bosquet, c'était Grande Perche. « Grande Perche ! Grande Perche ! » Ta-tsi s'agenouilla devant lui : « Toi, tu es l'Immortel Seigneur, tu ne peux pas mourir ! » Grande Perche écarquilla les yeux et lui fit un sourire fanfaron. Autour de lui, les enfants pleuraient. Le plus grand alla récupérer le bras dans les chaumes et, plein de respect, le déposa à côté de Grande Perche.

« Grande Perche, pourquoi tu as voulu absolument qu'on se sépare ? dit Ta-tsi suffoqué par les pleurs. Avec moi, il ne te serait rien arrivé. »

La bombe était tombée à l'arrière du groupe de cyclistes, faisant éclater la queue du peloton, elle avait soulevé un envol affolé de grand coucals et de moineaux. Les participants s'étaient jetés sur le sol avec leur vélo, les rayons et les jantes reflétaient la lueur des flammes. L'armature d'un épouvantail était montée toute droite vers le ciel et retombée tout aussi droite, le souffle de l'explosion gifla une dizaine de cyclistes, éclaboussa de boue une dizaine de visages, les cheveux des garçons se hérissèrent comme des crinières de sangliers, deux selles en gomme furent éventrées, au loin les chevaux poussèrent des hennissements de panique, un galop suidé, grondant, passa à la vitesse de l'éclair, et au ciel fleurit le narcisse de fumée de l'envahisseur qui se contemplait dans l'azur limpide comme un lac. Deux vélos avaient été réduits en un embrouillamini informe, trois personnes étaient blessées, deux étaient mortes. Encore sous le choc, Ta-tsi et le Batave transportaient Grande Perche inconscient, quatre autres enfants portaient le corps de Po-tsai, ils vinrent se joindre aux pleurs et aux lamentations du groupe de cyclistes. Sur l'ordre de Maigrezo, le groupe ramena les blessés et les morts au village.

Au loin, dans le ciel, on entendit comme des bruits de gaz intestinaux. Une veine de fumée noire sortait du cul de l'appareil, il piqua vers le sol, tordu, fou, les ailes tourbillonnaient à trois cent soixante degrés, comme les graines ailées de l'arbre cho-chi qui tombent en tournoyant, il disparut dans la jungle. Le Stork, bien trop éloigné, ratatiné et sec, paraissait être une minuscule mouche. Le bombardement terroriste des Monstres avait évité le village peuplé, les bombes étaient tombées sur les chaumes et les champs, enflammant les herbes et le fumier qui brûlèrent jour et nuit, comme si elles avaient allumé des feux de repérage pour le débarquement de l'avant-garde de dix mille hommes deux jours plus tard.

L'avion écrasé provoqua un vif émoi dans le Bouk aux Sangliers, Da-dy et Plat-Pif mirent sur pied deux équipes chargées de rechercher les restes de l'avion et le pilote qui était peut être encore vivant.

UN DON DES DIEUX

A l'âge de vingt ans, Plat-Pif Tsiou avait ouvert un bazar à l'intérieur des terres, sur les bords de la Krokop, il vendait des produits de première nécessité, de l'alcool et du tabac d'Occident, des conserves, des fusils, des munitions et de la pâte d'opium de contrebande. Son magasin avait à peu près la taille de deux grands camions, devant il y avait une longue galerie où étaient disposés des bancs et des tables basses, dans une cage en métal suspendue sous l'auvent il élevait un calao mâle à casque rond, qui poussait des cris pareils à ceux des hyènes d'Afrique. Le calao, oiseau sacré et divinité de la guerre pour la tribu aborigène des Dayaks de Bornéo : son crâne, rutilant, superbe, est formé par un casque et un bec énormes, dans les temps anciens, c'était un produit de luxe provenant du tribut des royaumes vassaux de l'Asie du Sud-Est à l'Empire du Milieu. Les grands ministres de l'Empire, n'ayant jamais vu de calao, croyaient qu'il s'agissait de la grue à couronne rouge et appelaient donc son casque « la couronne rouge de la grue ». Le calao qui se trouvait dans cette cage, souvent, lançait des œillades amoureuses aux femelles en liberté dans la jungle, elles approchaient, hésitantes, mais le bel encagé ne pouvait s'envoler au-dehors, il ne lui restait plus qu'à les regarder se dévoiler de toutes leurs ailes, absolument nues, et avec les autres mâles élever leurs petits dans les trous des arbres.

Voisines du bazar, deux maisons longues de Dayaks abritaient quatre générations sous le même toit, une tribu de plus de cinq cents membres vivait là. Les Dayaks étaient agriculteurs et chasseurs-cueilleurs de père en fils, ils fabriquaient eux-mêmes leur alcool et leur tabac, ne fumaient pas d'opium, seuls les fusils et les munitions les intéressaient, aussi Plat-Pif immolait-il la majeure partie de la nourriture et de l'opium de son magasin sur l'autel de son propre estomac. Son but, en élevant ce calao en captivité devant son bazar, était de profiter du noble statut dont l'oiseau jouissait chez les Dayaks pour s'assurer leur confiance et leur considération, mais à l'évidence c'était raté. Il avait ouvert depuis moins de trois mois quand un Dayak, éleveur renommé de coqs de combat, fut délesté de cinq volatiles, le voleur attacha l'un des coqs dans la galerie de l'épicerie, et malgré les mille explications que donna Plat-Pif, rien n'y fit. Technique classique des voleurs de nos régions : A subtilise cinq canards à B et en laisse un dans le poulailler de C, lequel sera dans l'incapacité de prouver son innocence. Les anciens et le reste de la tribu s'accordèrent pour procéder à une traditionnelle ordalie par l'eau. Les Dayaks plantèrent au milieu du fleuve deux perches en bambou, Plat-Pif et le coqueleur, en se tenant à la perche, s'immergeraient dans l'eau, si Plat-Pif en sortait le dernier il serait vainqueur, sous la protection des divinités des montagnes et des esprits des ancêtres, la preuve de son innocence serait faite, l'accusation de crime tomberait immédiatement.

Après avoir fumé deux boulettes d'opium à l'intérieur de son magasin, Plat-Pif psalmodia le nom du bodhisattva Kwan-yin, puis il prit une inspiration qui n'était pas de ce monde, les lobes de ses poumons se déployèrent dans toute sa cage thoracique, ils se gonflèrent pour former un espace infini où tournaient la lune et le soleil, agrippé à la perche il s'immergea dans l'eau glacée du fleuve, ferma les yeux et, entortillé au bambou, il ne bougea plus, lâcha un pet d'une puissance étonnante, une dizaine de bulles, petites et grandes, remontèrent tout doucement, elles éclatèrent sous ses narines en dégageant des relents de taro et de manioc. Une jeune Dayak, âgée de treize ans, avait troqué un panier de taros et de manioc contre six balles de fusil, elle était sur le point de s'en aller quand elle coula vers lui un langoureux regard, un charmant sourire, comme une dame calao qui entre à tire-d'aile dans la sombre cavité d'un arbre. Les poumons de Plat-Pif avaient rabougri jusqu'à la taille d'un œuf de poule quand l'adolescente apparut dans l'eau, son visage se posa sur le sien tel un masque et l'oxygène pénétra par sa bouche, ses poumons se dilatèrent à nouveau, c'était comme si un courant frais avait soufflé de sa fontanelle jusqu'aux six viscères, était passé par le point d'énergie du bas-ventre, avait traversé les neuf orifices, renouvelant la vie en lui.

Quand il rouvrit les yeux, son adversaire était déjà remonté sur la berge, il remporta la victoire, avec humilité mais haut la main.

Deux mois plus tard, Plat-Pif fut accusé d'avoir couché avec une jeune Dayak de quatorze ans. La tribu, le fiancé en tête, vint encercler le magasin, brandissant les parangs de leurs ancêtres chasseurs de têtes, ils hurlèrent une bordée d'injures à la face de Plat-Pif, après quoi on procéda à une nouvelle ordalie par l'eau. Il fuma ses deux boulettes d'opium, puis, une fois sous l'eau, à nouveau cramponné à sa perche, il ferma les yeux. Bien des fois la jeune fille et lui s'étaient rencontrés par hasard dans la jungle, elle avait une bouche pareille au bec énorme d'un calao, elle avait creusé un immense trou dans son thorax. Il n'y tenait plus. Prenant la jeune fille par la main, il l'avait emmenée dans les profondeurs obscures de la jungle, mais au bout de quelques pas, c'était elle qui l'avait pris par la main et avait commencé à le guider. Plat-Pif ouvrit les yeux, l'eau était limpide, le fiancé lui lançait des regards courroucés, il cracha des bulles haineuses, longues et plates. Plat-Pif ferma à nouveau les yeux. Les racines en contrefort d'un arbre cho-chi s'élevaient comme une muraille, leur luxuriance avait la majesté d'un palais, dans le recoin ombreux d'une racine, la jeune fille avait étalé une couche d'herbes et d'écorces, sur laquelle elle avait semé de petites fleurs jaunes, elle tenait dans sa bouche un hibiscus grand comme la paume, et elle se pelotonna dans le lit végétal telle une femelle calao qui s'est défaite de ses plumes. Les herbes sauvages faisaient des vagues, les écorces étaient tendres comme de glissantes loches. Plat-Pif ouvrit les yeux, son adversaire venait tout juste aussi d'ouvrir les siens, il brandit le poing dans sa direction, et de sa bouche s'étira une bulle furieuse en forme de vessie natatoire. Le corps de la jeune fille recelait lui aussi une myriade de cachettes, scellées comme des coquillages. Enfoui avec elle sous les herbes et les écorces, il avait fait montre d'une mâle effronterie et d'une attention virile, et face à la vague de désir qui submergeait la jeune fille, il avait donné libre cours aux techniques de la guerre d'usure, main de fer dans un gant de velours. Quand, à bout de ressources, ses poumons eurent rabougri jusqu'à la taille d'un œuf de poule, une jeune fille apparut à nouveau dans l'eau, son visage se posa tel un masque sur le sien, une vapeur pareille à une fumée d'opium entra dans sa bouche, ses poumons infusés de l'essence du pavot, irrigués de morphine, s'épanouirent comme une fleur fraîche. Il ignorait combien de temps il était resté ainsi, il savait seulement qu'au moment d'entrer dans l'eau, les feux du soleil couchant ensanglantaient la rivière, et que lorsqu'il était remonté sur la berge, les étoiles constellaient le ciel d'un bord à l'autre et les oiseaux de nuit, comme une assemblée d'esprits malins, étaient perchés sur les branches.

Les Dayaks le soupçonnèrent d'avoir triché, ils mirent en jeu deux sangliers à barbe qu'ils avaient domestiqués et organisèrent une troisième épreuve d'apnée, durant laquelle une dizaine de jeunes hommes plongèrent à tour de rôle pour surveiller Plat-Pif. Quand, pour la troisième fois, il remporta cette épreuve, les Dayaks se rendirent à l'évidence, il était sous la protection du divin calao perché au beau milieu de son bazar et qui, selon la légende, guidait les morts à travers les enfers et portait les messages des dieux.

Il prenait prétexte de faire paître ses deux sangliers à barbe pour vadrouiller dans la campagne et sur les berges, il coucha avec onze filles et cinq femmes mariées, et quand deux jeunes filles, le ventre en ballon, vinrent le chercher, il prit son calao, ses fusils et ses munitions, l'alcool et l'opium, et s'enfuit en bateau par une nuit de pluie torrentielle, il erra dans Bornéo, vécut dans une dizaine de kampongs, sema ses graines dans les ventres d'une centaine de femmes, épouses, veuves, vierges, pour enfin poser ses bagages au Bouk aux Sangliers.

Après que Plat-Pif et Tzo Da-dy, chacun à la tête d'une équipe, eurent farfouillé en vain dans la jungle, Lee Tshing, le fils aîné du maraîcher, les amena devant un lac.

« J'ai vu un Stork tomber là-dedans », dit-il.

Plat-Pif et Da-dy poussèrent un soupir en secouant la tête. Les équipes de recherche et les villageois dont A-hung, Emily, Tso Ta-tsi, Ti Kim, Kwan la Face Rouge, s'approchèrent lentement des berges du lac.

« Dis donc, vieux », le lac n'était que vaste étendue d'ondes brumeuses, Da-dy souffla une colonne de fumée toute droite, on eût dit qu'il jetait sa ligne de canne à pêche, « tu vois quelque chose ? »

Plat-Pif ramassa un gros galet et le lança. A mi-course, la pierre sembla perdre tout son poids, elle flotta dans l'air comme une feuille morte et tomba lourdement dans l'eau, sans provoquer la moindre ride. Il demanda une cigarette à Da-dy et s'accroupit au bord du lac, ses doigts, comme la palme d'un canard, jouaient avec l'eau.

« Pas de chance pour ce Monstre, dit Da-dy à l'assemblée, personne, pas même un dieu, ne pourrait survivre en tombant là-dedans. »

Presque toutes les plantes qui poussent dans la nature avaient trouvé une place sur ces berges, elles entouraient le lac d'un épais maquis. La moitié de la surface était enveloppée par la brume, on ne voyait pas la rive d'en face. A l'origine, on l'appelait le lac aux rapaces. Une trentaine d'années plus tôt, des arbres de haute futaie s'élançaient sur ses bords, les branchages étaient parsemés de nids, et quand les rapaces se rassemblaient en vol, le ciel devenait aussi obscur qu'une caverne. Les grands arbres avaient été abattus par les Anglais qui en avaient fait des traverses de voie ferrée et des supports de plateformes pétrolières, les Anglais et les villageois avaient déversé toutes sortes de ferrailles dans le lac, il y avait trente ans qu'on n'en voyait plus le fond, en anglais on l'appelait *Steel Lake*. Au Bouk aux Sangliers, on lui avait donné plusieurs noms : lac de la coque en fer, lac de la tour de fer, lac du baril de fer, lac de l'armure en fer, etc., mais aucun n'avait prévalu sur l'autre. Puis, à la longue, les villageois avaient repris le nom d'origine, le lac aux rapaces. Une dizaine de bûcherons de *La Sempervirente* avaient parié une journée de salaire pour savoir lequel d'entre eux serait capable d'aller au fond ramasser la ferraille déchargée, ils s'y essayèrent à plusieurs reprises, mais finirent par abandonner. C'était comme si le fond du lac ouvrait sur un abysse qui menait au centre de la Terre et aspirait tout le métal tel un aimant.

« Un appareil aussi grand, si on ne le voit pas, c'est qu'il a dû tomber au fond, il est peut-être coincé quelque part, déclarèrent deux jeunes bûcherons qui, à l'époque, avaient participé au pari. On va aller là-dessous jeter un coup d'œil ! »

Tous deux plongèrent. Les rayons du soleil qui filtraient à travers l'eau éclairaient les quatre plantes de pieds pareilles à des tuiles coulant au fond. Un râle à poitrine blanche volait au ras de l'eau, on eût dit qu'il courait à la surface en laissant de minuscules empreintes, gravures sur grain de riz. Sur l'étendue du lac se reflétait un groupe d'éperviers bleus, ils volaient en petits tourbillons, décrivaient des cercles dans le gris métallique du ciel, à la recherche d'une proie. Une fois qu'ils l'avaient repérée, ils prenaient le vent puis fondaient à la verticale vers le sol, avec parfois un cri perçant. Depuis des bosquets proches parvinrent des *gron-gron* de sangliers, Da-dy mit sa main en visière pour regarder d'où venaient ces bruits, son crâne le démangeait légèrement.

Les bûcherons réapparurent l'un après l'autre à la surface, prirent quelques inspirations, et plongèrent à nouveau. Quand ils émergèrent pour la seconde fois, ils proférèrent des obscénités, avant de revenir sur la berge.

Plat Pif inspecta les abords du lac, il repéra la moitié d'un châssis de camion tout rouillé et plein de vase. Il fit voltiger son mégot de cigarette dans les herbes, déposa son fusil et son parang, ôta sa chemise et ses chaussures, procéda à quelques étirements, cracha un coup, puis il écarta les buissons épineux et les lianes qui envahissaient la berge, traînant avec lui la lourde ossature, il s'enfonça pas à pas. Les eaux du lac dégageaient une puissance inquiétante, étrange, tantôt la vase enserrait étroitement ses plantes de pieds, tantôt le sol se dérobait sous elles.

« Ça ira, mon vieux? demanda Da-dy. N'en fais pas trop. »

Depuis plus d'un an qu'il s'était installé au village, Plat-Pif s'était rarement vanté du don exceptionnel qu'il avait de retenir sa respiration. Son crâne disparut sous l'eau, on vit soudain ses deux pieds qui pédalaient dans l'air, puis il plongea au fond avec le châssis. Plat-Pif releva la tête pour regarder le ciel, la voûte céleste remplie d'éperviers tournoyants rétrécit petit à petit, l'onde et les rayons de soleil corrodaient Da-dy et les autres, une foule de membres et de crânes flottaient en surface, le dernier sifflement aigu d'un pithécophage retentit à ses oreilles. Les mains agrippées à la carcasse en métal, tête la première, il recourait au moyen qui économisait le plus ses forces en laissant le châssis l'entraîner dans les profondeurs. Comme si la chose métallique avait senti les relents des ferrailles en décomposition qui gisaient par le fond, de retour au bercail, elle descendait de plus en plus vite. Si l'on en croit de nombreuses expériences d'apnée, il semble que lorsque notre organisme est plongé dans l'eau, le temps ralentisse, une minute à terre, c'est dix minutes sous l'eau. Plat-Pif ouvrit grand les yeux, tout autour de lui des bancs de poissons se rassemblaient pour former un cône en l'évitant avec son châssis, une tortue trionyx de la taille d'une pelle à poussière surgit du fond, son plastron heurta violemment son visage. Les bancs de poissons se firent plus rares, son champ de vision se réduisit de moitié, un grand poisson, les écailles des nageoires brillantes, la chair transparente, passa devant ses yeux, puis l'étroite poche de lumière qui le suivait s'abîma dans les ténèbres. Le châssis poursuivait sa plongée, le dernier sifflement du rapace qui l'avait accompagné quand il était entré dans l'eau résonnait de façon extraordinaire, comme si ce cri perçant ne s'était jamais arrêté.

Da-dy leva la tête et regarda le ciel. Les éperviers bleus qui tournoyaient tout à l'heure avaient pour la plupart capturé une proie, ils s'en étaient retournés au nid pour nourrir leurs petits ou se repaître de leur chasse, il n'en restait plus que deux qui sillonnaient encore le champ de bataille, mais Plat-Pif n'était toujours pas remonté à la surface. Un aigle aux singes piqua à nouveau vers le sol et emporta un petit serpent qui se trouvait dans les bosquets, le reptile se débattait entre les serres, dardant une langue fourchue. Da-dy ordonna aux bons nageurs d'aller porter secours à Plat-Pif. Deux bûcherons, un ouvrier et un paysan plongèrent, suivis par un autre puis un autre, puis encore un autre. Rendu furieux par le désœuvrement, Ti Kim saisit son fusil de chasse et tira sur le dernier épervier dans le ciel. La balle glissa sous l'aile, le rapace sembla prendre appui dessus et rebondir d'une fois sa propre hauteur. Les villageois s'amassaient toujours plus nombreux au bord de l'étang pour participer au sauvetage, Tortue Molle, le Biscornu, Ti Kim plongèrent, A-hung, Emily et Ta-tsi étaient dans l'eau jusqu'à la poitrine, ils sondaient le lac à l'aide de perches en bambou ou de branches sèches.

Da-dy restait de marbre. Il savait Plat-Pif expérimenté, circonspect, pas le genre à jouer avec la vie. Mais le temps commençait à être long, il s'inquiétait un peu. Les bombes aveugles des Monstres avaient déjà emporté trois vies. Dans les bosquets, les grouinements des sangliers s'étaient tus. Des éperviers planaient à nouveau en décrivant des cercles dans le ciel. Da-dy pouvait le voir, il s'agissait des mêmes que tout à l'heure. C'était déjà leur deuxième tour de chasse. Tout le monde commençait à s'amasser sur la berge, quand soudain, au centre du lac, Plat-Pif sortit la tête de l'eau, il tirait après lui le corps d'un homme en uniforme couleur caca.

Au milieu des murmures de stupéfaction, tous l'aidèrent à traîner le corps sur la berge.

L'avion de chasse était inextricablement embourbé dans la vase au fond du lac, mais la cabine de pilotage ainsi qu'une petite partie des ailes et de la queue de l'appareil émergeaient. Plat-Pif avait ouvert la cabine et, libérant le pilote de ses entraves, l'avait remonté à la surface. Lorsqu'il réapparut, il cracha un geyser d'eau, prit plusieurs grandes inspirations, cligna des yeux, et arbora le sourire d'un homme repu et reposé.

« Sacré Tsiou, tu n'es pas mort ! » Le Biscornu frotta son orbite vide, tout en clignant de son petit œil en pointe de balle. « J'étais sur le point de demander à Ko Lai de fabriquer ton cercueil. »

Tout le monde se pressait avec curiosité pour voir le corps du pilote. Il était vêtu d'un uniforme marron caca, portait sur la tête son casque et ses lunettes de protection d'aviateur, un foulard blanc était noué autour de son cou, sur sa poitrine et dans son dos pendait un gilet de sauvetage gonflé, il était paré d'un harnachement de boucles de ceinture, de sangles et de poches dont ils ignoraient le nom. A son épaule gauche il y avait un insigne rond avec son grade, brodé d'une fleur de cerisier et de deux avions de chasse qui s'envolaient en se croisant, une énorme montre de pilote était attachée à son poignet. Ti Kim arracha le casque et les lunettes. C'était un jeune homme d'une vingtaine d'années, au visage fringant, la pointe des sourcils effilée comme des serres d'aigle. Les villageois tentaient de deviner si les quatre caractères sur ses bottes et ses gants de pilote, *Kazu Ki So Ra*, étaient son nom.

« Foutez-le à poil », ordonna Da-dy.

Tous s'affairèrent à déshabiller le pilote jusqu'à ce qu'il n'ait plus rien sur le dos, on débattit à propos de son membre viril.

« A l'eau! Qu'il aille nourrir les poissons! »

Le corps s'enfonçait doucement au cœur du lac, quand Da-dy déclara: « Si on a pu trouver le corps de ce Monstre, c'est grâce à ce vieux Tsiou, tout ce qu'on a trouvé sur lui doit lui être remis. Et souvenez-vous, si les Monstres arrivent, pas un mot de ce qui s'est passé aujourd'hui. »

LA LISTE DE YAMAZAKI

Le jour de ses quinze ans, Tsing Po-iou accompagne son père et sa mère pour une chasse en forêt. Il a un parang à la main, ses pieds flairent des traces fraîches de sabots, borgne de naissance, son œil unique fixe la crosse en keyaki du fusil de chasse à canon simple que porte sa mère. Avril, les durians pendent en grappes. Et là où il y a des durians, il y a forcément des singes qui viennent en chiper, et donc des sangliers aussi, qui mangent les fruits que les singes font tomber sous l'arbre. Po-iou et ses parents arrivent très vite devant un durian vieux de vingt ans. Il se souvient de cet arbre, il se souvient aussi que son père et sa mère ont abattu un nombre incalculable de singes dans ses feuillages et de sangliers à barbe sous ses ombrages. Il lève la tête, regarde les vagues impacts de balles qui balafrent encore le tronc, les fruits dans les obscures frondaisons, les groupes de singes débordants de malice, les broussailles où se cachent les sangliers. Les cris perçants et les grouinements feraient taire les démons, les sangliers qui déterrent les coques de durians font le bruit de dix Lee Gras du Bide en train de hacher sa viande. Son père lui tapote l'épaule, sa mère prend le parang et lui confie son fusil de chasse ainsi que la boîte à munitions. Po-iou regarde ses parents qui se retirent comme des ombres. Son père a les dents mal plantées, deux petites canines recourbées saillent de sa bouche. Sa mère est tout échevelée, son nez bruyant envahit la moitié de son visage. La crosse en keyaki exhale l'odeur maternelle, la poignée est recouverte par les taches de transpiration de sa paume, le canon luit de la foudre de son regard, et le guidon de mire ressemble à un criquet noir qui a sorti la tête de son trou. Les épaisses broussailles empêchent les sangliers de s'approcher, Po-iou ne peut pas non plus passer au-travers, mais il se trouve sous le vent, c'est l'occasion rêvée. Il marche à pas feutrés, écarte les broussailles et voit l'arrière-train d'un sanglier qui lui tourne le dos. Sa main gauche lève la poignée, l'index de sa main droite pénètre dans le pontet, la crosse est calée sous son aisselle, le canon collé aux broussailles. Manque de chance, une autre tribu de singes fait soudain irruption dans l'arbre, un combat s'engage entre les deux groupes, au moment où Po-iu presse la détente, un bout de coque de durian s'écrase sur le canon et la balle va faire gicler la boue au pied de l'arbre.

En toute hâte, Po-iou ouvre la culasse, fait sauter la douille, recharge, mais il n'y a déjà plus l'ombre d'un sanglier en bas, ni d'un singe en haut. Il contourne les fourrés de broussailles épineuses, fait le tour de l'arbre puis se lance sur la piste d'un entrelacs d'empreintes, il s'arrête devant un bosquet envahi par les fougères nids-d'oiseau, les lianes et les plantes ligneuses. La création tout entière s'est figée, nul souffle de vent, des gouttes tombent de la pointe des feuilles, un rayon de soleil, telle une bondissante sauterelle, éclaire un plant d'oreilles d'éléphant géantes. Leurs feuilles, aussi larges que des pelles à poussière, sont utilisées par les marchands ambulants de Krokop pour envelopper le tofu, les pâtisseries, les nouilles sautées et la viande de porc. Parmi la verdure se répercute l'écho des grognements de sangliers, les empreintes disparaissent dans l'ombre des oreilles d'éléphant géantes. Po-iou lève son fusil, quand il voit la tête de sa mère, pareille à un morceau de viande enveloppé dans les feuilles vertes, il est trop tard, il a déjà appuyé sur la détente.

Guide de chasse, Tsing Po-iou, dit le Biscornu, avait dix-neuf ans quand il s'était installé à Krokop, juste à côté de chez Ko Lai le menuisier il avait construit une maison sur pilotis, la partie inférieure ouverte, les huit piliers en bois-de-fer de Bornéo étaient couverts de fougères nids-d'oiseau et de plantes grimpantes, tout autour l'herbe folle poussait jusqu'à hauteur de poitrine, des buissons étaient clairsemés çà et là. D'un tempérament bizarre, il vivait seul par habitude. Quand il ne faisait pas le guide, il partait chasser dans la jungle en solitaire, son fusil sur l'épaule, puis il partageait son surplus de gibier avec ses voisins, Ko Lai et Fortune Ng, si bien que leurs gosses étaient bien en chair et dépassaient d'une tête tous les autres enfants du Bouk aux Sangliers.

Ko Lai le menuisier et Fortune Ng le roi du durian en même temps s'étaient installés au village, où ils vivaient depuis dix-huit ans en bon voisinage, en même temps étaient tombés amoureux des deux filles de Buffle-Lingot-d'Or. Celui-ci était le patron de la bijouterie *Le Lingot*, maître orfèvre, il excellait dans la confection de petits buffles en or finement ciselés, il avait eu deux filles et un fils dont la vie avait été ôtée par une défense de sanglier quand il s'était joint au groupe de chasseurs de Da-dy, ses filles avaient un an d'écart et il les avait mariées simultanément à Ko Lai et Ng. Avant le mariage, Ko Lai était amoureux de l'aînée, Tsiou Kyo-kyo, et Ng était amoureux de la cadette, Tsiou Myo-myo ; or l'aînée aimait Ng, et la cadette Ko Lai. Le menuisier était un garçon très capable, plus de la moitié des meubles du village, tables, chaises, armoires, étaient de sa main, ainsi que la totalité des cercueils. Quant au roi du durian, Fortune Ng, c'était un travailleur et un pragmatique, il fournissait plus de la moitié des fruits du village. Kyo-kyo était la brillante élève de Maître Hsiao, à dix ans elle savait réciter par cœur plus de cinq cents poésies classiques, quatrains, huitains, poèmes chantés ; Myo-myo, héritière directe du savoir paternel, pouvait à sa fantaisie transformer l'or et l'argent en bagues, barrettes à cheveux, colliers, bracelets, sur lesquels elle gravait des motifs d'une rare beauté. Ko Lai et Fortune étaient de vieux voisins et des compagnons de fumerie, quand l'opium gonflait leurs poumons, l'un se serait arraché le cœur pour l'offrir à l'autre ; Kyo-kyo et Myo-myo possédaient la double qualité d'être belles et vertueuses, aux yeux des villageois, épouser l'une ou l'autre, c'était faire d'une pierre deux coups, sans renoncer au caractère ou à la beauté de l'une pour l'autre. Deux années se perdirent, Sîm Maigrezo s'en mêla alors, il donna aux jeunes filles deux boulettes d'opium. Sans rien dire à leur papa, elles rendirent visite aux deux compères un soir pendant la fête de la mi-automne. Ko Lai vit sa Kyo-kyo bien aimée, et Fortune la Myo-myo de ses rêves, lui offrir une boulette d'opium, tous deux la fumèrent sur-le-champ et sombrèrent dans une profonde torpeur, leur âme monta au ciel, leur esprit rentra sous terre. Les deux sœurs profitèrent de leur léthargie pour échanger leurs places et rejoindre la couche de l'élu de leur cœur.

Tsing Po-iou avait quinze ans quand il abattit sa mère par erreur, après quoi son père enterra le fusil de chasse à canon simple au pied du vieux durian, puis, avant de mourir, il légua à son fils son fusil de chasse à canon double. A vingt et un ans, Tsing le Biscornu servit de guide à un Hollandais, Fred Powell, qui partait chasser dans la jungle. Dans sa jeunesse, Powell s'était enrôlé dans l'armée hollandaise stationnée aux Indes orientales, il avait massacré pirates, chasseurs de têtes, coolies, contrebandiers, assassins et innocents, à cinquante ans il avait pris sa retraite pour aller chasser et s'amuser à

Bornéo, avec son fusil de l'armée, un semi-automatique Johnson, et une paire de jumelles x7.

Le Biscornu avait étudié avec attention ce fusil semi-automatique capable de tirer dix balles à la suite. Le canon et la crosse étaient presque dans le même alignement, le magasin rotatif caché sous le bâti pouvait être chargé avec dix cartouches Mauser de sept millimètres, et même avec cet énorme magasin, le fusil gardait une forme svelte qui lui rappelait l'élégante silhouette des cigognes de Storm, au plumage entièrement noir, qui passent dans le ciel de Bornéo. On pouvait défaire le canon et séparer le fusil en deux, il était particulièrement apprécié des parachutistes et des forces spéciales. Mais ce qui fascinait le plus le Biscornu, c'était ce magasin rotatif. Devant ce fusil qui, une fois la panse remplie, pouvait tirer dix balles à la suite, le fusil à canon double de son paternel se voyait instantanément relégué à l'âge de pierre. Fred Powell était un grand maigre, le menton terminé par un bouc doré et humide, il avait le cheveu clairsemé, un œil grand, l'autre petit, conduit par le Biscornu, il avait abattu quelques sangliers, singes et cerfs aboyeurs, quand au cinquième jour, ignorant la mise en garde de son guide, il voulut se mettre à l'aise et marcher pieds nus sur les berges du fleuve, les épines d'un étrange poisson le piquèrent au talon et son pied droit enfla à tel point qu'on eût dit une patte d'éléphant. Le Biscornu coupa une branche pour lui faire une canne et, le dos chargé de son fusil et de ses bagages, il rebroussa chemin, le soir venu, il bâtit un abri de branchages sous lequel il répandit des herbes et des feuilles, pour y passer la nuit. Le Biscornu s'éveilla à minuit et fit quelques pas à l'extérieur. La constellation du Chasseur était accrochée au-dessus de lui, les trois pierres précieuses resplendissaient au baudrier d'Orion, dans une main le Chasseur tenait un lion mort, et dans l'autre un semi-automatique Johnson. Le Biscornu revint à la cabane pour s'étendre. Le canon du fusil de Fred Powell étincelait d'une mince Voie lactée constellée d'étoiles, les dix balles Mauser passèrent comme des étoiles filantes, et la bouche du canon cracha, encore et encore, les paroles de Powell endormi et ses geignements douloureux. Le lendemain, il ne pouvait déjà plus se lever, la gangrène s'était mise dans le pied et le mollet, du pus coulait épais comme de la colle de poisson. Le Biscornu fit mine de s'affairer, alors qu'au fond de lui, il s'en souciait bien peu. Quand Fred Powell s'était blessé, dans les environs il y avait une maison longue de Dayaks qui possédaient des antidotes ancestraux, remèdes miracles contre tous les poisons de la jungle. Mais le Biscornu l'avait emmené en aval, loin de la maison longue. Il lui dit qu'il allait couper des bambous pour faire un radeau, il l'emmènerait plus bas sur le fleuve pour qu'il se fasse soigner. Il posa le Johnson sur la poitrine de Powell, puis, son fusil de chasse en bandoulière, un parang à la main, s'enfonça dans la jungle. Il flâna dans les bois une éternité, coupa quelques bambous et revint au camp à midi passé. « Tu es revenu… Tu es parti toute la matinée, et tu n'as coupé que ça… » Sa jambe était noire comme un bout de charbon, les yeux faiblement ouverts, il saisit mollement le manche de son Johnson, et ce fusil qui avait tué tant de bêtes et d'hommes lui parut mou, lui aussi, sa voix avait encore moins de force. « Depuis que j'ai tué le premier sanglier… tu n'as pas quitté mon fusil des yeux… Tu l'aimes ce fusil, hein… »

Le Biscornu ne répondit pas. Il voyait bien que l'homme n'avait plus la force de soulever le fusil, et même s'il l'avait pu, il eût été incapable de l'atteindre, mais il enleva quand même le fusil de chasse qu'il avait à l'épaule et le garda à la main.

« Enfant de putain, n'aie pas peur, je n'en veux pas à ta vie. » Fred Powell posa son fusil. « Viens… J'ai quelque chose à te dire… »

Le Biscornu tourna les talons et partit. « Pas le temps, je vais couper des bambous.

— Enfant de putain, ne t'en va pas… »

Le Biscornu entendit un coup de feu derrière lui, une balle lui frôla la tête, lâchant une fumée noire infectée par le venin des épines du poisson. Il se retourna et regarda le Hollandais. Celui-ci pressa à nouveau la détente deux fois, deux balles volèrent autour de ses épaules. L'œil unique du Biscornu vit très clairement, au moment où l'index de Powell pressait la détente, le chien mordre le percuteur, qui piqua violemment l'amorce de la balle, laquelle s'enflamma et alluma le propergol, dans la douille l'air gonfla brusquement et fit naître une forte pression qui propulsa la balle hors de sa douille et du chargeur, la Mauser à la pointe effilée partit en hurlant de la bouche du canon, quand elle passa au-dessus de sa tête, le sang noir de Powell qui avait imbibé la cartouche se répandit dans un chuchotement de pluie, goutta sur ses cheveux et les manches de sa chemise, puis une fumée noire s'éleva en bouquets nauséabonds. La trajectoire de la balle s'était parfaitement offerte à sa vision, le Biscornu sentait que, même si la balle s'était dirigée vers son cœur, il aurait pu, avec élégance, l'esquiver, et même étendre la main pour la caresser, l'apaiser, comme on apaise une bête sauvage à l'agonie. Avec effort, Fred Powell leva son fusil et tira deux coups en l'air, destinés en fait au Biscornu, mais il avait déjà perdu tout contrôle pour bien viser. Il semblait devenu fou, il tira à nouveau deux fois en l'air. Le Biscornu s'inquiéta que ces coups de feu réguliers n'amènent quelque imprévu, il mit en joue et appuya sur la détente, le canon cracha une dizaine d'éclats de balles qui, tel un essaim de guêpes, se ruèrent vers la poitrine du Hollandais.

Après avoir supprimé Fred Powell, le Biscornu l'enterra en vitesse, il emporta le fusil semi-automatique Johnson ainsi que la paire de jumelles, puis il erra à l'intérieur des terres de Bornéo pendant plus d'une année avant de rentrer à Krokop, les villageois n'avaient aucun souvenir de la date à laquelle il était parti, et encore moins de Fred Powell, de son fusil et de ses jumelles. Lors de l'attaque de nuit des sangliers, le Biscornu s'était tenu debout sur une plateforme, armé de son Johnson, il avait vidé huit chargeurs. Quand, après la bataille, les villageois ouvrirent les entrailles des bêtes, ils trouvèrent soixante-dix-huit balles Mauser effilées, fichées dans la tête ou dans le cœur de soixante-dix-huit sangliers, preuve que le Biscornu, s'il était borgne, n'était pas manchot. Quant aux deux balles perdues, deux explications circulaient : la première, c'était que, au moment où il avait couru vers la plateforme, il avait tiré deux coups en l'air pour donner l'alarme, gaspillant ainsi deux balles ; la seconde, c'était qu'il avait tiré deux coups sur le mâle dominant lancé au galop et que les balles, précipitées dans le tourbillon de feu soulevé par la bête, s'étaient désintégrées comme des météorites dans l'atmosphère.

Le Biscornu affirmait avoir abattu quatre-vingts sangliers. Chaque fois qu'il tirait, il visait soit le cœur, soit la tête, pour être sûr que la balle reste logée dans le corps du sanglier. Cette nuit-là, sur la plateforme, il avait entendu plus d'une fois les villageois crier le nom du mâle dominant. Avant que les sangliers battent en retraite par le fleuve, une Voie lactée de sang avait zébré le dôme du ciel, des météorites rouges avaient chu, le Biscornu était descendu de la plateforme, à la faveur des vagues flammes rougeoyant sous un drap de nuages, il était allé et venu dans le village obscur empli de clameurs. L'un après l'autre, ses amis de la grande équipe de chasseurs étaient passés à côté de lui en le frôlant, l'excitation peinte sur le visage. Plat-Pif, un parang coincé à la ceinture, son fusil à la main, le visage éclaboussé de sang de sanglier, ressemblait à un bourreau en action. La bouche du canon de Kwan la Face Rouge crachait une suite de ronds de fumée épais et solides comme des sabots de bœuf, au guidon de mire étaient collés deux poils pubiens censés augmenter la précision. Maigrezo sifflotait, un pied sur un jeune sanglier, d'un mouvement rapide des deux mains, il ouvrit la culasse, déchargea, rechargea et tira une balle en pleine tête de la bête. Tortue Molle, chaque fois qu'il abattait un sanglier, se grattait furieusement l'entrejambe. La Flemme, accroupi sur deux poteaux en bois comme son coq sans tête, gardait l'ouverture que la horde avait creusée dans sa clôture. Ko Lai, Fortune Ng et un groupe de paysans renversaient un gros mâle dont ils liaient les pattes à l'aide d'une corde et frappaient les énormes testicules avec la crosse de leur fusil. Buffle-Lingot-d'Or suivait plusieurs bûcherons, une photo de son fils mort accrochée à son cou, il aperçut un sanglier agonisant qui se débattait avec la mort et l'acheva d'un coup de couteau. Nâm le sabotier, cigarette à la bouche, en avait tendu une au Biscornu de sa main ensanglantée, il avait frotté une allumette et la lui avait allumée. Les sangliers, dont les cadavres jonchaient le village, dont les corps se tordaient dans les convulsions de la douleur, dont les entrailles exposées à l'air se balançaient, qui allaient en boitant sur leurs membres entiers ou brisés, s'élancèrent sur le chemin sans issue pavé d'ossements où nul vivant n'aurait pu les suivre. Leurs grognements se firent plus rauques, leurs chairs finirent de se consumer dans les flammes, leurs os se disloquèrent le long de la route. Da-dy regardait droit devant lui, marmonnait seul, tel un prêtre de la Voie du mont Mao récitant les incantations qui guident les morts, il guidait les fantômes de la horde sur ce chemin pavé d'ossements.

Tel avait été l'instant où Le Biscornu s'était senti approcher au plus près du mâle dominant. Quand les Monstres procédèrent à la première exécution des membres du Comité de sauvetage de la patrie et des réfugiés, il était caché avec Da-dy dans un grand arbre à feuillage persistant près de chez lui, à califourchon sur une branche, Da-dy observait les fourrés avec les jumelles du Biscornu, et celui-ci, armé de son semi-automatique Johnson, comme lors de la fameuse nuit sur la plateforme, allait vider un chargeur de Mauser. La Krokop coulait en direction du nord-ouest comme de la lave en fusion, des cris de panique de grands coucals résonnaient dans les bosquets. Une lune putride, infectée de ptomaïnes, s'était levée sur la jungle, elle dévoilait par petits bouts une dizaine de saillies, tels des coquillages morts enfoncés dans la vase. C'était le mois d'août, les feux de plaine faisaient rage, la mousson d'été roulait, soulevait une suite de tourbillons enflammés en alarme, dans les fourrés des carcasses d'hommes et de bêtes luisaient de phosphorescences pareilles à de gémissants signes chéloniomantiques, douleurs, terreurs, rancœurs des vivants massacrés répandaient leurs poisons sur les chaumes et se joignaient pour former un chemin pavé d'ossements résonnant de plaintes et de pleurs.

Les quatorze enfants de Ko Lai et de Fortune Ng, âgés de deux à treize ans, étaient alignés sur deux rangs sur une vaste portion de terre, le soleil couchant allongeait leurs ombres à l'infini jusqu'aux lointains bosquets, les éperviers bleus tournaient dans le ciel à la recherche de leur dernière nourriture du jour, quatorze fleurs jaunes de durian emportées par le vent du sud-ouest posèrent un baiser d'adieu sur les quatorze petits visages dorés et pleurnichards, les fumées du feu qui incendiait la plaine inondaient par vagues l'étendue de chaumes, lorsque le vent tomba, elles avaient englouti le champ de cannes à sucre et le champ de maïs qui se trouvaient derrière les enfants sur leur gauche.

Ko Lai et Fortune Ng étaient agenouillés, dos à leurs enfants, face à eux, le chef d'état-major Yoshino Masaki, le sergent-major de la police militaire Yamazaki Kenkichi, deux interprètes, deux chiens-loups, dix soldats de la Kempeitai avec leur revolver Nambu type 13 et vingt mitrailleurs de première classe armés de la mitrailleuse légère type 96, derrière lesquels les villageois, le visage grave, faisaient un arc de cercle. Derrière les enfants, les cultures s'étendaient à perte de vue, deux épouvantails y avaient été plantés, on voyait à leurs vêtements que quelqu'un s'était donné du mal pour les habiller comme un monsieur et une dame. Sur la poitrine de madame, un rembourrage d'herbes sèches dessinait deux seins replets, où les moineaux venaient faire leur nid. Monsieur avait à la bouche une paille de bambou en guise de cigarette, le fond du pantalon avait été sanglé à l'aide d'une liane enroulée en T, les enfants avaient placé, dans l'entrejambe, une branche tordue pour marquer son sexe. Des chiens sauvages faisaient du barouf dans la plantation de cannes, leurs aboiements parvenaient par lambeaux. Des groupes de singes étaient en train de dévaster le champ de maïs, arrachant d'innombrables épis. Yoshino referma les cinq doigts de sa main gauche sur le manche en peau de requin du sabre Masamune accroché à son ceinturon, ses sourcils ressemblaient à des brins d'herbe calcinés, les rides en pattes d'oie étaient si profondes qu'elles paraissaient s'enfoncer jusqu'à la sclère des yeux. Yamazaki caressait son fourreau en bois de santal enveloppé de cuir, les reflets empourprés du couchant barraient sa figure, et sur les angles de son visage énergique faisaient reluire sa barbe fatiguée. Les bottes des soldats de la Kempeitai présentaient ici et là des éraflures de ronces glabres, sur les bandes molletières des mitrailleurs c'étaient des bourres de cenchres épineux, les casquettes militaires jaunes étaient si serrées que les fronts se craquelaient en un amas de lignes grignotées par les rats. Les villageois se tenaient debout sur la terre qui n'avait pas encore été soumise aux brûlis, les gaines foliaires au bout des herbes les noyaient jusqu'à la taille, le ciel était rempli d'indécis nuages d'éperviers bleus qui tenaient leur proie dans leur bec, partout sur le sol se projetaient des ombres de crinières et de défenses de sangliers, les muscles des épaules fatiguées de manier la pelle et la houe, de nourrir les animaux s'affaissaient, les esprits forts étaient brisés.

Le jour qui avait suivi la mort d'Ito décapité, Yamazaki, en possession d'une liste des membres du Comité de sauvetage, avait ordonné l'arrestation des villageois qui avaient rejoint l'organisation avant la guerre et participé à la représentation théâtrale lors de la kermesse de l'école, trente-deux personnes, adultes et enfants, avaient été emprisonnées au quartier général de la Kempeitai, installé dans les bureaux chinois de recherche en mécanique, deux jours plus tard, seize personnes, les acteurs et leurs proches, étaient escortées hors du village, pour un jugement et une exécution publics.

Ko Lai regardait fixement le parang long sur le sol boueux. Le manche en bois était couvert d'une couche de moisissure verte, de poussière et de saleté, il portait vaguement l'empreinte de sa paume. De la base à la pointe de la lame, quelques traces de rouille ocre en forme de gecko se ramassaient sur elles-mêmes, autour du tranchant et du dos s'enroulaient des orteils à coussinets, avec une peau plissée, à bulbes écailleux, comme de l'écorce, à cause de cette trace de rouille, quand tout à l'heure Ko Lai avait décroché le parang du mur de sa maison, il avait cru qu'une bande de geckos se dissimulaient là en prenant l'aspect du couteau. Les Monstres qui l'avaient escorté avaient essuyé la lame du doigt, et il avait entendu les *gek-ko gek-ko* aigus et sarcastiques des lézards, sous l'auvent des pupilles verticales brillaient d'un éclat froid et indifférent dans l'obscurité. Il se souvenait de la dernière fois qu'il avait utilisé ce parang, c'était il y a deux ans. Il avait mal raboté une chaise à dossier et accoudoirs, voyant son épouse, Myo-myo, en train de faire chauffer une casserole d'eau, il avait saisi son parang et le siège, avait marché jusque devant l'âtre, puis il avait coupé un pied de son ouvrage. Il l'avait jeté dans le feu, d'un nouveau coup de parang, il avait fracassé le dossier. Et tandis que la carcasse crépitait dans le foyer, il avait eu l'impression que la chaise était vivante.

Ko Lai jeta un coup d'œil au parang de Fortune Ng à côté de lui. Fortune Ng portait son parang dans le dos du matin au soir pour garder son verger, l'arme semblait tout juste sortie de la forge, chaque fois qu'elle tranchait, il en jaillissait les étincelles du forgeage et la fumée blanche de la trempe, elle coupait les branches, brisait les os aussi aisément que de l'herbe. Son tranchant resplendissait comme un clair de lune, la lame était du bleu profond des ciels sans voiles, la pointe calme comme l'œil de la panthère à l'affût, mouvante comme la queue de la panthère en pleine course. Le parang de Fortune était une eau vive, le sien un puits sec. Jadis, il y a dix ans, lors de l'attaque nocturne des sangliers, Fortune Ng frappait de son couteau dès qu'il voyait une bête, tandis que lui, Ko Lai, planqué derrière une bande de paysans, se contentait de l'agiter en poussant quelques cris, le sang qui les avait éclaboussés, lui et son parang, c'était celui de bêtes déjà mortes. Ko Lai et Fortune s'étaient installés en même temps à Krokop et cette nuit de la fête de la mi-automne, ils avaient fumé leur opium, l'un couchant avec la bien-aimée de l'autre, puis, après leur mariage, ils avaient chacun eu sept enfants, et au moment où les seize membres des deux familles avaient été arrêtés par la Kempeitai, Myo-myo était enceinte de huit mois.

Un épervier bleu poussa un cri perçant, les deux chiens-loups grondaient, menaçants, montrant des rangées de crocs acérés comme des balles Mauser. Ko Lai et Fortune échangèrent un coup d'œil, les larmes qui emplissaient leurs yeux les empêchaient de se reconnaître.

En dix-huit ans de voisinage, il ne s'était querellé qu'une seule fois avec Fortune, à cause d'un canard de Barbarie à tête rouge. Ko Lai élevait un mâle qui volait aussi bien qu'un grand coucal, chaque jour il s'en allait à tire-d'aile dans l'étang de Fortune y prendre un bain en amoureux avec les canes, quand les bacchanales de son harem l'avaient lassé, il s'en était allé visiter le champ de Fortune pour s'y repaître de graines et de jeunes pousses, mais un sanglier à barbe qui passait par là l'avait emporté.

« Ton chat a engrossé la chatte de la maison, mon puits pue les émanations des eaux usées de chez toi, déclara Ko Lai. Tes canes étaient toujours là à tortiller du popotin devant mon mâle, comment aurait-il pu le supporter ?

— Ton canard a mangé mes jeunes plants, et pas qu'un peu, mais je ne l'ai jamais chassé, répondit Fortune. Il a disparu, les canes ne voient plus sa tête pleine de boutons rouges, elles sont tristes à en mourir.

— Un sanglier l'a attrapé dans ton verger. Tes chiens de garde, ils sont juste bons à coquer, mais ils perdent leurs graines quand ils voient un sanglier.

— Allons, mon vieux Ko, quand les canetons sortiront de l'œuf, je t'en donnerai quelques-uns, mais je crains juste que mes canes soient si tristes de ne plus voir leur bien-aimé qu'elles ne pondent plus.

— Tu ferais bien de surveiller ton verger. Les sangliers y sont comme chez eux. Et comme on dit, chacun chez soi, les sangliers seront bien gardés. »

Soudain, Ko Lai s'empara du parang rouillé et se dressa devant Ng. Celui-ci hésita un instant puis s'empara également de son parang et se dressa devant Ko Lai. Les vingt mitrailleurs tenaient les vingt mitrailleuses légères avec leurs énormes magasins chargés de trente balles, surmontées de la lunette longue distance en forme de groin, les baïonnettes aux canons reflétaient en bribes chatoyantes les ors du couchant, on eût dit que des milliers d'oisillons tournaient autour en agitant leurs plumes dorées, et au milieu de ce vol d'oisillons ce ne furent plus vingt baïonnettes, mais deux cents, deux mille, vingt mille qui se déployèrent en une chaîne de montagnes, une ligne compacte de crêtes acérées. Les corps des mitraillettes étaient plus élancés que des enfants, la poignée reposait à terre, la pointe de la baïonnette parallèle au menton des soldats. Les sept enfants de Ko Lai avaient formé un groupe, ceux de Ng un autre groupe, les deux aînés, treize ans, tenaient dans leurs bras les deux benjamins âgés de deux ans, chacun concentrait ses regards sur son père. Dans la pièce enfantine du *Grand Sage Egal au Ciel*, ils avaient tenu les rôles des généraux divins de l'armée du ciel de Li Roi Céleste, des frères de Yang Tsien de la Montagne aux Pruniers et de la bande de singes de la Montagne agreste, ils avaient joué avec naturel, sans texte, et pour la patrie ils avaient récolté des fonds conséquents afin d'anéantir l'ennemi et d'apporter de l'aide aux victimes. Il leur était bien arrivé de rencontrer Ito Hideo dans le Bouk aux Sangliers, mais le père Tsau avait expliqué aux villageois que les vrais Monstres « n'ont pas de hanches, leurs jambes poussent sous la poitrine », dans le spectacle de rue où l'on vilipendait l'infâme Japonais, ils avaient été aussi le premier choix pour jouer ces Monstres, leurs répliques imitaient des cris bestiaux : *Argcuicuicuigrongron !* Les lèvres des interprètes s'ouvraient et se fermaient avec lenteur, pourtant les mots et les phrases se succédaient comme les balles d'une mitraillette, les plus grands des enfants comprenaient vaguement, les petits n'avaient aucune idée de ce qui se passait, ils croyaient que c'était encore un spectacle.

« Le pays de Chine, conquis par notre glorieuse armée, fait désormais partie du territoire du Grand Japon... Tous, vous devez adhérer de toutes vos forces à l'esprit de l'Orient, contribuer à la guerre sainte livrée par notre armée impériale, assurer paix et prospérité à la Grande Asie... Les opposants à l'armée de l'empereur sont les ennemis des peuples de l'Asie, quelle que soit leur nationalité, tous sans exception seront punis selon la loi martiale... »

Les deux interprètes regardaient le ciel, pareils à deux marionnettes, ils traduisaient à tour de rôle, en mandarin et en cantonais, les paroles de Yoshino Masaki.

« Messieurs Ko Lai et Fortune Ng, en réunissant des fonds pour la Chine, ont soutenu la Chine dans son opposition à l'armée de l'empereur, grand est leur crime... Cependant, considérant que les deux accusés ont fait amende honorable, les ordres du général sont à présent que les deux hommes s'affrontent avec leur arme, le vainqueur et sa famille seront libérés, le vaincu et sa famille décapités... »

Un vent de sud-ouest se leva soudain, fit voler les couvre-nuques des casquettes des mitrailleurs, pendant un instant la fumée engloutit les Monstres, les *kempei* et les soldats restèrent de marbre, Yoshino et Yamazaki ne purent s'empêcher de froncer les sourcils, aveuglés par la fumée, ils se frottèrent les yeux et toussèrent violemment. Les deux chiens-loups tiraient une langue rose et grattaient le sol de leurs pattes.

« Si vous refusez le combat, continuèrent les interprètes, les deux familles seront décapitées. »

Fortune Ng, à chaque naissance, plantait un durian devant sa maison, il y en avait trois à gauche, quatre à droite, entre le durian de l'aîné et celui de leur quatrième enfant, sept ans s'étaient écoulés, chaque année en mars ils fleurissaient et donnaient des fruits, la nuit venue, quand les fruits mûrs tombaient, Fortune distinguait au bruit de la chute quel arbre avait « enfanté ». Il porta son regard au-delà des soldats et des *kempei* et vit, chaîne de montagnes ramassées, les épaisses et massives frondaisons des arbres de la première, deuxième, troisième et quatrième naissance, leurs troncs chargés de durians pareils à des têtes, encore un mois et il entendrait la chute des fruits mûrs sur le sol. L'amour en herbe de Kyo-kyo, contrarié avant leur mariage, avait été arrosé et nourri par Ng, il avait donné sept durians magnifiques. Il y a un an, Kyo-kyo avait contracté une maladie inconnue, elle avait succombé, enceinte de trois mois, anéantissant les espoirs de Ng de voir dix durians plantés devant sa porte. Avec l'âge, les durians devenaient plus beaux, leurs fruits plus nombreux, Ng fit serment, sur sa vie, de protéger ces sept arbres. Il jeta un coup d'œil à ses sept enfants et serra fermement l'arme dans sa main. Il avait tué au parang des sangliers, des boas, des lézards, des singes, mais il n'avait jamais fait de mal à un homme. Au début de son installation à Krokop, il avait élevé un chiot au pelage fauve, le chien avait trois ans quand il avait attaqué une paysanne et le bébé qu'elle portait sur le dos, il lui avait déchiqueté un bout de fesse, et à l'enfant un bout de jambe. Les villageois avaient la main lourde avec les animaux domestiques qui attaquaient les humains, ils ne réglaient pas le problème à coups de bâton, mais au couteau. Ng prit son parang, il accula le chien dans un angle mort de la terrasse et lui balança un coup de pied dans la tête. L'animal vit l'éclat féroce dans les yeux de son maître et pressentit le malheur imminent. Ng le frappa à nouveau à la mâchoire, plus violemment, en attendant la contre-attaque. Il avait dressé huit bâtards dans ses plantations, seul ce chien au pelage fauve ne quittait jamais son maître, il restait allongé sur la terrasse, le jour comme la nuit, et tenait son rôle de chien de garde loyal et dévoué. Ce jour-là, le maître était absent, la paysanne, son bébé sur le dos, l'avait appelé longtemps à la clôture, puis elle avait ouvert le portail d'un coup de pied et avait déboulé chez lui, le chien avait montré les crocs, fidèle au poste, il avait bondi au bas de la terrasse. La peur dans les yeux, poussant de pitoyables jappements, le chien se faufila soudain entre les jambes de son maître, mais au moment où il s'enfuyait de la terrasse, il s'emmêla les pinceaux dans un seau en fer posé sur l'escalier, Ng visa le ventre et asséna trois coups de couteau. Plus de dix ans après, il entendait encore distinctement les gémissements de son chien, de sa vie c'était le seul meurtre qu'il avait commis, et il taraudait sa conscience.

Un petit feu de plaine, qui par intermittence s'éteignait, se propagea le long des taillis et atteignit le champ de maïs, des épis enflammés furent emportés par le vent du sud-ouest, ils flottèrent au-dessus du champ de cannes et des plants de légumes, puis retombèrent sur la poitrine de la dame épouvantail, qui se consuma en rien de temps, ne laissant qu'une croix en bois calcinée. Les lianes sèches en feu furent aussi soufflées vers les chaumes, un superbe incendie se déclara, criquets et cafards s'enfuirent en tous sens, pris en chasse par les oiseaux.

Ko Lai regardait la silhouette de Fortune, plus grand, plus fort que lui, il se souvint d'une vieille armoire qu'il avait mise en pièces. Elle le dépassait d'une tête, ses quatre pieds étaient plus robustes que ses jambes à lui, les portes, les étagères, les écrous, les charnières, tout était plus solide que lui, pourtant il avait débité deux pieds avec son parang et l'armoire s'était écroulée, à sa merci, comme un sanglier tombé dans un piège hérissé de pieux, à la merci de l'homme. Fortune était muet, mais ses yeux répétaient sans cesse : « Pardonne-moi, mon vieux Ko… » Et Ko Lai savait que son regard parlait de même. Il préparait une attaque surprise, il se baisserait et frapperait à la jambe. Ng allait à coup sûr lever son parang et porter un coup de taille en ligne droite, en se penchant il pourrait l'éviter. Il gardait les yeux rivés sur les genoux de son adversaire, il s'imagina des bouts de bois torses, irréguliers, qu'il fallait buriner et raboter. Les pleurs des enfants, les sifflements des rapaces et les aboiements des chiens l'irritèrent, les bourrasques de fumée lui firent perdre patience. Il tourna les yeux vers le ciel pour ne pas rencontrer ceux de Fortune.

Depuis qu'on l'avait emmené au QG de la Kempeitai, il n'avait plus revu Myo-myo. Elle était enceinte de huit mois, dans cette bataille il y avait dix vies à sauver, deux de plus que chez Ng. Quand il avait décroché le parang du mur, il ignorait l'intention de ces Monstres, l'eût-il connue, il aurait peut-être frotté le gecko de rouille contre la pierre à aiguiser, poli les coussinets et les ventouses des pattes. Soudain, il baissa la tête et bondit sur Fortune, le corps penché en avant, il porta le coup en direction du genou. Il ne s'attendait pas à ce que Fortune se baisse lui aussi et frappe au même moment. Ko Lai lui entailla le cou, une gerbe de sang pareille à une feuille de bananier jaillit ; la lame de Fortune se ficha mortellement dans la calotte crânienne de Ko, de très fines coulées de sang s'échappèrent. Ils lâchèrent en même temps leur arme, et en même temps ils tombèrent. Les enfants, accablés de gros sanglots, s'avancèrent de deux pas, sans oser s'approcher plus près. Yoshino et Yamazaki, penchés l'un vers l'autre, échangèrent quelques mots.

« Les officiers déclarent le combat sans vainqueur ni vaincu, traduisirent les interprètes. Les enfants, messieurs les officiers vous octroient dix secondes, courez ! »

Les pleurs des enfants déchiraient le cœur des villageois. Yamazaki enjamba les corps de Ng et Ko, dégaina son

Muramasa et trancha la tête d'un des enfants de Ng, âgé de dix ans. La tête, comme si elle avait eu des pieds, rouli-roula dans une petite flaque d'eau, passa sur une touffe de mimosa pudique, écrasa un bouquet de grandes giroflées et se perdit dans un bosquet. Le corps sans tête de l'enfant fit deux pas vers Yamazaki qui, d'un coup de pied, l'envoya choir dans la flaque. Comme s'ils venaient de comprendre la situation, les plus grands prirent les plus petits dans leurs bras et se ruèrent dans les champs derrière eux. Yoshino tira son Masamune et vint se poster à côté de Yamazaki. Celui-ci compta rapidement jusqu'à dix dans leur langue de Monstre, puis les deux hommes marchèrent à grands pas vers les herbes. Bien vite, Yoshino rattrapa l'une des filles de Ko Lai, âgée de sept ans, et Yamazaki l'aîné de Fortune, qui portait son petit frère dans les bras.

Dans la campagne, retentirent dix détonations stridentes, suivies d'un silence de mort. Après avoir passé les trois enfants au fil de leur sabre, Yamazaki et Yoshino se séparèrent et trouvèrent dans le champ de maïs et la plantation de cannes à sucre, dans les plants de légumes et les chaumes, les corps des dix autres enfants, un trou tout frais dans la tête ou dans la poitrine.

Au moment où les enfants s'étaient enfuis, sur leur droite s'élevait le grand arbre où Da-dy et le Biscornu étaient dissimulés, sur la gauche, à environ soixante mètres devant eux, un feu de plaine tourbillonnait dans les chaumes, un brouillard sale et poisseux répandu sur la campagne avait masqué la direction de leur fuite ainsi que leurs silhouettes, de sorte que le Biscornu avait pu tirer ses dix balles avant que les Monstres découvrent les enfants. L'arbre émergent où ils étaient perchés se dressait seul sur la terre désolée, parmi les mauvaises herbes, ses branches s'élançaient haut dans le ciel, sa cime se perdait dans les nuages, ceinturé par la fumée qui le coupait à moitié, ce grand arbre verdoyant semblait une île flottant sur la mer. Da-dy vit le Masamune trancher les deux jambes de la fillette, et quand le frêle corps tomba parmi les chaumes, Yoshino frappa deux, trois, quatre fois, les herbes aux pointes ensanglantées faisaient une mer de sang dans laquelle baignait son bel uniforme. Yamazaki envoya l'aîné à terre d'un coup de pied, de la pointe de son Muramasa il transperça le plus jeune, le projeta en l'air et le coupa en deux ; saisissant un bout de bois sec, l'aîné le fracassa sur Yamazaki, celui-ci sourit froidement, il lui sectionna la main gauche, puis frappa la taille. Da-dy vit le tronc du garçon s'affaler au pied de Yamazaki, mais avant de mourir, il ouvrit grand la bouche et mordit la botte du militaire, tel un serpent décapité qui lance une dernière contre-attaque. Da-dy n'entendait plus les cris des enfants, une vapeur de sang brouillait le champ de vision de ses jumelles, la brume blanche se condensait dans l'air et formait une suie noirâtre. « Mon vieux Tsing, c'est toi l'as du tir, à toi de jouer. » Da-dy vit les dix *kempei*, les vingt mitrailleurs et les deux chiens-loups qui avançaient inexorablement vers Yoshino et Yamazaki, il comprit que les enfants ne réchapperaient pas au massacre. « Expédie-les dans l'autre monde, qu'ils ne souffrent pas. » La première balle de Tsing le Biscornu atteignit un garçon mince et délicat qui se trouvait dans le champ de maïs, on le surnommait Biscottos, un masque de *tengu* à face rouge et long nez pendait sur sa poitrine. La deuxième balle frappa une fillette avec deux petites nattes dans la plantation de cannes, au moment où elle s'écroula, le cœur de Tsing se serra. Elle avait dix ans, elle portait un joli prénom, Brumeuse, c'était la deuxième fille de Ng, devant la maison sur pilotis du Biscornu, elle avait planté des hibiscus, des balsamines des jardins et des célosies crêtes de coq, ainsi qu'un ramboutan et un oranger, chaque matin, tout en chantant une comptine, elle portait un arrosoir rempli de l'eau du puits sur son épaule et venait les arroser. Le Biscornu ne se rappelait le nom que de ces deux enfants-là. La fumée dissimulait aux Monstres leurs proies, elle les empêchait aussi de découvrir la source des coups de feu, mais pour le Biscornu et son Johnson la fumée ne faisait aucune différence. A peine avait-il besoin de viser, la mire gorgée de sang se soudait toute seule à sa cible. A chaque coup tiré, le Biscornu sentait le propergol de la Mauser s'enflammer, elle quittait sa douille et sortait du canon en hurlant, tout en faisant pleuvoir le sang noir de Fred Powell. Quand il eut épuisé son chargeur de dix balles, un tourbillon de vent chaud souffla dans la cime, des ampoules cuisantes se formèrent sur ses bras. Les balles avaient exterminé les enfants, les avaient précipités sur ce chemin pavé d'ossements, où nul Monstre ne pourrait les suivre. Les feux de plaine continuaient à brûler, la fumée pâteuse même déchirée était tenace, elle les camoufla quand ils redescendirent de l'arbre et s'enfuirent dans la jungle.

PONTIANAK

Une Pontianak est une vampire femelle en Malaisie, c'est une femme morte en couches qui s'est métamorphosée.

Ses apparitions sont accompagnées du parfum des balsamines des jardins et de pleurs de bébés, les chiots se mettent à aboyer comme des fous.

Sous les traits d'une belle femme, elle séduit un homme, le tue puis le dévore. A ce moment-là, elle dévoile son horrible face aux dents pointues, elle déchire le ventre à mains nues et se repaît des entrailles ; elle arrache le sexe, puis le jette.

Tantôt elle attaque les femmes enceintes pour dévorer leur fœtus.

Tantôt elle prend la forme d'une tête et flotte suspendue dans les airs, ses entrailles pendant sous son cou.

Tantôt elle prend la forme d'une chouette gigantesque à visage humain.

Elle craint les miroirs et les objets pointus. Si on lui perce la nuque avec un clou, un canif, une défense d'animal, une fiche en bambou ou un pieu, elle geint, puis se change en une jeune beauté qui s'éteint, tel un jade dont l'éclat ternit, telle une fleur fanée.

1.

Au crépuscule, Kobayashi Jirô, après avoir déposé sa perche de marchandises, fourra dans une poche l'harmonica diatonique à seize trous Suzuki, il alla s'asseoir sur le tronc d'un arbre brûlé par un feu de plaine, puis il sortit son instrument, essuya le boîtier, lécha un peu les trous et, retroussant les lèvres, appuya sa bouche contre l'harmonica, il entonna l'air japonais *Kagome Kagome*, Tso Ta-tsi et sa bande, affublés des masques en plastique du vendeur ambulant, firent cercle autour de lui et jouèrent au jeu de l'attrape-monstre. L'un des enfants était le « monstre », les yeux bandés, il se tenait au centre de la ronde que faisaient les autres enfants, main dans la main ils tournaient tout en écoutant la comptine jouée par Kobayashi, quand la musique s'arrêtait, le « monstre » devait dire quel était le masque de *yôkai* de celui qui se trouvait derrière lui, s'il devinait juste, c'était à l'autre de prendre sa place. Depuis longtemps les enfants jouaient à ce jeu, la mélodie leur était familière, ils baragouinaient les paroles en suivant l'air. Quand il était fatigué de souffler dans son instrument, Kobayashi fredonnait lui aussi dans sa langue de Monstre. Depuis longtemps, les enfants l'entendaient, ils n'avaient même plus besoin de l'accompagnement à l'harmonica ni du chant de Kobayashi, ils savaient chantonner en monstre. Les dix qui avaient été « attrapés » eurent un gage, ils durent exécuter une mission époustouflante, dérober les guppys de Mapopo.

Mapopo était la gardienne et la responsable du cimetière public des Chinois du Bouk aux Sangliers, elle était vêtue d'une grosse veste hakka blanche à manches courtes et d'un large pantalon noir, chaussée de socques, ses cheveux blancs lui descendaient jusqu'à la taille, quelques poils en antennes de crevette jaillissaient de ses sourcils et arrivaient aux oreilles, une verrue en forme de vésicule biliaire de serpent pointait au bout du nez, son double menton faisait un champignon, elle avait la peau du visage fripée comme un vieux gingembre, elle habitait seule dans une maison sur pilotis voisine du cimetière, la partie du dessous n'avait pas de murs, devant la porte il y avait une terrasse dont les interstices étaient remplis de sauvageonnes issues des graines que les oiseaux lâchaient dans leurs fientes. Sur cette terrasse, elle avait édifié un perchoir en bois-de-fer de Bornéo sur lequel trônait, Bouddha de majesté, un perroquet blanc gros comme une dinde, dont la patte était attachée par une chaîne en fer, il poussait des cris qui ressemblaient aux grincements des griffes de chats sur les tôles zinguées, parfois il prononçait une phrase en mandarin, ou en hakka, ou en anglais : « *God save the King* », « *Long live the King* », « *Ya-bo-te, tzô !* » (Bonjour Albert !), « *Ya-bo-te, ni huai lai le* » (Albert, te revoilà), « *Ya-bo-te, ni shou le* » (Albert, tu as maigri), « Albert, *good bye* »…

Sur chaque rebord de fenêtre étaient disposés des arbres en pot, halas, cactus, bougainvilliers et même un ananas, plantés dans des bidons en fer coupés en deux. Les fenêtres en bois ne s'ouvraient pas latéralement mais se soulevaient, l'extrémité d'un bâton était coincée dans la rainure tandis que l'autre extrémité maintenait ouvert le battant, vous eussiez dit des paupières lourdes de sommeil. Derrière la maison, il y avait une petite cabane qui servait soit de cuisine, soit de salle d'eau, elle était reliée à la maison par une galerie. Dans ce passage et sur la terrasse, on trouvait, dispersés, onze bidons qui arrivaient jusqu'à la poitrine, d'une contenance de près de sept cents litres, il y poussait des ptéris rubanés, des lentilles et laitues d'eau, qui nourrissaient des milliers de guppys. La ferraille était tachée de rouille, on avait étalé de méchantes couches de peinture blanche, jaune, rouge, noire ainsi que du goudron durci. Parfois ces onze bidons apparaissaient tous sur la terrasse, ou bien dans le passage, parfois ils étaient répartis entre ces deux endroits, parfois quelques-uns étaient placés dans le salon, à la cuisine. Tous ces fûts étaient remplis d'eau à ras bord, pour en déplacer un, il aurait fallu trois ou quatre solides gaillards. Mapopo communiquait seulement avec les âmes errantes, elle n'avait aucun rapport avec les gens du village, mais initiée à la magie des Malais, elle savait commander aux mânes qui flottaient entre les tombes pour qu'ils déplacent ces barils. Bien que la maison ressemblât à une ruine, tout autour des centaines de fleurs s'épanouissaient dans une végétation luxuriante d'où montaient d'étourdissants parfums. Une clôture en bambous pointus, à hauteur de front, ceinturait la demeure.

Dans sa jeunesse, Mapopo avait connu l'amour avec un officier de la cour des Brooke qui était parti en permission pour l'Angleterre et n'était jamais revenu, le ventre de Mapopo s'arrondissait de jour en jour, mais au moment de l'accouchement du sang coula le long de ses cuisses, l'enfant ne fut pas expulsé, et son ventre, de jour en jour, se creusa, dès lors elle devint excentrique, sauvage, violente, plus tard, après sa mort, personne ne voulut reprendre son poste de gardienne du cimetière, en 1945 quand les forces alliées lâchèrent sur Krokop un déluge de bombes, alors que les cadavres jonchaient le sol, les Monstres offrirent quatre dollars par corps pour que les villageois habillent les morts et les enterrent collectivement au cimetière chinois, à cette époque il y avait belle lurette que la maison de Mapopo avait été incendiée par les Monstres. Juin 1941 : les dix gamins à qui Kobayashi avait donné un gage pilonnèrent le toit de la maison de Mapopo avec leurs lance-pierres, la vieille femme les poursuivit en faisant tournoyer sa faux au long manche, les petits *yôkai* embusqués dans la campagne profitèrent de son absence pour s'engouffrer dans le passage et pêcher une vingtaine de guppys. « Maudits garnements, n'allez pas croire que je ne vous reconnais pas sous vos masques ! » Ce n'était pas la première fois que la marmaille importunait Mapopo, mais ce jour-là, quelle mouche la piqua ? Elle se lança à leur poursuite en vociférant des menaces : « La vieille creuse la terre à la pelle, et elle vous pèlera la peau du dos si elle vous attrape ! » A quatre-vingt-dix ans révolus, elle courait encore avec une stupéfiante rapidité, mais tout de même pas aussi rapidement que les enfants. Elle les pourchassa longtemps, sans en attraper aucun, elle aperçut Kwan A-hung qui traversait les chaumes avec Hui-tsen sur son vélo, et maugréa inconsidérément : « Le chien et sa chienne qui courent dans les champs ! » Sa faux sur l'épaule, elle s'en retourna chez elle. Kobayashi battit le rappel des enfants en jouant *Kagome Kagome*. Les petits monstres revinrent, un seau en plastique rempli de poissons à la main. Ils étaient huit, il manquait un *tengu*. La nuit était sur le point de tomber, la lune ressemblait à une faux accrochée au faîtage bossu de la demeure de la sorcière. Tso Ta-tsi se souvint qu'il s'agissait de Biscottos, le fils de Ko Lai âgé de six ans, qui portait un masque de *tengu*, celui qui, un an plus tard, mourrait d'une balle de Mauser dans la tête. Les enfants l'appelèrent sur tous les tons possibles et imaginables.

« Mapopo l'a enlevé !

— Mapopo l'a haché menu !

— Mapopo *wanted*, rends-nous le prisonnier !

— La ferme, dit Tso, si on ne le retrouve pas, je vous livre à Mapopo ! »

La nuit était venue, les villageois explorèrent les environs à la lueur des lampes électriques et des lampes à gaz, après quoi Ko Lai et Fortune Ng emmenèrent les enfants chez Mapopo. Elle était assise sur un tabouret, une Three Castle à la bouche, dardant des regards méchants sur la bande de petits monstres. Les garçons sentirent un froid les saisir à l'entrejambe, comme si un rasoir leur était passé sur le zizi. Pendant que Ko Lai et Fortune fouillaient la maison, Mapopo fuma trois cigarettes, ses cheveux blancs et ses sourcils en antennes de crevette s'élevaient dans les airs avec la fumée, pareils aux sarments de citrouille qui grimpaient sur l'auvent. Le perroquet sauta de son perchoir sur le rebord de la fenêtre, il tenait en son bec la charogne de quelque animal, sa huppe sale dressée sur la tête, il regardait d'un œil froid la bande de petits *yôkai* à l'intérieur. Sur le mur la pendule en bois en forme de hibou, souvenir de l'ancien amant anglais, sonna huit fois, *dong-dong*, *dong-dong*, les déplacements d'air provoqués par les allées et venues de Fortune et Ko Lai dans la pièce faisaient trembler et grincer les verrous des fenêtres, la houle de tombes s'agitait au-dehors.

« Albeeeert, te rrrrrevoilà ! »

Ils quittèrent la maison de Mapopo, la rosée de la nuit mouillait les herbes, ils s'enfonçaient jusqu'aux épaules dans une brume fine et tenace, l'étang reflétait l'énorme pince de crabe de la lune, près de la maison du Biscornu, Hui le Batave ramassa un masque de *tengu* sous un arbre cho-chi. Grande Perche, dont c'était le masque préféré, monta dans l'arbre, il découvrit Biscottos endormi sur une branche fourchue. Quand celui-ci s'éveilla, il ne se souvenait plus de ce qui s'était passé. C'était le plus frêle des enfants de Ng, il ne pouvait même pas soulever un parang de taille moyenne, sans parler de grimper dans un arbre aussi haut. Tout le monde déclara que le masque avait dû lui conférer les pouvoirs du *tengu*. Kobayashi expliqua que ces êtres ressemblaient aux gibbons, ils avaient une paire d'ailes dans le dos et ils pouvaient même déraciner un grand arbre rien qu'en agitant légèrement leur éventail. En Chine, le *tengu* était le céleste mâtin aboyeur du dieu Yang Tsien, il n'avait qu'à lever le cou pour dévorer la lune, le Roi des Singes lui-même n'avait pas ce pouvoir. Grande Perche, alias Eul-lang alias Yang Tsien, aimait se parer d'un masque de *tengu* pour faire démonstrations de sa force devant Tso Ta-tsi, comme si ses pouvoirs surpassaient ceux du Grand Sage. Après l'incident de Biscottos, les enfants se tinrent cois pendant trois mois, puis un soir de novembre de la même année, à leur demande, Kobayashi joua à nouveau *Kagome Kagome*, ils choisirent dix monstres qui, masqués en *yôkai*, s'en allèrent à nouveau dérober les guppys de Mapopo. Mais cette fois, celle-ci se tenait prête, elle feignit de les poursuivre sur un petit bout de chemin, puis fit demi-tour pour rentrer chez elle. C'était une renarde à neuf queues qui avait pour mission de voler les poissons, Lam Hiau-ting, la fille de dix ans du professeur de chinois du collège, Lam Ga-fan. Arrivée dans la maison sur pilotis, elle entendit la pendule sonner six heures, elle atteignit le passage et, à l'aide d'un petit filet, remplit un seau de poissons, elle se ruait au-dehors quand elle vit Mapopo qui, sa longue faux à la main, se tenait sur les escaliers.

Ce jour-là, Tso Ta-tsi, Grande Perche et le Batave faisaient partie de ceux qui avaient eu un gage, ils entendirent un cri aigu venant de l'intérieur, neuf petits monstres accoururent vers la maison. Ils découvrirent, sur la terrasse, Mapopo assise sur un tabouret en train de fumer une Three Castle, elle avait posé à ses pieds la lugubre faux avec laquelle elle sarclait les herbes du cimetière. La renarde à neuf queues était debout derrière elle. Le perroquet blanc picorait des fruits et des larves grouillantes dans sa mangeoire. Yeux en amande, sourcils en feuille de saule, sourire aux lèvres, le masque mi-humain mi-renard arborait deux petites oreilles au sommet de la tête, sur chaque joue étaient dessinés trois poils de moustache. La bande de petits *yôkai* se déploya sur une ligne au bas de la terrasse, et ce fut le face-à-face. Grande Perche déguisé en *tengu* et Po-tsai en *kasa-obake* étaient secrètement amoureux de l'écolière, secret qui du reste était connu de tous les gosses.

« Mapopo, laisse partir Hiau-ting, dit Grande Perche, nous ne le ferons plus.

— Nous te rendons les guppys, ajouta Po-tsai.

— Mapopo, si tu ne la libères pas, déclara Ta-tsi, une main sur la hanche, faisant tournoyer son lance-pierre dans l'autre, nous bombarderons ton toit tous les jours. »

« Albeeeeert, tu as maigrrrri ! »

Mapopo épousseta la cendre de sa cigarette et tourna la tête vers la renarde à neuf queues. Elle avait les doigts grêles comme les pattes d'un phasme, les ongles pareils à des brins d'herbe entortillés. Chaque fois qu'elle brossait la cendre, on eût dit que c'était la mue blanche de ses cinq doigts qui tombait. La renarde faisait la bravache, elle tenait à être celle qui avait dérobé les guppys. Elle inclina sa jolie tête de côté et promena son regard sur ses compagnons et sur Mapopo, tout en conservant son mystérieux sourire.

« Jeune fille », Mapopo frotta une allumette, alluma une nouvelle Three Castle et souffla une fumée toute neuve qui s'enroula comme une petite coquille vide d'escargot, « ôte ton masque ».

La renarde regarda Mapopo en ricanant, souleva le masque des deux mains. Les enfants virent Hiau-ting qui, sous le visage en plastique, faisait une grimace en tirant la langue.

« Petite mijaurée, ôte ton masque ! » s'écria Mapopo. Elle cracha une fumée plus abondante, coquille d'escargot transparente.

La renarde défit l'élastique derrière ses oreilles et tendit le masque à Mapopo. Celle-ci le prit et le jeta à ses pieds. Hiau-ting avait les traits fins et délicats, le teint rose, de grands yeux mobiles, quand elle les regardait, le cœur de Grande Perche et de Po-tsai faisait *boum*, trois fois *boum*. Hiau-ting et Giam Un-tian, la fille de Nâm le sabotier, étaient les plus ravissantes fillettes du village et ne manqueraient pas de devenir les fleurs du kampong. Dans la pièce *Grand Sage Egal au Ciel*, elle jouait la jeune fille des Kao lutinée par le Maréchal des Joncs Célestes, si les Monstres n'étaient pas arrivés aussi vite, Maître Hsiao aurait monté une autre pièce à partir de *L'Investiture des dieux* où il aurait fallu choisir entre les deux fillettes pour le rôle de Ta-chi, une renarde à neuf queues. Une fois que le maître eut conçu ce projet, Hiau-ting se mit à porter le masque de renarde chez elle et, suivant les descriptions qu'en faisait Maître Hsiao, elle imitait la mythique concubine qui ensorcela le monde.

« Et vous aussi, bande de petits crétins, ôtez vos masques. » Mapopo enleva ses socques, posa son pied gauche sur sa jambe droite. A Krokop, tous les socques étaient l'œuvre de Nâm, seule Mapopo les fabriquait elle-même avec le bois de jelutong qu'elle coupait. Ils étaient durs et plats, comme une planche d'acier.

Sur l'ordre de Tso Ta-tsi, les enfants retirèrent leurs masques, Grande Perche les porta sur la terrasse et les déposa aux pieds de Mapopo.

« Les lance-pierres aussi ! » Mapopo agrippa soudain le poignet de Hiau-ting.

« Mapopo, serre moins fort », dit la fillette avec coquetterie, nullement effrayée.

Po-tsai collecta les dix lance-pierres, monta sur la terrasse et les déposa aux pieds de Mapopo, les armatures et les bandes en tissu effilochées étaient maculées de sang d'oiseau, de cochon, de poulet, de canard, de singe et de chien, afin d'accroître la chance d'atteindre la cible.

Mapopo relâcha le poignet de la fillette et regarda du coin de l'œil les masques et les lance-pierres sur le plancher. Hiau-ting fit une moue charmante.

« Les enfants, ne faites plus les polissons », la fumée de sa cigarette inonda les masques, s'infiltra doucement par les narines, les bouches et les yeux des dix *yôkai*. « Je saurai tous vous reconnaître, la prochaine fois je me plaindrai à vos parents. »

Les enfants regardaient leurs frondes et leurs masques, ils se retenaient de rire.

Mapopo se tourna vers Hiau-ting et la regarda.

« Toi, ma petite, tu es si... – les doigts de Mapopo effleurèrent son poignet – ... tu as la peau fine et blanche, va, je te le donne, ce seau de guppys. »

Ta-tsi, la fillette et les autres continuaient à sourire, ne sachant que répondre.

« Emportez vos poissons et allez au diable, au diable ! »

« Au diaaaaable, au diaaaaaable ! » Le perroquet déchirait les larves de son bec crochu et de ses serres. « Au diaaaaable, au diaaaaaable ! »

Dong dong, la pendule remontée sonna six coups. Grande Perche monta sur la terrasse et, soulevant le seau en plastique avec Hiau-ting, ils descendirent ensemble les escaliers. A peine avaient-ils quitté la maison sur pilotis que les enfants sortirent de leur poche un lance-pierre et un masque de rechange, en deux temps trois mouvements ils se métamorphosèrent en petits monstres et bombardèrent à nouveau de leurs projectiles le toit en tôles zinguées de Mapopo. La vieille poussa un horrible cri et, traînant sa faux derrière elle, sauta telle une guenon au bas de la terrasse pour se lancer à la poursuite de la marmaille. Grande Perche lança le seau dans une flaque et, tirant Hiau-ting par la main, l'entraîna à toutes jambes dans la campagne. Leurs masques respectifs, ceux confisqués comme ceux de rechange, représentaient un *tengu*, face écarlate au long nez, et une renarde à neuf queues à la beauté ensorceleuse. La renarde se défit de la main du garçon et traversa le cimetière pour se faufiler dans les chaumes, le *tengu* à sa suite, Mapopo les suivait de près. Elle perdait ses socques, son mégot toujours à la bouche, la faux sur l'épaule, dans ses cheveux blancs se prenaient les fruits épineux des clous de vigne, la saison des pluies avait trempé le sol, sa voûte plantaire pourtant fine faisait jaillir de nombreux éclats de boue, laissant l'empreinte profonde, fière et distante, de l'oignon à son gros orteil. Le soleil couchant s'enfonçait puis refaisait surface dans une mer de nuages, telle une ronde noix de coco flottant sur les vagues. Dans un ruisseau, des enfants qui fourrageaient dans des trous de crabes et attrapaient des poissons têtes-de-serpent aperçurent Mapopo, ils chargèrent sur leur dos les paniers remplis de leur pêche et la suivirent pour assister au spectacle. Les brûlis de novembre étaient épars, mais des cendres refroidies continuaient à voler de la jungle aux fourrés de chaumes, accompagnées par des pétales de fleurs et des brins d'herbe brisés. Son grand âge aidant, Mapopo ne put rattraper les garnements. Elle cracha son mégot, s'assit sur une butte d'herbe, haletante, les yeux rivés sur la renarde à neuf queues. La longue faux l'avait ralentie. Elle ne voulait pas véritablement attraper les enfants, ne s'offensait pas non plus du vol des poissons, mais elle ne supportait pas qu'on bombarde son toit. La lune commença à poindre, au milieu des faibles volutes de nuages, les bosquets épandaient les riches teintes du couchant. Une fourmilière qui montait à hauteur de son front bouchait la vue de Mapopo. Elle se dressa sur la butte, la faux en visière, vit une bande de petits monstres masqués réunis sous un arbre cho-chi. Elle descendit et, face au clair de lune, marcha vers l'arbre.

Les enfants prirent leurs masques et se dispersèrent parmi les chaumes et les bosquets, ne laissant voir que leurs têtes de *yôkai*. Ils chantèrent à tue-tête *Kagome Kagome* en faisant la ronde autour de Mapopo, et quand ils eurent fini, ces effrontés lui lancèrent :

« Mapopo, ah ! Mapopo, devine un peu quel monstre est derrière toi ? »

La vieille femme ne répondit pas. Elle remarqua que les enfants avaient beau changer de place, un *tengu* restait toujours tout près d'une renarde à neuf queues. Et quand la féroce créature mi-chien mi-oiseau regardait la renarde, un œil énamouré perçait à travers les fentes du masque. Mapopo prit sa faux et marcha à pas rapides vers la renarde à côté de qui se trouvait le *tengu*, très vite le cercle de chair tendre qui l'entourait se dispersa devant elle. Fort laide était la pleine lune de cette nuit-là, des branches mortes s'enfonçaient dans sa large mâchoire carnassière, des touffes de sinistres nuages noirs s'agglutinaient à ses joues, ajoutés à cela les cratères sur son front, elle ressemblait à un exorciste à la barbe frisée, aux favoris ourlés, à côté d'elle une chauve-souris volait à l'affût de quelques mauvais esprits. Le soleil brûlant s'était éteint dans la mer de Chine méridionale, mais des lueurs crépusculaires continuaient à se vautrer lascivement, de bondissantes puces de lumière gorgées de sang, des rayons mouches écarlates faisaient encore rage dans les chaumes. La vingtaine de petites têtes monstrueuses formèrent trois à quatre groupes qui, çà et là, chantaient *Kagome Kagome*, ils lançaient des olives sauvages et des pierres sur la vieille femme dans l'espoir de ralentir sa marche, mais elle ne recula pas. Cinq fillettes affublées d'un masque de renarde à neuf queues lui crièrent : « Mapopo, Mapopo, c'est moi Hiau-ting, la renarde à neuf queues est ici… »

La vieille ne distinguait pas Hiau-ting, mais elle reconnut le *tengu*, aucun gamin n'était aussi grand que celui qui portait ce masque. Les enfants qui ne participaient pas au jeu faisaient brûler des herbes et des branches sèches sous l'arbre cho-chi où Biscottos avait été transporté par l'esprit du *tengu*, à l'aide d'un filet ils attrapaient les lucanes et les lézards qui, enfumés, chutaient de l'arbre. Au moment où Hiau-ting et Grande Perche passaient à côté, toutes sortes d'étranges bestioles tombaient des feuillages, la fillette prit peur et suspendit son pas, Grande Perche tout empressé retira son masque pour aider sa bien-aimée à chasser ces maudits insectes. Mapopo reconnut le visage du garçon et n'en fut que plus résolue à les poursuivre. Une légère brise de nord-est se leva, la fumée changea de direction et souffla sur Mapopo, elle fit machinalement de grands mouvements avec sa faux, mais la fumée, trop violente, la fit trébucher et tomber à côté du feu, quelques flammèches se prirent dans ses cheveux et son large pantalon. En voyant l'air déconfit de la vieille, les enfants éclatèrent de rire comme une bande de canards isalopes. La lune suspendue au-dessus de la jungle tel un champignon répandait ses lueurs termites en putréfaction, Mapopo vit une grosse araignée couleur poil de singe tombée sur l'ourlet de son pantalon, elle ramassa sa faux et la recueillit dessus, puis la jeta dans le feu, l'insecte se consuma *pfouit* dans une flamme infernale, ses huit pattes recroquevillées ressemblaient aux poings d'un turbulent bébé. Les chasseurs d'insectes se souvinrent alors que Mapopo avait le pouvoir de commander aux esprits pour déplacer ses barils, ils n'osèrent plus rire et la regardèrent d'un air penaud. La vieille femme scruta le lointain devant elle, pendant un moment elle perdit la trace de la renarde et du *tengu*, elle se hissa sur la pointe des pieds et, comme une cigogne de Storm prend son envol, elle bondit dans les chaumes.

La coupole du ciel était fraîche comme une coquille d'œuf, les rapaces rentraient au nid à tire-d'aile, les nuages se flétrissaient. Mapopo courut, vola jusqu'à un coin de plaine tout plat, elle vit Kwan A-hung et Emily à vélo qui passaient sur un chemin de fin gravier, leurs pneus roulaient sur des empreintes de sangliers dispersées sur le sol, les chaînes haletaient bruyamment autour des dérailleurs. « Le chien et sa chienne vont se cacher dans le champ de cannes ! » maugréa Mapopo dans sa bouche édentée. A-hung et Emily stoppèrent soudain, la renarde et le *tengu* jaillirent des fourrés et sautèrent sur les porte-bagages, A-hung et Emily, courbés sur eux-mêmes, appuyèrent sur les pédales, les rayons des roues frôlaient les graminées, *ding-ding dang-dang*, avec un bruit de moteur, les deux vélos, l'un derrière l'autre, atteignirent le bout du chemin et filèrent sur la plaine qui s'étendait à perte de vue, la renarde à neuf queues et le *tengu* tournaient sans cesse la tête pour jeter des regards à Mapopo. « Maudites renardes ! Graines de débauchés ! Maraudeurs des champs de maïs ! » La vieille remuait les lèvres, jurait en silence. Avec leur chargement de petits monstres, les vélos allaient moins vite, ils tremblotaient comme une vieille bique. Mapopo marcha à une allure raisonnable sur la plaine parsemée de fourrés d'herbes folles et de graviers, elle avait toujours l'air d'une cigogne noire prête à prendre son envol. Dans le crépuscule mourant, une bande rougeâtre bordait l'horizon, puces de lumière et rayons mouches s'estompèrent peu à peu, le champignon putride et ses lueurs termites grignotaient la peau de la nuit. « Au diable ! Allez au diable ! Que je ne vous revoie plus, sales bêtes ! N'y revenez jamais ! » Plus elle vociférait, plus elle ralentissait, elle pensait rebrousser chemin avant d'être complètement épuisée, elle ne s'embêterait plus avec cette bande de petits monstres, ces sales bêtes. Mais si elle marchait lentement, les vélos allaient plus lentement encore, et en un clin d'œil, le dos de Grande Perche fut à portée de la pointe de la faux.

Mapopo se retourna pour parcourir du regard la plaine derrière elle.

Les deux juments Hollandais à sang chaud, celles que la Shell Oil Company avait importées de la péninsule indochinoise, l'une blanche, l'autre alezane, cabrant leur fougueuse croupe que jamais mâle n'avait montée, le sabot querelleur, le crin chicaneur, fonçaient droit sur elle en hennissant. Les propriétaires des pouliches étaient deux jeunes épouses de hauts fonctionnaires britanniques, chaque soir au crépuscule, bombe sur la tête, en culottes et bottes d'équitation, elles galopaient le long de la plage du Bouk aux Sangliers en maniant la cravache et les rênes, puis, avant la tombée de la nuit, elles enlevaient la selle, retiraient le harnachement et laissaient leurs montures batifoler dans les chaumes et sur les buttes. Les deux juments s'étaient déjà méconduites sur les terres, elles avaient bousculé un épouvantail, détruit un treillis à légumes, elles se promenaient dans les champs de maïs, de cannes à sucre, de poivre et de manioc, elles montraient leurs puissantes incisives et molaires en poussant des rires de gredines. Eu égard à leurs maîtresses anglaises, les villageois redoutaient un peu les frasques des deux montures. Un cheval ne reconnaît pas ses torts, il dévaste les cultures, mange le maïs vert et déterre les carottes. Trois mois auparavant, les juments avaient déboulé dans la porcherie du boucher Lee Gras du Bide et piétiné à mort une truie et les dix petits qu'elle nourrissait, les Anglaises avaient été très généreuses, elles l'avaient dédommagé avec une Austin presque neuve, du genre Coccinelle anglaise. Les enfants, à la vue des juments à découvert dans les chaumes, l'encolure puissante, le garrot haut, le poitrail large, la croupe épaisse, n'avaient pu s'empêcher de dégainer leurs frondes et de les assaillir. Po-tsai alias Bébé Rouge brandit une perche en bambou tout en poussant des croassements de corbeau. Les deux juments avaient toujours sévi dans le village sans encourir de réprimandes, la cravache de leurs maîtresses, hésitante comme la goutte d'eau sur la feuille du bananier, ne battait que mollement leur croupe. Quand plusieurs pierres frappèrent leurs flancs et qu'elles virent une longue chose siffler et vibrer dans les airs, elles poussèrent un hennissement plaintif et, les oreilles piteusement couchées, se lancèrent au galop. La jument blanche sauta par-dessus un buisson, ses sabots heurtèrent l'omoplate d'une petite fille qui, de douleur, roula sur le sol. La jument alezane franchit une flaque, et la bride fouetta avec un bruit sec le masque d'un garçon. Les projectiles volèrent de plus belle, sans merci, sur les deux chevaux. Dans les chaumes, entre les ronces et les arbrisseaux, entre les arbustes et les petites mares, les juments rencontraient partout des obstacles, elles essuyèrent plus de dix jets de pierres, mais quand elles sortirent des herbes, s'élançant l'une derrière l'autre vers un plateau surélevé, déployant la grâce balancée de leur race, elles creusèrent la distance avec les enfants en un battement de cils.

Mapopo vit la nuée écarlate de puces de lumière et de rayons mouches, ainsi que les lueurs termites, putrides et pâles, se rassembler sur le plateau en deux éclats aveuglants, l'un blanc, l'autre alezan, les feux mourants du couchant et la quintessence lunaire se concentraient dans ces deux colonnes de lumière qui comme une vague se ruaient sur elle et les vélos. Les dernières lueurs du jour avaient disparu, le clair de lune s'éteignit brusquement, et sur la plaine toute pensée vagabonde s'attacha aux têtes furieuses des deux chevaux. Les vélos se dirigèrent en hâte vers une inclinaison de terrain, leurs phares ressemblaient à des têtes de panthères lancées à pleine vitesse, les garde-boues et le carter de chaîne bringuebalaient en faisant *dang-dang-dang-dang*, les guidons tremblaient tant que les bras semblaient leur en tomber. Sur la pente, des os de sangliers étaient entassés, ils firent buter la roue avant d'Emily qui se trouvait en tête, ils firent buter de même la roue avant d'A-hung qui la suivait, et tout ce petit monde à vélo se retrouva les quatre fers en l'air au milieu des ossements, d'où s'éleva, dense, mauvaise, une fumée blanche. Mapopo, le dos au tas d'os, serrant sa faux, leva haut les deux mains et, hissée sur la pointe des pieds, poussa un cri perçant, avant que les halos, l'un blanc, l'autre fauve, envahissent les lieux, elle s'envola comme une cigogne noire vers les deux pouliches. L'alezane qui galopait en tête pila instantanément, secouant les puces de lumière et les rayons mouches sur elle, elle fit un coude et bondit dans les chaumes sur le côté. Derrière elle, la jument blanche hennit et se cabra, soulevant les lueurs termites, lesquelles se heurtèrent à la phosphorescence de pierre tombale qui émanait de la longue faux de Mapopo. A-hung, Emily et les enfants virent Mapopo ouvrir deux ailes de cigogne noire et tournoyer dans les airs, la faux s'abattit telle une serre et trancha un membre antérieur de la jument blanche. Celle-ci poussa le même gémissement que le sanglier qu'on ligote par les pattes, puis s'écroula. Puces de lumière et rayons mouches s'étaient complètement éteints, les putrides lueurs termites s'écoulèrent à nouveau du halo de la lune, les grenouilles, les oiseaux de nuit, les insectes ne faisaient plus entendre leurs bruits, la campagne se trouva tout à coup plongée dans un profond silence, seuls résonnaient, purs, les hennissements d'épouvante de la jument alezane et les râles de la blanche. La bande de petits monstres, A-hung et Emily entourèrent Mapopo et le cheval, ils se souvinrent alors avec terreur que la sorcière avait le pouvoir de commander aux esprits pour déplacer ses barils.

2.

Lam Ga-fan, professeur au collège de Krokop, emmenait sa fille Hiau-ting et son petit garçon Lip-bu, Lee Gras du Bide ses trois enfants, dont aucun n'avait encore atteint dix ans, Tsiu Tshun-tshiu, le cyclo, son fils de six ans, ils étaient neuf en tout, grands et petits, qui comptaient sur les taillis et les chaumes pour se camoufler, ils décrivirent un grand cercle dans la campagne, traversèrent un champ de maïs et une plantation de cannes à sucre, ils passèrent nombre d'étangs, de ruisseaux, de terres marécageuses et de buissons de ronces, partis à trois heures de l'après-midi, ils avaient marché deux heures entrecoupées de pauses, sous un jaquier sauvage, ils tombèrent sur Emily et Paul, son chien noir. Elle était coiffée de son éternel chapeau de paille aux bords retournés, un parang coincé à la ceinture, les bras cerclés d'anneaux en rotin, mains sur les hanches elle examinait une suite d'empreintes fraîches sur le sol. Le chien, la langue rouge pendante, battait l'air de ses molles oreilles en ailes de papillon, ses quatre pattes paraissaient posées sur une nuée, le corps comme en apesanteur. Dans le jaquier une clameur de chants d'oiseaux s'élevait, quelques fruits robustes d'un beau vert pendaient aux branches, l'ombre immense enveloppait les neuf marcheurs. Gras du Bide lança un bonjour à Emily, Hiau-ting la salua d'un familier « grande sœur » tandis que le professeur Lam Ga-fan, en tête du groupe, lui faisait un signe de tête, il eût voulu parler mais les mots ne vinrent pas, il entraîna sa fille par la main, ils dépassèrent le jaquier. Emily accompagna du regard la colonne de neuf enfants et adultes qui se dirigeaient furtivement vers un bois de basse futaie. Un cercopithèque faisait le guet, accroupi au sommet d'un durian, une main en visière, il scrutait les alentours avec des manières d'être humain, ces derniers temps les singes étaient souvent victimes de balles perdues tirées par les Monstres, dès qu'il voyait l'envahisseur au loin, il donnait le signal de l'évacuation. La queue relevée, le singe dominant, visiblement fort mélancolique, se tenait sur une branche nue en train d'observer les terres sauvages roulées par des vagues de vapeur. Son groupe était dispersé au-dessous de lui.

Le coq sans tête de la Flemme, monté sur la margelle du puits, fixait du « regard » son reflet dans l'eau, à l'intérieur du crâne de l'un des enfants de Ko Lai que les chiens sauvages avaient emporté, une ribambelle de petits lézards suçaient la moelle, au loin à Krokop, les Monstres avaient arrêté vingt-sept membres du Comité grâce à une nouvelle liste, la première arrestation remontait à trois jours. Après la nuit où Mapopo avait tranché la jambe du cheval blanc, les enfants continuèrent à chanter *Kagome Kagome* dans la campagne, à jouer à l'attrape-monstre, ils sarclaient aussi les herbes du cimetière avec une faucille qui appartenait à Mapopo, ou bien ils attrapaient des crabes et des insectes dans la nature pour nourrir le perroquet. Quand la mauvaise herbe des tombes avait été taillée, ou à peu près, Mapopo s'asseyait sur son tabouret face aux enfants éparpillés sur la terrasse et leur racontait des histoires de fantômes, elle ouvrait, dans un coin du salon, un coffre en jujubier grand comme un cercueil, fermé par des cordes et des attaches en cuivre, qui recelait toutes sortes de jouets de Chine et d'Occident : toupies, volants à jouer au pied, sifflets en céramique en forme d'oiseau, tambourins à boules fouettées, casse-têtes cadenas, billes, tigres en tissu, marionnettes, kaléidoscopes, canons à air, bateaux en bouteille, pistolets à eau en bambou, cochons embrassés, jouets en fer fabriqués en Espagne… Les enfants ouvraient des bouches de carpe, les yeux si écarquillés qu'ils manquaient de rouler par terre. Parmi tous ces jouets, ils en avaient vu certains sur la perche de Kobayashi, mais la plupart leur étaient inconnus. Assise sur son tabouret, Mapopo fumait de l'opium en prenant de grands airs, elle regardait les enfants se disputer et s'amuser avec les jouets. Elle avait deux façons de consommer son opium. La première, venue de Sumatra, était celle des pauvres : l'opium liquide était cuit, les impuretés filtrées, à des feuilles de tabac mélangé, roulé en boulette, on fourrait celle-ci à l'extrémité d'une pipe en bambou creux, qu'on allumait pour fumer. La deuxième méthode consistait à faire chauffer de l'opium brut dans une cassolette, au feu doux d'une lampe à pétrole, afin d'obtenir une pâte chaude qu'on étalait ensuite, à l'aide d'une aiguille en bambou, sur le petit fourneau du bang, pour enfin la fumer. Parfois Mapopo mélangeait un peu de cet opium chaud aux fruits ou aux charognes de son perroquet blanc. Quand elle avait terminé sa fumerie, elle s'allongeait sur le plancher du salon, jambes et bras écartés, fermait les yeux et ronflait avec des sifflements de faux fendant les airs, les puces de lumière et les rayons mouches du couchant teignaient de rouge sa longue chevelure, les lueurs termites de la lune illuminaient ses joues pâles mais lisses, le champignon de son double menton, la verrue bile de serpent au bout de son nez et ses sourcils en antennes de crevette disparaissaient, et les enfants voyaient alors l'enveloppe transparente d'une Mapopo jeune qui se levait, descendait les escaliers en bois de la terrasse, puis s'évanouissait parmi les tombes, mais moins d'une minute après, la vieille allongée sur le sol s'étirait, s'asseyait en tailleur, les joues rouges comme la face d'un *tengu*. Quand les enfants en avaient assez de jouer, Mapopo leur préparait une théière de Milo de la marque Nestlé, qu'elle versait dans dix tasses en métal ou en émail. La marmaille s'en emparait et buvait à grands glouglous.

« Mémé, qui est-ce, Albert ? » demanda un enfant qui portait son masque à l'arrière du crâne.

« Qui est Albert ? Qui est Albert ? » Dans l'ivresse de l'opium, le perroquet imitait les sifflements des jouets en forme de cochon, en poussant une série de grouinements stridents.

Cette question, cent fois les enfants l'avaient posée à Mapopo, mais elle n'avait jamais répondu.

« Mémé, c'est bon, l'opium ? demanda Hiau-ting, avec son éternel masque de renarde pendu à son cou. Fais-moi goûter la prochaine fois ! »

Mapopo picota de son ongle le masque de la renarde à neuf queues, « ma petite, peau fine, peau blanche… »

Le lendemain, la théière de Milo une fois prête, Mapopo souleva entre ses doigts le bouton du couvercle et versa un peu d'opium liquide chaud, elle remua, puis, saisissant l'anse, remplit les dix tasses, elle en prit une en métal et, *slurp !* la vida.

« Buvez ! dit-elle, chacun sa tasse, à l'aventure. »

« Buveeeeez ! Buveeeeez ! » répéta le perroquet.

Les enfants regardèrent avec méfiance le fragrant et fumant breuvage dans les tasses. Tso Ta-tsi, Grande Perche, Hui le Batave, Bébé Rouge et quelques autres téméraires levèrent leur tasse et avalèrent *glou glou glou*. Lam Hiau-ting, la première fille, elle aussi avala *glou glou glou*. Les autres n'hésitèrent plus, et burent goulûment. Restés sur leur faim, ils demandèrent à Mapopo une autre théière. Plus d'un mois durant, elle leur fit boire du Milo à l'opium, en y mêlant toujours plus de drogue. C'était au mois de juillet 1941, au crépuscule, les macaques à queue de cochon du morne Canada firent une sortie en masse, après avoir semé la pagaille chez les paysans au pied de la colline, ils se rassemblèrent au sommet d'un arbre cho-chi, grimpant, bondissant, voltigeant, poussant des hurlements stridents face à la lune. Dans la galerie de l'épicerie de Plat-Pif, le calao à casque rond s'était libéré de son entrave, il était allé se percher tout seul sur une stèle en bois du cimetière chinois du Bouk aux Sangliers, il lançait des appels, douloureux comme hache et hallebarde fendant le bois, excitant le perroquet blanc qui se mit à les imiter. Les paysans avaient-ils fait leurs brûlis, ou était-ce la sécheresse, une dizaine de feux de plaine, grands et petits, avaient pris et se répandaient sur la jungle comme une horde de brigands, des cendres d'herbes et de feuilles étaient dispersées aux quatre coins de l'espace par le vent du sud-ouest, certaines emportaient même des flammèches avec elles, tombaient sur les fourrés d'herbes sèches où s'allumait un nouveau feu scélérat. Le lit crevassé des ruisseaux était couvert d'empreintes de pattes d'oiseaux et de bêtes, de traces d'écailles de boas, dessinant des gueules hargneuses de chiens et de chats porte-malheur. La lune, banane dorée, à mesure que la nuit s'épaississait, s'épluchait plus vite, dévoilant sa chair blanche qui mettait l'eau à la bouche des macaques à queue de cochon et des cercopithèques du village. La marée montait, elle engloutit l'estran, le niveau de la Krokop dépassa presque l'appontement de chaque foyer. Les enfants avaient quitté la maison de Mapopo après avoir bu leur Milo à l'opium, leurs masques de *yôkai* sur le visage ou pendus à la poitrine, tenant dans leurs mains les jouets de la vieille femme, ils traversaient la campagne pour rejoindre le Bouk aux Sangliers quand ils virent une tête humaine qui volait au-dessus des chaumes tel un oiseau de nuit, sous son cou pendaient ses entrailles à l'aspect de plasma sanguin caillé. La marmaille poussa une exclamation de stupeur, la tête, attirée, se retourna, elle décrivit un cercle dans les airs, puis partit en direction du village et disparut dans le fouillis de toits en tôle et de cocotiers, aussitôt des aboiements s'élevèrent dans Krokop. Cette nuit-là,

Da-dy, le Biscornu, Plat-Pif, Ti Kim, comme la plupart des hommes du village, virent, de leurs yeux virent, cette tête volante qui pour la première fois se montrait chez eux, prête à s'introduire dans les maisons pour leur sucer le sang. Cette nuit-là, il n'y eut pas de victime, mais un jeune verrat de Lee Gras du Bide, mordu à la gorge, fut retrouvé mort dans la porcherie.

Le lendemain, à midi, Tzo Da-dy ameuta les villageois sous le jaquier de la place du marché, avec Maigrezo, Plat-Pif, Ti Kim, le Biscornu et la Face Rouge, tous témoins du phénomène de la tête volante, ils montèrent sur le char à bœuf de Fortune Ng afin d'expliquer comment éviter de se faire tuer et résoudre ce mystère. Les cendres des feux de plaine furent soufflées par le vent du sud-ouest sur la place et dans l'enfilade de la centaine d'échoppes, des aigrettes blanches étaient perchées sur l'avant-toit du marché, le singe au masque sur le dos et la colonie de cercopithèques étaient accroupis sur un cocotier, le soleil ardent était à son zénith, partout dans le ciel des rapaces tournaient inlassablement en quête de nourriture, dans l'ombre du jaquier se concentraient de puissantes odeurs de fruits de mer et de viande de sanglier, comme si les âmes errantes des poissons, des crevettes et des sangliers morts s'étaient elles aussi rassemblées sous l'arbre pour chercher la fraîcheur. Il faisait trop chaud, ou peut-être que pour les villageois une tête volante était une broutille, en tout cas il manquait deux tiers des gens par rapport à l'époque où ils s'étaient réunis en vue de la bataille contre les sangliers vingt ans plus tôt, quelques-uns avaient suggéré de reporter la réunion au soir, mais Maigrezo et consorts avaient déjà conçu leur plan. Les enfants étaient presque tous au complet, avec leurs masques de *yôkai* et les jouets de Mapopo, plus enthousiastes que les adultes. Une tête volante prend possession d'un corps pendant la journée, la nuit venue, quand le possédé est profondément endormi, la tête avec les entrailles se détache de l'enveloppe corporelle et s'en va voler ici et là, elle suce le sang des hommes et des bêtes plongés dans leurs rêves, une fois repue elle reprend possession du corps, sans que celui-ci se rende compte de rien.

« Une tête volante a peur des miroirs et des objets pointus, pour l'empêcher d'entrer chez vous, vous pouvez disposer dans votre chambre un miroir et des plantes en pot comme des cactus et des halas, à l'extérieur érigez une palissade de bambous pointus, des piquets, déposez des tessons de verre, plantez des ananas et des bougainvilliers, enfin, des plantes avec des épines, postillonna Da-dy en gesticulant sur la charrette. A la nuit tombée, si vous devez sortir, il faut être accompagné, plus vous serez nombreux, mieux ce sera. Le soir, surveillez la personne qui dort à côté de vous, s'il n'y a pas de tête sur l'oreiller, c'est forcément un corps possédé. » La voix du Biscornu monta d'un cran, il scruta les visages aux traits tordus sous les boucans du soleil. « A ce moment-là, pas de quartier, retournez le corps, pour que la tête ne puisse plus revenir à sa place, et quand la magie aura cessé, elle perdra vie. Bien sûr, le possédé ne survivra pas non plus. Sinon, cachez le corps, la tête ne le retrouvera plus, et dès les premières lueurs du jour, exposée à la lumière elle mourra. »

Un jeune conducteur de cyclo les railla : « Qu'est-ce que vous avez à vous affoler, c'est juste un cochon qui est mort. »

Maigrezo et les autres froncèrent les sourcils.

« Ti-Yung, ce soir, quand tu auras fini d'aimer ta femme… » Tortue Molle caressait l'échine du bœuf de trait, il adressa au jeune homme le sourire vicieux de celui qui arrache la vésicule biliaire du serpent. Il n'avait pas vu la tête volante, mais les sarcasmes de ce blanc-bec l'agaçaient. « Regarde bien sa tête, qu'elle ne te fasse pas une portée de petits vampires.

— Ah ça ! Ne te fais pas trop de bile quand même ! » Tsing le Biscornu caressait lui aussi les cornes du bœuf, effilées comme des balles Mauser. « On dit que les Monstres s'amènent bientôt, il y a un paquet de filles qui attendent de se marier au village. S'il arrive malheur à la tienne, t'auras pas de mal à trouver une femme où planter ta petite graine.

— Mon cher Tsing, tu n'es pas marié, quelle perte pour les femmes de Krokop… » Le cyclo ne se démontait pas. « J'ai entendu les filles dire que ton machin était aussi dur qu'une balle Mauser.

— Ce morveux n'est pas sérieux, dit Ti Kim, il a une femme mais il va voir les Karayuki-san.

— Tsing, vieux, dit Da-dy, il sous-entend que ton braquemart a la taille d'une balle.

— D'une balle, et alors ? dit Ti Kim. Ça ne m'empêche pas de mettre l'enfer dans le lit de ces dames. »

A quatre heures de l'après-midi, Da-dy et le Biscornu emmenèrent avec eux Tso Ta-tsi et sa bande, ils plantèrent une centaine de bambous et de piquets acérés dans les chaumes, il y en avait des grands et des petits, des tout lisses, des fourchus, des couverts d'épines, certains venaient juste d'être coupés de l'arbre, d'autres portaient une coque de durian hérissée de pointes coniques, et ce coin de campagne fut bientôt couvert de pieux. Da-dy expliqua qu'une tête volante ne pouvait pas dépasser six mètres en altitude, si on arrivait à prendre ses entrailles dans une pique pointue, elle ne pourrait plus avancer ni reculer.

« Pourquoi elle traîne avec elles ses entrailles ? demandèrent les enfants.

— Sans organes, répondit lugubrement Da-dy, où est-ce qu'elle garderait le sang qu'elle aspire ? »

Il était cinq heures passées quand ils eurent fini d'ériger leurs défenses, au moment où les enfants arrivèrent chez Mapopo, la vieille femme était en train de faire sauter à la poêle des pétales et des étamines de durian qu'elle mélangeait à de la pâte de crevette et du lait de coco, voyant cela, les enfants en eurent l'eau à la bouche. Mapopo gardait et entretenait le cimetière pour les villageois, ceux dont les défunts étaient enterrés là lui versaient chaque mois cinq *cents* pour les frais d'entretien, mais Mapopo aimait cueillir les légumes et les fruits sauvages et elle dépensait son salaire en pâte d'opium et en cigarettes occidentales. Quand elle eut fini de préparer les fleurs de durian, elle fit frire deux grandes assiettées de liserons d'eau et d'herbes sauvages avec de la pâte de crevette, puis elle porta les trois plats sur la table. Les enfants, toutes pattes cracra dehors, se jetèrent sur les gamelles comme une meute de chiens errants. Ils regardaient les cactus, les halas et autres plantes en pot qui avaient depuis longtemps été posés aux fenêtres, à l'extérieur Mapopo avait aussi planté des ananas et des bougainvilliers dont les vieilles branches dépourvues d'épines étaient entortillées de lianes de chardons, l'inviolabilité de la maison sur pilotis était parachevée par une haie de bambous acérés.

Mapopo prépara, encore cette fois, une théière de Milo à l'opium. Quand les villageois avaient su qu'elle faisait boire cette mixture aux enfants, ils leur avaient interdit d'y retourner, mais la plupart d'entre eux pensaient qu'une si petite quantité d'opium ne rendrait pas leur progéniture dépendante, et quand bien même, ils étaient eux-mêmes des opiomanes achevés. Les gamins prirent leur tasse en métal, et *glou glou glou*, burent le Milo. D'autres enfants à qui on avait interdit de venir continuaient à arriver, à la vue du breuvage fumant, ils avalèrent leur salive. « Allez, buvez, les encouragea Tso

Ta-tsi. Si on ne dit rien, personne ne le saura. » Sur ce, les autres prirent les tasses et burent.

« Ce n'est pas la première fois qu'une tête volante visite le Bouk aux Sangliers. » Mapopo, assise sur son tabouret, ajustait la flamme de la lampe à pétrole, elle sortit une boulette d'opium. « Il se fait tard, rentrez vite chez vous.

— Mémé, dit Hiau-ting, accroupie devant la vieille, tu as déjà vu la tête volante ? »

Mapopo sourit sans répondre.

« Ma petite, peau blanche, peau fine… » Elle prit la pipe en bambou et fourra la boulette d'opium mélangé aux feuilles de tabac dans le trou, puis retourna la pipe pour faire chauffer la boulette. « Allez, rentrez chez vous, revenez un peu plus tôt demain. »

Tout à coup, son regard s'arrêta sur un masque de monstre qui pendait à la poitrine de l'un des enfants.

« Petit, dit-elle en tendant son index crochu comme la serre de son perroquet, fais-moi voir ce monstre-là. »

L'enfant mit le masque dans la main de Mapopo. Elle examina attentivement cette tête de femme au cou ensanglanté, ses sourcils se renfrognèrent et formèrent une nichée de larves de moustiques, comme moustiques en vol ses antennes s'entortillèrent, et comme trompes de moustiques des poils jaillirent de ses narines.

Elle rendit le masque à l'enfant. « Il fait nuit, rentrez à la maison. Si vous voyez la tête, visez l'arrière du crâne avec vos lance-pierres. »

La lune, haut dans le ciel, dispensait ses riches éclats sur la jungle et l'océan, les chiens du village aboyaient, se taisaient, aboyaient, ils accompagnaient un chant bas, une sorte de vibrato d'harmonica, certains disaient que c'était le « cri » du coq sans tête de la Flemme. Quand le jour se leva, les corps de deux chats calicos de Tân In-hong, le colporteur de boissons fraîches et de sucreries, furent retrouvés sur l'appontement de sa maison, ils n'avaient plus de tête. Tzo Da-dy et ses gars, accompagnés des enfants, inspectèrent les chaumes, ils plantèrent encore plus de pieux et de piques, de sorte qu'il était désormais difficile de faire un pas dans les herbes. Le Biscornu, d'après l'endroit où les chats avaient trouvé la mort, en déduisit que la tête volante avait dû attaquer en passant la rivière, il engagea alors les villageois à ériger des barricades sur les berges et les pontons. A la nuit tombée, Tortue Molle, qui n'avait pas vu la tête volante, tenta le diable, il fuma deux boulettes d'opium et s'en alla flâner de par la campagne, son fusil de chasse à l'épaule, avec un bâton pointu en jujubier. Des chauves-souris voletaient dans le ciel nocturne, grands-ducs, effraies, kétoupas ululaient sans se faire voir, les yeux rouges des crocodiles s'allumaient dans la Krokop, la jungle et la voûte étoilée étaient d'un seul tenant, le vent du sud-ouest passait sur les rangs serrés de piques dans les chaumes en lançant d'indéchiffrables avertissements, au loin les feux de plaine dévoraient la végétation, l'air était chargé d'odeurs de poudre et de ruts animaux. Tortue Molle déambula parmi les fortifications de piquets, son attention fut attirée par une chouette en vol qui ressemblait, un peu, mais pas trop, à une tête humaine, il observa les chauves-souris, qui ressemblaient, un peu, mais pas trop, à des vampires suceurs de sang, il satisfit un petit besoin naturel avant de faire demi-tour et de s'en retourner au village. Tout en marchant, il chantonnait un air d'opéra cantonais qu'il avait entendu à la radio, il marcha sur la route d'asphalte qui menait aux centaines d'échoppes en rangées et parvint au seuil de sa boutique de serpents. A ce moment-là, il était neuf heures du soir, la plupart des magasins avaient fermé, les gargotes et les épiceries encore ouvertes s'apprêtaient à baisser le rideau, Tortue Molle ouvrait le cadenas métallique de la grille en accordéon quand il vit une jeune fille, en veste hakka à manches courtes et pantalon noir, qui sortait de l'épicerie vaguement éclairée et se dirigeait vers sa boutique. Drapée d'une longue chevelure, la peau blanche comme neige, elle tenait à la main une gamelle remplie d'une dizaine d'œufs.

« Monsieur », elle s'arrêta devant Tortue Molle et esquissa un léger sourire, « c'est bien ici, *Aux serpents de chez Tsîn* ?

— Oui-da. » Tortue Molle se baissa et mit un pied dans sa boutique, le bâton en jujubier planté à l'extérieur.

« Vous fermez ? » La jeune fille jeta un coup d'œil sur l'enseigne au-dessus du linteau de porte. « J'arrive trop tard.

— Je n'ouvre que jusqu'à sept heures, répondit-il, venez donc un peu plus tôt demain. »

La fille s'éloigna et partit en direction de la route goudronnée au-delà des échoppes.

« Vous êtes d'ici, mademoiselle ? Je ne vous ai jamais vue. »

Elle tourna la tête pour le regarder. Elle avait quelques boutons d'acné comme des graviers incrustés sur le visage, son sourire était mi-doux mi-amer. Tortue Molle eut soudain l'impression de l'avoir déjà vue.

« Faites attention dans les rues toute seule la nuit, ce n'est pas sûr par ici. »

Les portes et les fenêtres de la plupart des maisons du village, pareilles à des bauges de sangliers, étaient défendues par des piques et des bambous acérés, à l'exception de la boutique de Tortue Molle. Sa femme était morte jeune, son fils unique âgé de douze ans dormait à l'étage. Il referma les battants de la porte, alluma la lampe à pétrole en allongeant sans fin la mèche en coton, mangea une tranche du pain grillé acheté chez Lolo Brioche, but une bière Guiness, grilla deux State Express 555, et ne put s'empêcher de fumer une nouvelle boulette d'opium. Dans le Bouk aux Sangliers c'était lui le plus gros fumeur, s'il n'avait pas ses trois ou quatre boulettes quotidiennes, son sang circulait comme une boue épaisse, son cerveau devenait caca de chien, il voyait tout la tête en bas, ne distinguait plus sa droite de sa gauche. Quand il eut terminé sa fumerie, il s'avachit de tout son long dans une chaise longue et feuilleta *Le Quotidien du peuple de Krokop*, puis s'endormit en ronflant. Les aboiements devinrent peu à peu plus sonores, se mêlèrent au concert des chats, des geckos et des grenouilles, parfois s'élevait un saugrenu cocorico du coq sans tête de la Flemme. Du nord-ouest parvenait le ressac, paisible et régulier, de la mer de Chine méridionale, le tumulte de la course des dauphins dans les vagues ou peut-être des rires joyeux, longtemps, longtemps retentissaient, telle était la berceuse des nuits de Krokop. Les cloisons de la boutique étaient mal isolées, la nuit, elles laissaient toujours passer les bruits de l'amour du couple de restaurateurs voisin, quand sonnait minuit, l'orgasme était accompagné, cantique de la Nativité ou musique païenne, du bruit des grosses baleines qui crachaient leur jet d'eau par leur évent. Tortue Molle fut réveillé par les coups de l'horloge. La lampe à pétrole dégagea un mur de fumée noire qui monta droit au plafond, le bord du verre fumait d'une épaisse chevelure noire, et la mèche tirait une langue de feu écarlate, éclairant la pièce d'une lueur huileuse, comme une céramique recouverte d'un glacis. Les volutes de fumée qui tournoyaient au plafond redescendirent en serpentant, elles donnèrent naissance à un corps de serpent énorme, bariolé de taches de couleur, il avait une tête de femme à la longue tignasse échevelée, et sa bouche aspirait le sang d'un crotale. Dans la boutique, les cages en fer qui renfermaient les serpents venimeux étaient répandues sur le sol, deux bongares annelés vidés de leur sang se tordaient par terre. Tortue Molle brandit son bâton en jujubier et poussa un grand cri, la femme serpent se faufila en sifflant par l'interstice d'une cloison, il ne resta plus que des panaches de fumée noire qui s'enroulaient dans l'air. Dehors résonnaient le bruit des vagues et des jets des baleines qui submergeaient le village, les aboiements de chiens qui suivaient le rythme des flots. Les ronflements des époux voisins traversaient la cloison, temps de la traversée des sangliers pour les spermatozoïdes, vendange de l'ovule mûr tombé au sol. Tortue Molle se frotta les yeux. La flamme de la lampe à pétrole brillait, les filets de fumée broussaillaient comme une barbe, dans le magasin étaient illuminés les cages à serpents bien en ordre, la table, les chaises, le tableau des prix retourné sur le mur et un squelette de serpent dans un cadre sous verre. Il essuya de la main la sueur sur son front et s'allongea dans la chaise longue pour fumer une cigarette. Le visage de cette fille qui s'était présentée ce soir à la boutique, *hum*, les traits délicats, la mouche sur sa joue gauche, il se rappela Hioh Siau-ngo, la femme de Kwan la Face Rouge, morte vingt ans plus tôt. Un frisson lui parcourut l'échine.

Le lendemain, avec force bâillements Tortue Molle se rendit chez Lolo Brioche prendre son petit déjeuner, Da-dy, Ti Kim, Maigrezo et le Biscornu étaient là. Lolo était assise sur le comptoir en train de lire le journal. Elle ne connaissait que peu de caractères, de temps à autre elle tirait son fils aîné par l'épaule, pour qu'il lui explique certains mots dans le journal. En grandissant il était devenu bête comme ses pieds, alors que ses capacités intellectuelles n'étaient pas moindres que celles des autres enfants du village, grâce aux leçons de Maître Hsiao et du père Tsau, il avait appris à lire le chinois dans *Le Voyage en Occident* et *L'Investiture des dieux*, et quelques mots simples d'anglais dans la Bible et aux cours du dimanche. Lui et son petit frère, armés d'un canon à air rapporté de chez Mapopo, étaient en pleine bataille entre les tables rondes en marbre et les chaises sculptées de Hollande. Lolo, moue à la bouche, lisait son journal avec des marmonnements hachés. Deux bûcherons de vingt ans mangeaient des bouchées à la viande, leurs regards étaient rivés aux taches de lait de son chemisier et à sa poitrine est-ouest. Da-dy, ses gars et tous les clients du café sans exception discutaient de l'étrange événement de la veille, on soupçonnait la tête volante de s'en être pris à un être humain. Un Blanc, ingénieur forage de la compagnie pétrolière, était parti le soir pêcher en mer, il n'était pas revenu de toute la nuit, au matin les villageois l'avaient découvert étendu à côté de sa jeep sur le quai, son équipement de pêche et des bris de bouteille de bière répandus par terre, son cou portait une blessure, on l'avait transporté en urgence à l'hôpital pour lui faire une transfusion de sang, il avait échappé de peu à la mort. Maigrezo et le Biscornu en étaient arrivés à la conclusion que l'homme blanc aimait boire mais ne tenait pas la bouteille, l'ingénieur ivre avait dû faire une chute et un éclat de verre avait dû lui entailler le cou, pourtant l'infirmière avait affirmé que la blessure n'était pas banale, elle portait des traces de déchirures. A midi, les policiers placardèrent une annonce en anglais et en chinois, on recommandait à la population de restreindre les sorties de nuit, de veiller à bien fermer portes et fenêtres quand on dormait, si l'on découvrait une personne de son foyer endormie à qui il manquait la tête, ou si l'on remarquait un comportement inhabituel, des paroles étranges, il fallait le rapporter à la police. La nuit venue, le gouvernement colonial déploya un détachement de vingt garde-côtes, ils patrouillèrent dans Krokop, en treillis, béret incliné vers la droite, carabine à l'épaule, rudoyant d'une voix forte les curieux qui sortaient la tête de chez eux. A dix heures du soir, A-hung emmena Ta-tsi, Grande Perche et le Batave faire une visite nocturne chez Mapopo.

Cette nuit-là, les étoiles brillaient dans le ciel, Orion était voilé, la Grande Ourse occupait tout un pan de l'espace, les météores, au moment où elles se désintégraient dans l'atmosphère, illuminaient les fins bambous, les piques pointues dans les chaumes et l'étroit sentier menant à la maison de Mapopo. A-hung portait son fusil sur l'épaule et tenait un pieu à la main, il marchait derrière les trois enfants, relevant sans cesse la tête pour épier un grand oiseau de nuit qui volait dans le ciel. Grande Perche brandissait son trident à double tranchant, le Batave sa lance enflammée et Ta-tsi le bâton cerclé d'or en bois-de-fer à bout rond, tous trois connaissaient les lieux, ils marchaient si vite qu'A-hung avait du mal à les suivre. Il avait fumé une boulette d'opium, ses sens étaient si éveillés que, du strix, il pouvait entendre le frouement des ailes pas tout à fait silencieuses et voir leur sombre couleur avivée sous la clarté des étoiles. Ta-tsi, Grande Perche et le Batave, avant le crépuscule, avaient bu le Milo à l'opium préparé par Mapopo, on les eût dit possédés par le Roi des Singes, par le véritable Immortel Eul-lang et par Nata, tant ils étaient habiles et vigoureux. Soudain, la maison sur pilotis de Mapopo émergea au milieu de la brume nocturne qui enveloppait la clôture de bambous acérés et la galerie sans auvent. Le perroquet dormait profondément sur son perchoir.

Ta-tsi poussa le portail, tous les quatre arrivèrent en contrebas de la maison, à la partie inférieure sans cloisons, ils entendaient les ronflements de la vieille femme à travers les interstices du plancher. D'un geste de la main, A-hung commanda à Ta-tsi et au Batave de s'introduire à l'intérieur en passant par la galerie, Grande Perche surveillerait le passage et lui-même monterait la garde sur la terrasse devant la maison. Ta-tsi et le Batave posèrent leurs armes fabuleuses et, s'aidant des pieds et des mains, grimpèrent sur la galerie. Désormais, ils connaissaient bien la maison de Mapopo, ils auraient pu aller les yeux fermés du corridor jusqu'à la grande porte du salon. Coassements et ululements s'étaient tus, dans la maison résonnaient les ronflements de la vieille femme et le balancier de la pendule remontée. Les deux enfants entrèrent à pas de loup dans le salon et s'arrêtèrent au seuil de la chambre entrouverte, ils virent Mapopo, en veste blanche à manches courtes et pantalon noir, endormie sur le dos dans son lit en bois, les pointes de ses cheveux touchaient le plancher et passaient entre les fentes, ses sourcils en antennes de crevette s'entortillaient au gré de sa respiration, quelques poils paraissaient même se détacher de leurs pores et voler sous le plafond. Ils se tinrent à la porte une demi-minute, rien d'anormal, restèrent pendant l'autre moitié de minute, rien que de normal, ils se retirèrent en catimini et retournèrent en contrebas. Les enfants, en voyant les plantes en pot partout à l'intérieur et à l'extérieur de la maison, cactus, halas, bougainvilliers et autres, ainsi que la clôture de bambous acérés, étaient certains que Mapopo n'était pas la tête volante qui hantait le village, mais ils avaient reçu chacun un dollar de récompense de Da-dy et ses gars, ils étaient obligés de monter la garde jusqu'à trois heures du matin, c'est pourquoi A-hung et Grande Perche surveillaient la terrasse, Ta-tsi et le Batave la galerie. Sous la maison il y avait une dizaine de tas de bûches en carré qui montaient jusqu'à hauteur du front, des tabourets, debout, renversés, étaient jetés çà et là, de grandes jarres en porcelaine plantées de bougainvilliers se serraient les unes contre les autres, aux pilotis en bois-de-fer étaient suspendus des pelles à poussière, des paniers en rotin, un râteau, des faux et faucilles, une veste blanche et un pantalon noir de Mapopo étaient étendus sur la corde à linge, les bougainvilliers fleurissaient la haie de bambous, dont les interstices étaient comblés par le ciel constellé de brillances et un moutonnement de tombes allumées de feux follets. A-hung et les enfants s'étaient assis sur des tabourets ou accroupis contre un pilotis, leurs bâtons pointus ou émoussés reposaient sur leur épaule, les huit yeux étaient rivés sur les portes de derrière et de devant de la maison. Ta-tsi se souvenait : ce soir-là, au moment de partir après avoir bu le Milo à l'opium, il y avait cinq barils sur la terrasse, à présent il y en avait deux de plus, il baissa la voix pour dire à Hui le Batave que c'était dommage, ils étaient arrivés trop tard, sinon ils auraient pu voir Mapopo commander aux esprits pour déplacer les barils. Ces barils tout tachés de rouille et de peinture avaient été fabriqués des années auparavant, on ne se souvenait même plus quand, selon Kobayashi Jirô, s'ils avaient plus de cent ans, ils pouvaient eux-mêmes posséder des pouvoirs spirituels, ressentir de la haine, adopter un visage, se faire pousser des membres et se déplacer comme ils voulaient, répondit le Batave. Au village, les adultes ont au moins cent parangs qui ont plus de cent ans, mais je n'ai jamais entendu dire qu'il leur avait poussé des bras, des jambes et une tête, ni qu'ils coupaient le bois ou tuaient le cochon tout seuls, rétorqua Ta-tsi. Une fois qu'un parang est devenu démon, s'il trempe dans le sang, il se sèche tout seul, si sa pointe est cassée, il la fait repousser, il peut voir des boas maléfiques et des singes fantômes que les humains ne peuvent pas voir, il peut les tuer tout seul, assura le Batave. Tu racontes n'importe quoi, dit Ta-tsi.

Dong, dong, dong, la pendule sonna onze coups. Tous les quatre comptèrent en silence, ils échangèrent un regard qui voulait dire : « Qu'est-ce que ça passe lentement ! » Les secondes chassèrent les minutes et bientôt l'horloge résonna à nouveau, onze heures et demie. Une bourrasque venue du sud-ouest passa sur la maison, le portail mal refermé de la clôture se mit à battre, les gonds rouillés crissèrent comme le cuir des sangliers lorsqu'ils se grattent contre les arbres, crissèrent longtemps, puis le vent tomba, un hibou se posa sur une vieille branche de bougainvillier à côté d'un tas de bois, il dressa ses aigrettes ébouriffées, attentif aux souris qui se faufilaient parmi les bûches. Des geckos traversaient les fentes des cloisons et du plancher, allaient et venaient entre le dedans et le dehors, tentaient d'attraper des moustiques mais leurs ventouses perdaient appui et ils tombaient, *plof*, sur le dos ou les cheveux des enfants. Un chat calico passa le portail, il était sur le point de pénétrer sous la maison quand, voyant A-hung et les trois enfants, il arqua tout son corps, hérissa ses poils et disparut dans le noir. Au-delà de la haie, le dôme du ciel constellé devenait de plus en plus brillant, une pluie de météores tournoyait comme les rayons d'un vélo à l'horizon. *Dong… dong… dong…* Minuit sonna, une tête humaine échevelée décrivit un cercle au-dessus de la haie, les entrailles rassemblées sous son cou se dilataient, se rétractaient, comme une colonie de chauves-souris suspendues à l'envers. La porte de devant s'ouvrit dans un craquement et Mapopo apparut sur la terrasse en faisant tournoyer sa faux, elle s'élança par-dessus les bambous, la faux se transforma en un millier de lames d'acier qui, telle une sphère armillaire, tournèrent autour de la tête en vol et l'enserrèrent, tranchant la longue chevelure et les entrailles. Dans le même mouvement, Mapopo arracha de la haie un pieu en bambou et le planta dans la fontanelle de la tête, celle-ci poussa comme un cri de douleur et s'immobilisa. Mapopo brandit haut le pic sur lequel était plantée la tête, elle décrivit un cercle au-dessus de la forêt de tombes, repassa par-dessus la clôture et rentra dans la maison. Et le perroquet cra-craqueta un soupir.

3.

« Nous arrivons chez Mapopo. » Lam Hiau-ting se mit sur la pointe des pieds, leva le menton, fronça l'herbe tendre de ses sourcils inondés de sueur, elle désignait au loin la maison sur pilotis entourée par la clôture et les bougainvilliers.

Les dernières lueurs du jour teignaient de rouge quelques arbres cho-chi qui se dressaient solitaires dans la jungle, ils observaient timidement la canopée qu'ils dépassaient du tronc. Les lueurs rougissaient aussi le toit en tôles zinguées de la maison de Mapopo, une nuée d'hirondelles s'envolaient de leurs nids sous les chevrons de l'auvent, montaient, descendaient, rentraient, repartaient, sans un instant de répit. Sous le portique de l'entrée, une dizaine de poissons salés et de lézards, que Mapopo avait elle-même saumurés, séchaient dans l'ombre, une odeur de chair pourrie emplissait l'air. La haie, entamée en un endroit par les feux de plaine, présentait quelques trous où un chien aurait pu passer la tête. La maison de Mapopo, tel un arbre cho-chi solitaire, se dressait seule dans la campagne et les chaumes, sans aucune présence humaine autour, seulement des pierres tombales serrées les unes contre les autres, de piteux sangliers à la recherche de nourriture et, dans le ciel, de fiers oiseaux de proie. Au moment où le professeur Lam Ga-fan avec sa fille aînée Hiau-ting et son fils Lip-bu, Lee Gras du Bide et ses trois enfants, le cyclo Tsiou et son fils de six ans traversaient un ruisseau à sec et se dirigeaient vers sa maison, la vieille femme était déjà sur la terrasse en train de les attendre. Hiau-ting fut la première à pousser le portail de la clôture, elle monta sur la terrasse, tira Mapopo par la main et, en petite propriétaire des lieux, fit signe de la main à son père et aux autres au bas de la terrasse.

« Maaaa petiiiite, peau fiiiiiine, peau blaaaanche... » lança le perroquet sur un ton étrange.

Une fois que tout le monde fut sur la terrasse, ils entrèrent au salon.

« Mapopo, pardon de vous déranger... » Lam Ga-fan, la trentaine passée, ôta ses lunettes à monture noire et essuya la sueur de son front. Il était parti en toute hâte et n'avait pris qu'un balluchon bourré de vêtements. Il fit venir devant lui les six enfants.

« Les enfants, écoutez bien, je le répète encore une fois : vous allez rester un moment chez Mapopo, pendant que nous allons chercher Tzo Da-dy, Tsing et les autres dans la jungle, quand tout sera réglé, nous reviendrons vous chercher.

— Si les Japonais viennent, dit Gras du Bide en regardant sa fille et ses deux fils d'un air sévère, on écoute Mapopo !

— On écoute Mapopo ! » reprit Tsiou en tapotant la petite tête trempée de sueur de son fils.

« On ééééécoute Mapopoooo », répéta le perroquet.

La peur et l'embarras se lisaient sur le visage des enfants, ils écoutaient ahuris les recommandations des adultes, seule Hiau-ting tira son petit frère pour aller fouiller le coffre à jouets dans un coin.

« Papa... – la fille de Gras du Bide, âgée de six ans, tirait la main de son père –, quand est-ce que tu viendras nous chercher ?

— Je veux aller avec toi, disait le petit garçon de Tsiou, de grosses larmes plein les yeux.

— Il est déjà tard, dans la forêt il n'y a nulle part où dormir, en plus j'ai entendu dire que les Monstres étaient déjà à notre recherche dans la jungle, dit Lam Ga-fan. Ici vous êtes loin du village, les Monstres y viennent rarement. Dès demain matin, nous viendrons vous chercher. »

Les trois adultes descendirent de la terrasse, poussèrent la porte de la clôture et disparurent dans le crépuscule au loin. Un *dong* sonna à l'horloge, il était six heures et demie, les hirondelles continuaient à tourner sous les poutres de l'auvent, tourbillon gluant de duvet et de salive. Les teintes du couchant posaient du rouge sur le treillis sculpté de la fenêtre, posaient du rouge sur le bec du perroquet tout déformé par une malocclusion. Mapopo apporta de la cuisine trois assiettes de légumes sauvages apprêtés à la pâte de crevette et au lait de coco, deux grandes assiettes de sanglier bouilli au piment et de jarret braisé, ainsi qu'une assiette de viande de serpent, le tout accompagné d'une grande casserole fumante de riz blanc. Après les tourments de l'après-midi, les enfants, affamés, assoiffés, n'attendirent pas que Mapopo les appelle, ils s'assirent d'eux-mêmes à la table et, chacun prenant une assiette en fer, commencèrent à se servir en riz. Pendant le repas, eux qui étaient si bavards d'habitude restèrent plongés dans un profond silence, même Hiau-ting, morose, ne soufflait mot. Son petit frère Lip-bu mangeait tout en sanglotant, de sorte que les autres se mirent aussi à pleurer. Mapopo leur prépara une théière de Milo où, cette fois, elle n'ajouta pas d'opium, et remplit elle-même les tasses. Parmi les six enfants, Hiau-ting était la plus âgée, elle endossa le rôle de grande sœur de service et aida les petits à séparer la viande, prendre les légumes, elle demanda à Mapopo d'où venaient le sanglier et le serpent. La nuit dernière, après que Lam Ga-an et les autres lui avaient rendu visite, Mapopo, avant même le point de l'aube, avait mis sa hotte sur le dos et était partie faire un tour dans les fourrés en traînant sa faux, elle voulait trouver du gibier pour ces enfants habitués à manger de la viande. Les chaumes étaient parsemés de cratères laissés par les bombardement terroristes des Monstres, l'herbe folle avait vite repoussé, des trappes naturelles, des tranchées indétectables s'étaient formées, une minute d'inattention et l'on trébuchait dans un trou. Mapopo sondait le sol à petits coups de pointe de sa longue faux, fauchait les herbes, la rosée mouillait ses manches courtes et son pantalon, ses cheveux blancs étaient maculés de brins d'herbe et de toiles d'araignée, ses socques deux fois écrasèrent des crottes fraîches de sanglier. Elle suivait des traces indistinctes, cueillait en même temps des légumes sauvages qu'elle jetait dans sa hotte en bambou. Elle comptait sur sa force et sa faux, mais elle eut seulement l'énergie de chasser un marcassin qui avait encore sa livrée. Sous une touffe d'arbustes, deux porcs-épics étaient l'un sur l'autre, ils faisaient vibrer leurs épines à anneaux noirs et blancs dans le vacarme d'un jeu peut-être de mort, peut-être d'amour, une violente odeur d'urine empestait aux alentours. Mapopo dépassa le bosquet, assaillie par un mauvais pressentiment. Souvent, Da-dy jetait du sel dans la campagne pour attirer les porcs-épics. Il les chassait pour leur ouvrir le ventre et collecter leurs bézoards qui se revendaient à prix d'or. Ces deux bêtes montraient à Da-dy que porc-épic condamné sait rester joyeux luron. A l'horizon, des arbres aux branches irrégulières se découpaient dans les clartés du matin, la lame de la faux était humide de sève et de brins d'herbe, son éclat s'était fort terni.

« Mémé… » Mapopo entendit quelqu'un l'appeler derrière elle.

Emily portait son chapeau à bords retournés, elle avait planté dessus des feuilles de palmier, comme les Monstres le faisaient sur leurs casques, elle tenait à la main son parang long dégainé. Elle était suivie d'une boule de fumée noire condensée, le chien invisible qui ne touchait pas terre quand il marchait.

« De grand matin, et déjà à la cueillette ! » La lame du parang était aussi trempée d'herbe et de sève, les brins vert sombre luisaient d'un éclat lunaire, les premières lueurs du matin gouttaient avec la sève couleur d'ambre.

« J'en ai assez des légumes », Mapopo hésita, « je voudrais manger un peu de viande.

— Tu améliores le menu des enfants ? » Les premiers feux de l'aurore enflammèrent le beau visage d'Emily.

Quand Mapopo était revenue à la maison sur pilotis, elle avait découvert, dans un tas de bois sous la maison, un boa endormi, épais comme le poignet, elle avait levé sa faux et lui avait écrasé la tête. L'après-midi, Emily était venue à vélo apporter un sanglier à barbe qu'elle avait éventré. Mapopo regarda les enfants finir leur dîner et s'amuser un peu avec les jouets, sans entrain. Après avoir fumé une boulette d'opium, elle étendit quelques nattes de paille sur le plancher du salon et les invita à dormir. Ils étaient fatigués, aussitôt allongés, ils se mirent à ronfler bruyamment. Sur la terrasse, Mapopo fuma une dizaine de cigarettes, assise sur un tabouret bas, ce n'est que lorsque la pendule sonna douze coups qu'elle s'endormit, le lendemain à quatre heures, elle attendait l'aurore assise sur la terrasse.

« Albeeeert... Albeeeeert... »

La pupille du perroquet se rétracta, ses serres agrippèrent le perchoir, il poussa un cri strident. Mapopo descendit les escaliers et fit le tour de la maison, puis revint sur la terrasse, elle scruta, au-delà de la clôture, la campagne et le village plongés dans l'immensité ténébreuse. D'ici, Krokop était trop loin, même en plein jour, on ne voyait pas la houle des toits de tôle ni les centaines de cocotiers. L'horloge avait sonné cinq fois quand la vieille femme traversa pieds nus le salon et la galerie pour aller dans la cuisine préparer le porridge de riz et faire cuire les restes du sanglier de la veille, au moment où elle revint sur la terrasse, l'horizon ambré de l'aube virait peu à peu au rouge hibiscus, des nuages chamarrés, grandes rémiges de perroquets, enveloppèrent les sinuosités et les reliefs de la campagne, qui soudain parut minuscule. Un concert d'oiseaux sauvages s'éleva, des rapaces volaient par groupes dans la même direction, à la recherche de proies faciles dans le Bouk aux Sangliers. Le village était trop éloigné, elle n'avait jamais entendu les aboiements des chiens ni les piaillements des volailles, mais depuis que les Monstres avaient débarqué, elle entendait du matin au soir des coups de fusils sporadiques, des explosions, les moteurs des avions, l'odeur de poudre s'ajoutait au remugle de la campagne, pénétrait par les combles de la maison et, longtemps, demeurait. Un épervier bleu venu de Krokop regagnait ses pénates, emportant dans ses serres une grosse chose emplumée incapable de se défaire de la prise, on devinait vaguement une queue et une tête sans vie. Un plus grand nombre de rapaces s'envolèrent vers le village, on eût dit qu'ils se hâtaient vers un carnaval. L'horloge sonna six heures, couchés tôt, les enfants se levèrent tôt, après qu'ils eurent mangé leur porridge de riz au sanglier, Mapopo limita leur espace de jeu au salon, même pour les petits et gros besoins ils ne devaient utiliser que le pot de chambre en métal qui se trouvait dans la chambre à coucher. Les enfants, ô miracle, furent obéissants, ils chuchotaient entre eux à voix basse. Mapopo s'accroupit sur le plancher du salon et les appela auprès d'elle, elle leur montra où se cacher, au cas où les Monstres viendraient inspecter la maison.

Sept heures sonnèrent, elle revint sur la terrasse claire, il faisait grand jour, elle observa au loin la campagne, enfoui en son cœur il y avait ce mauvais pressentiment, aigu, qui se déployait comme les bruissantes épines des porcs-épics en rut. Elle sentit un élancement dans la nuque, y porta la main pour se masser et toucha une grosseur chaude et flasque de la taille du poing. Elle alla se poster devant l'un des barils de la terrasse, écarta ses cheveux blancs, inclina le cou et regarda en biais pour inspecter son reflet dans l'eau. Il y avait bien là une boule de chair à l'arrière de son cou, elle semblait vivante au toucher, tel l'oisillon d'un grand coucal tout juste sorti de l'œuf, rose et nu, ses petites serres tendres s'imprimaient dans les profondeur de son cou, la piquaient et la démangeaient. Elle retourna dans sa chambre et prit un miroir afin de mieux regarder. Elle en était certaine, hier matin, avant de sortir chercher le gibier, elle avait passé un coup de peigne dans ses cheveux, quand les dents avaient raclé la nuque, il n'y avait aucune grosseur. Elle avait dû pousser en douce pendant la journée et la nuit. Mapopo jeta encore un coup d'œil, une sueur froide la parcourut, quelques larmes roulèrent, son nez coula un peu, elle s'allongea sur son lit et fuma une pipe d'opium, la douleur et les démangeaisons se calmèrent. Ses cheveux blancs recouvraient complètement la tumeur, les picotements avaient disparu, elle ne sentait plus du tout sa présence. Elle retourna sur la terrasse et continua à regarder la jungle, assise sur son tabouret.

La terrasse était baignée par les frêles clartés du petit matin, des vaguelettes ridaient la surface de l'eau dans les barils, un guppy femelle bondit hors de l'un d'eux, se débattit sur le sol, les œufs dorés à l'intérieur de son ventre attirèrent des hordes de fourmis. Moins d'éperviers partaient vers Krokop, ils revenaient en plus grand nombre, rapportant dans leurs serres leurs lourdes proies. Malgré son grand âge, Mapopo avait conservé une vue perçante, un nouveau frisson la parcourut, des larmes roulèrent plus nombreuses, son nez coula de plus belle, sa nuque l'élança. Elle retourna à la chambre, fuma une autre pipe d'opium, après quoi elle prit le miroir pour regarder la grosseur, il lui sembla qu'elle avait changé de forme, elle ressemblait à une goyave ravagée par les insectes, couverte d'une gale brune qui faisait comme une croûte, au toucher elle était lisse comme un œuf dur pelé. Elle revint à la terrasse et aperçut un groupe de villageois précédant le bœuf de trait de Fortune Ng qui tirait une charrette, ils marchaient vers les tombes. Un épervier planait inhabituellement bas au-dessus de leurs têtes, ses serres semblables à deux balances romaines ajustaient sans cesse l'angle de leur prise, comme si elles y eussent inscrit des graduations. Un jeune gars du village, torse nu, en short, leva la tête vers le ciel, ramassa un caillou et le lança vers l'oiseau. Le projectile passa sous la proie dans les serres du rapace et retomba sur une pierre tombale recouverte d'une épitaphe. D'autres villageois s'arrêtèrent, ils ramassèrent des pierres et des branches sèches pour les jeter sur l'épervier qui s'éloigna peu à peu en lançant de fielleuses imprécations. La nuque de Mapopo était à nouveau douloureuse.

Parmi le groupe de villageois, la plupart avaient dépassé un âge honorable, il y avait seulement quelques jeunes bûcherons. Ils portaient des pelles et des houes sur l'épaule, du sang frais gouttait de leurs mains, ils cessèrent leurs attaques contre le rapace et, la démarche digne, le visage affligé, pénétrèrent dans le cimetière à la suite de la charrette. La tête du bœuf était immaculée, mais le joug, le limon et les brancards portaient les empreintes ensanglantées des mains des villageois qui les avaient tirés. Entassés pêle-mêle sur la charrette, enchevêtrés les uns aux autres, il y avait onze corps d'hommes sans tête, une traînée de sang, discontinue seulement en apparence, s'étendait à travers la campagne, de la place du marché jusqu'au cimetière. Ils déposèrent leurs outils, déchargèrent les onze dépouilles, deux jeunes bûcherons et deux vieux se hâtèrent de retourner au village avec la charrette pour ramener la deuxième fournée de corps. Deux gars, torse nu, voulaient creuser une grande fosse, les autres protestèrent, on se disputa mais le désaccord fut vite réglé, chacun se dispersa et commença à creuser, ils creusèrent onze tombes. Deux éperviers bleus qui n'avaient pas de proie ainsi qu'une cigogne noire planaient au-dessus d'eux, de plus en plus bas, si bas qu'on pouvait clairement distinguer les plumes qui recouvraient leurs pattes s'agiter dans la mousson d'été.

4.

Peu après l'aube, tous les villageois avaient été convoqués sur la place devant le marché. Un vieux commis de l'épicerie de Maigrezo, dur d'oreille, n'avait pas entendu l'appel, il était resté tout seul à pêcher sur son ponton, les Monstres de l'escadron à vélo avaient transpercé son thorax d'une dizaine de coups de baïonnettes, la tête tranchée avait été plantée haut sur un poteau à l'entrée du pont de la Krokop, et le corps envoyé d'un coup de pied dans le fleuve. La vague de villageois afflua sur la place, ils virent une scène très semblable à celle des exécutions des deux frères Khé-bin et Tshen-bin, et de toute la famille de Fortune Ng et de Ko Lai : vingt-sept personnes qui étaient sur la liste du Comité avaient été arrêtées en deux fois, hommes et femmes, vieux et malades, serrés les uns contre les autres, étaient agenouillés sur la place, face à eux, le chef d'état-major Yoshino Masaki et le sergent-major de la Kempeitai Yamazaki Kenkichi, deux interprètes, deux chiens-loups, dix *kempei* armés de leur Nambu type13 et dix mitrailleurs de première classe avec leur mitrailleuse type 96. A la différence des deux fois précédentes, on avait installé à côté de Yoshino une chaise en bois où était assis, dans son bel uniforme, le général Yamawaki Masataka, second commandant en chef de la garnison de Bornéo, peut-être à cause de la chaleur ou de la puanteur qui s'élevait tout autour du marché, la plupart du temps il demeura les yeux fermés, absorbé en lui-même. Après ce qui était arrivé avec les familles de Ng et de Ko Lai, Yoshino nourrissait une profonde rancœur, cette fois-ci, il n'avait rien laissé au hasard, il avait posté trente mitrailleurs dans tous les coins du marché, quatre escadrons de dix soldats à vélo patrouillaient dans le village. Yamazaki, la main serrée sur son fourreau en bois de santal enveloppé de cuir, passait et repassait en revue les villageois rassemblés derrière lui, ce n'est que lorsqu'il fut assuré de ne voir là aucun visage familier qu'il posa son regard devant lui, sur les condamnés qui attendaient leur exécution. Bien que lors de ces deux vagues d'arrestations, des membres importants de la résistance aient été capturés tels que Lam Ban-tsing, le patron de la scierie *La Sempervirente*, Tsan Ga-tsi, le directeur de l'école primaire et du collège de Krokop, Lau Tiong-yin, le fondateur du journal de Krokop, Tioun Kim-hué, le marchand en gros de produits occidentaux, et Wong Tiau-hiong, le responsable de la distillerie *Le Sud*, les trouble-fêtes tels que Da-dy, le Biscornu, Maigrezo, Ti Kim, Plat-Pif, Tortue Molle, la Flemme et A-hung couraient toujours dans la nature, seuls leurs épouses et leurs enfants avaient été arrêtés. Ce qui s'était produit quelques jours auparavant avec les enfants de Ng et de Ko Lai portait clairement la marque de Da-dy et de sa bande de voyous. Yamazaki regarda Lam, Tsan, Lau, Tioun et Wong, les fers aux pieds, ligotés à la « Su Ki porte son épée dans le dos », c'est-à-dire une main dans le dos au-dessus de l'épaule et l'autre en dessous, un grognement s'échappa de ses narines, des coins de sa bouche sortit une suite de ricanements glacés qu'il fut le seul à entendre, loup qui hurle à la lune. Ces cinq hommes n'étaient pas le genre de marchands à vivre comme coqs en pâte, c'étaient de chétifs amoureux des lettres, modestes et humbles, mais ils avaient la tête aussi dure qu'un fût de canon, même violentés, même torturés à mort, ils ne bronchaient pas, silencieux comme des bouses de vaches autour desquelles on entendait seulement le vrombissement des mouches. Soudain, une idée lui vint à l'esprit, ses appétits de bête carnassière hurlant à la lune s'aiguisèrent, alors ses épais sourcils se froncèrent avec dureté, brisant quelques restes de préoccupations superficielles, et son fringant visage s'épanouit en un paysage de cocagne de la Grande Asie.

Le jaquier abritait toujours des chauves-souris suspendues et des aigrettes blanches perchées, le cercopithèque au masque de démone dans le dos, le derrière relevé, allait et venait sur le toit en tôle du marché. La plupart des coqs du village avaient été massacrés par les Monstres, depuis que leurs chants s'étaient tus, les rapaces sifflaient sans vergogne. Les revigorantes détonations des fusils de chasse ne résonnaient plus dans la campagne, les grognements des sangliers tournaient dans leurs repaires écrasés sous la botte des Monstres. Les feux de plaine continuaient à s'étendre sur la jungle et la campagne, des fumées mêlées à la brume passèrent, noires, sur Krokop, elles projetaient une ombre qui se répandait comme l'onde de choc, comme les radiations d'une bombe qui explose, elles retombaient sur les Monstres qui sillonnaient à vélo la rue de terre jaune, desséchaient les uniformes, les casquettes et leur couvre-nuque, les bandes molletières et les visages des soldats, sinistres et huileux. La tête d'un sanglier à barbe dépourvu de défenses émergea dans la rue, le corps et les pattes noyés dans la poussière et le sable, on aurait dit qu'il traversait à la nage. Le tourbillon une fois passé, une double rangée de six allaites se dévoila sous le ventre de la bête. La laie avançait en flânant, sans peur ni terreur, elle s'arrêtait, repartait, humait, regardait alentour, elle grimpa dans la galerie des échoppes et marcha en direction d'une épicerie, elle lança le coup d'œil oblique d'un richard plein aux as sur la vitrine, puis, tout à coup, se rua à l'intérieur et renversa un rayon où étaient disposés de la résine, du bézoard de singe, du caoutchouc et des cigarettes, elle jeta à terre cinq jarres pleines de poissons, légumes et œufs en saumure, ainsi que de poissons séchés, avec ses crocs elle déchira des dizaines de sacs en jute où il y avait des patates, du poivre, du manioc, du sagou, du maïs, ses énormes narines grandes ouvertes, elle agitait sa petite vrille cornée et, comme si elle disputait la nourriture à quelqu'un, elle lançait des *gron gron gron* pour défendre son butin. La fumée et la poussière s'engouffrèrent dans la galerie des échoppes, tout était désert, pas un chat, les hirondelles bâtissaient, solitaires, leurs nids sur les poutres des auvents, les souris rongeaient les pots de ferraille et les boîtes en verre pleines de sucreries et de biscuits.

Un vieil homme maigre fendit la foule et s'arrêta au bord du cercle humain, il regarda d'un air inquiet le sanglier dévaster l'épicerie. Un mitrailleur lui jeta un coup d'œil, le vieux frissonna. Il ouvrit la bouche, son regard se posa au-delà des galons sur l'épaule du soldat, il leva lentement la main pour désigner le magasin. Le soldat le dévisagea avec plus d'autorité, apeuré, l'autre retira sa main. Le mitrailleur regarda dans la direction indiquée par le vieil homme, il comprit ce qu'il voulait dire, mais continua à le dévisager d'un air impassible. Un jeune homme vint au-devant du Monstre, il s'inclina respectueusement selon les usages et prononça *blablabla* quelques phrases inintelligibles en monstre. Suite à l'occupation du village, on avait réutilisé « l'école des Chinois d'outre-mer », ouverte par les immigrés de Krokop, pour dispenser des cours de japonais, tous les enfants et les adolescents savaient prononcer quelques phrases dans une langue infâme et ridicule, les plus doués pouvaient porter l'uniforme jaune des Monstres ainsi qu'une casquette bleue, différente cependant de celle des soldats, et aider la Kempeitai à maintenir l'ordre dans le village. Le jeune garçon balbutiait en monstre et, tout en parlant, relevait la tête pour regarder le mitrailleur. Son visage aux traits crispés le faisait ressembler à un perroquet qui pour effrayer son ennemi se rengorge et dresse sa huppe. L'adolescent parlementa le temps que les éperviers décrivent deux fois leur cercle dans le ciel, jusqu'à ce que, enfin, le soldat daigne relâcher ses sourcils et jeter un regard sur le vieil homme et la boutique. Ils étaient debout au bord de la foule, ils ne comprenaient pas très bien ce qui se passait à l'intérieur. Le mitrailleur alla trouver un autre soldat, il lui dit on ne sait quoi, l'autre hésita un moment, répondit on ne sait quoi. Le mitrailleur revint vers le jeune homme, hocha la tête, alors celui-ci échangea quelques phrases avec le vieux, tous deux s'inclinèrent avec un profond respect devant le mitrailleur et partirent en direction de l'épicerie. Le singe au masque de démone descendit de son cocotier, traversa la rue de terre jaune roulée par le sable et la poussière et s'accroupit sur un banc dans la galerie pour observer le jeune et le vieux. Les motifs et les couleurs du masque qu'il portait dans le dos s'étaient effacés à force de pluie et de soleil, il ne restait plus que les trous, deux grands et un petit, couvert de suie et de taches de graisse, ce n'était déjà plus un masque.

Le jeune homme demanda à voix basse : « Vous savez à qui appartient cette laie ? »

Le vieux secoua la tête.

« Elle est à tonton la Flemme. » Le jeune homme baissa la tête et regarda ses orteils. Chaque fois qu'il passait à côté d'un Monstre, il s'arrêtait avec le vieil homme et tous deux effectuaient avec respect une révérence complète et solennelle. Les Monstres avaient déjà fait la leçon aux villageois, ils leur avaient enseigné quel salut était de mise pour quel grade, mais les habitants du Bouk aux Sangliers n'avaient pas la mémoire aussi longue, ils croyaient que plus ils s'humiliaient, mieux c'était, or ce n'était pas le cas et les Monstres estimaient qu'il s'agissait là d'une négligence, d'un manque de sérieux, au mieux, la punition était la gifle trente-six chandelles, au pire, c'était la décapitation, avec la tête plantée sur le pont pour l'édification publique. « Il y a longtemps que la volaille de tonton Ta a été exterminée par les Monstres, j'ai entendu dire que cette laie lui avait été offerte par Emily, les Monstres rechignent à la tuer, ils attendent qu'elle ait des petits pour l'abattre, si on la blesse ce sera la catastrophe. »

Le vieil homme s'engagea dans la galerie, puis se posta derrière la laie. L'animal, la tête plongée dans une jarre, mangeait des poissons salés. Le stock de l'épicerie faisait piètre figure, la plupart des denrées avaient été dévorées ou piétinées sous les sabots de la laie, il ne restait qu'un rayon avec des boîtes en ferraille de biscuits, des bocaux de confiseries et des fruits en conserve. L'homme regarda le gros ventre de la laie et son postérieur, il s'empara d'une balance romaine suspendue au mur et, avec le bout du bras, frappa deux fois sur le derrière de la bête. Elle avait fini les poissons, elle recula de deux pas et leva la tête pour regarder les deux hommes. Elle avait été élevée par la Flemme, elle ne craignait donc pas les humains, elle lança deux grouinements et, baissant la tête, se mit à grignoter les tiges des légumes en saumure gisant sur le plancher. Le vieux s'aperçut que par terre il y avait encore beaucoup de patates, de maïs, de manioc et de résine qui n'avaient pas été écrasés, il lui donna à nouveau trois tapes sur le derrière avec le bout du bras de la balance. La laie ne réagit pas, elle agita sa petite queue tout en poursuivant son festin. Il prit la corde et frappa trois fois le plateau de la romaine avec le bras, un profond bruit de cymbales retentit. Il frappa de plus en plus vite, et plus il frappait, plus le bruit enflait, un mitrailleur accourut dans la galerie et lui donna un coup de crosse à la tempe. Le vieux poussa un cri étouffé et tomba à terre en lui jetant un regard de rage. Le soldat le frappa de sa botte à plusieurs reprises dans la poitrine, puis leva à la verticale la baïonnette de sa mitrailleuse 96 et lui transperça le ventre. Le vieil homme n'émit plus aucun son, allongé sur le sol comme du poisson salé. Le jeune homme se prosterna et lâcha une phrase en monstre.

Le sable et les fumées engloutirent Krokop comme sous une inondation. Un escadron à vélo passa devant la boutique, les casquettes et les éternelles mitrailleuses type 96 pointées vers le ciel flottaient dans l'atmosphère ensablée et brumeuse, les visages des soldats étaient couverts de poussière, le sable coulait en cascade des bords des chapeaux, tableau vivant d'une horde de créatures sorties de terre. Vingt-deux hommes étaient agenouillés sur la place du marché, ceux qui portaient des chaînes aux pieds durent se traîner par terre, ceux qui n'étaient pas enchaînés purent marcher, sous les aboiements des *kempei*, ils se mirent par deux et allèrent s'agenouiller devant Yoshino et Yamazaki. Deux soldats, de petite taille, avec le brassard blanc brodé des deux grands caractère rouges *Kem Pei*, s'approchèrent de deux villageois à genoux en faisant claquer leurs hautes bottes kaki, ils levèrent leur sabre militaire, le *guntô* type 95, un son, bref, et les lames tranchèrent les cous. Une goutte de sang frais, de la taille d'un grain de riz, vint tacher l'insigne au chrysanthème impérial sur le revers de col de l'un des *kempei*, il leva son gant blanc et essuya délicatement la souillure.

Les vingt-deux têtes s'empilèrent comme une petite montagne sur la place. Il restait cinq femmes, parmi elles, trois étaient enceintes, elles n'étaient pas agenouillées mais affalées par terre et poussaient des sanglots d'outre-tombe et des cris déchirants.

Le commandant en chef assis sur sa chaise en bois avait toujours les yeux fermés.

Yoshino Masaki grogna quelques phrases à l'adresse de l'interprète.

« Le *taijin* de l'armée impériale souhaiterait savoir », l'interprète s'avança devant les trois femmes enceintes, « est-ce un garçon ou une fille que vous portez dans votre ventre ? »

Des cinq femmes montèrent des sanglots d'outre-tombe et des cris déchirants.

L'interprète renouvela sa question, puis regarda Yoshino. Celui-ci hocha la tête. L'interprète se retira rapidement.

Deux soldats sortirent du rang, ils ciblèrent l'une des femmes enceintes, chacun saisit une cheville et ils la traînèrent comme un bout de bois.

L'agent exécuteur leva son sabre ensanglanté et pourfendit le ventre de la femme.

Devant l'épicerie, le mitrailleur hurla deux phrases au jeune garçon, celui-ci s'inclina à nouveau et c'est presque cassé en deux qu'il traversa la tempête de sable pour rejoindre la foule. Hissé sur la pointe des pieds, par-dessus les têtes, les casquettes militaires et leur couvre-nuque, les canons des mitrailleuses éternellement pointés vers le ciel, il aperçut deux lames de sabres militaires s'élever et s'abattre, du cercle humain formé par la foule montaient des gémissements de femmes, aigus et désolés. Certains villageois, les yeux clos, s'abîmaient dans leurs pensées, d'autres avaient les larmes aux yeux, d'autres encore sanglotaient tout bas, d'autres enfin regardaient au ciel, l'indignation et la tristesse peintes sur le visage. Les éperviers bleus dominaient leur territoire céleste, qu'ils divisaient en autant de visages impassibles et froids. Grands et petits rapaces, qui volant haut, qui volant bas, exaspéraient le malentendu entre le ciel et la terre. Quand ils fondaient sur leur proie pour la saisir, la distance entre ciel et terre semblait rétrécir à la taille d'un cocotier. Quand ils planaient haut, la voûte repoussée paraissait se retirer à des années-lumière. Le jeune homme regarda à nouveau en direction de l'épicerie. Un sanglier mâle au pelage noir, arborant ses défenses, marchait lentement dans la rue de terre jaune, reniflant les empreintes laissées par la laie, il grimpa lestement sur la galerie des échoppes. Ses défenses entortillées, vrillées, sinuaient jusque derrière son cou, ses grandes oreilles étaient cachées par les poils durs qui poussaient à l'intérieur, la crinière sur son dos recouvrait jusqu'à sa queue, tandis que les barbes sous son groin pendaient jusqu'à ses sabots avant noirs. Il ouvrit grand la gueule et mâchonna deux pommes de terre qui restaient là, puis, tirant la langue, il se mit à lécher le sang frais du vieil homme répandu sur le plancher, il lécha jusqu'à ce qu'il arrive au corps. Là il releva la tête et, sans plus d'hésitation, fourra son groin dans le ventre du cadavre et commença à le dévorer tout entier avec férocité. La laie, repue, quand elle vit le mâle, vint lui flairer l'anus et les suites, arquant son derrière elle se frotta contre lui en émettant de sourds grouinements débordants de chaleur et envoya un jet d'urine. La panse du sanglier, après qu'il eut nettoyé les entrailles de l'homme, était tendue comme un ballon en cuir. Il retira la moitié de sa hure sanguinolente, flaira à son tour les allaites et les parties génitales de la femelle, le groin tendu entre ses deux pattes, il culbuta puissamment son arrière-train, une bave blanche écumait à sa bouche, il lançait des *gron gron gron* en quête de faveurs, puis, brusquement, il leva ses sabots avant, la moitié de son corps au-dessus de la laie, son long et fin pinceau pénien pénétra dans la vulve de la femelle jusqu'au col de l'utérus où il déchargea une étonnante quantité de sperme gluant.

Ce jour-là, vingt-deux villageois, dont Lam Ban-tsing, le patron de la scierie *La Sempervirente*, Tsan Ga-tsi, le directeur de l'école primaire et du collège de Krokop, Lau Tiong-yin, le fondateur du journal de Krokop, Tioun Kim-hué, le marchand en gros de produits occidentaux, et Wong Tiau-hiong, le responsable de la distillerie *Le Sud*, tous membres fondateurs du Comité de sauvetage de la patrie et des réfugiés, furent décapités par les Monstres sur la place du marché, et leurs têtes furent suspendues aux six perches en bambou du pont de Krokop. Cinq femmes, dont Lolo Brioche, Tsiou Kyo-kyo et Hui-tsen, respectivement enceintes de neuf, huit et cinq mois, après avoir été éventrées, furent décapitées, et leurs têtes également accrochées aux six perches sur le pont. Les Monstres laissèrent les corps exposés au soleil toute une matinée durant, puis autorisèrent les villageois à les emporter dans la charrette. Toutes sortes d'oiseaux de proie, des faucons et des éperviers pour la plupart, avant que les villageois s'occupent des dépouilles, en profitèrent pour picorer et arracher les yeux, les entrailles, et les fœtus dont le cordon était encore attaché.

5.

Les villageois avaient fini d'enterrer les vingt-sept corps, il était deux heures de l'après-midi, la charrette venait à peine de quitter le cimetière que Yamazaki Kenkichi était déjà arrivé à la maison de Mapopo. Il lança un regard pénétrant sur le cimetière puis ouvrit d'un coup de pied le portail de la clôture, suivi d'un interprète et de cinq agents de la Kempeitai, les hautes bottes couvertes de poussière et d'éraflures claquèrent dans les escaliers, ils se postèrent sur la terrasse. Dans l'ombre de l'auvent, près de la fenêtre, trois barils de près de sept cents litres, à hauteur de poitrine d'homme, étaient alignés côte à côte, l'eau à la surface s'épanouissait sans cesse en petites fossettes, quand le vent du sud-ouest soufflait, il faisait naître des zébrures ou différents motifs d'écailles de poisson. Deux planches arrachées à une cabane de jardinier en ruine étaient posées en travers des barils, dessus on avait placé trois bidons de lait où poussaient des bougainvilliers. Quelques feuilles s'étaient répandues sur l'eau, poursuivies par les guppys qui les grignotaient. Le perroquet blanc se faisait les griffes sur son perchoir.

Mapopo était assise sur son tabouret dans l'entrée, elle tenait une cigarette entre les doigts de sa main gauche et, sa main droite sur la nuque, elle massait la boule de chair toujours plus douloureuse. Sept fois elle l'avait regardée dans la glace, ni la forme ni la taille n'avaient beaucoup changé, mais la couleur s'était assombrie, du rose oisillon elle était passée à l'écarlate des callosités fessières des singes, piquée de gros points noirs pareils aux yeux composés des sauterelles. Elle avait consommé sa réserve de cinq boulettes d'opium, depuis que Maigrezo et Plat-Pif s'étaient enfuis dans la jungle en emportant avec eux leur opium et leurs munitions, on ne pouvait plus s'en procurer au village. A l'épanouissement des premières lueurs de l'aube, Mapopo s'était assise sur la terrasse pour scruter l'étroit sentier de campagne qui menait à Krokop, elle avait vu les villageois qui transportaient des corps sans tête dans leur charrette, les éperviers voraces qui les suivaient tout le long de la route jusqu'au cimetière, guettant le moment où ils pourraient s'emparer d'un bout de chair. Tout à coup, elle avait aperçu par les interstices de la clôture un porc-épic en train de ronger, tête baissée, un os de sanglier, il poussait de minuscules couinements très aigus. Elle s'était rappelé que la veille au matin, lorsqu'elle s'était séparée d'Emily pour rentrer chez elle, cette jolie petite femelle porc-épic, après l'accouplement, l'avait importunée pendant un bon bout de chemin, si Emily n'avait pas accepté de lui céder le sanglier, elle l'aurait certainement tuée d'un coup de faux et l'aurait fait cuire pour faire goûter la chair du porc-épic aux enfants. Mapopo devina que la femelle devait chercher un deuxième mâle. Elle était en grande chaleur, un seul mâle n'avait pas éteint ses ardeurs amoureuses. Ce n'est qu'après son arrivée à sa maison que la puissante odeur d'urine émise par le mâle sur la femelle s'était peu à peu dissipée. A présent, elle sentait à nouveau les effluves de cette puanteur par les interstices de la clôture, la douleur lancinait dans sa nuque, comme si l'on y avait laissé crochetée une épine de porc-épic frottée d'urine.

Quand Yamazaki et ses hommes étaient apparus au loin dans les fourrés, l'éclat des baïonnettes au canon des mitrailleuses légères avait altéré sa vision. Elle était retournée dans le salon avertir les enfants. Au moment où les Monstres venaient se poster sur la terrasse, elle repensa à Kobayashi Jirô qui avait perdu sa tête.

« Albeeeeert… Albeeeeert… »

Yamazaki toisa cette vieille femme frêle et décharnée devant lui, ainsi que cette maison sur pilotis isolée du reste du monde. Les quelques poils de sourcils de Mapopo presque aussi longs que ses cheveux, sa verrue bile de serpent au bout du nez et l'espèce de champignon sur le menton le mirent mal à son aise. Il écouta l'interprète lui expliquer que l'aïeule, qui ressemblait à un mort-vivant, était versée dans la magie noire malaisienne, elle savait commander aux mânes et appeler les esprits, jeter des sorts, fabriquer des poisons, élever des diablotins, c'était elle qui avait un jour débarrassé les villageois d'une tyrannique tête volante suceuse de sang. Yamazaki ôta sa casquette, de la main il essuya la transpiration sur son front, frotta un peu son crâne désormais rasé privé de sa romantique chevelure, puis remit sa casquette. Il faisait trop chaud, il n'avait plus la patience d'attendre.

« Le *taijin* de l'armée impériale te demande, déclara l'interprète, qui est Albert ? »

Les sourcils en antennes de crevette de Mapopo flottaient tel des brins d'herbe sauvage dans le foehn chaud et sec d'août. Elle jeta son mégot et sortit un paquet de cigarettes de la poche de son pantalon noir, elle en prit une et la porta à la bouche.

« Le *taijin* de l'armée impériale te demande, répéta l'interprète, qui est Albert ? »

Elle sortit une boîte d'allumettes de la poche de son pantalon et alluma la cigarette en prenant tout son temps. A force de manier la faux depuis si longtemps, elle souffrait d'un ressaut sévère du pouce et de l'index de la main droite, ils étaient recourbés comme deux pattes de mante religieuse.

« Albert... », elle souffla une bouffée, « disons que c'est mon ancien mari.

— De quel pays ? » A chaque phrase de Yamazaki, l'interprète s'efforçait d'imiter le ton rude du soldat.

« Anglais.

— Où est-il à présent ?

— Retourné en Angleterre, répondit Mapopo. Il y a de cela cinquante ans. Il avait une dizaine d'années de plus que moi, j'en ai plus de quatre-vingt-dix aujourd'hui, il doit être mort. »

Yamazaki dévisagea la vieille femme de haut en bas.

« Y a-t-il d'autres personnes que toi dans cette maison ? demanda l'interprète.

— A part le perroquet », Mapopo souffla un nuage de fumée, bouffée d'une femme aux os fragiles qui n'aimait pas manger de la viande, elle secoua la tête, « il n'y a personne d'autre.

— D'où vient-il, ce perroquet ?

— Albert l'avait rapporté tout spécialement de l'étranger. »

Yamazaki s'approcha des barils, tendit le cou et examina les poissons ainsi que les plantes aquatiques, il regarda attentivement les bougainvilliers et le volatile.

« Ma petiiiiite, peau fiiiine, peau blaaaaanche. »

Yamazaki ordonna à l'interprète de lui traduire les paroles du perroquet. Celui-ci les lui expliqua en baragouinant dans sa langue de sauvage. Yamazaki darda un regard sur la vieille, puis pénétra dans le salon. *Dong!* La pendule sonna un coup. L'officier regarda l'horloge d'un air glacial.

« Le *taijin* de l'armée impériale te demande, traduisit l'interprète, d'où vient cette horloge occidentale d'importation ?

— Elle était à Albert », rétorqua Mapopo.

Yamazaki arriva devant le coffre à jouets, de sa botte il l'ouvrit et remua l'intérieur avec le fourreau de son katana. Il prit une locomotive métallique à ressort et l'agita devant ses yeux.

« D'où vient ce coffre à jouets ?

— Il était à Albert.

— Pourquoi Albert possédait-il tous ces jouets ?

— Du temps qu'il était militaire, pour le récompenser de ses services, expliqua Mapopo, son supérieur les lui avait offerts.

— Qui joue avec ces jouets ?

— Les enfants du village. »

« On éééécoute Mapopooooo. » Le perroquet balançait de haut en bas sa grande tête à la huppe dressée. « On éééécoute Mapopoooooo. »

Les cinq *kempei* commencèrent à fouiller la maison de fond en comble. Yamazaki parvint à la galerie. Le passage n'avait pas d'auvent, sur les huit barils on avait posé quelques planches pour les abriter du soleil, par-dessus, une dizaine de bidons de lait étaient alignés, dans lesquels étaient plantés des bougainvilliers, des hibiscus, des gardénias, des népenthes. Entre les lattes du plancher, des touffes d'éleusine des Indes avaient poussé. Yamazaki cueillit une fleur de gardénia et la porta à ses narines.

« Le *taijin* te demande, pourquoi les guppys que tu élèves sont-ils différents de ceux de la région ?

— C'est une race que mon ancien mari a ramenée de l'étranger.

— Le *taijin* te demande, pourquoi en élèves-tu autant ?

— Je voudrais bien ne pas en avoir autant, dit Mapopo, mais ils se reproduisent trop bien.

— Le *taijin* te demande, on voit rarement ce genre de barils au village. Comment les as-tu fait venir ici ?

— C'est Albert, répondit-elle. Il était officier anglais, il avait tout ce qu'il voulait. »

Les *kempei* renversèrent à coups de pied les tas de bois en dessous de la maison, ils arrosèrent de leur mitraille les bougainvilliers, extrêmement feuillus et branchus, qui avaient poussé à l'intérieur et à l'extérieur de la haie en bambou. Les balles d'un chargeur entier traversèrent les plantes et filèrent vers les chaumes et les bosquets d'arbustes, elles déchirèrent un bananier sauvage, volèrent très loin, effrayant d'innombrables oiseaux. Deux hommes firent un tour d'inspection dans les chaumes voisins, ils épuisèrent un chargeur sur les luxuriants bosquets. Un autre grimpa sur les panneaux d'isolation, il vida lui aussi son chargeur dans l'obscurité chaude des combles, ouvrant ainsi une dizaine d'yeux dans les tôles du toit. Ils allèrent même jusqu'à tirer deux fois dans le puits. Les Monstres s'étaient fait une règle de tirer sur tout endroit qui pouvait servir de cachette. Avant de repartir, ils emportèrent l'horloge en bois.

Mapopo s'assit sur son tabouret, elle regarda Yamazaki et ses hommes qui repartaient sans se retourner vers le village. Oppressantes avaient été les paroles de leur chef, ce Monstre de haute stature, à chacune des réponses qu'elle avait faites, à chaque jacasserie du perroquet, le froncement de ses sourcils s'était durci, son visage s'était assombri, et la question suivante s'était faite plus pénétrante, plus précise, plus pointue. Il marchait à la tête de ses hommes à travers les fourrés, et bien qu'il s'éloignât, une espèce de puissance, cependant, faisait peu à peu se rapprocher son ombre de la maison, comme un poisson à contre-courant qui, plus il nage, plus il recule. Pendant la perquisition, la douleur du sarcome s'était peut-être évanouie ou bien la tension nerveuse la lui avait fait oublier, mais sitôt les Monstres partis, les élancements se concentrèrent en un point, impression que des guêpes faisaient leur nid dans sa nuque, accompagnée des entêtantes émanations d'urine qui s'engouffraient par la clôture. Elle jeta un coup d'œil par un interstice, le porc-épic n'était pas parti, il grignotait *crcrcrcr* une tendre écorce pleine de sève. Cette odeur-là, la même que celle de la veille au matin dégagée par la femelle porc-épic, lui rappela celle, cinquante ans plus tôt, de la transpiration âcre de son amant anglais, ce sans-cœur, et de la semence répandue sur son mont de Vénus. Elle ne se souvenait plus vraiment du visage d'Albert, et sans le perroquet, elle aurait oublié jusqu'à son nom. Quand la femelle porc-épic eut fini de grignoter son écorce, elle avisa un pertuis dans la clôture, rentra ses épines et s'y faufila à toute vitesse, elle attaqua de ses dents deux pneus de jeep abandonnés à l'intérieur desquels étaient plantés des hibiscus. Comme tous les porcs-épics, amateurs de tout ce qui est imbibé de transpiration, de peinture ou de suif – chaussures, vêtements, armoires, poignées en bois, etc. –, si cette femelle s'introduisait dans la maison, elle n'en laisserait que la tôle ondulée du toit. Mapopo repensa brusquement à Hiau-ting et aux autres enfants. Elle riva son regard sur les fourrés où les Monstres avaient disparu, puis elle quitta la terrasse, traversa la galerie et atteignit l'échelle en bois qui reliait la cuisine au puits à ciel ouvert, elle marcha tout en scrutant les fourrés alentour, quand elle fut certaine que le danger était passé, elle revint à la galerie, là elle observa sans ciller les guppys et les plantes dans les huit barils. Les organes reproducteurs mâles de la nageoire anale modifiée parsemaient la surface de l'eau, telle une pluie de flèches quittant leurs cordes, ils s'élançaient vers les gonopores des femelles. Elle frappa deux fois sur les barils et dit : « Vous pouvez sortir, les enfants. » Elle tendit l'oreille un moment, cogna fort encore deux fois, en disant : « Vous pouvez sortir ! »

« Mapopo, vite ! » La voix de Hiau-ting émergea d'un baril. « On meurt de chaud là-dedans ! »

Mapopo saisit les poignées et souleva au-dessus de sa poitrine la partie supérieure du baril, qui était en fait de petit gabarit, où se trouvaient les poissons et les plantes, elle regarda, accroupie à l'intérieur de la partie inférieure de plus grande contenance, Hiau-ting qui clignait ses grands yeux noirs étincelants, la fillette se redressa d'un coup comme le clown à ressort du coffre à jouets, son petit crâne inondé de sueur cogna contre le fond du baril de dessus. Mapopo le déposa sur le sol, elle prit Hiau-ting sous les aisselles et la dégagea tout entière du fût. Elle ôta cinq autres barils de petite taille et tira de leur cachette Lip-bu et le reste des gamins, puis elle les mena rapidement au salon. Des barils de circonférence identique avaient été empilés l'un sur l'autre pour n'en former qu'un, la partie supérieure avait une contenance d'environ trente-cinq litres, celle de dessous d'environ sept cents, les petits barils étaient remplis de poissons et de plantes, l'eau trouble ne laissait pas voir le fond, Mapopo avait enduit de résine la jonction des deux barils et avait jeté dessus une couche de sable, de poussière et de copeaux. La veille au crépuscule, quand les enfants avaient vu la vieille femme déplacer les huit grands fûts de la terrasse jusqu'au passage, ils avaient enfin découvert le secret de Mapopo qui commandait aux esprits pour faire bouger ses barils. Bien qu'elle eût pratiqué une dizaine d'ouvertures dans le fond de la partie inférieure, à cause de la touffeur du mois d'août et du fait que le métal attirait la chaleur, Hiau-ting avait mariné là-dedans une heure durant, la sueur lui donnait d'insupportables nausées et elle faisait une scène pour se laver. Une fois que les six petits barils furent à nouveau empilés sur les grands, Mapopo fit la navette de l'avant à l'arrière de la maison, pantelante, elle surveillait l'immense campagne alentour, surtout cet étroit sentier qui menait au village.

Le vent du sud-ouest se déversa par la fenêtre et les interstices du plancher, apportant un peu de fraîcheur aux enfants. La vieille femme, craignant qu'ils se mettent à remuer, leur donna l'ordre de faire la sieste. Polissons d'ordinaire, depuis qu'ils avaient appris le malheur qui avait frappé les fils et les filles de Fortune Ng et Ko Lai, ils étaient devenus sages comme des images, seuls les deux benjamins de Lee Gras du Bide pleuraient et criaient qu'ils voulaient leur papa, mais Hiau-ting et les autres grands les consolèrent et tout ce petit monde s'allongea sur le plancher pour dormir paisiblement. Les hirondelles, d'abord effrayées par les coups de feu tirés par les Monstres, revenaient tranquillement tournoyer sous les poutres de l'auvent, remodeler leurs tourbillons gluants de duvet et de salive endommagés. Le perroquet avait commencé à apprendre à parler monstre, chaque mot était chargé de germes mauvais qui réveillèrent les cellules profondément endormies de la grosseur de Mapopo. Elle s'assit sur le tabouret et fuma une cigarette, la tumeur sur la nuque lui agaçait les nerfs comme ce porc-épic qui avait pénétré dans son jardin. Elle tâta légèrement la grosseur chaude et molle, elle n'avait plus envie de l'examiner dans la glace. Son regard se porta sur les deux pneus plantés d'hibiscus, ils étaient intacts, presque dénués de traces de grignotage, la femelle porc-épic était partie on ne sait où, mais les capiteux effluves d'urine flottaient encore dans la maison. Les bougainvilliers, après avoir essuyé le feu furieux des Monstres, avaient perdu leur masse de luxuriante verdure, très amaigris, ils révélaient au jour un nid de tisserin déchiqueté par les balles. La clôture, flanquée des hauts bougainvilliers, avait été arrachée en son milieu et présentait maintenant une échancrure. Mapopo estima qu'il devait être trois heures et demie à présent, si l'horloge s'était encore trouvée là, deux coups grêles auraient retenti, l'un plein, venu de la pendule, l'autre vide, répété par le perroquet. Au loin, dans le ciel au-dessus du village, de faibles détonations résonnèrent. Mapopo écarta ses antennes de crevette, elle vit voler dans le ciel cinq avions de chasse aux couleurs différentes, pareils à des éperviers qui planent et s'attaquent dans un coin de firmament. Ils étaient trop loin, elle n'entendait pas leurs moteurs mais elle percevait les bruits de la mitraille mêlés aux cris des oiseaux sauvages, elle pouvait sentir une humeur guerrière, une opiniâtreté de coqs de combat. Trop loin décidément, les avions de mouches devinrent moustiques, de lièvres devinrent tortues, de traits vigoureux ils devinrent gouttes d'eau. En temps normal, elle aurait réveillé les enfants. Avec leur vue d'aigle, ils auraient pu distinguer les Monstres des Alliés, ils adoraient le spectacle des combats aériens. De la queue de l'un des appareils, un infime filet de fumée s'échappa, il piqua vers le sol, on ne le revit plus. Elle avait beau ne plus avoir de jeunes yeux, Mapopo vit quand même trois avions en attaquer un autre à tour de rôle, *ta-ta-ta-ta*, *ta-ta-ta-ta*, c'était une débauche de balles qui convergeaient vers la cible, on eût dit trois chiens lancés à la poursuite d'une chienne en rut.

« Mémé », le petit garçon de Tsiou pleurait, il se tenait derrière Mapopo, « j'ai fait un cauchemar ».

La vieille prit sa petite main et le reconduisit dans le salon. « Mémé vous l'a déjà dit, il ne faut pas venir sur la terrasse. Qu'est-ce qu'il y a ? »

De sa petite main, l'enfant essuya ses larmes. « J'ai rêvé de mon papa. »

Mapopo caressait ses cheveux en bataille. « Mon bon petit.

— Est-ce que mon papa va revenir ?

— Bien sûr, répondit-elle, bientôt.

— J'ai rêvé qu'il était capturé par les Japonais.

— Ton papa est dans la jungle, les Japonais ne le trouveront pas, dit Mapopo. Tu devrais retourner dormir, mon petit. Quand il fera nuit, peut-être que ton papa sera de retour. »

Elle retourna sur la terrasse. L'avion attaqué par les trois autres dégagea à son tour un mince filet de fumée et s'écrasa dans les fourrés. Les trois chasseurs décrivirent un cercle puis disparurent en direction du sud-ouest. Les enfants avaient été réveillés par le fils de Tsiou, ils s'assirent dans un coin du salon et renversèrent le coffre à jouets, les engrenages d'un singe à vélo et de scieurs à ressort retentirent. Eût-elle été encore là, l'horloge aurait annoncé quatre heures pile en sonnant quatre coups. Mapopo se souvint qu'il y avait dans la campagne un jaquier sauvage, elle pourrait aller cueillir l'un des fruits qu'elle avait enveloppé dans un sac en jute, ce serait un festin pour les enfants, mais l'aller-retour prendrait plus de trente minutes, l'idée de quitter la maison l'inquiétait. Hiau-ting, la plus grande, était âgée de onze ans, à cet âge-là, au village, on était déjà autonome, on pouvait aller pêcher seul en bateau, entretenir seul un potager dans la campagne, et aussi aller cueillir seul des fruits dans la nature, mais avec les Monstres dans les parages, Mapopo n'était pas tranquille.

En entendant qu'ils pouvaient aller ramasser des jaques dans la campagne, les enfants abandonnèrent les jouets dont ils s'étaient lassés et suivirent Mapopo qui traînait sa longue faux, ils s'élancèrent hors de la maison, passèrent le portail de la clôture et se faufilèrent dans les chaumes. Mapopo n'osait pas marcher à découvert, elle suivait l'étroit sentier ou alors elle ouvrait un passage dans les fourrés à l'aide de sa faux, au bout d'une vingtaine de minutes ils parvinrent sous l'arbre. Le jaquier aux vastes branches, aux feuilles larges, aux énormes racines entrelacées, ressemblait à un géant à plusieurs jambes qui se serait agenouillé. Le tronc portait sept ou huit fruits, des grands, des petits, à part celui que Mapopo avait recouvert d'un sac, la plupart n'étaient pas mûrs. Leur peau était du vert des plumes du colombar de Siebold, les larges feuilles étaient vert banane, le tronc était vert iguane, et cette verdoyance malicieuse comme un singe, aux ondulations serpentines, enveloppait Mapopo et les enfants. A l'aide de sa faux, elle coupa la tige du fruit ensaché, il tomba avec un bruit sourd, elle ouvrit le sac, le fruit était aussi gros qu'une hotte en rotin, son doux parfum se répandit tout autour. Mapopo ne prit pas le temps de l'éplucher finement, en quelques coups de faux, elle le divisa en six parts, une chair orangée à laquelle étaient attachés deux cents arilles se révéla, que les enfants prélevèrent avec leurs doigts, ils enfournaient très vite un morceau après l'autre. Quand ils eurent terminé, Mapopo n'osa trop s'attarder, elle les ramena chez elle par les mêmes chemins.

La maison empestait toujours l'odeur de la femelle porc-épic, qui se mêlait à celle du jaque exhalée par l'haleine des enfants. Le coin sombre où ils se regroupaient et se séparaient ressemblait au tronc ombreux et sinueux chargé de fruits encore verts. Mapopo déambulait sur la terrasse en scrutant les fourrés. Le calme était tombé sur la campagne, les frottements des serres et du bec du perroquet, les engrenages des jouets à ressort, la becquée des hirondelles, l'écho des socques, tous ces bruits faisaient un formidable vacarme. Chaque fois qu'elle était de retour chez elle, Mapopo avait pour habitude d'écouter son perroquet. Grâce à ses dons d'imitation, les cris des rapaces, grands coucals ou chats sauvages qui s'étaient montrés dans les environs n'avaient aucune chance de passer inaperçus. Cette fois-ci, le perroquet lança seulement de bizarres *tac-tac-tac*, qui ressemblaient à l'engrenage des jouets à ressort, au bruit des socques, à la mitraille des avions de combat, au balancier de l'horloge confisquée, il n'y avait aucun bruit confus ou inconnu, ce qui voulait dire que depuis qu'ils étaient partis, rien ne s'était produit, pourtant ce *tac-tac-tac* lui parut étrange.

Dooong... Dooong... Dooong... Dooong... Dooong... Le perroquet allait et venait en sautillant sur son perchoir. Depuis que les Monstres avaient emporté l'horloge, il n'entendait plus la sonnerie des heures et en était quelque peu impatienté, il imitait les cinq coups du balancier.

Eût-elle été encore là, l'horloge aurait aussi sonné cinq fois à cette heure-ci. Mapopo vint se poster devant le perchoir, elle libéra la patte du perroquet de son anneau.

Elle tournait entre la terrasse et la galerie quand soudain elle s'arrêta net et regarda attentivement les fourrés. Elle entra dans le salon, appela les enfants et courut directement à la galerie, elle posa les petits barils à terre et fit entrer les enfants dans les grands. Elle était revenue s'asseoir sur la terrasse et fumait une cigarette quand, à la clôture, parurent une troupe de Monstres et trois villageois.

Yamazaki Kenkichi poussa le portail, il était suivi des cinq *kempei* qui étaient venus l'après-midi, de l'interprète, de Lam Ga-fan, Lee Gras du Bide et Tsiou le cyclo, leurs mains étaient liées dans le dos, il y avait aussi dix soldats de l'escadron à vélo qui poussaient leurs engins. Au moment où les hautes bottes du sergent-major et de ses agents frappèrent les degrés de l'escalier, un bruit énorme résonna, bien plus fort que la première fois, comme un lourd son de cloche, *bong bong bong!* Lam Ga-fan et les autres se mirent en rang au pied de la terrasse, les soldats de l'escadron à vélo debout derrière eux. Ils étaient vêtus de l'uniforme kaki, avec le képi ou la casquette à couvre-nuque, la mitrailleuse légère type 96 sur l'épaule, à la ceinture une gourde et un poignard, un foulard pour éponger la sueur noué autour du cou, les jambes enveloppées de bandes molletières, la face mangée par une barbe de trois jours, marquée par les traces de transpiration, les traits du visage brouillés. Les vélos étaient recouverts d'une solide couche de crasse jaunâtre, un balluchon était ficelé aux porte-bagages, un casque pendait aux phares avant. Le professeur saignait du nez et de la bouche et marchait en boitillant ; Gras du Bide, le front entaillé par la blessure sanguinolente d'un coup de couteau, était aveuglé par le sang qui inondait ses yeux ; le maillot du conducteur de cyclo était couvert d'empreintes de bottes.

« Albeeeeert », le perroquet ouvrit et referma ses ailes, il s'envola sur l'un des poteaux de la terrasse, puis revint à son perchoir, « tu as maigriiiii… »

« Le *taijin* te demande, commença l'interprète, y a-t-il d'autres personnes que toi dans la maison ?

— A part le perroquet, répondit Mapopo, il n'y a personne. »

La haute botte de Yamazaki s'abattit avec férocité sur la face de la vieille femme. Elle se renversa de tout son long sur le sol, la grosseur l'élança comme si quelqu'un avait tranché dans le vif. Elle se tâta la nuque, la grosseur était toujours là, l'élancement brûlant se répandit jusque dans le bras, comme si elle avait recueilli dans sa main un nid grouillant de guêpes furieuses.

« Le *taijin* te demande, reprit l'interprète, où sont cachés les enfants ?

— Il n'y a personne à part le perroquet. »

Mapopo s'assit en tailleur sur le plancher, elle leva la tête et son regard tomba sur le haut entrejambe escarpé de Yamazaki. Sa lourde chute venait de lui faire sentir des dizaines d'épines de porc-épic frottées d'urine instantanément crochetées dans la tumeur, elle avait si mal qu'elle ne sentait plus son cou, il lui semblait que son crâne s'était détaché de son corps. A travers les fentes du plancher, elle vit la femelle porc-épic se faufiler parmi les bûches renversées par les Monstres et, s'approchant d'un pilotis en bois-de-fer, se mettre à grignoter le manche d'une pelle à poussière. Il y avait des épines plantées dans les feuilles sèches et les herbes ainsi que dans une fleur d'hibiscus écarlate, celles sur le corps de l'animal vibrèrent dans un bruissement. Les effluves du pipi des enfants dans le pot de chambre et l'odeur d'urine émanant du porc-épic emplissaient la maison.

« Baaaar… baaaaar… Baaaar… baaaar », le perroquet poussa son cri plein de germes malsains.

Yamazaki ouvrit son étui en cuir, dégaina son Nambu 33 et, jetant un coup d'œil oblique au perroquet, fit feu. La balle vint frapper le perchoir, le perroquet s'envola de la terrasse et se posa sur la haie de bambous, la huppe dressée à la verticale, les yeux fixés sur la maison, tout en continuant à pousser son cri de malheur. Yamazaki envoya un coup de pied dans la poitrine de la vieille femme et regarda les villageois au-delà de la terrasse. Trois soldats de l'escadron frappèrent les prisonniers dans le dos avec la crosse de leur fusil, ceux-ci s'agenouillèrent sur le sol sans un cri. Le sang coulait du nez et de la bouche de Lam Ga-fan jusqu'au creux de sa poitrine, parfait lavis sanglant de fleurs sur une branche. Gras du Bide ouvrit les yeux et lança un regard en coin aux barils de la terrasse. Tsiou aurait pu rester debout, mais en voyant les deux autres tomber à genoux, il avait suivi leur mouvement. Il savait que, de toute façon, les Monstres seraient revenus à la charge. Depuis qu'ils avaient passé le portail, ses yeux se posaient tantôt sur les barils, tantôt sur Mapopo. Après le deuxième coup de pied porté à la vieille femme, ils oscillaient plus intensément entre elle et les fûts.

Yamazaki, en suivant le ballet des regards de Gras du Bide et de Tsiou, aperçut les trois barils sur la terrasse. Ils étaient remplis d'une eau trouble, si vaseuse qu'on n'en voyait pas le fond, avec des plantes aquatiques et des guppys amassés à la surface. Leur revêtement, hormis les traces de rouille, était couvert de saletés, certaines sèches, d'autres humides, des liquides douteux s'égouttaient. Yamazaki s'approcha des barils, de ses phalanges il toqua contre la partie supérieure, puis, de sa botte, cogna contre la partie inférieure, brusquement, il tira sur l'un d'eux, dans la partie du bas. Les balles firent deux trous, la surface de l'eau fut agitée de petites rides. Yamazaki vit la terreur peinte sur le visage des trois hommes agenouillés.

Le sergent-major fit un clin d'œil à ses agents, trois *kempei* vinrent se placer devant les fûts et, saisissant les poignées, dévissèrent les barils de petit gabarit qui formaient la partie supérieure, les grands barils creux furent ainsi dévoilés. Ils renversèrent les petits barils sur la terrasse, goutte à goutte, l'eau s'écoula par les interstices du plancher jonché de grands et petits guppys et d'herbes aquatiques.

Yamazaki et ses hommes traversèrent le salon et parvinrent à la galerie, au moment où, avec son Nambu, il mettait en joue l'un des barils, Mapopo poussa un cri aigu.

6.

Trois nids d'hirondelles étaient construits sur les poutres de l'auvent, les coups de feu avaient chassé le tourbillon de duvet et de salive qui tournait au-dessous, deux oisillons perchés au bord d'un nid battaient l'air de leurs jeunes ailes déplumées. Du toit de tôle parvint une suite de bruits violents, comme si d'énormes rapaces avaient posé leurs serres dessus, Mapopo se souvint alors des enfants qui bombardaient son toit avec leurs frondes. A coups de pied, les Monstres avaient renversé les huit barils, deux martins-pêcheurs s'attaquaient aux guppys avec empressement, leurs gros becs acérés saisissaient la queue tachetée des mâles, perçaient le gros ventre des femelles et picoraient les petits comme les poules des grains de riz. Soudain, l'engrenage d'un canard à ressort se déclencha, il étira son long cou et rampa tortueusement sur le plancher jusqu'à ce que sa poitrine vienne heurter le pouce de Mapopo, il se bloqua mais le mécanisme continua à tourner. Yamazaki ramassa un masque de *tengu*, y jeta un coup d'œil dédaigneux et le jeta, le masque, on l'eût dit ailé, fit un cercle dans l'air et retomba parmi les babioles entassées qui faisaient comme un cimetière de jouets. Des quatre plantes en pot posées sur le garde-corps de la fenêtre du salon, il ne restait plus qu'un tronc d'ananas sans fruits, une vieille noix de coco avec sa bourre, que les gamins avaient ramassée on ne sait où, trônait sur des feuilles ensiformes pareilles à la fleur de lotus du Bouddha, la coque était fendue, les fibres dilatées et battantes, elle était couverte de fientes d'hirondelles, elle ressemblait assez à la tête d'un vieillard à l'air triste. La légendaire faux tueuse de monstres, qui en réalité n'avait jamais servi qu'à sarcler les herbes, était accrochée sous l'ananas, le manche semblait être le prolongement du poignet de Mapopo, c'était le seul objet de la maison qui aurait pu blesser ou tuer, mais les Monstres, qui sait pourquoi, ne lui accordaient pas même un regard. Les bougainvilliers et les halas gênaient peut-être la vision du *taijin* Yamazaki, les agents de la Kempeitai les renversèrent. A travers les lattes du plancher, Mapopo aperçut le porc-épic qui grignotait à présent les épaisses feuilles en pointe d'un hala. Elle ne sentait déjà plus sa puante odeur. Quand elle avait essayé de se relever après le deuxième coup de pied, Yamazaki lui en avait envoyé un autre dans le visage, brisant quelques vieilles dents pourries mal plantées. Elle en avait avalé une, et c'était comme si elle l'eût avalée tout rond, comme si, au passage, la grosseur dans sa nuque l'eût interceptée, digérée consciencieusement, renforçant les serres d'oisillon de la tumeur.

Yamazaki allait et venait dans le salon, le bruit des bottes sur le plancher rappela à Mapopo les cris du perroquet qui ressemblaient au mécanisme des engrenages et à la mitraille des avions. Le sergent-major réprimait une fureur prête d'exploser à tout moment, il semblait y avoir entre lui et cette vieille menteuse invétérée une haine implacable, l'un des deux était de trop sous ce ciel, son cerveau bouillonnait de tous les tourments possibles qu'il pourrait lui infliger. Il s'arrêta sur le seuil de la chambre à coucher, avisa le pot de chambre rempli du pipi des enfants. Il poussa un rugissement à l'adresse de l'un de ses agents. Celui entra dans la chambre, prit le pot et vint se poster à côté de la vieille femme, il en versa sur elle tout le contenu. C'était l'urine de toute la journée, Mapopo comptait, au crépuscule, en arroser les fleurs et les arbustes autour de la maison. Elle s'était habituée à cette odeur forte, qui ne lui répugna nullement, elle y décela même les fragrances du jaque mêlées aux arômes des légumes sauvages et au doux fumet du jarret de porc. De la même façon qu'elle avait avalé la dent, elle n'eut pas l'impression de boire de l'urine, c'était comme si celle-ci était tombée directement dans son estomac, comme si elle s'était répandue dans la tumeur. Le liquide s'égoutta à travers le plancher, éclaboussa les épines du porc-épic occupé à grignoter ses feuilles de hala, diluant ainsi les relents d'urine mâle que la femelle portait sur elle. Mapopo ne sentit plus cette odeur de rut, seulement celle, pure, du pipi des enfants. La grosseur était écrasée contre le sol, baignant dans la pisse, peu à peu, les élancements disparurent, une sensation agréable, douce, savoureuse se répandit de sa nuque jusque dans tout son corps, elle ne sentait plus l'existence de cette boule, elle ne sentait plus le manque dans ses vaisseaux sanguins, sangsues avides de papavérine et de morphine. Pouvoir antidote et désinfectant de l'urine, qui permet aussi de décongestionner les méridiens. Quand on reçoit une charge de venin dans la nature, il faut arroser la plaie d'urine, la douleur et la gravité de la blessure seront réduites de moitié, surtout si c'est l'urine d'un enfant de six ans. Elle ferma les yeux, relâcha ses membres et laissa l'urine baigner son corps, une sensation d'allégresse, faite de jeunesse et de torpeur, se répandit en elle.

« Albeeeert… Albeeeert… »

Le perroquet tournait autour de la maison en craillant, sa jacasserie n'était plus grotesque. Elle le vit se poser sur l'épaule d'un officier blanc, il était en uniforme de marin, chemise blanche et pantalon bleu clair, le cou pris dans un col carré et une cravate noire, ses cheveux cotonneux noués en catogan, il portait moustaches et favoris, ses sourcils en ailes de mouette chargés des embruns du grand large, sous la toison de sa poitrine son cœur cognait avec la régularité d'un pendule, lorsque l'officier et elle s'unirent comme un petit baril dans un grand, son membre viril en forme de nageoire anale de guppy mâle avait l'air d'un jouet à ressort remonté.

« Albeeeert… Albeeeert… »

Le perroquet continuait à tourner autour de la maison en craillant. Mapopo ouvrit les yeux, elle vit Lam Hiau-ting et les autres enfants blottis dans un coin de la terrasse en train de sangloter, ils ressemblaient à un jaque coupé en six parts, les traits du visage tordus par la peur et les pleurs. Lam Ga-fan, Lee Gras du Bide et le cyclo Tsiou étaient sur la terrasse en face de la porte, devant eux il y avait Yamazaki, derrière, les cinq agents de la Kempeitai, et derrière ceux-ci émergeaient les casquettes des soldats à vélo et leurs éternels fusils pointés vers le ciel. Le vent du sud-ouest poussait les nuages colorés par les feux du couchant, des têtes et des queues d'écureuil rougeoyantes se poursuivaient dans le ciel, les puces de lumière et les rayons mouches enchâssés dans les chaumes s'estompaient peu à peu, le champignon putride de la lune et ses lueurs termites commencèrent à grignoter la peau de la nuit. Sous la lourde et violente botte de Yamazaki, le vénérable plancher de la terrasse s'ouvrait en trous serrés les uns contre les autres, où se déposait la charpie des poissons morts. Une expression bizarre se lisait sur le visage des trois prisonniers, ils se regardaient entre eux, parfois ils jetaient un coup d'œil oblique sur les enfants et sur Yamazaki qui tournait autour d'eux.

« Le *taijin* déclare que les enfants sont innocents, ils ne seront pas tués, à condition que… » dit l'interprète. Le bruit de pas de Yamazaki, la jacasserie grotesque et malsaine du perroquet couvrirent le reste de la phrase. D'après le ton et l'expression du visage de l'interprète, celui-ci avait dû répéter deux fois la phrase. « … Oh, vous avez entendu ? »

Deux *kempei* dégainèrent leurs pistolets et tirèrent quatre coups de feu aux pieds des enfants, les balles traversèrent les lattes et allèrent s'enfoncer avec un bruit étouffé dans la terre noire sous la maison. Les plus petits se cachèrent derrière Hiau-ting et les grands, en poussant des hurlements aigus. Un soldat de l'escadron à vélo fit entendre un rire froid et cassant, il prononça des mots de monstre que l'interprète n'eut pas besoin de traduire.

Yamazaki, impatient, poussa un rugissement.

« Le *taijin* dit… »

L'interprète n'avait pas fini sa phrase que Gras du Bide implorait misérablement :

« Pitié… pitié… *taijin*… vous tiendrez votre promesse.

— Ta gueule ! hurla l'interprète.

— Professeur Lam… mon vieux Tsiou… », Gras du Bide jeta un regard à ses compagnons, « pour les enfants… »

Lam Ga-fan et Tsiou, tête basse, hagards, regardaient la masse informe de Mapopo allongée sur le plancher au milieu de l'urine. Gras du Bide se mit en branle, s'arrêta, la démarche incertaine, il s'approcha pas à pas de la vieille femme.

Le perroquet décrivait des cercles autour de la maison, il se posait un instant à chaque fenêtre et laissait des traces inquiètes de bec et d'ongles sur les garde-corps. Un grand coucal s'envola de derrière la haie de bambous vers l'auvent, ses serres s'accrochèrent fermement à l'une des poutres, il tendit son gros bec noir vers un nid d'hirondelle et happa le cou d'un oisillon, puis s'en retourna dans les fourrés. La lumière du couchant passait par la fenêtre et illuminait le plafond, éclairant les toiles d'araignée, tombeaux de mouches et de papillons. Les piaillements des oiseaux s'en retournant au nid alternaient avec les sifflements sonores des éperviers, les cris du perroquet et les sanglots des enfants. Des pierres s'abattirent avec fracas sur les tôles en zinc, *cling cling clang clang*, comme si une bande de sauvageons présomptueux avaient à nouveau bombardé le toit de Mapopo. La femelle porc-épic, rassasiée, se faufilant de dessous la maison, courut à toute vitesse vers le pertuis de la haie et disparut dans les chaumes de l'autre côté, laissant une épine crochetée dans une vieille branche de bougainvillier. « Albeeeert… Albeeeert… » Le perroquet revint à l'intérieur et se posa sur le coffre à jouets, il saisit dans son immense bec déformé une cigale en bambou et lui fit chanter des *ks ks ks ks*. Mapopo vit un Albert, le visage mangé par une barbe de trois jours, les cheveux ébouriffés et gras, s'avancer vers elle depuis le seuil de la porte, il s'agenouilla soudain devant elle, lui arracha son pantalon noir dégoulinant de pisse, et comme un jouet à ressort au mécanisme remonté se pressa contre son corps. Ce gros Albert s'en alla, à la porte apparut un autre Albert, grand, le teint mat, et qui, tel un autre jouet à ressort, s'effondra sur elle. Cet Albert-là s'en alla, un troisième Albert, à l'air très raffiné, qui portait des lunettes à monture noire, s'agenouilla entre ses jambes. Aucun d'eux n'avait les cheveux noués en catogan, ni ne portait l'uniforme de marin, ils n'avaient ni belle barbe, ni sourcils en ailes de mouette chargés d'embruns, leur torse n'était pas couvert d'une épaisse et souple toison, mais ils avaient tous l'organe mâle érectile en forme de nageoire anale modifiée des guppys. Mapopo sentit alors l'odeur d'urine du porc-épic mâle qui émanait des épines de la femelle, elle sentit l'odeur des fluides amoureux, le mélange, il y a soixante ans, de la testostérone et des sécrétions vaginales entre ses cuisses. De la terrasse, retentit une série de coups de feu, les trois Albert, le gros, le mat et le raffiné, gisaient dans une mare de sang, Lam Hiau-ting fut soulevée et emportée par deux soldats dans la chambre à coucher, ceux de l'escadron à vélo, puis les agents, entrèrent à tour de rôle, quand ils ressortaient, leur sexe était flasque comme une ceinture en cuir. Les cinq enfants sur la terrasse furent poussés dans le salon, ils vagissaient accroupis sur le sol, les traits du visage comme mangés par un masque de quelque terrible *yôkai*. Les bûches éparpillées sous la maison furent enflammées, le grand brasier monta rapidement jusqu'au plancher, attisé par un vent de sud-ouest, d'immenses langues de feu commencèrent à engloutir la maison. Quand les enfants se précipitèrent vers la porte, des coups de fusil retentirent. Les flammes se jetèrent sur les longs cheveux de Mapopo et ses sourcils en antennes de crevette, la tumeur, la verrue bile de serpent, le champignon de son double menton devinrent tour à tour petites et grosses boules de feu, d'entre ses jambes fut expulsé un fœtus mort, ratatiné, calciné. Mapopo se releva d'un bond, elle saisit la faux accrochée sous le vantail de la fenêtre et, prenant dans ses bras les corps des six enfants, s'envola au-dessus de la maison, franchit la haie et disparut dans les fourrés avec le perroquet blanc au babil incessant.

LE PÂLOT

« Quelqu'un du village nous a vendus. » Le Pâlot était caché dans un trou d'arbre depuis sept jours et six nuits, il se rappelait les dernières paroles de son père.

Le soleil s'est montré timidement, puis il est retourné à son sommeil de plomb dans le ventre du ciel. La voûte céleste présente un front très généreux, très clair, le cosmos infini en guise de cervelle. Une vingtaine de Monstres se tiennent debout sous les feuillages d'un caïlcédrat, ils baragouinent dans leur incompréhensible langue monstrueuse, à l'arrière de leurs casquettes les couvre-nuques effilochés volent au vent du sud-ouest, leurs sabres militaires type 95 et leurs mitrailleuses légères type 96 flairent, mordent avec férocité la terre noire et les herbes folles. Un groupe de corbeaux à gros bec décrivent un cercle, puis s'envolent à tire-d'aile vers un sombre recoin du firmament, ils disparaissent mais leurs froids ricanements retentissent dans le jour. Son père Ho Jin-kien et quelque vingt autres hommes ont passé une demi-heure à creuser deux grandes fosses, au moment où les coups de feu ont retenti, une chienne de boue, une bourbe perfide s'est ruée sur eux avec souplesse et les a engloutis, comme ça, dans l'une des fosses.

Depuis la cavité ovale de l'arbre, le ciel avait l'air d'un gros œuf bleu, entouré de nuages duveteux qui flottaient tout autour, on eût dit une énorme créature extraterrestre en train d'incuber.

Les gosses du Bouk aux Sangliers s'y entendaient pour grimper aux arbres, il leur fallait un rien de temps, neuf enfants étaient rapidement montés au faîte d'un arbre. Les Nambu des Monstres avaient commencé à tirer sur eux. Les balles évitaient les enfants, elles visaient les branches sur lesquelles ils s'étaient perchés. Niou Ing-an, treize ans, s'était hissé plus haut que les autres, mais il était aussi la cible la plus exposée, il fut le premier à tomber parmi les feuillages. Ing-an avait en sa possession le mâle criquet le plus éblouissant de tout Krokop, il ratatinait les compétiteurs des autres enfants, invaincu jusqu'à ce jour, cet insecte supérieur, philosophal était actuellement endormi à l'intérieur d'une boîte d'allumettes Double Happiness dans la poche de son propriétaire, en attente de la prochaine confrontation. Au moment où Ing-an avait posé le pied à la cime de l'arbre, il avait eu un regard rien que pour la boîte, afin de s'assurer qu'elle était bien calée dans sa poche de chemise. Sous l'arbre, un Monstre leva sa mitrailleuse et, avec précision, cueillit Ing-an au bout de sa baïonnette. La lame pénétra à gauche du ventre et transperça la clavicule. Un autre Monstre, à bout de patience, le frappa d'un coup de lame au nombril et eut le visage éclaboussé par les excréments. Le criquet fabuleux bondit de la boîte d'allumettes coupée en deux vers un enchevêtrement de racines et disparut.

Les Monstres s'étaient séparés en deux colonnes, un groupe, loin de l'arbre, tirait à la mitrailleuse et l'autre, sous l'arbre, attendait avec les baïonnettes. Le champion de natation Lua Tsian-tiong avait été le deuxième à chuter, deux lames érigées le taillèrent en ciseaux. Thomas, le petit garçon anglais, eut d'abord la paume emportée par une balle, et avant qu'il s'écrase sur le sol, un sabre militaire, avec une fioriture de gestes, faucha ses membres. Une fillette de sept ans, une Hollandaise, au moment de tomber regarda le Pâlot avec de grands yeux épouvantés. Il aurait voulu l'appeler mais tout à coup son nom lui échappa, pourtant il se rappellerait toujours le parfum de laitage qui se dégageait d'elle, ses yeux vert émeraude, le blanc crème de sa peau, ses cheveux roux comme le feu et ses entrailles violet aubergine, violet raisin, qui s'accrochèrent aux visages des Monstres.

La cavité d'un arbre, noire comme un four, s'était soudain reflétée dans les yeux du Pâlot.

« Frérot… frérot… on va sauter là-dedans », avait-il crié à son petit frère.

Le petit frère, Hui le Batave, était à croupetons sur deux branches en fourche, les mains passés dans les menottes d'une branche en spirale. Il avait un rhume carabiné, ses yeux et ses lèvres étaient clos, une chassie noire s'engluait au coin de ses paupières, deux traînées de morve verte coulaient de ses narines. La terreur ourlait son front de rides, comme si l'on avait plié dessus une couche humide de bébé.

Les nuages blancs se transformèrent à nouveau, leur forme était bizarre, on aurait dit une meute de chiens galeux dont les poils et les teignes étaient emportés par le vent.

« Frérot… frérot… », le Pâlot montrait le trou dans l'arbre, « on va sauter là-dedans ».

Quand Lua Tsian-ting, champion du sous-l'eau, perdit prise et glissa, ses pieds écrasèrent le corps du petit frère. Un bout de petit intestin s'accrocha à l'une des gourdes qu'un Monstre portait au ceinturon, le foie marron-rouge fut écrasé sous la semelle d'une botte, le sang frais de Hui le Batave, ou peut-être d'un autre enfant, maculait de rouge la peau de requin d'un manche de sabre militaire. Le Pâlot avait sauté de toutes ses forces et atterri dans le trou, grand comme trois jarres de riz.

Les Monstres commencèrent à faire feu sur les pieds et les mains des enfants, les trois qui restaient chutèrent.

Le lendemain à midi, la faim fouettait le Pâlot, le ciel potelé comme un bébé ruisselait de lait et de confitures.

Après avoir passé les huit enfants au fil de leur sabre ou de leur baïonnette, les Monstres avaient tourné leur attention vers les onze femmes, ils ne remarquèrent pas qu'il manquait un gamin. Sa mère et sept femmes d'âge moyen pleuraient, prostrées devant les fosses, les Monstres donnèrent des coups de bottes dans leurs corps raidis pour qu'elles sautent dedans, enfin, lassés, ils les mirent en joue. L'un des Monstres marcha vers les chaumes, le ventre en ballon, il défit la ceinture de son pantalon, la chaleur lui fit en même temps déboutonner sa chemise, son zizi entre le pouce et l'index, dur comme du bois sec, ressemblait à un bec de théière qui pisse. Quand il eut terminé ses petits besoins, il revint tourner autour du cercle de chair formé par trois jeunes femmes, dans sa hâte il avait reboutonné sa chemise en sautant un bouton, laissant voir un nombril en forme d'œil de bouc. Depuis trois ans qu'ils étaient dans les mers du Sud, les Monstres avaient été gavés de chair, chair de sanglier, chair de serpent, chair de lézard, leurs bras étaient plus souples, plus prompts à étouffer les femmes, une flamme lubrique brûlait plus fort dans leurs yeux.

Le Pâlot avait quinze ans, comme n'importe quel gamin un peu précoce des mers du Sud, il comprenait les choses de la vie. Sa sœur de dix-sept ans, Ho-ngi, ainsi que deux autres jeunes filles, agenouillées sous un caïlcédrat, pleuraient à sanglots rauques. Sa grande sœur avait les cheveux longs, ce matin-là ils dansaient follement dans le vent, s'emmêlaient dans un froufrou d'ailes de chauve-souris, de loin on aurait cru voir un cerf-volant. Elle était si maigre, sa silhouette faisait penser à un cours d'eau à sec, elle semblait prête à s'envoler.

Au moment où elle fut entraînée avec les autres dans les chaumes, un poltron de nuage blanc se pencha et toucha presque la tête du Pâlot. Le ciel engraissé avait aspiré les eaux nourricières de la terre, depuis plus d'un mois il se refusait à faire tomber une goutte de pluie.

Le Pâlot dépassait d'une demi-tête la cavité de l'arbre, hissé sur la pointe des pieds, il pouvait voir les fesses de ce cocotier familier, le plus grand, ainsi que les petites fesses de cocotiers plus jeunes qui se balançaient dans le vent, il voyait aussi dans les chaumes les fesses tambours des Monstres, cuisant d'une flamme lubrique. Il resta allongé tout un après-midi dans ce trou, la moitié du visage inconfortablement coincée contre l'écorce. Au crépuscule, le soleil passa le fer de ses rayons sur le fleuve, dont les eaux prirent la teinte d'une pastèque ouverte. Le lendemain, le soleil était suspendu là haut comme une tranche d'ananas, la soif se fit sentir. Au fond de la cavité, il y avait une flaque où stagnait de l'eau de pluie, il en puisa, les mains en coupe, dans ses paumes des larves de moustiques exécutaient des cabrioles aussi belles que celles du Roi des Singes quand il tente de s'échapper de la paume de Siddhârta. A l'extérieur du trou, il vit un calao largup, l'oiseau venait à peine d'avaler un petit lézard qui se débattait encore dans son jabot, qu'il louchait déjà sur une nouvelle proie. La faim le creusa encore un peu plus. Mais il n'osait pas sortir de son trou, encore moins descendre de l'arbre.

Au troisième jour, la coupole du ciel se fissurait sous la chaleur, c'était comme du manioc exhalant une fumée blanche. Dans la flaque, l'eau de pluie diminuait peu à peu, mêlée à son urine. Au-delà du trou, sur les branchages, des feuilles pleines de vie avaient poussé ces derniers jours, elles éperonnaient la faim du Pâlot. Le désir de nourriture lui faisait déjà voir la voûte céleste comme le ventre d'une casserole fumante, toute chose comestible imaginable était cuite dans l'étuve des nuages de braise, devenait une grande poêlée, et toute la terre résonnait du chant joyeux des aliments. A la nuit tombée, il finit par sortir de son trou, rampa sur une branche et se rassasia de tendres feuilles. En bas, le village était tout illuminé, plus d'un millier de soldats du corps expéditionnaire du Sud s'égaillaient en tous sens. Une fois retourné dans son trou, le ciel le borda comme une épaisse couverture ; les étoiles irradiant leur chaleur s'introduisirent dans sa poitrine, pénétrèrent le territoire sombre et mouvant de ses rêves. La tête de son père et celles d'une vingtaine d'hommes tombaient du haut de l'arbre comme des durians, le Pâlot eut la sensation qu'une force considérable faisait vaciller la création.

Cinq jours durant, il mangea des feuilles, but l'eau de pluie mêlée à l'urine, au sixième jour, il avait perdu le sommeil, il fixait du regard l'immense tombeau qu'était le ciel constellé. Il eut la nostalgie des nuits profondes de sa maison, du raffut des souris, du *tok-kay* des geckos, des miaulements belliqueux des chats sauvages, des ronflements des chiens qui grinçaient des dents en dormant.

Cette nuit-là il regarda le firmament sans ciller, jusqu'à en avoir mal aux yeux, jusqu'à ce que le dôme céleste mollisse, s'affaisse, et que la première lueur de l'aurore déborde comme une flaque d'eau. Dans le ciel blanc d'œuf, deux B-24 Liberator croisaient dans un silence solennel, flèches d'argent lancées par quelque dieu. Une nuée blanche en forme d'œufs de grenouille s'échappait du cul des appareils, après le passage du tonnerre, apparurent des nuages têtards, le ciel se rida comme la surface d'un lac. Le fracas gigantesque des moteurs manqua de lézarder le dôme du ciel. Une abeille, cuirassée de poils noirs, jaillie d'un trou de l'arbre et lancée à toute vitesse au-delà des feuillages, fut ballottée par les vagues d'ondes sonores, elle décrivit quelques cercles à l'aveugle avant de regagner son nid.

Les B-24 Liberator avaient l'apparence de libellules, ils étaient pourvus de deux grandes ailes argentées et scintillantes, dans leur rotation le moyeu des hélices et les pales en rayons faisaient comme deux perles, les appareils en vol semblaient transparents dans le ciel bleu et les nuages blancs. Du ventre de ces deux flèches d'argent tombèrent des bombes, crottes de cafards, crottes de souris. Le Pâlot se boucha les oreilles des deux mains, jusqu'à ce que le bruit des explosions cesse tout à fait. Quand les bombardiers eurent disparu, une dizaine de chasseurs P-51 Mustang tournoyèrent sous le ciel, l'un d'eux rasa le sommet du figuier sur lequel était perché le Pâlot, le corps de l'appareil frappa les feuilles, dans la cabine un pilote au visage noir lui fit un large sourire, découvrant une rangée de dents blanches et jeunes, comme si sa bouche eût contenu les nuages du ciel. Le Pâlot vit le gros ventre d'un avion de transport militaire larguer, l'un après l'autre, des parachutes dont les voilures colorées faisaient un petit arc-en-ciel, les parachutistes, le matériel militaire ainsi qu'une jeep descendirent doucement. La toile de l'un des parachutistes se prit dans les branches de l'arbre où se trouvait le Pâlot, le soldat, ange tombé du ciel, pistolet-mitrailleur Thompson à la ceinture, était suspendu au bord du trou, les mains accrochées aux paracordes. Il leva une main pour tâter son casque, sortit un canif de sa poche de poitrine, pressa un bouton et la lame à ressort jaillit avec un bruit sec, il s'apprêtait à trancher les cordes quand il rencontra les yeux grands ouverts de l'enfant dans l'arbre.

Il le prit sur son dos pour le porter en bas, il lui donna deux paquets de rations, le gamin mangea même deux bonbons durs aux fruits et un morceau de chocolat Hershey.

« Comment tu t'appelles ? » lui demanda le soldat américain qui portait une barbiche. Il avait à la main une tasse en fer remplie de café fumant.

Le Pâlot avait appris l'anglais pendant plus de trois ans à l'église avec le père Tsau, il comprenait très bien la langue du parachutiste.

« Nous avons reçu un télégramme des villageois, les Japonais ont massacré ici une quarantaine de civils la semaine dernière, dit le soldat, son Thompson à l'épaule. Et ta famille ? Tu ne serais pas orphelin ? »

Ce gosse dans son trou est blanc comme le lièvre des neiges, se dit ce grand parachutiste que l'enfant révérait comme un ange tombé du ciel qui l'avait descendu de l'arbre.

« N'aie pas peur, petit. » Il s'accroupit devant lui, il tenait à la main la mitrailleuse légère type 96 d'un Monstre. « Les Japonais ont tué toute ta famille, ça veut dire que, maintenant, nous sommes frères. »

Le Pâlot regardait la baïonnette type 30 de l'armée impériale du Japon.

« Tiens, prends ça. » Le soldat tira d'une poche intérieure un cricket en métal qui avait la forme d'un vrai criquet et pressa le ventre, *clic-clac,* un son cristallin en sortit. Et le Pâlot qui crut que le fabuleux criquet d'Ing-an, caché sous les racines, frottait le miroir de ses élytres… Il jeta un coup d'œil aux racines à ses pieds. « Les Asiatiques… Chinois ou Japonais, vous vous ressemblez tous pour nous. La prochaine fois, si tu rencontres des soldats américains dans la forêt, appuie fort sur ce truc, on saura que tu es des nôtres. »

Il appuya à nouveau sur le cricket, *clic-clac, clic-clac,* deux fois, et le mit dans la main du Pâlot. Celui-ci prit l'insecte en métal, puis son regard alla des racines à la baïonnette. Il pensa à son petit frère le Prince Nata, à sa mère aux cheveux noirs vêtue de blanc, à son père englouti par la boue, à sa sœur et sa silhouette de rivière à sec.

« Il te plaît, ce fusil ? » demanda le soldat.

Le Pâlot secoua la tête, de son index il montra la baïonnette.

Le soldat au bouc détacha la baïonnette à un seul tranchant du tenon au bout du fusil et la mit dans la main de l'enfant.

« Ma grande sœur est encore vivante. » Le Pâlot pinça le dos de la lame entre son pouce et son index. « J'ai seulement rêvé de papa, de maman et de mon petit frère, mais pas de ma sœur. »

Dans sa tête en forme de jarre, gros crâne, petit menton, résonnaient nuit et jour les dernières paroles de son père : « Quelqu'un du village nous a vendus. »

L'HOMME SANS BRAS

1.

Le lendemain de la première arrestation des membres du Comité lancée par Yamazaki, au crépuscule, Tzo Da-dy et le Biscornu qui étaient entrés en guérilla dans la jungle depuis déjà cinq jours se trouvaient à une trentaine de kilomètres en amont de la Krokop, sur la terrasse d'une maison sur pilotis, en train de faire cuire deux marcassins qu'ils avaient découpés en morceaux. Un soleil rouge comme l'amour plongeait sur la jungle, les antiques strates de la voûte céleste portaient la rémanence millénaire des sillons lumineux de météores, dressés côte à côte devant la terrasse, deux cocotiers tordus, bossus évoquaient deux énormes libellules en plein accouplement. Un grand coucal passa au-dessus de la terrasse et se posa sur la gouttière pour nourrir ses oisillons, de son bec effilé s'écoula une salive terne.

Da-dy, yeux clos, fumait, il portait la veste de chasseur couleur poil d'animaux, pleine de poches renflées de tailles diverses, qu'il avait lors de sa bagarre avec les Javanais, à ses pieds étaient posées une casquette militaire vert pré à la visière courbe en langue de canard et une radio portable à cristaux liquides, la cicatrice violacée, grosse comme le poing, chatoyait sur son crâne. Il approcha la radio contre son oreille, déplia l'antenne télescopique et tourna prudemment les boutons de la fréquence et du volume, de l'enceinte s'échappa un flot de sons confus, elle transmettait, semblait-il, un grand feu de forêt ou bien les tortures sans fin infligées à quelques démons. A l'aide d'un petit couteau, le Biscornu coupa de fines tranches de viande qu'il enfila sur une brochette en bambou, à feu doux il la fit cuire, jeta une poignée de sel et mangea deux bouchées. Le Johnson de Powell était accroché à la balustrade de la terrasse. Sur le gril étaient posés quelques bouts de viande crue que Da-dy avait tout de suite coupés, une dizaine de morceaux cuits remplissaient une assiette en fer, mais il n'avait rien mangé. Il gardait les yeux fermés et tirait une bouffée après l'autre.

Dans la jungle, l'aube et le crépuscule sont les moments les plus bruyants de la journée, mais le crépuscule de ce jour-là était particulièrement calme. Lorsque Da-dy était parti en forêt vingt ans plus tôt à la recherche du mâle dominant de la harde de sangliers, il avait vu les trois grosses mottes d'excréments et en avait conclu que c'était l'œuvre de l'animal, il avait planté un ramboutan dans chacune des trois mottes, et au centre il avait choisi d'élever cette maison sur pilotis. Les trois arbres étaient devenus gros et ployaient sous les fruits avec la majesté du mâle dominant. Vingt ans, et Da-dy n'avait toujours pas retrouvé la trace de ce sanglier, il avait eu beau s'aventurer loin dans la jungle, il n'avait pas vu de quatrième motte, ni les trous et les flaques immenses que les sabots du grand mâle avaient jadis laissés un peu partout autour du village, pourtant quand il courait les bois avec son fusil à l'épaule, il pouvait toujours sentir ce tourbillon de feu qui vous laissait des cloques sur la peau, dans ses rêves il voyait toujours le chemin sans issue pavé d'ossements à la végétation brûlée où nul vivant ne pouvait s'aventurer.

Ce calme inhabituel le mettait mal à son aise. Il jeta sa cigarette, regarda vers le nord de la jungle, descendit de la terrasse et se plia en deux, l'oreille gauche collée contre la racine en contrefort d'un arbre cho-chi.

Le Biscornu, sa brochette dans la bouche, prit son Johnson à deux mains.

Des bruits de pas confus venant du nord se transmirent à l'oreille de Da-dy à travers la racine de l'arbre.

Ti Kim était à la tête d'une dizaine de villageois, le balluchon à l'épaule, chargés de bric et de broc, ils avançaient vers Da-dy.

2.

Hui-tsen, enceinte de cinq mois, s'accroupit devant un carré de légumes pour arracher les mauvaises herbes. Ses bras et ses cuisses n'étaient déjà plus aussi robustes qu'avant son mariage, ses joues s'étaient creusées, sa poitrine affaissée. Au puits, Ta la Flemme remontait de l'eau dans un seau, afin de nettoyer l'abri des sangliers. Kiou-kiou, le fils d'A-hung âgé de deux ans, se trouvait devant la mare où la Flemme faisait pousser ses laitues d'eau, il baissa son pantalon et fit pipi en visant une bande de canards, puis, armé d'un pistolet à eau en bambou glané chez Mapopo, il se mit à arroser les libellules posées sur les laitues, parfois il le déposait à terre et tendait la main pour attraper de petits têtards dont les pattes avaient déjà poussé. Une tribu de cercopithèques, le mâle dominant en tête de son harem, passa en bondissant dans les airs au-dessus de la demeure de la Flemme, ils allaient voltigeant en direction des berges de la Krokop. Une femelle, un petit accroché sous son ventre, s'élança vers les touffes d'herbes qui envahissaient la haie, elle allongea la main jusqu'au nid d'un oiseau où elle chipa deux œufs, et jeta un coup d'œil à Kiou-kiou. Celui-ci se mit à rire, *krkrkr*. Un rire clair et profond, comme le bruit de tambour du tambourineur mécanique. Après sa naissance, la Flemme l'avait traité comme son propre fils, l'enfant le suivait comme son ombre, à tel point que Kiou-kiou sentait lui aussi la fiente de poule et de canard. Les quatre jeunes sangliers à barbe offerts à la Flemme par Emily et A-hung, qui avaient déjà perdu leur livrée brune à rayures, avaient été nourris pendant dix mois de riz sauvage, de fougères, d'olives, de durians et de pupes d'insectes, parmi eux, une ragote était pleine depuis déjà trois mois entiers, elle allait mettre bas dans une vingtaine de jours. La Flemme avait construit une petite porcherie dans les chaumes, il y élèverait les marcassins à son compte après la mise bas, en douce des Monstres. Le coq sans tête, perché sur son poteau, jeta un coup d'« œil » à A-hung, ouvrit ses ailes, les referma, et poussa son silencieux cocorico.

Le matin de la première vague d'arrestations des membres du Comité, A-hung avait pris son fusil caché, il l'avait mis sur l'épaule, avait coincé ses parangs dans sa ceinture et quitté le village à vélo pour aller chez Emily. En journée, Emily restait dans une petite cabane construite temporairement dans la jungle, la nuit elle venait dormir dans la vieille maison. Les herbes folles avaient déjà conquis la clôture effondrée, s'étaient étendues jusqu'à la demeure et aux arbres fruitiers, elles avaient englouti le poulailler en ruine et l'étang aux eaux noires croulantes.

Les pointes des herbes perçaient à travers le plancher et faisaient comme la crête dorsale en vague des iguanes verts. Des centaines de pigeons et de tourterelles avaient fait leurs nids sur les panneaux d'isolation du toit, toute la maison était transformée en volière. Quand A-hung arriva chez Emily, elle était en train de sortir avec son chien noir, à la recherche de fruits mûrs à cueillir.

Ho-ngi était assise dans le salon d'Emily, le menton posé sur le rebord de la fenêtre, le regard fixé sur l'extérieur. Sa veste hakka blanche à manches courtes et son pantalon noir étaient sales, elle était pieds nus, la chevelure longue, lourde, pareille aux taches noires sur la robe de ses vaches Holstein, le vent du sud-ouest s'engouffrait violemment par la fenêtre, faisait danser ses longs cheveux comme les ailes membranées de la chauve-souris en vol. Au-delà de la fenêtre, c'était la campagne brûlée par les feux de plaine, le paysage suffoqué, le paysage scellé, l'air chargé de petites rugosités douloureuses à la respiration.

La nouvelle était depuis longtemps parvenue au village que Ho Jin-tien et d'autres employés de la compagnie pétrolière avaient été fusillés par les Monstres à l'intérieur des terres, des enfants avaient été massacrés à l'arme blanche et plusieurs jeunes filles violées. La tache de naissance sur le visage de Ho-ngi avait toujours la forme et la couleur d'un foie de porc, son corps était toujours aussi frêle qu'un ruisseau assoiffé, la différence c'était que sous sa veste arrondie, elle était enceinte de huit mois.

3.

Quand les Monstres avaient entraîné Ho-ngi dans les chaumes et lui avaient tour à tour grimpé dessus, elle avait vu, par-dessus leurs épaules, des nuages formant un banc de spermatozoïdes recouvrir le soleil, et pendant un instant, la terre avait été plongée dans le noir. Ensuite, elle et les deux autres filles avaient été emportées dans un camion militaire qui s'en était retourné au village, à compter de ce jour-là, elle ne distingua plus le jour de la nuit, elle n'eut plus conscience de l'écoulement du temps, elle savait seulement qu'elle était enfermée dans une petite chambre aveugle, parfois vêtue seulement d'une robe sale ou enveloppée dans une mince couverture collante et glissante, parfois nue, les jambes écartées, elle était allongée sur un lit de bois grinçant, une natte en jonc loqueteuse y était étalée, infecte, imprégnée de la crasse soldatesque, transpiration, semence et autres, elle portait sur elle cette puanteur d'odeurs mêlées, le sperme coulait le long de ses aines et de ses cuisses, mais, l'un après l'autre, les Monstres formaient une interminable file maladroite et pressée, un feu lubrique couvant dans leurs ventres en ballon, ils baissaient leurs pantalons et sortaient leurs sexes dressés, des petits, des grands, des gros, des maigres, tordus à gauche, inclinés à droite. Des nuits et des nuits durant, brisée dans un sommeil profond, elle fit presque toujours le même rêve. En plein jour aussi, quand elle fermait les yeux, le même tableau, vivant, émergeait : c'était une jungle rouge écarlate de poils pubiens d'hommes, au sommet des arbres se balançaient des testicules enveloppés dans des pétales de fleurs, une mer démontée de bananes phallus pendaient sous les branches et dans la campagne s'épanouissaient des rhododendrons blancs, tissés en papier hygiénique, maculés de sperme.

Ce fut la première fois de sa vie qu'elle oublia complètement sa tache de naissance. Lorsque, sous le plein soleil, les Monstres l'avaient traînée dans les chaumes, ils n'avaient fait aucun cas de cette tache ; dans la chambre vaguement éclairée, ils s'en souciaient encore moins, ou ne la remarquaient même pas. Un jour, les Alliés bombardèrent le village, une bombe fit un trou dans le faîtage, de la taille d'une jarre à riz, un timide rayon de soleil tomba sur le lit, éclairant un moment la petite chambre irrespirable. Par le trou, elle vit une hampe dressée contre le ciel, au bout de laquelle flottait le drapeau au soleil rouge, elle repensa à sa perche agaceuse de nuages du temps qu'elle menait paître ses vaches. La voûte céleste présentait un front très généreux, très clair, le cosmos en guise de cervelle. On ne prit pas le temps de réparer le toit, une file de Monstres attendait déjà. Un premier entra et s'agenouilla entre ses jambes, quand son regard s'arrêta, ébahi, sur la marque du visage, il ne témoigna cependant aucune émotion, il hésita quelques secondes, puis mit un préservatif « A l'assaut » avant de pénétrer en elle. La réaction de ce soldat lui fit prendre conscience que, jusqu'à ce jour, le va-et-vient pressé des Monstres n'avait fait qu'accroître la pénombre, ils avaient complètement ignoré la tache couleur foie de porc sur son visage. Elle rassembla ses cheveux ébouriffés à l'arrière de son crâne, leva le menton et regarda en face ce rayon de soleil timoré. Chaque homme, avant d'entrer en elle, hésitait un moment, certains fronçaient les sourcils, certains restaient la bouche ouverte, d'autres ouvraient de grands yeux, d'autres encore, leurs visages se figeaient, l'un d'entre eux alla même jusqu'à toucher la tache du doigt, comme pour s'assurer que ce n'était pas une hallucination, qu'elle était réelle. Une fois le toit réparé, la file de soldats ne diminua pas, mais la plupart d'entre eux avaient maintenant remarqué sa tache. Avant de commencer leur affaire, ils perdaient plusieurs secondes à examiner ce visage d'un air tantôt sévère, tantôt las, tantôt imbécile, tantôt perdu. Elle commença à espérer ardemment le bombardement quotidien des Alliés, si les bombes ne lui tombaient pas sur la tête, au moins qu'elles fassent des trous dans le toit, elle pourrait, pendant que les Monstres lui grimpaient dessus, regarder ce front de ciel généreux et clair, ce cerveau cosmique infini.

Cette nuit-là, elle n'était pas sûre de l'heure, mais la nuit devait être avancée, les cris des oiseaux nocturnes et les aboiements des chiens errants se faisaient profonds, lointains, la file de Monstres était plus courte, le dernier venait de partir, un jeune soldat si épuisé qu'après avoir fini il s'était endormi en ronflant sur elle, un autre Monstre, jeune lui aussi, était entré, une odeur corporelle forte et familière avait tout à coup envahi la pièce. Il était un peu plus grand que la moyenne, il s'était assis au bord du lit et l'avait regardée fixement durant une poignée de secondes, il avait tendu ses deux grandes mains, rugueuses et puissantes, et les avait pressées sur ses seins. Après avoir servi un millier de soldats, la poitrine de Ho-ngi s'était beaucoup développée. Les dix doigts restèrent calmes quelques secondes, puis commencèrent à changer de position, les mamelons pressés sous la paume furent pris entre le pouce et l'index. Toutes les dix secondes, ses mains bougeaient, mais toujours ses doigts épousaient le contour des seins, ses yeux restaient rivés sur eux. Il était mince mais robuste, les sourcils peu fournis, une barbe de trois jours au menton, les lèvres épaisses et le crâne énorme, les oreilles étrangement petites, sur son large front il portait une cicatrice de sept centimètres laissée par un objet inconnu. Des cals épais couvraient ses paumes, ses mains étaient velues, et la jointure des ongles d'un blanc immaculé. Dans l'atroce chaleur, Ho-ngi et le Monstre transpiraient à torrents, mais ses paumes comme ses prunelles restaient sèches et froides. Il changeait sans cesse la position de ses mains, laissant sur l'opulente et pâle poitrine l'empreinte rose de ses doigts. Ce fut comme si le cœur de Ho-ngi était pincé, le bout de ses seins se dressa. Elle écarta les jambes, comme pour dire que le temps leur manquait, il relâcha sa prise, se leva et partit sans se retourner.

Le lendemain, au profond de la nuit, dans la rumeur des oiseaux nocturnes et des chiens errants et les miaulements aigus de deux chats en lice sur l'auvent, à la même heure, il vint, son odeur forte fit tourner les sangs de Ho-ngi. A nouveau, il prit ses seins dans ses mains, il semblait ne jamais cligner des paupières. Quand les tétons saillirent entre ses doigts serrés et froids, il partit. La troisième nuit, au moment où le Monstre précédent haletait au-dessus d'elle, elle sentit déjà son odeur familière. Tandis qu'il pressait sa poitrine dans ses mains, il baissa la tête à dessein pour regarder avec insistance cette part d'univers sans confins entre ses cuisses. Ce mystérieux cosmos, serré, infini, avait connu son Big Bang le jour de l'étreinte avec A-hung dans le bosquet, puis il avait continué son interminable expansion dans les chaumes pleins de Monstres, dans cette chambre exiguë, sans plus rien d'intime, ni de précieux, et pourtant, elle ne put empêcher une rougeur de lui monter au visage, ses jambes tout à coup tremblèrent un peu. Alors, elle se relâcha, décontractée elle ouvrit grand les jambes, posa un pied sur la cuisse du jeune homme. Sous ses regards, elle avait l'impression que cette petite part d'univers qu'elle avait chérie comme un trésor n'était plus salie, mais qu'elle devenait galaxie d'astres et amas d'étoiles nuageux, colorés, chauds.

Six jours de suite il vint. Après la sixième nuit, comme à chaque fois les chouettes ululèrent, les chiens aboyèrent, les chats miaulèrent tristement, mais il ne vint pas.

Elle le revit quinze jours plus tard, sur les berges de la Krokop, l'aube commençait à poindre, elle était assise au bord du fleuve avec une cinquantaine de femmes, qui plongées dans leurs pensées, qui se livrant à des attouchements, qui nues se lavaient, qui bavardaient gaiement, qui chantonnaient une chanson. Il y en avait de toutes les nationalités, des Japonaises, des Taiwanaises, des Coréennes, des Hollandaises, et des filles du coin, parmi lesquelles des Chinoises, des Indonésiennes, des Malaisiennes, des Aborigènes, les langues s'entrelaçaient, les chants montaient nombreux. Tous les trois jours, les Monstres leur laissaient quartier libre sur les bords de la Krokop. Une dizaine de Monstres en faction étaient dispersés tout autour, Ho-ngi vit ce jeune soldat parmi eux, avec sa cicatrice au front. Il portait la casquette et l'uniforme kaki, aux pieds les hautes bottes militaires, un fusil à l'épaule, il était debout sous un cocotier avec un autre jeune soldat, sur l'arbre était perché un grand coucal, l'air aussi détaché qu'eux, à la surface de l'eau leurs reflets d'hommes en uniforme flottaient, aussi sinistres qu'eux. Les fusils d'un noir bleuté faisaient penser à un mauvais génie posé sur leur épaule. Ho-ngi le fixait calmement du regard et repensait à ses dix doigts pétrissant continuellement ses seins. Quand les Monstres la chevauchaient l'un après l'autre, leurs mains fouissaient à tâtons sa poitrine, agitées et fiévreuses comme leurs halètements et leurs coups dans son ventre, sauf ce Monstre à la cicatrice sur le front, ses doigts habitués au contact prolongé de la gâchette, de la crosse, du canon et du chargeur de son fusil avaient perdu toute chaleur, pareils à une machine, ils étaient devenus une partie du fusil, aussi froids, aussi durs, mais c'étaient cette froideur et cette dureté qui faisaient pointer ses seins comme des balles.

Encore une fois, l'odeur familière de ce corps emplit la mousson estivale de l'aube.

Ce jour-là, Ho-ngi était assise avec une femme du Soleil Levant sur la digue. C'était une fille grande et bien en chair, elle devait peser deux fois son poids, comme Ho-ngi elle avait une longue chevelure épaisse, on racontait qu'avant-guerre, elle était déjà une Karayuki-san du Bouk aux Sangliers, elle avait temporairement quitté le village avant le débarquement, puis elle était revenue avec un groupe de Karayuki-san et d'autres femmes du Soleil Levant. Le premier matin de « relâche », Ho-ngi venait toute juste d'arriver, l'abattement était empreint sur son visage et dans ses gestes, la fille l'avait dévisagée un court instant, lui avait balancé quelques mots en japonais et l'avait entraînée sur la berge, puisant de l'eau dans ses mains, elle lui avait mouillé les cheveux, puis avait sorti un peigne en bois aux dents serrées avec lequel elle l'avait lentement et minutieusement peignée, ensuite, serrant les cheveux dans une main, elle avait tordu à gauche, tourné à droite, roulé en haut, enroulé en bas, pour les ramasser en un chignon qu'elle avait fixé à l'aide d'une épingle en forme de moineau. Elle baragouinait ou chantonnait des airs dans la langue du Soleil Levant, sa bouche n'avait pas cessé un instant d'être active. La deuxième fois qu'elles s'étaient rencontrées, la fille avait apporté un petit coffret à maquillage, à grand renfort d'instruments qui ressemblaient à des éponges et des pinceaux elle lui avait appliqué des fards tantôt secs, tantôt humides, masquant ainsi la tache. Sous le plein soleil, celle-ci se devinait, mais dans la petite chambre torride où l'on suait à grosses gouttes, elle se confondait avec la neige de sa peau et ce n'est qu'après le passage d'une dizaine de soldats que la poudre commençait à s'estomper. Ce matin-là, au point du jour, quand elle sentit à nouveau l'odeur familière de l'homme, elle entonna un air indonésien pendant que la femme du Soleil Levant lui refaisait son chignon. Celle-ci s'arrêta plusieurs fois de la peigner pour l'écouter chanter attentivement, et reprendre son fredon. Elle chantait par à-coups, tandis que la voix de Ho-ngi coulait comme une eau. Les paroles évoquaient un petit fleuve, joli comme une peinture, sur les vagues vertes des voiles, sur la berge une longue digue, des cocotiers, des amoureux… Elles ne parlaient pas la même langue, elle ne pouvait expliquer à sa compagne le sens de ces mots.

C'est alors que la sirène d'alarme d'un raid aérien retentit, elles n'eurent pas le temps de quitter les berges, les bombes tombaient déjà. Des geysers en forme de champignon jaillirent du fleuve, les cocotiers furent éventrés, la casquette d'un Monstre vola au-dessus de leurs têtes, décrivit un cercle complet et, ô surprise, retomba pile sur le crâne de l'une d'entre elles. Les soldats qui se trouvaient sur la berge mitraillèrent le ciel, les femmes s'enfuirent vers le village en hurlant. Une semaine plus tard, elles revinrent sur les berges, les Monstres étaient comme toujours en faction, il ne manquait pas une des femmes de toutes ces nationalités différentes, à leur habitude, elles chantonnaient dans leur langue, s'abîmaient dans leurs pensées, se livraient à des caresses, se baignaient nues, papotaient joyeusement, et la grande Japonaise l'aida comme toujours à refaire son chignon, mais elle ne sentait plus l'odeur familière de l'homme.

Deux mois plus tard, par une nuit profonde, c'était le même chahut de chiens, de chats et de hiboux, très tôt, elle avait senti son odeur, mais ce n'est qu'après le passage de trente soldats qu'elle vit enfin apparaître sur le seuil ce garçon à la cicatrice sur le front, à ce moment-là sa poitrine était déjà violacée par les attouchements des soldats, elle ne sentait plus son entrejambe, les cheveux en bataille, sa tache de naissance luisait de son lustre écarlate. Des papiers hygiéniques blancs, maculés de sperme et de transpiration, s'empilaient comme une petite montagne dans un coin sombre, débordant de la poubelle en fer, ils étaient répandus jusqu'à la porte, les préservatifs qui jonchaient le sol brillaient d'un éclat falot sous l'ampoule falote. Il n'était pas comme ces autres Monstres qui froissaient les ordures en marchant dessus et qui, la ceinture pas encore défaite, s'agenouillaient entre ses jambes. Il se mut avec une prudente circonspection, il écarta même violemment du pied les papiers hygiéniques, il jeta un coup d'œil au tas dans le sombre recoin, debout au chevet de Ho-ngi, il la regarda fixement, puis il s'assit, raide, au bord du lit. La poitrine de Ho-ngi se soulevait et s'abaissait, son cœur se serrait, elle attendait que ses doigts pressent ses seins. Il arborait un air froid, les sourcils froncés, les jambes serrées l'une contre l'autre, le dos bien droit, il ne clignait pas des yeux et regardait sa poitrine. Il portait son éternel uniforme et sa casquette, sous la lumière trouble et falote, elle s'aperçut qu'il avait perdu ses deux bras, les longues manches kaki pendaient à ses épaules, pareilles aux banderoles censées rappeler l'âme d'un défunt. De la chambre voisine parvinrent le gémissement paresseux d'une femme et le grognement paresseux de bottes marchant sur le plancher, les pupilles sombres du jeune homme vacillèrent dans l'iris injecté de sang, comme si elles allaient rouler sur sa riche poitrine. Les yeux toujours rivés sur cette poitrine, le garçon pencha légèrement le torse vers elle, comme si ses deux mains s'étaient déjà posées sur ses seins.

Un diffus sentiment de pitié monta en elle. Elle s'assit au chevet de son lit et, redressant le buste, s'approcha de lui, en même temps elle tendait les mains pour embrasser ce corps rigide. Il se rejeta prestement en arrière afin d'éviter ses seins et son étreinte. Les deux fossettes, puits de fraîcheur, depuis longtemps disparues, réapparurent, elle s'approcha à nouveau de lui. Il l'évita encore et se releva presque. Une fois qu'elle se fut réallongée, il reprit sa posture première, rigide, sans ciller, la moitié du corps légèrement penchée sur elle, les manches vides semblèrent se gonfler d'un souffle de vie, comme si ses mains étaient pressées sur l'opulente poitrine. Ho-ngi comprit enfin, il était venu non pas pour regarder ses seins, mais pour retrouver ses mains à lui. Le lendemain dans la nuit il revint. L'expression de son visage était froide, mais son allure risible. L'un de ses frères d'armes l'aida à défaire son ceinturon et à retirer son pantalon pour qu'il puisse faire son affaire à son aise, mais il resta, comme toujours, assis au chevet du lit, le regard fixe posé sur sa poitrine. Au moment de partir, Ho-ngi l'aida à se rhabiller. Le surlendemain, en tenue impeccable, arrivé particulièrement tôt, il s'assit à son chevet comme d'habitude, les sourcils plus froncés, l'expression plus glaciale que d'ordinaire. Elle s'aperçut alors qu'il n'observait plus sa poitrine, mais son abdomen arrondi. Soudain le Monstre se plia en deux et vint appuyer son oreille contre le ventre de Ho-ngi, après une dizaine de secondes il s'écarta, se leva et la regarda, debout devant le lit, puis il se détourna et s'en alla. Dix minutes plus tard, un médecin militaire, qui portait des lunettes à monture noire, un stéthoscope pendant à son cou, fit son entrée.

Comparé au gonflement de sa poitrine, le gonflement de son ventre n'avait pas paru anormal à Ho-ngi. Ses cycles avaient cessé depuis plus de six mois, mais elle croyait que c'était dû au violent déséquilibre d'une eau trop salée. Quand le médecin lui annonça qu'elle était enceinte de huit mois, elle resta un moment interdite, à regarder fixement son gros ventre. Ce soir-là, elle fit son balluchon et quitta la petite pièce sombre pour une chambre où l'on avait disposé six lits de malades. Trois jeunes femmes étaient étendues, profondément endormies ou bien les yeux au plafond. Elle s'assit sur l'un des lits vides et accompagna du regard les bottes du Monstre qui s'en allait. Elle tourna et se retourna dans son lit, entre la veille et le sommeil, jusqu'à l'aurore, elle rêva plusieurs fois du soldat à la cicatrice sur le front, il revenait s'asseoir à son chevet et lui caressait les seins avec ses dix doigts sanguinolents. Dès le lendemain matin, un Monstre accompagné d'un villageois coiffé de la casquette militaire bleue se présenta devant elle, ils la menèrent jusqu'à la grande rue de Krokop. Le villageois, tête basse, lui dit quelques mots puis s'en retourna avec le Monstre au cantonnement, laissant Ho-ngi seule, son balluchon sur l'épaule, au milieu de la rue déserte dans le matin naissant.

4.

Au moment où A-hung pénétra dans la maison d'Emily, Ho-ngi sentit à nouveau cette forte odeur corporelle qui lui était si familière, elle comprit enfin, c'était l'odeur qui flottait quand A-hung l'avait transportée sur son vélo pour livrer les bouteilles de lait, la même odeur que quand il l'avait soutenue pour passer le ruisseau, et surtout, l'odeur indélébile qu'il avait déversée en elle dans le bosquet. Après que les Monstres l'avaient abandonnée à elle-même, elle avait marché rapidement à travers les rues en direction de la jungle. Elle avait pris le chemin de gravier qu'elle empruntait jadis avec son père au volant de la jeep pour livrer le lait, elle avait pris l'étroit sentier par où jadis elle menait paître ses vaches, puis elle était passée par le petit pont où s'était produit l'accident, par l'étang où A-hung pêchait, par le bosquet où elle s'était donnée à lui et qui était à présent criblé de cratères laissés par les bombes, cette odeur l'avait suivie tout au long du trajet. Le jour allait s'éclaircissant, les éperviers bleus prenaient leur envol des fourrés vers le village, les grands coucals bondissaient sur le sol, picoraient leurs proies, les feux de plaine faisaient rage, des panaches de suie noire passaient l'un après l'autre sur les chaumes, les oiseaux rassemblés sur les tonnelles entonnaient leurs clameurs, les macaques à queue de cochon du morne Canada et les cercopithèques de Krokop commencèrent leur ramdam, les toits de tôle flétris et les feuilles bipennées des cocotiers, à moitié flétries, flottaient dans la brume jaune pâle, les coqs destinés à l'abattoir poussaient leur ultime cocorico.

Ho-ngi se tenait sur le chemin de gravier où jadis sa jeep l'avait laissée en rade, elle aperçut dans les chaumes une canne à pêche pareille à celle qu'A-hung avait abandonnée, elle la saisit aussitôt dans sa main, la perche répondit par un craquement et tomba en cendres. Elle resta sur la passerelle, le lit du ruisseau était à moitié à sec, l'eau s'écoulait en filet, les libellules ne pondaient plus à la surface, et les martins-pêcheurs piaillaient tels des chamanes invoquant la pluie. Elle erra tout le matin, évita des villageois qui portaient pelles et pioches sur le dos, se cacha d'un escadron de Monstres à vélo avec leurs éternels fusils pointés vers le ciel, brisée par la fatigue, elle s'assoupit au pied d'un jaquier sauvage. Quand elle rouvrit les yeux, c'était presque le crépuscule, devant elle se tenait une femme aux cheveux longs, un parang coincé à la ceinture, les bras enserrés dans des anneaux de rotin.

Emily l'avait emmenée chez elle dans sa maison sur pilotis et lui avait fait manger deux bols de soupe de pigeon et une assiette de manioc.

Ho-ngi regardait les herbes folles par la fenêtre, ses fossettes puits de fraîcheur apparurent, de plus en plus estompées, elle sortit le peigne à dents serrées et l'épingle que lui avait offerts la femme du Soleil Levant, elle passa, repassa le peigne dans ses longs cheveux, faisant tomber des fruits de tribules, des brins d'herbe et des pétales de fleurs, puis elle les ramena en un chignon dépenaillé. Après l'arrivée d'A-hung, elle continua à se taire. Elle lui jeta un regard sans vie, puis lui tourna le dos pour regarder par la fenêtre la campagne brûlée qui s'étendait au-delà de la maison, elle s'était résolument fermée, comme un livre rongé par les vers. A-hung imagina des centaines de sujets de conversation, tous plus bêtes les uns que les autres, aussi blessants qu'incongrus. Il eût voulu trouver des paroles réconfortantes, mais il ne dit rien. Il resta un moment sur le seuil, puis marcha jusqu'à l'autre fenêtre du salon d'où il vit Emily monter l'escalier branlant qui émergeait des chaumes poussés jusqu'à hauteur de front, elle entra dans la cuisine.

Emily avait tressé plusieurs pièges à pigeons et à tourterelles, posés çà et là à l'entrée des combles et sur les poutres de l'auvent. A-hung se rendit sur la terrasse de la cuisine, derrière la maison, il regarda Emily tuer les oiseaux. Elle sortit quatre pigeons et quatre tourterelles d'une cage rouillée et les étrangla à l'aide d'une cordelette, quand, après les avoir plumés, vidés assaisonnés, elle les mit à cuire, Ho-ngi, allongée sur le plancher du salon, était déjà profondément endormie. A-hung posa deux pigeons et une grappe de ramboutans sur la table à manger, s'assit avec Emily et le chien sur la terrasse derrière la cuisine, où ils mangèrent six oiseaux. Midi pile, les combles emmagasinaient toute la chaleur, pigeons et tourterelles s'envolèrent dans l'arène circulaire du ciel, et les éperviers, qui jusqu'ici avaient rongé leur frein, se mirent en chasse. Tout à coup, le chien noir descendit l'escalier et se rua vers les arbres à durians.

« Sanglier ! » Emily et A-hung, parang et fusil à la main, arrivèrent sous les arbres. Le chien flaira quelques coques de fruits abandonnées puis bondit par-dessus le grillage effondré et disparut dans les chaumes.

Quand les rapaces fondaient sur eux, pigeons et tourterelles retournaient en flèche vers les combles, mais repartaient peu de temps après, comme s'ils jouaient avec la mort. Ils étaient dispersés parmi les arbres fruitiers, le jabot gonflé, les ailes et la queue déployées, ils hochaient la tête à coups répétés, poussant leurs chants enhardis, ils cherchaient les faveurs des femelles en leur offrant la nourriture picorée au sol ou recrachée de leur œsophage. A-hung et Emily enjambèrent la clôture, suivirent le chien et parvinrent devant la bauge de la butte ronde où ils avaient chassé jadis les sangliers. Le repaire était abandonné, des feuilles mortes, des herbes et du bois sec s'amoncelaient dans l'entrée, les barricades de branchages étaient écroulées. La butte était toujours tapissée de petites fleurs jaunes qui toutes tendaient le cou en souriant au ciel bleu. Le vent du sud-ouest souffla sur cet océan jaune, soulevant une écume de petits papillons blancs. Vaste était la campagne, et profonde la forêt. Le chien noir, enveloppé dans la nuée blanche, resta longtemps au sommet du monticule, on eût dit quelque héraldique animal noir sur une bannière à fond blanc. Emily et A-hung, debout eux aussi au sommet, scrutèrent les alentours.

« Demain j'irai chercher Ma'am Wong pour qu'elle vienne la voir », dit A-hung.

Ma'am Wong était la seule infirmière et sage-femme de la clinique de la Shell Oil Company à être restée au Bouk aux Sangliers.

Le chien noir redescendit de la butte, gratta deux fois la bauge à l'abandon, renifla un buisson.

A-hung, les yeux clos, s'appliqua à sentir des herbes la grâce singulière, la hauteur et la densité, l'âge, la jeunesse et la flétrissure. Sur sa gauche, à côté de cette cavité herbeuse chargée d'instinct maternel, les trous s'étaient multipliés, cratères formés par les bombes terroristes des Monstres, couverts de petites fleurs blanches, violettes et bleues. Toujours à gauche, en arrière, il y avait en outre deux nids de grands coucals dans les fourrés, mais le feu les avait réduits en cendres, les corps des oisillons ressemblaient à des feuilles calcinées. A droite, deux bois-de-fer croissaient rapidement, leur feuillage envahi par les nids de fourmis. Il y avait aussi, de ce côté-là, des rapides sur le point de s'assécher, où continuaient à s'ébattre perches grimpeuses et poissons têtes-de-serpent, des martins-pêcheurs au gosier étroit sautillaient sur les berges, en quête de petits poissons à gober. En avant, à la surface d'un petit étang très calme, flottaient du bois mort, des brins d'herbe, des plumes d'oiseaux, des tracts largués par les Monstres, sur lesquels la Sphère de Coprospérité de la Grande Asie était représentée. A-hung et Emily marchèrent jusqu'à l'étang, le chien à leur suite. De gigantesques empreintes de sabots étaient semées tout autour, chacune avait la taille d'un casque de Monstre, mais nul sanglier. Ils suivirent tous deux la piste pendant un bout de chemin, elle s'arrêtait devant un ru. Le chien noir flaira la dernière trace, il passa sa langue rose sur sa truffe et lança un aboiement sourd contre le ciel.

Au loin, dans les chaumes, un escadron de Monstres à vélo sinuait à la vitesse d'un escargot, suivi d'une rangée de canons pointés vers le ciel. Emily et A-hung restèrent accroupis longtemps devant l'étang, la troupe semblait faire du surplace. Pendant un moment, les Monstres, déposant leurs vélos devant la butte ronde, allèrent s'asseoir au sommet pour se reposer. Il y en avait qui tiraient sur les éperviers bleus dans le ciel, d'autres qui regardaient à la jumelle, buvaient à la gourde, certains donnaient des coups de baïonnette dans la bauge de sanglier abandonnée, ou s'étendaient de tout leur long sur la butte et, s'abritant des rayons du soleil avec le protège-nuque de leur casquette, fermaient les yeux, plongés en eux-mêmes. Vertical, le soleil ardent desséchait les bouches, assoiffait les gosiers. Celles des petites fleurs jaunes dont le cou n'avait pas été rompu par les soldats tremblaient dans la mousson d'été. Un nuage blanc passa, son ombre resta un moment arrêtée sur le sommet de l'éminence. Un autre nuage vint, qui la contourna agilement et s'éloigna en vitesse. Les Monstres redescendirent, chargèrent leur vélo sur l'épaule et reprirent leur marche. Les éperviers bleus les suivaient en ordre dispersé, accordant leur vol à l'allure de la troupe, on eût dit des cerfs-volants tirés par les soldats. Les grands coucals restaient immobiles parmi les chaumes, comme s'ils avaient été leurs sentinelles. Emily et A-hung se dissimulaient derrière eux, tels les éclaireurs embusqués d'une armée sans puissance de feu.

Au bout de cinq minutes de marche, A-hung s'aperçut que les Monstres marchaient droit sur la maison d'Emily. Les vélos accélérèrent soudain. A-hung aurait voulu les contourner pour revenir en cachette à la maison, mais ils ne lui en laissèrent pas le temps. Dans l'arène du ciel, la bataille des oiseaux n'était pas terminée. Pigeons et tourterelles ne lançaient plus d'aveugles provocations, à chaque fois il en partait seulement quatre ou cinq qui volaient bas au-dessus des chaumes, quand les éperviers bleus piquaient sur eux, aussitôt ils se réfugiaient dans les combles ou les arbres fruitiers. Une fois que les rapaces étaient remontés dans le ciel, ils ressortaient, et le manège recommençait. Les Monstres posèrent leurs vélos devant la maison sur pilotis, la moitié d'entre eux monta sur la terrasse, le reste attendit à l'extérieur. A-hung et Emily s'accroupirent, inquiets, dans les chaumes et regardèrent de loin la terrasse de derrière. Les éperviers planaient de plus en plus bas, les Monstres restés dehors ne purent s'empêcher de leur tirer dessus, pigeons et tourterelles s'égaillèrent hors des combles et des arbres fruitiers. Les Monstres visaient les plus gros éperviers. L'un d'eux chuta avec un bruit sec sur le toit, ses griffes acérées lacérèrent la tôle en zinc rouillée, et il dériva dans les chaumes comme un cerf-volant dont le fil s'est rompu. Les Monstres tirèrent cinq, six coups d'affilée, et après que deux autres rapaces eurent été touchés, ce fut la panique, la confusion, les éperviers remontèrent haut dans le ciel, les pigeons et les tourterelles s'enfuirent en tous sens, la maison fut soudain plongée dans un silence de mort.

Les Monstres qui étaient à l'intérieur descendirent de la terrasse, ceux qui étaient à l'extérieur entrèrent. L'odeur de la poudre tout juste crachée par les canons fut absorbée par celle de la brume qui couvrait ciel et terre. Un varan mordit l'aile de l'épervier, une lutte acharnée s'engagea entre le forban des prairies et le tyran des airs, mais l'oiseau fut très vite avalé tout entier par le saurien. Les tourterelles et les pigeons, après avoir tourné autour de la maison, revenus de leur frayeur, rentrèrent peu à peu au bercail, et la maison fut à nouveau emplie de leurs roucoulements, de leurs caracoulements. Les éperviers bleus montèrent plus haut dans le ciel. Les Monstres qui étaient à l'intérieur descendirent de la terrasse, les soldats baragouinèrent entre eux, certains montèrent sur leur vélo, les autres mirent le cadre sur l'épaule, puis ils quittèrent les lieux.

Depuis la terrasse de derrière, Emily et A-hung se précipitèrent dans la maison.

Ho-ngi était étendue sur le plancher du salon, les jambes nues, son bassin baignait dans du liquide, comme si elle n'avait pas pu se retenir. Ses bras, mous et relâchés, semblaient ne plus faire partie de son corps ; ses yeux regardaient au plafond, mais elle ne paraissait voir qu'un univers noir, glacé, chaotique, sale ; sa tache de naissance en foie de porc était humide, d'un rouge vif, comme si on lui avait arraché un morceau de visage ; le ventre arrondi et la poitrine un peu découverte étaient brouillés, tout comme si elle était retournée dans cette petite chambre infecte et sombre. Elle ne s'était pas débattue, elle n'avait pas crié, tout comme dans cette petite chambre jonchée de papiers hygiéniques et de préservatifs. Elle regardait à travers les craquelures du toit de tôle, comme si elle voyait à nouveau la voûte céleste au front clair, généreux, et la cervelle cosmique.

Une dizaine de Monstres, ça ne devait pas être assez, elle en attendait d'autres, les jambes ouvertes.

C'est à compter de ce jour que Yamazaki lança la deuxième vague d'arrestations et d'exécutions des membres du Comité, la Kempeitai et les escadrons à vélo terrorisaient le village, traquaient les suspects, pourchassaient ceux qui passaient à travers les mailles du filet. Les villageois qui avaient pris part aux activités du Comité ou participé à la vente de charité, sous le commandement de Ti Kim, Plat-Pif et Kwan la Face Rouge, se virent hiérarchisés selon quatre grades, se cachant le jour, marchant de nuit, ensemble ils quittèrent le village en cachette pour aller se réfugier dans la maison sur pilotis de Da-dy, à une trentaine de kilomètres en amont de la Krokop. Cet après-midi-là, Emily et A-hung rassemblèrent leurs affaires et emmenèrent Ho-ngi et le chien noir, au crépuscule, sur les berges, ils tombèrent sur Plat-Pif Tsiou qui guidait une dizaine de villageois fuyant à l'intérieur des terres à bord de trois chaloupes. Selon Plat-Pif, la Flemme et Kiou-kiou étaient allés en forêt chercher de la nourriture pour les sangliers. Le lendemain de son arrivée chez Da-dy, dès l'aurore, A-hung reprit le chemin du village, il vit des Monstres engagés dans un combat violent, acharné et absurde avec des singes.

Une fois que Ho-ngi fut chez Da-dy, celui-ci l'enferma seule dans une petite chambre. Assise dans l'angle d'un mur, chaque fois qu'elle voyait quelqu'un, elle ouvrait sa chemisette hakka, retirait son large pantalon noir, écartait les jambes, exhibait sa poitrine et son entrejambe sombre. Au bout d'un peu plus d'un mois, par un après-midi, des milliers d'oiseaux sauvages se regroupèrent dans les arbres immenses qui entouraient la maison, ils pesaient tant sur les cimes qu'elles ne pouvaient plus se redresser, les bambous ployaient leur taille, ce n'était qu'envol de plumes, pluie de fientes, le charivari dura jusqu'au crépuscule, à la nuit tombée, Ho-ngi sortit de sa cellule, portant son fœtus de neuf mois dans son ventre plein du liquide amniotique aux pouvoirs merveilleux, le corps trempé de sueur, les orbites brouillées par les larmes et la poitrine lourde de lait et de sang, elle s'enfonça dans la jungle, pour ne revenir jamais.

LE MIROIR DE YOSHINO

1.

Au crépuscule, le jour où il avait passé au fil de son Masamune la fille de Ko Lai âgée de sept ans, Yoshino déambulait sur la terrasse de sa chambre. Les rayons coniques du couchant irradiaient le ciel, une colonie de cercopithèques était dispersée au sommet d'un caïlcédrat, chacun en proie à ses soucis, leurs longues queues entortillées, verticales, pendantes, rampantes, exprimaient autant d'humeurs différentes. Trois petits sautèrent du ventre de leur mère et s'aventurèrent d'un pas mal assuré sur le tronc et les branches. La guenon étendit la queue pour leur caresser les poils rebelles du dos, elle fit une moue et lança des sons balbutiants qui montaient et descendaient avec régularité. Yoshino attacha ses regards aux visages des cercopithèques, à leur posture, à la position de leurs queues. Un mâle, la sienne à la verticale, le derrière levé, rouge comme un pavot épanoui, le fixait de ses petits yeux sans ciller. Yoshino sortit de sa ligne de mire et se mit à arpenter la terrasse, de temps à autre il levait la tête et jetait un coup d'œil sur l'horizon gros de nuages gris en surplomb au-dessus du caïlcédrat, sur l'indestructible muraille bleue qui séparait le monde des hommes de celui des dieux, sur les éblouissantes paillettes de lumière que le soleil faisait pleuvoir sur la vaste jungle. A l'entrée du pont de la Krokop, les têtes mutilées et chevelues affrontaient les sifflements du vent du sud-ouest.

Le regard de Yoshino tomba par inadvertance sur le singe mâle. Celui-ci le fixait toujours sans ciller. Ses fesses écarlates, ses yeux rouges provoquèrent un sursaut de colère chez Yoshino. Il dégaina son Nambu type 14 et l'agita en face du caïlcédrat, affichant un rictus si figé qu'on eût presque pu le retirer de son visage. Le singe, quelle mouche le piqua, montra les dents, pointues comme des bougies rouges, et ferma lentement les yeux, une expression d'extase nirvanesque sur le visage. Yoshino appuya sur la détente. La détonation s'abattit sur l'arbre comme l'ombre d'un gigantesque épervier bleu, le groupe de singes s'éclipsa en un clin d'œil. Yoshino rengainait son arme dans son étui en cuir quand le singe mâle bondit tout à coup sur son visage, il lui mordit l'oreille gauche, dure et froide, puis le nez humide. Au moment où les sentinelles accoururent, le singe s'en retournait dans la jungle en emportant un bout du nez et du lobe de l'oreille, laissant Yoshino gémissant sur la terrasse.

2.

Le lendemain matin, Yoshino se tenait devant un grand miroir en pied contre le mur, il observait sa figure défigurée, l'oreille gauche et le nez enveloppés dans la gaze. A l'époque où la tête volante sévissait dans le village, le seul miroitier du kampong avait fabriqué des miroirs à la hâte, sans étaler le mercure galvanisé de façon uniforme sur la surface en verre, de sorte que de nombreuses glaces renvoyaient une image déformée. Après que Yoshino et son armée avaient pris possession du Bouk aux Sangliers, ils avaient confisqué les miroirs dont la surface était régulière, ce miroir-ci avait été offert par son propriétaire à de jeunes époux lors de la vague de mariages qui avait précédé l'invasion des Monstres, dans le coin en haut à droite on pouvait lire en caractères rouges dans le style calligraphié de la dynastie des Song : *Tourtereaux à l'unisson Vive les mariés*, deux oiseaux vert jade et une grande fleur rouge étaient peints.

Yoshino papillonna des paupières, se tapota la tête et arpenta sa chambre de long en large, quand il passait devant le miroir, il regardait longuement son reflet qui n'était plus celui d'avant la morsure du singe. Le Yoshino du miroir flottait sur la surface dépolie, sa silhouette se déformait sans cesse, sans contours nets et arrêtés, sans volume, sans poids, il faisait penser aux restes d'une dépouille dans le ventre d'un crocodile ou à des parts de corps humain servies dans différentes assiettes. Yoshino avala son petit déjeuner en vitesse tout en lançant des coups d'œil rapides dans le miroir, il vit un primate assis à sa table qui imitait ses gestes quand il tâtait son nez meurtri. Quand il eut fini, il enfila prestement son uniforme et rectifia sa tenue devant la psyché. Sur le rebord de la fenêtre qui se reflétait dans la glace vint se poser une immense grue, elle ouvrit grand le bec, remit ses plumes en ordre et lissa sa queue. Les bottes de Yoshino résonnèrent sur le plancher, faisant trembler de terreur toute la pièce, comme s'il voulait piétiner ce maudit miroir et le réduire en miettes. Il ferma la fenêtre, éteignit la lampe fluorescente, il était prêt à partir quand il aperçut dans le miroir une énorme tortue qui rampait, elle était pourvue de dix têtes qui s'allongeaient et le regardaient, elles ressemblaient aux têtes mutilées et chevelues suspendues sur le pont, à celles de Fortune Ng, Ko Lai et leurs enfants, à celles des membres du Comité, à celles des deux frères, Khé-bin et Tshen-bin, qui avaient dû manger les escargots, et aussi à celles des femmes enceintes éventrées, Lolo Brioche, Hui-tsen et Tsiou Kyo-kyo.

Il cracha un jet de salive par la porte ouverte et jura à voix basse : *Grrmmfffl,* Bon Dieu, *hmmmgrrrr,* la salive de ce macaque est empoisonnée ! *Sssccrrrmmmfffl !*

Sa botte heurta le seuil de la porte, il trébucha et faillit tomber. Il ne put se retenir de jurer à nouveau : *Gggrrhhmmm*, Bon Dieu, *scrgngngn*, la salive de ce macaque est empoisonnée ! *Hgrrmmgg !*

Les mots qu'il proférait étaient accompagnés d'un délire de sons incompréhensibles, qui ressemblaient aux cris du macaque crabier, aux grouinements joyeux du sanglier.

Le crépuscule fut prompt à revenir. Yoshino était seul à l'entrée du pont, arborant une expression de singe contrarié, il mâchait deux noix de muscade dont la coque avait éclaté et regardait le ciel aux mille et une transformations. Le soleil couchant se faufila comme une souris dans un interstice de la terre, et le clair de lune se fit plus intense, les oiseaux de jour se turent, les chants des oiseaux de nuit, des grenouilles et des insectes prirent le relais, Yoshino continuait à observer le ciel changeant. Sous la lune, la Krokop s'écoulait en un ruban argenté et fluide, les flots de la nuit mouillèrent les feuillages des muscadiers de chaque côté de l'entrée du pont et imprégnèrent tout le village.

Le soleil tombé avait teint de rouge la mer, la terre et le ciel, même les maisons sur pilotis du village ressemblaient aux frondes ensanglantées des enfants. Les chapelets de têtes suspendues aux perches en bambou à l'entrée du pont et les noix de coco en grappes au sommet des cocotiers faisaient une seule tache rouge, si bien qu'on ne savait plus si c'étaient des crânes pendus aux cocotiers ou des noix de coco pendues aux perches, ce n'étaient qu'amas rouges. Quand des têtes mal ficelées tombaient sur le sol, des plaintes d'oiseaux femelles nichés dans ce funeste nid s'élevaient, et leurs plaintes sanguinolaient aussi. Yoshino cracha, il s'approcha de la Krokop pour jeter un coup d'œil à son oreille et son nez dont les pansements avaient viré au rouge, puis, tournant le dos à la mer de Chine méridionale, il marcha tranquillement jusqu'au Bouk aux Sangliers. Les tôles zinguées du toit du marché scintillaient de pigments rouges humides en décomposition, comme si elles avaient été saupoudrées d'une épaisse couche de phosphore rouge. Rouges les fleurs éparpillées sous les frondaisons du jaquier, rouges les feuilles charriées dans le caniveau, rouges les aigrettes logées au sommet de l'arbre, rouges les chauves-souris qui prenaient leur envol du bout des branches rouges, rouges les moustiques et moucherons qu'elles pourchassaient. Le ciel rougeoyait encore à l'ouest, à l'orient la lune ressemblait à un piment rouge, les soldats montaient la garde sur le sol de latérite, et le drapeau au disque carmin était attaché à une hampe. Yoshino arriva devant le bordel militaire bouillant d'animation, il se rappela, dans sa jeunesse, ses bafouillages qui faisaient rougir les filles de son village.

Revenu à l'école de Krokop où étaient installées les chambrées du QG du corps expéditionnaire du Sud, pendant qu'un médecin l'aidait à refaire ses bandages, il vit dans les verres de ses lunettes cerclées d'or son oreille pareille à l'oothèque d'une mante religieuse sur le point d'éclore dans les fourrés. Vêtu d'un maillot de corps et d'un short, il posa la tête sur un oreiller de bambou, s'allongea de tout son long sur une natte en paille et regarda le ventilateur tourner au plafond, la lampe à pétrole sur la table, le caïlcédrat rouge à travers la moustiquaire rouge enchâssée dans la fenêtre rouge. Les étoiles débordaient de mouchetures rouge sale. Un soldat recouvrit d'un drap de lit la glace posée contre le mur.

Le lendemain matin au petit-déjeuner, un coup de vent venu du sud-ouest s'engouffra par la fenêtre et fit tomber le drap. Yoshino ne put s'empêcher de se retourner pour jeter un coup d'œil dans le miroir. Une mante religieuse, énorme, balançait sa tête triangulaire, elle leva ses pattes avant en forme de faucilles et découpa sur la table un enfant vivant pour en faire des hors-d'œuvre. Yoshino dégaina son pistolet et, *bang, bang bang, bang bang bang,* tira six balles qui firent voler le verre en éclats.

Pris d'un accès de rage délirant, Yoshino rassembla cinquante mitrailleurs et dix artilleurs pour monter sur le morne Canada, ils étaient prêts à éradiquer d'un seul coup les singes de Krokop, mais ils virent que le morne était calme, sans l'ombre d'un singe, soudain un subordonné se présenta au rapport, il annonça que des centaines de cercopithèques et de macaques à face rouge se livraient une féroce bataille dans les arbres fruitiers des bords de la Krokop. Quand Yoshino parvint à une éminence herbeuse, il vit en effet les ombres des singes danser dans les arbres, des cris assassins emplissaient les oreilles, il fit alors hisser le *hinomaru* brodé de rouge sur l'éminence, les soixante Monstres formèrent six colonnes et déclenchèrent un feu croisé extrêmement nourri sur les arbres fruitiers de la berge, sur les arbres d'alignement, les arbres taillés, sur les arbres de la jungle, les arbres solitaires et narcissiques, les arbres utiles et les arbres inutiles, les fusils Arisaka type 38, les fusils de précision type 97 et les mitrailleuses Nambu type 92, surnommées « les piverts » par les Alliés pour leur faible cadence de tir, grondèrent comme une meute de chiens de chasse autour d'un sanglier.

3.

Dans le mitan du jour, sous l'azur sans nuages, A-hung s'était accroupi dans l'étroit sentier parmi les chaumes, pris entre les tirs des Monstres, il regardait au loin le village, il était à la recherche de la Flemme et de Kiou-kiou. Une pie-grièche de Bornéo s'envola d'un taillis, une balle frappa le corps gracile, elle disparut dans les herbes englouties sous la fumée. Sur l'éminence, les artilleurs alignèrent quatre lance-grenades type 89, *boum boum boum*, les grenades de petite dimension explosaient avec ce bruit terrible qui faisait défaillir même les Alliés, le mortier qui supportait le recul retournait le sol comme les sabots d'un cheval fou. Les grenades anéantirent plus de dix durians, les fruits tombaient comme des têtes, les corps des singes étaient soufflés aux quatre vents. Là où ils allaient se réfugier, là se concentraient le feu et les balles. A-hung vit au loin sur la colline Yoshino qui allait et venait derrière les mitrailleurs et les artilleurs, d'un ton rude il haranguait ses soldats et hurlait après eux, fesses cambrées et menton haut levé, telle une abeille ouvrière occupée à faire du miel dans sa ruche. Les canons fumants des Monstres s'exaltaient d'un très étrange élan poétique, haïku nain et maléfique. Un Monstre aux yeux rouge meurtre s'éloigna de la butte, il se coucha dans un bosquet à une trentaine de mètres d'A-hung, on voyait une partie de ses bandes molletières qui faisaient comme le ventre d'un boa. C'est à ce moment-là seulement qu'A-hung comprit que les Monstres faisaient feu sur les singes en liberté de Krokop, et non sur les villageois.

Certains réfugiés avaient expliqué à A-hung que Ta la Flemme et Kiou-kiou étaient déjà revenus au village, des gens avaient vu la Flemme ouvrir l'enclos pour libérer dans la nature ses quatre sangliers à barbe domestiques, et Kiou-kiou était sur la berge d'une rivière en train de poursuivre des gobies avec son pistolet à eau. A-hung avait d'abord projeté de contourner le Monstre dans le bosquet pour retourner au village, mais le feu nourri de ceux qui étaient sur la butte lui fit abandonner cette idée. Le soleil tournait vite, atteignait le zénith, A-hung tira son parang, ramassé sur lui-même, il s'approcha du Monstre. Soudain, un macaque à queue de cochon bondit du bosquet et atterrit sur les fesses du soldat, puis il s'éclipsa parmi les chaumes. Le Monstre se retourna et vit la silhouette menaçante d'A-hung sous le soleil exubérant, mais il n'eut pas le temps de presser la détente, son ennemi était déjà sur lui, de sa main gauche A-hung enveloppa le pontet du fusil, et de l'autre, lui plongea la pointe du couteau dans le cou, le canon presque collé aux visages des deux adversaires tira une balle. Le projectile chia une queue de comète rouge, pour rejoindre la masse gluante de balles, comme des œufs de grenouille, tirées depuis la butte, il piailla, *piou piou piou*, tête décapitée d'un coq de combat vaincu, prolongement de l'ardeur méchante du Monstre, et fit briller l'éclat de la lame du parang qui venait de lui trancher la gorge.

Les mânes des villageois et des singes s'élevèrent de toutes parts comme des nuées de larves de moustiques. Ames humaines et âmes simiesques s'assemblaient et se dispersaient, se dispersaient et se rassemblaient, gamines, cousines. A-hung aperçut Kiou-kiou. Il était assis sur une racine d'un arbre cho-chi au bord de la Krokop, le pistolet à eau de chez Mapopo dans la main gauche, et dans la main droite un joueur de tambour mécanique. Un macaque à queue de cochon sauta de l'arbre sur la racine et se tint là à regarder l'enfant. Kiou-kiou l'imita et, tel un petit singe sans poils, se mit lui aussi debout sur la racine. La balle quitta sa chambre, elle traversa un papillon qui, dans le trou d'une clôture, avait pris la forme d'une orchidée, elle fit tomber un tas de bois empilé en carré à hauteur d'homme, elle entra dans la tempe droite de Kiou-kiou et ressortit par la tempe gauche avec un rire fol pour aller s'enfoncer dans l'énorme tronc aux cernes centenaires de l'arbre cho-chi. Le corps de Kiou-kiou s'affaissa à moitié, glissa contre l'énorme tronc et se retrouva à nouveau assis à califourchon sur la racine. Un gros champignon poussé à même l'arbre le soutint sous l'aisselle gauche, de telle sorte qu'il resta dans une posture bizarre. Le singe jeta un coup d'œil à l'enfant et remonta dans l'arbre en bondissant.

Les Monstres massacrèrent plus de deux cents primates du village, les survivants n'avaient plus le cœur à la bagarre. Les cercopithèques s'enfuirent dans la jungle, les macaques à face rouge s'enfuirent au morne Canada, seuls les deux mâles dominants, celui des cercopithèques et celui des macaques, se livraient encore à un intense pugilat dans un jaquier. Chacun était couvert de blessures et de contusions comme un poisson est couvert d'écailles, chacun avait une main blessée par une balle. Ils s'étaient affrontés dans un arbre cho-chi, étaient passés sur un cocotier, puis du cocotier sur une dizaine de toits de maisons sur pilotis, pour finalement bondir dans le jaquier. L'arbre baptisé par le feu des Monstres n'avait plus que quelques branches nues auxquelles des corps calcinés de singes pendaient comme sur un immense gril tordu.

Yoshino et quelques Monstres sous le jaquier observaient la lutte entre les deux singes. Les élancements aigus dans son nez et son oreille ainsi que les cadavres sur les branches et ces deux primates enragés aux visages grimaçants rappelèrent à Yoshino son grotesque reflet dans la glace.

Sales bêtes !... *Chichiahah !...* Bon Dieu !... *Hinhincrcrcr !*

Yoshino prit l'arme de l'un des mitrailleurs et abattit les deux mâles. Saisissant le manche de son Masamune, il fendit les singes qui se débattaient sur le sol en gémissant. Un vieux docker était assis sur une pile de bûches, il se lamentait, son épouse mourante dans les bras. Yoshino faucha la tête du vieillard et de la femme, puis il pissa sur les cadavres sans distinguer entre les singes et les humains. Quand il eut terminé, il rugit après ses hommes. Les soldats, après avoir entendu toute la journée les ordres de leur chef entrecoupés de cris bestiaux, s'étaient peu à peu habitués à ce mode d'expression. Ils ordonnèrent rudement aux villageois survivants d'empiler des bûches pour faire un feu et d'y cuire les singes.

De retour dans sa chambre, Yoshino connut un sommeil délicieux. Environ un an plus tard, quand la flèche enduite de latex d'upas, tirée par le Pâlot, empoisonnerait tout son organisme, il verrait encore une fois son corps se tordre, se métamorphoser en une grosse tortue pourvue d'une grappe de têtes et qui, poussant des cris de singes et de sangliers, s'en irait nager au milieu d'une contrée sauvage, irréelle, fantastique.

4.

Le soleil, de la taille d'une roue de vélo, dont les rayons tournoyaient dans une girandole de feu, roulait dans le ciel craquelé en laissant de profondes et tenaces ornières calcinées.

Ta la Flemme gisait parmi les cendres et les braises, le dos criblé de trois ou quatre balles, une jambe avait été emportée on ne sait où. A-hung marcha sur des dépouilles de singes, enjamba des cadavres de villageois, passa six grands arbres à la suite, dans les vagues de chaleur où les flammèches et les langues de feu continuaient à brûler sans vergogne, le corps de Kiou-kiou dont une partie du crâne avait été emportée tenait encore sur la racine de l'arbre cho-chi, maintenu par un champignon, une racine en forme de queue de varan soutenait son petit derrière.

Ainsi donc cette racine queue de varan le portait sur son dos. A-hung s'assit à califourchon dessus, de la main droite il enveloppa l'arrière du crâne de Kiou-kiou et, dans son autre main en calice, prit les deux fesses potelées, il pressa le corps froid et la tête amputée contre sa poitrine. L'enfant était comme une petite courge encore verte dont on aurait ôté l'ombilic, il ne pleurait plus. Serrant son fils dans ses bras, A-hung regarda l'arbre cho-chi, les jaquiers et les durians qui masquaient le ciel, il vit le petit derrière, pousse de soja, se soulever, avec le pistolet à eau dans une main et le tambourineur mécanique dans l'autre, ils disparurent dans la houle des feuillages, parmi les âmes des singes.

Les grands coucals se mirent à chanter, ou peut-être chantaient-ils depuis longtemps, le tonnerre des explosions et des balles avait dû le rendre momentanément sourd. Les oiseaux qui avaient fait leur tour dans le ciel pour fienter se reposaient épuisés sur les branches et poussaient une crissante clameur. Un épervier bleu pourfendit puissamment la lourde atmosphère pour s'abattre sur le kampong, il saisit dans ses serres un monceau sanguinolent de chair de singe, puis quitta le sol envahi par les vagues de chaleur rouge. Au-dessus du village planaient, plus nombreux, des milans noirs, des milans sacrés, des busards des roseaux et des faucons pèlerins, A-hung entendit même les croassements des corbeaux. Une cigogne de Storm descendit au bord d'un ruisseau, elle replia avec élégance ses grandes ailes noires, elle tendait et rentrait son cou sans plumes et son bec acéré, dessinant dans l'air de mystérieux signes cabalistiques, au milieu des vagues de chaleur rouge l'iris de ses yeux luisait d'immenses rougeurs, elle commença à balayer du regard les chairs en décomposition.

Les villageois se regroupèrent, ils chargèrent les corps, intègres ou mutilés, sur des chars à bœufs et des brouettes. A-hung arracha quelques planches d'un appontement pour fabriquer un petit cercueil à Kiou-kiou, un grand cercueil pour la Flemme, et accompagna les charrettes et brouettes qui parvinrent au cimetière public des Chinois naguère entretenu par Mapopo. Quand il les eut enterrés tous les deux, A-hung retourna au village, là il s'assit sur la racine où Kiou-kiou lui était apparu pour la dernière fois, l'épuisement, tel un oiseau revenant au nid, fit trois fois le tour de son cou avant de s'abattre sur ses épaules. Ici et là, des colonnes de fumée s'élançaient rapidement vers le ciel, sans dévier d'une seule volute, soudain le vent tomba. Il lui vint alors à l'esprit qu'il n'avait pas fumé d'opium depuis trois jours.

Le soleil tel un rouge porc-épic darda ses rayons à travers bois et nuages et laissa, figées dans le ciel boueux, ses empreintes paradigitées.

A-hung examinait le fût de l'arbre cho-chi, à la recherche de la balle qui avait transpercé le crâne de Kiou-kiou avant de disparaître à l'intérieur du tronc. Il sortit son parang court et laboura l'écorce sur une surface grosse comme la tête d'un sanglier, parmi les balles qui grouillaient incrustées en rangs serrés dans le corps de l'arbre, certaines sortirent le cul hors du tronc et, *pout pout*, *pout pout*, *pout pout pout*, crevèrent des pets de salpêtre silencieux. Il pela à nouveau l'écorce, la même chose se reproduisit. Il ramassa un seau encore fumant de poudre et une pince-tenaille qui gisait inconsciente, après qu'il eut extrait du ventre de l'arbre une dizaine de balles, la pince, réveillée, s'étira, se dégagea de sa paume et bondit dans le seau, grondant contre A-hung. Il se passa la main sur le front pour essuyer la sueur et jura tout bas : Mais depuis combien de jours n'ai-je pas fumé ! En moins d'un quart d'heure, il avait extrait une trentaine de balles.

Ses paupières étaient lourdes, il fut assailli par une fatigue conquérante. Kiou-kiou sautait dans les branches comme un petit singe, courait comme un gobie sur les marais. Des Monstres à face carrée comme des carapaces de crabes brandissaient des katanas-pinces et chargeaient en rangs, Kiou-kiou voltigeait parmi toutes ces pinces.

A-hung se réveilla de son somme, il vit devant ses yeux Emily et son chien noir, derrière elle quatre sangliers à barbe réclamaient leur nourriture en groui-grouinant, le coq sans tête perché sur son poteau regardait tout autour de lui les ruines et la terre dévastée.

A l'est se levait, petite pilule moulée, le disque de la lune blanche, à l'ouest sombrait, emplâtre rond, un grand soleil rouge.

LA MAISON SUR PILOTIS DE TZO DA-DY

Au village, on apprit que Lam Hiau-ting avait été ravagée par les Monstres, le porteur de la nouvelle était l'interprète, qui avait vu brûler, ce jour-là, la maison de Mapopo, l'homme avait étudié le japonais au « Centre de formation des enseignants de la langue japonaise » ouvert par l'occupant, il portait un uniforme militaire et un képi bleu, c'était le chien des Monstres. Quand les Alliés reprendraient le contrôle de Krokop, cet homme serait sacré traître des traîtres, et les Alliés, pour apaiser la vindicte populaire, autoriseraient chaque villageois, après s'être s'acquitté d'un dollar, à le rosser. Grande Perche avait perdu son amoureuse, il reporta ainsi sa passion sur Giam Un-tian, après qui Ta-tsi soupirait en secret depuis trois ans. Après que la liste des membres du Comité eut été divulguée, les jeunes prétendants d'Un-tian durent fuir, mourir ou disparaître, les rivalités s'apaisèrent, l'heure n'était plus à la guerre dans les affaires de cœur, mais alors Grande Perche empoigna son trident à double lame, reprit le commandement imaginaire de ses aigles divins et de ses chiens célestes, prépara ses flèches et son arc, chevaucha les vents furieux et, dans le royaume écrasé sous la botte de fer des Monstres, brandissant l'oriflamme de son amour, projeta d'enlever Un-tian des mains du Grand Sage Egal au Ciel, Ta-Tsi.

Le groupe de réfugiés mené par Ti Kim arriva le premier à la maison sur pilotis de Da-dy, trois jours plus tard, soixante-seize villageois s'y rassemblaient. Dans la moiteur de juillet, c'était comme si le soleil s'était changé en un millier de charbons ardents qui tournaient bas dans le ciel. Les adultes se divisèrent en six équipes d'une dizaine de personnes, sous la houlette de Da-dy, le Biscornu, Ti Kim, Tortue Molle, Plat-Pif et Kwan la Face Rouge, ils patrouillaient par zones, à heures régulières, autour de la maison. Quinze gamins, dont le plus vieux avait treize ans et le plus jeune neuf ans, furent confiés à la garde d'A-hung et Emily, ils durent sarcler les herbes et porter l'eau, ramasser le bois, faire paître les bœufs, ils prenaient de grands airs d'éclaireurs en patrouille. Avec l'accord d'A-hung, Grande Perche et Ta-tsi formèrent deux équipes, A-hung serait le grand chef, quant à eux ils seraient chacun le chef de leur sous-équipe, Grande Perche eut six enfants sous ses ordres, Ta-tsi sept, dont la fille de Nâm le sabotier, Giam Un-tian, ce que son rival vit d'un fort mauvais œil. Au moment de former les équipes, il déclara : « Un-tian doit venir dans mon équipe ! »

Ta-tsi, A-hung et les autres le regardèrent d'un air étonné.

« Il y aura pile sept personnes dans mon équipe et dans celle de Ta-tsi. »

Le solide bras droit de Grande Perche tenait à la verticale son trident fatigué, son visage était tout sourire. Depuis qu'il avait perdu son bras gauche, il avait soumis son bras droit à un entraînement spartiate, chaque jour, en plus de faire des tractions et le poirier d'une seule main, de fendre des noix de coco, de casser des briques, il musclait son biceps avec des haltères de trente kilos, deux roues ferroviaires en acier dérobées à la compagnie pétrolière, qu'il avait montées sur un bâton. « Car à moi il me manque un bras, donc il manque un bras à mon équipe aussi, Un-tian complétera.

— Tu es déjà très fort du bras droit, dit Un-tian, il compte pour deux.

— Même si je suis fort, je n'ai que cinq doigts et un bras, déclara-t-il solennellement.

— Je ne suis pas bien courageuse, fit-elle avec coquetterie, et je ne sais rien faire de mes dix doigts.

— Comment ça ? Comment ça ? » Grande Perche riait tant que ses muscles se contractaient.

« Grand-Han », dit-elle d'une voix douce, et tout le monde se souvint alors que Grande Perche s'appelait Grand-Han de son vrai nom, « il y a trois filles dans l'équipe de Ta-tsi, deux dans la tienne, un garçon est plus costaud, il compte pour deux filles, c'est l'équipe de Ta-tsi qui manque de bras.

— Grande Perche, il y a beaucoup de garçons dans ton équipe, laisse Un-tian rejoindre celle de Ta-tsi, ce sera équilibré comme ça, vos forces seront à égalité, dit A-hung. Le vieux Tzo nous l'a dit, moi, Emily et vous quinze, ensemble nous formons une seule et même équipe, comme un seul corps. Jusqu'à ce que les Monstres soient exterminés, c'est un pour tous et tous pour un. »

Dans la forêt, le vent barbare soufflait comme à son habitude, les branches, les feuilles lui répondaient par susurrements. Les nuages en bouquets humides, visqueux, imposants ressemblaient à des boulettes de riz fumantes. Sous le soleil dur, l'été de loup imprimait sa morsure, les enfants portaient des parangs courts et leurs frondes, ils tenaient à la main bâtons et perches en bambou, les masques en plastique pendaient à leurs cous ou bien étaient posés sur leurs visages, ils avaient glissé dans leurs poches des jouets métalliques, A-hung et Ta-tsi ouvraient la marche, Emily et Grande Perche étaient à l'arrière, ils marchaient en file indienne, évitant avec soin les pièges pour les bêtes sauvages creusés par Da-dy et ses gars, ils remontaient vers un étang au pied d'une falaise à environ cinq kilomètres en amont.

Une source coulait en filet de la paroi et formait en bas un étang en demi-cercle. L'eau riche en minéraux attirait les muntjacs, les singes, les buffles sauvages, les panthères nébuleuses, et toutes sortes de mammifères et d'herbivores qui, foulant le terrain, en avaient fait un habitat dénudé et plat. Da-dy, le Biscornu, Ti Kim, Tortue Molle, Plat-Pif et la Face Rouge étaient assis sur des souches couvertes de traces de crocs. Le Biscornu, son fusil Johnson à l'épaule, son œil unique fermé, se reposait, quelques poils durs comme du crin de sanglier dépassaient de ses aisselles. Tzo Da-dy, les yeux plissés, une cigarette occidentale à la bouche, soufflait un épais nuage de fumée avec des relents de plaque dentaire. Ti Kim levait dans sa main droite une orchidée sauvage, la fleur blanche ressemblait à un gracieux papillon en vol, il jouait dans sa main gauche avec une épingle à cheveux en forme de moineau, son visage était marqué par les rides du lion, et celles, horizontales, de l'amour déçu. Tortue Molle s'était coiffé d'un casque type 96 appartenant à un Monstre, aux coins de sa bouche se tortillaient quelques rides du sourire, il étalait avec précaution des bouts de cigarette broyée sur ses pieds et ses mains, afin de se prémunir contre les puces et les sangsues. Plat-Pif bâillait, quelques fruits de rotin dans sa paume, il en mâchait un, en crachait un, on eût dit qu'il mangeait des mille-pattes ou des scorpions. Le visage de la Face Rouge couvait une expression sereine, il regardait le ciel en marmonnant pour lui-même. Il y avait des lustres que ces six hommes battaient la boue des jungles, leurs visages foisonnaient de vastes terres sauvages et de montagnes reculées, des petits sentiers tortueux s'entrelaçaient au fond de leurs yeux. Devant eux des fusils tout neufs, qui venaient des magasins de Maigrezo et de Plat-Pif, étaient empilés, les canons bleu violacé luisaient de leur froid éclat métallique, les crosses couleur poil de singe ressemblaient à des fagots de bois prêts à être enfournés.

Les quinze gamins gigotaient devant eux, A-hung et Emily les firent mettre sur deux rangs.

Puis tous deux allèrent se poster derrière les six hommes.

Da-dy gratouilla les cicatrices de son crâne, il demanda aux enfants de donner leur nom et de se présenter.

« Je m'appelle Tso Ta-tsi, je suis le fils unique de Tso Tsun-tsai, bûcheron à *La Sempervirente*, j'ai treize ans, je suis en première année au collège de Krokop.

— Je m'appelle Ko Grand-Han, j'ai douze ans, je suis le fils aîné de Ko Lian-huat, bûcheron à *La Sempervirente*, je suis en sixième année à l'école de Krokop. Mon père a été décapité par les Japonais, sa tête est accrochée au pont.

— Je m'appelle Giam Un-tian, j'ai douze ans, je suis la fille cadette de Gân Ka-nâm, je suis en sixième année à l'école de Krokop. On appelle mon père Nâm le sabotier, c'est lui qui fabrique tous les socques du village. Les Japonais disent qu'il a donné de l'argent pour soutenir la lutte de la Chine contre le Japon, heureusement, il sait fabriquer des *geta*, ils lui ont laissé la vie sauve.

— Je m'appelle Tsîn U-fong, j'ai douze ans, je suis en sixième année à l'école de Krokop, mon père est Tsîn Taing-siong, il vend de la viande de tortue et de la soupe de serpent, on l'appelle Tortue Molle, c'est lui qui est assis devant moi, avec le casque de Japonais sur la tête. »

Tout le monde jeta un coup d'œil à Tortue Molle. Les rires des enfants sonnèrent comme des clochettes.

« Je m'appelle Tio Ka-ho, j'ai onze ans, mes parents sont morts il y a longtemps, c'est tonton Maigrezo qui s'est occupé de moi, il a rejoint la guérilla des Hauts Plateaux en lutte contre le Japon pour chasser les Japonais. Mes copains Hui le Batave, Niu Ing-an et Lua Tsian-tiong ont été tués par les Japonais, leur mort a été très cruelle.

— Je m'appelle Ngo Thiam-hing, j'ai onze ans, je suis en quatrième année à l'école de Krokop, mon père s'appelle Ngo Wee-liong, il est pêcheur, comme j'ai participé aux activités et à la vente de charité, mon père a voulu que je me cache.

— Je m'appelle Phun Nga-sim, j'ai onze ans, je suis en cinquième année à l'école de Krokop, papa est le patron de la pharmacie *Po Kwan*, il a été arrêté par les Japonais, je ne sais pas s'il est encore vivant. » Elle lança un regard plein d'admiration à Ko Grande Perche. « Mon papa et la famille de Grand-Han sont très amis, il leur a donné plein de médicaments très chers, c'est pour ça que Ko est aussi grand. »

Les gamins jetèrent un regard en biais à Grande Perche et rirent comme des passereaux qui annoncent le jour. Grande Perche eut un rire gêné.

« Je m'appelle Tshua Ing-hok, j'ai dix ans, je suis en troisième année à l'école de Krokop. Mon papa Tshu Liong était enseignant en primaire, comme il a participé à une vente de charité dans la rue, les Monstres lui ont coupé la tête, sa tête est accrochée au pont. »

…

« Bien, bien, voilà des bons petits. » Da-dy gratta une allumette, alluma une cigarette, secoua le bras et jeta l'allumette dans l'étang derrière lui. « Vous avez déjà tué un homme ? »

Les enfants se dévisagèrent entre eux et secouèrent la tête avec force.

« Vous avez déjà sarclé l'herbe et coupé des arbres. » Da-dy souffla une nouvelle bouffée qui sentait la plaque dentaire. « Eh bien, tuer un homme, c'est pareil.

— Pourquoi devrait-on tuer un homme ? demanda Ta-tsi.

— Tuer des Monstres ! s'exclama le Biscornu. Les Monstres ne sont pas humains.

— Si, ce sont des humains, rétorqua Grande Perche. Ce n'est pas pareil de tuer un homme et de couper de l'herbe. Les arbres, les herbes, ça n'a pas de tête, pas de bras, ça ne peut pas courir ni s'enfuir.

— Vous avez bien fendu des pastèques, fendu des durians et des jaques, dit Da-dy.

— Ni les pastèques, ni les durians, ni les jaques ne saignent, ils ne crient pas de douleur et ne vous donnent pas des coups de sabre, déclara Un-tian de sa douce voix sentencieuse, sonore, aux accents suaves.

— Et ça ne fait pas pipi caca », ajouta Nga-sim.

Les enfants rirent à nouveau.

« Il vous est bien arrivé d'égorger un poulet ou de découper un poisson, dit Da-dy.

— Ni les poulets, ni les poissons ne savent parler ou chanter, dit Un-tian.

— Et ils n'embêtent pas les filles, ajouta Nga-sim.

— Vous avez déjà tué un sanglier ? demanda Da-dy.

— Moi oui, dit Ta-tsi. Mais les sangliers n'ont que des défenses, les Monstres, eux, ils ont des fusils, des sabres, et aussi des bombes.

— Il faut un début à tout, dit Da-dy. Quand le moment viendra, nous tuerons ensemble ces Monstres. Vous en aurez le courage ? »

Les enfants se dévisagèrent à nouveau.

« Et comment on fera ? s'enquit Ta-tsi.

— Bien sûr, ce ne sera pas avec ton bâton magique, dit Da-dy, ni avec vos frondes. Les Monstres ont des fusils, nous aussi. On va utiliser nos fusils ! »

Les plus âgés des enfants prirent soudain un air grave, Un-tian, Phun Nga-sim et les autres fillettes gonflèrent leurs petites joues bien rouges et poussèrent quelques gros soupirs. Les Monstres avaient forcé les enfants à apprendre le japonais et leur avaient aussi enseigné des techniques guerrières de combat, avec des bâtons en guise de sabres et de fusils. Quand ils découvrirent ébahis les vrais fusils et les balles réelles, ils firent les mêmes yeux que lorsqu'ils avaient découvert pour la première fois les jouets de Mapopo.

« Si vous tuez un Monstre », Da-dy tapota une liasse de billets verts froissés qu'il tenait en main, « il y a une récompense de dix dollars-bananes ! »

Les dollars-bananes étaient les billets émis par les Monstres et utilisés par l'armée, un bananier et des cocotiers étaient imprimés dessus. Un riche et beau régime de bananes arborait une fleur vigoureuse comme une grenade explosive, il était bien en vue sur la surface du billet, on disait vulgairement dollar-banane ou monnaie-banane. Quand les Monstres subirent défaite sur défaite dans le Pacifique, ces billets se dévaluèrent très vite pour n'être, à la fin, plus que papier de rebut. Au village, les Monstres avaient établi un impôt par tête annuel de six dollars pour les émigrés chinois, de cinquante *cents* pour les Malais et les autres ethnies. A l'époque, le prix des marchandises étant, par exemple, de trente *cents* pour une livre de poulet ou de vingt-six *cents* pour une douzaine d'œufs, dix dollars-bananes équivalaient presque à l'impôt par tête de deux Chinois.

« Les dollars-bananes, ils puent et ils sont sales, déclara Grande Perche. Il y a la pisse des Monstres dessus et leur…

— Et… leur quoi ? demanda Plat-Pif.

— On m'a dit qu'ils les utilisent pour aller s'amuser avec les filles, bredouilla Grande Perche, dessus, il y a sûrement… »

Da-dy et les autres hommes d'âge mûr tordirent la bouche de façon équivoque.

« Eh ben, il ne te restera plus qu'à te torcher avec, fit Ta-tsi.

— Tu veux que je meure ? s'écria Grande Perche. Ce truc des Monstres… c'est empoisonné… »

Un rire gras parcourut l'assemblée des adultes.

« Je ne veux pas d'argent, dit Grande Perche. Quand j'aurai tué un Monstre, je veux lui arracher ses moustaches et les coller sur les poils de mon zizi, pour que son fantôme respire bien l'odeur de ma pisse et de mon caca ! »

Les adultes hochèrent la tête en lançant un regard approbateur au gamin.

« Grande Perche », Ti Kim rangea l'épingle à cheveux, il prit des mains de Plat-Pif une baie qu'il enfourna dans sa bouche, « tu as déjà des poils à cet endroit ?

— C'est bon, assez bavassé. » Le Biscornu tendit l'index, son auguste doigt pointa les dix enfants les plus grands. « Aujourd'hui, je vais vous apprendre à tirer au fusil. »

Tso Ta-tsi, Un-tian et les autres ainsi désignés avancèrent d'un pas. Grande Perche, qui ne l'avait pas été, avança lui aussi.

« La Perche, recule, lui dit le Biscornu.

— Pourquoi ?

— Tu n'as qu'un bras.

— Et alors, je peux tirer quand même !

— Pas au fusil, dit le Biscornu. Je demanderai à Maigrezo de te trouver un revolver, un Liberator américain ou bien un Mauser allemand.

— Quand ça ?

— Le plus tôt serait le mieux, c'est sûr, expliqua le Biscornu. Maigrezo a rejoint la guérilla des Hauts Plateaux, ils apparaissent, ils disparaissent comme des diables, ils peuvent prendre contact avec nous à tout moment.

— Même avec un bras, je peux tirer ! » Grande Perche n'en démordait pas.

« Mais oui tu peux. » Plat-Pif mâchait une baie, des résidus verts coulaient aux commissures de ses lèvres, on eût dit un bouc qui broutait de l'herbe. « Qui ne tire pas au revolver avec une seule main ? »

Le soleil rouge était haut dans le ciel, les nuages se coloraient de teintes rutilantes, crêtes de coq congestionnées de sang. Dressées en rangs sur les branches pourries et les feuilles des arbres, les sangsues terrestres se tenaient prêtes à grimper sur les zones de peau tendre des bêtes et des hommes afin de leur sucer le sang. Des rais de lumière passaient à travers les feuillages pour se planter dans le sol, minces, larges, éparpillés telles les freluches d'un gland, ou serrés, formant drapeau. Les singes, leurs derrières écarlates pointés vers le haut, levaient leurs longues queues gracieuses, marchaient sur les entrelacs irréguliers de branchages, erraient entre terre et ciel. Les fumées d'un coin de forêt en feu tournoyaient au-dessus de la végétation comme d'énormes boas accouplés. Le Biscornu, fusil sur l'épaule, parvint au durian sauvage où jadis il avait abattu sa mère qu'il avait prise pour un sanglier, il était suivi de Plat-Pif, A-hung, Emily et les quinze gamins. L'arbre avait vieilli mais son feuillage était plus verdoyant, plus lourds ses fruits, plus chahuteurs, plus tapageurs les singes dans les branches, plus gras, plus paresseux les sangliers au-dessous, et plus denses les féroces buissons épineux tout autour. Une fois que les dix-neuf se furent embusqués dans les buissons, pressés les uns contre les autres, sur l'ordre du Biscornu, neuf gamins se déployèrent sur la droite et la gauche pour former une ligne continue, ils posèrent un genou en terre, soutenant le garde-main, la crosse bien calée contre le creux de l'épaule, les index pressèrent les détentes, *clic-clic pa'pa'*, neuf balles fondirent sur les sangliers au pied de l'arbre et les singes au-dessus. Les volutes de fumée, tels des fils de soie, restèrent longtemps dans l'air humide sans se dissiper. L'odeur de soufre et de bois brûlé écrasa le parfum des fleurs et des fruits, et fut plus longue encore à se dissiper. Pour la première fois de leur vie, les enfants venaient de tirer des coups de feu, l'émotion et l'excitation faisaient monter des vagues de rougeurs à leur visage, ils fixaient l'arbre du regard, figés comme des marionnettes. Le Biscornu donna un autre ordre, les enfants se mirent au garde-à-vous, le canon dans la main, la crosse posée au sol, plus raides encore que des Monstres en faction. Le Biscornu examina attentivement les enfants et les fusils, puis hocha la tête, satisfait, son œil gauche papillotait, papillotait tant qu'on l'eût presque entendu proférer des éloges. Afin d'éviter tout tir intempestif, les fusils des enfants n'étaient chargés que d'une seule balle, mais les neuf qui étaient parties en même temps de leur chargeur avaient semé le désastre dans les rangs disciplinés des singes et des sangliers campés sur leurs positions. Sous le durian, une laie et deux cercopithèques gisaient dans une mare de sang, un sanglier mâle, le groin ensanglanté, appelait à fendre l'âme, A-hung l'égorgea d'un coup de couteau. Dans les branchages, le corps d'un singe mort était resté accroché, un autre mutilé vivait encore à moitié. Les enfants, ceux qui portaient un fusil comme ceux qui n'en portaient pas, regardaient les animaux morts sous l'arbre, le doigt tendu, ils appuyaient sur les défenses du sanglier, sur les queues des singes, et piaillaient comme des moineaux.

Les enfants se recouvrirent le visage de leur masque et fixèrent leurs proies avec des expressions féroces, sournoises, malicieuses, sombres ou grotesques.

« Malheur aux Monstres ! » Le regard du Biscornu allait des singes morts en haut de l'arbre aux sangliers en bas, quand il aperçut soudain la bande de masques de *yôkai*.

« Sales gosses ! Saletés de monstres japonais ! »

Un gamin déguisé en *tengu* et un autre en *kasa-obake* se disputaient.

« Ce gros sanglier mâle, disait le *tengu*, c'est moi qui l'ai eu à la jambe.

— Non, c'est moi, répliquait l'autre. Tu as tiré en haut de l'arbre, je l'ai vu.

— C'est le sanglier que j'ai visé, toi tu as eu un singe. »

Un-tian, renarde à neuf queues, s'interposa entre les deux :

« Moi aussi j'ai tiré sur le sanglier.

— Qu'est-ce que vous avez à vous chamailler ? demanda le Biscornu, peu importe qui a atteint la cible, c'est pareil.

— Non, c'est pas pareil, rétorqua l'*obake-kasa*. Quand on aura tué un Monstre, qui est-ce qui recevra les dix dollars-bananes ? »

Le Biscornu lui décocha une bonne tape derrière la tête. « Espèce de sale petit monstre ! Le vieux Tzo l'a expliqué, si on ne sait pas qui a tiré, chacun aura droit à la récompense ! Mais j'ai bien peur que les Monstres te découpent avant ! »

L'ombrelle cyclope et le chien céleste se lancèrent mutuellement un coup d'œil, qui sait quelle grimace ils se firent.

« Et si vous mettez ces masques de merde quand ça vous chante », le Biscornu cracha, « le jour où je n'aurai pas eu ma ration d'opium et que je n'aurai pas les yeux en face des trous, je pourrais bien vous prendre pour des Monstres et vous abattre.

— Taisez-vous ! dit Plat-Pif. Il en manque deux ! »

Tout le monde ôta son masque afin de pouvoir se compter, il manquait Grande Perche et Phun Nga-sim.

Au moment où le Biscornu avait ordonné à tous de se rassembler sous l'arbre, Grande Perche avait aperçu un sanglier mâle, la face noire ornée de défenses, une de ses pattes arrière boîtait, il avançait en se traînant, l'angle de son sabot, telle une bombe, fit éclater un bout de branche pourrie, qui explosa en un hérissement de copeaux, devant un bosquet il coula un tas d'excréments sanglants de ses entrailles blessées. Grande Perche avait suspendu son pas et, profitant de ce que personne ne faisait attention, il s'était écarté et avait rebroussé chemin, un parang de taille moyenne à la ceinture, son trident à la main, il trébuchait bruyamment en se frayant un passage parmi les feuilles mortes, un masque de *tengu* bringuebalant à son cou, à la poursuite de ce sanglier blessé en fuite. Il contourna, l'un après l'autre, les bosquets dans lesquels se ruait la bête, il évita, un à un, les gros troncs d'arbres disposés à la façon de piquets d'entraînement aux arts martiaux, son trident vint lécher le derrière du sanglier à maintes reprises, mais il stimulait l'animal qui n'en courait que plus vite, à une vitesse stupéfiante. Ce fameux trident n'était en fait qu'un bâton pointu au bout duquel il avait gravé les mots *Trident à Double Tranchant*, les dents en bois clouées à l'extrémité étaient tombées depuis longtemps, le bout était maculé de sang de sanglier. Le mâle traqué excita l'ardeur chasseresse du garçon, qui s'apprêta plusieurs fois à tirer son parang, mais il n'avait qu'un bras et ne se décidait pas à abandonner son trident, il perdit finalement la trace du sanglier devant les contreforts, hauts comme son épaule, d'un arbre bois-de-fer. Il sauta sur une racine pour scruter les alentours et vit tout à coup Phun Nga-sim, l'héritière de l'herboristerie *Po Kwan*, accroupie en contrebas, la crosse du fusil à canon simple qu'elle portait à l'épaule était posée sur le sol jonché de feuilles pourries, le canon qu'on eût dit couvert de moisissures noires reniflait les orteils enveloppés d'éclats de boue de Grande Perche.

« Nga-sim ! Qu'est-ce que tu fais là ? » Grande Perche sauta au bas de la racine, avec légèreté il planta son trident dans le sol, droit comme la hampe d'un drapeau, il mit sa main unique sur sa hanche.

Nga-sim se releva doucement, son front arrivait à la deuxième côte de Grande Perche. Elle portait une petite natte et une petite frange, avec une petite fleur en plastique rouge plantée dans les cheveux, à son cou pendaient une chaîne en or forgée par Buffle-Lingot-d'Or ainsi qu'un masque de tête volante, à l'expression douce et maléfique, et un masque de renarde à neuf queues, mi-souriant mi-renfrogné, le fusil de chasse, presque aussi grand qu'elle, reposait sur son épaule, elle essuya les perles de sueur sur son front avec son petit poing fermé et leva la tête pour regarder Grande Perche. Elle imitait à dessein la frange et la natte d'Un-tian.

« Je t'ai suivi tout le long ! » Elle fit un charmant sourire, à la Un-tian.

« Pourquoi tu m'as suivi ?

— Je savais que tu voulais chasser un sanglier. »

Grande Perche regarda le fusil qu'elle portait, il pinça les lèvres et se tut.

« J'ai un fusil.

— Oui, mais tu n'as pas de balle. » Grande Perche prit son élan et bondit sur la racine. « C'est comme pisser dans un violon !

— Si, j'en ai ! » Nga-sim ouvrit sa menotte, révélant dans sa paume deux balles.

Grande Perche redescendit de son perchoir. « Comment t'as eu ça ? Tu les as volées à ce vieux Tsing !

— Pas à Tsing, à Tzo Da-dy ! Il y a deux jours, je nettoyais le plancher de la terrasse, le vieux Tzo s'était endormi allongé sur la rambarde, il y avait une boîte de munitions posée sur la table, j'en ai pris deux au passage. »

Grande Perche ne quittait pas les balles des yeux. « Tu les as volées pour quoi faire ?

— Pour te les donner. » Nga-sim posa le fusil, ouvrit la chambre et y plaça une balle. « Tu ne voulais pas tuer un Japonais ? »

Grande Perche restait sans voix.

Nga-sim lui tendit le fusil : « Tiens ! Ici on est très loin du lac aux sambars, on peut tirer au fusil sans problème ! »

Les paroles de la fillette tirèrent brusquement Grande Perche de sa songerie.

« Nous sommes loin de l'étang ici ?

— Suffisamment. » *Pac !* Nga-sim lui laissa le fusil sur les bras. « Tiens ! Avant de tuer un Japonais, tue d'abord un sanglier ! »

Grande Perche prit le fusil, il était partagé entre hésitation et excitation.

« Je t'aide à porter ton trident. » Nga-sim prit le bâton à deux mains et le déplanta comme on arrache un radis, puis le posa sur son épaule.

« Grand frère Ko, ce fusil a un recul très fort, fais attention. »

Grande Perche effleura la détente de son index, il cala la crosse dans le creux de son épaule et visa en décrivant un cercle de haut en bas, de gauche à droite. Son bras aux veines saillantes, aux muscles roulés, ressemblait à un boa lové autour d'une poule.

Ce jour-là à midi, des rayons d'or éblouissants enchâssaient le bord des nuages, le soleil ardent se brisait en une flaque de phlegme rouge, l'azur limpide était en paix, les éperviers bleus laissaient pendre leurs grosses serres, les oiseaux prostrés sous les ombrages se protégeaient du soleil, des traînées de sel striaient la gueule baignée de larmes des crocodiles, et les sangliers, animaux privés de glandes sudoripares, se roulaient dans les souilles pour faire baisser leur température. Tsing le Biscornu ordonna à A-hung et à Emily de ramener les enfants à la maison sur pilotis, lui et Plat-Pif partaient à la recherche des deux disparus. A-hung, après s'être assuré que la marmaille avait fini son repas, repartit avec Emily pour le lac aux sambars afin de continuer les recherches. Ta-tsi vit sur la table une théière de Milo à l'opium encore à moitié remplie, il s'en versa une tasse à ras bord et la vida d'un trait. Un-tian souleva la théière en fer, approcha le bec et but le reste. Depuis qu'ils avaient goûté au breuvage de Mapopo, les enfants ne pouvaient plus s'en passer, chaque jour ils demandaient à Da-dy un bout de pâte d'opium qu'ils faisaient cuire pour le réduire à l'état liquide, et quand les arômes du café ou du Milo mêlés aux aigres relents d'urine du jus d'opium envahissaient la pièce, les plus jeunes eux-mêmes ne pouvaient s'empêcher d'avaler leur salive. Une fois qu'il eut bu la mixture, Ta-tsi mit son bâton cerclé d'or sur l'épaule et coinça un parang dans sa ceinture, prêt à partir lui aussi à la recherche des disparus dans la jungle, Giam Un-tian, en dépit de toutes ses protestations, partit avec lui pour l'étang en chantonnant les comptines japonaises que Kobayashi avait l'habitude de jouer.

Ta-tsi était certes amoureux d'Un-tian, mais c'était un grand bêta quand il se retrouvait seul avec elle. Son bâton en merbau sur l'épaule, un masque à tête de cochon pendouillant sur sa poitrine et un masque de *kappa* à face de singe sur sa nuque, il marchait la tête résolument baissée, sans oser regarder Un-tian dans les yeux, telle une oiselle en parade amoureuse. Des flaques d'eau stagnante parsemaient le chemin, claires, troubles, de profondeur inégale, impassibles, impénétrables, traîtres, elles reflétaient les faces d'anges et de diablotins des deux enfants. Les fleurs en épis des herbes *atoumo* grelottaient dans la noire mousson, un ciel sans éclat se suicidait dans d'aveuglantes brillances qui traversaient les frondaisons et venaient agoniser à la pointe des herbes, sur les feuilles en décomposition. Au loin dans l'étang un mâle et une femelle sambar flânaient, deux dagues en fourche, huit pattes graciles. Ta-tsi et Un-tian avait déjà rendu leurs fusils au Biscornu, mais dès qu'ils virent le couple de sambars, oubliant leurs deux petits camarades, ils s'accroupirent dans les herbes et se creusèrent la tête pour attraper ce gibier. D'après le Biscornu, les cervidés n'empruntaient jamais la même route, c'est pourquoi leurs pistes se croisaient et se recroisaient tout autour de l'étang ; de même, ils ne rebroussaient jamais chemin, pour les chasser il fallait bloquer leur avancée, impossible de leur couper la retraite.

Les sambars avaient l'ouïe fine, les deux enfants n'avaient pas encore posé leurs fesses sur le sol que les sabots du mâle s'étaient déjà mis en mouvement et *clip-clop clip-clop* écrasaient les feuilles mortes et les branches sèches, de ses yeux plus grands que des œufs de pigeon il fixait les herbes où ils étaient cachés, ses naseaux humaient l'odeur de leur transpiration, il poussa un cri d'alarme, cri herbeux du premier maillon de la chaîne alimentaire, et se rua dans la mer dansante de chaumes derrière lui, agitée de rides ondulantes que laissèrent les huit sabots. Mais les sambars avaient beau filer comme le vent, ils s'arrêtaient sans cesse pour se retourner, préoccupés par ce qui se passait derrière plutôt que devant, la distance entre eux était très limitée.

Ta-tsi prit un chemin de traverse, quand il estima avoir dépassé les sambars, il dégaina son parang et se posta derrière une racine d'un arbre cho-chi, prêt à mettre en pratique la technique déloyale enseignée par le Biscornu et les autres chasseurs, qui consistait à trancher la patte de l'animal. Un-tian, accroupie derrière lui, s'ennuyait et chantonnait une comptine japonaise, Ta-tsi couvrit sa petite bouche en lui fourrant sous les narines ses doigts sales qui sentaient l'urine. L'arbre cho-chi était couvert çà et là de plantes parasites, à foison des orchidées, à profusion des lianes, à luxuriance des feuilles de fougères dressées parmi les branches, dans les recoins de ce tronc énorme devaient se terrer quelques bêtes ou insectes qui poussaient leurs drôles de cris. Le fouillis de branches disparaissait sous une nappe de brume, et la nappe de brume ne cessait de monter, les branchages avec, comme si l'arbre avait flotté aux confins du ciel, traversé par d'extraordinaires et gigantesques oiseaux aux ailes pareilles à ces racines en contrefort. Un-tian s'adossa à la racine, elle ramassa une brindille pour se curer les ongles, cassa une herbe-à-bouc blanche avec laquelle elle taquina le lobe d'oreille de Ta-tsi, puis elle cueillit une feuille tendre, la plia en deux et la pinça entre ses lèvres, elle en tira un son doux et mélodieux comme un brame, enfin elle mit son masque de sorcière et entonna *Couchant, Crépuscule*, suivi de *Rouge libellule*, si bien que Ta-tsi la bâillonna de ses doigts puants, elle continua pourtant en faisant des *hmm hmm hmm,* jusqu'à ce que le haut et le bas de son larynx, pareils à des anches vibrantes, produisent les sons clairs et sonores de l'harmonica. Un-tian ne put s'empêcher de mordre férocement le majeur de Ta-tsi, celui-ci poussa un cri, retira sa main et darda sur elle un regard plein d'amour et de haine mêlés. Le chant cristallin de l'harmonica flottait avec persistance, la mélodie de *Rouge Libellule* continuait à tourner dans les airs. Ta-tsi et Un-tian aperçurent au loin sous un badamier Kobayashi Jirô qui portait sur son épaule une perche longue de dix-huit pieds, avec ses dix-huit encoches auxquelles étaient suspendus dix-huit sortes d'articles, il portait son short et son débardeur tachés de gras, ses socques, sa tête, avec sa coupe en brosse hirsute, se balançait, une serviette blanche nouée au front, il jouait sur son harmonica diatonique, suivi d'une ribambelle d'enfants, l'as de la fronde Tsîn Po-tsai, le champion de natation Lua Tsian-tiong, le roi des combats de criquets Niou Ing-an, Hui le Batave alias Bébé Rouge, une farandole de *tanuki*, de *tengu*, de *kappa*, d'ombrelles cyclopes et de renardes à neuf queues tournait autour de l'arbre…

Grande Perche, tout excité, portait le fusil de chasse à canon simple et, tous les deux ou trois pas, il cherchait une cible nette et apparente pour la mettre en joue. Il avait rejeté son masque de *tengu* dans le dos, les feuilles mortes s'écrasaient avec un bruit de coquille d'œuf sur son passage, il contourna l'un après l'autre des bosquets impénétrables, évita les gros arbres serrés comme des piquets d'entraînement aux arts martiaux, il était à la recherche d'un arbre fruitier où des singes seraient venus manger, car le Biscornu l'avait dit, là où il y a des singes, il y a des sangliers au pied de l'arbre qui attendent la nourriture facile. Phun Nga-sim, quant à elle, portait le trident et se mouvait avec agilité, tandis qu'elle regardait le dos à face de *tengu* de Grande Perche, la pointe du trident venait parfois s'enfoncer par mégarde dans l'omoplate du garçon, il poussait un cri de douleur et se retournait pour lui décocher un regard courroucé. A chaque volte-face, la fillette passait son masque de renarde, et Grande Perche paraissait alors se souvenir de quelque chose, il se détournait, furieux.

De puissants nuages roulaient dans le ciel, la noire mousson s'engouffrait dans les arbres, les branches éparses aux formes irrégulières, petites tordues, grandes noueuses, avaient des airs de singes au museau pointu, qui parfois même montraient les dents. Au comble de l'ennui, Nga-sim picota les fesses de Grande Perche avec le trident, poussa un faible soupir et imita les *hon hon hon hon* du sanglier. Sans même se retourner, Grande Perche s'exclama : « La ferme, la ferme, la ferme ! » Nga-sim criait de plus en plus fort, à bout de nerfs le garçon rugit de colère : « Tu cries encore, et je te plante ici toute seule ! » Nga-sim mit les mains sur ses hanches et prit l'air autoritaire d'Un-tian : « D'accord ! Alors rends-moi le fusil ! » Grande Perche, perplexe, passa deux fois ses lèvres l'une sur l'autre. Une tache de lumière intense se posa sur son large front où perlaient des gouttes de sueur, projetant en long et en large l'ombre du fouillis de branches. « Nga-sim », il posa le fusil contre un arbre et tapota gauchement la tête de la fillette, « les sangliers ont un odorat et une ouïe terribles, si tu es au village et que tu pètes, ou que tu fais un rot, eux ils le sentent et ils l'entendent jusqu'ici, et en plus ils peuvent deviner ce que tu as mangé et combien de tasses de Milo tu as bues hier et aujourd'hui ! » Nga-sim appuya légèrement le trident contre le sol. « Si c'est comme tu dis, on n'est pas prêt d'en attraper un », dit-elle d'une voix claire, convaincue. « Ça, c'est pas sûr. Le Biscornu dit aussi que les sangliers adultes sont des gloutons et les marcassins des polissons. » Il remit le fusil sur son épaule. « Alors quand ils mangent, le ciel peut leur tomber sur la tête, ils n'en ont rien à faire. » Il appuya encore gauchement son index contre l'épaule de la fillette. « Mais avec le raffut que toi tu fais, tu leur signales notre arrivée, même s'ils sont gloutons, tu les fais fuir. » Nga-sim hocha la tête, puis fut prise d'un bâillement. « Je suis fatiguée, Grande Perche, on se repose un peu, d'accord ? »

Grande Perche sortit son parang et abattit un monceau de lianes et de lichens, il piétina des débris de feuilles et de branches pour en faire encore plus de débris, déplaça un bout de bois pourri épais comme la jambe, qu'il mit en travers sous un acajou, et tous deux s'assirent épaule contre épaule, adossés à l'arbre, parfois un fruit ovoïde aux pétales rouges tombait en tourbillonnant comme les hélices d'un hélicoptère et s'abattait à leurs pieds avec un bruit sec, alors de sa main unique Grande Perche s'emparait du fusil et visait longuement la graine où avait déjà poussé un germe. Nga-sim tira hors de sa poche une poule sauteuse ainsi qu'une grenouille qui faisait *côa-côa*, elle remonta les ressorts raboteux puis déposa les jouets sur la terre noire, humide et rase afin qu'ils s'y promènent. La poule avançait, chancelante, la grenouille sautait sur place. Grande Perche lança à nouveau un regard excédé à la fillette, il pointa son canon sur les jouets et fit *boum*, imitant le bruit d'un coup de feu. Nga-sim effleura la poule de l'index, et dans le même mouvement celle-ci se renversa, ses griffes soulevèrent un peu de terre.

Sous l'acajou, des lianes en broussaille toutes pareilles à des queues de singe s'élevaient dans les airs et, comme la fumée d'une cheminée, traversaient lentement le feuillage pour se perdre parmi les nuées qui viraient peu à peu au rouge, des taches de lumière dorée convergèrent sur le visage de Grande Perche, illuminant de minuscules cratères d'obus fumants, la lumière dynamitait sa conscience, l'amollissait sans qu'il puisse résister, entre la veille et le sommeil, le grésillement des jouets lui parvenait toujours, Grande Perche leva les yeux et regarda aux alentours, Nga-sim était partie on ne sait où.

Il se frotta les yeux et vit, dans un bosquet foisonnant d'anthuriums, de palmiers, d'herbes *atoumo* et d'orchidées sauvages, Mapopo avec sa grosse veste hakka blanche à manches courtes et son large pantalon noir, socques aux pieds, sa peau vieux gingembre fripé, ses cheveux blancs au vent, la dizaine de poils en antennes de crevette s'échappant de ses sourcils, sa verrue bile de serpent qui brillait au bout du nez, son double menton champignon et sur sa nuque la boule de chair rose de la taille d'un œuf d'oie, elle tenait à la main une grande faux et pourchassait une laie en train de grouiner, suivie par une portée de marcassins zébrés de lignes brunes qui fuyaient à l'aveuglette. Un perroquet blanc ouvrait et refermait ses ailes au-dessus de Mapopo en imitant les hennissements des juments Hollandais à sang chaud. Une bande de gamins, masques de *yôkai* sur le visage, jouets à ressort dans la main, tournoyaient derrière Mapopo, comme des hirondelles, comme leur tourbillon gluant de salive maternelle et de duvet sous l'auvent. Lam Hiau-ting affublée de son masque de renarde à neuf queues marchait en avant des enfants, elle riait de ce rire en cascade qui faisait languir Grande Perche. Nga-sim, avec son masque de tête volante, marchait derrière la bande, en imitant le rire de Hiau-ting. Grande Perche mit son fusil à l'épaule et suivit Nga-sim, il visa la grognante laie et appuya sur la détente…

Quand A-hung et Emily trouvèrent Ta-tsi et Un-tian, ceux-ci dormaient profondément, appuyés contre la racine d'un arbre cho-chi.

Le Biscornu et Plat-Pif découvrirent Grande Perche allongé de tout son long sous l'acajou, le trident planté de travers dans un tapis de feuilles et de branches en miettes, le fusil dans la main, un filet de fumée imbibé de phosphore s'échappait du canon. A cinq mètres environ, dans un bosquet envahi d'anthuriums, gisait le corps d'une laie éventrée par une balle.

Tzo Da-dy et les autres sillonnèrent la jungle plus de dix jours durant, ils ne revirent pas Nga-sim.

EN SILENCE

Air yang tenang jangan disangka tiada buaya.
Le crocodile est sous l'eau calme.
(Proverbe malais)

Au point de l'aube, Ti Kim était assis sur les berges de la Krokop, il fumait une cigarette, une épingle à cheveux dans la main, la sueur inondait les rides de son visage, les verticales de la langueur, les horizontales de l'amour déçu, elle coulait le long du menton en galoche et gouttait sur la poitrine aux côtes féroces. Ses bras et ses jambes étaient cousus de cicatrices, morsures récentes et anciennes de crocodiles. En trente et quelques années, il avait retiré de son corps douze dents thécodontes que ces reptiles perdent facilement, deux, coincées dans le métatarse et la rotule, l'avaient fait boîter deux mois durant. Une autre était restée dans le creux de la poitrine, il avait eu deux côtes cassées et avait manqué perdre la vie. On dit qu'à force d'en consommer la chair, avec le temps, toutes les excrétions du corps prennent l'odeur du crocodile, renforçant les risques d'attaque.

Dans sa jeunesse, Ti Kim ne savait pas ce qu'était cette odeur, jusqu'au jour où il était entré dans le café de Lolo Brioche, au milieu des arômes du café et du pain, il avait senti la puanteur de la chair en décomposition, il s'était aperçu que les clients lui jetaient des regards méfiants et avait compris alors que ce qu'on appelait l'odeur du crocodile, c'était la pestilence de la mort. Afin de la masquer, il achetait au bazar de produits d'importation quantité de parfums, de pommades pour les cheveux et de crèmes pour la peau, de la plus médiocre à la meilleure qualité, de la poudre, du talc, du Cutex américain, du parfum français Paris la Nuit, de la crème Papillon de Chine, des produits cosmétiques Pechoin et Trois Fleurs, il cocottait la séduction triste, plus encore que les Karayuki-san.

Même couvert de blessures, il allait voir sa grande crocodilienne.

A la saison humide, les pluies tombent deux mois sans discontinuer, l'eau dégringole des auvents, aussi limpide que les bras et les mains délicats d'une femme, la Krokop sort de son lit, la terre domptée recueille l'eau en ses dépressions pour former des flaques, les outils se couvrent d'une barbe de moisissures, et les yeux des villageois brillent de lueurs mousseuses. Un après-midi, la pluie avait cessé, Ti Kim avait pris sa canne à pêche, un parang et un fusil, et il était remonté le long de la Krokop. Quand le fleuve a débordé, les gros poissons, indolents et peu téméraires, se laissent porter par le courant, voyageant ainsi sur quelque dix kilomètres, ils se rassemblent à l'embouchure pour happer les déjections humaines, les détritus, les mollusques et les crustacés, même un pêcheur sans expérience peut revenir chez lui auréolé de gloire. Ti Kim, par trop négligent, avait oublié que son odeur de crocodile le signalait comme une moustiquaire ensanglantée. Il déposa son parang et son fusil et s'assit sur un quai fait de bois flottés assemblés, ses mollets trempaient dans l'eau vive et glacée, il finit la cigarette qu'il fumait dans l'attitude du sage, il s'apprêtait à jeter sa ligne quand une décharge de douleur le saisit au mollet, il fut entraîné corps et biens dans le fleuve.

Immergé à mi-corps, Ti Kim recouvra bientôt tout son calme. D'après la force qui le happait, la rapidité avec laquelle il était tiré et le bouillonnement du tourbillon, il estima avoir affaire à un crocodile géant de trois mètres. Se débattre, résister ne ferait qu'inciter le reptile à le retourner et le briser comme une proie, avec sa formidable puissance. Il endura l'atroce souffrance, retint son souffle, laissa mollir ses membres et ferma à demi les yeux, pour se laisser emporter au fond comme un corps sans vie. L'eau était trouble, envasée, des poissons et des crevettes en panique prenaient la fuite, monstrueux était le crocodile qui referma les paupières nictitantes de ses petits yeux couleur d'ambre, ses quatre pattes étaient collées à son tronc énorme couvert de scutelles, il balançait sa queue aussi épaisse que la racine en contrefort d'un arbre. Depuis vingt ans qu'il chassait le crocodile, Ti Kim connaissait par cœur ceux du fleuve, au premier coup d'œil il avait su que l'animal se rangeait parmi les vénérables vieillards qui avaient déjà goûté à la chair humaine. Par miracle, grâce en soit rendue au karma, le crocodile ne désirait pas le manger tout de suite, après l'avoir entraîné au fond, saisissant sa poitrine dans sa gueule il fourra sa proie sous un fouillis de racines dans les berges. Ti Kim, de douleur, serrait ensemble ses dix doigts, serrait ses trente-deux dents qui tenaient encore bon. Le crocodile lui jeta un coup d'œil myope, poussa ses fesses à petits coups de museau, flaira les racines, puis, agitant sa longue queue, disparut dans l'eau tumultueuse et glacée.

Ti Kim le savait, il reviendrait là pour le festin, au moment où lui-même serait décomposé et gonflé.

Le sang frais s'écoulait doucement de son mollet et de sa poitrine, tantôt en filets fins comme des cheveux, tantôt comme la nageoire battante d'un poisson, décrivant les chemins embrouillés de ses canaux intérieurs. Quand les racines furent ennassées dans un brouillard de sang, Ti Kim attendit patiemment la dernière extrémité pour expulser d'un coup l'air et se débarrasser des racines comme une tortue d'eau furieuse se dégage d'un piège, il remonta à la surface et regagna les rondins du quai.

Après que le rideau de la nuit fut tombé, puis qu'il eut fumé une boulette d'opium, il emporta une grappe de ramboutans, un morceau de porc salé et un bol de soupe aux quatre simples pour se rendre au quartier des lanternes rouges, chez la seule et unique, sa grande crocodilienne. C'était une nuit de pluie diluvienne, l'eau avait transformé les rues du village en petites rivières, une procession de grenouilles puis une autre allaient et venaient sur les planches des galeries à l'extérieur des magasins, se poursuivaient aux jeux de l'amour en poussant de lubriques et impudiques coassements. Des chats et des chiens, errants ou domestiques, de toutes les couleurs de pelages, occupaient les coins secs des galeries et fixaient d'un œil sévère les batraciens en folie. De grosses gouttes éclataient comme des pétards sur la tôle zinguée des toits. Ti Kim ouvrit une ombrelle en papier huilé et s'engagea en pataugeant dans les rues de Krokop, les gouttes acérées ouvrirent sa blessure au mollet, révélant les tendons écarlates qui avaient un aspect de viande farcie. Entre les baleines de l'ombrelle, une membrane de peau ferme et souple était tendue, comme le repli gulaire dans la gueule du crocodile fait une écluse étanche.

Ti Kim posa les fruits et la nourriture et se laissa tomber sur l'opulente poitrine de sa crocodilienne, il pleura comme un enfant.

Par cette nuit de déluge, son commerce n'allait pas fort, il l'eut presque toute la nuit pour lui.

« J'ai été happé par un crocodile jusqu'au fond de l'eau. » Il la regardait, marmonnait pour lui-même, en espérant qu'elle comprenne. « J'ai bien cru que c'était la fin des haricots. »

Elle essuya le sang qui coulait de ses blessures, elle le pressa contre le lit de bois couvert d'une paillasse et, dardant sa langue chaude, lécha les plaies.

« Ce crocodile avait plus de cent ans », disait-il. Quand le fer de la langue passait sur ses blessures, tous ses muscles vibraient, c'était comme si son cœur, son foie, ses reins, sa rate et ses poumons avaient été léchés, il n'aurait su dire si c'était agréable ou douloureux. « C'est le genre de vieille bête qui aime laisser mariner sa proie avant de la manger, c'est paresseux et poltron. »

La chambre sentait la mauvaise vie. Le client précédent qui l'étreignait était comme la pomme pourrie qui gâte le tas, la crème de beauté Shuang Mei haut de gamme et le Cutex offerts par Ti Kim et les parfums bon marché qu'elle achetait à Kobayashi se trouvaient aussitôt dissipés par le remugle de corruption de ces hommes qui se succédaient.

Quand il l'enlaçait, il avait l'impression de n'être qu'une de ces grenouilles-taureaux qui grimpent sur le dos d'une femelle tandis que d'autres tournent autour d'elle, comme des petits satellites autour d'une étoile, en se bousculant pour savoir qui le premier déchargera sa pluie séminale de météores.

De la fenêtre parvenaient les chants de la parade nuptiale des crapauds, pareils au bruit de la pluie, entrelacs intime de fils soyeux.

« Emporté tout vif au fond par un crocodile, et je suis resté un moment sous l'eau, incroyable que je ne sois pas devant Yama le dieu des enfers, disait Ti Kim. Quand je vais raconter ça, personne au village ne me croira. »

La grande crocodilienne suçait une blessure en croissant de lune à côté de son mamelon, aux coins de sa bouche la salive mêlée à des filets de sang débordait.

Elle ne proféra aucune parole, mais sa langue, bavarde sur les plaies, clapoti-clapotait, parlait un babil sans fin à ses côtes, coulait des centaines, des milliers de mots.

« Est-ce que tu crois que je mens ? » demanda-t-il.

La grande crocodilienne s'arrêta, immobile sur lui comme une énorme sangsue. Sa molle poitrine, son ventre chaud, son pubis en ventouse faisaient comme un onguent sur les plaies à vif.

« Ce crocodile que tu avais éborgné… » Elle pesait presque deux fois son poids. Ti Kim ressentit une sorte de bonheur à suffoquer. « Il ne devait avoir qu'une trentaine d'années, il ne faisait même pas la moitié de la taille de celui-ci… »

Par cette nuit où les colonnes d'eau étaient aussi épaisses que des tripes de sanglier, les grenouilles s'adonnaient à leurs désirs, mais le client était rare. Elle s'assit sur le lit, écossa un des ramboutans qu'il avait apportés et le lui fourra dans la bouche. Le jus salivant et glacé ruissela, au coin de son œil brilla une larme de torpeur délicieuse.

« J'ai déjà chassé un crocodile centenaire », le fruit juteux humidifia sa gorge et ouvrit la boîte à paroles, « à cette époque, je ne te connaissais pas encore… »

Tel un dormeur qui parle, il raconta encore et encore, comme autant de fables hantées par la mort, les fois où il avait réchappé des griffes d'un crocodile. La femme fit réchauffer la soupe aux quatre simples, prit une cuillère en fer et but le bouillon à l'os de porc à petites gorgées aspirées, pour qu'il l'entende boire ; et pour qu'il la voie manger, elle se délecta des ignames de Chine, des graines de lotus, des amandes de larmille, de l'angélique de Chine et des tripes de porc. Il en était au moment où il avait failli perdre un bras lors de l'attaque d'une femelle qui défendait son nid, quand soudain elle prit son bras gauche entre ses doigts et, du pouce, massa une vieille balafre aux coutures nettes, il eut la sensation que sa cicatrice se contractait, se tordait comme un larynx secoué de pleurs violents.

Il croyait qu'elle comprenait… Il plongea ses yeux dans ses yeux secs, examina ce visage manifestement replet et pourtant mince comme un papier découpé, placide, sans la moindre profondeur de pensée, longtemps il la regarda, puis pouffa de rire. Ce visage en ruine avait reçu trop de clients, topologie du paradis pour mâle construit sur des débris de tuiles, de briques et même sur des charniers d'ossements, le songe d'une nuit de printemps s'en était allé en fumée en un battement de paupières. Il poursuivit, en exagérant, l'histoire de sa bataille épique avec la mère crocodile. Ses yeux restaient deux puits à sec, l'expression du visage comme l'eau morte d'un lac, elle écossait un ramboutan après l'autre, qu'elle lui fourrait doucement dans la bouche, c'était comme s'il était un soldat écrivant une lettre d'amour à sa bien-aimée restée au pays, sous une pluie de feu et d'acier, comme si ce qu'il racontait n'était rien que des affaires domestiques sans intérêt.

Sur le toit en tôle couvert de taches de rouille, de fougères nids-d'oiseau et de cryptogames, se dressait un fourré de pluie drue. Une grenouille toute trempée, bravant les éléments, bondit sur le rebord de la fenêtre, *coâ coâ, coâ coâ*, la gorge gonflée elle chanta une prière à la pluie, puis disparut dans un recoin sombre de la chambre. La grande crocodilienne cessa d'éplucher les ramboutans et s'allongea tout contre Ti Kim. Il la prit dans ses bras, posa sa tête sur sa poitrine, avec une vague envie de l'appeler par son nom.

La grosse pluie pâteuse s'était refermée sur tout le village.

« A-tshai… »

De la bouche de Ti Kim sortit ce nom de fille, en même temps familier et lointain.

D'après les registres de l'état civil, cette année-là il a quatorze ans, peut-être moins, les anciennes générations avaient coutume de déclarer une fausse date de naissance, pour que les enfants puissent entrer le plus tôt possible dans un métier réglementé par un âge minimum, et toucher ainsi une rémunération décente. Cette année-là, A-tshai a treize ans, peut-être moins, elle est déjà le cordon bleu de la bourgade pour ce qui est de cuisiner les *chah kway tew*, les larges pâtes de riz sautées. Quand le coq a chanté, quand les pâles clartés de l'aube ont posé leurs couleurs sur la petite ville, Ti Kim file, léger, aérien, à croire qu'il a quatre jambes, vers l'étal de la famille d'A-tshai. Elle et sa mère sont les cuisinières. Son père, dont le bas du corps est paralysé, assis devant le fourneau, en est réduit à trier les pousses de soja, peler les crevettes, couper les têtes d'ail et enfourner, avec une preste dextérité, le bois pour alimenter le feu. Leur stand est coincé entre celui du riz au poulet à la mode de Hainan et celui des pâtes sautées de la province du Fou-Kien, les fumées des cuisines montent alentour et les langues de feu bondissent dans les fours, les casseroles résonnent entre la terre et le ciel, de chaudes bouffées de vapeur jaillissent, galopent, tandis que les chalands se pressent et se bousculent. Certains, assis sur des sièges graisseux, prennent tout leur temps pour manger leurs pâtes, d'autres, debout devant les fourneaux, regardent A-tshai et sa mère cuisiner en attendant d'emporter leur plat. A-tshai a de longs cheveux qui lui descendent jusqu'au creux des reins, elle les natte pour le travail en attachant au bout une dizaine de barrettes en fer, de sorte que la natte est droite comme le bras d'une balance, parfois elle noue un nœud rouge en forme de papillon, il flotte dans l'air et se pose sur le sillon de ses fesses arrogantes et hautaines. Ti Kim ne se lasse pas de la regarder préparer ses pâtes. Elle fait chauffer l'huile, prend une louche d'ail pilé revenu dans l'huile, verse les larges pâtes de riz, les pousses de soja, un œuf, la sauce de soja, les crevettes, la viande salée et la ciboule de Chine, puis elle touille à gestes rapides en faisant sauter à grand feu. Ti Kim reste planté devant le fourneau, elle prépare ainsi trois assiettées qu'elle répartit en parts égales dans trois feuilles d'oreilles d'éléphant géantes, puis elle les enveloppe dans un vieux journal et les donne à emporter à Ti Kim. Il retourne chez lui, les trois paquets de pâtes fumants dans les mains, ses pieds ne touchent pas le sol, comme si des ailes lui avaient poussé dans le dos. Cent fois, après avoir fini de préparer les trois assiettes, elle l'a regardé sans mot dire de ses grands yeux, il a cru en mourir de joie. À treize ans (ou peut-être moins), il a commencé à la regarder cuisiner, pendant près d'un an, il ne lui a parlé qu'une seule fois. Cet après-midi-là, ils ont des invités à la maison, Ti Kim s'est rendu au stand avec cinq *cents* dans son poing, et d'un ton qu'il veut amical il dit : « Les pâtes de riz sautées à un *cent*, cinq à emporter ! »

A-tshai esquisse un sourire, ses yeux brillent comme la pleine lune à la mi-automne.

« Mmm, cinq.

— Papa a demandé, pas trop de sauce de soja », dit Ti Kim, il a baissé la voix pour prendre l'intonation rauque des adultes, « et du pâté de poisson à la place de la viande salée, s'il y en a. »

A-tsai découvre des dents pareilles à des petits coquillages.

« Mmm… »

Le ciel s'est assombri, le tonnerre roule comme un tambour, A-tshai a terminé quand il se met à tomber des gouttes couleur de soja, enroulées comme des pousses, qui dégringolent de l'auvent tels des asticots. Ti Kim prend ses cinq paquets, puis s'assoit sur l'étal en attendant que l'averse passe. La pluie est forte, les rues se brouillent, des gens viennent se presser sous l'auvent pour s'abriter, épaule contre épaule. S'il attend encore, les pâtes vont refroidir. La mère d'A-tshai est assise sur un tabouret haut, en train de se curer les dents, elle sourit très mystérieusement et dit : « A-tshai, il n'y a plus de clients, prends le parapluie et raccompagne Ti Kim. » L'adolescente vient à côté de lui, ouvre une ombrelle en papier huilé, elle le regarde. Il soulève ses cinq paquets et ils partent sous la pluie côte à côte. Au bout de quelques pas, elle lui tend le parapluie, puis s'accroupit pour rouler les jambes de son pantalon trempées par l'ondée, découvrant ainsi ses mollets. Ce sont des gouttes collantes, qui glissent jusqu'au bord du parapluie comme des larves d'abeille, puis tombent, le parfum de l'ail pilé, de la sauce de soja et des œufs s'échappe des cinq paquets de pâtes scellés comme des cocons. Les gouttes tambourinent comme un hochet contre l'ombrelle, et font naître des rires de bébé en saccade. Ti Kim ne s'est jamais trouvé aussi proche d'A-tshai, il se torture les méninges et finit par lâcher cette phrase :

« Ce sont tes pâtes que mon papa préfère, dit-il avec froideur.

— Mmm…

— Il dit que, dans tout le village, ce sont tes *chah kway tew* les plus copieuses, les crevettes sont les plus fraîches, et le soja aussi, c'est toi qui mets le plus d'œufs et de viande. » Il tend une main timide hors du parapluie, mouille sa paume et essuie la sueur sur sa nuque. Son père n'a jamais dit ce genre de chose.

« Maman trouve que je mets trop d'ingrédients.

— Ici, tout le monde aime tes pâtes sautées.

— Et toi ? demande-t-elle, tu les aimes ?

— … Oui », répond-il toujours avec froideur.

Le bec dur des gouttes picore avec véhémence le papier huilé de l'ombrelle, la grosse pluie drue se répand sur les herbes folles et les flaques. Dans les pertuis d'une clôture et sur des branches nues sont perchés des groupes d'oiseaux aussi informes que de la boue, les teintes du ciel sont un chaos de verts, une vapeur verdoyante monte du sol, l'ombrelle couve une brillante lueur jaune d'œuf. Ti Kim se baisse pour ramasser une pierre, il la lance en direction des oiseaux amassés en motte boueuse sur une branche. Le projectile frappe la branche nue, qui tremble un peu, la compagnie n'a pas bougé d'une plume. Il ramasse une seconde pierre, *boum*, elle touche un volatile, les oiseaux se tortillent. A-tshai lui jette un coup d'œil, une goutte de sueur brille au bout de son nez. Ses doigts serrés sur le manche dégagent une jeune vigueur de pousse d'herbe, on les dirait sans os. Ti Kim a honte de sa puérilité. Ils traversent un pont d'une seule planche, la maison sur pilotis de Ti Kim est toute proche. Le déluge a duré une demi-journée, le ruisseau a débordé, les deux piliers en bois-de-fer de Bornéo se dressent fièrement dans l'eau, la pile semble plus haute, et plus épaisses les herbes qui ont poussé par les interstices, un crapaud accroupi comme une bosse de boue au beau milieu du pont les dévisage de ses petits yeux bagarreurs. Gros comme le poing, il fait paraître le pont plus exigu, ou alors c'est que la planche étroite le fait paraître plus gros. Ti Kim s'avance jusqu'à lui, l'enjambe, le batracien coasse deux fois, les nodules de sa tête et les pustules sur son dos gonflent, dégonflent. A-tshai l'enjambe à son tour, il coasse deux fois encore, les boules de chair se rétractent, puis il bondit, les quatre pattes suspendues dans les airs. Ti Kim, debout sous l'auvent de sa maison, écoute les chants furieux des crapauds, en regardant la silhouette d'A-tshai refranchir le pont et se perdre dans l'étendue floue.

Trois mois plus tard, tous les hommes du bourg pagaient à bord de sampans, emportant avec eux parangs, fusils, faux et bâtons, sur les berges proches ils abattent un crocodile de deux mètres et demi, ouvrent son ventre, ils y retrouvent le corps brisé d'A-tshai. Suivant les instructions de son père, à l'aube elle est allée à l'embouchure ramasser des palourdes sanguines, pour faire comme les gens de la région de Teochew qui utilisent la chair du coquillage pour enrichir les ingrédients de la recette. Un crocodile marin lui a happé le mollet, elle a disparu sous les eaux calmes du fleuve aux reflets miroitants.

« A-tshai… »

La tête posée sur la molle poitrine de sa grande crocodilienne, bercé par une vingtaine de lobules ramifiés comme la couronne d'un arbre, Ti Kim s'endormit lourdement au milieu des chants lascifs des grenouilles, du bruit de la pluie et des battements de cœur.

Devant Da-dy et les autres, il l'appelait « la grande crocodilienne », mais en privé, il s'adressait toujours à elle par des regards silencieux. En silence les caresses, les étreintes et les baisers, en silence la viande salée et la soupe, en silence les plaintes des grenouilles, en silence les adieux…

Parfois, dans les méandres de son cerveau, apparaissait un nom, muet, déformé : A-tshai…

Il comptait s'enquérir du nom de sa grande crocodilienne auprès de Kobayashi, c'est alors que les Monstres envahirent Krokop.

Ti Kim avait fumé le paquet de cigarettes entier, les rides de langueur et d'amour sillonnaient son visage émacié, l'épingle à cheveux, longue de quinze centimètres, l'avait accompagné dans cette nuit sans sommeil, il l'avait tournée et retournée dans sa paume jusqu'à l'aube. L'épingle était terminée par une vague tête d'oiseau, il y a un peu plus de trois ans, dans la main de sa grande crocodilienne elle avait éborgné un crocodile. Il y a un peu plus de trois ans, il avait abattu le crocodile borgne, et quand il avait repiqué l'épingle dans le chignon noir corbeau, deux traînées de chaudes larmes avaient coulé des yeux de la femme.

Au moment où Emily lui avait tendu l'épingle à cheveux, Ti Kim avait pris entre ses doigts l'accessoire couvert d'une rouille pourpre, il était resté longtemps sans rien dire. Il regardait Emily, un éclat intense dans les yeux.

« Pendant que Ho-ngi était au bordel militaire, une grande femme du Soleil Levant lui a offert cette chose, dit Emily. Elle voulait qu'elle la remette, après la guerre, à un homme du Bouk aux Sangliers couvert de morsures de crocodiles, un chasseur de crocodiles d'une quarantaine d'années. Ce doit être toi. »

Quand Ti Kim arriva à la chambre où était gardée Ho-ngi, celle-ci écarquilla de grands yeux huileux et fit un sourire de vieille bique fatiguée, elle ne proféra pas un mot, elle lui rappela A-tshai des *chah kway tew*. Ho-ngi passa ses lèvres l'une sur l'autre, comme si elle se souvenait de quelque chose, une lueur traversa ses pupilles, elle ouvrit sa chemisette hakka et baissa son pantalon, sa riche poitrine offerte, révélant les deux lamellés humides et luisants de son entrejambe. L'odeur de chair en décomposition qui émanait de Ti Kim régna longtemps dans la chambre.

L'après-midi de ce jour-là, Ti Kim, parang et fusil à l'épaule, quitta en cachette la maison sur pilotis de Da-dy dans le but de s'introduire dans le village sous haute sécurité. Il dormit une nuit sous une tonnelle abandonnée, à l'aube il se cacha sur les berges du fleuve, trois jours plus tard, juché sur un arbre émergent au luxuriant feuillage, il vit, sous la surveillance de Monstres en faction, une soixantaine de femmes dispersées sur les berges, qui perdues dans leurs pensées, qui se livrant à des attouchements, qui se lavant nues, qui bavardant gaiement. La lame aiguisée de la mousson d'été écorchait la surface de l'eau, libérant l'odeur de sang des abattoirs. Les nuages blancs ressemblaient à un groupe de lapins accouplés, le palais céleste se livrait partout à la luxure. Les éternels bosquets de palmiers durs comme fer, dressés au bord de la Krokop, montraient un front soucieux dans les vapeurs indigo. Et sur le flot vagabond, flottaient les vagues à l'âme de chaque visage, s'exhalaient les respirs et les soupirs de chacune. Dans la cacophonie des chants d'oiseaux, dans le désordre de la végétation, les villageois indifférents actionnaient leurs timides rames, manœuvraient les frêles sampans et chaloupes, chargés d'une maigre cargaison de pêche et de fruits sauvages, ils passaient sur le fleuve dans la paix du matin, sous les regards des fusils. Un Monstre vint pisser sous l'arbre où Ti Kim s'était perché, le canon du fusil type 96, éternellement pointé vers le ciel, visait ses fesses. Le Monstre sortit l'espèce de branche desséchée qui lui tenait lieu de sexe et envoya un jet d'urine chaude, jaune trouble, puis il secoua deux fois la bête entre son pouce et son index et la rentra nonchalamment dans sa braguette. Après quoi il retira son casque vert-de-gris, leva le menton et jeta un coup d'œil à l'arbre en plissant ses petits yeux. Ti Kim serra fort la crosse de son fusil, il leva la tête et vit à travers la couronne de l'arbre un petit coin de ciel bleu tout craquelé, qui lui fit penser aux veines violettes des seins de la grande crocodilienne. Quand il baissa la tête, le Monstre était parti. L'arbre aux fruits ailés était trop éloigné du fleuve, une soixantaine de femmes à la peau d'albâtre s'amassaient sur les berges, tels des vers sur un morceau de viande pourrie, grandes petites grasses maigres, on ne pouvait les distinguer, les visages étaient flous, et malgré sa bonne vue, Ti

Kim ne pouvait y discerner la silhouette de sa grande crocodilienne.

Deux jours plus tard, il emprunta un sampan, il portait à l'épaule un panier pour bât, pansu au col étroit, un débardeur en lambeaux crasseux, un chapeau de paille aux gigantesques bords retournés, tenait une canne à pêche à la main, il avait étalé sur son visage une couche de boue noire et dissimulé fusil et parang sous les éclisses, profitant du moment où les femmes se délassaient sur la berge, il rama jusque sous un palmier de la rive opposée, là il lança sa ligne. Par ce matin de brume, sur les berges, les tertres des plantations bombaient leur ventre renflé, la température montant du sol bondissait comme une lame sur les treillages à courges et les claies pour haricots. Les grands arbres aux faces décharnées, aux troncs et membres jolis, s'élançaient dans le ciel mouché, parfois passait une bourrasque, et les hauts arbres entre eux frémissaient, pris d'immenses éternuements. Des grands coucals, lourds comme des tares de balance, s'accrochaient aux chaumes graciles, quelques masures à la gueule cassée se dressaient fièrement sur la rive. Une dizaine de Monstres montaient la garde sur la rive opposée, le drapeau japonais au soleil écarlate claquait triomphalement au vent, les fils de soie rouge vif de la frange donnaient à la bannière l'air minaudier d'une geisha. Il y avait une soixantaine de femmes, le visage hâve, les lèvres pareilles à deux sangsues exsangues, on n'aurait su dire si elles étaient pleines d'allant ou tout juste éveillées, si les visages étaient empreints de tristesse ou rayonnants de joie, elles marchaient à pas précipités, regardaient d'un air absent le ciel sinistre, le fleuve minable, elles ressemblaient à un élevage de poules en proie au désarroi.

Au moment où Ti Kim prit le premier poisson avec son épuisette, il sentit des effluves de chair pourrie, entendit le raffut des grenouilles.

Une grande femme se tenait sur la berge, elle était enveloppée dans un tablier rose qui lui montait jusqu'à la poitrine, elle se pencha pour tremper ses cheveux dans le fleuve, elle mouilla une serviette blanche et se frotta le corps en prenant tout son temps. Elle avait de l'eau jusqu'aux chevilles, sa peau couleur de radis blanc reflétait les miroitements de l'onde. Saisissant fermement l'extrémité de la serviette qu'elle avait roulée en boule, elle la fit claquer avec force. La main droite de Ti Kim trembla, ses doigts mollirent, la canne à pêche tomba dans l'eau. Aussitôt, il la repêcha et accrocha un nouvel appât. Son agitation attira l'attention des Monstres. Deux soldats le mirent en joue, les jambes raides comme des poteaux, le corps droit comme un piquet, ils le dévisagèrent de haut en bas. Ti Kim enchaîna les courbettes, en faisant des sourires. La grande femme s'essuyait le cou avec la serviette quand les deux flammes de ses yeux bondirent sur Ti Kim. Les Monstres détachèrent de lui leurs regards, la pointe de leurs canons se releva vers le ciel. Les mouvements de la femme s'étaient faits beaucoup plus lents, parfois même elle s'arrêtait, dans les pupilles une flamme incandescente s'était rallumée. Les lèvres de Ti Kim remuèrent, il l'appelait en silence. En silence les caresses, les étreintes et les baisers, en silence la viande salée et la soupe aux quatre simples, en silence les plaintes des grenouilles, en silence les adieux…

Dans la tête de Ti Kim il y avait bien des cicatrices, un instant il perdit ses facultés de réflexion. De sous son débardeur il sortit l'épingle à cheveux et la brandit haut au-dessus de son front.

Il vit les lèvres de la femme s'activer en direction du Monstre à côté d'elle. Le soldat se retourna et fixa Ti Kim, portant son pouce et son index à sa bouche il émit un sifflement régulier, modulé, mélodieux.

Dix fusils ouvrirent le feu sur Ti Kim.

Tel le chant du coq, la détonation éveilla ses esprits, aiguisa son ouïe, le choc fut tel qu'il connut la félicité de la chair purifiée.

LA PHOTO D'EMILY

Avant les bombardements, laisse-moi te prendre par la main et baiser tes douces joues et murmurer…

Avant la terreur, laisse-moi marcher au jardin avec toi, dormir avec toi dans le parfum des fleurs…

Tu jouiras des délices de la chair parfumée, et sur mon sein tendre tu trouveras le réconfort…

Rentre donc chez toi, je t'attends au pays, et prie pour que nous nous rencontrions dans nos rêves.

Exhortation à la reddition envoyée par l'armée japonaise aux forces alliées pendant la bataille du Pacifique.

1.

Quand Plat-Pif vida son épicerie pour aller se réfugier chez Da-dy, il retira de la poche de l'uniforme du pilote japonais qui s'était noyé dans le lac aux rapaces un paquet de papiers flétris et jaunis. Après avoir trempé dans l'eau, le blanc avait viré au jaune, les mots étaient quelque peu illisibles, les images indistinctes. Sur chaque feuille, imprimées en couleur ou en noir et blanc, il y avait des femmes occidentales et japonaises dénudant d'opulentes poitrines, des croupes bondissantes, avec des sourires en croissant de lune, tristes comme l'astre solitaire. Chacune d'elles attirait Plat-Pif par sa brillance particulière, lucioles dans une nuit obscure.

Il porta le paquet de feuilles à l'épicerie voisine *Au Bonheur* de Maigrezo.

Sîm Maigrezo portait sur son visage de pâle lettré des lunettes rondes à monture noire, il avait les mains blanches, fines, féminines, il était polyglotte, amateur de grands romans, il respirait le raffinement de la tête aux pieds, faisait penser à ces personnages de calendrier descendus des confins merveilleux du nord dans le monde humain au sud. Lors de la vente de charité du Comité, Maigrezo avait apporté sa contribution en donnant un coffret d'ustensiles à opium, une pipe en ivoire et en corne de rhinocéros sertie de rubis et de saphirs, un fourneau en argile pourpre, une boîte à opium avec gravures érotiques, ainsi qu'une lampe et des aiguilles à opium très anciennes, le prix fixé était astronomique. Les enfants du Bouk aux Sangliers, bravant le risque d'être décapités, ramassaient les douilles des Alliés et des Monstres pour les échanger auprès de Maigrezo contre des jouets curieux et rares, la rumeur courait que Maigrezo, avec les balles trouvées par les enfants, pouvait réutiliser l'amorce et le propergol qui entourait la douille pour son revolver Liberator, tout aussi meurtrier que les Nambu type 14. Les enfants obtenaient de lui quantité de billes, de boîtes d'allumettes et de cigarettes de tous les pays où ils élevaient leurs criquets, des calendriers périmés, des liasses d'élastiques, des hameçons de toutes sortes, des chambres à air de vélo décrétées inutilisables qu'ils utilisaient comme élastique pour leur fronde… même une vieille godasse était pour eux un précieux trésor, elle fournissait la bande de tissu pour les lance-pierres. Maigrezo, après avoir participé au corps expéditionnaire du Kuomintang en Birmanie et en Inde, ainsi qu'à l'Unité spéciale Z, avait la tête pleine de stratagèmes militaires et de connaissances meurtrières. Quand Plat-Pif apparut dans son magasin, il était assis sur le lit en train de fumer une pipe en ivoire, un balluchon posé à côté de lui, il tenait dans sa main une gélule jaune en forme d'œuf.

Il la rangea précautionneusement dans une boîte en carton dur qu'il mit dans sa petite poche de poitrine. Il prit les feuilles que Plat-Pif lui tendait, les examina avec attention, un mol sourire se dessina sur son visage, une rougeur écarlate, toute féminine, lui monta aux joues, il exhala un nuage de fumée comme un chrysanthème blanc.

Plat-Pif lui expliqua la provenance de ces feuilles.

« Hum… Ce sont les tracts de reddition que les Monstres larguent à l'intention des cowboys. » L'armée de cowboys, les chevaliers de la Table Ronde et les bataillons de kangourous, c'était ainsi que Maigrezo avait pris l'habitude de désigner la coalition américaine, anglaise et australienne. « J'ai vu beaucoup de ces choses-là aux Philippines. J'ai vu aussi des billets de reddition avec des filles japonaises imprimées dessus. »

Plat-Pif hocha la tête.

Maigrezo essuya son pâle visage avec un mouchoir blanc, il regarda fixement une image en couleur. Une femme occidentale était dessinée, en robe de nuit rouge écarlate, le dos nu, allongée sur un lit, elle caressait la photo d'un jeune homme. Maigrezo traduisit d'un ton exalté les phrases en anglais : *Pourquoi m'as-tu quittée ? Pourquoi dois-je endurer seule cette affreuse solitude ? Ce silence de mort ? Ce désir sans fin ? Pourquoi ? Pourquoi ? Mon amour, rentre donc ! Reviens dans mes bras !*

Il rendit le tract à Plat-Pif avec un charmant sourire aux lèvres, fronçant légèrement ses sourcils aussi fins que des cure-dents, il triturait un autre tract entre le pouce et l'index. Dessus, il y avait un dessin en couleur de deux jeunes hommes tenant un bouquet de fleurs qui entouraient une jeune femme. *Pourquoi es-tu allé te jeter sans pitié dans cette guerre ? Tom est revenu il y a quelques mois. Thomas me fait la cour. Mon chéri, je suis seule et vidée, j'ai de moins en moins confiance en moi…*

Maigrezo traduisit avec facilité quelques autres tracts. « Mon vieux Tsiou, il ne faut pas que les Monstres tombent là-dessus. »

Après que Plat-Pif l'eut quitté, Maigrezo, son balluchon sur l'épaule, alla trouver refuge auprès de la guérilla antijponaise, l'Unité spéciale Z. Le 20 août 1945, quand Tzo Da-dy formerait un groupe d'hommes pour pourchasser l'armée japonaise en déroute dans la jungle, la nouvelle de la mort de Maigrezo leur parviendrait. Les circonstances de son décès ne feraient pas l'unanimité. On raconterait qu'au moment où il avait été parachuté de l'avion allié pour rejoindre l'unité, à cause des nuages et du mauvais temps, l'appareil n'avait pas pu descendre très bas, il avait dû sauter à haute altitude, à trois mille mètres, à travers les nuages et avait atterri dans un piège à sangliers creusé par les Dayaks, un pieu lui avait transpercé la poitrine, cependant l'un des chevaliers de la Table Ronde, qui avait sauté en même temps que lui, racontait que le parachute de Maigrezo s'était accroché à un arbre cho-chi, la gâchette de sa carabine s'était prise dans des branches et une balle lui avait traversé la tête. Selon une autre version, Maigrezo avait suivi des guérilleros pour se cacher dans un village à l'intérieur des terres où étaient cantonnés deux cents Monstres de la marine, les forces étant par trop inégales, le commandant des kangourous avait demandé du renfort aux Alliés, ceux-ci avaient envoyé deux chasseurs bombardiers Lockheed P38 Lightning qui avaient lâché du napalm en grande quantité, réduisant les Monstres en bouillie, mais aussi plusieurs membres de la guérilla, dont

Maigrezo. Une dernière version voulait que Maigrezo, lors d'un accrochage avec l'ennemi dans la jungle, ait été encerclé par des Monstres, après avoir épuisé sa dernière cartouche, il avait avalé une gélule jaune en forme d'œuf qui contenait un violent poison, il écumait une bave blanche et au moment où les Monstres, pressant leurs baïonnettes contre sa poitrine, s'apprêtaient à le prendre vivant, il avait rendu son dernier souffle.

Plat-Pif, quant à lui, une fois revenu à son épicerie, examina à nouveau minutieusement l'uniforme du pilote, dans une petite poche intérieure il trouva un tract tout froissé. Le contenu était à peu près identique aux autres, une photo en noir et blanc d'une femme asiatique était imprimée, elle portait une chemisette, ses longs cheveux lui tombaient sur les épaules, mains sur les hanches, tête haute, elle scrutait le ciel, derrière elle des nuages blancs moutonnaient, sur son visage impénétrable, baigné par un rayon de soleil, se projetaient les ombres dansantes des cocotiers et des bananiers.

2.

Quand Yamazaki avait commencé les arrestations des membres du Comité, Tortue Molle avait été le premier à plier bagage, il était allé saluer Plat-Pif et Ti Kim, puis il avait fui avec son fils en pleine nuit jusqu'à la maison de Da-dy. Depuis le soir où il avait vu son échoppe dévastée par ce serpent à tête humaine qui ressemblait à Hioh Siau-ngo, la femme de Kwan la Face Rouge, son sommeil, jadis sans trêves ni rêves, avait commencé à se gâter, il était régulièrement réveillé en sursaut par la course des dauphins au gré des vagues de la mer de Chine méridionale, par le chant délétère des baleines quand elles crachent leurs jets, par les bruits énamourés du couple de restaurateurs voisin. Après qu'il eut déménagé chez Da-dy, dauphins et baleines se turent, mais les halètements et les battements de cœur de la jungle, les amours et les corps-à-corps meurtriers des bêtes continuèrent à corrompre la qualité de son sommeil, et sa consommation d'opium, ainsi que la fréquence à laquelle il fumait, explosa. Un jour de petite pluie, il avait eu la patience de ne pas fumer de la journée, au crépuscule il fut pris de frissons, des rigoles d'eau transparente coulaient de son nez, il vit son fils de douze ans, Tsîn U-fong, qui s'en revenait de la patrouille commandée par A-hung, l'enfant portait sur la tête le casque type 90 vert-de-gris qu'il avait un jour retiré du ventre d'un crocodile marin. Les hauts arbres à feuillage persistant, dans la bruine, rayonnaient d'un halo violet, et le casque s'auréolait lui aussi d'un lustre de tortue d'eau douce, couleur ecchymose, son visage était empreint de la rougeur héroïque du dieu de la guerre, à son cou était noué un foulard jaune à l'imitation du *yellow ribbon* des soldats cowboys, il avait également accroché un masque de *yôkai* à l'allure féroce, dans sa main il tenait à l'envers un parang court, maniable comme une arme cachée. S'il y avait bien une chose que détestait Tortue Molle, c'était que son fils porte le casque du Monstre, trop grand pour lui il tombait sur son maigre crâne, de sorte que son cou malingre de concombre menaçait de se rompre à tout moment.

« Ça te démange, hein ? Je ne t'ai pas déjà dit de ne pas porter ce casque ? s'emporta Tortue Molle. Un de ces jours, le Biscornu va te prendre pour un Monstre et t'abattre ! »

Le gamin tira la langue et, dans le même mouvement, retira son casque.

Tortue Molle vit son fils se frotter la tête, et sur sa tête le casque se transforma en crâne, d'où s'échappaient sang et fluide cérébral.

« Je t'ai dit de l'enlever », Tortue Molle gifla son fils, « qu'est-ce que tu fous ?

— Je ne l'ai pas déjà enlevé ? » Le gamin agitait le casque trempé, dégoulinant dans sa main.

Tortue Molle vit la paume de son fils envahie par une vague auréole couleur ecchymose de trionyx, sa figure au teint rouge héroïque se changea instantanément en une face de *yôkai* au nez long comme une aubergine, il entendit son fils parler dans la langue des Monstres qu'il ne comprenait pas, il porta la main à son nez coulant pour s'essuyer, un frisson le parcourut de la pointe des cheveux au bout des orteils, ses bras devinrent tout mous, sans force, ses doigts tâtaient le manche de son parang à sa ceinture. Le garçon vit le visage de son père devenir aussi rigide que le cuir d'une carapace de tortue d'eau douce, les coins de sa bouche écumer d'une traînée de salive, la mâchoire pendante comme disloquée, il comprit que son père était en manque d'opium, il jeta le casque et, d'une volte-face, prit ses jambes à son cou.

« Saleté de gosse ! » Tortue Molle vit la tortue se libérer des mains de son fils et se faufiler sous un tas de feuilles mortes. Il tira son parang, ses pieds pareils à des râteaux à cinq dents retournaient à chaque mouvement une motte de boue, après une dizaine de pas, son visage était baigné de sueur et de larmes, il avait presque fait du sur-place.

Son fils avait couru comme un fou se mettre à bonne distance, les mains sur les hanches, il se retourna et regarda son père d'un air espiègle, il n'éprouvait pas une crainte démesurée. Ce n'était pas la première fois qu'il le voyait dans cet état. Et bien que son père fût terrifiant dans ces moments-là, il ressemblait plutôt à un affamé privé de nourriture depuis des lustres, pareil à un poisson à la nageoire coupée, il suffisait d'être un peu malin et il ne lui arriverait aucun mal. Au contraire, il lui fallait veiller sur lui pour qu'il ne commette pas de bêtise.

Avant que les Monstres investissent le village, son père avait fait un pari avec Tsan Jin-peng, célèbre éleveur de coqs de combat venu de l'intérieur des terres. Tsan Jin-peng, en pays Tang, gagnait sa vie comme châtreur de bêtes, hongre, bœuf, cochon, mouton, chapon, chien et chat, pas un animal dont il ne fut expert, puis il s'exila aux Philippines, là, formé au métier de coqueleur et à ses secrets, il se convertit en éleveur de coqs de combat, puis il se fixa à Bornéo où il poursuivit son activité, parfois il pariait sur un combat, tous les trois à cinq mois il venait vendre à Tortue Molle quelques paniers de serpents et de tortues. Tortue Molle avait ouï dire que les talents de châtreur de Tsan étaient inégalés dans les mers du Sud, il voulait apprendre sa spécialité, il l'avait prié, supplié, imploré mais Tsan avait refusé en déclarant : « Dans toutes les mers du Sud, il ne peut y avoir plusieurs talents uniques, si je te formais, quelle confusion cela entraînerait-il ? En plus, je ne sais pas châtrer les serpents ni les tortues, et encore moins les êtres humains, à quoi te servirait mon art ? » Tortue Molle savait que Tsan n'était pas moins opiomane que lui, il avait donc fait un pari avec lui : s'il perdait, il paierait dorénavant sa marchandise le double de son prix ; si Tsan perdait, il devrait lui livrer les secrets de son art de châtrer. Le pari était très simple : ils dormiraient et mangeraient sous le même toit, dans la boutique, chacun sous la surveillance de l'autre, on verrait lequel des deux serait capable de tenir le plus longtemps sans fumer. Au troisième jour à l'aube, Tsan fut découvert étalé au milieu du magasin, le visage couvert de larmes et de mucus, entouré de serpents, venimeux et non venimeux, qui s'étaient échappés de leurs cages en fer. Le fils de Tortue Molle fit le tour du village, il aperçut son père couché sur la berge de la Krokop, couvert de la tête aux pieds par des dizaines de sangsues en train de se repaître de son sang, grosses comme des entrailles de sangliers. Il n'y eut pas de vainqueur, mais on avait échappé de justesse à une catastrophe.

Après l'invasion des Monstres, un soir au crépuscule Tortue Molle passait avec son fils devant une sentinelle, U-fong eut la présence d'esprit d'exécuter la courbette réglementaire exigée par les Monstres, ce jour-là Tortue Molle n'avait pas encore eu sa dose d'opium, l'esprit dans le brouillard, non seulement il ne fit pas le salut, mais cogna durement sur le crâne de son fils, en lâchant deux jurons. Le Monstre en faction vint au-devant de lui et, sans crier gare, le gifla puis lui envoya un coup de pied. Tortue Molle poussa un cri de douleur et s'affala sur le sol comme un chien tout en regardant le soldat. Celui-ci hurla des paroles incompréhensibles, des postillons tombaient sur Tortue Molle comme les copeaux de bois chez le menuisier. U-fong s'inclina à nouveau avec vigueur, une gracieuse et flatteuse révérence, en adressant au garde un sourire si radieux que ses dents semblèrent sur le point de tomber comme des pétales fanés. « Papa, lève-toi et salue le *taijin* de l'armée impériale. » Tortue Molle avala sa salive sèche et salée, il jeta un coup d'œil au visage sinistre sous le casque, dont la fureur effaçait les traits. Il se releva avec une lenteur agaçante, plia la taille rapidement devant le Monstre et se redressa tout aussi rapidement. Le soldat le gifla à nouveau, plus fort cette fois, et lui donna un coup de pied qui l'envoya faire deux culbutes. U-fong l'aida à se relever. « Papa, ton salut n'est pas correct, fais comme moi. » La manière juste exigée par les Monstres était : déposer tout ce que l'on porte sur soi, objets et accessoires, redresser tout le corps, cou et épaules penchés en avant, ployer la taille de quinze degrés, rester silencieux durant cinq secondes et revenir à la position initiale. En cas de non-conformité, c'étaient, sans exception, coups de pied et coups de poing, jusqu'à rectification du portrait, il fallait en outre s'exercer à s'incliner devant le soleil brûlant dans le ciel ou devant le soleil mourant dans les nuages du soir, jusqu'à en avoir mal au dos, aux reins, à tout le corps, presque chaque villageois avait dû endurer cette torture. Après la capitulation, afin d'apaiser la vindicte populaire, et sur la demande des villageois, les Alliés feraient aligner les Monstres sur plusieurs rangées et ils devraient s'incliner devant le soleil brûlant, devant le soleil couchant, spectacle qui remplirait de la plus grande joie les habitants de Krokop. Ce jour-là, à cause des deux boulettes d'opium qu'il n'avait pas fumées, Tortue Molle fut giflé dix fois et plus, eut le cul botté dix fois et plus, jusqu'à ce qu'enfin il fasse un salut correct.

U-fong avait donc mis dix pas de distance entre son père et lui, il restait là sans bouger, à regarder son paternel avec douceur et respect. Tortue Molle avançait pas à pas, la pointe du parang s'enfonçait sans cesse dans la terre humide, soulevant un épais paquet de feuilles mortes. La transpiration, les larmes, la morve, la salive gouttaient de son visage, la peau des arêtes saillantes semblait elle aussi dégoutter, de sorte que ses traits hollandais aux angles marqués s'aplatissaient comme une vulgaire souche, la prestance passée du tueur de serpents, du découpeur de tortues s'était évaporée. Ses genoux plièrent, il s'agenouilla, la moitié du parang s'enfonça dans la terre humide.

« C'est… c'est toi, U-fong? » Tortue Molle essuya du revers de la main son nez qui coulait, ses yeux qui pleuraient, il regardait la créature à face rouge, au nez aubergine tirebouchonné comme une queue de cochon et dont le cerveau resplendissait sous le crâne, il lança ces quelques paroles vaseuses. Elles lui restaient sur le bout de la langue depuis cinq minutes, ce n'est qu'en cet instant qu'elles purent être expulsées.

« Hum, hum, c'est moi ton fils, Tsîn U-fong. » U-fong se cala sur ses jambes fléchies, prêt à piquer un sprint à tout moment.

« U-fong, fiston, va voir le vieux Tzo ou Plat-Pif, demande-leur deux boulettes d'opium. » Cela ne faisait qu'un jour que Tortue Molle n'avait pas fumé, il n'avait pas perdu toute lucidité, en voyant le teint rouge héroïque de son fils s'accorder parfaitement au maléfice de ce nez rouge pour former un monstre à face double aux couleurs surnaturelles de la porcelaine Cochin, il savait très bien au fond de lui qu'il s'agissait d'un mirage, d'une hallucination due au masque de *yôkai* que son fils portait depuis longtemps. Dans les moments où il avait l'esprit clair et détendu après avoir fumé, il ne voyait pas grande différence entre son fils avec ou sans masque. Il essuya un peu ses larmes du bout des doigts, tourna la tête et vit, ô surprise, le casque de Monstre dans l'herbe. A genoux, il retira son parang de la terre, pour nettoyer la lame boueuse il l'essuya sur des oreilles d'éléphant géantes, puis, la pointe face à l'entrée du fourreau, il put la faire rentrer avec précision, sans trop regarder. Il leva la tête et vit son fils, dans la splendeur de Sudhana. « Fiston, tu as entendu ? »

U-fong était toujours tendu sur ses jarrets, si tendu qu'il en paraissait plus maigre, comme un cerf-volant qui ne se serait pas envolé. Son père avait recouvré ses esprits trop rapidement, il était un peu déçu. Les autres fois, quand son père était en manque, il se laissait poursuivre en faisant un grand tour dans la jungle, aussi étrange que cela puisse paraître, plus son père courait, plus il recouvrait de forces, finalement il abandonnait la poursuite, son trop-plein d'énergie se dissipait et il rentrait, parfois en chemin il chassait un sanglier isolé et chargeait la bête morte sur son épaule, l'entrejambe du pantalon turgescent, baigné de sang de sanglier. Inquiet, U-fong suivait les traces de sang et de loin voyait une tête de sanglier, les yeux clos, l'âme en paix, sur le dos de son père, celui-ci rayonnait de la bonhomie paternelle des jours anciens, et ses larmes coulaient.

U-fong abandonna la position que dans les arts martiaux on appelle « du cavalier », et prit un air embarrassé.

« Fiston ? U-fong... » Tortue Molle se releva, s'approcha d'une flaque et puisa de l'eau dans le creux de ses mains pour asperger ses genoux boueux.

« Grand-Pa Tzo a dit », U-fong fit deux pas en avant, « que tu fumes méchamment trop, et que tu dois réduire.

— S'il faut réduire, je réduirai. » Tortue Molle cligna des yeux. Son espiègle diablotin de fils devait toujours, semblait-il, susciter en lui de diaboliques images quand les alcaloïdes et la morphine ne l'apaisaient pas. « Deux boulettes par jour, ce n'est pas trop, dis ?

— D'accord, je vais aller demander deux boulettes, répondit U-fong. Si aujourd'hui tu en veux une troisième ou une quatrième, tu iras la demander toi-même à Tzo.

— Hein ? Même si je lui en demandais quatre, six, ou même dix, ou même cent, il n'oserait pas me les refuser ! » dit Tortue Molle avec un rire comme un grognement, il essuya à nouveau son visage trempé d'humeurs. « Cours, fiston, je ne vais pas tenir longtemps. »

La bruine tombait toujours. U-fong passa les mains dans ses cheveux, de l'arrière de son crâne jaillirent des gouttelettes de pluie et de sueur mêlées. Il leva la tête et regarda le visage de son père qui reprenait peu à peu ses traits accidentés de Hollandais, il le contourna en trottinant puis se mit à courir en direction de la maison sur pilotis qui se trouvait derrière son paternel.

« Fiston, ramasse le casque et rapporte-le », dit Tortue Molle.

U-fong s'arrêta net devant les herbes, il se pencha pour ramasser le casque lisse, puis il s'approcha de son père et le lui tendit. Tortue Molle avança une paume immense dans laquelle il pouvait enserrer le crâne de son fils, ses doigts encerclèrent le bras de l'enfant et il le souleva de terre pour l'amener contre lui.

« Fiston, pour la dernière fois, je te mets en garde. » Tortue Molle découvrit une rangée d'incisives mal plantées, la broussaille de sa barbe sous son menton piquait le front de son fils. Contre lui, Tortue Molle vit à nouveau sang et fluide cérébral s'échapper du crâne de l'enfant. Le masque suspendu à son cou s'écrasait dans le creux de sa poitrine. « Ne porte plus ce truc de Monstre, tu m'as entendu ? »

U-fong répondit par un hum-hum. Son bras maigre comme une perche de bambou lui faisait si mal qu'il en avait le cœur serré, n'y tenant plus il serra le poing pour tambouriner sur le ventre de son père.

Tortue Molle enveloppa le poing dans sa main et il serra, comme on brise une coquille d'œuf, jusqu'à ce que les larmes jaillissent des yeux d'U-fong.

« Tu m'as entendu ?

— En… entendu… répondit U-fong avec effort.

— C'est comme ça que tu te bats ? » Tortue Molle libéra le poing du garçon. « Frappe-moi encore une fois. »

U-fong se souvenait que son père avait dit que le premier coup est le plus important, il faut qu'on entende un bris d'os fendu, de dent cassée, et non le bruit déprimant de coups répétés à n'en plus pouvoir. On doit frapper un homme comme on frappe une bête, sans une once de pitié, et ce premier coup doit faire capituler l'adversaire, ne pas laisser même l'idée d'une riposte. U-fong asséna un nouveau coup de poing dans la poitrine de son père. Tortue Molle poussa un soupir, relâcha le bras de son fils et lui prit le casque.

« Fiston, est-ce que tu ne manges pas tous les jours de la viande et du poisson ? » Il passa la jugulaire du casque autour de son poignet, tâta les bras de son fils. « Comment ça se fait que tu ne prennes pas de muscles ? »

U-fong regarda les côtes de son père et repensa aux nombreux coups de poing qu'il avait donnés. Quand il était plus petit, à la moindre bêtise, son père limitait son périmètre d'action en traçant à l'aide d'une branche un cercle sur le sol tout autour de lui, il l'avait ainsi dressé comme un chien. La surface du cercle dépendait de l'humeur du paternel et de sa faute à lui. L'aire était, en gros, un peu plus grande qu'une jarre de riz, si ce jour-là son père n'avait pas l'esprit clair, U-fong ramassait une branche et agrandissait le cercle, ou bien il faisait en sorte que l'emplacement aille du soleil ardent qui cognait sur sa tête jusqu'à l'ombre fraîche d'un arbre ou de l'auvent. Ce qu'il redoutait par-dessus tout, c'était que son père disparaisse on ne sait où après avoir tracé le cercle, qu'il oublie complètement la punition, alors, la bouche en cul-de-poule, il enchaînait les imitations de cris de chien, cris de chat, cris de canard, cris de poulet, cris d'oie, cris de bœuf. Quand son père décidait de le relâcher plus tôt, il entrait dans le cercle et l'invitait à le repousser au-dehors. U-fong appuyait, poussait des deux mains le corps cocotier de son père, droit, souple et robuste en même temps, il chargeait tête la première son entrejambe profond comme une bauge de sanglier, donnait des coups de pied dans ses tibias tubes de vélo. Ses poings serrés lui martelaient les côtes et le ventre, et plus il frappait, plus il avait mal. Son père ripostait, une main recouvrait son crâne et le faisait descendre jusqu'à ce que ses fesses pressent le sol, ou bien il tendait les doigts sous les aisselles et le chatouillait jusqu'à ce que les rires se mêlent aux pleurs. Son père était pareil à l'un de ces gros Bouddhas Maitreya sculptés sur la falaise, adossés à la montagne, protégés par elle. Une fois, U-fong avait mordu son entrejambe, peut-être le sexe, peut-être un testicule, son père avait crié de douleur et était tombé de tout son long en dehors du cercle en proférant une bordée d'obscénités mêlant bêtes et humains. C'était la seule fois où U-fong était parvenu à le pousser hors du cercle.

Tortue Molle lâcha les épaules de son fils, ses doigts se portèrent sous le cou, il pris le masque et cassa le fil. Le masque flotta et tomba sur les branches pourries et les feuilles mortes, face en l'air, Tortue Molle le piétina jusqu'à le rendre méconnaissable.

« Mon vieux Tsîn, encore une dispute avec ton fils ? » La voix de Plat-Pif résonna derrière Tortue Molle. « Tu n'as pas encore fumé aujourd'hui ? »

Plat-Pif posa son balluchon à terre, sortit deux boulettes d'opium et les déposa dans la main de Tortue Molle.

3.

Le photographe Sasaki était coiffé avec la raie au milieu, sa paire de grandes oreilles était plus haute que ses sourcils, le visage très blanc, net, il se dégageait de lui une impression de bonhomie et d'autodiscipline de moine, il portait toujours accroché à son cou un appareil photo de marque allemande, un Leica, il sortait coiffé d'une casquette en toile blanche à visière en bec de canard ou bien d'un chapeau de paille cabossé par deux coups de poing sur la calotte. Son studio photo était coincé entre l'épicerie, la boutique de produits locaux, l'herboristerie, un stand de café et le tailleur, sa vitrine en verre occupait les trois quarts de la devanture, à l'intérieur de laquelle il avait rivé, à l'aide de clous à grosse tête, des photos de villageois et de paysages en noir et blanc. Quand les gens passaient devant le studio, ils pouvaient apercevoir à travers le rideau de la porte Sasaki debout devant une chambre photographique installée sur un trépied, le crâne dissimulé sous un cache de tissu noir, les fesses pointées vers le haut, au-dessus de sa tête un éclair jaillissait d'une ampoule à filaments de tungstène, une fumée blanche en forme de nid d'oiseau s'élevait au plafond, quelques villageois plantés devant un fond en toile blanche, raides comme des morts, étaient illuminés. La plupart des clients étaient des métèques occidentaux et des richards du Bouk aux Sangliers, habituellement à l'intérieur du studio seule une ampoule blafarde brillait, peut-être Sasaki était-il dans la chambre noire en train de développer des photos, ou peut-être était-il parti par monts et par vaux avec son Leica. Les villageois qui passaient devant avaient pris l'habitude de s'arrêter pour admirer les photos dans la vitrine, même s'ils les avaient vues un millier de fois, Plat-Pif ne faisait pas exception. Le cyclopousse en train de tirer son rickshaw, le boucher Lee Gras du Bide hachant sa viande, Nâm le sabotier occupé à fabriquer des socques, des femmes occidentales qui faisaient leurs emplettes au magasin de produits occidentaux, les Karayuki-san qui racolaient le client, les écolières de Krokop avec leurs nattes, tout ce petit monde fixé, fossilisé sur le papier, comme d'antiques personnages dont la vie se serait enfuie.

Les cheveux longs d'Emily s'éployaient sur ses épaules comme deux ailes noires, à son cou pendait un collier de perles vernies, elle avait les mains sur les hanches, des anneaux brillants en rotin comme une peau de tigre enserraient ses bras, le vent froissait sa chemisette beige et laissait voir son nombril au-dessus de son jean. Un rayon de soleil se déversait sur son visage aux traits impénétrables, y projetait l'ombre dansante de bananiers et de cocotiers, miroitement des eaux sur un étang, inscriptions préhistoriques dans une caverne.

Plat-Pif était passé pas moins d'une centaine de fois devant le studio, il avait vu autant de fois la photo d'Emily.

Tortue Molle, après avoir fumé les deux boulettes d'opium, examina avec Plat-Pif le tract de reddition. Le papier était mince, l'encre d'imprimerie avait traversé au dos, la photo et le texte s'étaient mélangés, c'était comme si les boucles des cheveux noirs d'Emily avaient migré au dos du papier, et que ses mains appuyées sur ses hanches avaient creusé deux sillons à la surface. Suite aux très nombreux tirages, son visage disparaissait parmi le ciel et les nuages, comme recouvert d'un voile de gaze. Sa chemisette flottait comme un tract parachuté, ramassé dans la bourrasque, coincé entre les branches d'arbre ou les fentes du plancher. Les anneaux en rotin de ses bras semblaient avoir été aspergés d'encre, ce qui leur donnait encore plus l'allure d'anneaux sur la queue d'un tigre. Aucun doute n'était permis, c'était l'Emily de la vitrine, réimprimée, extravagante comme une pluie de fleurs tombée du ciel.

La bruine cessa. Les rayons du soleil s'abattirent plus violemment, les enfants avaient mis leurs masques de *yôkai* et jouaient autour de la maison au jeu de l'attrape-monstre. A-hung avait contracté une forte fièvre, il était alité depuis deux jours.

Plat-Pif et Tortue Molle virent Emily sur les berges de la Krokop, elle avait une canne à pêche à la main, au bout de l'hameçon elle avait accroché un criquet moitié mort, moitié vivant, qui bondissait au ras de l'eau, le chien noir était allongé sur une racine de la berge, pareil à une motte de boue. Les poissons du fleuve devenaient de plus en plus intelligents, ils ne se laissaient pas prendre facilement, Kwan la Face Rouge avait expérimenté une « pêche aérienne », avec un insecte vivant pour appât, il s'agissait de le laisser voleter au ras de l'eau, les poissons, ne sachant pas que c'était un piège, sautaient pour le happer, ceux qui se faisaient berner étaient de gros poissons qui, s'ils ne le montrèrent pas, ne s'en laisseraient plus conter. Quand Plat-Pif et Tortue Molle arrivèrent à côté d'Emily, celle-ci, toute à son affaire, ne les remarqua même pas. Un martin-pêcheur et un calao, deux compères à gros bec, poussèrent une série de cris déplaisants à l'oreille.

« Emily, arrête donc de pêcher, dit Plat-Pif, tu te fatigues pour rien.

— Ce n'est pas une question de technique, poursuivit Tortue Molle. Mais on ne peut pas abuser d'une même méthode à un même endroit, les poissons ont de la mémoire. »

Emily regarda fixement son appât sans mot dire. Le chien noir leva la tête et répondit par quelques grognements étouffés.

« Les petits poissons sont excités, les gros sont paisibles, déclara Tortue Molle. Même si ça mord, les prises ne seront pas plus grosses qu'une queue de tortue.

— Les poissons des environs ont mangé trop d'appâts, ils ne s'y laissent plus prendre, dit Plat-Pif. Prends un sampan, va en amont, en moins d'une heure, tu en pêcheras plus que tu ne peux en transporter ! »

Emily agita son appât. Le criquet était déjà mort, il ne redéploya pas ses ailes.

« Si tu attrapes un gros poisson, je plonge dans le fleuve, et j'en attrape dix d'un coup. » Plat-Pif s'assit sur une souche et tira de sa poitrine le tract de reddition. « L'année où je me suis mesuré aux Dayaks, quand je suis entré dans l'eau, le soleil irradiait l'horizon, quand je suis remonté sur la berge, le ciel était déjà plein d'étoiles. »

Tortue Molle attrapa au passage un grillon de brousse. « Change d'appât. Les *san-po-kong* et les carassins aiment bien ces machins-là, tu pourras peut-être en attraper un ou deux. »

Emily releva sa canne, jeta le criquet mort et passa l'hameçon dans l'œil à facettes du grillon, l'insecte tira sur la ligne en faisant des cercles au-dessus de l'eau. Des martins-pêcheurs s'envolèrent des fourrés et se lancèrent à sa poursuite. Emily releva avec force sa canne et fouetta la surface, effrayant ainsi les oiseaux. Le grillon volait, son unique œil à facettes écarquillé, parfois il s'arrêtait sur la canne à pêche, les ailes grandes ouvertes pareilles à des feuilles d'arbre. L'hameçon traversait son œil gauche et ressortait par les mandibules, le crochet se refermait sur la maxille. De douleur, il perdit connaissance et s'arrêta de voler.

« Emily, tu te souviens, avant l'invasion des Monstres, il y en avait un qui s'appelait Sasaki, il tenait un studio photo. » Plat-Pif sortit de sa poitrine deux cigarettes, il en tendit une à Tortue Molle et en même temps fourra la photo dans les mains d'Emily.

« Sasaki le photographe, Kameda l'herboriste, Watanabe l'arracheur de dents, Oshida le vendeur de bois, Kobayashi le marchand ambulant… » Tortue Molle s'approcha du mégot de Plat-Pif pour allumer sa cigarette. Après avoir consommé ses deux boulettes d'opium tant attendues, Tortue Molle était plein d'allant, il sifflotait une jolie mélodie. « Les Karayuki-san qui vendaient leurs corps, et quelques autres dont je ne sais pas le nom, c'était tout ce que le village comptait de Japs. Aujourd'hui, les Monstres sont partout ! »

Emily regarda sa photo sur le tract, son visage ne trahit pas une trop grande surprise. Le grillon, une fois les ailes repliées, avait l'aspect d'une unique feuille verte. Il usait un reste de vitalité, tortillait ses antennes deux fois plus grandes que son corps. Sur la berge se dressaient des touffes d'herbes folles, les rayons de soleil s'enroulaient sur eux-mêmes, un serpent de la couleur des brins d'herbe glissait à la surface de l'eau, en un clin d'œil il atteignit la rive. Les branchages s'entrelaçaient au-dessus du fleuve, plus foisonnants que la forêt sur les berges. Emily rendit le tract à Plat-Pif, reprit sa canne à pêche et lui demanda une cigarette, elle emprunta le mégot de Tortue Molle pour l'allumer rapidement et souffla quelques légères bouffées. Le chien noir descendit de sa racine, tira la langue et lapa l'eau. Tortue Molle et Plat-Pif ne l'avaient jamais vue fumer, ils la regardaient avec curiosité.

« Cette photo a été prise par Sasaki avant la guerre. » Emily regarda le tract, s'accroupit, la cigarette aux lèvres, et puisa de l'eau pour se laver les mains. « Ce sont les tracts des Monstres pour la reddition ? »

Plat-Pif hocha la tête. « D'après Maigrezo, la plupart des filles imprimées sur les tracts sont des Occidentales, il y a aussi des Japonaises. Emily, les Monstres ont fait de toi une fille japonaise ! »

Emily saisit une branche pourrie, elle la lança dans l'eau et cracha avec force dans le fleuve.

« Il y a environ deux mois, dit Plat-Pif, Sasaki est mort dans un bombardement allié pendant une patrouille. Juste rétribution ! »

Emily fut un peu interloquée, elle jeta un coup d'œil à Plat-Pif.

« Rien n'échappe au Ciel ! soupira Tortue Molle en ramassant la canne à pêche d'Emily. Je vais tenter ma chance. »

Il lança sa ligne avec force, l'hameçon se coinça dans l'enchevêtrement de branchages au-dessus du fleuve. Tortue Molle tira à droite, à gauche, *clac !* la ligne se rompit. Il poussa un nouveau soupir.

« Mon vieux Tsîn, malgré cet opium que tu as fumé, tu es encore bien maladroit ! s'esclaffa Plat-Pif. T'es fait pour les serpents et les tortues seulement, vieux ! »

Tortue Molle proféra une bordée d'obscénités où se mêlaient hommes et bêtes, jeta la canne et demanda à Plat-Pif une autre cigarette. Le chien noir avait fini de boire, il regrimpa sur sa racine, regarda la canopée et poussa à nouveau quelques grognements étouffés.

« Ho-ngi a disparu depuis trois jours, dit soudain Emily. Vous le saviez, n'est-ce pas ? »

Les deux tontons échangèrent un coup d'œil et hochèrent la tête.

« Des enfants l'ont vue qui descendait vers l'aval, continua-t-elle. Je pense qu'elle est peut-être retournée à mon ancienne maison. Les tontons, vous ne voudriez pas venir avec moi faire un tour là-bas ? »

4.

A la nuit tombante, Plat-Pif, Tortue Molle, Emily et le chien noir descendaient le fleuve dans une chaloupe. La Krokop résonnait des bruits de poissons et d'oiseaux aquatiques de toutes sortes et de toutes tailles qui se rassemblaient pour manger, les graines des arbres aux fruits ailés tombaient du ciel en tournoyant et plongeaient, *plong*, dans l'eau. Des bandes de cercopithèques et de macaques s'intimidaient et se poursuivaient dans la couronne des arbres, de précoces oiseaux de nuit s'étiraient sur les branches, le soleil sombrait dans un sourire, et la peau douce du ciel se fripait rapidement, le monde perdait ses couleurs, ce qui n'était pas noir était blanc, et le noir bientôt envahirait tout, une lune aux allures canailles s'était levée, entourée d'une dizaine d'étoiles brigandes, des chauves-souris sorties de leur caverne en formation ordonnée faisaient comme une vouivre noire qui passa dans le ciel et disparut parmi la végétation. La lune montait, toujours plus haut, répandant toujours plus sa clarté interlope, et ses complices dorées les étoiles se rassemblaient toujours plus nombreuses, les cris des chouettes et des hiboux devenaient plus sonores, et l'entrelacs de branchages au-dessus du fleuve plus serré. Soudain, sans crier gare, dans le ciel jaillirent de puissants cirrostratus qui cachèrent les brigandes étoiles, recouvrant toute la voûte céleste, les contours de la lune se brouillèrent, un halo apparut, plus canaille encore, au cœur rouge et aux bords violets, vague et inquiétant, vous eussiez dit une crapule masquée coiffée d'une auréole de couleur. Quelques chauves-souris et oiseaux de nuit allaient et venaient sous le halo, laissant derrière eux des traces vert-noir de leurs vols et d'indéchiffrables significations. Le fleuve était lui aussi enveloppé par un brouillard vague et inquiétant, Plat-Pif alluma sa lampe torche, illuminant la surface du fleuve et les fourrés de chaque rive d'un faisceau tantôt large, tantôt étroit, attirant des nuées d'insectes qui se ruaient vers la lumière, des scarabées, des lucanes, des curculionoïdes et des phalènes qui tombaient sur le plancher du bateau et ses trois passagers. A fleur d'eau, parfois, brillaient deux lueurs rouge écarlate, proches, lointaines, braquées calmement sur la chaloupe en train de voguer. Tortue Molle et Plat-Pif posèrent leur parang sur le bord du bateau, coincèrent leur fusil de chasse entre leurs cuisses et ramèrent, ils regardaient attentivement ces lueurs rouges qui se balançaient. Le parang d'Emily était aussi sorti de son fourreau, la pointe traçait un sillon dans l'eau. Le chien noir, accroupi à la proue, le cou tendu, flairait l'eau en grognant. Quand le rond lumineux du faisceau de la lampe tombait sur deux points rougeoyants, ceux-ci disparaissaient brusquement, laissant une ride et un bouillonnement à la surface. Les deux hommes accéléraient la cadence, Emily gardait les yeux rivés sur le fleuve. Les crocodiles attaquaient rarement les bateaux en mouvement, mais on ne pouvait jurer de rien quand la faim les rendait fous furieux.

La chaloupe descendait au fil du courant, à grande vitesse, en un clin d'œil ils n'étaient plus qu'à cinq kilomètres de Krokop. Ils ramèrent jusqu'à la berge, accostèrent et amarrèrent l'embarcation à la racine d'un arbre, ils la recouvrirent de feuilles de palmier et de branchages, puis ils allumèrent la lampe torche et marchèrent à grands pas vers le village. L'apparition du halo lunaire annonçait l'imminence de la pluie, et bientôt, comme de juste, une bruine se mit à tomber, la couronne des arbres arrêtait les gouttes et ce n'est qu'une fois sortis des bois, quand tous trois, accompagnés du chien, marchèrent dans les chaumes vers la maison d'Emily, que les gouttes fines mais denses commencèrent à les frapper.

Le terrain avait pâti du feu et des bombes, les flaques et les trous étaient plus nombreux, les gaines foliaires des chaumes se dressaient toujours droites comme des lances. Le chien noir marchait en éclaireur, entraînant çà et là Emily et les deux hommes, ils traversèrent très rapidement une brèche dans la clôture entourant la maison sur pilotis, ils dépassèrent les durians et les jaquiers et pénétrèrent dans la demeure presque en ruine, ouverte aux quatre vents. L'écho de leurs pas agita les pigeons et les tourterelles sur les panneaux du toit, un vacarme de pattes et de cris résonna. Les chaises, les tables, les panneaux des portes avaient disparu, d'un mur il ne restait plus que quelques piliers, quelqu'un avait fait un feu sur la terrasse, le plancher avait brûlé par endroits, laissant des trous de la taille d'une tête de sanglier, mais à part cela, on pouvait dire que la façade de la maison et sa structure tenaient encore debout. Emily et son chien cherchèrent dans tous les coins mais ne trouvèrent nulle trace de Ho-ngi. La bruine s'arrêta, le halo de la lune ne disparut pas, mais l'auréole s'élargit, elle n'était plus rouge au centre et violette sur les bords, elle avait gonflé pour former un gigantesque nimbe blanc. Chauves-souris et oiseaux de nuit reprirent leurs vols, insectes et grenouilles firent du raffut dans les chaumes, la maison était silencieuse, muette, les larmes que retenait le clair de lune se répandirent sur la maison et tout autour, de sorte que la nuit déjà vieille parut pleine d'une tristesse qui lui gonflait le cœur. Minuit vint, tous les trois, fatigués, harassés, s'endormirent en ronflant sur le plancher du salon.

Le jour blanchit, Tsîn et Tsiou furent réveillés en sursaut par les claquements d'ailes des tourterelles et des pigeons sur le toit. Les deux hommes s'emparèrent de leur fusil et de leur parang, dehors, au-dessus des chaumes, des casquettes kaki, des casques vert-de-gris, des canons noir-vert et des baïonnettes déferlaient en vagues sur la maison. « Emily ! » Plat-Pif et Tortue Molle appelèrent d'une voix étouffée à travers la maison. « Les Monstres sont là ! » Ils cherchèrent partout, sans trouver Emily ni son chien, ils regardèrent à nouveau par la fenêtre, canons et baïonnettes avançaient inexorablement. « Mon vieux Tsiou, fuyons ! » Ils marchèrent en se baissant jusqu'à la cuisine, descendirent l'escalier et s'enfuirent vers les chaumes derrière la maison. Ils avaient passé la brèche de la clôture quand les balles fusèrent et sifflèrent au-dessus de leurs têtes et autour de leurs épaules.

Un grand coucal qu'ils avaient effrayé quittait tout juste son nid, il esquiva avec brio quelques tirs, mais sa gracieuse tête d'oiseau fut frappée par une balle. Son corps s'affala sur le visage de Plat-Pif, ses serres convulsées manquèrent de lui crever les yeux. Tortue Molle posa le pied sur un tas de crottes de sanglier encore fraîches, il s'arrêta un instant, se retourna et tira un coup de fusil. « Les Monstres sont trop nombreux, mon vieux Tsîn, dit Plat-Pif sans même tourner la tête. Ne riposte pas, fuyons ! » Les chaumes étaient parsemés de flaques d'eau, de trous, d'arbustes, de ronces, de ruisselets, de fourrés de bambous et d'arbres, traversés parfois par un lézard ou un sanglier, qui retardaient la chasse furieuse donnée par les Monstres, mais ne gênaient pas trop Tsîn et Tsiou habitués depuis longtemps au milieu sauvage. Les éperviers bleus repartaient en quête de proies, effrayés par les tirs, ils montèrent haut dans le ciel. Un soleil couleur cafard se montra, sur les hautes falaises s'accrochaient l'un après l'autre des bouquets de nuages gâtés, et sous le puits à sec du ciel brillait l'éclat radieux des balles, de la gueule des canons la fumée montait en volutes serrées, vents lâchés par des diablotins nourris ni de nectar, ni d'ambroisie, ni de terrestres nourritures. Une mère et son fils venus cueillir des herbes tremblaient de terreur dans les chaumes, par malchance les deux hommes ne les remarquèrent pas, après avoir fait un coude ils se lancèrent dans leur direction. Une balle transperça la poitrine du garçon, il poussa un oh !, des filets de sang s'échappaient du coin de sa bouche et de ses narines, il s'effondra dans les bras de sa mère, elle en eut la poitrine toute rougie de sang frais, elle l'étreignit comme il y a dix ans, quand, sans l'aide d'une accoucheuse ou d'un médecin, elle l'avait vu sortir d'elle, avait sectionné le cordon ombilical avec ses dents et l'avait pris dans ses bras en attendant son premier cri. Le fils proféra bien une parole, il cria un vague « maman » puis, comme s'ouvraient les portes du paradis, ses yeux exaltés se refermèrent. La mère le serra contre elle, elle l'appela incrédule par son petit sobriquet, une volée de balles se jeta sur son cœur déchiré, elle poussa un grognement et ferma les yeux. Quand il passa devant son corps, Plat-Pif ralentit le pas, il lui lança un regard plein de remords, une balle pénétra en sifflant dans sa cuisse.

La partie inférieure de son corps était déjà trempée par la rosée. La balle avait fait un petit trou dans son pantalon noir, un sang rare et précieux s'en échappait. Il ne ressentait pas de douleur, mais sa foulée perdit sa fluidité, il paraissait courir sur un sol jonché de pièges aux pics effilés, comme si sa cuisse était prise entre les crocs d'une bête féroce, léchée par des langues de feu pointues. Les tiges molles et floconneuses des chaumes devinrent soudain dures comme du fer. Tortue Molle tourna la tête et lui lança un regard. « Ça va, mon vieux Tsiou ? » Plat-Pif ne pipa mot, appuyé sur sa crosse il marchait presque à cloche-pied. Les bottes des Monstres martelaient le sol, on eût dit que c'était l'acier qui haletait. Le parfum sucré des confiseries aux haricots rouges qui accompagnait leurs cris frappait ses narines. Plat-Pif posa le pied dans une flaque, les éclaboussures firent briller ses yeux.

« Tsîn ! » Il agrippa l'épaule de Tortue Molle qui ralentissait le pas. « Séparons-nous, que je ne te retarde pas. »

Tortue Molle hésita un moment. « Tu t'en sortiras, mon vieux ? »

— T'en fais pas. » Plat-Pif tira le tract de sa poitrine et le lui fourra dans la main. « Donne-le au vieux Tzo, raconte-lui ce qui s'est passé. » Il repoussa d'une main Tortue Molle. « Prends à gauche, moi je vais à droite, on divisera les forces de ces Monstres. »

Plat-Pif, le fusil à l'épaule, supportant la douleur, courbé en deux, traversa un ruisseau et s'enfonça dans les chaumes. Le soleil se faufilait comme une blatte entre les nuages, dans une terne luminosité, un brouillard épais et lourd pesait de tout son poids sur les hautes herbes. Au loin, sur une butte, apparurent deux paysans de Krokop, qui jetèrent houe et faucille et se couchèrent par terre. Au moment où Plat-Pif passa par la butte, ils avaient déjà disparu éclipsés, dans les touffes d'herbes il restait la trace d'un nid d'oiseau de grande envergure. Plat-Pif jeta un coup d'œil en arrière, dans les vagues de vapeur chaude, casques vert-de-gris et casquettes kaki se rameutaient, au-dessous les visages des Monstres étaient indistincts, les baïonnettes des mitrailleuses type 95 commençaient à se déformer, à s'étirer, tiraient comme des langues de fourmiliers vers sa cuisse blessée. Se fiant à ses souvenirs indélébiles des bois de Krokop, Plat-Pif tournait à gauche, virait à droite, passait, l'un après l'autre, des bosquets d'arbustes, de fougères nids-d'oiseau et de cryptogames, puis un figuier à caoutchouc, un jatropha et un badamier, il traversa de riants cours d'eau ou des ruisseaux à sec, enfin il aperçut, vaste étendue d'eau brumeuse, le lac aux rapaces sur les berges duquel il y avait des plantes innombrables de toutes tailles. Il écarta les lianes et les ronces du bord, à l'aide de son parang il creusa un long trou dans la boue où il enterra son fusil et son couteau, il releva la tête et vit les Monstres en treillis qui jaillissaient des chaumes, emmenés par l'un d'eux en uniforme kaki, il portait au bras gauche un brassard blanc brodé des caractères rouges *Kem Pei*, à sa ceinture pendait un fourreau en bois de santal enveloppé de cuir, dans sa main un Nambu 14, Plat-Pif reconnut au premier coup d'œil le sergent-major de la police militaire Yamazaki Kenkichi. Un petit serpent blanc bondit sur la berge, se faufila entre ses jambes et nagea jusqu'au centre du lac. Plat-Pif entra pas à pas dans l'eau, c'était comme si des aiguilles d'acier chauffées à blanc se déversaient sur sa blessure. Quand il fut immergé jusqu'à la taille, il plongea et s'enfonça en même temps que le petit serpent.

Quand elles entraient dans l'eau, les balles passaient de la vitesse du guépard en pleine course à celle de la tortue qui nage, leur mouvement giratoire traçait un sillon blanc, libérant des centaines de bulles en forme d'œufs de grenouille ou de poule, elles piquaient droit au fond du lac, ralentissant peu à peu, et sombraient comme des bouts de ferraille. Plus nombreuses encore étaient les balles qui, repoussées par la formidable résistance de l'eau, ricochaient et allaient se perdre parmi la végétation luxuriante de la rive opposée. Plat-Pif, après avoir plongé jusqu'à une certaine profondeur, reprit une position normale, tête en haut, pieds en bas, il regarda au-dessus de lui la nappe miroitante du lac. Les eaux étaient troubles, des débris d'herbes, des feuilles pourries, des lianes et des bouts de bois flottaient, parfois passait un gros poisson, les Monstres apparaissaient flous à travers les vaguelettes et les tourbillons, la tête séparée du corps, les membres disloqués, les crânes suspendus dans les airs ou flottant en surface. Ils continuaient à tirer sur le lac mais les balles n'atteignaient pas Plat-Pif, elles perdaient simplement leur force, tout comme les graines des arbres aux fruits ailés qui chutent en tournoyant. Plat-Pif recueillit au vol une balle dans sa paume et l'approcha de ses yeux pour l'examiner, il repensa soudain à celle qui était incrustée dans sa cuisse. Il baissa la tête pour jeter un coup d'œil à sa blessure, un nuage de sang, tantôt condensé, tantôt dilaté, montait dans l'immensité blanche de l'eau, le serpent qui avait plongé en même temps que lui remua un peu ce brouillard sanglant, puis disparut. Toute la ferraille jetée là par les Anglais et les villageois du Bouk aux Sangliers ainsi que l'avion crashé du Monstre dormaient profondément au-dessous de lui, enterrés dans ce gigantesque cimetière sans fond, vert foncé comme la membrane d'un œuf, d'où dépassaient une aile ou un pied. Il lâcha quelques flatulences mollassonnes, une dizaine de bulles s'élevèrent doucement jusque sous les ailes de son nez et éclatèrent, elles ne sentaient pas le taro ni le manioc, elles avaient l'odeur d'un corps de femme. Au moment où ses poumons s'étaient réduits à la taille de deux œufs de poule, le serpent blanc refit son apparition, sa tête se transforma en visage de femme, il se posa sur son visage tel un masque, un souffle s'engouffra dans sa bouche, et ses poumons se redéployèrent, comme si un pur courant avait soufflé depuis la fontanelle et s'était répandu dans les six organes, comme s'il avait traversé le point vital de l'abdomen, était passé par les neuf orifices et avait réinsufflé la vie en lui.

Quand Plat-Pif remonta sur les berges, le soleil avait déjà grimpé au milieu du ciel et se cachait parmi les nuages aussi compacts que des cals, tel un facétieux singe blanc millénaire. La paix régnait sur les chaumes, concert agréable à l'oreille humaine, les grands coucals affairés tenaient en leur bec des brins d'herbe pour la construction de leur nid, les aigrettes blanches admiraient la beauté de leur vol reflété à la surface du lac, un vieux cocotier solitaire ployait l'échine, perdu dans les souvenirs de sa jeunesse passée, les éperviers bleus qui tournaient en cercle dans le ciel agrandissaient l'immémoriale désolation. Plat-Pif s'étira plusieurs fois, essora ses vêtements et ses cheveux, il exhuma son parang et son fusil des lianes, puis il sortit de sa poitrine une cigarette occidentale tellement trempée qu'elle ne ressemblait à rien. Il examina ses paumes blanchies et ridées par l'eau, secoua la tête avec un sourire amer, cracha un jet de salive d'excitation. Levant la tête, il examina la position du soleil, la direction du vent, pour tenter d'établir où se trouvait la Krokop, il avait déjà oublié sa blessure à la cuisse et se mit en marche à pas rapides, quittant le lac pour se diriger vers le fleuve.

Il était en train de franchir un bosquet quand Yamazaki, tenant son Muramasa à deux mains, surgit tel un primate, la lame brilla, et la tête de Plat-Pif sembla trébucher sur son cou, elle tomba à ses pieds sans un bruit comme une noix de coco ou un durian. Plat-Pif cligna des yeux et regarda son cou d'où jaillissait un rideau de sang qui le recouvrit, il vit son corps s'effondrer tout doucement et entendit le rire froid de Yamazaki, bien que sa tête fût désormais séparée de son cœur, il pensa à une ultime injure, ses lèvres remuèrent, mais il n'eut pas le temps de la proférer.

5.

Avec ses grandes jambes de marcheur, legs de ses gènes hollandais, quand Tortue Molle se rua dans les fourrés, il sema en un clin d'œil les Monstres à ses trousses, telle la grande tortue mythique brisant l'hameçon, tel le dragon des eaux retournant à la mer, il s'introduisit furtivement dans le cimetière des Monstres dépendant de l'usine de combustibles du corps expéditionnaire du Sud à Bornéo, sis sur les flancs du morne Canada, derrière le Bouk aux Sangliers, depuis le début de l'occupation jusqu'à ce jour, on y comptait plus de trois cents tombes. Debout sur le flanc de la montagne, Tortue Molle regardait le fleuve au loin, serpent blanc pelotonné au sein de la végétation, le pont de la Krokop ressemblait à un cheval au galop sautant le cours d'eau, des oiseaux planaient en cercle au-dessus des perches en bambou enguirlandées de têtes, à la recherche d'un crâne, nid propre et frais. Tortue Molle grimpa sur le monticule d'une tombe, afin de voir le village d'un point de vue plus élevé. Le bocage du Bouk, émaillé de levées, aux parcelles éparses, ses pauvres chaumières, ses clôtures et tonnelles tenaces, ses maisons sur pilotis moins nombreuses, ses bois verdoyants, et le drapeau au soleil rouge des Monstres flottant au vent. Sur les routes de terre jaune jadis grouillantes de villageois, régnaient les patrouilles à vélo de Monstres en uniforme kaki. Sur la place du marché, les gens allaient courbés, tête basse, tandis que les *kempei* marchaient cambrés, tête haute. Dans le ciel au-dessus du village passait parfois un avion de reconnaissance ou un chasseur de Monstre, alors les habitants de Krokop levaient les yeux vers la gloire de l'occupant, vers la prospérité sans borne promise par l'empire du Japon. Tortue Molle frappa la tombe du pied, cracha, proféra une bordée d'obscénités mêlant bêtes et hommes, puis il atteignit le sommet du morne. Un macaque à queue de cochon, au pelage de feu, était assis en haut d'un upas, dans les branchages sous ses fesses, il y avait une colonie de singes les uns sur les autres pareils à un enchevêtrement de lianes. Tortue Molle erra un bout de chemin sur la crête, il aperçut la grotte qui, racontait-on, était défendue par un tigre. L'entrée était orientée vers le sud-ouest, ses abords étaient escarpés, quelques arbres solitaires avaient poussé, à l'intérieur des poutres tordues, des piliers brisés étaient éparpillés, il y régnait une forte odeur d'urine de sanglier et de chauve-souris, les traces du passage des hommes se mêlaient à celles des animaux. Tortue Molle alluma sa lampe torche et avança sur une centaine de pas, il atteignit le fond de la grotte, pas de tigre, seulement des serpents et des rats. Il avait passé une mauvaise nuit, il se sentait las, il s'assit sous l'ombre des arbres à l'extérieur de la grotte et fit un somme, il se réveilla dans l'après-midi qui, déjà, fuyait les alentours du morne, se sustenta de fruits de rotin et d'eau de source, en regardant au loin le village et la mer. Le soleil se couchait à l'ouest, le ciel s'assombrissait par degrés, sur le flanc du morne on avait allumé des feux qui illuminaient les arbres et la montagne, la fumée montait avec le vent vers le sommet. Au début, Tortue Molle avait pensé se cacher dans la montagne deux ou trois jours, le temps que les événements se tassent, il redescendrait ensuite, mais la veille il avait fumé seulement deux boulettes d'opium, soit deux fois moins que d'habitude, après une journée d'abstinence, dans ses veines affluaient de la poussière d'acier et du cuivre liquide, brûlant, douloureux, sa cervelle était lourde, ses membres encarcannés, ses yeux et son nez coulaient.

Il procéda à une vérification de son fusil et des six munitions dans sa cartouchière, il tira son parang et le frappa de quelques chiquenaudes, il attendit que la première étoile couleur jaune d'œuf se montre, puis emprunta prudemment l'étroit sentier qui descendait. La fumée provoquée par le feu avait d'abord été dense et poisseuse, mais quand il se décida à redescendre, un maudit vent de sud-ouest avait soufflé sur le flanc et dissipé la fumée, de sorte que le morne Canada exhibait sa belle nature, pure, sans souillure. Le froid fit frissonner Tortue Molle, il aperçut un jeune paysan qui avait à la main un parang et à l'épaule un panier en bambou rempli de fruits, il fredonnait un air populaire de Canton en descendant la montagne, quand son fredon se fut éteint, Tortue Molle se mit en marche, il prit la direction du cimetière où reposaient les trois cents âmes damnées du Soleil Levant. Il parvenait aux abords du cimetière quand il vit une ombre vaciller sur les tombes, il crut à un fantôme, hâta le pas et alla s'accroupir derrière un bosquet. Une dizaine de Monstres, en treillis kaki, la mitrailleuse type 96 à l'épaule, étaient parmi les tombes, une cigarette Three Castles à la main, ils bavardaient en baragouinant entre eux, le protège-nuque de leur casquette voletait contre le vent. Tortue Molle se baissa et fit marche arrière, il choisit une autre sente pour redescendre, mais à peine atteignait-il le pied du morne qu'il vit d'autres Monstres en faction sous des cocotiers. Il changea de chemin, changea encore, mais à chaque fois il tombait sur des Monstres qui bloquaient la voie. Il retourna à la grotte, en attendant que la lune soit haute dans le ciel, que les étoiles brillent, il essuya les humeurs de son nez et de ses yeux qui baignaient son visage, puis, une fois encore, reprit le sentier qui menait au cimetière. Le parterre de tombes étincelait, on eût pris les feux follets pour des éphémères, les soldats avaient disparu, le clair de lune se répandait sur les tumulus et éclairait tout autour les fosses nouvellement creusées.

Tortue Molle frissonna, il passait devant une tombe après l'autre, des sons d'harmonica, piaillant comme oisillons s'en retournant au nid, résonnèrent derrière lui. Il se retourna et vit un bonhomme court et robuste, sans tête, qui portait des articles sur une perche en bambou et traînait à sa suite quelques *yôkai* aux yeux exorbités, à la langue pendante, un harmonica suspendu dans les airs tournoyait au-dessus de son cou. « Kobayashi, c'est toi ? » Tortue Molle frissonna à nouveau, un filet de morve coula sur le sol, il tira son parang et frappa en direction d'un monstre à face rouge et long nez qui s'était soudain approché de lui, emporté par son mouvement trop vif il tomba à genoux devant une tombe. Tortue Molle jura dans sa barbe et se redressa aussitôt, il regarda autour de lui, l'harmonica s'était tu, le bonhomme sans tête avait disparu. Il les envoya au diable et prit la route qui descendait du morne. Arrivé en bas, il essuya des larmes de la main, regarda au sommet, sa vue s'emplit de venimeux boas et d'oiseaux de la montagne, ses oreilles résonnèrent de la rumeur des fantômes. Il cligna des yeux avec force, cracha, longea le pied de la montagne en direction du fleuve, il passa devant la maison sur pilotis de Maître Hsiao que les Monstres, cette engeance de pirates, avaient réduite en cendres, des papiers jaunes qui n'avaient pas brûlé, ronéotés de sentences abstruses en langue classique, virevoltèrent sous ses pieds, roulant des carcasses de caractères pareilles à des puces sauteuses. Il parvint aux berges, fit un tour sous l'extrémité du pont, aperçut indistinctement une tête qui lui était familière sur une perche, ignorant le danger il alluma sa lampe torche et vit alors la tête de Plat-Pif accrochée tout en haut, les yeux grands ouverts, la langue pendante, qui regardait la nuit claire. « Tsiou ! Mon vieux Tsiou ! » Des souvenirs de Plat-Pif lui revinrent, comme il avait été bon pour lui jadis, il attrapait des serpents et des tortues qu'il lui offrait pour la boutique, il le fournissait en opium gratuitement pour qu'il fume à satiété, pas comme ce pingre de Tzo Da-dy qui ergotait comme une bonne femme et rognait sur la quantité, il s'accroupit sous le pont, là il pleura comme un enfant, versa des larmes de tristesse mêlées à celles de son corps et de son esprit épuisés par le manque d'opium. Profitant de l'absence des oiseaux de nuit, du sommeil des éperviers et des corbeaux, avant que le soleil et la pluie ne sévissent, il monta hardiment sur le pont, dégaina son parang et trancha la corde qui retenait la tête de Plat-Pif par les cheveux, l'emportant dans ses bras il se faufila dans une ferme, enleva la plus grande chemise étendue sur une corde à linge et, avec beaucoup de soin, en enveloppa la tête de son ami, ensuite il vola une hotte et, portant la tête dans son dos, continua à remonter discrètement le fleuve.

L'astre pur de la nuit brillait avec l'éclat de petites bananes pas encore mûres, il n'y avait qu'une seule lune, or il en voyait toute une ribambelle, il savait certes que parmi elles, une seulement était la vraie, que les autres étaient des mirages, mais il n'arrivait pas à faire la distinction. La voûte céleste était constellée, plusieurs petites étoiles dessinaient un arc-en-ciel de feu si lumineux qu'on eût dit une pluie de météores se déversant en torrent du haut du ciel, la poussière des étoiles le piquait, et tout son corps souffrait, le démangeait, la poussière d'acier et le cuivre liquide coulant dans ses veines s'épaississaient, une partie semblait même s'être solidifiée en une armature de fer sous ses pieds, de sorte qu'il progressait avec peine. Il savait aussi que sur ces pluies d'étoiles sans nombre, une seule était réelle, elle transperçait l'atmosphère, devenait cendres, et peut-être qu'un petit bout de météore non consumé tomberait en ce bas monde, mais il ne savait plus distinguer ce qui était réel de ce qui ne l'était pas. Il marchait à côté de la Krokop, il n'y avait plus de fleuve, peut-être était-il allé jusqu'à la mer de Chine méridionale, ou peut-être jusqu'au QG des *kempei* au village. Il ignorait combien de temps il avait cheminé, les piles de sa lampe faiblissaient, l'ampoule brillait d'une lueur rouge œil de crocodile. Il éteignit la lampe, il pleuvait des étoiles dans tout le ciel, les lunes brillaient toujours en régime de bananes, il s'appuya contre un arbre et s'endormit. Des bruits qu'il n'a pas entendus depuis longtemps, la course des dauphins dans les vagues, le chant délétère des baleines qui crachent leur jet, sont accompagnés de coups de fusils, de grouinements et de bruits de sabots de sangliers, de cris d'adultes et d'enfants, de la clameur des animaux domestiques, de l'explosion des fusées, la nuit de l'attaque des sangliers contre le village il y a vingt ans retentit de toutes parts, Tortue Molle avec son parang couvert de sang erre dans le village, voyant une harde en train de se frotter et d'uriner contre les pilotis en bois-de-fer de la maison de Kwan la Face Rouge, il met en joue, *boum* il fait feu sur le groupe, *boum* une bête tombe, les autres se dispersent dans la confusion, il monte par l'escalier de bois jusqu'à la terrasse afin d'embrasser la situation d'un point de vue plus élevé, la grande porte s'ouvre en grinçant, et il manque de se cogner contre Da-dy, parang à la main, fusil à l'épaule, lui aussi couvert de sang. Celui-ci esquisse un sourire frais et mauvais, qui s'allume comme la cigarette qu'il a au coin du bec, il le dévisage méchamment, approche ses lèvres de son oreille et marmonne deux phrases, le visage de Tortue Molle se décompose, son parang manque de lui échapper et de tomber par terre. Da-dy, quand il a fini de parler, le pousse durement de son épaule tatouée d'un kriss malais, descend l'escalier et disparaît dans la pénombre du village livré au tumulte. Tortue Molle reste pétrifié sur le seuil, il regarde l'intérieur de la maison plongé dans le noir. La lampe à pétrole s'allume dans un *pfou*, une langue de feu rougeoyante sort du bec en bouche de grenouille qui contient la mèche, elle s'enroule autour d'un crâne de femme auquel les volutes de fumée peu à peu donnent forme.

Quand il s'éveilla de son profond sommeil, un soleil resplendissant brillait, brillait tant qu'il lui brûlait les paupières. Tortue Molle sentit les relents de Plat-Pif dans la hotte, son ventre gargouilla. Il ramassa quelques noix de coco vertes, le jus et la chair du fruit lui remplirent la panse, il avala tout cru une dizaine d'olives sauvages et de fruits de rotin, puis il reprit sa route en remontant le fleuve, il pensa alors que Plat-Pif ne savait pas s'il était réveillé ou non. « Je suis debout, mon vieux, marmonna-t-il dans sa barbe. Quand je serai arrivé, d'abord je trouverai un endroit où enterrer ta belle tête de séducteur, ensuite j'irai chercher ta carcasse qui faisait soupirer ces dames. » Il éternua à grandes eaux, tout son corps fut secoué de tremblements, le cuivre liquide et la poussière d'acier sédimentés dans son sang lui montèrent droit à la tête, et ses yeux s'engluèrent d'une taie pâteuse. Dix fois il cligna des paupières, pour trancher dans cette couche d'ombre comme on tranche des couches d'oignons, tant et si bien que la peau de son visage, couche solidifiée de larmes, de morve et de sueur, était de plus en plus rigide et pâle. Ses pas lourds le menaient vers l'amont, il marchait, et marchant absorbait en lui tous les filons métallifères contenus dans le sol, l'étain, l'argent, le plomb, goutte à goutte, se déversaient dans ses tissus, l'oxygène se raréfiait dans son sang. Son tibia buta contre un bâton pointu, une plaie s'ouvrit d'où coula, non pas du sang rouge, mais un liquide de la couleur d'une feuille d'argent, quand il eut coagulé, on eût dit un cristal de sel ou de diamant.

Le régime de lunes avait disparu du ciel, remplacé par une grappe de soleils rouges, pelucheux, pareils à des ramboutans, dont certaines coques s'étaient fendues, dévoilant leur pulpe juteuse dégoulinante. Il leva la tête pour regarder le ciel tapissé de soleils, il les contempla longtemps, sans savoir lequel était le vrai, lesquels étaient un mirage. Son pas se faisait parfois si lourd qu'il lui semblait être une maison en marche sur ses pilotis en bois-de-fer, que son dos brûlant était fait de tôles zinguées ; son pas se faisait parfois si léger qu'à chaque enjambée ses os et ses articulations semblaient sur le point de se disloquer, sa poitrine et son postérieur, ses bras et ses jambes, d'interchanger leurs places, il ne distinguait plus le bas du haut, la droite de la gauche, le ciel de la terre, l'ombre de la lumière. La hotte chargée de la tête de Plat-Pif, elle aussi, se faisait tantôt lourde, tantôt légère ; lourde, les dents de son vieux Tsiou mordaient sa colonne vertébrale, et chaque pas lui arrachait des pleurs de douleur ; légère, Tsiou s'envolait hors de la hotte et lui chuchotait sans cesse à l'oreille, lui racontait ses anciennes romances où il avait dévergondé des vierges, Tortue Molle se délectait de leurs pures beautés et, pour un moment, le poison métallifère qui obstruait ses yeux, sa bouche, ses narines et ses oreilles se trouvait purgé. Toutes les choses qu'il transportait sur lui, le fusil de chasse, les six cartouches, le parang, le tract des Monstres, passaient aussi par des mutations chimiques et physiques au cours desquelles elles changeaient de poids et de taille, alourdies elles fusionnaient en un tourbillon qui l'oppressait, allégées elles devenaient un courant d'eau qui l'entraînait. Les soleils rouges étaient accrochés partout dans le ciel, les éperviers bleus tournaient follement, les ombres des arbres se superposaient, s'entrelaçaient, il ne savait plus où il était, mais il ne cessait de se répéter : Il suffit de longer le fleuve, ça ira, il suffit de longer le fleuve, ça ira, il suffit de longer le fleuve, ça ira.

Enfin, il sortit de la végétation qui recouvrait la création, il se retrouva au milieu des chaumes qui lui arrivaient jusqu'à la taille et s'étendaient à perte de vue. L'éclat des cent soleils ternit, peut-être les nuages avaient-ils grossi, peut-être que la poussière d'acier et le cuivre liquide dans ses pupilles avaient épaissi, la canopée n'était plus au-dessus de lui, le ciel n'avait plus sa sereine profondeur, il était extraordinairement proche ; la terre flottait comme une île en ses confins. Les arbres isolés dans la campagne rapetissèrent, devenus nains, leurs couronnes frottaient son entrejambe ; les ailes des éperviers claquaient contre son épaule, leurs sifflements perçants blessaient ses tympans ; à ses pas, lacs et étangs soulevaient de hautes et puissantes vagues, effrayés les bancs de poissons noyaient leurs écailles, les oiseaux repliaient leurs ailes ; il déracina des jaquiers sauvages chargés de grappes de fruits et les jeta entre les couches de nuages ; il se retourna pour regarder ce bas monde, des empreintes plus grandes que des sampans avaient fait naître derrière elles des ondulations flétries dans les chaumes. Une harde de sangliers passa devant lui, en colonne comme des fourmis, il tira son parang, frappa, mais le coup ne fit que soulever la poussière et rouler les pierres, c'était raté, les rangs de fourmis s'égaillèrent, toujours en courant vers l'avant. Ces sangliers étaient trop petits, difficile de bien viser. Il remit son parang dans le fourreau et tendit la main pour les attraper, les sangliers passaient dans les interstices de ses doigts, y laissant des éclats de terre soulevés par leurs sabots. Il essuya avec vigueur son nez et ses yeux qui coulaient, il mit en joue son fusil et s'apprêtait à presser la détente quand soudain les sangliers lui apparurent formidablement minuscules, il prit le fusil par le canon et pilonna la harde avec la crosse, pilonna longtemps, mais les sangliers couraient toujours plus vite. Il mit à nouveau en joue, il tira les deux premiers coups, rechargea et tira un troisième et un quatrième coup, rechargea à nouveau, et tira le cinquième et le sixième coup, il voulait continuer à recharger, mais la cartouchière était vide. Un mâle aux défenses saillantes tomba à ses pieds en gémissant, il dégaina son parang et frappa, il ne sut pas où le coup avait porté, mais le sanglier s'arrêta de crier. Il regarda son cadavre, lui donna deux coups de pied, et quand il fut assuré qu'il était bien mort, il le saisit par les pattes arrière et le traîna sur les herbes. La bête était parfois si lourde que sa taille paraissait avoir décuplé, parfois si légère qu'elle lui paraissait être un poussin mort.

Les soleils étaient à la hauteur de son front, il y enfonça la main, il aurait voulu crever les faux soleils. Par moments, l'eau d'un ruisseau montait jusqu'à sa cheville, à d'autres moments son pas provoquait un courant sur lequel sinuaient des barges en acier. Il vit à nouveau, devant lui, une colonne de fourmis, il lui semblait avoir déjà rencontré celle qui marchait en tête, les autres petites fourmis portaient des masques de monstres aux couleurs vives, tout en marchant elles chantaient des comptines qu'il avait déjà entendues. Il s'accroupit et tendit le cou, il voulait voir nettement ces fourmis, mais une touffe d'herbes obstrua sa vue, il ne les vit plus. Il se redressa et aperçut des masques qui s'enfonçaient puis réapparaissaient dans les chaumes, ils s'éloignaient de plus en plus, puis disparurent très vite, seul l'un d'entre eux s'approcha lentement de lui, il était coiffé d'un casque rayonnant d'un halo couleur ecchymose de trionyx, son visage était empreint de la rougeur héroïque du dieu de la guerre, il était pourvu d'un long nez qui ressemblait à une aubergine, l'expression farouche, il découvrait une rangée de crocs, un ruban jaune attaché au cou, il tenait à l'envers un long couteau, son cou fin comme un concombre menaçait de se briser à tout moment.

« Un Monstre ! »

Tortue Molle saisit son fusil, mais se souvenant qu'il avait épuisé ses munitions, il dégaina son parang. Au moment où il jeta son fusil, le canon perça l'un des soleils d'où s'échappèrent des filets de liquide jaune d'œuf qui gouttèrent sur le casque couleur trionyx du Monstre, Tortue Molle le vit ouvrir grand sa bouche pleine de crocs et, comme le chien céleste qui déclenche les éclipses, ne faire qu'une bouchée de ce délicieux soleil ; un majestueux cocotier brillait d'un halo pourpre, illuminant l'ample entrejambe du Monstre, celui-ci leva le pied et, *crac*, broya le tronc. Tortue Molle entendit Plat-Pif qui avait sauté hors de la hotte lui crier à l'oreille : Mon vieux Tsîn, qu'est-ce qu'il est grand et fort, ce Monstre, fais attention !

Tsîn U-fong, mené par Kwan A-hung encore convalescent, avec Ta-tsi, Grande Perche et les autres enfants, effectuait une patrouille dans les fourrés, sous la supervision du Biscornu, ils étaient allés s'exercer à tirer deux balles, puis ils avaient quitté le lac aux sambars et s'apprêtaient à retourner à la maison sur pilotis, ils passaient devant la vaste étendue de chaumes quand U-fong, qui fermait la marche, avait aperçu son père immobile dans les herbes jusqu'aux épaules, la face baignée de sueur, de larmes, de morve, de salive, la peau du visage dure comme le cuir de la carapace d'une tortue d'eau douce, il avait compris que son père, disparu depuis deux jours, était en manque d'opium. Haïssant l'idée que ses compagnons voient son père dans cet état de sidération, il s'était arrêté et accroupi dans les herbes en attendant que le groupe s'éloigne, puis, courbé en deux, il avait marché vers son père. Quand il se fut rapproché de lui, il le découvrit tout tassé, de la hotte qu'il portait sur le dos dépassait une tête aux yeux exorbités, la langue pendante, penchée sur l'épaule de son père, leurs expressions étaient si semblables qu'on eût cru un monstre à deux têtes ; le père se recroquevillait peu à peu sur lui-même, se rabougrissait, comme la proie avalée par le boa.

Le parang à la main, son père avait bondi sur lui, saisissant de l'autre main son maigre bras, il le plaqua contre le sol.

« Papa ! C'est moi ! » U-fong frappait des deux poings simultanément, martelant comme un fou les côtes de son père. « C'est moi, U-fong ! »

Tortue Molle se mit à califourchon sur son ennemi, il découvrit une rangée de grandes dents mal chaussées, aussi près de lui, il voyait clairement sang et fluide cérébral s'échapper du crâne de ce Monstre, il l'entendait crier dans sa langue de Monstre qu'il ne comprenait pas. L'ennemi faisait pleuvoir une pluie de coups de poings qui claquaient avec un bruit sec contre sa poitrine, il entendit Plat-Pif derrière sa nuque, qui lui disait : Mon vieux Tsîn, ce Monstre est vraiment fort, frappe sans pitié !

Tortue Molle leva son parang et, visant la couronne du crâne, abattit la lame.

LES CYCLISTES SANS TÊTE

Les Dayaks, ou Ibans, aborigènes de Bornéo, pratiquaient avant le dix-neuvième siècle la chasse aux têtes, signe de virilité, de prestige et de bravoure.

Les guerriers dayaks croyaient fermement que, par une prière rituelle, ils pouvaient prendre possession du propriétaire de la tête, le convoquer à tout moment, comme le génie de la lampe d'Aladin.

Les têtes assuraient la fertilité des terres et la prospérité des clans.

L'appétit sanguinaire des femmes dayaks pour les têtes poussa les hommes à une chasse frénétique. Plus on en possédait, plus on était enclin à recevoir leurs faveurs.

Les têtes étaient aussi, dans les rapports entre hommes et femmes, le meilleur catalyseur des désirs sexuels.

Quand les Anglais et les Hollandais occupèrent Bornéo au milieu du dix-neuvième siècle, ils abolirent la pratique de la chasse aux têtes.

Durant la seconde guerre mondiale, incités et encouragés par les forces alliées et la guérilla antijaponaise, les guerriers dayaks chassèrent et coupèrent un millier de têtes de Monstres.

1.

Da-dy était assis sur la terrasse, il tripotait entre ses mains un transistor à cristaux liquides, cherchant dans les ondes crépitantes comme un feu de plaine les nouvelles du monde plongé dans les flammes de la guerre. Le vent du sud-ouest était tombé depuis un moment, les rayons de soleil brûlaient avec ardeur, la maison et la végétation étaient noyées dans les vapeurs comme dans une mer, de chaudes vagues galopaient en haut des arbres, s'abattaient du ciel en ruine sur les tuiles brisées et les poutres cassées. Da-dy suait à grosses gouttes, il ne cessait de cracher des bouts de tabac. Sa réserve de cigarettes occidentales diminuant, ce qu'il fumait à présent, c'étaient des cigarettes roulées dont le tabac consistait en feuilles de bananier, de papayer et d'autres arbres fruitiers séchées au soleil, le papier à rouler provenait de livres, de journaux, d'emballages et de toutes sortes de papiers de rebut. Le coq sans tête, perché sur son poteau, regardait fixement dans le ciel un épervier bleu qui prenait les courants chauds, son bec et ses serres crochus brillaient comme tête de bêche et dents de râteau. Le bœuf de trait et les sangliers s'étaient repus de fruits de rotin tombés sous les arbres qui avaient déjà commencé à fermenter, ils avaient l'œil vitreux, flageolaient sur leurs pattes dans un trépignement de baguettes de tambour. Le bœuf lâcha des bouses éparses et défonça la barrière, il piétina un pied de manioc fraîchement planté, ses sabots hachèrent menu deux jeunes gambiers, il marcha vers la jungle tout en poussant des beuuuu-beuuuglements d'ivrogne, les gens, habitués à ses frasques, ne l'arrêtèrent pas. Les singes s'étaient aussi gavés de fruits de rotin, les membres fourbus, allongés sur le toit en tôle ils dormaient tout leur saoul. La plupart des cigarettes que roulaient les villageois étaient tordues, ratatinées et perdaient facilement leur tabac, elles sentaient la pâte à papier et l'encre d'imprimerie, seule Giam Un-tian, la fille de Nâm le sabotier, roulait des mégots droits et fermes, bien tassés, qui exhalaient longtemps les arômes, les parfums épicés ou suaves des feuilles de bananier, de papayer et d'autres arbres fruitiers. Chaque jour, elle n'en roulait pas moins de trente, jusqu'à en avoir la langue et les lèvres toutes sèches, elle mouillait chaque cigarette d'une épaisse salive. La bave de cette enfant de douze ans ne laissait pas d'odeur sur les cigarettes qu'elle roulait. Les uns après les autres, des villageois étaient venus se réfugier à la maison sur pilotis, Tsan Jin-peng, le coqueleur, était lui aussi venu, avec deux coqs en cage, se mettre sous la protection de Da-dy, à présent plus de cent vingt personnes se rassemblaient dans trois maisons. Plus leur nombre augmentait, plus Da-dy s'inquiétait. Il jeta un coup d'œil aux nids abandonnés des éperviers dans un arbre cho-chi, il prit son transistor et descendit de la terrasse pour aller inspecter les trois ramboutans qu'il avait lui-même plantés.

Les villageois allaient toujours le torse et les pieds nus, ils maniaient la houe en peine, le râteau indigné, jouaient de la lourde hache et du lourd marteau, de la scie et de la faucille, dans la jungle pleine de miasmes et de fièvres, ils défrichaient à leur gré, les jours défilaient, égaux, mais quelques signes annonçaient de grands changements dans un avenir proche. La veille au soir, un bûcheron avait rapporté la funeste nouvelle de la mort de Ti Kim et de Plat-Pif ainsi que la disparition de Tortue Molle. Au village, les Monstres intensifiaient leur nettoyage féroce, méthodique, total, on apprenait sans cesse la mort d'autres villageois bien connus, les Monstres étaient occupés à parer aux bombardements intempestifs des Alliés et, racontait-on, à la contre-attaque de ces derniers, ils n'avaient plus beaucoup de temps ni d'hommes pour accrocher des têtes au pont de la Krokop, et encore moins de temps et d'hommes pour enterrer les morts, des rues du village jonchées de cadavres montait une odeur pestilentielle. De plus en plus fréquemment, des avions de reconnaissance passaient au-dessus de la maison de Da-dy, les appareils frôlaient la couronne des arbres, les villageois pouvaient sentir l'odeur des confiseries à la pâte de haricot rouge et celle des cigarettes Three Castles.

Da-dy fit une fois le tour de ses ramboutans, puis il s'assit sous l'un d'eux pour fumer une cigarette roulée par Un-tian, tout en contemplant une grappe de fruits encore verts sur une branche. Tsan Jin-peng, un petit panier en bambou à la main, avec un râteau de poche à cinq dents déterrait ici et là des centipèdes et des scorpions pour nourrir ses coqs de combat. Le fils de Ho Jin-kien, le Pâlot, portait à la ceinture un parang long, un autre court et un carquois, il tenait une sarbacane qui avait l'air d'une lance, à l'extrémité, il avait noué avec une liane la baïonnette à tranchant unique prise sur la mitrailleuse du Monstre, debout sous un upas, indéchiffrable, le regard fixé sur la cible dessinée sur le tronc d'un bois-de-fer de Bornéo, il porta la sarbacane à ses lèvres et souffla une flèche d'une incroyable rapidité qui alla se ficher au cœur de la cible. Depuis que toute sa famille avait été massacrée par les Monstres et que sa grande sœur Ho-ngi avait disparu sans laisser de traces, le Pâlot s'était abîmé dans un silence bizarre, depuis qu'A-hung l'avait ramené du village, on aurait dit qu'il était muet, du matin au soir il s'entraînait sans relâche à tirer à la sarbacane. Il avait recueilli la sève de l'upas qui se trouvait derrière lui, l'avait fait chauffer jusqu'à ce qu'elle forme une pâte, dont il avait enduit une centaine de flèches. Un cercopithèque, bondissant dans les airs, atterrit dans les branchages d'un ramboutan, il cueillit un fruit vert, l'enfourna et mâcha, le Pâlot le visa et décocha une flèche, le singe fit une courte pause, sauta dans quelques bouquets de branches au-dessus de lui, ses mouvements devinrent peu à peu plus lents, il chuta de la cime et s'écrasa aux pieds de Tzo Da-dy. Le Pâlot ramassa l'animal, il jeta un regard en coin à Da-dy, ses yeux semblaient lancer des traits acérés. Le vieux bonhomme, chagrin, en proie à l'ennui, voulait lui parler. Il réfléchit longuement, il ne se souvenait que du nom de son père, Ho Jin-kien, et de sa sœur, Ho-ngi, mais pas du sien. Au village, tout le monde l'appelait le Pâlot, personne ne se souvenait de son véritable nom.

« Le Pâlot… » lança Da-dy dans le dos de l'enfant.

Celui-ci, tenant le singe dans ses mains, marchait vers l'enclos aux sangliers qu'on avait construit temporairement, il lança le corps à l'intérieur, les bêtes, ivres, le reniflèrent sans grand intérêt. Le Pâlot jeta un coup d'œil furtif à Da-dy, il alla jusqu'au bois-de-fer retirer sa flèche, épia à nouveau Da-dy, voyant qu'il ne disait plus rien, il mit la flèche dans son carquois, sortit le cricket, *clic-clac, clic-clac*, et pénétra dans les fourrés.

Quand Da-dy eut fini de faire le tour de ses trois ramboutans, il retourna à la maison, prit un tabouret et s'assit sur la terrasse, il approcha le transistor de son oreille, tira l'antenne télescopique et tourna précautionneusement le bouton du volume pour écouter les nouvelles mondiales, les interférences entre les ondes faisaient comme des explosions de bombes dans le lointain. Les rations de pâte d'opium diminuaient également, A-hung, le Biscornu et les autres n'avaient le droit d'en fumer qu'une fois par jour, et le Milo des enfants n'était plus mélangé au jus d'opium. Selon les rumeurs, afin d'empêcher qu'une épidémie se répande dans le Bouk aux Sangliers, des Chinois qui aidaient les Monstres à enterrer les corps, après en avoir reçu l'autorisation, avaient incité les villageois à procéder aux enterrements, chaque corps inhumé rapportait immédiatement cent dollars-bananes dévalués ou quatre boulettes d'opium, déjà quelques opiomanes invétérés avaient discrètement quitté la maison sur pilotis pour aller toucher les quatre boulettes qui assouviraient leur manque, et tout cela ne faisait qu'accroître les soucis de Da-dy. Quand il eut fini de fumer la cigarette roulée par Un-tian, il voulut appeler la fillette pour qu'elle lui en roule quelques-unes de plus, mais il se souvint tout à coup que dès le matin A-hung avait emmené Ta-tsi, Un-tian et les autres enfants dans la forêt, à la recherche de Nga-sim, U-fong et Ho-ngi. De son panier, Tsan Jin-peng sortit avec des pinces les insectes bien vivants et commença à nourrir ses coqs sous l'arbre cho-chi. Le coq sans tête descendit de son poteau et « regarda » les petits pieds des centipèdes et les grandes pinces des scorpions. Tsan jeta un mille-pattes aux pieds du coq sans tête, celui-ci le déchiqueta en menus morceaux de ses ergots, mais il n'avait pas le cœur à manger, il battit des ailes, retourna sur son poteau et contempla le ciel en feu. Da-dy rentra dans la maison et se roula cinq cigarettes toutes flasques, puis il retourna s'asseoir sur la terrasse pour continuer à écouter la radio, au milieu du vrombissement des ondes les voix de ces diables d'Occidentaux faisaient l'effet de plaintes lugubres venues d'outre-tombe. Il frotta une allumette et alluma une cigarette, il en tira une féroce bouffée, elle sentait la papaye, non la salive d'Un-tian, il leva la tête et vit un drôle de singe endormi sur les tôles zinguées du toit, ses paupières devinrent lourdes, quelqu'un murmurait à son oreille :

« Grand-pa Tzo, je vais rouler une cigarette pour vous. »

Giam Un-tian, assise à une table en bois, sortit de son sein un exemplaire d'avant-guerre du journal de Krokop, elle découpa à l'aide de son ongle une dizaine de rectangles, puis tira à nouveau de son sein quelques feuilles de bananier et de papayer séchées, elle les mit dans sa bouche et mâcha, puis les recracha sur l'un des rectangles découpés, elle tourna, retourna, ratissa de ses dix doigts, et en un clin d'œil, avait roulé une cigarette nette et droite qu'elle mit dans la main de Da-dy. Il la fuma en regardant Un-tian qui fredonnait une comptine pendant qu'elle roulait une deuxième cigarette. Agée de douze ans, elle avait une natte courte, une orchidée piquée dans les cheveux, quelques charmants boutons d'acné parsemaient son front, elle avait le teint rose, la peau blanche et tendre, un masque de renarde à neuf queues pendait à son cou. Da-dy se souvint de la première fois qu'il avait vu Lolo, âgée de trois ans, accroupie en pleurs au fond d'un puits. Chose étrange, Lolo avait grandi brusquement de trois à treize ans, le visage couvert d'acné, les joues rouges comme des braises, la natte ensanglantée par le sang des sangliers, lorsque Da-dy, se penchant, l'avait tirée hors du puits, il avait déchiré sa veste hakka à manches courtes, dévoilant à moitié une riche poitrine sur laquelle étaient tombées quelques gouttes éparses du sang des suidés dont il était couvert. Quand il eut fini sa première cigarette, il commença à fumer la deuxième. Un-tian avait mis le masque sur son visage, après avoir mâché une feuille de bananier ou de papayer, elle fourra une coupure de journal dans sa bouche, ses mandibules s'activèrent, et *pfou !* elle cracha une cigarette pleine de salive. Il vit la natte de la fillette se dresser comme la queue d'un scorpion, sa frange s'agiter en cent pattes de centipède. Un-tian cracha une seconde cigarette roulée, et lui adressa un sourire patelin, c'était comme si le masque était transparent. Da-dy vit, sur son visage, les quelques boutons incrustés comme du gravier, sur la joue gauche elle avait un grain de beauté dodu en forme de fourmi, celui-ci effectua un grand déplacement pour arriver sur la poitrine et se changea en deux mamelons noirs pas plus gros qu'un grain de beauté.

Les interférences manquèrent de faire éclater les enceintes de la radio, un tourbillon de chaleur à vous couvrir la peau de cloques enveloppa Da-dy. Il cligna deux fois des paupières, Un-tian avait disparu, sur la table trois cigarettes qu'il avait lui-même roulées, mollassonnes, étaient posées. Il les fuma, tout en regardant au nord de la jungle, descendit de la terrasse, se recroquevilla pour plaquer son oreille gauche contre une racine de l'arbre cho-chi.

Une dizaine de chaloupes à moteur approchaient de la maison sur pilotis depuis l'aval du fleuve, dans chacune dix Monstres en armes, dans leur uniforme kaki, étaient assis, le sergent-major de la Kempeitai, Yamazaki Kenkichi, son Muramasa maudit au ceinturon et un Nambu 14 au poing, était en poupe, dressé comme la queue d'un scorpion, sous le soleil les caractères *Kem Pei* brodés en rouge sur son brassard resplendissaient d'un sinistre éclat, tels les barbillons écarlates d'un coq de combat. Afin d'éviter d'alerter l'ennemi, les moteurs avaient été éteints, les rames des Monstres s'activaient avec célérité, en silence, comme cent pattes de centipède.

2.

Le clair de lune et les éclairs tombaient sur leurs visages. A-hung leva la tête et regarda en l'air, ses paupières tressautèrent, un éclat brisé de la lune parut lui aussi tressauter comme la queue coupée d'un gecko. L'eau clapotait en sanglots et la jungle pleurait tout bas, la Krokop était si noire et poisseuse qu'on eût dit du bitume. Un brouillard blanc montait des roseaux sur la rive, il s'avançait avec la lenteur d'un loris paresseux, dériva jusqu'à un grand arbre puis retomba sur les joncs. L'équipe se déplaçait doucement en direction du sud-ouest, au rythme de ce brouillard blanc. A-hung repensa à ce petit matin où les Monstres avaient débarqué au Bouk aux Sangliers, le ciel était également parcouru d'éclairs qui illuminaient le village comme en plein jour.

Avant leur départ, ils avaient reçu la nouvelle de la mort de Maigrezo, qui avait amoncelé des nuages tristes sur la tête de l'équipe, soudain avaient éclos de petits germes d'émotion. Tio Ga-ho, le fils adoptif de Maigrezo, possédé par on ne sait quel démon, tout en marchant, se mit à chantonner d'une voix de fausset *Bengawan Solo*, un air en indonésien qu'il avait appris avec Ho-ngi sur les berges, il fut repris en chœur par les braillements des autres petits monstres, provoquant l'ire de Da-dy.

« Ga-ho ! Tu chantes encore et je te coupe la langue ! » Sous l'éclat de la lune, le visage de Da-dy se fit dur comme une tôle zinguée qui hurle sous la bourrasque.

« Mon vieux Tzo, il y a une bonne distance entre nous et les Monstres, même cent chiens ne sentiraient pas l'odeur de leur pisse. » Le Biscornu tenait la poignée de son Johnson, il regardait un hibou qui ululait faiblement dans un bosquet. Son front indifférent ressemblait à un énorme coquillage. « Tu chantes vraiment très bien. Chante, Ga-ho, tant que tu n'as pas encore mué.

— Mon vieux Tsing », Da-dy avait l'air d'un énorme boa constrictor qui se préparait à avaler un bœuf tout entier, cornes et sabots compris, « voilà plus de dix jours que les Monstres sont en fuite, c'est une débandade de morts, de fuyards, de fous, de soldats isolés, de suicidés, mais si tu leur révèles notre présence, ils ne vont pas se cacher et disparaître, ils vont sauter d'un arbre et couper ces petites têtes de linotte.

— Il paraît que les Monstres morts deviennent des zombies, ils rampent dans la boue jusqu'à votre fond de pantalon et vous mordent la quéquette », ricana Tsan Jin-peng qui regardait Ga-ho. Il portait une hotte en rotin sur le dos, le coq sans tête de Ta la Flemme accroupi à l'intérieur, deux plumes de la queue d'un rouge vif fourchaient à travers une ouverture.

« Tonton, la tienne est plus grande que les nôtres. » Grande Perche balançait son bras unique en tenant son revolver Boke, imitation du Mauser allemand, il jeta un regard sur l'entrejambe de Tsan. « Je crois que c'est la tienne qui sera mordue en premier.

— Sale gosse ! » Tsan cracha un jet de salive. « T'en as une de gamin, toute neuve et toute fragile.

— Grande Perche, dis la vérité, est-ce que ta quéquette a fait connaissance avec les Japonaises ? demanda le Biscornu d'un air louche. Quand tu collais au train de ce salopard d'Ito et que tu les as vues, ça devait être la révolution dans ton pantalon, ton petit machin est devenu dur comme l'harmonica qu'Ito avait dans la bouche. »

Tsan Jin-peng tapota l'arrière du crâne de Grande Perche. « Quand on aura le temps, laisse-moi examiner ta quéquette, moi qui ai châtré des milliers de bêtes, je saurai du premier coup d'œil si t'es puceau.

— Que je le sois ou pas, qu'est-ce que ça peut bien faire ? » Grande Perche, rouge jusqu'aux oreilles, écarta d'un geste la main de Tsan. « Est-ce que tu vas aussi castrer le coq sans tête de tonton la Flemme ?

— Que non. » Tsan tourna la tête et jeta un coup d'œil dans sa hotte. « Je le prépare à être un reproducteur, pour qu'il me fasse un tas de petits coqs combattants qui me rapporteront un gros paquet. »

Les enfants riaient d'un rire sonore et cristallin. A-hung les fusilla du regard. Sous sa surveillance courroucée et les blâmes de Da-dy, ils n'osèrent pas continuer à chanter avec Ga-ho, certains mirent leur masque de *yôkai*, d'autres, graves, froncèrent les sourcils, ou enlevèrent leur fusil de l'épaule et visèrent à l'aveuglette le haut des arbres, d'autres encore avaient dégainé leur parang et coupaient les lianes et les fleurs sauvages qui faisaient obstacle de part et d'autre, certains ramassaient des branches sèches et les lançaient dans les arbres d'où montait la clameur des oiseaux de nuit, quelques-uns baissaient soudain leur pantalon pour faire pipi. Tso Ta-tsi et Grande Perche marchaient en tête des enfants, A-hung et Emily derrière eux. Tout devant, il y avait Da-dy, le Biscornu et deux jeunes bûcherons, tandis que Kwan la Face Rouge, Tsan Jin-peng et Maître Hsiao fermaient la marche. La lune grasse était cachée à moitié par des nuages bleu nuit qui ressemblaient à un banc de crocodiles flottant sur l'eau, quand un éclair illumina le ciel, happant dans leur gueule un morceau de chair de lune, ensemble ils l'emportèrent dans les profondeurs. Les ombres fantomatiques de singes à queue de cochon bondissaient dans un figuier, les cris aigus des oiseaux et des insectes vous perçaient comme une pluie de balles, l'eau du fleuve venait lécher dans un murmure les brins d'herbe, les feuilles et les branches sur les berges.

En juin 1945, les Alliés lancèrent les opérations de débarquement à Krokop, les deux mille et quelques soldats japonais en garnison n'étaient pas de taille à résister, ils reculèrent à l'intérieur des terres, se livrant en chemin au pillage, au massacre et à l'incendie, sans rencontrer la moindre résistance. Le 15 août, le Japon capitula ; le 9 septembre, Baba Masao, commandant en chef de la trente-septième armée du Japon qui occupait la possession britannique de Bornéo, signa officiellement avec les Alliés le traité de reddition, les commandants de garnison en poste à Bornéo déposèrent les armes et se rendirent les uns après les autres. Yoshino Masaki et Yamazaki Kenkichi, à la tête des deux mille soldats, s'enfuirent dans les terres et perdirent le contact avec le commandement. Les avions alliés larguaient des tracts qui annonçaient la défaite du Japon, Yoshino et Yamazaki, ignorant si c'était la vérité, refusaient de se rendre. Au mois de septembre, les deux mille soldats tombèrent dans une embuscade tendue par les aborigènes, l'armée alliée et la guérilla, ils perdirent plus de la moitié de leurs hommes, morts ou blessés, à ce moment-là, afin de morceler les forces ennemies, Yoshino prit la tête d'environ six cents soldats et avança en remontant la Krokop, Yamazaki, avec environ quatre cents hommes, se replia vers le nord-est, ils se divisèrent en deux groupes pour fuir.

Au mois de mai 1945, la base secrète de Tzo Da-dy, à une trentaine de kilomètres du Bouk aux Sangliers, avait subi une attaque surprise de Yamazaki et de ses hommes, Da-dy et les villageois opposèrent une contre-attaque sporadique mais furent vaincus finalement par les mitrailleuses type 96 des Monstres et leurs lance-grenades type 89, près de cent réfugiés furent massacrés, Da-dy et d'autres, ainsi que les enfants qui n'étaient pas sur les lieux, eurent la chance d'en réchapper. Après que Yamazaki fut parti, Da-dy et le Biscornu retournèrent à la maison réduite en cendres, ils enterrèrent en vitesse les villageois morts, exhumèrent, cachés au pied des trois ramboutans, une partie des fusils, munitions et pâtes d'opium enveloppés dans des imperméables fournis par Maigrezo, et déplacèrent leur base secrète aux environs du lac aux sambars, à la fin du mois de septembre, à la tête d'une vingtaine de personnes, adultes et enfants, ils tendirent une embuscade aux deux groupes de Monstres en fuite.

On eût dit que les éclairs avaient pris racine dans le ciel, et ce n'est que lorsque les nuages noirs se dissipèrent qu'ils s'éteignirent. Une grosse pluie finit par tomber, non sur leurs têtes, mais sur des fourrés à plusieurs dizaines de mètres d'eux, là-bas un crachin tombait en poils de barbe, la vapeur était dense, d'où émergeaient des cimes de montagnes renfrognées. Au moment où les taches dorées du soleil apparurent à travers les vapeurs, deux arcs-en-ciel se dessinèrent, l'un net, l'autre ténu, resplendissant d'un éclat magique. Les éperviers au plumage vert émeraude éployaient fièrement leurs ailes et venaient vers eux, pleins d'une ardeur furieuse. Le ciel était de cire, sous la chaleur du soleil, des gouttes fondues roulaient sur la campagne, faisant naître des volutes de fumées bleutées, les feux de plaine rongeaient leur frein. Il n'y avait aucune différence entre les oiseaux sauvages de l'intérieur des terres et ceux des environs de Krokop, ils chantaient à en perdre haleine, leurs plumes étaient trempées par la rosée, une brume s'élevait quand ils déployaient leurs ailes. Les colonies de singes affamés allaient d'un arbre à un autre, à la recherche de quelque nourriture qui les rassasierait, des cercopithèques tombèrent sur des macaques, les poils se hérissèrent, les yeux lancèrent des flammes. Les enfants ralentirent et levèrent la tête pour regarder la bagarre entre les deux espèces de singes, très vite la distance se creusa avec Da-dy et le Biscornu. Ta-tsi et Grande Perche s'étaient arrêtés net, le premier appuyé sur son bâton cerclé d'or, le deuxième portant son trident à double tranchant sur l'épaule.

« A-hung, ne laisse pas les enfants rêvasser ! » Da-dy tourna la tête vers le groupe qu'il avait laissé en arrière. « Encore deux jours, et les Monstres vont se carapater à Tôkyô !

— Arrêtez de regarder ! En avant ! » A-hung donna une tape sur le crâne dégoulinant de sueur de l'un des enfants devant lui.

Ta-tsi brandit son bâton cerclé d'or, émit un sifflement, pointa son doigt vers l'avant et prit la tête du groupe d'enfants. Grande Perche tâta son revolver à la ceinture et jeta un coup d'œil à Un-tian derrière lui. Le soleil montait doucement dans le ciel, au loin la pluie et les arcs-en-ciel disparurent, révélant une chaîne de quelques montagnes replètes aux bajoues larges, au front pointu. Les éperviers bleus volaient vers eux avec la même furie, cependant ils avaient beau voler longtemps, ils faisaient du sur-place. Les nuages ne se dissipèrent pas, mais semblèrent fondre sous l'action des vapeurs chaudes, le ciel retrouva progressivement le bleu azur de la mer. Une branche sèche dégringola d'un arbre aux pieds de Hi Hian-gi, elle n'eut pas le temps de l'éviter, elle marcha dessus, trébucha et tomba, à genoux sur le sol elle se mit à pleurer. A-hung l'aida à se relever, il vit qu'elle avait une écorchure à chaque genou, d'où s'échappaient, pareils à des vers de terre, des filets de sang vermeil. Hi Hian-gi avait onze ans, ses parents, tailleurs de leur état, avaient péri quatre mois plus tôt dans l'attaque surprise de Yamazaki. Elle avait un grain de beauté au coin gauche de la bouche, présage de grâce féminine, dont elle tirait grande fierté. Dans le village, avant la guerre, elle portait toujours des vêtements neufs confectionnés par ses parents, c'était une petite princesse. On disait qu'elle avait le béguin pour A-hung, quand elle vit qu'il l'aidait à se relever, elle se laissa aussitôt retomber au sol et frotta ses genoux en pleurant comme une madeleine. A-hung prit la serviette qu'il portait autour du cou pour essuyer le sang, il examina les plaies. « C'est une égratignure, ce n'est rien. Allez, lève-toi. » Hian-gi fit mine de se relever, mais elle retomba accroupie, elle repensa à la mort tragique de ses parents, et les fausses larmes devinrent de vrais pleurs, de plus en plus douloureux.

« Hian-gi », A-hung s'accroupit en face d'elle, « tu peux encore marcher ?

— Maman… disait-elle tout en pleurant, je veux ma maman.

— Hian-gi, arrête ton cinéma, dit Ngo Thiam-hing, le fils d'un pêcheur, lui aussi âgé de onze ans. Si tu traînasses, on te laisse toute seule ici, pour que les Monstres t'emmènent.

— Ils t'offriront beaucoup de nouveaux vêtements, continua Ga-ho, ils les aiment toutes, les jeunes et les vieilles.

— Ga-ho, ne dis pas n'importe quoi ! » La voix de Maître Hsiao leur parvint de l'arrière du groupe. Ga-ho tira la langue en douce.

Grande Perche repensa soudain à Lam Hiau-ting. Il s'empara vigoureusement de son revolver et, inconsciemment, se mit à marteler le canon contre l'étui du parang.

« Hian-gi, je vais te porter sur mon dos pendant un bout de chemin, dit A-hung. Quand tu n'auras plus mal, tu me le diras. »

Il donna son parang et son fusil à Emily, s'accroupit pour charger la fillette sur son dos. Elle grimpa en sanglotant. A-hung se redressa et cria au groupe d'avancer. Tshua Ing-hok, le fils de Tshua Liong qui enseignait à l'école de Krokop, s'approcha du fils du cyclo, Ji Un-tsi, pour lui dire quelque chose à l'oreille, et celui-ci se mit à glousser.

« Hian-gi, cria-t-il d'une voix forte, Ing-hok dit des méchancetés sur toi ! Il dit que ton grain de beauté n'est pas signe de grâce, mais de disgrâce !

— C'est pas moi, cria lui aussi Ing-hok, c'est mon père !

— Disgrâ-âce, disgrâ-âce, chantait Ga-ho sur un ton bouffon. Ma vie, quelle disgrâ-âce. »

Hi Hian-gi pleurait et reniflait.

A travers les feuillages, les rayons de lumière se faisaient peu à peu plus précis, verticaux, le soleil montait de plus en plus haut. Da-dy et le Biscornu traçaient un chemin parmi les arbres clairsemés, ils tournevirаient, avançaient, reculaient, manquaient de se perdre, il leur fallait sans cesse s'assurer de la direction du vent et de l'emplacement du soleil. Deux bûcherons taillaient constamment dans les fourrés, ouvrant un vague sentier étroit qui serpentait. Les enfants étaient inondés de sueur, leur pas s'alourdissait à mesure, les rires et les chahuts se faisaient plus rares, Hwan Tsing-lian, qui avait dix ans, s'arrêta tout à coup, elle avait un besoin urgent. Elle était grande et forte, on aurait dit une petite adulte, ses parents vendaient des boîtes de conserve, des pâtes et de l'huile d'importation, dont ils avaient sacrifié une bonne partie sur l'autel de l'estomac de leur fille. A peine l'eut-elle dit que deux autres gamins, Tsîn Kui-an, le fils du maraîcher âgé de onze ans, et Ma Giok-tsan, douze ans, firent chœur avec elle à grands éclats de voix. « Grand frère A-hung, nous marchons depuis presque cinq heures. » La famille de Ma tenait une boutique de fournitures de bureau et de montres, parmi les enfants elle était la seule à porter une montre-bracelet d'importation, son éclat argenté étincelait, elle s'enroulait autour de son poignet comme un petit serpent blanc. A-hung jeta un coup d'œil à Da-dy. Celui-ci, muni des jumelles du Biscornu, regardait en direction du sud-ouest avec la concentration d'une panthère nébuleuse qui guette sa proie. Le Biscornu mit sa main en visière et concentra son attention dans la même direction que Da-dy. A-hung posa Hian-gi, fit un signe de la tête à Kui-an et regarda les trois enfants s'enfoncer chacun dans un fourré. Un garçon ouvrit le haut de son pantalon kaki et envoya un double jet d'urine dorée sur une touffe d'herbes. Quatre gamins mirent leur masque de *yôkai,* s'accroupirent sur le sol et observèrent les noires frondaisons. Ng Keung-lem, le fils d'un ouvrier du pétrole âgé de neuf ans, et Pong

Tsiau-tsai, le fils du marchand de primeurs âgé de dix ans, sortirent de leurs poches un lièvre et une tortue à ressort, ils dégagèrent un petit coin de terre bien plat pour faire faire la course à leurs jouets, qui stridulèrent comme des criquets. Lau Tshen-tshen, douze ans, dont la famille tenait un stand de nourriture, vint à côté de Hian-gi, elle se pencha pour regarder ses plaies, Lau Tiau-kok, son frère cadet d'un an, attrapa un grillon de brousse tout vert et le mit discrètement sur les cheveux de Ga-ho. Ing-hok et Un-tsi ouvrirent les opercules de quelques népenthes pour regarder les cadavres de fourmis et d'insectes dans l'urne. Un-tian, voyant Ta-tsi s'asseoir sur une racine, vint elle aussi y poser lourdement son derrière, elle chantonnait une comptine japonaise de Kobayashi. Grande Perche avait sorti son parang, sur le tronc d'un arbre cho-chi il gravait une colonne de signes qui ressemblaient à des formules d'exorcisme, Kwan la Face Rouge lui cria d'arrêter, il ne fallait laisser aucune trace qui permît aux Monstres de les repérer. Maître Hsiao, en confucéen qui ne regarde rien de contraire à l'étiquette, tournait le dos à trois enfants en train de chier. Après avoir enduré les tourments de trois ans et huit mois de présence des Monstres, Maître Hsiao n'était plus vraiment le portrait du petit prof étriqué, attifé d'un maillot de corps malpropre et d'un pantalon noir débraillé, il portait le fusil à l'épaule et le parang à la ceinture, tout comme les vauriens qui erraient dans les rues de Krokop. Il leva les yeux vers la couronne des arbres et aperçut une panthère nébuleuse lovée tel un python sur une branche dont l'extrémité portait un feuillage lourd comme un étang où les verdoyances faisaient des bonds de grenouilles. Cette branche semblait une bête sauvage domptée par la panthère, d'une vigueur surprenante, les regards tournés vers le ciel, dotée de la même arrogance que le félin. Le pelage nébuleux se confondait avec la ramure, on l'en distinguait difficilement, mais sa queue somptueuse qui pendait au-dessous était comme un feu de guerre dans la nuit, elle illuminait les feuillages de reflets changeants, des traces de griffes incandescentes se perdaient ici et là.

Quand Yamazaki et sa brigade avaient attaqué la maison sur pilotis, Tsan avait fui dans la jungle avec le coq sans tête de la Flemme, abandonnant ses deux vétérans des gallodromes, à présent il avait sorti le coq de sa hotte, juché sur une racine, poitrine bombée, « cou » tendu, il agitait ses grandes faucilles vert émeraude et les plumes douces et étincelantes de son jabot, il poussa un cocorico muet. Emily, une main sur la hanche, s'éventait avec une énorme feuille sèche. Son chien flairait une grenouille morte par terre, sa longue queue noire s'enroulait en un noir tourbillon dans les airs, on eût dit un brouillard magique où étaient enclos quelques gobelins. A-hung ferma les yeux, il entendit le bruit de l'urine tomber comme une petite pluie, l'odeur âcre attaqua ses narines, il respira aussi les senteurs fortes des durians mûrs. Il vit, dans les bosquets d'arbustes sur sa droite, Huan Tsing-lian qui ramassait quelques feuilles sèches sur le sol pour s'essuyer, puis elle les jeta et releva son pantalon rouge brique, elle sortit du bosquet en écrasant les feuilles mortes qui jonchaient le sol. Tân Kui-an était déculotté, le zizi à l'air, on aurait dit une petite pousse tout juste sortie, il marcha jusque sous un durian aux fruits encore verts, ramassa des feuilles et, écartant son entrejambe, s'essuya le troufignon sans façon, une fois cela terminé, il remit son pantalon et rejoignit le groupe. Un lézard de la taille d'un parang court se faufila du haut d'un durian jusque sur le sol, sa tête pointue, sa queue acérée, dressées comme des lames, disparurent dans un buisson de ronces. A-hung aperçut un petit serpent argenté, il tirait une langue fourchue dont les pointes, une longue et une courte, ressemblaient à la grande aiguille et à la trotteuse d'une montre de femme, *tic-tac tic-tac*, il glissa sur le poignet de Ma Giok-tsan, se faufila sous son aisselle, disparut dans sa poitrine, un rayon couvert de dorures se faufila en zigzaguant hors de son entrejambe et tomba sur une feuille de bananier ou peut-être de taro, s'enroula dessus et ne bougea plus, telle une grenouille d'or. A-hung était écrasé de chaleur, il jeta un coup d'œil à Emily. Une feuille verte de la taille de la paume était venue se poser coquettement à la pointe de ses cheveux, une saute de vent soudaine l'emporta dans les frondaisons, elle fit naître en lui une vague et lointaine association d'idées. Il repensa aux fossettes puits de fraîcheur de Ho-ngi, aux seins est-ouest de Lolo Brioche, aux yeux de feu de Hui-tsen qui brûlaient comme ceux des crocodiles la nuit dans la Krokop. L'enfant que Ho-ngi n'avait pas encore mis au monde, ceux que Lolo et Hui-tsen n'avaient pas eu le temps de mettre au monde, s'assemblèrent pour former un monstre à trois têtes et six bras qui vit le jour en vagissant, tremblant sous une lame à l'éclat maléfique.

« Grand frère A-hung », Ma Giok-tsan tira sur la manche d'A-hung, « c'est bon, on peut y aller. »

Da-dy, le Biscornu et les deux bûcherons avaient déjà fait un bout de chemin. Les enfants, sous les ordres de Ta-tsi et de Grande Perche, formèrent les rangs et attendirent le signal d'A-hung.

« Hian-gi, ça va mieux, ton genou ? demanda à voix basse Tiau-kok qui s'était approché de la fillette. Je peux te porter sur mon dos. »

Elle lui jeta un regard de dédain et, prenant la main de Lau Tshen-tshen, regagna l'équipe de Grande Perche.

Ils marchèrent encore une demi-heure, à midi pile, Da-dy donna l'ordre de se reposer et de casser la croûte sous un upas. Avant le départ, chacun avait mis sur son dos un petit balluchon, où était enveloppée dans une feuille de bananier la ration de viande salée et de fruits de rotin pour une journée. Les enfants étaient fatigués, ils mangèrent en vitesse et, allongés sous les contreforts de l'arbre, s'endormirent.

3.

Les enfants avaient perdu Nga-sim et U-fong, mais, rejoints par le frère et la sœur Lau, leur troupe se maintenait à quinze membres. Suite à la mort d'une centaine de villageois, les fusils, les munitions et l'opium enterrés par Da-dy sous les ramboutans étaient désormais en nombre largement suffisant, chaque enfant avait obtenu un fusil, Grande Perche avait en plus l'imitation de Mauser allemand dénichée par Maigrezo. Pendant les trois mois où ils s'étaient cachés au lac aux sambars, ils avaient tiré plus d'une dizaine de balles chacun sous les instructions du Biscornu.

Les enfants, après avoir dormi, se réveillèrent, frais et dispos. Ma Giok-tsan regarda sa montre. « Oh, deux heures et demie ! » Compère soleil fixait la terre de son œil sans pitié, il s'abattait sur la jungle comme une antique boule enflammée sur une ville assiégée, si brûlant que personne ne pouvait poser ses fesses pour s'asseoir. Au loin dans les chaumes, des feux de plaine s'allumaient les uns après les autres, d'allure plus vive et plus féroce sous les bourrasques du vent de sud-ouest, pareils au feu des lance-flammes projeté sur les Monstres par l'armée américaine. Une nuée d'éperviers bleus s'obstinaient à voler en cercle au-dessus, à l'affût des oiseaux et des reptiles fuyant l'incendie. Les fumées blanches semblaient des hordes blanches de malins esprits. Pendant que les enfants étaient profondément endormis, Da-dy et ses gars étaient allés reconnaître l'itinéraire, ils avaient laissé Maître Hsiao, A-hung, Emily, le chien noir, le coq sans tête, Ta-tsi et les quatorze autres gamins. Ceux-ci s'ennuyaient à mourir, ils formèrent une ronde, braillèrent *Kagome Kagome* et jouèrent à l'attrape-monstre comme le leur avait appris Kobayashi : ce fut Ma Giok-tsan, Lau Tiau-kok et Ng Keung-lem qui s'y collèrent, leur gage était de cueillir en une demi-heure trois fruits qu'on appelait communément des fruits shampoings, en cas d'échec, la pénitence serait de manger des *petai*, des « pois qui puent ». La chair des fruits shampoings est douce et suave, la coque une fois broyée, on enduit la chevelure du jus, puis on frotte, les cheveux ainsi lavés sont frais et parfumés. Quant aux « pois qui puent », lorsqu'ils n'ont pas été grillés ou bouillis, ils sont piquants, immangeables, ils sentent l'excrément ou l'odeur forte des animaux, une fois dans l'estomac ils provoquent des gaz nauséabonds continus, évacués dans les selles ils dégagent une insoutenable puanteur. Parmi les quinze gamins, le plus âgé était Ta-tsi, treize ans, et le plus petit Ng Keung-lem, neuf ans ; les amours y étaient fort embrouillés, le faux mêlé au vrai, à même enseigne que chez les adultes : Ta-tsi, Grande Perche et Ing-hok étaient amoureux d'Un-tian, Un-tian était amoureuse de Ta-tsi ; Ga-ho et Thiam-ing étaient amoureux de Giok-tsan, et Giok-tsan était amoureuse de Grande Perche. Tiau-kok et Kui-an étaient amoureux de Hian-gi, Hian-gi était amoureuse d'A-hung ; Un-tsi était amoureux de Tshen-tshen, Tshen-tshen était amoureuse de Ta-tsi ; Tsing-lian était la seule fille délaissée par les garçons, mais elle était amoureuse de Keung-lem. Ga-ho et Thiam-ing se portèrent volontaires pour prendre le gage de Giok-tsan. Tsing-lian signifia, toute timide, qu'elle voulait accompagner Keung-lem pour chercher des fruits shampoings. A-hung ne voulut pas doucher l'entrain des enfants, c'est Emily qui emmena Ga-ho, Tiau-kok, Keung-lem et Tsing-lian chercher ces fameux fruits. Tiau-kok était fâché que Ga-ho se soit moqué du grain de beauté de Hian-gi, ils se disputaient tout en marchant. Keung-lem, malingre et pâle, avait peur de la grande et grasse Tsing-lian, il marchait tout exprès entre les deux autres garçons pour qu'elle ne s'approche pas de lui. Et les deux autres poussaient sans cesse Tsing-lian à côté de Keung-lem au milieu d'eux, lequel, en colère, faisait une tête de six pieds de long. Oiseaux et insectes lançaient leurs cris, le soleil perchait haut, deux avions de chasse alliés passèrent au-dessus des arbres en hurlant, effrayant un million de chauves-souris qui assombrirent tout un pan de ciel. Une bande de cercopithèques, couchés sur les branches d'un arbre, s'épouillaient, faisaient un somme, ignorant les avions, ils regardèrent les enfants d'un air froid et dédaigneux. Au bout de quarante minutes de marche, ils avaient vu un nombre incalculable de pois qui puent, mais pas la moitié d'un fruit shampoing.

« Ga-ho, tu portes la poisse, se plaignit Tiau-kok. Si on ne trouve pas de fruits shampoings, tu mangeras notre part de pois qui puent !

— Eh ben, je les mangerai, rétorqua Ga-ho. J'en ferai qu'une bouchée de vos trois pénitences !

— C'est pas toi qui as été monstre, alors de quoi je me mêle ? lança Tiau-kok. Tu veux plaire à Giok-tsan, et tu crois qu'elle va t'aimer ? Elle aime Ta-tsi, tu te prends pour qui ?

— Et toi alors ? Tu sais très bien que Hian-gi a fait semblant d'être blessée, elle voulait juste se faire porter par A-hung, mais toi t'es pas grand frère A-hung, de quoi je me mêle ?

— T'es qu'un crapaud qui veut manger la blanche colombe.

— Et toi t'es qu'une bouse qui aime une belle fleur.

— Je rapporterai tout à grand frère A-hung et à Ta-tsi, s'écria un Keung-lem revanchard, qu'il y a un sale crapaud et une bouse de vache qui veulent leur voler leurs amoureuses. »

Les deux garçons mirent leur masque de *yôkai*, empoignèrent Keung-lem par les bras, lui piétinèrent le bout des orteils, le traînèrent vers Tsing-lian et le poussèrent contre elle. Le visage du garçonnet s'écrasa comme une motte de beurre contre la poitrine grassouillette, au comble de l'horreur, il posa ses deux mains sur les seins de la fille dans l'espoir de s'en dégager. Tsing-lian recula pas à pas et se retrouva dos à un arbre aux graines ailées. Ga-ho et Tiau-kok ne lâchaient pas prise, Tsing-lian ne pouvait plus reculer et Keung-lem avait la moitié de la tête bien enfoncée dans sa poitrine, il pouvait à peine respirer et poussait des hurlements paniqués. Emily envoya quelques bonnes taloches sur la tête des deux garçons qui relâchèrent enfin leur proie. Keung-lem, suffoquant, le visage rouge comme un cul de singe, se lança à leur poursuite. Tsing-lian tomba lourdement assise sur une racine et se mit à pleurnicher.

« Keung-lem… », elle poussait des sanglots en rupture de larmes, tonnerre sans pluie, « tu as touché mes…

— Keung ~~~ Lem ~~~ ♫ », Ga-ho, de la même voix de fausset avec laquelle il avait chanté *Bengawan Solo*, imitait Tsing-lian d'une voix aiguë, « tu~~~ as ~~~ touché ~~~ mes ~~~ ♫

— Keung-lem a touché les hem-hem de Tsing-lian ! » criait Tiau-kok en poussant des hurlements de gibbon.

Keung-lem, de petite taille, courait très vite, il ramassa une branche sèche et piqua les fesses de Ga-ho et Tiau-kok.

Les trois garnements sautèrent par-dessus une racine, puis une autre, piétinèrent un jeune arbre, puis un autre, effrayèrent insectes et reptiles tapis, ils soulevaient des pelletées de feuilles mortes et de croûte de terre, très vite leurs silhouettes rapetissèrent, ils disparurent derrière un tronc puis un autre d'arbres immenses qui semblaient se tordre sous l'effet d'une collision.

« Ga-ho ! Tiau-hok ! cria Emily. Arrêtez de courir, revenez ici ! »

Les arbres gigantesques dressés en muraille dévisagèrent hautainement Emily et son chien noir, quelques feuilles jaunies tombèrent, comme en réponse, dans un antique langage sibyllin.

« Tsing-lian, reste ici, ne va pas n'importe où. » Emily se mit en route, elle disparut derrière les troncs des arbres immenses.

Tsing-lian ne pleurait plus, debout sous les frondaisons qui dispensaient un peu d'ombre, elle regardait autour d'elle les grands arbres qui paraissaient être en train de se déplacer et de parler. Dans le ciel, massés les uns contre les autres, durs et humides comme des carapaces de tortues, des nuages noirs flottaient, ce fut alors comme si le soleil était un morceau de fonte brute en fusion soudain plongé dans l'eau, lui éteint, la pénombre tomba sur le monde en un instant, tout alentour fut immergé dans le vert sombre de la jungle. Le long des branches, les plumages et les silhouettes des oiseaux se déployaient, une rumeur de pépiements se faisait entendre. Les paumes des gibbons, telles araignées tissant leur toile, construisaient des treillis de branchages verts et dansants, qui obstruaient le champ de vision de Tsing-lian quand elle regardait en haut. La canopée était ténébreuse, la ramure touffue, on eût dit, non plus le jour, mais la nuit, des étoiles écarlates ornaient le ciel, Tsing-lian repensa à quelques comptines qui parlaient des étoiles et du clair de lune, elle aurait voulu chantonner, mais sa bouche était sèche, sa langue pâteuse, elle exhalait l'haleine des fruits de rotin de midi qui font monter la chaleur du corps et donnent des gaz. Elle passa sa langue sur ses lèvres, mais plus elle le faisait, plus elle avait soif. Un grand calao déploya ses ailes noires en fer de bêche, il passa au-dessus de sa tête, pareil à un ptérodactyle dans les livres d'images, et atterrit dans un bosquet, comme une flèche atteint le mille. Assise sur une racine en contrefort, Tsing-lian regardait à droite et à gauche, elle resta ainsi une éternité, jusqu'à en avoir des fourmis dans les fesses, les deux jambes ankylosées, et plus elle s'engourdissait, plus la peur s'insinuait en elle, plus sa bouche se desséchait. Elle lança un regard en biais au canon du fusil qu'elle portait à l'épaule, et partit dans la direction où Emily et les autres avaient disparu. Au bout de dieu sait combien de détours, combien de boucles, elle aperçut une étendue d'eau noire derrière un bosquet d'arbustes tristes, des roseaux verdoyants s'élançaient sur la berge, une élégante aigrette blanche était posée sur l'un d'eux, derrière l'oiseau, aux branches d'un arbre étaient suspendues des grappes de fruits shampoings couleur d'or.

Ecrasant les feuilles sèches qui jonchaient le sol, elle marcha dans leur direction. Les feuilles poussaient des soupirs contents de dormeur, très agréables à l'oreille. La mue d'un boa flottait dessus comme une brume, qui paraissait devoir se dissiper à tout moment dans les airs, Tsing-lian la piétina avec force et la mit en morceaux, de la peau sortit un mystérieux rire plein d'étoiles et de clair de lune. Au moment où elle pénétra dans le fourré de roseaux, l'aigrette blanche avait disparu, les fruits shampoings pendaient aux branches pareils à des pommes d'or, ils étaient mûrs, à portée de main. Elle en cueillit un, l'écorça et mordit dans la pulpe blanche, le jus frais et sucré mouilla ses lèvres. Après avoir mangé le premier, elle en cueillit un deuxième et, tout en mâchant, regarda les reflets sur les eaux. Elles étaient d'un noir de ténèbres comme la canopée, sans fond, si lourdes qu'on les eût dit acier liquide, poussière de cuivre, les feuilles tombées à la surface semblaient prises dans la boue, sans flotter ni sombrer, les eaux réfléchissaient un couple de cercopithèques en train de s'accoupler sur une grosse branche. La femelle étreignait la branche contre laquelle elle appuyait la tête avec docilité, une rougeur toute féminine peinte sur le visage. Le mâle avait grimpé sur son derrière, la queue droite comme un rouleau à pâtisserie. Les violents mouvements de va-et-vient firent les branchages frémir, les feuillages gémir, même l'étang noir était en rut, soulevant de ses eaux mortes les rides d'insatiables fantasmes.

Tsing-lian mangea deux fruits shampoings, son visage joufflu rougeoyait, le jus avait coulé le long de son menton et goutté sur son chemisier, formant sur sa poitrine replète comme des canetons duveteux barbotant dans l'eau. Elle cueillit cinq autres fruits shampoings mûrs et en fit un tas sur le sol, elle s'accroupit au bord de l'étang et puisa de l'eau avec ses mains pour se laver le visage, elle aperçut dans son reflet le masque de tête volante suspendu sur sa nuque. Elle se releva, mit le masque sur son visage et regarda son image dans l'eau. Le *yôkai* avait une longue chevelure éparse, les orbites creuses, souriait sans sourire. Elle l'ôta, prit les cinq fruits dans ses bras et quitta l'étang, elle avait fait deux pas quand ses bras mollirent, les fruits tombèrent patatras sur le sol, l'un d'eux roula loin, comme s'il avait eu des pieds, et s'abîma dans le lac. Deux autres roulèrent plus loin encore, ils s'arrêtèrent avec un bruit sourd devant une rangée de bottes.

Une vingtaine de Monstres, en uniforme de combat et casquette kaki, la mitrailleuse légère 99 ou un fusil en bandoulière, canon pointé vers le ciel, transportaient chacun sur l'épaule un vélo vert-de-gris ou kaki, au guidon pendait leur casque planté de feuilles de cocotier ou de tiges de chaume flétries par le soleil. Après avoir aperçu Tsing-lian, le Monstre qui se trouvait en tête déposa son vélo à terre, les jambes bottées plantées sur un bout de bois pourri. Les vingt vélos rebondirent sur le sol en grinçant, avec des gémissements de bestiaux fatigués. Sous les visières des casquettes, l'ombre était immense, les visages semblaient être pris au filet entre le protège-nuque et la serviette sale autour du cou, plongés dans la stupéfaction et l'excitation.

Le premier Monstre qui avait déposé son vélo, tel un pagure sortant de sa coquille, devint soudain vif et léger, il s'approcha pas à pas de Tsing-lian, détailla de haut en bas le corps mature de la jeune fille, comme s'il avait été à la recherche d'une autre coquille où s'exiler.

Tsing-lian recula, recula et se retrouva contre le tronc d'un grand arbre.

« Petite demoiselle de Chine… » Les mains du soldat, pareilles à deux énormes chélicères tâtonnantes, palpaient les canetons barbotant dans le jus, sur la poitrine de Tsing-lian.

4.

Le soleil avait sombré, une lueur persistait à l'horizon, en lambeaux déchiquetés, sur l'étendue sauvage les essences fumantes du sol s'élevaient. Les enfants avaient déposé leurs fusils, ils avaient creusé un foyer sous l'upas, empilé des branches mortes et des lianes sèches afin de nourrir le feu, ils maçonnèrent tout autour un mur de coques de durians pour couvrir la fumée, il monta un brouillard blanc qui sautait aux narines et qui, avec l'aide du feu de camp, repoussait les ombres, chassait les bêtes, enfumait les insectes, écartait les mauvais esprits. Pour ne pas mettre le feu à la forêt, les enfants, à l'aide de leurs parangs, avaient défriché tout autour les herbes et les arbustes, dont ils avaient jeté les carcasses dans le feu. Et le feu avait brûlé, plus sauvage.

Da-dy, le Biscornu et les autres étaient partis tout l'après-midi, ils ne s'étaient toujours pas montrés. Emily, après avoir rattrapé Ga-ho, Tiau-kok et Keung-lem, était revenue, mais avait perdu la trace de Tsing-lian, avec les trois enfants et le chien elle l'avait cherchée tout l'après-midi, puis ils étaient retournés à l'étang avant la tombée de la nuit. Les quatorze enfants faisaient cercle autour du feu, ils grignotaient le porc salé qui leur restait et les fruits de rotin qu'ils venaient de cueillir. La disparition de Tsing-lian avait éteint leurs rires, une tristesse enfantine se peignait sur les visages, ajoutée à une gravité juvénile, profitant de ce que Maître Hsiao était allé faire ses petits besoins dans les fourrés, ils commencèrent à railler Keung-lem, déclarèrent que Tsing-lian, trop honteuse d'avoir été pelotée par lui, devait être cachée quelque part en train de pleurer. Ga-ho et Tiau-kok devenaient méchants, et Keung-lem, excédé, ne cessait d'attiser le feu avec une liane verte. Maître Hsiao urina pendant une éternité, quand il revint, ses petits yeux battus ressemblaient à des piments rouges, il s'assit en tailleur entre Ta-tsi et Grande Perche et entama sa dernière leçon, l'explication du quatre-vingt-neuvième chapitre de *L'Investiture des dieux,* « Le dernier roi des Shang fait éventrer trois parturientes », et le soixante-douzième chapitre du *Voyage en Occident*, où « Huit Tabous transformé en silure s'ébat avec les filles de la grotte aux toiles d'araignées », il s'exaltait à mesure qu'il parlait, toussa et expectora une glaire épaisse mêlée de sang.

Après que le dernier roi des Shang eut fait éventrer trois parturientes, Emily alluma la lampe torche, entraîna A-hung par la main et, avec son chien noir, s'enfonça dans les ténèbres de la végétation. Ce soir-là, les nuages étaient épars, les étoiles falotes, une lune gibbeuse d'un jaune d'oison était haut suspendue, des chauves-souris écarlates allaient et venaient sous le dôme du ciel, les strix gémissaient, les feux follets phosphoraient, les grenouilles dardaient leurs longues langues pour attraper leurs proies, les brins d'herbe pointus étincelaient comme des lames de sabre sous le faisceau de la lampe torche, Emily, A-hung et le chien retournèrent à l'endroit où Tsing-lian avait disparu, se fiant à l'éclat rouge de la lune et à la lumière de la lampe ils procédèrent à une exploration minutieuse. La nuit, la jungle était parsemée d'yeux animaux de toutes les couleurs, tournoyant dans les arbres, les fourrés et sur le sol, bleus, rouges, verts, blancs, ils fixaient A-hung et Emily. Le chien regardait tous ces yeux de bêtes tantôt avec défi, tantôt avec dédain, il lançait des couinements et des aboiements en guise de questions-réponses. A-hung avait toujours éprouvé de la fascination pour ce chien. A périodes régulières, il disparaissait à côté d'Emily, et l'on oubliait son existence. Il n'aboyait presque jamais, ne remuait pas la queue, ne savait pas faire le beau pour obtenir de la nourriture, il n'aimait pas les caresses, ne poursuivait ni les chats ni les chiens ni la volaille qui le provoquaient, tout ce qu'il savait faire, c'était attraper des sangliers. Quatre pattes souples comme des lianes, griffes acérées, oreilles pointues, queue sinueuse, gueule féroce, il dormait en boule formant un cercle vide, telle une fleur d'encre. La rumeur des insectes dans la jungle invitait au sommeil, comme une pluie qui tombe sur les feuilles de bananier et les toits en tôle. Emily et A-hung s'assirent sur une racine, dos contre l'arbre, leurs paupières s'alourdirent tandis qu'ils regardaient le chien noir faire des allers-retours en flairant le sol.

Après son premier crachat, Maître Hsiao fut à nouveau secoué par une quinte de toux, une toux pareille à un feu de plaine qui dévore la forêt, c'était comme si un charbon ardent s'était coincé dans sa gorge, il toussait à en effrayer le feu de camp, qui brûla la barbichette de son menton pareille à la houppette en couronne sur la tête des singes. Les enfants étaient accoutumés à de telles quintes, ils attendaient sagement qu'elles passent. Quand il eut fini de tousser, Maître Hsiao s'éclaircit la voix bruyamment, il se refusait à saper l'enthousiasme des enfants et employa toutes ses forces pour terminer son commentaire de Huit Tabous s'ébattant dans la grotte aux toiles d'araignées. Quand tout à l'heure il était allé uriner, en revenant il avait craché deux glaires sanglantes et s'était évanoui dans une petite flaque d'eau, il avait revu un Monstre qui l'avait torturé, l'avait frappé férocement dans le dos avec sa crosse gravée de chrysanthèmes. Il avait été condamné à plus de deux ans de travaux forcés par l'occupant, un jour où il était en proie à une forte fièvre, les Monstres l'avaient ligoté à la « Su Ki porte son épée dans le dos », une main dans le dos au-dessus de l'épaule et l'autre en dessous, et l'avaient ainsi mené ficelé comme un goret au QG de la Kempeitai, ils l'avaient enfermé dans une petite pièce infecte, et plus souvent que rarement, un *kempei* frappait son dos avec une crosse, au bout de trois jours, quand il avait pu à nouveau tenir une pelle pour rejoindre la colonne qui construisait la route, il crachait du sang aussi fréquemment qu'il urinait. Les enfants virent les jambes de son pantalon toutes mouillées et crurent qu'il s'était souillé lui-même. Quand il eut terminé *Le Voyage en Occident*, Maître Hsiao, à bout de forces, s'inclina et s'écroula dans les bras de Ta-tsi. Les enfants le portèrent au pied d'une racine, afin qu'il se repose là. Ta-tsi trouva sous son maillot une cigarette roulée par Un-tian, il l'approcha du feu pour l'allumer et la mit entre les lèvres de Maître Hsiao. Celui-ci ferma les yeux et en tira deux bouffées avec avidité.

Les enfants se rassemblèrent devant le feu, accablés par l'ennui, ils jouèrent avec leurs jouets à ressort, examinèrent leurs fusils, coupèrent à leur gré quelques lianes, branches et feuilles qu'ils jetèrent dans le feu. Grande Perche proposa de former une petite équipe de cinq pour aller chercher Tsing-lian dans la forêt.

« Grand frère A-hung et Emily y sont déjà allés, dit Ta-tsi.

— Personne n'est autorisé à partir avant qu'ils soient revenus.

— Tsing-lian est un membre de ton équipe, tu dois prendre tes responsabilités.

— Tiau-kok et Keung-lem sont dans ton équipe, s'ils n'avaient pas fichu la pagaille, Tsing-lian n'aurait pas disparu, tu as aussi une responsabilité.

— Arrêtez de vous chamailler, intervint Un-tian. Grand frère A-hung nous l'a dit, interdit de quitter le groupe sans autorisation. On n'a qu'à jouer à l'attrape-monstre ! »

Giok-tsan déclara que le gage serait de chanter une chanson, Hian-gi lui emboîta aussitôt le pas. Les trois miss avaient parlé, les garçons n'avaient plus qu'à se taire, sur ce, on mit les masques de *yôkai*, cinq enfants furent désignés. Tsiau-tsai détestait par-dessus tout chanter, il entonna une comptine hakka en ne respectant pas la mesure, à faire tomber la pluie :

La lune claire claire, le plancher éclaire, c'est la nuit du réveillon, je cueille le bétel sent-bon, j'achète des tripes de cochon, j'achète du cuir en fleuron, des châtaignes d'eau marron, et pour le choual un fouet long, un couteau pour les oignons, sur la poutre je suis monté, sur la poutre me suis hissé, et un bateau j'ai acheté, mais mon bateau a coulé, emportant deux étrangers, qui avaient un très long nez.

Quand il eut fini, il se cacha derrière Ing-hok en ricanant bêtement. Tshen-tshen debout devant le feu, les deux mains dans le dos, porta son regard sur la canopée ténébreuse.

Les Japs jappent, et s'échappent, dans la montagne égarés, depuis un arbre dénudé, dans le pot de chambre ils tombent, ils cueillent un concombre, et prennent la courante.

Puis ce fut le tour d'Un-tian. Elle chanta, prenant de grands airs, avec des gestes réguliers, elle allait et venait devant le feu, avec grâce et lenteur.

Quand Maître Hsiao eut fini de fumer la cigarette roulée par Un-tian, il lui sembla que du plomb s'était déversé dans ses yeux, il avait la bouche sèche, la poitrine oppressée, le dos fourbu, les membres sans force, il aurait voulu fumer de l'opium, mais les deux bûcherons l'avaient emporté avec eux. Maître Hsiao avait compris les deux comptines chantées en hakka, mais il n'avait pas très bien entendu la belle voix émouvante d'Un-tian. Il savait que c'était elle qui chantait, dans tout le village elle avait seule ce timbre naturel de voix. L'odeur de sa salive envahissait les narines et la gorge du professeur, il y avait même un arrière-goût d'urine, Maître Hsiao la soupçonna d'être allée faire pipi avant de rouler cette cigarette et de ne pas s'être bien essuyé les mains. Plus les enfants entretenaient la flamme, plus elle grandissait, on l'eût dit grosse de flammèches vivaces auxquelles elle donnait vie, elle se pavanait devant les herbes folles, et leur fit des petits bâtards dans le dos. Des flammèches consumèrent des feuilles sèches aux pieds des enfants et se dirigèrent vers la racine où le maître était allongé, celui-ci les piétina et elles s'éteignirent, mais une fumée de signal s'éleva en bouquet dans les airs et se perdit dans la noire canopée. Maître Hsiao leva la tête et vit la panthère nébuleuse qu'il avait aperçue en plein jour, elle se tenait sur une branche et regardait la lune gibbeuse écarlate, elle ouvrit la gueule et poussa des feulements qui semblaient des coups de canon et des claquements de balles, sa queue flamboyait comme un feu de guerre. La panthère était noire sur le ciel noir, son pelage scintillait de l'éclat froid des étoiles, pareil à une somptueuse constellation.

Une crosse gravée de chrysanthèmes s'abattit lourdement sur l'omoplate de Maître Hsiao, il cracha du sang et vit un groupe de Monstres qui encerclaient le feu de toutes parts, neuf enfants étaient assis en rond et jetaient des regards apeurés aux soldats. Un coup de feu sembla tirer Maître Hsiao du sommeil, il vit cinq d'entre eux, Tsiau-tsai, Kui-an, Ing-hok, Thiam-ing et Un-tsi, s'effondrer dans une mare de sang, deux avaient reçu une balle en pleine tête, un autre avait été décapité, un autre avait eu le ventre troué par un sabre militaire, et le dernier la poitrine transpercée par une baïonnette – elle y resta plantée, les bras et les jambes de l'enfant furent agités de spasmes, il lui restait un souffle de vie, à son cou était accroché le masque grotesque d'une ombrelle cyclope.

La crosse s'abattit à nouveau sur la tempe de Maître Hsiao. Il s'adossa à la racine et vit dans la pénombre, qui scintillait encore, la constellation de la panthère feulant à la lune. Une vingtaine de Monstres en uniforme kaki, armés de mitraillettes et de fusils, rôdaient comme une meute de hyènes à côté des enfants. Derrière eux, il y avait une vingtaine de vélos, certains debout, d'autres couchés, les cadres vert-de-gris, à la lueur du feu, ressemblaient à des bestiaux en chair et en os. Sous les casquettes, les visages étaient aussi exténués qu'excités, aussi ardents que mauvais. Ils se parlaient à coups de *bar-bar-bar-bar* et bien que ni le maître ni les enfants ne comprissent très bien, après avoir entendu cette langue de Monstre pendant près de quatre ans, et avoir été forcés d'en suivre les cours, ils distinguèrent des grossièretés et tout ce dont un sage ne parle point, l'étrange, la violence, le chaos, les dieux.

« Petite demoiselle de Chine… » Un Monstre pointa son canon sur le masque de renarde à neuf queues de

Giok-tsan, il tendit la main et l'arracha puis le porta à ses yeux pour le regarder, darda sa langue pour en lécher les lèvres, et jeta le masque derrière lui. Giok-tsan se cacha le visage dans les mains, peut-être n'osait-elle pas regarder les corps de ses compagnons ou bien la face du Monstre toute hérissée de poils. La montre-bracelet s'enfonça dans la jointure du poignet, le cadran se couvrit d'une taie, et fit penser à l'œil de sapience que Grande Perche se dessinait sur le front à la craie de cire.

Un Monstre efflanqué creusait à petits coups de bottes la terre sous Hian-gi. Les fusils des enfants étaient appuyés à une racine derrière Thiam-hing, au moment où les Monstres avaient surgi, il s'était emparé d'un fusil et, aussitôt, un Monstre lui avait ouvert le ventre, le coupant presque en deux. Hian-gi était celle qui était assise le plus près de Thiam-hing, elle avait éclaté en sanglots bruyants et fait pipi devant la terre bouillonnante. Elle ne cessait de sangloter en reniflant.

Tshen-tshen pleurait elle aussi. Parfois elle levait la tête, voyait un Monstre qui, le sourcil froncé, était en train de la dévisager, elle baissait aussitôt la tête, effrayée, et venait se presser tout contre Grande Perche.

Les garçons étaient pâles, les lèvres tremblantes, ils avaient les larmes aux yeux. La rage se peignait sur les visages de Ta-tsi et de Grande Perche, leurs prunelles oscillaient, fixées sur les bottes et les bandes molletières des soldats. Les enfants avaient déjà vu les décapitations, les corps exposés dans les rues de Krokop et dans la campagne, sans parler des têtes accrochées à l'entrée du pont, ils n'avaient pas peur des cadavres sanguinolents, mais ils avaient peur de lever les yeux sur les Monstres. C'était parce que Un-tsi avait relevé la tête pour leur jeter un coup d'œil qu'un sabre militaire, tel un crapaud qui happe une mouche, avait fauché la moitié de son crâne.

Un grand Monstre tendit la main pour caresser le cou blanc et tendre d'Un-tian. Pendant qu'elle chantait, elle avait cueilli dans un bosquet deux orchidées sauvages d'une blancheur laiteuse, elle en avait gardé une à la main, piqué l'autre dans ses cheveux, et l'on eût dit deux papillons qui battaient des ailes au gré de la gracieuse mélopée, Ta-tsi et Grande Perche en avaient été aussi ébahis que des nouveau-nés. Au moment où, après avoir fini de chanter, Un-tian s'apprêtait à retourner à côté de Ta-tsi, les Monstres avaient jailli des fourrés, *bang bang*, deux coups de feu, Tsiau-tsai et Kui-an avaient été touchés à la tête, Ing-hok, qui portait son masque, avait été transpercé par une baïonnette, les doigts d'Un-tian étaient devenus tout mous, l'orchidée s'était consumée dans le feu.

Le grand Monstre cueillit au passage l'orchidée dans les cheveux d'Un-tian, la porta à ses narines, la huma et d'une pichenette l'envoya dans les airs. Deux Monstres avaient passé leurs paumes sous les aisselles de Hian-gi, des ailes parurent lui pousser, ses pieds ne touchaient plus terre, elle disparut dans les fourrés. Deux autres soldats avaient saisi Giok-tsan par le bras et l'avaient plaquée contre une immense et grasse racine en contrefort. Un autre portait Tshen-tshen dans ses bras comme un bébé, à pas lents il marcha vers le centre d'un cercle formé par quatre ou cinq hommes, elle griffait de tous ses doigts son visage souriant. Un Monstre saisit Un-tian par les cheveux, il la traîna sur un mètre et la jeta à terre devant cinq ou six soldats.

« Grand Roi des Singes, dit brusquement Grande Perche. En fait, tu as quel âge ?

— Douze ans, répondit Ta-tsi. Ma maman a déclaré une fausse date de naissance. Eul-lang, en vrai, c'est toi le chef des enfants.

— Pareil pour moi, ma maman aussi m'a donné deux ans de plus dans sa déclaration. Tu aimes Un-tian ?

— Mmm… Mmm…

— Je ne te la prendrai pas, je veux aller chercher Hiau-ting. »

Grande Perche tâtonna sous ses fesses et sortit son revolver, il abattit deux Monstres assis devant le feu.

« Tu le diras au vieux Tzo, il me doit vingt dollars-bananes. »

Ta-tsi sortit le parang court qu'il portait sur lui et poignarda un Monstre dans le cou.

« Il m'en devra dix aussi. »

Maître Hsiao leva les yeux vers le sommet de l'arbre, il vit la queue de la panthère, flamboyante comme un feu de guerre, qui, gueule ouverte, poussait son feulement de boulet de canon et de claquements de balles. Un Monstre approcha, lui porta deux coups de sabre à la poitrine. Maître Hsiao poussa un grognement, et de douleur s'évanouit. Il vit les yeux de la panthère, tels des feux follets, lui lancer un regard oblique, elle se ramassa soudain sur elle-même, et en deux bonds trois sauts disparut dans le faîte des arbres, laissant derrière elle quelques empreintes fumantes, il ignorait combien de temps s'était écoulé quand elle réapparut sur la racine, elle baissa la tête et lécha la plaie de sa poitrine. Il grogna, et la douleur le réveilla, il vit plus d'une centaine de Dayaks debout devant le feu, un clair de lune enflammé filtrait à travers les feuillages et tombait sur leurs corps dorés et ruisselants de sueur, les tatouages qui les recouvraient s'enroulaient comme des volutes de fumée bleue, les langues de feu bondissaient pareilles à des milliers de moucherons et de moustiques. Ils portaient les cheveux courts, très noirs et collés, les sourcils étaient rasés, les visages sans expression. Les lobes de leurs oreilles étaient ornés de défenses de sangliers, à leur poitrine pendaient des crocs d'ours, de panthères, ou d'autres animaux, leurs dents taillées en pointe dépassaient légèrement. Un casque de lianes tressées, au sommet duquel étaient plantées deux plumes de calao, coiffait leur tête. Ils étaient drapés dans des vestes de guerre sans manches en peau de chèvre, d'ours ou de lynx, un pagne d'écorce enveloppait les hanches et l'entrejambe, un gros nœud pareil à une queue de coq était noué à hauteur des fesses. Le parang coincé dans la ceinture, ils portaient accrochés à l'épaule les mitrailleuses et les fusils des Monstres, ainsi que les fusils de chasse des enfants, une vingtaine d'entre eux tenaient à la main une tête de Monstre, le sang dégouttait *plic-plic plac-plac* par le cou et maculait de rouge leurs tibias et leurs plantes de pieds.

Une vingtaine de Monstres sans tête et une dizaine de Dayaks sans tête gisaient dans une mare de sang.

Les Dayaks arboraient tous le même visage froncé, le même éclat froid au fond des yeux, leurs dents pointues semblaient toutes limées sur le même modèle, leurs tatouages répercutaient le silence immense, même les têtes qu'ils tenaient dans leurs mains reproduisaient chacune à l'identique une grimace de douleur. Ils levèrent les mains, les yeux tournés vers le ciel étoilé, et lancèrent un cri aigu, tenu, très long, ils chantèrent la beauté du monde des hommes, puis disparurent en file indienne dans les fourrés.

Sur sa racine en contrefort, A-hung rêva de fruits shampoings qui avaient la taille et la forme de pommes, elles étincelaient d'un éclat doré sur une touffe de branches, elles tombèrent, *pouf*, sautèrent dans une étendue d'eaux noires sous les feuillages, bondirent sur les berges, s'éparpillèrent parmi les feuilles mortes et les fourrés d'herbes. L'une d'elles, comme si elle avait eu des ailes, s'envola très loin, plana au-dessus des boues, des sertis d'eaux, des vallons boisés, des piquets desséchés, des ours lovés et des bauges de sangliers, et roula jusqu'à la racine sous sa plante de pied. A-hung ouvrit les yeux, il entendit le chien noir qui couinait face au ciel rouge écarlate, Emily, étendue à côté de son épaule, dormait profondément, en dessous de la racine tout était plongé dans le noir. Il leva la tête et regarda au loin, de petites lueurs dorées étaient allumées dans la végétation, un nouveau fruit shampoing tomba des feuillages, il rebondit sur l'étang noir aux eaux métalliques, et déchira la mue d'un python sur les feuilles mortes. A-hung secoua Emily pour la réveiller, il alluma la lampe torche, il traversa les boues, les sertis d'eaux, les vallons boisés, les piquets desséchés, les ours lovés et les bauges de sangliers, il ne sut combien de temps il marcha, enfin il aperçut, éparpillés au milieu des feuilles mortes et des herbes, des fruits shampoings dorés et mûrs, et sur les branches d'autres fruits à moitié verts. Au clair de lune écarlate, sur l'étang noir convexe comme un grand chaudron renversé, flottait le corps d'une fille, sans vêtements, face vers le bas.

Le visage de Tsing-lian était serein, son cou portait une entaille faite par une lame. Dans la boue couverte d'un entrelacs d'empreintes de bottes, A-hung trouva son chemisier et son pantalon kaki. Emily rhabilla Tsing-lian, A-hung la mit sur son dos, le chien noir ouvrait la marche. La lune rouge et les yeux des bêtes aux couleurs variées illuminaient la jungle, le bruit de leurs pas sur les feuilles sèches se perdait dans la rumeur des oiseaux de nuit, des insectes et des grenouilles. Emily portait dans ses bras trois fruits shampoings, sa bouche était sèche, elle pensait en éplucher un, mais un coup d'œil jeté à la fillette sur le dos d'A-hung la fit renoncer à ses intentions. En silence ils marchèrent. Le fouillis d'empreintes sur le sol, uniquement des bottes de Monstres, ainsi que le corps nu de Tsing-lian leur annonçaient déjà ce qui s'était produit. A-hung hâtait le pas, il filait tête baissée, pressé de voir les autres enfants.

Maître Hsiao vit du coin de l'œil le feu de camp qui rapetissait au fur et à mesure, il vit les corps en pièces de ses élèves mêlés aux trente cadavres décapités, il toussa, et ce qu'il cracha n'était plus des glaires sanglantes, mais juste du sang. Il ferma les yeux, dans le vague il aperçut les enfants affublés de leur masque de *yôkai* assis autour du feu, absorbés par le spectacle d'Un-tian en train de chanter, des effluves de salive et d'urine montèrent à ses narines, des centaines, des milliers d'orchidées laiteuses, comme des gouttes de pluie, le recouvrirent, il crut qu'il était mort. « Maître Hsiao… Maître Hsiao… », il entendit qu'on l'appelait, ouvrit les yeux et vit A-hung, Emily et le chien noir.

5.

Maître Hsiao voulut parler, mais à peine eut-il ouvert les lèvres que le sang jaillit de ses narines et de sa bouche, et pendant un court instant il perdit haleine. A cause de la blessure qu'il avait reçue à la poitrine, toute la partie inférieure de son corps baignait dans le sang, il sentait ses plantes de pieds glacées, la mort était en train de dévorer lentement sa veille carcasse.

A-hung lança du bois mort dans le feu, et la flamme sur le point de s'éteindre grandit soudain, il regardait, la rage dans les yeux, les cadavres éparpillés. Parmi les corps des Monstres et des Dayaks, il chercha ceux des garçons de l'équipe, il les aligna bien en rang sous la racine en contrefort. Emily revêtit les quatre filles toutes nues de leurs vêtements en lambeaux et, avec le corps de Tsing-lian, les aligna aussi en rang sous la racine. La partie inférieure de leur corps saignait, ainsi que l'entaille au cou provoquée par le tranchant d'une lame.

Maître Hsiao geignit, *oh oh*, toussa et cracha une louchée de sang.

« Les Monstres sont venus… Les enfants, ils les ont… » A-hung approcha son oreille de la bouche de Maître Hsiao. « Les Ibans sont arrivés… »

Il ferma les yeux, il vit la panthère sauter sur la racine, elle prit son épaule dans sa gueule et bondit dans le feuillage au faîte des arbres, puis galopa droit vers le ciel noir constellé d'étoiles.

« Creusons une fosse, dit Emily, pour enterrer les enfants. »

A-hung s'assit sur la racine et éclata en sanglots. Emily, debout devant lui, regardait perplexe le chien noir qui flairait les corps de tout acabit. Un flot de sang, noir d'encre, rouge vif, baignait la terre, l'odeur s'échappait de toutes parts, comme celle du sel sur la mer, le feu brûlait d'une flamme sanguinaire et féroce. Le chien prit un bras coupé dans sa gueule, faisant preuve du même esprit que lors de l'attaque de la bauge, il jeta un regard à Emily, déposa le bras et marcha vers un autre enchevêtrement de corps. Quelques bicyclettes vert-de-gris s'encastraient entre les cadavres des Monstres, aux guidons pendaient les casques avec leurs feuilles sèches de cocotier maculées de sang. Certains cadres de vélos restaient suspendus aux épaules de corps sans tête, les roues tournaient lentement, *plic-plic plac-plac*, leurs rayons dégouttaient de sang. Le corps d'un Monstre était coincé sous l'un des engins, une main serrait le sabre militaire, l'autre étreignait fermement la roue avant, il avait l'air d'un brave face à l'ennemi et en même temps d'un fuyard aux abois. Un vélo était planté tout droit parmi les corps, trahissant une espèce de fuite panique. Les Monstres devaient s'apprêter à partir, la bicyclette sur l'épaule, quand l'embuscade des Dayaks s'était soudain refermée sur eux, sans pitié. Le chien marcha jusqu'à un vélo resté debout, de sa patte il gratta avec curiosité la chaîne mise à nu, la structure branla un peu, puis tomba patatras, faisant jaillir une petite vague de sang rouge, la tête d'un Monstre qui, dans la confusion de la bataille, était restée coincée dans les branches, chuta *poc* avec un bruit sourd dans la mer de sang, soulevant une nouvelle vague. C'était la tête d'un jeune soldat, à la chevelure abondante, aux petits yeux plissés, la langue et les dents légèrement découverts, la barbe en bataille, il fixait Emily du regard, ses paupières parurent battre une fois, avec un sourire affligé.

Emily sentit un frisson parcourir son échine, elle se détourna et regarda A-hung.

« Creusons une fosse, dit-elle à nouveau en tapotant l'épaule d'A-hung, pour enterrer les enfants. »

A-hung essuya ses larmes, il sortit son parang et choisit un coin de terre assez vaste. Le parang étant un outil peu commode pour creuser, ils durent épuiser toutes leurs forces pour pratiquer une fosse rectangulaire où ensevelir la dizaine d'enfants et Maître Hsiao. Les enfants étaient légers, le vieil homme ne pesait pas lourd, ils ne leur coûtèrent pas grand effort, A-hung et Emily les allongèrent au fond du trou, sur les poitrines étaient dispersés les masques de *yôkai*, les jouets à ressort, le bâton cerclé d'or et le trident. Après cet enterrement sommaire, Emily tira de son sein deux fruits shampoings, elle les éplucha et, assis tous deux sur une racine, ils les mangèrent. Le chien noir alla se placer entre les corps sans tête d'un Monstre et d'un Dayak, et lapa le sang épais et salé. La lune gibbeuse d'un tendre jaune oison était haute dans le ciel, les chauves-souris écarlates volaient bas, les yeux multicolores scintillaient, parfois le rugissement d'une bête leur parvenait, sonore, clair. Quand A-hung et Emily eurent fini de manger leur fruit shampoing, ils marchèrent jusqu'à l'étang pour nettoyer la boue et les traces de sang, leurs abdomens étaient gonflés, brûlants, ils pénétrèrent dans les fourrés et, se tournant le dos l'un à l'autre, ils soulagèrent leur vessie. L'urine chaude arrosa les brins d'herbe durs, comme une bête sauvage se frotte et se fait les griffes contre l'écorce des arbres. Quand ils eurent fini, ils se retrouvèrent debout l'un en face de l'autre, et soudain Emily enlaça A-hung, elle approcha ses lèvres des siennes, ses lèvres encore sèches malgré le jus des fruits shampoings. Du lointain, leur parvenait une succession de rugissements, sonores, clairs, l'odeur de l'urine dans les herbes leur monta aux narines, ils s'allongèrent dans les fourrés et virent le chien noir tenant dans sa gueule la tête du jeune Monstre, immobile sous les feuillages vaguement éclairés par le feu.

Un Monstre sans tête se releva avec difficulté, puis retomba, un vélo vint en grinçant s'arrêter devant lui. Le phare avant, dont la lumière resplendissait à perte de vue, éclaira le monstrueux soldat qui rampait sur le sol, une dense nuée enveloppait les rayons, la chaîne était molle, et les jantes cabossées. *Ding ding*, la sonnette sonna deux fois. Le monstre sans tête tâta l'armature tordue du vélo, il s'aida de ses deux mains pour se redresser, prit appui sur le guidon, s'assit sur la selle et, appuyant sur les pédales, il partit sur un petit sentier dans la jungle obscure où les ombres fantomatiques dansaient. Dès qu'il fut sur la route, quelque vingt Monstres sans tête à vélo surgirent de chaque côté de la forêt et se mirent à sa suite. Les galets de dynamo frottaient contre les pneus avec des couinements énormes et doux, les phares avant projetaient des dizaines de pointes d'épées blanches, vacillantes, elles se transformèrent bien vite en pointes d'aiguilles, qui s'en allèrent mourir au fin fond de la jungle.

SOUS L'UPAS

1.

Plus d'une fois, A-hung s'était vu – ou vu en rêve – à vélo, en train de se promener avec Emily dans le Bouk aux Sangliers et les fourrés de chaumes.

Ils pédalent sur un étroit sentier parmi les chaumes quand ils tombent sur une patrouille de Monstres à vélo les canons des fusils pointés vers le ciel, Emily et lui mettent pied à terre, couchent leur bicyclette, accroupis dans les hautes herbes ils voient la troupe s'approcher lentement, ils arrivent si près qu'ils peuvent lire leur numéro de matricule sur les insignes d'épaule, sentir l'odeur âcre de la sueur, un Monstre descend de vélo et, face aux herbes, répand quelques gouttes d'urine jaune éparses comme des grains de maïs, A-hung peut même apercevoir le pénis qui ressemble à un haricot *edamame* sauté à la poêle. Peut-être le Monstre sent-il l'odeur de fiente de poulet sur le vélo d'Emily, sous la visière de la casquette une grimace écœurée flotte sur son visage – même si, à cette distance, A-hung ne distingue pas très bien ses traits –, il se tourne face au vent du sud-ouest et crache un trait de salive dure, qui s'accroche avec un bruit sec à la pointe des chaumes, comme une limace visqueuse, brillante, transparente.

Souvent il avait vu – ou vu en rêve – le vélo de son père foncer dans la campagne tel un sanglier mâle en rut. Les phares nickelés et le guidon rouillé ressemblaient aux grands yeux humides d'une vache Holstein et à ses cornes obstinées. La béquille de la roue arrière fourchait comme le gonopode de la nageoire anale modifiée des guppies. Le vélo d'Emily qui sentait la fiente ressemblait, quant à lui, à une jument Hollandais à sang chaud aux tendres ronflements, à la puissante encolure dressée, au poitrail large, la croupe épaisse, la crinière au vent, qui, tenant en sa bouche un radis rouge écarlate, sortait au galop d'un plant de manioc ; ce vélo était de force égale au sien. Avec aisance, les chevaux de fer franchissaient les fossés et les flaques, leurs chaînes et leurs rayons inondés de boue, sales comme les fluides amoureux, la testostérone et les sécrétions vaginales. Leurs pneus jouaient de toute leur élasticité, ils bondissaient par-dessus les arbustes, les racines, les toits des maisons, la couronne des arbres, les chaînes de montagnes, et se perdaient bientôt parmi les couches de nuages.

Cette nuit-là, avec Emily ils s'étaient affalés dans les fourrés de chaumes, sous les éparses nuées, les étoiles pâlottes, la lune gibbeuse défaite de son humeur sanguine phosphorait de blancheurs squelettiques. Emily, agenouillée dans les herbes, se rhabilla et, avec son chien noir (A-hung croyait qu'il tenait toujours la tête du Monstre dans sa gueule), marcha jusque sous l'upas, à ce moment-là A-hung était encore torse nu, allongé dans les fourrés. L'astre avait tourné jusque derrière l'upas, il projetait sur son corps l'ombre affolée et dansante de l'arbre, ou peut-être étaient-ce les reflets blafards de la lune elle-même. A-hung regardait fixement la voûte bleu nuit pareille au pelage du chien, il pensait qu'Emily reviendrait vite, mais l'éclat lointain des étoiles l'attirait vers le sommeil, il ferma les yeux, se délassa dans la rumeur débordante des insectes, il rouvrit les yeux, l'ombre de l'upas ressemblait à une jupe noire chiffonnée dans les herbes, dont le bas était soulevé par le vent, dévoilant les yeux multicolores des animaux. Des éclats de cendres rougeoyantes étaient incrustés tout autour de l'arbre. Il se vêtit convenablement et s'assit dans les fourrés, il vit le feu de camp s'allumer sous l'upas, des silhouettes vacillaient.

Tzo Da-dy était assis sur une racine, il tirait avidement sur une cigarette occidentale qu'il avait précieusement gardée, les cicatrices de son crâne avaient l'air d'une morsure de sanglier toute fraîche, il s'enfermait dans la cage de fumée qu'il soufflait. Le Biscornu, son Johnson à l'épaule, s'était accroupi pour fouiller les Monstres, il portait deux montres à chaque poignet, il tenait à la main une carte de Bornéo à l'échelle 1/500 000 qu'il avait prise sur un soldat. Tsan Jin-peng, debout devant le feu, observait les corps avec solennité. Le coq sans tête se tenait immobile sur la racine en contrefort, le « cou » levé, il contemplait au-dessus de lui les feuillages où soufflait le vent du sud-ouest. Les deux jeunes bûcherons allaient et venaient sous l'upas, ils coupaient du bois et s'occupaient du foyer. De l'autre côté du feu de camp, Kwan la Face Rouge fumait une cigarette occidentale.

La lune gibbeuse tournait à l'ouest, son éclat sombrait aux confins de la jungle, les étoiles clignotaient. L'apparition d'A-hung attira tous les regards.

« Tu es vivant », le Biscornu détroussait les cadavres des Monstres, le visage submergé par une expression indescriptible. Il tira de son sein une grenouille sauteuse en métal couverte de sang. « On te croyait mort ! Et les enfants ? »

Un homme, la cigarette à la bouche, longiligne, les cheveux jusqu'aux épaules, la barbe hirsute, et qui portait à l'épaule fusil de chasse et parang, se leva lentement d'entre les hautes racines, il s'appuyait des deux mains sur un pieu, on eût dit qu'il maniait une gaffe en bambou pour faire avancer une barque. C'était comme si les racines avaient été une embarcation, à l'ancre sur une mer de sang. Tortue Molle épiait A-hung, sans mot dire. Il souleva un peu son bâton, on ne savait pas si c'étaient ses pieds qui se mouvaient pour traverser dans le sang, ou bien les racines qui avançaient tel un bateau, il s'approcha lentement d'A-hung.

2.

Après le coup de couteau asséné sur la couronne du crâne d'U-fong, une centaine de soleils s'étaient mis à tournoyer autour de Tortue Molle, des nuages avaient déferlé sur les bords de sa poitrine, sa tête avait fait un trou dans le ciel, le sol s'était enfoncé, enfoncé sous ses grands pieds, ses halètements, ses éternuements mêlés aux larmes avaient soufflé et déraciné la végétation. Au moment où le scalp d'U-fong avait sauté, accompagné du casque en métal, les coins de sa bouche s'étaient tordus, il en avait jailli un rire faible, affreux, Tortue Molle avait vu soudain le teint rouge héroïque du dieu de la guerre jadis peint sur la figure de son fils et la rougeur du maudit *tengu*, se mélanger, s'affronter, comme sur un masque Janus en faïence de Cochin au lustre mystérieux. Le ciel recula, il y avait quelques éperviers bleus, ils rapetissèrent au point de devenir minuscules. La terre s'élargit, un sentier étroit s'ouvrit, qui dérivait comme une île, faisait le tour du globe, interminable. Les cocotiers, les jaquiers, les oliviers se dressaient pareils à des géants. Une noix de coco tomba sans bruit dans l'étang derrière lui, faisant jaillir, ailes de cygne déployées, de belles éclaboussures. Les chaumes étaient tendres et gras, tout à coup une fleur avait éclos, puis une autre, et d'auspicieux piaillements de moineaux, de martins-pêcheurs et de grands coucals s'étaient élevés. Tortue Molle éternua à nouveau, arrosant le corps d'U-fong de larmes et de morve comme poussière d'acier et cuivre liquide, les filons métallifères passés dans son sang retournèrent à la terre fertile, la belle écume de l'étang lava l'ombre pâteuse devant ses yeux, le sang sanglotant coula le long de la lame, inonda ses doigts et son poignet, dans son état d'engourdissement il sentit les coups de son fils qui de toutes ses forces martelait ses côtes dix secondes plus tôt, il entendit dix secondes trop tard le cri du cœur, douloureux, de son enfant : « Papa ! C'est moi ! U-fong ! » Il se vit levant le parang et frappant la couronne de la tête protégée par le casque. Il cria, il rugit, pendant un court instant il fut prisonnier de l'espace-temps de ces dix secondes qui s'écoulaient en sens inverse, papillon pris à la toile de l'araignée. Il fit appel à toute la volonté qu'il avait en lui pour se débarrasser du parang duquel gouttait le sang frais de son fils, mais la papavérine et la morphine avaient consumé ses terminaisons nerveuses, dix secondes plus tard, enfin, le parang vola maléfiquement dans les airs avec un sifflement, le dos de la lame cogna contre la crosse du fusil qui était dans les hautes herbes, élevant une véhémente protestation. Tremblant, il se releva au-dessus du corps de son fils, mal assuré sur ses jambes, il retrouva dans les chaumes le casque qui contenait la calotte crânienne et la cervelle, comme s'il puisait de l'eau, il remit d'aplomb le crâne vide en frissonnant et replaça la cervelle qui ne pesait que quelques grammes. Il ôta doucement le casque et, avec colère, arracha le masque de *tengu* sur le cou d'U-fong, il prit le crâne brisé de son fils dans le calice de ses gigantesques paumes de la taille d'une carapace de tortue, allongea le corps mou devant lui et déposa un baiser sur le crâne dont la couronne menaçait de tomber à tout moment.

« U-fong, U-fong… »

A genoux dans les chaumes, il leva la tête pour regarder le ciel. Les soleils s'ouvraient à nouveau en une pulpe rouge qui, comme des cellules cancéreuses, proliféraient, se multipliaient et se divisaient, les rayons malsains et féroces se répandaient sur la terre, sur les fleuves, les montagnes et les bois, se répandaient dans chaque organe du monde. Il se releva tant bien que mal, son dos supportait le dôme céleste, il eut l'impression d'avoir grandi, il cueillit en passant quelques-unes de ces rouges cellules malades et les jeta sur la végétation, allumant des incendies souffreteux. Il déracina un cocotier, le projeta contre le ciel, une flamme rouge d'apocalypse s'embrasa et grossit rapidement. Les poings serrés, il lança sa plainte triste face à la terre, les eaux de son nez et de ses yeux éteignirent quelques-uns de ces sournois soleils rouges. Il trépigna lourdement sur la campagne, et bientôt la terre pencha, les lacs débordèrent sur les forêts, les arbres tombèrent, les montagnes bougèrent, sangliers et crocodiles sortirent massivement de leurs antres, le parang fit un saut sur lui-même dans les airs et, pareil au talisman d'un général céleste pourfendeur de montagnes, se planta devant lui. Tortue Molle saisit le manche, s'agenouilla à côté d'U-fong.

« Ah, U-fong, papa te demande pardon… »

Il se poignarda deux fois la poitrine, il ne sut pas s'il s'était rompu les côtes. Tournant la main, il frappa deux fois son dos, il ne sut pas s'il avait tranché un point vital. Et pour finir, le couteau tira un long trait à la base de son cou.

3.

L'Unité spéciale Z, armée secrète de résistance à l'intérieur des terres pendant la seconde guerre mondiale, était composée d'Américains, d'Anglais, d'Australiens, de Néo-Zélandais et de toutes les ethnies de Bornéo, cet après-midi-là, un petit commando de six Chinois s'était introduit dans le village pour collecter des informations, dans les chaumes ils étaient tombés sur un jeune garçon au crâne fendu et une espèce de grand malabar à l'agonie qui portait dans son dos une hotte avec une tête dedans, ils identifièrent bientôt l'homme et le propriétaire de la tête comme étant Tortue Molle et Plat-Pif, membres du Comité qui figuraient sur la liste noire des Monstres, sur ces entrefaites, ils creusèrent une tombe pour y enterrer l'enfant et Plat-Pif, puis deux guérilleros ramenèrent Tortue Molle à leur base secrète. Au moment où Tortue Molle avait tenté de mettre fin à ses jours, la poussière d'acier, le cuivre liquide, les sels minéraux qui coulaient dans son sang l'avaient transformé en une figurine d'argile retournée à la terre, son parang enraciné était si lourd qu'il n'avait pu le soulever au-dessus de sa tête, certes il s'était brisé une côte, entaillé le dos jusqu'à l'os, avait ouvert une plaie en forme de pince à feu sur le côté droit de son cou, un rideau de sang le recouvrait à moitié, seuls ses deux yeux s'ouvraient encore sur ce monde des vivants, le reste de son corps flottait déjà du côté des ombres, et pourtant il n'était pas tout à fait mort. Les deux guérilleros avaient ficelé un brancard à l'aide de branches et de lianes, il leur avait fallu une journée et la moitié d'une nuit pour le transporter jusqu'à leur base secrète, l'un des leurs resté en garnison, un vieux Chinois versé dans la médecine traditionnelle, jugea du premier coup d'œil que le manque d'opium était plus grave que les blessures, il lui fit prendre quatre boulettes. Tortue Molle avait perdu énormément de sang, il était pâle comme la mort, une fois son addiction assouvie, la vie revint cahin-caha, il sanglotait tant qu'on eût dit un nouveau-né, sa convalescence à la base dura plus d'un mois, dès qu'il fut guéri, emportant la carabine et le parang que lui donnèrent les guérilleros, il fit ses adieux et s'en alla rejoindre la bande de Da-dy.

Au mois de septembre 1945, les six cents hommes emmenés par Yoshino et les quatre cents emmenés par Yamazaki subirent au cours de leur retraite les attaques meurtrières de la guérilla et des indigènes, ce fut une déroute totale, une bérézina de morts, de fuyards, de fous, de suicidés, durant la deuxième décade d'octobre, trois cents renégats se regroupèrent et se rendirent ensemble aux forces alliées. Durant le temps qu'ils s'étaient séparés d'A-hung et des enfants, Da-dy, le Biscornu et les six autres avaient tué une dizaine de fuyards des groupes de Yoshino et de Yamazaki, qui n'avaient plus la force de se battre, quand Da-dy et ses gars surent que parmi les trois cents Monstres escortés à Krokop par les Alliés ne figuraient ni Yoshino ni Yamazaki, ils se préparèrent à s'enfoncer dans les terres, en chemin ils tombèrent sur Tortue Molle remis de ses blessures.

Tortue Molle tenait de la guérilla des Hauts Plateaux une information qui inquiétait Da-dy. Au début du mois d'août, un escadron à vélo de plus de cent vingt hommes, dirigé par un sous-officier cycliste, avait longé la Krokop et s'était dispersé au sud-est. Cette bande qui avait échappé à Da-dy et ses gars affaiblissait l'Unité spéciale et les aborigènes depuis deux mois, ils leur avaient pris plus de vingt hommes, ces derniers jours ils étaient en train d'avancer en direction de l'upas où se reposaient A-hung et les autres.

En réalité, les Monstres s'étaient séparés non pas en deux, mais en trois hordes.

4.

Vaste était encore la nuit, le ciel sommeillait drapé dans les nuages, la jungle, appuyée contre la terre, dormait profondément. Les corps sans tête dispersés sous l'upas étaient maintenant exsangues, mais le sang des Monstres et celui des Dayaks, des enfants, de Maître Hsiao n'avaient pas encore tout à fait séché, à la lumière du feu de camp on eût dit une mer sortie de ses gonds, les flaques de sang paraissaient avoir des milliers de brasses de profondeur. Les bûcherons firent un feu sans trop de rage de l'autre côté de l'upas, après quoi ils prirent leur parang et leur fusil pour aller inspecter les alentours. Da-dy, le Biscornu, Tsan Jin-peng, Tortue Molle, Kwan la Face Rouge et A-hung étaient accroupis autour du feu, ils écoutaient attentivement A-hung leur raconter la tragédie qui s'était jouée sous l'arbre. Le Biscornu entendit, dans sa poche, la grenouille métallique se mettre soudain à faire des *tic-tic-tic-tic*, il la déposa alors sur le sol et regarda le mécanisme bondir, traverser les branches mortes, les feuilles tombées, et avancer vers la fosse où étaient enterrés les enfants. Il se souvint que le jouet avait été offert par Thiam-ing en cadeau d'anniversaire à sa bien-aimée Giok-tsan, celle-ci lui faisait faire la course avec le lièvre de Keung-lem et la tortue de Tsiau-tsai, le perdant avait un gage, et comme la grenouille ne gagnait jamais, c'était toujours Thiam-ing qui s'y collait. Sur le tombeau étaient dressées une grande et deux petites croix qu'Emily avait faites en nouant des lianes et des branches, tout comme les croix de Jésus et des deux voleurs sur le Golgotha. La grenouille, en deux bonds trois sauts, atterrit sur la tombe, *côa côa côa* coassa, puis plus rien, la mécanique était épuisée.

Le Biscornu avait les yeux rivés sur les quatre montres prises aux Monstres qu'il avait à ses poignets, comme s'il chronométrait la grenouille. Il les retira, en sortit trois autres de sa poche, les jeta devant le feu, pour en choisir une qu'il garderait. Après leur départ la veille à midi, Da-dy, lui et les autres avaient aidé les Dayaks à exterminer un groupe de Monstres dans une mangrove à la nuit tombée, il n'avait pas été surpris par le charnier sous l'upas, de la même façon qu'il n'avait pas éprouvé de remords particuliers quand il s'était dépêché d'abattre, avant Yoshino et Yamazaki, les dix enfants de Ko Lai et de Fortune Ng, mais quand il songea que tous ces enfants à qui il avait transmis son art du tir avaient été précipités dans le royaume des ombres, son cœur se serra immanquablement. Les bains de sang dans la mangrove et sous l'upas ramenèrent le souvenir de Fred Powell, le propriétaire du Johnson et des jumelles, son spectre rôdait à ses côtés et ne le quittait plus, pareil à un succube amoureux qui aurait eu soif de s'unir à lui, d'aspirer sa vie restante, ses fluides vitaux. Hier au crépuscule, Da-dy, lui et les autres avaient traversé la mangrove et vu, sur les racines des arbres, des traces encore humides de bottes en caoutchouc, ils avaient su que les Monstres étaient à leur portée, ils s'apprêtaient à avancer en silence quand soudain une dizaine de fuyards avaient jailli d'un fourré de mangliers, Da-dy et ses gars s'étaient immobilisés, les chemises militaires étaient en lambeaux, les cheveux et les barbes hirsutes, ils ressemblaient à une nuée de fantômes, certains étaient torse nu, d'autres avaient noué leur baïonnette autour d'un bâton, d'autres frappaient contre les racines avec la crosse de leur fusil, d'autres brandissaient leur sabre militaire et leur baïonnette, gesticulaient, poussaient des rugissements terrifiants et furieux, ils tiraient des langues pareilles à des sangsues d'eau, écarquillaient leurs pupilles mousseuses, scintillant de taches vertes, leurs traits transfigurés oints de l'édit impérial. Un Monstre en furie abattait les uns après les autres des paquets de lianes et de racines aériennes, et tandis qu'il coupait, il tournait la tête pour les fixer du regard, il paraissait vouer une haine implacable à la végétation de la mangrove. Un autre Monstre, cul nu, jeta son fusil sur le sol, il grimpa en s'agrippant des deux mains à une racine horizontale, on aurait dit un singe se balançant en l'air, sous ses petites fesses toutes plates pendaient en barbillons de coq son pénis et ses testicules. Au moment où Da-dy et ses gars épaulèrent leurs fusils, les Monstres poussèrent une folle clameur, interminable, brandirent sabres, baïonnettes et fusils, et se rapprochèrent d'eux pas à pas. Da-dy et les autres firent feu, ils en abattirent quelques-uns, puis une trentaine de Dayaks armés de parangs surgirent sur le côté, leurs sifflements exaltés couvrirent les cris d'horreur des Monstres, les mains se levaient, les lames s'abattaient, ils fauchèrent les Monstres comme on fauche les blés, ils les décapitèrent, ensuite, les doigts enserrant les mâchoires qui ressemblaient à des ouïes de poisson, ils entonnèrent, tête levée vers le ciel, le chant qui célébrait la beauté de ce monde. L'un des Dayaks s'approcha du Biscornu, il tapota de son index les jumelles suspendues à son cou et, se tournant vers un autre Dayak, lui dit quelque chose dans sa langue de sauvage. Le Biscornu, devinant de quoi il retournait, ôta les jumelles, les passa autour du cou de l'homme et leva un pouce sanguinolent. Quand les Dayaks, fouettés par l'odeur du sang, entraient en transe, ils ne distinguaient plus vraiment les Japonais des Chinois, si on ne les suivait pas dans l'exaltation suscitée par la tuerie, qui sait ce qui pouvait en résulter, une poignée de guérilleros chinois, paraît-il, avaient été décapités par les Dayak qui les avaient pris pour des Monstres. Au moment de repartir, le guerrier dayak aux jumelles adressa des sourires et des hochements de tête répétés au Biscornu. Soudain, sur le menton de la tête qu'il tenait à la main, poussa un bouc aux poils blonds, un œil grand, l'autre petit, évoquant chez le Biscornu le souvenir de Fred Powell, transformé en passoire par les balles, et qui au seuil de la mort avait canardé le ciel.

Powell portait aussi une montre dorée, malheureusement elle avait été brisée par une balle. Au moment où le Biscornu avait fait les poches des Monstres sous l'upas, afin de compenser la perte des jumelles, il avait raflé les montres et tous les accessoires. Devant le feu, il hésita une éternité, son choix se porta finalement sur une montre dorée qu'il attacha à son poignet. Celle-ci, longuement exposée au feu, imposa sur la peau comme la morsure d'une pince à feu, elle était en outre pesante, il ne put s'y faire et la retira donc, mais une lésion rouge était imprimée, avec des cloques pareilles à de l'ichtyose qui s'étendaient sur tout le poignet et furent longues à s'estomper. La mousson d'été roulait, elle vint s'abattre sur le feu de camp, soulevant un tourbillon de flammes ardentes. Le Biscornu perçut des présences malveillantes devant le feu où il y avait Da-dy, Tortue Molle, A-hung, elles crachaient des bruits de bête qu'il ne comprenait pas. Le fusil tremblait sur sa poitrine, la bouche du canon vomissait une fumée noire, sur le fût étincelait une longue et étroite Voie lactée constellée d'étoiles, dix balles Mauser à la tête effilée filaient comme des météorites. Tel un épervier, le fusil se posa sur son épaule, il émit des cris aigus à une fréquence d'outre-tombe que seul le Biscornu pouvait percevoir. Il respira dans cette fumée noire une odeur familière de confiseries aux haricots rouges et de cigarettes Three Castles. Les croix sur la tombe parurent bondir comme la grenouille en métal, des bouts de chair en putréfaction tombèrent, trois petits bonshommes portant une croix sur l'épaule disparurent dans la pénombre des fourrés. Sans qu'il en ait conscience, le Biscornu introduisit l'index dans le pontet, il se leva doucement et marcha vers la fosse. Da-dy et la Face Rouge lui jetèrent un coup d'œil, son regard était vide, on eût dit une ombre. Le Biscornu, comme tous les matins, quand il s'emparait de son Johnson sur la terrasse après avoir fumé sa boulette d'opium, le canon pointé bas, plaqua la crosse contre son côté droit, les lèvres collées au dos du fusil, il fit le tour d'un buisson de ronces, puis d'un autre, tourna autour d'un vieux durian et s'arrêta devant un bosquet plein de fougères nids-d'oiseau et de lianes. La création entière s'était figée, plus un souffle de vent, des gouttes d'eau tombaient de la pointe des feuilles, la lune gibbeuse d'un rouge écarlate illuminait un bosquet d'oreilles d'éléphant géantes. Tout à coup, le Biscornu eut la sensation d'être revenu là où il avait abattu sa mère par erreur. Sous les feuilles d'oreilles d'éléphant résonnèrent des grognements de sangliers, une femme, fusil et parang dans le dos, qui ressemblait à sa mère jeune, se tenait devant les fourrés.

« Tonton Tsing »

Le clair de lune tomba sur Emily, la criblant de rayons rouges comme des braises.

« Emily », le Biscornu abaissa la crosse calée contre son flanc droit, « tu es là.

— Tonton Tsing… » Les anneaux en rotin passés à ses bras luisaient d'un éclat ambré, deux Monstres surgirent derrière elle et l'empoignèrent de chaque côté. « Attention… »

Des Monstres en uniforme kaki déferlèrent par vagues derrière Emily. L'un d'eux leva son fusil et s'apprêtait à faire feu sur le Biscornu quand son geste fut arrêté par un Monstre de haute stature.

L'œil unique du Biscornu le vit précisément, ce Monstre de haute stature, c'était Yamazaki.

Le Biscornu mit son fusil en joue, mais il sentit son poignet lourd, cuisant, comme si une pince à feu avait refermé sur lui ses mâchoires, brûlait toute sa peau, des flammèches montaient de ses méchantes cloques, telles des braises dans un four. Sa main était toute molle, ce Johnson qui avait tué quantité de bêtes et d'hommes était tout mou lui aussi, son canon pareil à un phallus sevré de désir, une fumée noire s'en extravasait, avec un sourire amer et désespéré. L'index du Biscornu avait enflé et ne rentrait plus dans le pontet. Powell, la barbiche pendant au menton, était debout sous le durian, et de sa bouche aux coins tordus sortaient une suite de grognements douloureux comme issus du sommeil.

Yamazaki dégaina son Muramasa et bondit tel un primate sur le Biscornu.

5.

A l'aube, quatre heures. Le ciel était une mer de sang, où était tranquillement ancrée la lune bossue sur le point de sombrer. Les nuages larges et plats ressemblaient aux feuilles mortes que Maître Hsiao glissait dans ses livres. Il aimait ramasser de belles feuilles tombées pour les fourrer dans ses ouvrages écornés, jusqu'à ce qu'elles deviennent poussière et fassent partie intégrante des pages. Le vent du sud-ouest soufflait violemment, roulait dans le ciel les squelettes des feuilles qui faisaient leurs adieux à l'upas, pour aller s'enterrer dans la bière céleste. A-hung baissa la tête et s'approcha du feu pour regarder attentivement le tract de reddition de Tortue Molle. Les rides serrées du papier faisaient comme des nervures sèches de feuilles mortes. A-hung avait dû passer devant le studio de Sasaki pas moins de cent fois, et voir autant de fois la photo d'Emily. La photographie en noir et blanc que Sasaki avait prise de lui et de son père poussant le vélo Fuji à travers les rues de Krokop était restée très longtemps dans la vitrine à côté de celle d'Emily. Son père, le visage sombre, plongé dans un tourbillon de soucis, arborait un sourire fatigué de coolie. A-hung, gamin, une main sur le porte-bagages du vélo, l'autre sur la hanche, avait un mince et joli visage qui lui donnait l'air d'une fillette. Emily était d'un naturel affable et souriant, mais ce sourire, prisonnier dans la vitrine, paraissait vraiment forcé, il affichait un mystère enfoui sous plusieurs couches, tel le stratagème du grand coucal qui feinte pour faire son nid, tel l'impénétrable chien noir, telle la queue du tigre camouflé dans les fourrés.

« Emily est-elle vivante ? » lâcha Tortue Molle après un long silence.

A-hung hocha la tête.

« Oh… dit Tortue Molle avec un soupir, quand est-ce qu'elle revient ?

— Bientôt, répondit A-hung. Elle flâne par-ci par-là, comme ce chien noir qui l'accompagne. »

Da-dy s'approcha du feu pour allumer une cigarette. Les balluchons que les bûcherons avaient portés sur leur dos étaient posés derrière lui, à l'intérieur il ne restait plus beaucoup de pâte d'opium, ni de cigarettes occidentales, mais Da-dy fumait celles-ci sans vergogne. A pleins poumons il aspirait une fumée vivante, à grandes bouffées il expirait les restes d'une fumée morte, comme s'il avait mangé de la chair et recraché les os, mangé la pulpe d'un fruit et recraché le noyau, libérant les nombreuses pensées qui le hantaient en son cœur, tout autour de lui un nuage flottait comme une âme errante décapitée, le poil hirsute, dont il aurait dévoré les membres et la tête. Avant de revenir à l'upas, lui et ses gars avaient mangé une dizaine de carassins dorés et d'*ikan terubuk* bouillis que Kwan la Face Rouge avait apprêtés avec une potée d'os, les haleines étaient chargées de l'odeur des poissons. Plus Da-dy soufflait à grandes bouffées, plus ces relents de poisson sentaient la viande avariée. « Je n'aurais jamais cru que les Monstres puissent mettre la main sur la liste complète du Comité, pas une omission, même les enfants qui ont participé au spectacle et à la vente de charité n'en ont pas réchappé. Si nous ne nous étions pas enfuis rapidement, nos têtes seraient accrochées depuis longtemps au pont de la Krokop. »

Le coq sans tête s'écarta de Tsan Jin-peng, il marcha à pas lents jusqu'à la tombe et s'immobilisa à côté de la grande croix, il gratta un peu la terre avec ses griffes, faisant voler quelques éclats de terre, projetant la grenouille sauteuse dans les airs, il avait senti le souffle de l'aurore. Tsan Jin-peng surveillait chaque fait et geste de son coq, il craignait que ne surgisse des fourrés quelque varan ou boa. La guerre allait finir, il comptait s'installer sur un coin de terre du Bouk aux Sangliers grouillant de mille-pattes et de scorpions, il construirait un grand poulailler, le coq sans tête serait son mâle reproducteur, qui engendrerait des générations de combattants invincibles. D'une pichenette, Da-dy jeta son mégot dans le feu, donna une cigarette à Kwan la Face Rouge et en alluma une autre pour lui-même. Kwan la prit, grattouilla la cicatrice laissée jadis par la griffe d'ours sur sa tempe, il mit la cigarette dans sa bouche mais ne l'alluma pas tout de suite. Depuis le décès de sa femme, il ne lâchait pas beaucoup plus de mots que son fusil ne tirait de balles. A la lueur du feu, le visage de Da-dy ressemblait à une boîte de conserve rouillée, il était couvert d'une multitude de taches de vieillesse et de rides. Dans sa voix, il y avait comme les traînes d'un somniloque, de sorte que personne ne pouvait placer un mot. « A part la fuite de la liste du Comité, il y a eu aussi plusieurs événements que je ne m'explique toujours pas. » Da-dy regardait le feu avec fixité, il grattait l'œil-de-perdrix étalé comme du phlegme sur son orteil. Il avait mangé quantité d'olives sauvages, mais le cor continuait à grandir et à s'étendre. « Quand toute la famille du Pâlot et les cadres blancs de la Shell Oil Company se sont cachés à l'intérieur des terres, les Monstres n'ont mis que quelques mois pour les retrouver, comment est-ce possible si personne ne leur a vendu le secret ? Lam Ga-fan, Gras du Bide et Tsiou Tshun-tshiu sont allés nous rejoindre dans la jungle, mais ils ont été arrêtés et ramenés à la maison de Mapopo, comment les Monstres savaient-ils que les enfants étaient chez la vieille femme ? Comment Yamazaki a-t-il eu connaissance de notre base secrète au bord de la Krokop ? » Da-dy jeta un coup d'œil à Kwan la Face Rouge, il approcha le bout de sa cigarette pour allumer celle que Kwan avait à la bouche. Le bras gauche de Da-dy avait été éraflé par une balle de Monstre au cours de l'accrochage de la mangrove, le tatouage de kriss malais paraissait coupé en deux. « Au début, j'ai soupçonné l'adjudant de l'escadron à vélo, Sasaki, mais il est mort dans un bombardement il y a plus de trois ans, quant à Kobayashi, quand il est revenu au village trois mois plus tard, le Biscornu et moi l'avons décapité. »

Les quatre autres tournèrent la tête vers Da-dy, il souriait comme une vielle tortue.

Le menton dans une main, il contemplait la canopée, les sourcils froncés, un reste de sourire fendait les coins de sa bouche. « Ce jour-là, j'étais chez le Biscornu en train de marchander avec un Iban qui vendait du bézoard de porc-épic, quand les Monstres sont venus prélever l'impôt, nous nous sommes cachés dans la végétation, l'Iban a décoché une flèche empoisonnée sur Kobayashi, les soldats ont alors mitraillé dans tous les sens et sont partis. C'était Kobayashi qui avait servi de guide aux Monstres dans leur marche sur le Bouk aux Sangliers, crime impardonnable, je lui ai tranché la tête et je l'ai donnée à l'Iban.

— Comment se fait-il que tu ne nous racontes que maintenant ce haut fait de justice ? demanda la Face Rouge.

— Ne sois pas aussi soupçonneux, mon vieux Kwan. » Da-dy cracha son mégot parmi les cendres, il extirpa une autre cigarette de sa poche. « Secret confié, secret divulgué. »

Tsan Jin-peng donna une claque sur sa poitrine dénudée, écrasant un insecte incertain. Son torse était imberbe, mais il y avait néanmoins quelques grands grains de beauté, certains noirs et de la taille d'un bouton, où se dressait une touffe de poils pareils à des fils de fer. Il montra du doigt le coq sans tête. « Les Monstres ont tué toute la volaille de Krokop, ce coq-là se trémoussait toute la journée à leurs pieds, et pourtant ils n'ont pas osé lui arracher une plume. Je le soupçonne d'être le traître aux Chinois.

— Va foutre ta mère. » Tortue Molle cracha un jet de salive, la cicatrice du coup de couteau qu'il s'était donné courait comme un mille-pattes sur la moitié de son cou. « Tu oses encore blaguer comme ça aujourd'hui ?

— Pourquoi Tsi-an et Gan-hong ne sont-ils pas encore revenus ? Et ce vieux Tsing ? » Tsan Jin-peng tendit le cou et regarda autour de lui. Tsi-an et Gan-hong étaient les noms des deux bûcherons.

Tous les cinq avaient les yeux fixés sur le feu, tête basse ils fumaient, plongés dans le silence.

L'aube se dévoilait à mesure, la lune sombra corps et biens, au loin la jungle feuillue se pelotonnait dans sa luxuriance et son grand âge, la brume épaisse et pâteuse du matin enveloppait les chaumes, dans la vaste étendue du ciel bleuté erraient les étoiles de première magnitude, les feuillages répandaient des rais de lumière ensommeillés et trébuchants, déjà les oiseaux et les singes tôt levés flânaient en haut des arbres, une chaleur lourde, moite commençait à imprégner la végétation et la savane, tout autour de l'upas des cris de bêtes carnivores s'élevaient. Le coq sans tête sauta au bas de sa racine et marcha encore une fois vers la tombe, puis il disparut progressivement dans un bosquet. Tsan se leva, et tout en imitant l'étrange cocorico sans queue ni tête de son coq, pénétra à son tour dans le bosquet.

Un sanglier mâle, qui de grand matin s'était repu de fruits fermentés, jaillit soudain sur le côté, la démarche vacillante, il défonça la pile de bois que les bûcherons avaient faite au carré et lança un jet d'urine dorée, arrosant le tourbillon de feuilles sèches derrière lui. Quelques gouttes éclaboussèrent A-hung et Tortue Molle. Ivre, le sanglier ne savait plus où il allait, avant de disparaître dans les chaumes, il se retourna, avança de deux pas vers eux et baissa la tête pour renifler le sol, on eût dit un gentilhomme qui s'inclinait pour s'excuser de son intrusion tonitruante. Tandis qu'il flairait par terre, Da-dy fut le premier à saisir son fusil. Quand la bête disparut, Da-dy se leva.

Les étoiles les plus lumineuses se retirèrent, une brume bien plus légère rampait tout autour de l'arbre, de majestueux sommets de montagnes s'élevaient, fatigués, ils penchaient, comme sur le point de s'écrouler. Dans un entrelacs de branches, une compagnie de grands oiseaux dormaient encore côte à côte, leurs immenses becs dressés bien en rang, telles des sentinelles en armes. Les fleurs jaunes de l'upas ondulaient en tous sens, se déplaçaient lentement en haut de l'arbre. Les fruits noir violacé tremblaient dans les premières lueurs du matin. Du sommet, un petit singe tendit le cou, piqua un fard et poussa un cri aigu. Le coq sans tête, élégant et magnanime comme à son habitude, se glissa en hâte hors du bosquet et bondit sur une racine, suivi de près par Tsan. Le regard de Da-dy était toujours arrêté sur le taillis d'où était sorti le sanglier, le corps aussi raide qu'une solide statue soutenant le tombeau d'un chef barbare. L'urine du sanglier avait giclé sur A-hung, l'odeur forte et piquante lui permit de suivre sa trace sur le sentier parmi les herbes. Le sanglier stoppa des quatre fers devant un buisson de rhododendrons de Malabar, mais soit force de l'inertie, soit ivresse, il s'affala par terre comme le premier marcassin qu'A-hung avait jadis tué, le sanglier geignit cependant, il se remit rapidement sur ses pattes, eut un hoquet d'ivrogne, éternua comme un être humain, puis se faufila dans les chaumes. Il galopait, ses hésitations trahissaient la panique, à la grande différence du marcassin qui par instinct de survie avait tenté de repousser A-hung aux confins de la Terre, pourtant les ressemblances devinrent plus nombreuses à partir du moment où ce sanglier se fut faufilé dans les chaumes : les globes de ses yeux ressemblaient à des œufs de caille, ses défenses à des arcs bandés, et sa tête était aussi plate qu'une selle de vélo, maléfique à phosphorescence de feux follets. A-hung pouvait même voir les nodules de chair qui constellaient son groin. Le sanglier ivre avait couru très loin, mais l'odeur d'urine fraîche continuait à se déverser depuis les chaumes jusqu'à l'upas.

Enfin, A-hung distingua, imprégnée dans cette odeur d'urine, celle d'Emily dans les chaumes.

« Dispersez-vous, dit Da-dy à voix basse. Les Monstres ! »

Au moment où Da-dy, la Face Rouge, Tortue Molle et A-hung se séparaient pour s'enfuir vers des arbres aux graines ailées derrière eux, une rafale de balles *piou piou piou* fusa sur l'upas et ses contreforts, le feu de camp et les chaumes. Tsan se rua sur le coq sans tête qui était sur son perchoir, il ouvrait les bras pour le prendre quand deux balles traversèrent sa tête et son cou. Le coq déploya ses ailes et, en un bond, alla se cacher dans un recoin de la racine. Tortue Molle reçut une balle dans la poitrine, sa tête cogna contre un tronc, la Face Rouge le traîna derrière un arbre en le soutenant sous les aisselles. Da-dy, A-hung, la Face Rouge et Tortue Molle s'étaient dissimulés derrière trois troncs. Mais leur circonférence n'était pas large, tout juste suffisante pour protéger un homme des balles. Quand la Face Rouge et Tortue Molle se trouvèrent cachés derrière le même arbre, leur situation devint extrêmement critique. La pluie de balles tirées au hasard cessa, Tortue Molle avait aussi été touché à l'épaule et aux jambes. Le feu de camp avait été dispersé, des flammèches avaient pris ici et là. De jeunes branches et des feuilles trempées de la rosée du matin jonchaient le sol sous l'upas, un nid de fourmis de feu, de la taille d'une noix de coco, tomba sur une flamme et se consuma dans un souffle. Le tronc de l'upas et ses contreforts portaient d'innombrables impacts, Tsan Jin-peng, inerte sur la racine, ressemblait à une guenille en lambeaux, le haut du corps criblé de balles, les jambes pendant dans le vide. Le vent du sud-ouest, ténu, n'emportait pas l'odeur de poudre qui régnait sous l'arbre, ni ne chassait l'odeur d'urine du sanglier qui inondait la campagne. A-hung, une fois qu'il se fut couché derrière l'arbre, aperçut Da-dy, collé comme un serpent contre le tronc, qui d'un signe de la main lui indiquait de garder le silence. A-hung prit une grande inspiration, l'odeur de poudre couvrit, momentanément, l'odeur d'urine du sanglier et d'Emily. Ce sanglier trop gourmand de fruits fermentés se lança au galop, une course chancelante, mais à très grande vitesse, le bruit de ses sabots résonnait dans la campagne, la queue frisée du suidé soulevait dans les chaumes un tourbillon vert, où des moineaux tournaient en rond à la poursuite de sauterelles, où des serpents blancs pourchassaient des grenouilles vertes, où étaient aspirés les grands coucals qui volaient bas. A-hung inclina la tête et vit le sang qui s'échappait des narines et des coins de la bouche de Tortue Molle, celui-ci approcha de Kwan la Face Rouge son visage pâle de moribond aux lèvres tremblantes. Jusqu'à son dernier souffle, Tortue Molle tint serré dans son poing le tract de reddition sur lequel les Monstres avaient reproduit la photo d'Emily.

Trois choses toutes noires volèrent dans les airs depuis un bosquet et retombèrent sous l'upas. La tête du Biscornu tomba pile sur les cendres du feu, une fumée blanche se dégagea et, oh ! à la tête semblèrent pousser des jambes, elle rebondit comme une grenouille puis roula jusque sous une racine, son œil unique encore vif fixait Tsan Jin-peng qui gisait au-dessus. Les deux têtes des bûcherons, paupières closes, reposaient sur le bois sec éparpillé par le sanglier.

Une nouvelle rafale fut tirée des bosquets sur les arbres aux graines ailées derrière lesquels étaient cachés les trois hommes. Le corps de Tortue Molle, qui dépassait du tronc, subit sans un bruit la morsure des balles, secoué comme un bout de bois flottant dans les rapides. Les têtes des bûcherons, les dents serrées de rage, encaissèrent elles aussi quelques tirs perdus. Plus de la moitié des projectiles échouèrent dans les chaumes derrière les trois hommes, les tiges se couchèrent avec calme, coupées en deux, étêtées, ouvrant la voie aux balles qui s'en allaient voler librement dans la vaste campagne. Elles furent aspirées dans le tourbillon vert soulevé par la queue du sanglier ivre, répandant leur puante poudre noire, et parmi les moineaux et les sauterelles, les serpents blancs et les grenouilles vertes qui se pourchassaient, pourchassèrent les grands coucals. Les coups de fusil précipitèrent le galop du sanglier, et le tourbillon élargi aspira plus de balles encore. La clarté ensanglantée du matin imprégna les chaumes, le manteau de brume s'était levé, il restait dans le ciel l'empreinte géante du bleu de la nuit, des confins de la terre venaient les bruits de pas du jour qui roulaient dans la campagne. Le ciel s'éclaircit, s'éclaircit plus vite que le Biscornu ne rechargeait son fusil.

Au moment où les tirs cessèrent, le feu s'éteignit, un silence de mort régna sous l'upas. Le tourbillon aux teintes vert sombre qui avait coloré les fourrés de chaumes cessa, le sanglier s'effondra dans les herbes, les quatre fers en l'air, tremblant de tout son corps, des fléchettes empoisonnées aussi fines que des cure-dents étaient fichées dans son cou et son ventre. Da-dy adossé à l'arbre, le fusil serré entre les mains, fit un nouveau signe pour indiquer le silence. A-hung était recroquevillé sur lui-même, caché tel un lapin dans une anfractuosité du tronc. L'arbre qu'il avait choisi était jeune et gracile, ses racines étaient superficielles, par chance il y avait une cavité qui faisait comme une tranchée. Il avait craint que le tronc, qui telle une meule de foin le protégeait de la morsure du fouet, n'éclate sous la frappe des balles. Kwan la Face Rouge était accroupi face au tronc, écrasant presque sous ses fesses la tête de Tortue Molle. Da-dy regarda A-hung et Kwan, il tendit les cinq doigts de sa main gauche, usant du langage des signes dont il avait l'habitude à la chasse. A-hung, malgré son inexpérience, comprit à peu près. Ennemis peu nombreux, entre cinq et huit, mais grande puissance de feu, ne pas bouger à la légère ; ils n'attaquent pas, ils redoutent nos fusils. Ce sont des fuyards, munitions limitées, attendre qu'ils les épuisent, nous profiterons du bon moment pour bouger.

Les faibles clartés du matin traversèrent les feuillages, se déposèrent sur les arbres derrière lesquels ils étaient cachés. Deux avions de chasse alliés, empourprés dans l'illumination de l'aube, tracèrent sans bruit leur sillage dans le ciel au loin, laissant derrière eux deux halos carmin. Légers et gracieux comme la cendre, les éperviers bleus partaient en chasse, la coupole céleste se transforma peu à peu en arène. Des coups de feu retentirent à nouveau dans les bosquets, mais ils n'étaient pas dirigés sur eux. Un brouhaha, des cris et des gémissements d'hommes emplirent les arbustes. Trois Monstres en uniforme kaki jaillirent en titubant et s'affalèrent à côté des têtes des bûcherons, les membres convulsés, poussant de temps à autre des plaintes aiguës, leurs poitrines, leurs cous et leurs joues étaient hérissés de fléchettes empoisonnées. Une vingtaine de Dayaks, parang à la main, bondirent des bosquets en mugissant, les mains se levèrent, les lames s'abattirent, tranchèrent les trois têtes. Plusieurs autres Dayaks surgirent à leur tour, brandissant une dizaine de têtes de Monstres, ils regardèrent vers le ciel et chantèrent la beauté de ce monde.

Un garçon tout pâle, tenant à la main une sarbacane au bout de laquelle était attachée une baïonnette, serrait fermement dans son autre main le col d'un Monstre qu'il traîna jusque sous l'upas comme un bout de bois pourri. Le Monstre avait de petits yeux, l'arête du nez barrée par une cicatrice en creux, son oreille gauche ressemblait à un amas d'œufs de cafard, il avait l'air épuisé, apeuré, une fléchette empoisonnée était plantée dans chaque jambe, à son ceinturon pendait un fourreau en palissandre enveloppé d'une peau de boa, à l'intérieur il y avait le katana Masamune au manche en peau de requin. De derrière son arbre, Da-dy vit clairement que le garçon tout pâle était le fils aîné de Ho Jin-kien, le Pâlot, et que le Monstre aux jambes meurtries était Yoshino Masaki.

« Le Pâlot ! » De derrière l'arbre, Da-dy montra sa tête. « C'est moi ! C'est Tzo Da-dy ! ».

Le Pâlot regarda Da-dy, avec un sourire vague et morne.

Da-dy marcha jusqu'à l'upas, suivi de Kwan la Face Rouge et d'A-hung.

« Le Pâlot, tu es encore vivant », dit A-hung.

Le garçon leur jeta un coup d'œil oblique, puis fixa son regard sur Yoshino. Le poison était en train d'envahir la partie supérieure de son corps, et bien qu'il eût la main sur le manche, ses bras amollis, impotents, avaient perdu toute sensation et n'avaient plus la force de tirer le sabre. Il repensa soudain au général Maeda Toshinari qui, la première fois qu'il avait tenu le sabre, lui avait demandé ce qu'il ressentait, il éprouvait maintenant, de façon plus vraie, cette profonde impuissance du dragon retourné à la mer, du tigre tapi au fond de la montagne. Le poison, comme une marée, avait englouti ses jambes, ses fesses et son entrejambe, sa taille, il montait à l'assaut de son cœur et de son cerveau. Une partie du poison avait déjà atteint sa poitrine et son cou, comme la salamandre en embuscade, comme la Krokop enfoncée à l'intérieur des terres, comme le singe méchant qui lui avait mordu le nez et l'oreille. Il ouvrit la bouche et poussa des grognements, douloureux mais arrogants, *woowoocuicui, ayayaya, hohohoho*, cris de singe, grouinements de sanglier. Il regardait le vert feuillage de l'upas scintillant, les feuilles gorgées de rosée et de lumière matinale lentement s'amassèrent pour former un miroir où son reflet se déformait capricieusement, avant d'avoir les bras et la tête tranchés, il se métamorphosa en une grande tortue pourvue d'une grappe de têtes, qui s'en alla nager au milieu d'une contrée sauvage, irréelle, fantastique.

Les Dayaks poussèrent de farouches hurlements, ils débattaient pour savoir qui avait qualité pour obtenir la tête de Yoshino. Le Pâlot fit un geste de la main, dit quelques mots dans la langue dayak, créant une situation à laquelle Da-dy, Kwan la Face Rouge et A-hung ne comprenaient rien. Le Pâlot tira le Masamune, il caressa la lame de son index, faucha une touffe de chaumes à côté de lui, sectionna une branche au-dessus de sa tête, d'un coup de pied il envoya Yoshino à terre et, tenant le manche à deux mains, lui trancha chaque bras. Les cris de Yoshino étaient d'une faiblesse extrême, comme le halètement d'une grande tortue à l'agonie. Le poison l'avait paralysé, il ne ressentait déjà plus la douleur. Le Pâlot jeta le katana sur le sol, sa soif de vengeance n'était pas encore assouvie, il regardait avec dédain le corps parcouru de spasmes de Yoshino. Da-dy dévorait le sabre des yeux. Le jour où les frères Ngo avaient mangé les escargots, le jour où Yoshino avait exposé le corps sans tête d'Ito Hideo sur la place du marché, et même le jour où, aux jumelles du Biscornu, il avait suivi Yamazaki et Yoshino qui pourchassaient les enfants, ses regards ne s'étaient pas détachés un seul instant de ces deux sabres qui avaient massacré tant de villageois. Dans les souvenirs des habitants du Bouk aux Sangliers, dans la terreur qu'ils leur inspiraient, ces katanas étaient une paire de canines gigantesques de tigre à dents de sabre, pendant et après la guerre, ils apparaîtraient sans cesse dans leurs cauchemars immémoriaux les plus fous, dans les ombres vacillantes traquées par les chasseurs en embuscade lors de leurs déambulations nocturnes dans la jungle.

Da-dy ne pouvait s'empêcher de murmurer : Quel sabre, quel sabre, ah mais vraiment, quel sabre !

Les Dayaks se ruèrent en avant, c'était à qui couperait en premier la tête de Yoshino. Da-dy ramassa le sabre, d'une voix forte il s'adressa aux Dayaks : « Valeureux guerriers, cette brute a pris la vie de trop nombreux villageois de Krokop, laissez-moi les venger aujourd'hui. » Après qu'il eut tranché la tête de Yoshino, les yeux fixés sur le tranchant à l'éclat glacial et sur le dos de la lame fièrement dressée, il murmurait sans cesse pour lui-même : Bougre de pirate ! Quel bon sabre ! Pendant que les Dayaks se disputaient la tête, Da-dy détacha le fourreau du ceinturon, essuya le sang sur la lame et rengaina le sabre. D'un air inquiétant, il serrait dans sa main le fourreau en palissandre enveloppé dans la peau de boa, une cigarette occidentale presque consumée à la bouche, il souffla quelques claires bouffées pleines de maléfices, telles des têtes de souverains frappées dans le pur nickel des pièces de monnaie.

Le coq sans tête sauta sur une racine, « regarda » Tsan Jin-peng du coin de l'œil et lança un cri rauque et sourd. Déployant ses ailes, il bondit sur son dos, tapota de ses griffes, déchirant la chemise, puis sauta à terre avec légèreté et s'arrêta devant le corps d'un Monstre décapité. Les Dayaks l'entouraient, les avis allaient bon train, ils passèrent plusieurs fois leur parang sur le cou du volatile pour s'assurer qu'il n'avait pas une tête invisible. Le coq parut importuné par leurs regards, il retourna à sa racine. Une violente querelle éclata sous l'upas. Comme les Dayaks ramassaient la tête du Biscornu et celles des deux bûcherons, Da-dy leur intima l'ordre d'arrêter. Quand ils voulurent trancher celle de Tortue Molle et de Tsan Jin-peng, Da-dy, avec Kwan la Face Rouge, leur ordonna, une fois encore, d'arrêter. Le Pâlot s'interposa, finalement les Dayaks entonnèrent à pleine voix leur chant de guerre, où ils célébraient la fertilité de leurs terres, la beauté de leurs femmes, et s'en allèrent bruyamment. Da-dy et les autres creusèrent une grande fosse à côté de celle des enfants, après avoir enterré vite fait bien fait le Biscornu, Tortue Molle et les autres, Kwan la Face Rouge et Da-dy s'écartèrent de l'arbre, une seconde dispute éclata. L'abrupte falaise du ciel répercutait les cris de tous les animaux et insectes dans les fourrés, masquant la discussion que Kwan et Da-dy menaient volontairement à voix très basse. A-hung, debout sous l'upas, entendit des bribes de phrases qui soudain s'élevaient, mais ne put saisir clairement le contenu de l'altercation.

Da-dy se rua soudain sous l'upas, avec le fourreau du Masamune il écarta les chaumes et se jeta sur le sentier étroit qu'avait emprunté plus tôt le sanglier. La Face Rouge était après lui, il ramassa au passage le fusil d'un Monstre et, parang à la main, s'engagea lui aussi sur le sentier. A-hung s'approcha, il hésitait à les suivre. Le Pâlot vint à lui.

« Yamazaki s'est échappé, il fuit vers le nord-ouest en longeant la Krokop. » Le Pâlot essuyait les taches de sang sur son parang avec une feuille sèche. « Je doute qu'il ait l'intention de se rendre aux Alliés. Nous devons le trouver avant eux.

— Et Emily ? demanda A-hung.

— Je ne sais pas. » Le Pâlot s'en allait en direction du nord-ouest. « Tu viens ou pas ? »

A-hung hésitait un peu.

« Si Emily est vivante, elle ne se perdra pas, rien de plus facile pour elle si elle veut te retrouver, déclara le Pâlot. Ce chien noir, il a un odorat qui détecterait ta pisse vieille de trois ans. »

Clic-clac, clic-clac, le Pâlot appuyait sur son cricket, il prit le sentier où Da-dy et Kwan la Face Rouge avaient disparu.

SUR LA BUTTE

1.

A-hung et le Pâlot longèrent la Krokop pendant deux jours et une nuit, ils ne virent ni Yamazaki, ni Da-dy, ni la Face Rouge, ni ne reçurent de nouvelles d'Emily et son chien. Depuis le moment où elle avait disparu de sous l'upas, avec son chien Paul qui, semblait-il, tenait toujours dans sa gueule la tête d'un Monstre, elle avait laissé à A-hung l'odeur de l'urine répandue sur le sol, celle des secrétions de son sexe adhérant à son entrejambe, de sa transpiration âcre partout sur son corps, jusqu'à l'odeur de la salive enduite sur son cou, ses lèvres et ses dents, comme une fine membrane aérée qui l'enveloppait tout entier, Emily n'avait pas quitté ses sens. C'était comme si la réaction d'Emily, cette nuit-là, l'avait ramené à sa nuit de noces, et durant le trajet de deux jours et une nuit qui les ramena au village, les souvenirs s'enchaînèrent, leur promenade sur le même vélo dans les chaumes, la chasse au sanglier, leur fuite devant les Monstres.

Le vélo d'Emily, japonais maquillé en anglais, avec ses relents de fientes de poulet, l'accompagna tout le long de la route, laissant sur les berges de la Krokop de profondes traces de roues en forme de serpents accouplés. Quant au sanglier qui avait uriné sous l'upas puis avait été criblé de fléchettes empoisonnées dans les chaumes, deux Dayaks lui avaient ficelé le ventre à l'aide de deux lianes, fait un nœud sur le dos et passé un bâton au-travers, au moment où, l'un devant, l'autre derrière, ils s'apprêtaient à le soulever en l'air pour le charger sur l'épaule, le sanglier s'était retourné, avait brisé les lianes et s'était remis d'aplomb sur ses pattes, ses naseaux vomissaient une vapeur de sang vert sombre et, vert sombre lui aussi, un feu follet brillait sur son dos, sa queue kératineuse tournoya et fit naître un tourbillon de feu à vous couvrir de cloques, puis il posa le sabot sur le chemin sans issue pavé d'ossements où nul être humain ne pouvait s'aventurer, et longea les rives du fleuve à la suite d'A-hung et du Pâlot. Dans ce tourbillon de feu, il n'y avait plus ni moineaux, ni sauterelles, ni serpents blancs, ni grenouilles vertes, mais seulement un parang et un katana abouchés qui faisaient jaillir des étincelles, ainsi que des têtes de Monstres, celles du Biscornu, de Plat-Pif, Ti Kim et d'autres du village.

Le Pâlot et A-hung dormirent à la belle étoile au bord de la Krokop, dès le lendemain matin, le Pâlot quitta A-hung et disparut parmi la végétation.

Des étoiles solitaires constellaient l'aube, la lune bossue répandait un brillant éclat en sa barbe, éclairait les bosquets luxuriants et l'herbe à foison sur chaque rive, les eaux du fleuve s'écoulaient sans fin, sur mille lis de terres fertiles, A-hung commençait à avoir la nostalgie des puits et des étangs du village, des couchers de soleil derrière les grands arbres, des vergers de son père Kwan la Face Rouge et de Ta la Flemme réduits en cendres par les Monstres. Il portait sur son dos le balluchon que Da-dy, dans sa hâte, avait abandonné, à l'intérieur il y avait quelques paquets de cigarettes occidentales et une vingtaine de pâtes d'opium, mais il ne pouvait toucher à rien. Plusieurs fois, il s'était arrêté pour contempler le tract avec la photo d'Emily. Ses longs cheveux, ailes noires rabattues sur ses épaules, son visage aux traits indéchiffrables, son nombril au-dessus du jean, barbouillés du sang de Tortue Molle, fouettèrent en lui le flot de souvenirs de l'eau s'écoulant du sexe enfoui, jaillissante fontaine de sang. Il avala quelques fruits de rotin, pela deux noix de coco vertes pour étancher sa soif, et mangea encore un durian sauvage, un feu s'alluma dans son ventre, il avançait vite le long du fleuve, sous le soleil terne, les nuages massés, le sanglier dont la moitié du corps suppurait et gouttait d'un sang noir galopait, bondissait de ses quatre sabots dont les os étaient à nu, il traînait ses entrailles hors de son ventre, putrides, infestées de vers, de mouches et d'abeilles, prenant comme dans un filet des têtes de Monstres et de villageois, un parang idiot et un katana stupide, puis, encore une fois, il souleva au-dessus des chaumes un tourbillon phosphorescent vert sombre.

De retour au village, A-hung vit un groupe d'enfants en haillons, ils mangeaient des bonbons et du chocolat offerts par les soldats alliés, à bord d'un chaland de débarquement amphibie qui croisait sur le fleuve, quelques militaires australiens, les kangourous, étaient en faction. Il découvrit avec stupeur que sur la vingtaine de gamins, plus de la moitié portaient les masques de *yôkai* de Kobayashi, ceux-ci, sourire faux, mi-triste mi-courroucé, fixaient la terre ferme du regard. A-hung les scruta avec attention, il aperçut quelques masques inconnus, il ne savait pas d'où sortaient ces monstres-là. Deux petits chantonnaient *Kagome Kagome* avec des braillements aigus de bébé. Après le départ des Monstres, les enfants étaient revenus les uns après les autres au village, avec leurs inséparables frondes, les jouets en ferraille de Mapopo et les masques de Kobayashi. Sur le quai, une foule de villageois formaient une file d'attente pour la distribution de nourriture et de tickets de rationnement par les Alliés, les rangs étaient émaillés d'une dizaine de jeunes femmes, certaines étaient enceintes, d'autres tenaient dans leurs bras un bébé enveloppé dans ses langes, d'autres traînaient par la main une marmaille titubante, et il y en avait qui, enceintes, portaient un bébé sur le dos et donnaient la main à un enfant qui venait d'apprendre à marcher, et tout ce petit monde faisait un raffut formidable. La prolifique et étonnante fécondité de ces jeunes filles mariées à la hâte avant la guerre arrivait à point pour repeupler le village décimé par les Monstres. Dans toutes les rues et les allées du Bouk aux Sangliers, étaient affichés ou placardés sur des panneaux des avis d'arrestation et de récompense pour la capture des traîtres. Devant la place du marché, un flot sinueux de gens s'étendait sur près de cent mètres, ils attendaient de payer un dollar cash pour avoir le droit de frapper les traîtres et les Monstres. Avant même que ceux-ci rendent les armes, les bâtons des villageois et les frondes des enfants leur avaient fait passer le goût du saké. A-hung errait parmi les ruines de son ancienne maison sur les berges, il s'enquit de Da-dy, la Face Rouge, Emily et Yamazaki, il vit la maison sur pilotis de Fortune Ng portes et fenêtres grandes ouvertes, devant, les sept durians se balançaient sous le vent. La charpente était encore intacte. A-hung y traîna sa carcasse éreintée pour y passer la nuit. Le lendemain de grand matin, il partit dans la campagne errer autour de la maison d'Emily cernée par les chaumes, dont seule une moitié restait encore debout, revenu au village il eut vent d'une nouvelle qui concernait Yamazaki.

Au point du jour, le maraîcher Ong Tieng-wat se préparait à aller labourer avec sa houe quelques parcelles de légumes. Mal nourri pendant la guerre, quand il se levait le matin, ses yeux étaient obstrués par une couche chassieuse, il lui fallait les laver avec de l'eau salée pour recouvrer la vue. Il ouvrit la porte d'entrée, le ciel était sombre, il avait essuyé une partie des humeurs de ses yeux quand il vit vaguement sur la terrasse une grande silhouette maigre dont les longs cheveux flottaient au vent, le visage mangé par la barbe, elle tenait un sabre nu à la lame véhémente, le regard dardait des pointes, les lèvres serrées ruminaient de funestes paroles, en le voyant Ong trembla de peur.

Il continua à s'essuyer les yeux avec sa serviette imbibée d'eau salée, afin de mieux voir ce bonhomme-là, mi-homme mi-démon. Il avait levé sa serviette à deux mains quand un éclair zébra l'espace, le sabre coupa la serviette en deux, et son petit doigt avec. Le tissu se teignit de rouge, le sang frais goutta sur la cuvette en fer, où le misérable petit doigt était tombé. Ong poussa un cri de douleur. « Qui... qui es-tu ? Qu'est-ce que tu veux ? »

La bouche de l'autre se tortilla, et expulsa une gauche et indistincte phrase en chinois : « Tzo – Da – Dy – être – où ? »

La douleur dans sa paume mettait Ong à la torture, et il ne comprit pas tout de suite, mais très vite, le sens de chaque mot lui apparut.

« Mais je n'en sais rien ! » Il pressait sa main sur la blessure de son petit doigt, il cligna des yeux de toutes ses forces pour enlever le reste de chassie. « Il y a très longtemps que je ne l'ai pas vu. »

Le bonhomme posa la pointe de son sabre sur le plancher de la terrasse. « Kwan – la – Face – Rouge ?

— Je ne sais pas.

— Kwan – A – Hung ?

— A-hung ? » Ong retrouvait peu à peu la vue. Le fourreau enveloppé de cuir de cheval à la ceinture du bonhomme lui était très familier. « J'ai entendu dire qu'il était revenu hier.

— Où – ça ?

— Ah, je ne sais pas ! Sa maison est en ruines. »

La femme de Ong avait entendu gémir son mari, boîtant sur sa jambe enflammée, elle alla regarder sur la terrasse à travers la fente de la porte. Sa vue était excellente, mais à cause du manque de viande elle souffrait de béribéri, ses jambes étaient sans force. Elle reconnut sur-le-champ le sergent-major de la police militaire, Yamazaki Kenkichi. Ong, dont la vision était redevenue presque normale, reconnut aussi celui qui était devant lui, cet homme aux abois, au visage tourmenté.

« *Taijin*… » Ong pressait sa main blessée contre lui et, d'instinct, s'inclina devant Yamazaki.

La femme vit Yamazaki lever son sabre et faire un grand pas vers son mari.

« Tu – me – reconnaître ? »

Ong Tieng-wat leva la tête et le regarda. Yamazaki bondit sur lui tel un primate.

Madame Ong vit la tête de son mari se détacher du corps et tomber *boum* dans la cuvette en fer, faisant jaillir une écume malsaine, malfaisante. Le corps décapité s'effondra entre la cuvette et un bidon planté de bougainvilliers, le sang coula en suivant l'inclinaison de la terrasse jusqu'au seuil de la porte, mouillant les deux grands pieds décharnés de la femme. Epouvantée, elle chancela et, dans le sillage de son mari, s'écroula dans la mare de sang, à ce moment-là Yamazaki avait déjà sauté au bas de la terrasse et, abattant la clôture des Ong à coups de *tachi*, avait disparu au-delà des champs de légumes.

Ce soir-là, tandis qu'il était à la recherche de Da-dy et ses compagnons, Yamazaki décapita trois autres villageois qui l'avaient identifié. Les kangourous, les cow-boys et les chevaliers de la Table Ronde, guidés par les habitants de Krokop, organisèrent des patrouilles dans les fourrés et dans les chaumes, ils découvrirent sur la racine en contrefort d'un arbre à graines ailées Kwan la Face Rouge, le visage baigné de larmes et de morve, tremblant, recroquevillé sur lui-même, il proférait des sons inarticulés. Il avait une balle dans la cuisse, l'épaule ensanglantée, plongé dans un délire continu, il donnait des coups de parang aux soldats alliés, si les villageois ne l'avaient pas reconnu, il eût été abattu sans sommation sur-le-champ. On l'emmena à l'hôpital, il consomma un bout d'opium apporté par A-hung et ressortit au bras de son fils, ils s'en retournèrent à la maison abandonnée de Fortune Ng. Appuyé au chambranle de la porte, debout sur le plancher sec et pourri du salon, Kwan la Face Rouge, face aux interrogations d'A-hung, flageola sur ses jambes, le regard fuyant, il lui demanda un autre morceau de pâte d'opium, il semblait avoir complètement oublié la dispute qu'il avait eue avec Da-dy à l'écart de l'upas. Pressé de questions, il papillonna des paupières, ouvrant des yeux de carpe, il fixa A-hung, perplexe, et dit en suffoquant de rage : « Moi ton père, depuis des jours je suis en manque d'opium, j'aurais monté une truie que je ne m'en souviendrais pas, alors comment saurais-je quelle bon dieu de chose s'est passée ? » A-hung mentionna Yamazaki, la Face Rouge cracha un jet de salive entre les lames du plancher : « Ce Monstre sans graines ! Que je le trouve et j'en fais de la charpie. » Avant la tombée de la nuit, A-hung fit un tour d'inspection dans le village, afin de se protéger de Yamazaki, il se mit à chercher une autre maison abandonnée où ils pourraient loger.

La morne luminosité du couchant rougissait les chaumes. Disséminés dans la campagne, nettoyés de leur chair par les bêtes voraces, les insectes et les fourmis, les ossements se multipliaient, la pestilence attaquait plus violemment les narines, comme une haleine putride exhalée par le bavardage incessant des squelettes. Les éperviers bleus s'élevaient dans le ciel rouge, à la recherche de leurs proies tapies. Les villageois avaient repris bêches et houes, ils cultivaient sur brûlis car durant toutes ces années ils avaient fui les terres incultes ravagées par la guerre, tombées dans l'oubli. Les fumées obstruant le ciel ressuscitèrent, dans un désordre de flammes féroces. Les villageois ramenèrent aussi une marée de bestiaux aux membres solides pour les élever dans le Bouk aux Sangliers, le temps manquait pour reconstruire étables et poulaillers. Deux jeunes bûcherons robustes faisaient paître le bœuf de trait de Fortune Ng, une jument Hollandais à sang chaud et deux vaches Holstein dans les chaumes, l'autre jument et sept vaches avaient été anéanties sous les bombardements des Monstres ou des Alliés. L'un des bûcherons, qui n'avait pas fumé d'opium depuis deux jours, déclara que la jument avait été projetée dans le ciel par une bombe et s'était transformée en un nuage en forme de blanc destrier, qui avait erré là-haut plusieurs jours durant. Dans la campagne on ne voyait plus de sangliers rusés, plus de singes espiègles, ni de grands coucals, plus de trois années de coups de feu et d'explosions avaient détruit leurs habitats, les avions de chasse et de transport des deux camps, volant haut, volant bas, avaient fini de les rendre peureux, cependant les retentissants aboiements des chiens, les cris sonores des volailles qui résonnaient dans la campagne leur firent vaguement sentir le retour des temps de paix. Un cerf aboyeur se tenait sur la dune du rivage, il n'était jamais apparu au village, en voyant A-hung il s'avança puis repartit avec calme, laissant de belles et délicates empreintes sur le sable.

Sur la prairie défoncée par les cratères d'obus, A-hung aperçut un enfant, un bâton à la main, un autre enfant portait un râteau sur l'épaule, un troisième traînait un chien blanc, un dernier avait les mains jointes en prière, déguisés en moine Tripitaka et ses disciples ils faisaient halte pour se restaurer, ils se dirigeaient vers une cabane de chaume où ils demanderaient l'aumône de nourriture, or c'était un nid de sorcières bondissantes, masquées, qui s'apprêtaient à les capturer vivants pour les faire bouillir. Au moment où la patrouille de kangourous et de chevaliers de la Table Ronde passa, ils s'arrêtèrent, déposant casquettes et fusils, pour admirer le spectacle. A-hung fit un tour dans la campagne, il voulait se rendre à l'ancienne maison de Maître Hsiao, mais il s'aperçut que le soir tombait, la lune montait dans le ciel flottant comme une méduse en forme de parapluie, et dans le ciel qui peu à peu devenait plus sombre une étoile dorée souriait. A-hung retourna à l'endroit où les enfants s'amusaient. Le moine et ses disciples semblaient avoir été dévorés par les sorcières, une vingtaine de gamins affublés de masques de *yôkai* faisaient une ronde autour d'un enfant aux yeux bien clos, tout en gambadant ils chantaient *Kagome, Kagome*, ils jouaient au jeu de l'attrape-monstre de Kobayashi. Prodigieux enfants qui pouvaient déjà chanter dans un japonais approximatif :

Kagome kagome
Kago no naka no tori wa
Itsu itsu deyaru ?
Yoake no ban ni
Tsuru to kame ga subetta
Ushiro no shômen da.are ?

Encagé, encagé
L'oiseau dans sa cage
Quand sortiras-tu ?
Au point de l'aube
Grue et tortue ont glissé
Qui est derrière toi ?

Les nouveaux masques, qu'il n'avait jamais vus, cornes d'auroch groin de cochon, bec d'oiseau face de tortue, alternaient avec ceux de *tengu* et de renarde à neuf queues. Des enfants plus jeunes, regroupés dans un coin sableux où le sol était plat, s'amusaient avec les jouets en ferraille, les billes, les canons à air, les marionnettes… Après que trois d'entre eux eurent été attrapés, les gamins s'apprêtaient à se disperser dans les fourrés pour que les trois monstres les recherchent, quand A-hung leur dit : « Il est tard, les enfants, vous rentrez à la maison ? »

Deux d'entre eux retirèrent leur masque et regardèrent A-hung d'un air candide. Les autres, toujours masqués, le dévisageaient avec des expressions matoises et féroces. Un garçon grand et fort comme un cheval, affublé en *tengu*, souleva son bâton et le fit tournoyer deux fois en l'air. « Grand frère A-hung, il ne fait pas encore nuit.

— Ces Monstres de Japonais ne sont pas encore tous morts. » Il repensa à Ta-tsi, Grande Perche et les autres, son cœur se serra. « Avant-hier, il y en a un qui est venu et a décapité trois villageois.

— Les Angliches sont là, nous n'avons pas peur des Monstres », répondit une fillette au frais minois qui ressemblait beaucoup à Un-tian, elle avait ôté son masque et montrait les soldats anglais et australiens qui assistaient au spectacle.

« Avec ma fronde, les Monstres n'osent plus péter ! » Un garçon masqué en *tengu* sortit un lance-pierre de sa poche, il se pencha et ramassa une pierre pour la placer dans la bande de tissu, *pfiou*, elle fondit sur un conciliabule de moineaux dans les chaumes. Un garçon qui portait un masque à tête de cochon décocha lui aussi une pierre, elle décrivit une immense courbe dans le ciel en direction du Bouk aux Sangliers, et retomba *clang clang clang clang* sur le toit en tôles zinguées d'une maison d'où s'élevait la fumée d'une cheminée. Le garçon enleva son masque, regarda la maison prise pour cible et tira la langue. Les villageois détestaient par-dessus tout ces bombardements de leurs toits, cela portait malheur, disait-on, Mapopo en était la preuve irréfutable.

« Les enfants, vous vous souvenez, avant il y avait un Monstre japonais, le chef des *kempei*, qui portait un brassard où était écrit en rouge *Kem Pei*, il a coupé la tête de bien des gosses de notre village. » A-hung s'avança au milieu du groupe. « Cet homme est encore vivant, il peut venir à tout moment pendant la nuit et prendre votre vie.

— Moi je sais, ce Monstre s'appelle Yamazaki, dit une fillette qui était en train de jouer avec un canon à air. Il a tué les enfants de Fortune Ng et de Ko Lai, et il a aussi coupé la tête de l'idiot Ngo Tshen-bin. »

Quelques enfants hochèrent la tête. La plupart d'entre eux ôtèrent leur masque, fronçant leurs sourcils perlés de sueur ils regardaient A-hung, bouche bée. Avant l'invasion des Monstres, ces enfants avaient migré avec leurs familles à l'intérieur des terres, là ils avaient mené une existence quasi primitive, leur vie avait été sauve, ils en savaient peu sur les désastres qui s'étaient abattus sur le village. Le garçon qui brandissait son bâton, le masque de *tengu* pendant sur la poitrine, demanda : « C'est ce Monstre qui a tué Ta-tsi et Grande Perche ?

— Ils n'ont pas été tués de sa main, répondit A-hung. Mais ça ne fait aucune différence.

— C'est lui qui a tué aussi Maître Hsiao ?

— Euh… ce n'est pas ça qui est important, dit A-hung. En un mot, ce Monstre est imprévisible, il peut revenir à n'importe quel moment dans le village…

— Eh bien », celui qui avait posé la question remit son masque et chargea son bâton sur l'épaule, « nous vengerons Ta-tsi, Grande Perche et Maître Hsiao.

— Sottises ! lança sévèrement A-hung. Il fait nuit, rentrez à la maison !

— Rien à craindre, il y a les Angloches. »

A-hung sourit avec amertume. Quelques adultes et des soldats kangourous s'avancèrent vers les enfants, d'une grosse voix rude ils les pressèrent de rentrer chez eux.

« Cré vindiou ! » Un vieil homme, son râteau sur l'épaule, maugréait derrière sa haie grillagée. « Bande de petits macaques, je vous écorche tout vifs si vous osez encore lancer des pierres sur ma maison ! »

Parvenus à quelque distance, cinq gamins saisirent leur fronde tachée de sang d'oiseau et, pinçant la bande de tissu entre leurs doigts, ils bandèrent l'élastique et *pfiou pfiou*, décochèrent cinq pierres, deux d'entre elles retombèrent sur le toit en tôle de la maison du bonhomme au râteau, une autre passa par la fenêtre grande ouverte, la quatrième alla cogner contre les cabinets sur le ponton, et la dernière atterrit pile sur le goitre d'un canard de Barbarie à tête rouge qui poursuivait une femelle dans l'étang. Le vieux brandit son râteau et ouvrit le portail d'un coup de pied, tout pantelant de rage, il traversait pieds nus la planchette devant sa porte quand il glissa et tomba, s'étalant les quatre fers en l'air sur la plage crevassée, une branche troua son fond de pantalon, il se mit à geindre de douleur. Les gamins lancèrent cinq autres pierres sur la maison et repartirent à grand tapage.

Immobile au-dessus d'une rangée de buissons épineux, le croissant de la nouvelle lune dessinait une lame de faucille, des nuages en forme de longs câbles s'enroulaient sur eux-mêmes à l'horizon, des fumées blanches, tristes et amaigries étaient perchées sur les chaumes. Les oiseaux de nuit avaient quitté leurs repaires, ils s'amarraient à des piquets du côté du fleuve pour chasser les gobies et les mulots. Les uns après les autres, les villageois allumèrent lampes à pétrole et lampes à gaz, la dernière lueur du jour éphémère mourut, le village entra dans le boa de la nuit, sinueux, interminable, sombre et visqueux. A-hung trouva une maison abandonnée au pied du morne Canada, mais il ne parvint pas à convaincre Kwan la Face Rouge de déménager. Ce soir-là, le Bouk aux Sangliers était d'un calme effrayant, deux chiens blancs qui appartenaient à des Javanais furent éventrés sous le jaquier de la place du marché, leurs entrailles jonchaient le sol ; l'éleveur de poules Fan les Mirettes venait tout juste d'achever la construction d'un poulailler, les tôles du toit furent enlevées, une dizaine de poules réduites en morceaux, le sang maculait l'édifice entier, il découvrit tout autour d'indistinctes empreintes qui appartenaient à on ne sait quel être vivant. Le lendemain soir, c'est un sanglier à barbe domestique qui fut éventré dans le verger en ruine de Fortune Ng, les tripes sanguinolentes pendaient à la branche d'un ramboutan. Le soir du troisième jour, quand il eut fini son repas, Buffle-Lingot-d'Or, le patron de la bijouterie *Le Lingot*, but une bouteille de bière et consomma trois boulettes d'opium, assis sur son ponton il contemplait le scintillement des flots cristallins du fleuve. Depuis la mort de ses deux filles Kyo-kyo et Myo-myo, de ses deux gendres Fortune Ng et Ko Lai, et de ses petits-enfants, il avait détrôné Tortue Molle du titre de plus gros fumeur d'opium de Krokop, il prononçait des paroles sans queue ni tête, mélangées à de l'indonésien que nul ne comprenait, il faisait ses besoins quand ça lui chantait dans les rues du village ou les fourrés de chaumes, il n'était plus le maître orfèvre respecté du Bouk aux Sangliers. L'œil vitreux, la tête vide, il regardait le fleuve et sa végétation depuis une charge de temps, quand soudain il aperçut sur la rive une furtive silhouette aux longs cheveux hirsutes, il lui semblait avoir déjà vu ce vague et triste visage, on aurait dit Lolo Brioche, Hui-tsen, Ho-ngi, ou encore ses propres filles décédées, Myo-myo et Kyo-kyo. La partie inférieure du corps était sans consistance, envahie par une brume rouge, telle une grande chouette elle volait bas en direction du village. Le lendemain matin, un tas de cadavres éventrés et décapités, poules, canards et oies, étaient répandus dans Krokop, quelques coqs grièvement blessés fuyaient dans les rues et, fidèles à leur mission, lancèrent en vomissant du sang un cocorico à vous hérisser le poil. Buffle-Lingot-d'Or n'était pas le seul à avoir vu l'ombre noire, tous les villageois qui rentraient chez eux cette nuit-là l'avaient vue aussi. On se souvint de la tête volante qui avait terrorisé le village quatre années plus tôt, on commença à poser miroirs et objets pointus à l'intérieur et à l'extérieur des maisons, la nuit venue on fermait à double tour les portes et les fenêtres, les bûcherons emmenèrent les enfants ériger des bambous pointus et des pieux dans les chaumes et la campagne. Les collégiens de Krokop retournèrent à la maison de Mapopo réduite en cendres par les Monstres, parmi les décombres ils trouvèrent la faux qui avait terrassé la tête volante, ils la polirent, chaque soir on l'accrochait au seuil d'un foyer différent.

Parang et fusil à l'épaule, A-hung sortait la nuit, se terrait le jour. Le quatrième soir où Yamazaki apparut, il profita que son père était repu d'opium pour le transporter, avec l'aide d'un bûcheron, à la maison abandonnée au pied du morne Canada. Le premier soir de leur emménagement, il s'assit sur la terrasse, fuma une boulette d'opium, grilla deux paquets de cigarettes chinoises Golden Rat, quand la première lueur du jour apparut, il somnolait vaguement, il se réveilla à l'aurore, Kwan la Face Rouge n'était plus là et le fusil qu'il gardait tout contre lui avait disparu.

2.

Le ciel était sur le point de pâlir quand Kwan la Face Rouge s'étira, frais et dispos, sur le plancher du salon il fit un rapide tour sur lui-même et alla se poster sur le seuil de la terrasse pour regarder au loin. A-hung, à côté de la balustrade, était plongé dans un profond et doux sommeil. Il faisait encore sombre autour de la maison, les oiseaux de nuit et les chauves-souris étaient toujours là, deux constellations familières dont il ignorait le nom, ainsi qu'une bande d'étoiles solitaires, moines défroqués dans le chaos de la guerre, n'avaient pas encore été chassées, elles ornaient le nord du ciel pareil à un beau champ de tombes. La Face Rouge fit de légères flexions sur ses jambes. Ses blessures à la cuisse et à l'épaule ne le gênaient plus. Il avait l'impression qu'il lui suffirait de lever la jambe pour franchir d'un bond une chaîne de montagnes. Il s'approcha d'A-hung, ramassa les deux paquets de cigarettes Golden Rat sur le sol, il vit qu'il en restait une toute fripée à l'intérieur d'un paquet, il l'en retira et la mit à la bouche, puis tendant deux doigts il sortit la boîte d'allumettes de la poche d'A-hung et alluma sa cigarette. A-hung dormait comme une souche. Sacré gamin, murmura Kwan pour lui-même, lui qui parle encore de se battre contre ce chien de Yamazaki, une fanfare ne le réveillerait pas, on pourrait lui couper la tête et le machin avec. Une fois sa cigarette terminée, il descendit de la terrasse, cueillit deux carthames des teinturiers et un rameau d'orchidées sauvages, puis il planta les fleurs fraîches dans les cheveux de son fils, posa le rameau sur sa poitrine, accrocha son parang et son fusil de chasse à la poutre de traverse, il lui préparait une petite farce. A peine venait-il d'achever ces préparatifs qu'il entendit derrière lui un rire ténu, léger.

Sa réaction fut extraordinairement prompte. Il saisit la crosse du fusil, fit volte-face et déjà pointait le canon sur le bosquet de hauts palmiers, puis sur les noix de coco, les fougères arborescentes, le poulailler, le puits, les cabinets. Devant la mire passèrent les uns après les autres les troncs droits comme des I, les jeunes crosses de fougères semblables à des cous d'autruches et les noix de coco qui jonchaient le sol, le guidon de mire s'arrêta sur une chemise blanche et un pantalon noir accrochés à l'étendoir en fil métallique, qui se balançaient dans la brise du matin. Ces vêtements paraissaient avoir été tout juste suspendus, l'eau en tombait goutte à goutte. Il avait la vague impression que tout à l'heure, pendant qu'il fumait sur la terrasse en regardant aux alentours, il n'avait pas vu ce pantalon et cette chemise. Il cligna des yeux. Les environs de la maison étaient encore sombres, l'éclat des étoiles aveuglant, bientôt les premières lueurs du jour allaient apparaître, mais pendant un instant ce fut comme s'il reculait dans une nuit sans fin. Il descendit de la terrasse, il vit une volute de fumée blanche s'élever à côté du puits, telles des mèches de cheveux argentées, elle se suspendit dans l'air, une forte odeur de Three Castles le saisit aux narines. Les Three Castles étaient les cigarettes occidentales haut de gamme les plus appréciées des Monstres, c'étaient aussi les préférées de Da-dy. Quand Kwan la Face Rouge, armé de son parang et de son fusil, s'était lancé à la poursuite de Da-dy sur le sentier, c'était à cette odeur qu'il s'était fié, de sorte que Da-dy n'avait pas pu le semer tout de suite, même si, au bout du compte, il avait perdu sa trace. Kwan avait passé la nuit dans la jungle, le lendemain, devant un marais, il avait à nouveau senti la forte odeur de cette marque de cigarettes, mêlée à celles de la salive d'Un-tian, des bananes et des papayes dont se composaient les cigarettes roulées. Il avait contourné le marais, s'était assis sur une racine d'arbre aux graines ailées, l'odeur était devenue plus dense. Il avait fermé les yeux, écouté le babil incessant des plantes, des bêtes et des oiseaux, respiré l'odeur des excrétions animales, la puanteur des ossements et des chairs en décomposition, le parfum des fruits sauvages, dans l'air il avait goûté l'odeur de la fumée imprégnée de transpiration, et celle de la salive de la fillette, il avait ressenti, qui se transmettait par le sol, le galop de toutes sortes d'immenses créatures entrelacées, il s'était remémoré la dispute qu'il avait eue la veille avec Da-dy à l'écart de l'upas.

« Vieux Tzo, la nuit de l'attaque des sangliers contre le village, qu'est-ce que tu as fait à Siau-ngo ? » La Face Rouge a baissé la voix à dessein pour qu'A-hung, sous l'upas, ne puisse pas les entendre.

« Mon vieux Kwan », Da-dy allume une nouvelle cigarette occidentale, il tend sa grande main et brosse légèrement la fine couche de boue sur le fourreau en palissandre. « Qu'est-ce qu'il y a ?

— Avant de mourir, Siau-ngo m'a raconté que cette nuit-là, un homme imprégné d'une odeur de sang avait couché avec elle, dit la Face Rouge dans un souffle. Mais avant de mourir, elle n'avait plus l'esprit clair, je n'ai jamais cru qu'à moitié à son histoire. Cela fait plus de vingt ans, il n'y a pas une minute où je n'ai pas pensé à cet homme...

— C'est donc ça ? Pourquoi ne m'en as-tu pas parlé plus tôt ?

— Tortue Molle, juste avant de mourir, m'a dit que cette nuit-là, il t'avait vu de ses yeux sortir de la maison.

— Et tu crois aux histoires de ce bouffeur d'opium ? » Da-dy lève le katana et le pose sur son épaule, il sort de son sein un paquet de cigarettes occidentales et en tend une toute fripée à Kwan. « Ce type aurait vendu sa mère pour une boulette...

— Cette histoire, Siau-ngo ne l'avait racontée à personne d'autre. Tortue Molle ne peut pas l'avoir inventée, une telle coïncidence est impossible !

— Mon vieux Kwan, cette nuit-là j'étais occupé à tuer des sangliers, est-ce que j'aurais eu le temps de faire ce genre de choses ? » Da-dy voit que Kwan la Face Rouge n'a pas pris la cigarette, il porte la sienne à sa bouche, l'allume et prend deux bouffées en même temps. « Tortue Molle, ce pauvre type, ne pensait qu'à son opium du matin au soir. Je crois que cette nuit-là, il a dû fumer quelques boulettes en moins, et il m'aura pris pour le sanglier qui est venu pisser sur ta terrasse. » Kwan la Face Rouge pose le parang sur son épaule. « Pas étonnant, avec l'opium que tu lui donnais, qu'il soit devenu le pire opiomane du village. C'est toi qui le lui fourrais dans la bouche.

— Mon vieux Kwan, ne crois pas à ses foutaises. »

Woush, dans un sifflement Kwan la Face Rouge a dégainé son parang et s'approche pas à pas de Da-dy.

« Calme-toi, mon vieux Kwan… » Da-dy jette un regard oblique sur les armes. Au moment où ils ont creusé la fosse, ils ont déposé les fusils de chasse, la carabine de Tortue Molle et les mitraillettes des Monstres au pied d'une racine. Da-dy n'a avec lui que le sabre Masamune. « Mon vieux Kwan… »

« Tzo… » La Face Rouge s'approche de plus en plus près. « C'était toi ? C'était toi ? »

Da-dy fait volte-face et s'enfuit en passant sous l'upas, il file sur l'étroit sentier qu'a emprunté le sanglier.

Sur le marais des vaguelettes s'étaient soulevées, elles étaient passées sur les roseaux et les orchidées sauvages de la berge, et avaient échoué à ses pieds. Voilà un jour et demi qu'il n'avait pas fumé d'opium, un grand vide creusait sa poitrine, son entrejambe était encombré d'un souffle chaud qui de l'anus montait droit jusqu'à la fontanelle, semant le désordre dans ses organes, en temps normal il aurait pu clairement sentir ce qui provoquait ces vaguelettes, un sanglier, un ours malais, un iguane, un Iban chargé de gibier, mais à présent il ne pouvait que fixer du regard les luxuriants fourrés de roseaux et les délicates orchidées, sa tête était comme enfumée, son cerveau calciné, il se sentait vide. Son engourdissement étirait le temps, il se perdait dans de confuses pensées, longuement en apparence, brièvement en réalité, il n'était pas encore assis qu'une balle tirée de nulle part l'avait frappé à la cuisse. Il avait poussé un grognement et fait feu sur les roseaux, un coup lourd s'était abattu sans crier gare sur l'arrière de son crâne, il s'était effondré au pied d'une racine, la pointe de son propre parang avait fait une longue blessure sur sa poitrine. Quand il avait rouvert les yeux, son fusil et son parang avaient disparu, une foule d'Angliches en armes et de villageois criaient en face de lui.

Kwan la Face Rouge jeta un regard au fond du puits ténébreux, il sentit l'odeur des Three Castles, d'un coup de pied il ouvrit le portail d'un grillage effondré et pénétra dans le potager envahi par les herbes folles, tout à coup, derrière lui résonnèrent les susurrements du vent. Il tourna la tête, c'était comme si la chemise blanche et le pantalon noir étendus sur le fil de fer avaient été enfilés sur un corps indistinct aux membres mouillés, ils s'élevèrent au-dessus de la margelle du puits et volèrent vers le jardin. Kwan la Face Rouge se frotta les paupières. À travers le grillage, il vit clairement les deux vêtements suspendus à nouveau à la corde à linge. Il pensa alors que sa dernière prise d'opium remontait déjà à la veille au soir, voilà plus de dix heures. Son fusil sur l'épaule, il traversa le potager abandonné, d'un nouveau coup de pied il abattit les montants du portail pourri, toujours à la poursuite de l'odeur de cigarette. Le ciel était de plus en plus sombre, les étoiles de plus en plus brillantes, les oiseaux de nuit de plus en plus nombreux sur les branches, une boule de feu rouge sombre bondit dans le ciel empli de cendres, se levait-elle ou se couchait-elle, était-ce la lune ou le soleil ? Il suspendit son pas, à la recherche de l'odeur ténue, en même temps il réfléchissait, était-ce l'aube qui allait venir ou bien le crépuscule ? Il tourna la tête et regarda vers le village, des panaches de fumée s'élevaient des cheminées, lampes à pétrole et lampes à gaz brillaient, un avion de transport militaire allié au ventre renflé passait au-dessus de la mer de Chine méridionale, l'ombre squelettique d'un chalutier vacillait sur les flots, des corps déchiquetés de mouettes se perdaient dans l'immense étendue d'eau. Il regarda le sentier sur lequel il se trouvait, il lui sembla que même s'il ne bougeait pas, le village s'éloignait peu à peu de lui, comme s'il était pris dans un violent mouvement de plaques tectoniques, il pouvait même entendre les grondements, les craquements de la couche terrestre crétacée de l'époque du mythique Pan Gu, les rugissements d'immenses sauriens aux saillantes écailles qui se faufilaient dans les fourrés de chaumes et se battaient à coups de dents. Pendant qu'il cheminait, il avait perdu momentanément l'odeur des Three Castles et de la salive d'Un-tian, il choisit donc une éminence, s'y posta dessus, ferma les yeux et respira avec force. Dans la campagne, nul vent, les créatures se mêlaient les unes aux autres sans prendre forme, il vit une antique oasis, verdoyante, exubérante, plantée de conifères et de fougères florissants, un volcan actif qui crachait des nuées grises et vomissait des torrents de lave, une brise d'air chaud passa sur son visage, l'odeur des Three Castles réapparut. Il quitta l'éminence, descendit le long d'une colonne vertébrale aussi longue et aussi étroite que le pont de la Krokop, contourna un crâne plus gros qu'une jeep, et vit soudain, flottant sur un riant cours d'eau plein d'herbes aquatiques, un corps vêtu du pantalon noir et de la chemise blanche, les cheveux au vent, les membres brouillés, une natte pendait derrière la tête, la bouche vomit un paquet d'herbes aquatiques vert sombre, les deux manches s'élevèrent à l'horizontale, comme pour l'empêcher d'avancer. Kwan se frotta à nouveau les yeux, le corps avait disparu, les vêtements coulèrent rapidement au fond de l'eau. Qu'est-ce que c'est que ça ?

marmonna-t-il. Il traversa à gué le ruisseau et remonta sur une butte herbeuse couverte de petites fleurs jaunes, l'odeur de la fumée devint d'une insondable densité, il leva la tête et vit un varan pourvu d'ailes membranées qui volait dans le ciel gris brouillé, un cou potelé sortit des fourrés pour mâcher des figues dans les feuillages, une énorme bête à deux pattes et à longue queue dévorait, tête baissée, une charogne. Le vent se leva, une bourrasque susurrante s'abattit et le fit trembler sur ses jambes, sur la butte la chemise blanche et le pantalon noir flottaient au vent, le bas du pantalon manqua de le gifler. Cette fois, il la vit nettement, la propriétaire des vêtements était une jeune femme, le visage pareil à une noix de coco verte, les yeux clos, sans autres attributs du visage, cinq parangs, longs et courts, étaient coincés à sa ceinture, elle portait à deux mains une boîte en ferraille tachée de rouille dont le couvercle était ouvert, l'intérieur était occupé par un œuf énorme, la coquille soudain se fendit, il en jaillit un petit monstre avec une grosse tête, des dents pointues. Kwan regardait la fille d'un air étonné, il avança la main pour toucher le corps indistinct. Ses yeux s'ouvrirent brusquement, elle tendit une main moite, en désignant ce qu'il y avait derrière lui. A cet instant, il la vit encore plus nettement. Son visage avait quelques boutons d'acné, un grain de beauté sur la joue gauche, ses lèvres étaient rouges et charnues, le corps flou comme s'il flottait dans l'eau. « Siau-ngo ! » cria la Face Rouge, elle leva à nouveau la main pour indiquer un endroit dans son dos. Il se retourna et vit une ombre immense qui, brandissant un sabre à la lame véhémente, bondissait sur lui tel un primate. Kwan la Face Rouge sentit un froid sur son cou, un tigre aux canines spadassines referma *clap !* ses mâchoires sur son crâne. Comme sa tête roulait au bas de la butte, il vit un météore en feu, pareil à une chaîne de montagnes, tomber du ciel et soulever dans la jungle un océan de flammes qui recouvrit la terre, et en un instant le monde fut plongé dans la nuit sans fin.

3.

Le menton d'A-hung fut pris d'une forte démangeaison, il ouvrit les yeux et vit, déposé sur sa poitrine, un rameau d'orchidées sauvages, une fourmi sur un pétale mordait le bout de peau d'une petite plaie qu'il avait à la mâchoire. A-hung balaya d'un geste de la main la fourmi et les fleurs, il bâilla, se leva, les deux carthames piqués dans ses cheveux tombèrent à ses pieds. Des rayons de soleil flottaient comme des écailles de poisson sur les fourrés humides, les ombres des palmiers, des cocotiers et des fougères arborescentes recouvraient la maison sur pilotis, de sorte que, l'espace d'un instant, il ne sut pas si c'était le jour ou la nuit, il jeta un œil à la montre d'un Monstre à son poignet. Six heures et demie. Il contempla, perplexe, les carthames et les orchidées sur la terrasse. Son fusil de chasse avait disparu, son parang était accroché à la poutre de traverse de l'auvent, pas l'ombre de Kwan la Face Rouge à l'intérieur. Celui-ci avait disparu aussi furtivement qu'il était venu. A-hung n'en était nullement étonné. Que son père n'ait pas mis un pied dehors pendant le temps de sa convalescence, c'était déjà extraordinaire en soi, cependant, durant ces jours qui suivaient la fin de la guerre, les Monstres rebelles n'avaient pas tous été exterminés et A-hung n'était pas serein. En fait, il avait apporté deux fusils, l'autre était caché dans la soupente. Il alla le prendre, mit son parang dans le dos et descendit l'escalier, prêt à se rendre au village pour chercher son père. Au-delà de la terrasse, la terre était noire autour du vieux puits, les poulaillers et les perchoirs détruits, le portail du grillage effondré, dans le potager perdu sous les herbes folles une pastèque verte était couchée. A-hung coupa la tige, ouvrit le fruit. La chair en était trop molle, pas assez craquante. Croquant de-ci, recrachant de-là, il l'eut finie en un clin d'œil, quand tout à coup il sentit une odeur de cigarettes, pas des Golden Rat, mais des Three Castles. Il ne connaissait que trop cette odeur. Il leva haut son fusil et scruta le jardin abandonné. Le vent du sud-ouest venait du fond en passant à travers un lopin de pieds de maïs flétris et de grands plants de manioc, apportant l'odeur plus capiteuse des cigarettes. A-hung se baissa, le canon pointé sur les plantations. Une volée de moineaux s'envola du manioc et alla se percher sur un cocotier nain. Un homme aux cheveux longs, en uniforme kaki, à la main un long sabre, franchit tel un primate le grillage défoncé et disparut parmi les plants de manioc envahis par les herbes folles, A-hung pressa la détente. Quand l'homme jaillit de la végétation et sauta par-dessus le grillage, il fit feu encore une fois. L'homme s'éclipsa au milieu des fourrés de chaumes.

A-hung traversa la plantation de manioc et la petite forêt de maïs, il passa par-dessus le grillage et s'engouffra dans les chaumes. L'homme chevelu, porteur du sabre, était agile, vigoureux, il courait très vite, aussi facilement que s'il n'avait rencontré aucun obstacle. Il bondissait, se frayait un chemin au milieu des épais fourrés, et ses pieds semblaient ne pas toucher terre ; il sautait par-dessus une flaque ou un ruisseau, et ses pieds semblaient ne pas effleurer l'eau ; quand il traversait des buissons de ronces, on eût dit un Orang Minyak traversant murs et murailles ; il laissait des empreintes de bottes semblables à celles, lourdes et profondes, du roi des sangliers qui avait mené l'attaque de la harde contre le village ; quand il maniait son sabre pour abattre la végétation qui obstruait son chemin, A-hung repensait à Mapopo brandissant sa faux à la poursuite des gamins affublés de masques de *yôkai*. Les frêles rayons du matin illuminaient la lame du sabre, elle renvoyait un éclat intense qui parfois frappait directement les yeux d'A-hung, un instant aveuglé, il trébuchait dans une flaque d'eau ou un trou d'obus, et manquait de tomber. La longue chevelure, sorte de bête sauvage, flottait au-dessus des chaumes, telle la légendaire tête volante aux entrailles pendantes. A-hung s'arrêta à plusieurs reprises, mit en joue et visa, mais il ne lui restait plus que deux balles, il ne voulait pas tirer à la légère, il prit ainsi du retard, et à mesure que l'homme s'enfuyait, il devenait de plus en plus petit.

Les nuages se condensaient en pierre, couvraient le ciel, couvraient la terre. Et la nuit continuait à peser, à peser tant que les chaumes baissaient la tête.

Le temps s'écoulait rapidement, A-hung aperçut la butte ronde où il avait jadis chassé un sanglier avec Emily. De loin, elle ressemblait à un tumulus abandonné, quand on s'approchait elle devenait soudain plus vaste, plus opulente, dix villageois auraient pu y faire leurs brûlis pendant des jours, ou y chasser pendant une année. A ce moment-là, l'homme au sabre avait disparu. Des nuages ombilics emplissaient le ciel jusqu'à ras bord, et dans ces tourbillons ombilicaux le bleu azur se dévoilait. A-hung scruta les alentours, il grimpa sur la butte. Elle était, comme naguère, couverte d'un parterre de petites fleurs jaunes, qu'il écrasa négligemment, excitant leur désir d'éclore. Tandis qu'il montait, des petits papillons blancs s'égaillèrent aux quatre coins de l'espace, des feux de plaine clairsemés grignotaient les chaumes tout autour. A-hung se posta au sommet, ses yeux rencontrèrent très vite, au dos de la butte, un antre de sanglier couvert de fougères et de lianes, la tête de Kwan la Face Rouge était posée sur les branchages qui en défendaient l'entrée, à côté du corps séparé de la tête, gisait le fusil coupé en deux. Le corps décapité était agenouillé devant la bauge, l'expression du visage semblait vouloir en sonder le mystère, les yeux pareils à ceux des bœufs fixaient l'antre obscur, dans ce regard A-hung vit une profondeur de caverne, insondable, comme si à l'intérieur hibernait un boa qui aurait englouti une nuit interminable. Une araignée noire, grosse comme une patte d'oie, grimpa lentement sur les branches et arriva au réseau compliqué de rides horizontales sur le front de Kwan, accentuant l'expression préoccupée, agitée, de la Face Rouge avant sa mort. Le sang gouttait encore de son cou, la plaie était lisse, nette, de toute évidence provoquée par une arme aiguisée.

« Yamazaki… »

Une terreur saisit le cœur d'A-hung, serrant fermement son fusil de chasse il lança un regard circulaire sur les chaumes. Vaste était la campagne, profonds la jungle et les grands bois. Yamazaki était dans les parages. Foisonnante était la campagne, immense comme une mer où s'ébattent les poissons, tout comme ce marcassin qu'il avait suivi et perdu la première fois, Yamazaki était peut-être tapi dans les chaumes denses, dans un des cratères d'obus envahis d'herbes folles, dans un bosquet d'arbrisseaux, dans un marais plein de roseaux, dans l'ombre des nuages noirs, dans l'éblouissement de la lumière du matin, dans les brumes estompées venues des montagnes, derrière le tourbillon de plumes et de griffes d'une volée de moineaux, trace de rouille cachée dans la rouille d'une vieille lame. Debout sur cette position éminente, A-hung se sentait protégé autant que menacé. Il scruta à nouveau la campagne, le fusil dans une main, le parang dans l'autre, il ferma les yeux et palpa des herbes sauvages toutes les beautés, les attributs, taille, épaisseur, âge, vitalité, il se remémora l'excursion dans les chaumes avec son père quand il avait neuf ans, dans les méandres de son cerveau il ressentit la luxuriance des herbes et des arbres, les accouplements animaux. Les chaumes criaient au milieu des ravages du feu et la poussée des germes. Il y avait onze cratères autour de la butte, dans deux d'entre eux étaient éparpillés les ossements de villageois inconnus. Un dragon d'eau long de deux mètres nageait dans un marais, soulevant des vaguelettes crocodiles, des rides boas qui instillaient la peur chez les petits animaux. Les nuages noirs dévalaient sur la campagne comme une meute de lions, les lueurs matinales scintillaient sur les hautes herbes, une volée de moineaux s'égailla sous l'attaque d'un épervier bleu qui fondait sur eux. L'odeur des Three Castles et une odeur de chair rance monta de la butte, faisant frissonner ses voûtes plantaires. Il se mit sur la pointe des pieds et, avec une légèreté qu'il n'avait jamais connue, marcha en direction de l'antre du sanglier, il s'accroupit au-dessus de l'entrée, une détresse inexprimable lui fit déposer son fusil et prendre à deux mains le parang que sa mère lui avait légué. L'araignée noire, comme amoureuse de la cicatrice laissée par les griffes de l'ours lors de la première rencontre de Kwan avec Siau-ngo, restait immobile dessus sans bouger. Sur la tête de son père, les rides impénétrables du front, les narines frémissantes, l'épaisse chevelure épouvantée, le menton arrogant lui étaient si étrangers qu'il en eut peur. Les yeux étaient boueux, ils avaient l'air féroce et assoiffé causé par le manque d'opioïdes et de morphine. Sans le fusil et les vêtements, il eût douté que c'était là la tête de son père. Il craignait de fixer ce visage et concentra ainsi ses regards sur les branchages, les fougères et les lianes.

Depuis qu'il était monté sur la butte, le temps s'écoulait très lentement. Il jeta un œil à sa montre, huit heures. Les nuages sombres campaient dans le ciel, le monde était pénombre, une brume décatie se couchait sur les fourrés verdoyants, le soleil avait disparu on ne sait où, un rai de lumière tombait du ciel et enveloppait les buissons de ronces au loin, une flamme s'alluma et fut longue à s'éteindre. La lame du couteau d'A-hung réverbérait la lueur de la flamme, quelques éclats lumineux s'insinuèrent dans le fond de son short serré à l'entrejambe, la surface lisse de la lame reflétait un petit bout des bourses sorties du short pareilles à des barbillons de coq de combat, la pointe d'une graminée flétrie picotait son pénis, mais il ne bougea pas. Depuis son lever, il n'avait pas uriné, en outre il avait mangé une pastèque, sa vessie pleine fit se dresser son membre comme la queue d'un singe suspendue en l'air, mais il se contrôla. Il se remémorait, sans ciller, la forme des branchages devant l'antre, en silence il décrivait les diverses sortes de tiges de fougères, toutes droites, à l'horizontale, de biais, grimpantes, entortillées ou suspendues dans les airs, il surveillait le rampement des plantes grimpantes, les gouttes de rosée aux aisselles des feuilles, les froissements des pétales de fleurs et la douce fourrure des jeunes branches. Un papillon vert foncé s'envola des chaumes jusqu'à la bauge, se posa sur une branche pourrie, puis voleta jusqu'au parang et se posa sur la pointe. Un autre papillon de même couleur vint de derrière lui et se posa sur sa manche sale. Huit heures et demie. Sur le bout du parang, la manche, les branches et les lianes, en tout sept papillons s'étaient posés, A-hung vit clairement que deux d'entre eux avaient déroulé, au-dessus des mandibules, leur trompe en forme d'hélice pour se nourrir de la rosée. Des papillons blancs, d'autres vert foncé convergeaient sur la butte et recouvraient la mer de fleurs jaunes.

A-hung compta les branches en silence, repassa dans sa tête une nouvelle fois la forme des fougères et des lianes, regarda la tête de son père. L'araignée noire avait fait ses adieux à la cicatrice du front, longeant le cou déchiré elle avait grimpé sur les branches et s'était immobilisée sous un petit bouquet de wedelias à l'entrée, un papillon blanc dressé sur une fleur jaune butinait le nectar. Neuf heures, le rai de lumière au loin sur le buisson de ronces se déplaça puis stoppa sur un coin de campagne brûlé par un feu de plaine, mais le monde était encore grisaille. L'araignée noire captura un petit lézard vert et lui perça le cou à l'aide de ses fines chélicères aiguisées, puis l'engloutit dans ses enzymes digestifs, aspirant sa proie jusqu'à ce qu'il n'en reste plus qu'une carcasse translucide. Neuf heures et demie, l'araignée repue disparut parmi les fougères, les branches tressaillirent, celle où s'était piquée la tête de Kwan la Face Rouge se brisa, la tête roula au bas de la butte jusque dans les fourrés de chaumes, les yeux toujours fixés sur l'entrée. Les branchages, les lianes et les fougères commencèrent à s'agiter furieusement, c'était comme si quelque bête herbivore invisible s'était mise à en manger les jeunes feuilles. Un sabre à la lame véhémente pointa hors de la tanière, frappa de taille et d'estoc, abattant la végétation qui couvrait l'entrée. Au moment où Yamazaki, tel un primate, émergeait à moitié de la bauge, dos à A-hung, celui-ci leva son parang et l'abattit sur son cou.

Yamazaki tourna la tête et jeta un regard à A-hung, le *tachi* balaya l'air en biais et entailla son abdomen. L'urine qu'il retenait depuis si longtemps finit ainsi par se répandre. Comme un paon fait la roue, l'épaisse chevelure de Yamazaki s'ébouriffa, une forte bourrasque de sud-ouest emporta sa tête au-dessus de la bauge, et elle tomba aux pieds d'A-hung.

Yamazaki cligna des paupières, les lèvres se tortillèrent, comme s'il avait voulu dire : « Quoi – tu – étais – encore – là ? »

Le monde était grisaille, et soudain le lointain rai de lumière enveloppa la butte, il illumina les petites fleurs rougies par le sang de Yamazaki, ainsi que le short kaki d’A-hung inondé lui aussi de sang frais. Il pressa la main gauche sur sa blessure, de la pointe de son parang il picota la tête. Le sabre de Yamazaki avait effectué un petit salto dans les airs et s’était planté de travers dans les branches mortes à l’entrée, aussitôt un papillon vert foncé s’était posé sur le manche enveloppé de peau de requin. L’énorme corps sans tête obstruait à moitié l’entrée de la tanière. Le rai de lumière continuait à éclairer seulement la butte d’un éclat macabre, des nuages de fumée s’enroulaient autour des chaumes, au loin dans la campagne une cigogne de Storm avait rappliqué et fouillait des ossements à l’aide de son cou et de sa tête que l’on eût dit recouverts de lividités cadavériques. Au moment où A-hung redescendit de la butte, la moitié de sa jambe gauche était trempée de sang. Prenant appui sur son parang, il se mit en marche en direction du village, il marcha longtemps, longtemps avant de s’écrouler sous un santal des Indes, le rai de lumière à l’éclat macabre éclairait les chaumes autour de l’arbre, il en émergea une femme aux cheveux longs, coiffée d'un chapeau de paille aux bords retournés, qui marcha jusque sous l’arbre, elle se pencha, chargea A-hung sur son dos et partit vers le Bouk aux Sangliers. Avant de perdre connaissance, A-hung vit les anneaux aux bras d’Emily, sentit cette odeur d’urine dont tout son être se languissait.

LA TRAVERSÉE DES SANGLIERS

Septième mois, temps des grandes sécheresses, les fruits sauvages sont tous tombés, des fleurs le pistil s'en est allé, et sur l'argile ardente, le vent roule les feuilles mortes.

Affamés, irascibles, les sangliers omnivores de Bornéo se souviennent qu'au nord, bassin de rivières et de fleuves, plus tôt que dans les vallons, c'est la saison des efflorescences et des fruits, quittant la forêt vierge tropicale de l'ouest de Kalimantan ils transhument vers le nord par les monts et les vaux de Bornéo, en route leurs hardes se rejoignent et s'agrègent en une puissante armée, ils traversent la longue frontière montagneuse et escarpée qui sépare la Malaisie et l'Indonésie, puis pénètrent dans la forêt vierge de Sarawak, riche, peuplée, étendue, ils traversent les bassins drainés par les cours d'eau, sans crainte des hommes ni des autres animaux, à la recherche d'une terre de cocagne où se reproduire et assouvir leurs appétits gloutons.

1.

Le flot du désastre une fois passé, les villageois pansèrent leurs blessures, visibles et invisibles, et les jours sans odeur de poudre ni déluge de feu reprirent, à ce moment-là, le Bouk aux Sangliers connaissait une grave rupture de son stock d'opium. Jadis, notables et marchands chinois, riches et forts en gueule, répondaient aux appels d'offre publics et monopolisaient les trois grands commerces : opium, jeu, tabac et alcool, en 1924, le gouvernement colonial instaura un très officiel « Bureau de vente d'alcool et de tabac », ils supprimèrent le système des appels d'offre et s'accaparèrent les droits d'exploitation, provoquant une fièvre de la contrebande d'opium, d'alcool et de cigarettes. A partir de 1941 et pendant trois années et huit mois, les Monstres prirent le contrôle de ces commerces, suite à leur défaite tout se trouva à refaire, Hiou Meu-hing et sa femme furent les premiers au village à entreprendre la contrebande d'opium par bateau. En 1921, le bonhomme Hiou était retourné prendre femme en Pays du Milieu et l'avait ramenée en ces barbares contrées méridionales, l'époux et l'épouse, un grand panier de bambou sur l'épaule, sillonnaient sur leurs deux paires de jambes le pays en long et en large pour acheter du riz et de la résine en gros, ils troquaient ensuite avec les marchands chinois, échangeant tabac, sucre, sel, biscuits, tissus, boîtes de conserve, qu'ils revendaient avec un mince profit aux immigrés chinois de Krokop, au bout de dix années, il achetèrent un bateau de marchandises de dix tonneaux et colportèrent le long du fleuve un bazar de produits locaux et occidentaux. Après l'invasion des Monstres, le couple et leur fille unique s'enfuirent en remontant le fleuve, puis revinrent après les trois années et huit mois d'occupation, ils s'engagèrent alors dans le commerce illégal de l'opium. Mais la carrière de contrebandier de ce vieux Hiou dura à peine plus d'un mois. Le 23 octobre 1945, lui et sa femme pilotaient leur bateau, de la pâte d'opium stockée en masse sous l'abri en feuilles de palmier, quand soudain un coup de feu retentit, une gerbe de sang jaillit du front de la femme qui se tenait à la proue, et elle tomba, *plouf*, dans l'eau. Une volée de balles siffla autour de Hiou qui se trouvait à l'arrière, il jeta les rames et plongea dans l'eau noire et glacée, quand il refit surface, il vit un bandit au visage masqué qui avait pris possession de son bateau.

Novembre 1945, la saison des pluies était imminente. Les gamins du Bouk aux Sangliers avaient accroché un bidon en ferraille au tronc d'un arbre et, avec leurs frondes, lançaient des pierres dessus, à la fin, ils mirent leurs masques de *yôkai* et bombardèrent la maison sur pilotis de Hiou Meu-hing, où celui-ci élevait un canard de Barbarie à tête rouge. Les garnements jaugèrent la puissance de la mousson du nord-est et bandèrent, experts, leurs élastiques. Le bonhomme Hiou venait de terminer une petite boulette d'opium qu'il avait planquée, accroupi sur sa terrasse il fumait une cigarette roulée, il regarda fixement les douze pierres qui tombaient du ciel. D'après son expérience, après trois jours sans fumer d'opium, les pierres pouvaient atteindre la taille de la pleine lune à la fête de la mi-automne, elles pouvaient réduire les maisons à néant, faire déferler de gigantesques vagues du fleuve qui engloutissaient le village, laissant accrochées, au sommet des arbres, des carcasses de sangliers, de crocodiles et de villageois. Ce jour-là, bien qu'il eût peu fumé, Hiou avait le cerveau encore à moitié clair, les douze pierres, comme douze woks, dégringolèrent *brolong brolong* sur le toit. Le vieux cracha, descendit de sa terrasse et d'un coup de pied ouvrit le portail de la clôture, un chien jaune se faufila entre les jambes de sa fille qui était en train de ramasser les œufs dans le poulailler et vint se poster à côté de lui, le chien jeta un coup d'œil sur la campagne et, perplexe, regarda son maître en levant vers lui sa grosse gueule baveuse d'avoir mangé des pupes d'insectes. Hiou lui donna un petit coup de pied au derrière, en montrant les gamins qui s'égaillaient dans les chaumes. Les chaumes de novembre étaient encore profondément endormis dans la mousson d'hiver tout juste arrivée, des nuages gris grouillaient comme des vers dans le ciel en décomposition, la nuit était en train de tomber sur le monde. Les enfants s'apprêtaient à partir après leur attaque quand ils virent le vieux, tirant son gros chien jaune, qui passait son portail, ils en bondirent de frayeur. L'un d'eux, plus courageux, banda son élastique et décocha une pierre qui atteignit le chien à la patte, l'animal en conçut une forte hostilité et se lança à la poursuite des enfants en rugissant.

Le gros chien piétinait les brins d'herbe brûlés et flétris, sautait par-dessus les cratères d'obus et rattrapa quelques-uns des plus jeunes.

Un homme adulte, maigre, la peau mate, les cheveux et la barbe d'un blanc argenté, émergea des chaumes, il frappa la tête du chien avec le fourreau de son parang. La bête gémit de douleur et, le dos rond, la queue entre les jambes, se retira derrière son maître.

« Mon vieux Hiou, pas encore fumé ton opium aujourd'hui ? » L'homme prit entre ses doigts la cigarette roulée qu'il avait à la bouche et chargea le fourreau du parang sur son épaule. « Pourquoi tu t'énerves comme ça ?

— Sales morveux ! » Le vieux fusilla les enfants du regard et donna deux coups de pied à son chien. « Sale cabot ! »

L'homme décharné à la peau mate vint à côté de Hiou, lui tendit une cigarette roulée. Le vieux hésita un peu, puis la prit ainsi que la boîte d'allumettes que lui lançait l'autre, il alluma sa cigarette et lui relança la boîte. Un grand oiseau passa au-dessus d'eux en les frôlant et lâcha une grosse fiente gris sombre odorante, qui tomba en faisant *flac!* à leurs pieds. L'homme portait un gilet de chasseur et un pantalon kaki malpropres, à sa ceinture était attaché un long sabre dans son fourreau, il tenait à la main un parang lui aussi rangé dans son fourreau, ses cheveux et sa barbe grisonnants dissimulaient à moitié son visage, ses yeux perçants scrutaient le bonhomme Hiou, ses traits étaient empreints de fatigue. Hiou expulsait une bouffée quand soudain il vit sur les épaules de l'homme un tatouage de kriss malais et un autre de sanglier. « Ce vieux Tzo ! C'est toi ? Moi qui te croyais mort !

— J'ai cru que toi tu étais mort », dit Da-dy en donnant un petit coup de poing dans l'épaule du vieux bonhomme. Il regarda en plissant les yeux les arbres fruitiers çà et là dans le village, chargés de fruits ou mijotant leur floraison, il regarda les champs fertiles endormis dans la mousson d'hiver, et aussi les arbres de haute et de basse futaie noirs d'oiseaux sauvages, ainsi que les éperviers bleus qui chassaient dans le ciel, ses lèvres remuèrent et il marmonna pour lui-même : « Hum, bientôt, bientôt…

— Bientôt quoi, mon vieux Tzo ? » Hiou botta à nouveau le train à son chien. « Plus de dix jours que je n'ai pas eu mon opium… C'est ta mort qui est pour bientôt ?

— Mon vieux Hiou, je viens de loin, répondit Da-dy. J'ai faim et j'ai soif. »

Da-dy s'assit sur la terrasse du vieux Hiou, il se délecta des plats préparés par sa fille, chair et poisson, légumes et melons, il écouta le chant triste et sonore des oiseaux, les plaintes du bonhomme qui pleurait la perte de sa femme et de son bateau, les mille et une transformations dans le village, il regarda, sur la terrasse, le durian et son fouillis de branches ainsi que les plumes d'oiseaux et leurs fientes boueuses tombées à terre, il ne prononça pas un mot, jusqu'à ce que, voyant la fille de Hiou apporter un nouveau plat de liserons d'eau sautés à la pâte de crevette, il mâchonnât une phrase confuse : « Ça suffit, mon vieux Hiou, plus de plats… Il n'y a pas si longtemps que nous ne nous sommes pas vus, pourquoi tu fais tant de manières ? » Hiou regardait le ciel empli des vapeurs colorées du couchant, ses petits yeux caves étaient baignés de larmes : « Il y a moins de quatre ans que j'ai quitté le village, et ce vieux Tsing, Plat-Pif, Tortue Molle, Ti Kim, Ta la Flemme, Maigrezo, la Face Rouge, tous ces sacrés mangeurs d'opium sont au royaume des morts, je croyais que tu n'avais pas fait exception… C'est bon de te voir vivant ! P'tite Lîng, roule quelques cigarettes de plus ! Pardon, mon vieux Tzo, je n'ai pas de cigarettes occidentales à t'offrir, et l'opium est en rupture de stock à Krokop, quel mauvais hôte je fais. »

Sa fille de seize ans, Hiou Gian-lîng, balançant ses longues nattes qui lui descendaient jusqu'au creux des reins, sortit une petite assiette de feuilles de papayer et de bananier séchées et hachées, avec un tas de vieux journaux, elle alluma une lampe à pétrole, puis, accroupie devant un banc dans le salon obscur, roula des cigarettes. Elle était vêtue d'une chemisette blanche ajustée au corps, avec des attaches sur le devant, et d'un large pantalon noir, sa peau était très rouge, ses pupilles noires, dissimulées sous sa frange, luisaient d'un air triste et soumis. Ses gestes étaient vifs, précis, chaque cigarette était dure et pleine comme si elle avait été fourrée de copeaux d'acier, de poussière de cuivre. Elle en roula très vite une vingtaine et les planta dans un tube en bambou qu'elle donna à son père, puis elle reprit la lampe à pétrole à la longue flamme élancée et disparut dans la cuisine. Da-dy alluma une des cigarettes, et sentit un goût de salive familier.

A la nouvelle du retour de Da-dy au village, le petit peuple du Bouk aux Sangliers vint par groupes à la maison lui adresser ses salutations. La nuit devenait à mesure plus épaisse et les constellations brillaient doucement, repu, Da-dy profita que Hiou était sorti acheter de la bière pour piquer un somme appuyé contre la rambarde de la terrasse, un picotement l'élança dans l'orteil, il vit un canard de Barbarie couvert de boules de chair écarlates, qui picorait son œil-de-perdrix. Il se redressa sur son séant, de la plante du pied lui donna un léger coup dans l'aile. Gian-lîng sortit de la maison, elle agita les mains en faisant des *shhh shhh*, dévoilant une rangée de dents bien alignées, d'un blanc pur. Le canard tendit le cou et la contempla fixement sans la moindre crainte. Elle s'empara alors d'un balai qui se trouvait derrière le battant de la porte et l'abattit durement sur la tête du volatile qui protesta en cancanant, il battit des ailes et s'envola vers le sombre marais.

Après avoir bu deux bouteilles de Guinness rapportées par son hôte, Da-dy lui fit part d'une certaine affaire. Après l'avoir écouté, Hiou, agréablement surpris, remercia Da-dy en essuyant les larmes de vieil homme qui baignaient son visage. Da-dy fuma trois autres cigarettes roulées et fourra le reste dans sa poche, à la faveur de la lune brouillée il se rendit à la maison sur pilotis de Fortune Ng, il aperçut A-hung et quelques enfants, assis en tailleur sur la terrasse, qui fabriquaient des frondes, autour d'eux étaient répandus des tronçons d'arbres écorcés, des chambres à air de vélo et des vieilles chaussures en cuir, une lampe à gaz était accrochée à la poutre de l'auvent, autour de la maison il faisait clair comme en plein jour. Posté à côté d'un cocotier, Da-dy fuma une des cigarettes et contempla la maison bientôt submergée par la nuit gargouillante, les portes et fenêtres tantôt obscures, tantôt éclairées des foyers du village, la sombre constellation de la Grande Ourse au-dessus du cocotier, Alkaid, Mizar et Alioth en haut, Dubhe en bas, la nuit crocodilienne dont les yeux rouges brillaient dans la Krokop, la lune moche aux crocs saillants, dieu du ciel montrant les dents, les prostituées vagabondes qui exhalaient de chaudes vapeurs de rut animal. Deux jeunes filles arrivèrent des berges, chacune tenant devant elle une bouteille en verre où étaient prisonnières une dizaine de lucioles qui éclairaient leurs pâles visages d'indigentes et leurs silhouettes squelettiques, on eût dit qu'elles tenaient entre leurs mains un univers à son commencement, prêt à exploser et à se dilater, au moment où elles passèrent à côté de lui, elles s'arrêtèrent et levèrent les bouteilles à hauteur de sourcils, illuminant ainsi les étranges moustaches de souris qui couvraient le visage de Da-dy. Il leur jeta un placide coup d'œil, sa cigarette consumée ressemblait à un bout de charbon, ses narines respirèrent l'odeur fétide de poisson dans les poubelles des maisons.

« Tzo Da-dy ! »

A-hung tira sur le morceau de cuir attaché à sa nouvelle fronde, il s'apprêtait à décocher une pierre vers la cime du cocotier.

2.

Le crâne de Yamazaki était accroché depuis près d'un mois à un lampadaire en bois-de-fer près du marché. Son corps sans tête, exposé au soleil sur la place pendant une journée, avait été mis en pièces le soir même par les coups de parang d'une foule de villageois, le lendemain avant l'aube les chiens sauvages avaient presque fini de le dévorer, les restes flétris et nauséabonds étaient éparpillés de par les rues. Il n'avait pas fallu une demi-journée pour que la tête dont le visage était intact, les cheveux ébouriffés, suspendue en haut du lampadaire, soit dépecée par les oiseaux de proie et les insectes volants, qui n'en laissèrent qu'un crâne effroyable, comique, grotesque, les pierres lancées par les gamins tracèrent sur le large os du front les symboles de la hache magique et des sabres recourbés des pirates. Le cercopithèque qui portait un masque de démone dans le dos aimait s'asseoir au sommet du poteau électrique, en surplomb du crâne, il le regardait, parfois il s'asseyait dessus et, tout en le caressant, lui parlait en murmurant.

Sous le jaquier, Da-dy était debout sur le char à bœufs de Fortune Ng, tenant dans la main droite le Masamune de Yoshino rangé dans son fourreau, et de la main gauche tripotant une cigarette occidentale, il regardait le singe sur son poteau qui caressait le crâne. Les villageois découvrirent que des cheveux argentés avaient poussé de trente bons centimètres à l'endroit où le grand mâle sanglier l'avait jadis mordu, une barbe lui tombait sur la poitrine, les moustaches à la mode *jintan*, en guidon, avaient disparu, ses joues étaient rouges, au fond de ses yeux couvait une braise prête à se rallumer à tout instant. La veille au soir, la moitié du Bouk aux Sangliers avait pu le rencontrer lors de son repas chez Hiou, il en avait profité pour faire passer l'information, il priait tout le monde de se rassembler à midi sur la place du marché. A trois occasions Da-dy avait lancé un appel aux villageois sur cette place. La première, c'était il y a vingt ans, la nuit de l'attaque des sangliers, la deuxième, il y a plus de quatre ans, au moment de l'affaire de la tête volante, et la troisième c'était avant l'arrivée des Monstres, il avait appelé tout le monde à cacher les armes et munitions dans la maison sur pilotis à trente kilomètres en amont du fleuve. Ce matin il avait beaucoup plu, le soleil harassé qui se montra à l'approche de midi était avachi sur un nuage gris, l'éclat qui lustrait la place par endroits semblait ne pas venir de lui mais être une rémanence du crépuscule de la veille. Haut dans le ciel, un fouillis de branches accueillait des éperviers bleus, qui parfois poussaient leurs sifflements de rançonneurs de vies. La saison des pluies n'était pas encore là, le niveau de la Krokop atteignait déjà la jetée. Parmi la centaine d'échoppes mitoyennes, y compris *Chez Lolo*, le café de Da-dy, plus de la moitié n'avaient pas encore repris leurs affaires, mais au marché les vendeurs de fruits et de légumes, les poissonniers, les charcutiers avaient tous retrouvé leurs emplacements, et bien que l'on approchât de midi, des vendeurs étaient encore là qui criaient la marchandise. Une bande de gamins, frondes ou masques de *yôkai* suspendus au cou, étaient éparpillés tout autour du marché, à la recherche de quelque trésor parmi les décombres. Les branches du jaquier étaient toujours le refuge des chauves-souris profondément endormies, au faîte de l'arbre une aigrette blanche était perchée, qui lissait son plumage et sa queue de son bec noir.

Un jeune pêcheur, crâne rasé, pieds nus, tira sa charrette jusque sous le jaquier, tout contre le char à bœuf de Da-dy, il sortit de sa ceinture un couteau pointu et s'absorba dans la découpe d'une grande tortue sur son véhicule, tout en criant, il jetait des regards en coin à Da-dy, comme s'il soupçonnait la voiture de ce dernier d'être là exprès pour gêner son commerce. Habile de ses mains, le pêcheur ouvrit en un clin d'œil la carapace et le plastron de la tortue, le couteau dansait comme une spatule dans une poêle à frire, il entassait sur la caisse chaque morceau de chair d'un poids uniforme. La charrette était devenue rouge, le marché un bain de sang. « A la tortue, à la tortue ! C'est la santé, c'est la longévité ! Ça détoxique, ça tonifique, bon pour la vision, bon pour la digestion ! Un dollar pièce ! » Sous la queue, le pêcheur rogna un morceau spongieux, tout mutilé, et le leva au-dessus de ses yeux. « Le pénis de tortue, pour vous messieurs, fortifiant de première classe, ça vous nourrit le yin, ça vous ravigote le yang ! »

Tandis que le pêcheur découpait sa grande tortue, Da-dy avait déjà commencé à élever la voix pour prononcer son discours devant une centaine de villageois.

« Mon vieux Tsai, dit Da-dy en jetant un coup d'œil

au morceau spongieux que le pêcheur tenait à la main, laisse ça pour moi. »

L'homme enveloppa le morceau dans une feuille de bananier et le lança sur le char à bœuf. « C'est offert, mon vieux Tzo. »

La chair de la tortue, sa tête, ses pattes, sa carapace, son plastron, ses tripes se vendirent en un rien de temps, satisfait, le pêcheur partit en tirant sa charrette, laissant dans le marché une mer de sang rouge sombre. Le discours de Da-dy et le spectacle du dépeceur de tortue, scène de carnage, de mise en pièces, s'étaient produits en même temps. La saison des pluies allait arriver, les années précédentes, les sangliers de Kalimantan étaient toujours apparus en juillet et en août, or cette année, fait exceptionnel, on était en novembre, et il en arrivait des quantités stupéfiantes qui traversaient les fleuves à l'intérieur des terres et se ruaient en direction du nord-est, les sangliers se regroupaient dans la jungle à trois kilomètres de là à peine, tôt ou tard ils marcheraient sur Krokop. Le discours de Da-dy en était là quand un vieil homme maigre toussa bruyamment. Son débardeur était roulé jusqu'à sa poitrine, les deux bosses acerbes des clavicules saillaient, il avait le front bombé et les joues creuses, ses lèvres minces étaient légèrement entrouvertes, des traces noires d'opium comblaient les espaces entre ses dents. « *Lah!* Vieux Tzo, tu es en train de nous dire que les sangliers vont remettre ça ?

— Tzo, tu veux réunir un groupe de chasseurs de sangliers ? Les Monstres viennent de partir, nous on a le ventre creux, pourquoi perdre notre temps à ce petit jeu-là ? » Un homme d'âge moyen, seulement vêtu d'un short, était accroupi par terre, il tenait une tasse de café fumante.

Le vieux en débardeur cracha, exprès ou pas, un jet de salive grisâtre vers le char à bœuf.

« Tzo, tu es un homme plein de ressources, ça fait trois jours que je n'ai pas fumé d'opium, passe voir quelques boulettes que je m'en jette une dans le gosier. »

En buvant son café, l'homme d'âge moyen qui était torse nu se brûla la langue. « Si on me donne de l'opium, c'est pas des sangliers que je tue, mais des tigres et des crocodiles, foutre oui m'sieur ! »

Le bonhomme en débardeur tendit les doigts et se gratta le fond de pantalon, aussitôt des pellicules de peau tombèrent de l'entrejambe. « Bah oui, sans opium, une petite laie pourrait me tuer. »

Pris entre les marmonnements des deux vieux et les cris du pêcheur, Da-dy abrégea son discours. La démonstration du dépeceur de tortue une fois terminée, un bon tiers des villageois étaient partis. Da-dy n'en prit pas ombrage, il continua à fumer sa cigarette occidentale, en signe d'amitié il en lança quelques-unes aux villageois autour de lui. Le fourreau du Masamune, sous les rayons du soleil fatigué, scintillait avec indolence. « Vous tous, je le sais bien sûr, en quatre ans les choses ont changé, il n'est pas question de monter une équipe de chasseurs, ni même une barricade, car nous manquons de bras et de matériaux. » Il lança une cigarette à un jeune homme qui n'avait pas pu en attraper. « Il y a un nombre incroyable de sangliers, ils ne sont pas moins nombreux qu'il y a quatre ans, n'allez pas flâner en forêt pendant la journée, le soir fermez bien vos portes, et si possible, gardez vos fusils et vos parangs prêts, vous pourrez ajouter du sanglier à votre régime.

— Tzo, j'ai entendu dire que le sabre que tu portes, c'est le katana de ce Monstre de Yoshino ? » La houe sur l'épaule, une poule coincée sous l'aisselle, un colosse à la peau très sombre fendit la foule pour s'avancer jusque devant le char à bœuf. Avant la guerre, l'homme était contremaître des bûcherons de la scierie de Lam

Ban-tsing. Au moment où les Monstres avaient fait abattre des arbres pour construire six navires de guerre transporteurs de mines marines, comme ils étaient peu familiers des espèces de bois de Bornéo, il les avait roulés dans la farine. Il avait utilisé un bois de mauvaise qualité pour la quille, de sorte que les bateaux, à peine engagés dans les rapides, s'étaient fendus en leur milieu. Le colosse à la peau sombre était très fier de cet « acte de bravoure », il s'en glorifiait auprès de tous ceux qu'il rencontrait. « Tzo, combien de têtes de villageois ce maudit sabre a-t-il tranchées, combien de vies a-t-il prises à Krokop ? Quand je le vois, je vois ce porc de Yoshino !

— Et qu'est-ce qu'il faut en faire, mon petit Sung ? » Da-dy détacha le katana et le lui tendit. « Tiens, je te l'offre pour couper le bois et les herbes.

— Pour te couper les os, oui ! » Le colosse recula d'un pas. « Nous n'avons qu'à le jeter dans le fleuve !

— Ce n'est pas un katana ordinaire, mon petit. » Da-dy tira le sabre à moitié, la lame projeta sur son visage un dense réseau de cicatrices qui faisaient comme des veines. « Les petits Blancs raffolent de ce genre de choses. Je vais en chercher un qui a de l'argent et lui en soutirer sans pitié un gros paquet.

— Tzo », un homme qui s'appuyait sur une canne, surnommé Patte Folle, parla d'une voix âgée mais énergique. Il avait été chef projectionniste du cinéma en plein air de la compagnie pétrolière, quand le film de propagande des Monstres *Son Goku, le Roi des Singes* avait été projeté sur la place du marché, en voyant le Grand Sage qui pilotait un avion de chasse au lieu de bondir dans les nuages, qui mitraillait l'ennemi au lieu de se battre avec son bâton cerclé d'or, les villageois s'étaient tordus de rire, à commencer par Patte Folle qui s'était esclaffé, un *kempei* avait alors dégainé son revolver et lui avait tiré une balle dans le derrière, l'estropiant à vie.

« Tu ne peux pas prendre cet argent pour toi tout seul.

— Ceux qui se joindront à l'équipe de chasse auront leur part, répondit Da-dy. Patte Folle, vu l'état de ta jambe, je partagerai d'abord avec toi.

— Encore cette histoire de chasse aux sangliers ! s'exclama le vieux en débardeur, qui cracha bruyamment un nouveau jet de salive noirâtre. Combien vaut-il, ce sabre ? Plus que la grosse tortue de ce vieux Tsai ?

— Tzo ne vit que pour une chose, exterminer le roi des sangliers qui a mené la harde pour détruire notre village il y a vingt ans », marmonna entre ses dents un frêle vieillard assis sur un panier en bambou cassé, sa posture rappelait celle du singe qui caressait le crâne en haut de son lampadaire. « Manger tout cru le cœur et le foie de ce grand mâle.

— Quel grand mâle ? » Le colosse à la peau sombre partit d'un grand éclat de rire. « Quand tu forces trop sur l'opium, tu prends un chaton pour un tigre, et quand tu n'en as pas, tu prends un ver de terre pour un boa.

— Qui parmi vous a déjà vu ce grand mâle ? » Un jeune cyclo était à côté de son triporteur sous l'ombre du jaquier, à la main un morceau de tortue qu'il venait d'acheter. Ses longs cheveux lui arrivaient aux épaules, sa nuque portait la cicatrice visible d'un coup de lame. Au moment où les Monstres s'étaient repliés à l'intérieur des terres, ils avaient exécuté un groupe de villageois sur le pont de la Krokop. Un sabre allait s'abattre sur lui quand le cyclo avait sauté dans l'eau juste à temps, la lame avait coupé son épaisse chevelure et entaillé la nuque. A l'époque de l'incident de la tête volante, c'était lui qui avait eu une altercation avec Tortue Molle, le Biscornu et les autres. « Tio l'Ancien, tu l'as vu ?

— Oui ! Oui ! Vu. Si le sacré mangeur d'opium que je suis n'avait pas été aussi maigre, et si je n'avais pas eu du poison dans les veines, il y a longtemps que la tête volante m'aurait vu. » Tio l'Ancien, qui buvait son café noir accroupi par terre, se releva en titubant et vint se poster devant le cyclo. « Ti Tshiun, Tortue Molle te l'avait dit, ta femme est jeune et jolie, regarde bien sa tête, qu'elle ne te fasse pas une couvée de petits vampires.

— Va baiser ta maman. » Ti Tshiun sourit méchamment en donnant un léger coup de pied dans l'entrejambe de l'autre. « Je te demande si tu as vu un sanglier gros comme un bœuf ! Bouffeur d'opium ! Et tu me parles de tête volante ?

— Oh, un sanglier gros comme un bœuf... un sanglier gros comme un bœuf... » Tio l'Ancien se raccroupit, il finit sa tasse et la posa à l'envers. « Oui, oui, je l'ai vu...

— Vous tous, j'ai une bonne nouvelle. » Da-dy tirait sur sa cigarette, imperturbable, il jeta un coup d'œil à Hiou. « L'opium de Hiou dérobé par des malfaiteurs, j'en ai racheté toute la cargaison, mes économies y sont passées. L'opium est encore stocké en amont, mais avant ce soir, je pourrai l'envoyer au café *Chez Lolo*, il y en assez pour que vous fumiez un bon bout de temps ! Moi et Hiou, nous nous sommes mis d'accord, si vous vous joignez à l'équipe de chasseurs que je vais constituer avec A-hung, nous vous vendrons le bout de pâte d'opium pour seulement un dollar, et tout reviendra à ce vieux Hiou. »

3.

Après avoir ramené A-hung inconscient au village, Emily était repartie aussitôt, en suivant ses indications les villageois avaient trouvé la tête et le corps de Yamazaki sur la butte, mais le sabre Muramasa avait disparu. Une fois remis de sa blessure, A-hung avait inspecté toutes les buttes imaginables, la maison en ruine d'Emily, la petite cabane dans la jungle où elle s'était réfugiée pendant la guerre, le lac aux rapaces où Plat-Pif avait été tué, il avait même pris un bateau pour remonter le fleuve jusqu'à la maison sur pilotis de Da-dy rasée par les Monstres, jusqu'à l'upas sous lequel Maître Hsiao et les enfants avaient été assassinés. Les villageois ignoraient la raison de la disparition d'Emily, A-hung, lui, la connaissait.

La veille au soir, après que les enfants étaient partis, sur la terrasse de la maison de Fortune Ng, Da-dy avait proposé à A-hung de reformer la grande équipe de chasseurs de sangliers.

« A-hung », à la lumière de la lampe à gaz, A-hung avait l'impression que les cheveux sur les tempes de Da-dy étaient d'un noir de jais, que ses joues étaient roses, qu'il avait un visage de trente ans. « Quand j'aurai abattu ce grand mâle, je me retirerai dans la jungle, chaque année en juillet et en août, tu pourrais me rejoindre pour l'affût au moment de la traversée des sangliers. »

A-hung se souvenait comme si c'était hier du jour où, âgé de seize ans, il était venu trouver Da-dy au café *Chez Lolo*, avec un marcassin mort dans sa hotte. Autour de la maison, c'était une cacophonie de grenouilles et d'insectes, la lune au croc saillant était haute dans le ciel, les yeux des crocodiles couvraient la surface du fleuve, A-hung entendit un galop confus de sangliers résonner sur la butte où son père avait connu sa fin tragique, où Yamazaki s'était caché, la tête de son père flottait tout autour de la bauge, fixant du regard son insondable profondeur, comme s'il y avait eu à l'intérieur un boa qui hivernait après avoir avalé la nuit interminable.

« Ce jour-là, qu'est-ce qui s'est passé entre toi et 'pa ? » A-hung raclait un œil-de-perdrix sur son gros orteil gauche à l'aide d'une branche écorcée qui servirait à faire une fronde.

« Ce vieux Kwan me soupçonnait d'avoir divulgué la liste des membres du Comité, répondit Da-dy en tendant une cigarette à A-hung. Qui l'eût cru, même lui n'a pas échappé au sabre de Yamazaki. Toi aussi, tu as des cors aux pieds ?

— Héritage paternel. » A-hung prit un petit couteau à la lame recourbée, l'appliqua sur le cor et enleva un petit bout de cal sur le point de tomber. « Au moment où il était devant le marais, on lui a tiré dessus, avant la détonation il aurait senti une odeur de Three Castles.

— Une odeur de Three Castles ! Qui d'autre, à part un Monstre ! »

Da-dy alluma une cigarette, il vit que le cor d'A-hung et le sien étaient situés tous deux sur l'extérieur du gros orteil gauche, ils avaient même taille et même aspect, il souffla une traînée de fumée mauvaise, malfaisante, maléfique. Le jour où, de sous l'upas, il s'était jeté dans la jungle, après avoir fui à l'aveuglette pendant un moment, il croyait avoir déjà semé Kwan, il reprenait haleine quand il avait vu le front rougeoyant barré par la cicatrice de patte d'ours briller au milieu des fourrés sombres. Ce n'était pas sa face qui était rouge mais la cicatrice, trois petites langues de feu brûlantes, telles des flèches enflammées. Kwan n'avait jamais fait mystère de l'origine de cette cicatrice. Da-dy se targuait d'être un chasseur expert, pourtant par deux fois Kwan l'avait pris à revers et pétrifié sur place, deux balles avaient sifflé au-dessus de sa tête, il s'en était fallu de peu qu'elles l'envoyassent dans l'autre monde. La fureur de Kwan la Face Rouge, comme le tonnerre du fleuve, se ruait vers lui. Après une matinée de poursuite, Da-dy avait senti à son allure que Kwan fatiguait, il marchait moins vite, les flèches enflammées s'éteignaient, l'après-midi venu, il avait perdu toute trace de lui. Sous un grand arbre à feuillage persistant, il avait aperçu un Monstre assis sur une racine en contrefort qui fredonnait, *hmhmhmm*, un air venu du Soleil Levant, le corps d'un autre Monstre était pendu à une branche au-dessus de lui. Il avait dégainé le Masamune, avec un léger frottement, et s'était jeté sur le soldat. En voyant Da-dy, le Monstre avait brusquement élevé la voix, un sourire étrange était apparu sur son visage. Da-dy lui avait tranché la tête d'un coup, elle avait roulé *brolongbrolong* au pied de la racine et continué sa course très loin pour se perdre parmi des fourrés d'herbes folles, ce n'est que lorsqu'il avait ramassé au pied de la racine la mitrailleuse légère type 96 et les munitions au ceinturon que le fredonnement s'était arrêté. Ombre et lumière alternaient dans la jungle, Da-dy ralentit le pas, il avait une mitrailleuse, rien ne lui faisait peur. Une femme du Soleil Levant était assise sur un tronc d'arbre pourri, elle tenait dans ses bras un bébé mort et pleurait, en voyant Da-dy elle s'était mise à le suivre comme une ombre, cela dura plus d'une heure, ce n'est que lorsqu'il hâta le pas qu'elle finit par disparaître. Da-dy ne s'étonnait plus de rien, il cracha un jet de salive apotropaïque. Au moment où il pourchassait les hordes de Yamazaki et de Yoshino, il avait vu ces femmes qui suivaient la retraite des troupes étrangler leur bébé en pleurs de leurs propres mains afin de ne pas révéler leur passage, il avait vu aussi des Monstres aux bras et aux jambes couverts d'ulcères, abandonnés par leur détachement, qui rampaient comme des lézards sur les berges des marais, à la vue de Da-dy et de ses gars, ils prenaient aussitôt leur fusil et se supprimaient. A la nuit tombée, Da-dy se bâtit un abri sommaire pour bivouaquer, des yeux brillants étincelaient dans la pénombre, cent bêtes se cherchaient querelle, ses tympans résonnaient du galop des sangliers et des cris de Siau-ngo dont les entrailles se déchiraient. Aux premières lueurs du jour, la femme japonaise, son enfant dans les bras, était assise à l'extérieur de l'abri, ses yeux luisaient d'un lustre verdâtre, ses pleurs étaient clairs comme ceux des bébés, et séniles comme ceux d'une vieille femme. Da-dy expectora avec force un crachat, il s'en alla pisser dans les fourrés, les pleurs de la femme lui gâchèrent le plaisir. Quand il eut fini, il fila le long de la Krokop, marcha la matinée entière, tout au long du chemin la femme garda ses distances, sanglotant comme un fantôme, à midi passé, n'y tenant plus, il tira son Masamune et lui trancha la gorge.

Les pleurs de la femme cessèrent, Da-dy vit trois flammèches qui avançaient sur lui sans faire de bruit. Armé de sa mitrailleuse, il n'avait peur de rien, il quitta tranquillement les berges et marcha un peu plus d'une heure en direction du nord-ouest, accroupi devant un marais planté de roseaux et d'orchidées sauvages, il découvrit avec surprise qu'il restait deux Three Castles et une boîte d'allumettes dans sa poche. Il avait tout juste fini de fumer la première quand il aperçut Kwan la Face Rouge, le visage empreint de fatigue, son parang et son fusil dans le dos, qui se dirigeait vers un grand arbre sur la berge et s'asseyait sur une racine. Da-dy, déjà irrité, cracha, mit en joue et tira sur la cuisse de Kwan, qui poussa un grand cri et riposta en faisant feu sur les roseaux. Da-dy contourna l'étang, arriva derrière l'arbre et asséna un lourd coup de crosse sur l'arrière du crâne de la Face Rouge. Kwan était tombé à terre quand Da-dy ressentit une douleur dans la poitrine, un sang bouillonnant noyait la moitié de son torse. Tout chancelant, il s'éloigna du marais en direction de la Krokop, il aperçut deux jeunes Dayaks qui remontaient le fleuve sur une pirogue. Il agita les mains, appela à pleine voix. Avant que l'embarcation accoste, il était déjà évanoui.

Da-dy avait passé sa convalescence dans la maison longue des Dayaks, trois mois à boire de l'alcool de riz, trois mois à manger de la viande de sanglier, des cheveux argentés et une barbe lui étaient poussés en abondance, un jour il avait pris sa mitrailleuse et son Masamune et il était retourné au village. Il avait passé une nuit au pied du morne Canada dans une maison sur pilotis sans propriétaire, il avait entendu dire que Hiou et sa femme faisaient de la contrebande d'opium, alors, par une nuit sans lune, dissimulant son visage sous un foulard noir, il s'était posté sur les berges du fleuve en embuscade pour attaquer le bateau de dix tonneaux de Hiou Meu-hing, il avait abattu sa femme, évincé Hiou de l'embarcation et, profitant de la marée haute, avait fait accoster le bateau rempli d'opium en amont du fleuve.

« Trois mois déjà, dit soudain Da-dy, personne n'a vu Emily ? »

A-hung, tête basse, ne répondit pas et continua à racler fiévreusement son cor avec la branche.

4.

Afin de tirer avantage de la boulette d'opium à un dollar, une centaine de villageois, opiomanes invétérés ou non, rejoignirent la grande équipe de chasseurs, plus de quatre-vingts d'entre eux reçurent un fusil et des munitions de contrebande, mais les groupes n'eurent pas le temps de se constituer, le lendemain à minuit une petite harde de sangliers déboula dans le village, saccageant les champs et une partie des enclos reconstruits, laissant sur les pilotis en bois-de-fer des maisons une fauve odeur d'urine. Le jour suivant, Da-dy partagea la grande équipe en quatre petites, dirigées par A-hung, le vieux Hiou, l'ancien contremaître des bûcherons de Lam Ban-tsing et lui-même, à la nuit tombée ils montèrent la garde aux points stratégiques du village. La nuit était avancée quand deux hardes, l'une derrière l'autre, adoptant une formation en pointe, avancèrent jusqu'à la moitié du village, hésitèrent, puis firent volte-face et repartirent nonchalamment. Les douze jours suivants, les sangliers se firent oublier, des villageois armés de parangs se joignirent plus nombreux à la grande équipe de chasseurs, le stock d'opium fut rapidement épuisé, mais les habitants de Krokop connaissaient maintenant la puissance de destruction des sangliers, la nuit venue, apportant couteaux et fusils, ils montaient la garde un moment sur le poste d'observation qui avait été bâti pour l'occasion ou bien sur leur propre terrasse. La nuit du treizième jour, une harde de sangliers innombrables déferla sur Krokop, et c'est seulement à l'aube qu'ils furent repoussés par les villageois. Lors des deux attaques de nuit précédentes, Da-dy, pareil à un vieux lion, avait regardé les sangliers se bousculer dans le village, il n'avait pas tiré un coup de feu. A la troisième grande offensive, il se tenait sur le poste d'observation avec quelques autres, la cigarette au bec, un parang, le Masamune et une cartouchière accrochés au ceinturon, son fusil de chasse à la main, il jeta un regard circulaire sur la harde grondante en furie, leva la tête pour regarder le ciel nocturne constellé d'étoiles tremblotantes, sans mot dire.

C'était une nuit sombre, humide et glacée, la pénombre nocturne se déversait tranquille, gargouillante, l'épaisse frondaison du ciel recouvrait le village, les pupilles brillantes des étoiles se reflétaient dans les yeux ocre et voilés des crocodiles, les lueurs des lucioles, délicates, végétales, et les yeux des sangliers, furieux, carnassiers, fuyaient en tous sens, parfois sur le toit en tôle des maisons un oiseau de nuit et un serpent se battaient à mort, des feux follets vagabondaient parmi les chaumes. Ce soir-là, un super-destroyer japonais qui avait sombré en mer de Chine méridionale remonta des profondeurs, il brava les autans, brisa les flots et surgit sur la grève du village, il avança droit devant lui à travers les rues et s'échoua sur la place du marché, dix échelles de corde furent lancées du bastingage, des marins en armes descendirent, ils formèrent une colonne sur la place et marchèrent en cadence vers le QG du corps expéditionnaire du Sud installé à l'école chinoise du village. Des algues étaient plantées sur leurs casques, les canons de leurs fusils couverts de coquillages, de leur barda des tentacules de pieuvres et de méduses s'étiraient et se rétractaient, des coraux s'empilaient sur leurs mâchoires et leur menton, des Karayuki-san en kimono les acclamaient et agitaient les mains sous les arcades, le martèlement immense de leurs bottes recouvrait les grognements des sangliers et le piétinement de leurs sabots, mais avant d'atteindre le portail de l'école, une harde puissante les dispersa, à l'aube l'armée remonta par les échelles de corde, le ciel n'était qu'éclairs, sur la mer une vague gigantesque se leva, qui roula le bateau de guerre et l'engloutit.

Les chasseurs qui tiraient depuis la position dominante du poste d'observation avaient tous les atouts en main, et les pilotis en bois-de-fer du mirador et des maisons, solides comme des rocs, ne craignaient pas les charges successives des sangliers avec leurs défenses. Ceux qui ne s'étaient pas joints à l'équipe de chasseurs avaient étalé du feutre clouté sur les escaliers de leur terrasse ou bien élevé une palissade, et, armés de parangs polis, de faux, de râteaux, de pieux aiguisés, ils se postaient sur leur terrasse, combattant au corps-à-corps les rares sangliers qui se montraient. La bataille entre hommes et sangliers se prolongea trois heures durant et quand la harde terrassée, qui avait plongé dans la Krokop, fut encerclée par les crocodiles, chasseurs et villageois commencèrent à pousser des cris de joie, proclamant la défaite de leurs ennemis.

Le canon du fusil de Da-dy était froid comme les eaux du fleuve, il n'avait pas encore tiré un seul coup de feu. Il cria aux chasseurs d'économiser les munitions, de ne plus tirer à l'aveuglette, il leur ordonna de quitter le poste d'observation pour achever les sangliers au parang. Da-dy fut le premier à descendre, il enjamba un cadavre de sanglier et trancha le cou d'une bête qui geignait. Chasseurs et villageois descendirent eux aussi, les faisceaux lumineux des lampes torches divisaient la nuit noire qui s'étendait à l'infini, déchirée par les grognements des bêtes et le bruit des sabots. Des paquets de nuages noirs obscurcissant le ciel furent roulés les uns après les autres par la mousson jusqu'au-dessus du village, les étoiles qui tout à l'heure clignotaient avec malice furent dispersées, une bruine commença à tomber, tranquille et distraite, se resserra peu à peu, et flotta dans l'air comme une crinière de cheval. Un enclos s'effondra, puis un autre, la rumeur endormie des poules s'élevait ici, retombait là-bas. Un durian tomba devant Da-dy, écrasant le ventre d'un sanglier mort. Il passa rapidement sous l'arbre, traversa une rangée de palmiers où deux chiens et un sanglier luttaient à mort, se retrouva devant un puits abandonné. L'eau était agitée, elle renvoyait le reflet inconnu d'une tête chenue aux tempes grises, il repensa à la petite fille qui pleurait au fond d'un puits, il y a de cela vingt ans. Une ombre noire se tenait devant une pile de bois, elle leva son fusil en visant la poitrine de Da-dy.

Celui-ci cria d'une voix forte : « Qu'est-ce que tu fous ? »

L'ombre frissonna, releva le canon et s'exclama avec contrariété : « Tzo, c'est toi ? Je t'ai pris pour un sanglier ! » Da-dy cracha, il regarda l'homme qui tenait le fusil, le visage couvert de pleurs et de morve, secoué de spasmes, c'était Tio l'Ancien, celui qui buvait son café torse nu sous le jaquier, Da-dy jura : « *Ham ga san !*

— J'ai tué plus de dix sangliers ! dit Tio avec un rire effroyable. Tzo, ça fait deux jours que j'ai pas eu d'opium ! »

Da-dy tapota légèrement le crâne de Tio avec le fourreau de son parang. « Tu as vu le grand mâle ?

— Le grand mâle… le grand mâle… » Tio lâcha un éternuement formidable. « Oh, oh, à l'instant j'ai cru que c'était toi, le grand mâle… »

Un gros sanglier tout noir vint défoncer la margelle du puits et plongea au fond. Un groupe d'hommes, allumant les lampes torches, fit cercle pour regarder la bête tombée dans l'eau.

Un faisceau d'éclairs silencieux illumina le ciel, tels de méchants éclats de rire de boucs réunis.

« C'est une laie.

— On dirait une Japonaise quand elle rit. »

Da-dy contourna le puits abandonné et marcha en direction d'un plant de manioc piétiné, retourné par les sabots et les crocs des sangliers.

« Tzo ! Je… je n'ai pppas… eu d'opium depuis deux jours ! » cria Tio l'Ancien d'une voix faible, mourante.

Da-dy fit le tour d'un plan d'eau, s'arrêta devant un grillage, il vit à travers le treillis quelques sangliers en train de se frotter et d'uriner contre les pilotis de la maison du vieux Hiou, en faisant le bruit graveleux de la cuillère qui racle une jarre de riz, sur le sol étaient répandus les bûches, les ramassettes en bambou et les outils, le choc énorme provoqué par les sangliers faisait gémir les rivets et les tenons aux portes et aux fenêtres. A l'un des poteaux du grillage était suspendu un masque en plastique de *tengu*, face rouge, nez long, qui dardait un regard féroce sur Da-dy. Trophée confisqué par le vieux Hiou à un garnement qu'il avait attrapé en train de bombarder sa maison. Da-dy hésita un peu puis, tendant la main, détacha le masque et le mit sur son visage, il poussa le portail, tira deux coups de fusil sur les sangliers au pied des pilotis, en réponse aux détonations deux d'entre eux s'écroulèrent, tandis que les autres s'enfuyaient dans le potager derrière la maison. Da-dy monta l'escalier, aperçut le canard de Barbarie à tête rouge sur la rambarde, qui le dévisageait en tordant le cou. Le visage couvert de boules de chair écarlates ne trahissait nulle peur, mais de l'arrogance. Du fourreau de son parang, Da-dy donna une petite tape sur ce cou vert sombre qui lui était familier, le canard déploya ses ailes puissantes et, tel un sorcier en cape noire masqué d'un foulard rouge, il s'envola vers l'étang. Debout sur la terrasse, Da-dy fuma une moitié de cigarette puis tendit la main et toqua deux fois à la porte d'entrée. Au-dedans pas un bruit. Da-dy frappa à nouveau deux fois.

« Qui est là ? » La voix de Gian-lîng résonna derrière la porte, triste et soumise.

Da-dy sentit la salive qui imprégnait les cigarettes roulées. Il ne prononça pas un mot et frappa à nouveau deux coups forts à la porte. Par les interstices de la cloison, il vit les éternels chemisette blanche et pantalon noir de la jeune fille, ses longues nattes posées au creux des reins, tenant une lampe à gaz dont la flamme était haute, elle s'approcha doucement de la porte.

« Qui est là ? » Sa voix parvenait assourdie à travers les interstices, il y avait une pointe de crainte dans le ton plaintif. « Papa ? »

Une brise fraîche passa dans le dos de Da-dy, c'était le canard de Barbarie qui revenait soudain sur la terrasse, perché sur la rambarde il poussa des gloussements rauques.

« Sale canard, jura tout bas Gian-lîng, encore toi ! »

La porte d'entrée s'ouvrit, Gian-lîng, prenant le balai dans une main, leva de l'autre la lampe à gaz, une face monstrueuse au long nez s'illumina.

Da-dy éteignit d'un souffle la lampe, avec sa crosse il frappa lourdement la poitrine de la jeune fille. Elle poussa un gémissement et se renversa de tout son long par terre. Da-dy, main dans le dos, referma la porte et tira la barre, il jeta son fusil, s'assit à califourchon sur les jambes de Gian-lîng et lui arracha son pantalon. Une nouvelle harde de sangliers vint se frotter et uriner contre les pilotis en bois-de-fer avec le même bruit graveleux de cuillère raclant une jarre. Gian-lîng tendit la main et arracha le masque de son assaillant, mais dans la pénombre elle ne distingua pas son visage. Deux coups de feu retentirent dehors, la barre de la porte se brisa en son milieu, on l'ouvrit d'un coup de pied, une ombre à la longue chevelure et un chien noir se tenaient sur le seuil.

« Vieux Tzo… »

A cette voix, Da-dy éprouva un sentiment de grande familiarité. Il se retourna et, agenouillé sur le sol, leva la tête vers l'ombre.

« Emily… »

Un coup de feu, Da-dy ressentit une décharge de douleur dans les reins. Il se releva prestement en jetant un coup d'œil au fusil de chasse dans l'angle du mur. Un nouveau coup de feu, cette fois ce furent ses jambes qui subirent la décharge douloureuse. Da-dy fit volte-face et se précipita vers la cuisine, d'un coup de pied ouvrit la porte de derrière, d'un bond se rua dans le potager, il longea le bord de l'étang et courut vers une plantation de poivre, après l'avoir traversée, il reprit haleine appuyé contre un durian. Sous l'arbre, un sanglier était en train d'ouvrir la coque d'un fruit en le piétinant et s'apprêtait à le manger. Un coup de feu retentit, le sanglier s'effondra dans une mare de sang, en poussant une grave et mélancolique plainte. Un autre coup de feu, Da-dy fut touché en pleine poitrine. Il se cramponna au tronc du durian et s'affaissa petit à petit, il vit Tio l'Ancien qui approchait en titubant.

« Tio, putain de dieu, qu'est-ce que tu fous ? » Da-dy s'assit, le dos contre l'arbre, sa bouche exhalait un nuage de sang.

« Vieux Tzo… c'était toi… » L'effroi paralysa les mains de Tio, son fusil encore fumant tomba au sol. « Je… je t'ai pris pour un sanglier… Tzo, ça fait deux jours que je n'ai pas fumé d'opium. »

Derrière le bonhomme Tio apparurent les uns après les autres quelques villageois armés de fusils de chasse et de parangs. Ils allumèrent leurs lampes torches pour éclairer Da-dy en train d'agoniser sous l'arbre, ils virent alors Emily et son chien surgir de derrière le tronc. Elle dégaina son sabre et trancha la tête de Da-dy, puis elle détacha le Masamune ceint à sa taille. Ses gestes avaient été brusques, rapides, les villageois n'avaient pas eu le temps de réagir que déjà elle s'était retirée avec son chien dans la vaste étendue de la nuit noire, emportant la tête de Da-dy et le sabre.

5

L'année suivante, en 1946, par un crépuscule du mois d'août, un canot accosta sur les berges de la Krokop, un homme d'âge mûr, qui tenait les rames à l'arrière, les déposa et ramassa un sabre rangé dans son fourreau ainsi qu'un balluchon en toile. A la proue, une femme portait dans ses bras un bébé dans les langes, avec l'aide de l'homme elle monta sur le quai. Le bébé avait le visage rose, la respiration profonde d'un sommeil délicieux. En chemin, l'homme et la femme demandèrent leur route puis marchèrent en direction du quartier à la centaine d'échoppes alignées, ils s'arrêtèrent devant l'épicerie de Plat-Pif qu'A-hung, ayant réuni des fonds, avait décidé de racheter six mois auparavant.

Kwan A-hung était assis sur un banc devant son magasin, il était en train de fabriquer un cerf-volant en papier avec quelques enfants. Dans l'air brûlant, la sueur ruisselait par paquets sur son corps et sur celui des gamins, de ternes rayons du couchant tombaient à l'oblique sur la galerie, dispersant çà et là l'ombre des arbres et la silhouette des fleurs, un soleil rouge flottait au-dessus de la mer de Chine, et de frais nuages colorés s'enroulaient sur eux-mêmes dans le ciel, se poursuivaient comme chatons et chiots, poussés par la mousson d'été. Un triporteur en piètre état passa dans la rue comme lancé à la poursuite du soleil, les tourterelles et les moineaux au bord de la route, pris de panique, poussèrent des piaulements perçants, tels des éclats de bombe disparaissant dans les fumées brûlantes s'élevant du sol après l'explosion. Une foule d'ouvriers, leur journée de travail terminée, se pressaient au café en plein air à côté du bazar, ils s'abreuvaient de litres de bière et d'Ovomaltine en faisant un raffut digne d'un concert de grenouilles. Le sac en toile rose à motifs de petites fleurs où la femme portait le bébé enveloppé, coloré par les lueurs du couchant, ressemblait à une boule de feu, les cordons blancs qui attachaient le sac pendaient sur la poitrine de la femme, une triste mouche tournait en cercle tout autour.

« Tu es Kwan A-hung ? » L'homme d'âge moyen qui tenait le sabre s'arrêta devant A-hung.

Celui-ci était en train de fendre un bambou à l'aide d'un parang court. Il leva la tête, jeta un coup d'œil à l'homme, opina du chef.

Le bébé tendit son petit poing hors de ses langes et se mit à pleurer sans s'arrêter. À ses torsions et tortillements pris dans le maillot, on l'eût dit assailli par une mauvaise fée qui tentait de prendre sa place. La femme affichait un sourire poli, ses regards allaient, venaient, s'arrêtaient, dans un manège lassant, entre A-hung et l'enfant. Au milieu des pleurs désolés, l'homme jasait avec A-hung sur le ton pressé mais familier de l'ami rencontré par hasard. La femme hochait la tête à répétition pour accompagner et appuyer chaque mot, chaque phrase, y compris le phlegme jaune que l'homme cracha soudain avec colère, colère qui se transmit aussitôt au visage de la femme dont l'expression devint féroce et affectée. Ses traits à elle étaient mobiles, tandis que la physionomie de l'homme était rigide.

Le couple vivait à une quinzaine de kilomètres en amont de la Krokop où ils cultivaient et pêchaient, le jour même à l'aurore, une femme inconnue portant un enfant dans ses bras et accompagnée par un chien noir était apparue sans crier gare devant leur maison sur pilotis. Elle les avait payés trente dollars, avec mission de remettre l'enfant et le sabre à Kwan A-hung, le patron de l'épicerie *Chez King-hün* au Bouk aux Sangliers. La mystérieuse femme, après leur avoir expliqué toute l'affaire, était aussitôt repartie avec son chien.

Quand il eut fini de parler, l'homme retira un papier blanc plié en deux qui était sur l'enfant et le tendit à A-hung.

« Lis, je t'en prie. » Et un sourire se dessina enfin sur son visage.

A-hung prit le papier fripé, à son aspect il reconnut le tract de reddition qu'Emily avait ramassé sur lui et emporté quand il avait été blessé. Il déplia la feuille et vit à nouveau cette Emily extravagante, parmi des nuages blancs et des rayons de soleil, mains sur les hanches, tête haute, les sourcils légèrement froncés, reproduite à l'encre d'impression. Il retourna le tract, au dos il y avait une ligne de caractères écrits de travers :

A-hung, c'est ton enfant. Emily

Simultanément, l'homme lui présenta à deux mains le sabre dans son fourreau – le Masamune de Yoshino – et déposa le balluchon aux pieds d'A-hung. Celui-ci reçut le sabre, aussitôt la femme lui fourra brutalement le bébé dans les bras, sans lui laisser le temps de déposer l'arme, et il se retrouva ainsi, gauche et confus, à tenir contre lui le nouveau-né.

L'homme et la femme parurent délestés d'un lourd fardeau et repartirent à la hâte sans même se retourner.

L'enfant d'A-hung et d'Emily mit le village en émoi. La femme du patron du restaurant de nouilles voisin de l'épicerie *Chez King-hün* suspendit un berceau-hamac à la poutre de l'auvent de la chambre à coucher qui se trouvait derrière l'étal, elle y installa provisoirement le bébé. Le lendemain, A-hung loua un bateau à moteur et fonça droit en amont du fleuve, il trouva le couple qui lui avait remis l'enfant, mais ils ne savaient rien, ni où Emily était partie, ni où elle habitait. Les cinq jours suivants, il remonta le fleuve à bord du bateau, sur son trajet il s'enquit de ce qu'était devenue Emily. Sur la base secrète de Da-dy rasée par les Monstres, des bosquets verdoyants avaient déjà repoussé, toutes sortes d'animaux, herbivores, carnivores, rôdaient comme à leur habitude autour du lac aux sambars, sous l'upas où étaient enterrés des Monstres, des Dayaks, des villageois et des enfants, régnaient un silence et un calme d'outre-tombe, les tombeaux des enfants et de Maître Hsiao, du Biscornu et de Tortue Molle n'étaient plus qu'herbes folles, on les distinguait à peine.

Au cinquième jour, quand il rentra, il se faisait déjà tard, une lune d'ambre jouait sur les flots clairs de la Krokop, ses reflets ressemblaient aux rayures d'un tigre. Le bateau d'A-hung avait pénétré dans le village quand il aperçut le Pâlot, le petit frère de Ho-ngi, debout sur le ponton, une sarbacane à l'épaule, un carquois et un parang accrochés à la ceinture. Il avait l'air grave et inquiet, son regard avait le même éclat glacial que la baïonnette au bout de sa sarbacane, dans le couchant qui s'assombrissait peu à peu, sa peau paraissait d'une blancheur plus aveuglante qu'à l'accoutumée. Et ce lustre, telle la fumée de la poudre, semblait sourdre de son corps maigre.

Sans attendre que le bateau ait atteint la rive, le Pâlot marcha en direction d'A-hung.

« Tu cherches Emily ? » Appuyé sur sa sarbacane, il regardait A-hung en train d'attacher les cordages au poteau d'amarrage, le ton de sa voix était toujours indifférent et tranquille.

A-hung hocha la tête et sauta sur le ponton.

« Quelle coïncidence, dit le Pâlot, je l'ai vue il y a trois jours.

— Où est-elle ?

— Tout en amont de la Krokop, à la frontière de Kalimantan.

— J'irai la chercher demain !

— Ne perds pas ton temps. » Le Pâlot fronça légèrement les sourcils. Sur ce visage aussi inexpressif que celui des Dayaks, un tel mouvement se chargeait d'une grande intensité. « Elle se promène avec la tête fumée de Da-dy, elle cherche celle de Kobayashi dans toutes les maisons longues de Bornéo, elle veut échanger l'une contre l'autre. »

A-hung fronça lui aussi les sourcils et resta silencieux.

« Je ne peux m'empêcher de me demander », le Pâlot usait des mots avec parcimonie, il ne devait pas avoir l'habitude de beaucoup parler, ses sourcils se froncèrent plus profondément. « Pourquoi échanger la tête de Da-dy contre celle d'un Monstre ? »

Le regard d'A-hung se détacha du Pâlot et se porta sur les eaux du fleuve tigrées par le reflet de la lune.

« Emily a dit que dans tout le village il n'y avait que toi qui savais. Elle voulait donc que je te demande. »

6.

A-hung se rendit au village pour y acheter deux portions de pâtes de riz sautées et une portion de riz au poulet à la mode hainanaise, puis il retourna chez lui, durant tout ce temps le Pâlot resta sur ses talons, comme s'il avait peur de le voir disparaître dans la nuit. Ils s'assirent tous deux à la longue table sur la terrasse, A-hung déballa le riz au poulet et posa une part de pâtes devant le Pâlot, puis il dévora fauvement la sienne. Quand il eut fini, il prépara une théière de thé noir et remplit deux tasses en métal, puis alluma une cigarette occidentale et fuma paresseusement. Le Pâlot but la moitié de sa tasse, pendant un moment il contempla le village plongé dans la pénombre, puis commença à manger ses pâtes. Ses cinq doigts, effilés et durs, serraient avec fermeté les baguettes en bambou, il mangea lentement, méticuleusement, il lui fallut une demi-heure pour en venir à bout, il attaqua ensuite le riz auquel A-hung n'avait pas touché, cette fois il mangea bien plus vite, en deux minutes il avait nettoyé le plat. Il but l'autre moitié de sa tasse, se resservit et but d'un trait. A-hung lui tendit une cigarette, mais il la refusa et se remit à contempler la nuit noire sur le Bouk aux Sangliers. La lune et les étoiles étaient enveloppées dans des nuages sombres, les lucioles virevoltaient sur les berges du fleuve, les yeux rouge écarlate des crocodiles flottaient à la surface, aux fenêtres d'une centaine de maisons sur pilotis une lampe à pétrole ou une lampe à gaz jetait ses lueurs, dans les rues du village des phares de vélos brillaient tantôt intenses, tantôt faibles, quelques pétroliers, gigantesques ombres noires, dormaient sur la mer de Chine méridionale, le fracas des vagues jaillissantes se mêlait au murmure des eaux de la Krokop, tout le village semblait flotter sur un paysage aquatique. Suite à la réapparition, l'année précédente, du vaisseau fantôme japonais, un groupe de Monstres qui n'avaient pas eu le temps de remonter à bord sillonnaient les quais et les rues à la nuit tombée en attendant que leur bateau revienne sur la côte, les algues plantées dans les casques étaient depuis longtemps desséchées, leurs fourniments puaient la charogne de méduses et de pieuvres, les coquillages avaient recouvert les canons de leurs fusils, et sur les récifs coralliens de leurs mâchoires, des algues corallinales de toutes les couleurs avaient poussé, certaines s'étaient déjà minéralisées, d'autres continuaient à se développer arrosées par la pluie. Les opiomanes du village qui avaient appris le japonais au Centre de formation des enseignants de la langue japonaise avaient échangé quelques mots avec ces Monstres, et les appelaient même par leurs noms, ce devait être les jours où ils n'avaient pas eu leur content d'opium. Des têtes volantes étaient sorties des fourrées, elles parcouraient les rues du village quand, voyant les Monstres, elles s'étaient immobilisées dans l'air et avaient fondu sur eux, sous les yeux des villageois, grands et petits, elles avaient aspiré leur sang, dévoré leurs entrailles, déchiré leurs organes génitaux. Les villageois contemplèrent fixement ces visages, mi-chouettes mi-femmes, inconnus et pourtant familiers.

A-hung, après avoir fumé cinq cigarettes sur la terrasse, vit l'un de ces Monstres planté là en bas, avec ses doigts d'où s'échappaient du sable et du sel il grattait les algues corallinales de sa mâchoire inférieure. A-hung lui lança une cigarette allumée, le marin la prit, la porta à sa bouche et en tira une puissante bouffée.

« Le Pâlot », A-hung aurait voulu l'appeler par son nom mais il n'en avait pas la moindre idée. « Tu prends de l'opium ? »

Le Pâlot secoua la tête.

A-hung entra dans la maison pour fumer une boulette, puis il revint sur la terrasse s'allonger dans une chaise longue en bambou, et dix minutes plus tard il ronflait. Il s'éveilla à minuit, le Pâlot était parti. Le lendemain matin, il se préparait à aller au village faire des achats de nourriture et de fournitures pour remonter le fleuve à la recherche d'Emily, il allait sortir quand il vit soudain la patronne du restaurant de nouilles qui s'était occupée du bébé pousser le portail de la clôture.

« L'enfant a disparu ! »

La femme s'était levée de bon matin, le berceau accroché à la poutre était vide, la porte forcée portait des traces d'effraction. La disparition du bébé, comme son apparition, provoqua un grand émoi dans le village, on fit une sortie en masse, toute la journée on retourna ciel et terre, en vain, à la nuit tombée, le Pâlot muni de sa sarbacane apparut devant la maison d'A-hung. Dès qu'il le vit, A-hung comprit. « Le Pâlot… » A-hung, assis à côté de la longue table de la terrasse, tout en fumant, le regarda monter en silence les escaliers et s'asseoir en face de lui sur une chaise en bois. « Qu'est-ce qui t'a pris d'emporter l'enfant ?

— L'enfant n'a rien. » Le Pâlot déposa sur le sol sa sarbacane et le parang qu'il portait à la ceinture, le ton de sa voix était doux mais froid, ses côtes et ses clavicules agressives diffusaient une lueur bleue, tout comme les champignons translucides qui avaient poussé sur la clôture. « Raconte-moi donc ce qui s'est passé. »

Durant la journée, tandis que les villageois étaient à la recherche du bébé, une dispute avait éclaté entre deux familles qui élevaient des sangliers, chacune avait détruit l'enclos de l'autre en guise de représailles, laissant s'enfuir trois cents bêtes de par les rues. La plupart des sangliers élevés par les villageois se trouvaient être ces sangliers à barbe qu'ils avaient capturés, ils étaient restés sauvages, et aussitôt la barrière franchie, c'était comme si l'ennemi avait été lâché dans le village. Ils firent des ravages parmi les cultures et les enclos, les villageois n'eurent d'autre choix que de reprendre fusils et parangs, les plaintes des sangliers à l'orée de la mort excitèrent chez la harde une résistance démente, effrénée, et la nuit avait surpris hommes et bêtes encore pris dans leur lutte féroce. Cette nuit-là, le ciel était limpide, sans nuages, la lune ronde se montrait si nue qu'elle en paraissait gênée, elle éclairait le Bouk aux Sangliers comme en plein jour. Les habitants, empêtrés dans cette bataille qui avait duré toute la journée, perdirent patience, ils se mirent à tirer dès qu'ils voyaient une bête, les balles causèrent plus de blessures que les défenses des sangliers, on avait depuis longtemps oublié la disparition du nouveau-né, et les villageois criaient à A-hung et au Pâlot sur la terrasse : « A-hung, le Pâlot, le village va être rasé par les sangliers de Tshioun et de Tioun ! » A-hung retourna dans le salon pour fumer une boulette d'opium, il prépara une grande théière de café qu'il posa sur la table de la terrasse, il fuma une cigarette, but le café, de temps à autre il jetait un regard en coin au Pâlot. Avec leurs frondes, les enfants bombardèrent les sangliers d'un déluge de pierres, mais la plupart manquèrent leur cible, elles tombaient sur les enclos ou les maisons, certaines tombèrent même, mystère, mystère, sur les toits en tôle. Une laie gravide monta sur la terrasse d'A-hung, elle poussa des *gron gron* à la lune placenta remplie de fluide amniotique, tout en ballottant sa rangée de huit mamelles qui traînaient sur le sol, elle se faufila sous la table, tel un chien familier admis par le maître, elle flaira les pieds d'A-hung et du Pâlot, tel un général vaincu qui demande protection. A-hung vit à nouveau apparaître, au-delà de la terrasse, le Monstre qui la veille lui avait demandé une cigarette, du sang s'échappait de son barda, des cadavres bariolés de poissons-clowns étaient accrochés aux algues corallinales poussées sur sa mâchoire. A-hung lui jeta une cigarette allumée, le Monstre la ramassa, tira une puissante bouffée et souffla un nuage de fumée, poisson-pêcheur des abysses aux os dégoulinants et à la tige lumineuse. Des sangliers fuyards et des villageois armés passèrent devant la terrasse, le Monstre s'éloigna en flottant comme du plancton. Une tête volante dont les entrailles pendaient au-dessous du cou vola vers lui, d'une poignante beauté étaient les traits de son visage, d'une incomparable noblesse le port de sa tête, elle évoquait Hui-tsen, elle évoquait Lolo, elle évoquait Ho-ngi.

Une fois les sangliers à peu près massacrés et capturés, les villageois commencèrent à rassembler, plus nombreux encore, le bétail et la volaille dispersés, ce furent des disputes et des démêlés à n'en plus finir. La laie cachée sous la table gémissait en groui-grouinant, souffrant d'on ne sait quelle blessure. Un nuage grenat ennassa la timide lune toute ronde, la pénombre s'abattit sur la terre, les halos des lampes électriques et des lampes à gaz des villageois enflèrent, un vent de sud-ouest souffla en fortes bourrasques et, comme dans la Chine ancienne le jeune marié soulevait le voile rouge de son épouse, il chassa le nuage grenat, la terre fut à nouveau claire, les halos maigrirent. Les aboiements des chiens et les ululements des chouettes remplacèrent peu à peu les cris des sangliers et du bétail, la paix et la sérénité revinrent sur le village, la nuit blessée et sanglante se rétablit doucement.

A-hung avait fumé un paquet de cigarettes, avec le Pâlot il avait bu tout le café. Il retourna à la cuisine pour en préparer une nouvelle théière.

« Le Pâlot… » La chaleur était accablante, des gouttes de sueur perlaient sur le front d'A-hung, où se réfractaient, pleines, les nausées matinales de la lune. « Qu'est-ce que tu veux savoir ? »

Le Pâlot quitta le fleuve des yeux et fixa A-hung sans rien dire. Celui-ci eut le sentiment qu'il venait de poser une question idiote.

Il fit effort pour se rappeler ce matin-là, voilà plus de huit mois, quand, grièvement blessé sous le santal indien, Emily l'avait chargé sur son dos pour le ramener au village, en chemin elle avait parlé sans s'arrêter. Le sang continuait à s'échapper de son abdomen, maculant de rouge le bas de son corps et celui d'Emily. La blessure infligée par le sabre aiguisé de Yamazaki était d'une gravité sans commune mesure avec celle reçue d'un sanglier ou d'un varan, Emily l'avait bien senti au contact du corps d'A-hung qui se refroidissait peu à peu et à ses gémissements de douleur, elle marchait d'un pas alerte, ne s'arrêtant sur le trajet qu'une seule fois pour se reposer, le chien noir l'avait suivie du début à la fin sans un bruit, tout son corps émettait une faible lueur verte, pareille à un feu follet. La respiration et les gémissements très bruyants d'A-hung couvraient presque les paroles d'Emily, ils interrompirent même plusieurs fois sa confession. Tout en parlant, elle n'oubliait pas de l'exhorter. A-hung, tiens bon, on arrive bientôt. A-hung, tu es réveillé ? Tu m'entends ? Si tu m'entends, fais-moi un *mmm*, pince moi. A-hung, ne t'endors pas, si tu t'endors, tu ne te réveilleras pas, tu ne te réveilleras jamais. Elle sentit même les larmes d'A-hung tomber sur son épaule, après qu'elle lui eut tout raconté. Même quand elle se reposa un court instant, elle garda A-hung sur son dos. Le sang du garçon pressait son dos comme un fer chaud, il coulait le long de sa colonne vertébrale, suivait le sillon des cuisses, pour se mêler à ses sécrétions intimes et former un étrange fluide amoureux, sans trop de pureté. Bien qu'il fût plongé dans un demi-coma, A-hung pouvait sentir distinctement l'odeur de fiente sur Emily se mêler à l'odeur d'urine des sangliers, celle d'Emily et la sienne. Sa vessie s'était vidée sous le coup de sabre porté à l'abdomen, sans le short qui le serrait à l'entrejambe, il aurait sûrement uriné sur le visage de Yamazaki. Ses jambes enserraient la taille d'Emily, ses bras s'enroulaient fermement autour de son cou, son menton s'accrochait à son épaule, la douleur aiguë qui venait de son abdomen l'obligeait à serrer les dents très fort. A plusieurs reprises, Emily suspendit son pas pour s'assurer qu'il était toujours réveillé, quand elle se retournait vers lui pour l'appeler, ses lèvres et ses dents débordaient du jus sucré des fruits shampoings. Il avait l'impression qu'en pressant sa blessure contre le dos d'Emily, il ralentissait la perte de sang, à cette idée, il se cramponna à elle encore plus fort de tous ses membres. Emily, tu dois être fatiguée ? Si tu es fatiguée, pose-moi par terre, je tiendrai le coup, il y a encore un bout de chemin jusqu'au village. Emily, je suis réveillé, je ne vais pas mourir, pose-moi par terre, repose-toi un peu. Emily… Longtemps il balbutia, marmonna des *hmhmhmm* sans aucun sens. Peu à peu, ses marmonnements faiblirent aussi, et avant qu'ils aient atteint le Bouk aux Sanglier, il ne grognait plus que pour répondre aux inquiétudes d'Emily, pour lui faire savoir qu'il était encore conscient. Chaque mot, chaque phrase qu'elle proférait était comme un murmure à son oreille et comme un somniloque, c'était l'écho dans un val et le hurlement de la tempête, c'était le chant de la couvée du grand coucal et le cri assassin de l'épervier, c'étaient les vagues terrifiantes de la haute mer et le cours riant d'une petite rivière, c'étaient pleurs de bébé, plaintes de fantômes, galop furieux de sangliers, c'était comme une armée de fourmis grignotant et emportant ses nerfs crâniens imbibés d'opioïdes et de morphine. Celle qui avait divulgué à la Kempeitai la liste de noms du Comité de sauvetage de la patrie et des réfugiés, c'était elle, Emily, et les enfants cachés chez Mapopo, la base secrète de Da-dy en amont du fleuve, l'endroit où toute la famille du Pâlot s'était réfugiée, Plat-Pif et le Biscornu qui avaient passé une nuit dans sa maison, la piste de Da-dy et des enfants sous l'upas, tout, c'était elle qui l'avait rapporté à Yamazaki et Yoshino. Cette nuit-là, elle et son chien noir s'étaient dissimulés aux environs de l'upas, elle avait entendu Da-dy raconter le meurtre de Kobayashi. Elle et son chien avaient guidé Yamazaki, Yoshino et leurs hommes pour tendre une embuscade à Da-dy et aux autres, ils avaient tué le Biscornu et les deux bûcherons isolés, puis ils étaient tombés sur le Pâlot et les Ibans, après un âpre combat, elle s'était enfuie avec Yamazaki. Elle était la fille de Kobayashi Jirô et de la Karayuki-san Hanabata Nami. Il y a de cela vingt-deux ans, Kobayashi avait dépensé une fortune pour racheter la liberté de Nami, ils avaient porté leurs pénates à l'intérieur des terres où Emily était née, Nami avait succombé au choléra, Kobayashi avait alors confié Emily au père Tsau, qui évangélisait à l'intérieur des terres, puis il était retourné au Bouk aux Sanglier vendre ses marchandises. Depuis l'Incident du pont Marco-Polo, les villageois traitaient avec discrimination les Japonais et le père Tsau, lui qui même à vélo prenait garde d'écraser une fourmi, avait dissimulé l'identité d'Emily. Suite à l'invasion du village par les Monstres, ceux qui se cachaient à Krokop – l'acupuncteur Kameda, le dentiste Watanabe, le photographe Sasaki, les marchands Oshida et Kobayashi – étaient partis les uns après les autres, seule Emily était restée pour servir d'agent d'information, et la mort mystérieuse de son père Kobayashi n'avait fait qu'accroître et approfondir sa détermination.

Quand il eut fini de parler, A-hung eut enfin le courage de lancer un regard vers le Pâlot. Son visage en forme de jarre, grosse tête petit menton, penchait légèrement, on eût dit un champignon sur le point de se flétrir. Il ouvrit la bouche et lâcha un soupir, une pellicule blanche constellait sa langue. Ses pupilles noires étaient baignées par l'éclat des larmes, un plancton minuscule aux reflets chatoyants bondissait à l'intérieur. Ses cheveux, jadis graisseux et en broussaille, avaient été rasés par la tondeuse, les pavillons de ses oreilles en paraissaient bien plus gros. La laie continuait à gémir sous la table longue, une chose dodue et humide se frotta contre le pied d'A-hung. Il baissa la tête pour regarder sous la table. Là-dessous se dessinait un rectangle oblong de clarté lunaire, où brillaient de vagues éclats pareils aux pupilles verticales des geckos, cela faisait comme une cage grillagée. L'arrière-train de la laie était orienté contre sa plante du pied, elle était en train de mettre bas, lentement, dans la douleur, trois petits marcassins sanguinolents étaient éparpillés sous la table. Quand A-hung regarda à nouveau au-dessus, il vit que la main droite du Pâlot tremblait un peu, au coin de ses yeux coulaient deux traînées de larmes, qui trahissaient le geste qu'il avait fait pour les essuyer.

Il plissa et ferma les yeux pendant trois secondes, quand il les rouvrit, il dit lentement, avec calme : « Il y a bientôt un an que tu connais l'identité d'Emily… »

Il se leva doucement et mit la sarbacane sur son épaule.

« Quand nous étions réfugiés à l'intérieur des terres, ma grande sœur se faisait toujours du souci pour toi. »

Le Pâlot descendit les escaliers, prit la direction de l'amont du fleuve et disparut sous le clair de lune.

Le lendemain, de grand matin, il avait ramené le fils d'A-hung à la marchande de nouilles.

Le crépuscule avec son lot d'occupations approchait encore une fois. C'était la fin de la semaine, A-hung ferma boutique une heure plus tôt, il rendit visite à son enfant profondément endormi dans le hamac, puis retourna chez lui se débarbouiller, manger et fumer une nouvelle boulette d'opium, il s'assit ensuite sur la terrasse pour fumer une cigarette. Toutes ses affaires étaient déjà prêtes, le lendemain aux aurores il comptait remonter le fleuve. Il avait fumé la moitié de sa cigarette quand brusquement il ressentit une piqûre dans la cuisse et le dos. Il vit une fléchette plantée dans sa cuisse droite, il chercha dans son dos avec la main et saisit une fléchette de même longueur. Il se leva lentement, mais très vite ses genoux plièrent, il s'agenouilla et s'effondra sur la terrasse. Ses paupières étaient lourdes, son esprit embrumé, dans le vague il vit le Pâlot qui montait les escaliers, sa sarbacane à la main.

« Pour ma sœur », il avait toujours les sourcils froncés, l'air grave et triste, « je t'épargne ».

A-hung sentait tout son corps mollir, ses membres étaient sans force.

« Le poison des fléchettes n'est pas mortel, tu ne mourras pas. » Le Pâlot dégaina le parang qu'il portait à la ceinture, il trancha les deux bras d'A-hung. Celui-ci poussa le hurlement plaintif d'un chaton que l'on noie. « J'ai déjà prévenu l'hôpital. »

Le Pâlot rengaina son parang, il entra dans la maison et emporta le Masamune accroché au mur. « Je vais chercher Emily. »

La sarbacane à la baïonnette étincelante sur son épaule, il descendit les escaliers, appuya sur son cricket en métal, *clic-clac*, *clic-clac*, et tel un spectre s'évanouit sur les berges plongées dans l'épaisseur de la nuit.

Les pleurs d'A-hung cessèrent, son corps était secoué de spasmes comme un bout de bois ballotté dans les rapides. Il vit Mapopo, sa grande faux dans le dos, qui marchait sur les berges, suivie d'une foule de petits garçons et de petites filles du Bouk aux Sangliers affublés de masques de *yôkai* et tenant dans leurs mains des jouets à ressort ; Kobayashi portait sur l'épaule sa perche en bambou à laquelle étaient accrochés dix-huit sortes d'articles, en jouant sur son harmonica il disparut seul dans la végétation. Avant de perdre l'ouïe, il entendit une violente dispute dans les fourrés, on aurait dit les grondements haletants d'une bande de *yôkai* ; et avant de perdre la vue, il vit la couronne d'un grand arbre à feuillage persistant recouvrir entièrement la splendeur d'une mauvaise lune, comme si un *tengu* l'avait dévorée.

À LA RECHERCHE D'EMILY

1

Emily est accroupie au chevet de son lit, les yeux fixés sur l'obscurité au-delà de la fenêtre, elle attend l'aube. Quand un rai de lumière se pose sur les vieilles cimes des arbres et les buissons séniles, elle saute au bas de son lit, enlève la barre de la porte, enfile ses sandales et bondit au-dehors, comme si elle voulait déclarer à tout le village que ce rayon de soleil aussi pur que la veine d'un bébé, c'est elle qui l'a réveillé. Tout en fredonnant un cantique, elle s'assoit à la proue d'un sampan sur les berges de la Krokop et contemple les nuages épars chus du ciel dans l'étang. Elle ouvre la bouche en cul de poule et imite le sifflement de chaque espèce d'oiseau, alors, des quatre coins de l'espace des chants s'entremêlent peu à peu, comme si après avoir entendu ses appels, tous les oiseaux s'étaient éveillés en sursaut. Le père Tsau lui a enseigné les noms des différentes espèces, mais les noms que la gent humaine donne à la gent ailée sont idiots, et elle n'a pas daigné les apprendre, en revanche elle se souvient du chant particulier à chacun. Ce chant, c'est leur petit nom, leur nom commun, leur nom scientifique, leur nom de plume, leur nom d'emprunt, leur surnom et leur nom posthume.

kee-kee-kee-kee-kee
yeep-yip-yip-yip
chit-chit-chit-tee
croo-wuck, croo-wuck, croo-wuck
boob-boob-boob-boob-boob

La fumée des âtres s'élève dans le village, le chant frais et curieux des oiseaux se mêle à la rumeur.

Emily a vu le père Tsau sortir en soutane de sa maison en bois, d'un pas poussif de tortue, à un train d'escargot, tout en se frottant les yeux et en lissant sa barbe, il se dirige vers l'église à une trentaine de mètres. L'église a servi, il y a une dizaine d'années, de cabinet de travail à un célèbre naturaliste anglais, elle a l'aspect d'une maison normale, son toit est surmonté d'une croix trop grande pour sa taille. Le naturaliste avait engagé une vingtaine de porteurs, de coolies et de guides, le jour il chassait l'orang-outang, le gibbon, le kinkajou, le cerf aboyeur et la panthère nébuleuse, le soir, dans sa maison, à la lueur de la lampe à gaz, il mettait ses spécimens à conserver dans la saumure. Le confessionnal était la chambre à coucher du naturaliste, et l'estrade rectangulaire du prêche sa table de dissection, celle-ci puait le sang, celle-là puait l'excrément.

Les villageois et les Dayaks de deux maisons longues affluent pour se rendre à l'église, gouttes de rosée convergeant vers le cœur d'une feuille de lotus.

Le père Tsau, les deux pieds sur le seuil de la grande porte de l'église, une main appuyée contre le chambranle, appelle à pleine voix : « E-MI-LY ! E-MI-LY ! »

Deux jeunes Dayaks et Wouyama sortent de l'église et crient à sa suite : « E-MI-LY ! E-MI-LY ! »

Emily saute au bas du sampan, elle longe la berge et s'aventure dans les fourrés. Elle n'aime pas la prière du matin, elle suit le sentier étroit qu'elle connaît bien, contourne un bosquet, puis un autre, et s'arrête devant un grand arbre à raisins birmans. L'arbre vénérable, dont le tronc et les branches lui donnent l'aspect d'un rocher, connaît un « retour de printemps », il est chargé de rameaux de petites fleurs roses qui font comme des volants à plumes, et de grappes de fruits pareils à des raisins violacés. Emily ramasse une branche sèche et fait tomber quelques fruits dont elle ne fait qu'une bouchée, sa bouche et ses doigts sont mouillés de rouge. Après avoir couru sur une centaine de pas, elle s'arrête sous un arbre à graines ailées et lève la tête vers la cime, jusqu'à ce qu'une graine, dont les ailes tournoient comme les hélices d'un hélicoptère, tombe à ses pieds.

click-hrooo, click-hrooo, click-hrooo

Une belle tourterelle sauvage au plumage vert la suit, elle pousse un long cri, qui trace un profond labour dans chaque coin de la jungle, sorte de mugissement plein d'attention maternelle. Enfin, Emily se sent un peu fatiguée, elle s'allonge sur la racine en contrefort d'un upas, elle compte rester là jusqu'à ce que Wouyama la « capture ». Le tronc en fourche de l'upas a donné naissance à deux majestueuses couronnes luxuriantes, dans la lumière du jour, on dirait deux étangs verts sur lesquels flottent des fleurs jaunes et des fruits violets, et où se reflète Emily allongée sur la racine. Elle a l'impression que des bouquets de branches et de feuilles, de fleurs et de fruits, poussent sur son corps, qu'elle rejoint le ciel. Elle ferme les yeux, respire l'air empli du parfum des fleurs, du souffle des herbes, écoute en silence le bruit du vent et le chant des oiseaux. Elle voit, tout autour de l'arbre, une terre poussiéreuse et inculte, un tas d'ossements d'hommes et de bêtes haut comme une montagne submerge la racine, un grand oiseau passe au-dessus du feuillage, convulse et chute au pied de l'arbre, la sève d'un vert sombre goutte sur son poignet et fait naître une flamme qui ronge sa chair, corrompt ses os.

Emily pousse un cri, saute de la racine et se met sur ses pieds, debout dans l'anfractuosité que forment deux énormes racines. La double couronne de l'arbre est seule là-haut dans le ciel, mais elle semble desséchée par le soleil, on ne dirait plus deux étangs verts, mais deux plaines désolées. L'astre solaire paraît avoir dévoré la terre, dilatés à l'infini, ses rayons digèrent les grands lacs et les hautes montagnes. Emily regarde autour d'elle, elle dévisage de haut en bas le visage inconnu de l'upas. Il y en a une dizaine dans les environs du village, ils portent l'entaille que leur font les Dayaks qui en recueillent la sève. Celui-ci n'est pas marqué et Wouyama ne l'a pas « capturée », cela signifie que c'est peut-être la première fois qu'elle voit cet arbre-là, et que, peut-être, elle s'est perdue.

Elle fait trois fois le tour de l'arbre, d'après le vent du sud-ouest, le soleil, le bruit du fleuve, le parfum des fruits de la saison qui flotte dans l'air, elle essaie de situer l'endroit où elle se trouve dans la jungle. Elle tire le petit couteau qu'elle porte sur elle, cadeau de Wouyama, et sur le tronc de l'upas grave une toute petite croix, puis tout en identifiant les cris des martins-pêcheurs et des autres oiseaux aquatiques, elle marche en direction du cours d'eau.

2.

Le père Tsau avait employé bien des ruses pour détourner Emily de ses excursions, il lui avait inculqué notamment les dangers et les laideurs de la jungle. Il ne s'était épargné aucune peine pour décrire les boas, les crocodiles, les varans, les ours malais, les panthères nébuleuses, les sangliers, les sangsues et autres insectes venimeux, mais rien ne l'avait horrifiée ni effrayée, en revanche les légendes entourant les upas et les marais, qu'il racontait à peu de gens, avaient eu pour effet d'embraser en elle un intérêt inextinguible pour ces excursions.

La dizaine d'upas qui entourent le village, eh bien, expliqua le prêcheur sur un ton anodin dissimulant de puissants courants, à intervalles réguliers, peut-être tous les ans, peut-être tous les trois à cinq ans, peut-être tous les dix à vingt ans, selon le climat, l'atmosphère et l'année, ils libèrent une brume miasmatique, nauséabonde, qui pique les narines, sur un périmètre de plus de cent mètres à la ronde, les herbes et les arbres se flétrissent, les rivières s'assèchent, les oiseaux et les animaux meurent subitement, la sève qui goutte peut provoquer la charge violente d'un sanglier mâle pendant près de vingt kilomètres jusqu'à ce qu'il rende son dernier souffle, de sous les racines des cadavres de bêtes et d'hommes remontent, un immense boa avec des cornes qui piaille comme une poule, avec des yeux verts et une barbe, niche dans le tas d'ossements, sa langue est pareille à un feu follet, il étouffe et dévore les Dayaks qui, ayant enfreint un précepte ou condamnés à mort, sont envoyés sous l'upas.

Parmi les arbres de basse taille et les bosquets d'arbustes qui aiment l'eau et absorbent l'humidité, il y a çà et là des bourbiers de toutes tailles, certains sont couverts de mousse, de laîches, de roseaux et de népenthes, d'autres sont stériles, tapissés d'une épaisse couche de feuilles et de branches mortes, au fond des bourbiers dort un monstre fangeux qui attend d'avaler tout cru hommes et bêtes qui tombent dedans. Et s'il attend en vain, disait le prêcheur sur un ton anodin dissimulant de puissants courants, le monstre fangeux se drape dans une boue puante et humide, puis bondit hors de sa mare comme une énorme grenouille, et il va chasser aux alentours.

Emily avait six ans quand elle avait entendu ces légendes sur les upas et les bourbiers, elle s'était promenée ensuite dans la jungle quatre années durant, à la recherche du boa qui piaillait comme une poule et du monstre fangeux qui ressemblait à une grenouille. Debout sur une racine d'upas, elle humait l'air, encore et encore, léchait la sève qui coulait sur le tronc, mâchait les feuilles et les tendres pousses à portée de sa main, elle déterrait même les racines à l'aide du petit couteau qu'elle portait sur elle. Traînant ses pas dans la jungle, quand soudain elle sentait la surface de la terre frémir légèrement devant elle, elle ramassait quelques pierres et les lançait, ou alors elle enfonçait une branche sèche dans le sol, à l'affût de ce qui allait véritablement se produire. Elle n'avait jamais vu d'upas émettre des vapeurs empoisonnées, ni rencontré le putride monstre fangeux, jusqu'à cette année-là de ses dix ans.

Un matin de février, la saison des pluies à peine achevée, dans la maison longue un sanglier à barbe domestique avait mordu deux enfants dayaks et failli tuer une vieille femme d'un coup de défense, ensuite, avec des grondements de possédé, il avait disparu dans la jungle. Emily, assise sur un canot, avait vu des hommes, fusils et parangs sur l'épaule, partir à la recherche de ce sanglier devenu amok, un groupe de femmes et d'enfants étaient entrés à l'église pour l'office du matin, avant que le père Tsau l'appelle, avant que Wouyama la « capture », elle était descendue du canot et s'était précipitée dans la jungle. Son oreille s'emplissait du chant clair des oiseaux, du murmure des grands arbres, de la rumeur des vagues, les eaux montées de la Krokop paraissaient se déverser depuis le ciel. A côté d'un durian sauvage elle fit une petite sieste, quand elle se réveilla, le soleil était haut, un sanglier, toutes défenses dehors, la barbe impétueuse, était arrêté à environ cinq mètres d'elle, tel un coq de combat qui ne reculera pas. Elle le reconnut aussitôt, c'était la bête ensorcelée qu'on pourchassait.

Elle se releva sur-le-champ, prit dans chaque main une coque de durian et les lança. La première atteignit les sabots, la deuxième les nodules de chair dressés au-dessus de son front et de ses sourcils. Le superbe sanglier grogna deux fois, tourna les talons et se rua dans la forêt. Elle le suivit, sans aller trop vite ni trop doucement. Il était blessé, sa course était lente, et même un rien indolente, indolence où se devinait une espèce de malice. Pendant qu'il courait, sa petite queue en tire-bouchon tournoyait comme une pale d'hélice d'hélicoptère à l'instar des figues qui tombent du haut des arbres, spectacle irréel, son derrière était perché dans les airs, ses sabots arrière ne touchaient pas le sol. Le sanglier se retournait régulièrement pour lui jeter un coup d'œil, à chaque fois il s'immobilisait, son corps énorme barrait le petit sentier étroit, il lançait quelques grouinements, pour éprouver le courage d'Emily. Elle conservait une distance d'une dizaine de mètres, mais il s'arrêtait sans cesse, la laissant presque toucher sa petite queue tourbillonnante. Emily avait peur, son pas hésitait, elle laissait de nouveau dix mètres d'écart. Le sanglier stoppait et se retournait de plus en plus fréquemment, la distance raccourcissait à nouveau, c'était une sorte de jeu du gendarme et du voleur. Emily était troublée par ces regards hardis et familiers, par ces grouinements qui sonnaient comme l'appel d'un père sévère, elle aurait presque voulu tendre la main et flatter la croupe du sanglier en lui disant, sois sage, rentre à la maison. Mais les défenses maculées de sang faisaient à chaque fois mollir ses jambes.

Sombre était la jungle, les rayons de soleil ouvraient des dizaines de milliers d'yeux sur le sol parsemé de jeunes arbres et d'herbes folles, d'yeux qui clignaient sur leur chemin, un chant d'oiseau inconnu lui fit sentir qu'elle s'était aventurée en terre étrangère. Elle leva la tête pour regarder le ciel, la canopée était inaltérable, rien que des entrelacs de branchages inatteignables, comme soutenus par la voûte céleste, et une brume diaphane pesait de tout son poids, imprégnait son cuir chevelu trempé de sueur, ses cheveux semblaient s'évaporer sous la chaleur, ses pas avaient une extraordinaire légèreté.

A sa gauche apparut un grand bosquet touffu de myrtes-groseilles sur lesquels s'enroulait un plant de népenthes, une dizaine de calices rose cendré pendaient, les rameaux fourchus étaient le matériau préféré des enfants dayaks pour la fabrication des frondes. Sur la droite avait poussé un bosquet de ficus bossus, obscur et bas, d'où s'échappa un varan vert sombre. Les myrtes-groseilles et les ficus bossus encerclaient une grande zone de terre noire stérile, jonchée de feuilles mortes, de branches sèches, de brins d'herbe et de mousse. Au moment où le sanglier posa le pied dessus, sa queue tournoyante disparut, ses sabots arrière qui ne touchaient pas le sol disparurent aussi, la moitié inférieure de son corps s'enfonça brusquement dans la terre noire.

Emily stoppa net devant cette noire étendue. Le long cri aigu de la bête prise de panique réveilla la paisible jungle, en un instant les oiseaux et les chauves-souris désertèrent le ciel, les petits yeux scintillants dans la nature s'éteignirent.

La terre noire ondulait comme l'eau d'un étang. Les violents mouvements du sanglier se débattant faisaient s'enfoncer ses sabots avant encore plus vite dans le bourbier, ses cris de détresse à fendre l'âme brouillaient ses traits, son énorme tête ressemblait à un volant de poils mis en boule. Il s'enfonçait par à-coups, rapides, lents, comme le boa avale le singe. Les défenses ensanglantées se dressaient au-dessus de la boue, telles deux flammes bondissantes exécutant une danse de mort, puis elles finirent par s'éteindre elles aussi tout à fait.

Emily éclata en sanglots.

Après avoir vu, de ses yeux vu, le monstre fangeux engloutir le sanglier, Emily tomba gravement malade. Les Dayaks cherchèrent un vieux guérisseur et deux jeunes chamanes, qui procédèrent à des rites d'exorcisme dix jours d'affilée, et le visage livide d'Emily finit par reprendre des couleurs.

Elle rêva qu'elle empoignait les sabots avant du sanglier et, de toutes ses forces, tentait de le sauver du bourbier. Avec ses défenses pareilles à des flammes, la bête crochetait ses poignets et l'entraînait au fond.

Elle n'osa pas raconter le triste sort de l'animal. Elle avait l'impression que c'était elle qui avait tué ce sanglier possédé.

Quand elle fut guérie, son amie Wouyama lui offrit un cadeau : un chien de chasse de Bornéo, âgé de deux ans, noir de la tête aux pieds. Le père Tsau le baptisa Paul dans l'espoir que, comme le Seigneur avait guéri l'apôtre Paul de sa cécité, il ouvrirait les yeux d'Emily égarée sur les sentiers de la jungle.

3.

La jolie jeune Dayak, Wouyama, était de trois ans l'aînée d'Emily, ses sourcils noirs et fournis étaient mobiles, vous eussiez dit deux petits poissons-chats frétillants. Le noir de sa pupille tranchait sur le blanc de l'œil, de même les lèvres rouges contrastaient nettement avec la blancheur de ses dents, ses longs cheveux lui arrivaient à la taille, elle était coiffée d'un éternel chapeau en rotin aux bords retournés, un collier de perles vernies pendait à son cou, elle portait à la ceinture un parang rangé dans son fourreau en bois de santal, à ses bras et à ses poignets étaient passés une dizaine d'anneaux dorés en rotin. A l'âge de quinze ans, à la tête d'une meute de chiens de Bornéo elle avait chassé un grand sanglier, elle avait ajouté les deux défenses à son collier de perles, et garni le bout du manche de son parang d'une touffe de la crinière. Emily, après avoir vu le monstre fangeux engloutir le sanglier, s'était perdue dans la jungle pendant une journée, Wouyama, emmenant deux chiens, l'avait trouvée profondément endormie sur la racine d'un upas gravé d'une croix. Un mois après sa guérison, Emily révéla enfin à Wouyama ce qui s'était passé au bourbier.

« Ah ! petite patate », Wouyama partit d'un rire franc, clair, pareil aux acclamations d'une nuée de martins-pêcheurs réunis, « un bourbier c'est un marécage dans la jungle, comme les sables mouvants du désert. De quel monstre fangeux me parles-tu ? Et ça n'existe pas non plus, un boa à cornes. Père Tsau a voulu te faire peur. »

Emily regarda Wouyama avec des yeux remplis d'admiration. Depuis qu'elle était petite, elle avait toujours levé ce regard vers Wouyama qui la dépassait d'une tête.

« Emily la petite Poucette ! » Wouyama prit les joues d'Emily dans ses mains. Quand elle lui faisait la leçon, son visage s'épanouissait en une fleur de sincérité et d'enfantillages. « Mais bon, peut-être que ça existe. Mon grand-père racontait que le monstre fangeux et le boa à cornes ne mangent que les méchants. Ce sanglier avait blessé deux enfants, il a failli tuer Sawai qui le nourrissait chaque jour. Emily, est-ce que tu te souviens où est ce bourbier ? »

Emily inclina sa petite tête et regarda le beau et noble visage de Wouyama. Ce visage était comme le soleil rouge, éclatant, resplendissant, ses lèvres étaient violettes et pleines comme les raisins birmans, ses joues étaient calices limpides et moites de népenthes, quand le vent se levait, son abondante chevelure recouvrait le vaste ciel, sa voix était un bruit de la nature, une sorte de chant d'oiseau, tout son corps évoquait les images qu'Emily se faisait de la pudeur de l'oiseau d'eau, de la splendeur du coucou, du mystère du rossignol, de la superbe du faucon. Emily fit un petit mensonge : « Non, Wouyama, je ne m'en souviens pas. »

Wouyama se pencha et déposa un baiser sur le front d'Emily. « Ma sœurette, c'est bon, tu me le diras le jour où tu t'en souviendras. »

Emily rêvait qu'elle était debout à côté du bourbier, au-dessus sinuait un brouillard comme les ailes d'un grand oiseau, dans les ficus bossus et les myrtes-groseilles, des grues, des aigrettes, des canards et des oies faisaient grand tapage, sous les feuillages s'étaient rassemblés des araignées, des musaraignes, des rats musqués, des muntjacs et des serpents. Des bulles glougloutaient à la surface du bourbier parsemée de plantes aquatiques émergentes d'un vert sombre, et un grand monstre fangeux, sous la forme d'un crapaud, bondit hors de l'eau, dissipant le brouillard au-dessus du bourbier, sa gueule ouverte vomissait une boue puante, il attrapait les oiseaux qui s'enfuyaient en tous sens, quand tout à coup il bondit sur Emily. Elle prenait ses jambes à son cou, elle dépassait une succession de bois-de-fer de Bornéo qui s'élevaient comme des murailles, d'upas gardés par des boas, et d'une traite elle se retrouvait dans la petite cabane à côté de l'église, recroquevillée sur son lit à l'écoute des grognements immondes du monstre au-dehors. Des nuits durant, des nuits de lune ou sans, des nuits de pluie ou sans, des nuits sèches ou moites, des nuits calmes ou agitées, les grognements du monstre la maintenaient éveillée.

Au bout de six mois, les grognements se turent, prenant son courage à deux mains, elle retourna au bourbier. Tout autour, ficus et myrtes-groseilles verdoyaient, luxuriants, les calices des népenthes étaient pulpeux, le sol noir restait toujours stérile, jonché de feuilles mortes, de branches sèches, de brins d'herbe et de mousse, un martin-pêcheur solitaire était perché sur une branche morte, tout était paisible et de bon augure, comme l'autel de l'église.

Voilà déjà trois ans qu'Emily visite régulièrement le bourbier.

C'est après l'orage, un après-midi où les oiseaux d'eau craillent, Emily a treize ans, elle se promène sur les berges avec le chien Paul, âgé de cinq ans, depuis l'amont un jeune Dayak à bord d'un canot approche comme une flèche de la rive, il pousse un joli sifflement clair et sonore. Son torse est nu, ses muscles solides, il porte un collier auquel sont passées des défenses de sanglier, sa taille est ceinte d'un pagne avec un gros nœud enroulé derrière comme la plume d'un coq, un parang dans son fourreau est accroché à sa ceinture, ses longs cheveux flottent au vent, sa peau est rousse comme celle d'un tigre sans rayures. Mains sur les hanches, pieds sur la poupe, ses épais sourcils sont légèrement froncés, au coin de ses lèvres des fossettes proéminentes font comme des sépales de calice. Debout bien stable sur son étroite embarcation, il la fait accoster sans provoquer une ride sur l'eau, comme une feuille qui tombe.

Wouyama bondit à tire-d'aile de la galerie de la maison longue et saute dans le canot, le jeune homme actionne les rames et part en remontant le courant. La jeune fille agite la main en direction d'Emily, la douceur de son sourire enfonce une aiguille en elle. Le garçon, qui manœuvre avec précaution, lui jette un coup d'œil, tout comme si elle était un de ces hérons posés sur une racine. Le canot disparaît, et les vagues soulevées en Emily continuent à rider son cœur. Deux jours plus tard, il est apparu de nouveau, Wouyama, qui promène ses pas sur la berge, saute dans le canot, le garçon, maniant les longues rames, prend la direction de l'amont. Emily se tient derrière un arbre aux graines ailées, les chants ardents des oiseaux cessent, elle n'entend plus que les rires de Wouyama et du jeune homme. Elle le voit déposer les rames, se pencher et enlacer Wouyama, son beau et farouche visage se presse contre le sien, les cris perçants des oiseaux reprennent, qui lui crèvent les tympans, elle ne distingue plus l'oiseau d'eau de l'épervier, le martin-pêcheur du pic ou du calao.

Le lendemain, le bateau, soudain, vient tout droit sur Emily cachée derrière l'arbre.

« Emily ! » Wouyama saute sur une racine gigantesque de la berge, elle l'entraîne par la main. « Viens donc avec nous là-bas ! »

Emily est assise avec son chien à la proue, Wouyama et Judai en poupe, au milieu du joyeux raffut des oiseaux, leur embarcation remonte le fleuve paresseusement. Judai, ce jeune Dayak de dix-huit ans dont Wouyama a fait la connaissance pendant l'affût, à la saison de la traversée des sangliers, est assis derrière la jeune fille, tel un fier guerrier à son retour triomphal, ses mains veinées de tendons tantôt manient les rames, tantôt se reposent sur l'épaule de Wouyama ; sa chevelure de jais flotte au vent à la surface de l'eau comme la cape d'un héros ; le collier aux dizaines de défenses de sangliers clame bien haut ses nombreux exploits de chasseur ; son chant puissant qui résonne entaille comme un petit couteau la poitrine d'Emily aussi triste et seule qu'un upas, fait couler un sang jaloux qui, chauffé, va devenir poison. Emily voudrait ne pas regarder derrière elle, mais elle ne peut s'empêcher de se retourner régulièrement, espérant trouver dans les yeux du garçon un éclat d'intérêt ou de pitié pour elle, mais dans ses prunelles il n'y a que Wouyama, Emily n'est pas plus qu'une fumée incommodante. Elle a oublié ce qui s'est passé ce jour-là, où ils sont allés, elle se souvient seulement que quand Judai les a ramenées toutes les deux à la maison longue, elle s'en est allée errer dans la jungle, comme une âme en peine guidée par son chien noir, menée par le chant des oiseaux, jusqu'à la nuit noire.

Sept jours plus tard, à bord d'un sampan elle rame à la suite de leur embarcation. Les rires joyeux, insouciants et le bruit des avirons qui viennent du canot, les chants des oiseaux et les cris des singes sur les berges, dispersés par le fracas des eaux amplifié par les rochers des rapides, font déborder les larmes de ses yeux. Après avoir accosté, elle se laisse conduire en secret par son chien, l'odeur dégagée par les deux amoureux permet à Paul de les retrouver très vite. Sous les épaisses frondaisons, sombres et humides, au milieu des clameurs perçantes et pleines d'allégresse des oiseaux, protégés par un bois-de-fer de Bornéo, les bras chargés d'anneaux de Wouyama se perdent sur la peau couleur tigre de Judai, les deux corps parfaitement nus, dans la gigantesque anfractuosité d'une racine, roulent et rugissent comme deux fauves féroces.

Emily continue à se promener dans la jungle, mais elle a perdu goût à ces excursions, et comme une âme en peine privée de pieds, privée de mains, elle se laisse guider par le chien noir, mener par le chant des oiseaux. Elle tourne autour de la dizaine d'upas, la tête levée vers leur sommet, espérant en vain que de la sève tombe de la ramure fourchue et ronge sa peau, corrompe ses os ; elle s'assoit sur une racine, attendant que le boa à cornes vienne la dévorer, qu'une montagne d'ossements l'engloutisse ; elle s'allonge dans l'enfoncement d'une racine, pour que les gaz empoisonnés qui rendent fou s'abattent sur elle. Elle regarde, stupide, le bourbier où éclatent des bulles et d'où montent des émanations de méthane, elle y lance une très grosse pierre et attend que le monstre fangeux, furieux et affamé, sorte de son marais pour se mettre en chasse. Il s'en faut de peu qu'elle ne se jette elle-même dedans. A la nuit tombée, allongée sur son lit, elle écoute dehors les cris bourbeux du monstre et les piaillements aigus du boa.

Un mois a passé quand elle dit à Wouyama au visage radieux : « Wouyama, je me souviens où est le bourbier.

— Oh, le bourbier, celui qui a avalé le grand sanglier ?

— Oui ! répond Emily. Wouyama, je t'y amène. Mais je t'y amène toute seule. »

C'est un matin agité et bruyant, cent espèces d'oiseaux sauvages ont entonné leurs chants joyeux. Après l'office du matin, Emily conduit Wouyama en forêt, elles se promènent, font des détours, plus de trois heures durant, avant de voir la brume qui au-dessus du bourbier étend ses grandes ailes d'oiseau, et le gaz lugubre du marais qui recouvre les ficus bossus et les myrtes-groseilles. Au tapage que font les dizaines d'espèces d'oiseaux aquatiques et de grenouilles, se mêlent les plaintes d'un gibbon qui leur parviennent des lointaines montagnes.

Emily sait, les yeux fermés, la distance qui les sépare de ce coin de terre noire stérile, tombeau de feuilles mortes, de branches sèches et de mousse.

Elle suspend son pas, les sourcils froncés.

« Petite Poucette », Wouyama caresse les cheveux trempés de sueur d'Emily, « tu es encore perdue ?

— Non, je ne suis pas perdue. » Emily relève la tête vers Wouyama avec ce regard rempli d'admiration. « Le bourbier n'est plus très loin. J'ai un peu peur. J'ai peur que le monstre fangeux saute au-dehors.

— Patate ! » Le doux sourire de la jeune fille lui rappelle Judai. Dans la tête d'Emily surgit un monstre fangeux abreuvé au bain de sang de la jalousie.

« C'est bon, je passe devant. Quand on arrivera au bourbier, tu me le diras ! »

Wouyama marche en faisant bruisser, *crouch-crouch*, les feuilles mortes, les branches sèches et les jeunes arbres, se dirigeant sur le bourbier comme le sanglier blessé. Les rayons de soleil qui filtrent à travers les feuillages répandent des dizaines de milliers de petits yeux, quand soudain tous leurs regards distraits se concentrent sur Wouyama. La jungle est sombre, seuls le chemin sur lequel elle s'avance et la distance qui lui reste à parcourir se nimbent d'une brillante auréole, comme si plusieurs branchages lumineux avaient pavé le sentier de Wouyama vers le bourbier. La brume aux grandes ailes de rokh étendues sur le bourbier s'enroule au-dessus de sa tête, et ses cheveux comme cette brume paraissent eux aussi flotter dans les airs en direction du marais. Les myrtes-groseilles sont dissimulés par des milliers de népenthes, dont les calices rose cendré mâchent des cuisses de grenouilles vertes et des têtes de lézards. Un mégapode, perché sur un ficus bossu nain, pousse un cri qui ressemble à un miaulement. Sur la terre noire et stérile il n'y a ni bulles, ni gaz, seulement des branches, des feuilles et de la mousse, mais au moment où les pieds de Wouyama s'enfoncent dedans, le gaz monte en pouffant tel un champignon vénéneux crachant ses spores, les feuilles et les bouts de bois s'envolent de toutes parts, et les grandes ailes de rokh de la brume se brisent.

Le cri aigu de Wouyama frappe Emily de terreur, elle stoppe net devant le bourbier puis recule de deux pas.

Les jambes, les fesses et la taille de Wouyama disparaissent rapidement, on dirait un être infirme à qui il ne reste que le tronc, flottant à la surface de la terre noire.

« Emily ! appelle Wouyama prise de panique. Emily ! »

Emily recule à nouveau de deux pas.

Wouyama cesse de se débattre, mais le haut de son corps continue à s'enfoncer lentement. Avec effort, elle tourne la tête pour lancer un regard oblique à Emily.

Celle-ci repense au sanglier qui tournait la tête vers elle pour lui lancer des regards hardis et familiers, à ses grouinements qui sonnaient comme l'appel d'un père sévère. Elle fait volte-face et, sans même se retourner, part en courant à toutes jambes.

« Emily!... Emily!... Emily! »

Les chants nombreux et confus des oiseaux recouvrent les appels de Wouyama.

Emily court, esquive l'un après l'autre les upas, les bois-de-fer, les arbres à raisins birmans, elle traverse des sentiers étroits, des bosquets sans nombre, trébuche dans les flaques et les trous, s'écorche contre d'innombrables lianes et fougères, mais elle poursuit sa course éperdue.

Les appels de Wouyama depuis longtemps se sont tus, mais chaque espèce d'oiseau, avec la voix et la hauteur qui lui sont propres, appelle Emily.

chir-rup, chir-rup, chir-rup
cui-cui-cui
cou-cou-cou-cou
tay-tay-tay-tay-tay
chee-e-e-e-e-e-e
pi-li-li-li-li-li-li
ho-ho-ho-ho-ho-ho

TABLE

Achevé d'imprimer sur les presses
de l'imprimerie Liberduplex
Sant Llorenç d'Hortons (Barcelone),
Espagne

Dépôt légal : janvier 2022